中国百年工业文学大系

丛书主编　贾玉民　樊洛平

短篇小说卷 II

刘宏志　主编

中国工人出版社

本卷主编简介

- 刘宏志，中国传媒大学文学博士，郑州大学文学院教授，主持国家级、省级项目多项，出版专著 3 部，发表学术论文 160 余篇。参与国家社科基金项目《中国当代城市题材文学研究》(1949—1976)，发表工业文学研究论文多篇。《多重话语变奏中的打工者的多种面貌》入围第六届“啄木鸟杯”中国文艺评论年度推优终评作品。

编委会

（按姓氏笔画排序）

主　编：贾玉民　樊洛平

编委会主任：贾玉民　樊洛平　宋　杨

编　委：田　丰　刘宏志　刘福泉　孙拥军　宋　杨
李　骁　李惠敏　贾玉民　柴高洁　傅　娉
樊洛平　潘　磊

顾　问

（按姓氏笔画排序）

何向阳　张　炯　谈　歌

梁晓声　董学文　蒋子龙

出版说明

一、缘起

为庆祝中华全国总工会成立100周年，中国工人出版社特组织编纂《中国百年工业文学大系》丛书。文学作品是社会现实的形象反映。本丛书的编纂，全面整理百年来工业文学作品及相关资料，精选优秀作品，按体裁分类，编成20卷的丛书，生动、形象地呈现百年来中国工业化的历程，呈现中国工人阶级的命运和奋斗历史，呈现中华全国总工会在中国共产党领导下，与工人运动一同发展壮大的图景，有助于讲好中国工人阶级故事、中国工业故事和中国工会故事，为更好继承弘扬革命传统，创造未来提供历史借鉴。

二、编纂团队

本丛书编纂团队由《20世纪中国工业文学史》和《中国工人文学史》的作者为基础，邀请郑州大学、河北师范大学、河北大学、河南师范大学、河南理工大学、中原工学院等院校为合作单位，以研究中国工业文学的专家、学者共同组成编辑团队，分工合作，在中国工人出版社的指导下共同完成编纂工作。

三、选录作品范围

重点选录反映工业生活、描写工业人物、揭示工业领域社会问题的优秀作品，根据中国具体情况，适度收录有关传统手工业、商业、人力车夫、纤夫等生活的作品。兼顾各历史阶段、各阶级、各阶层、各个地域、各种产业、各种体裁作品；兼顾专业作家、工人作家、业余作者。

四、编纂原则

真：选录的作品，基本以初发或初版为准，个别作品使用与初版接近“最佳”版本，使其成为中国工业文学发展史的可靠文献。其中繁体字须改为规范简化字；标点符号改为规范格式；错别字给予纠正，加注说明。原作署名为非通用笔名的，注明其真名或通用笔名。

专：各卷按文学体裁编列，分别为史论卷、报告文学卷、短篇小说卷、中篇小说卷、长篇小说卷、诗歌卷、散文卷、剧本卷、电影文学卷、电视文学卷、资料卷。各卷均有独立性，组合又具统一性、逻辑性。

精：各卷首的“导读”，长篇作品的“提要”、节选作品的“简介”，各篇所加注释，务求内容准确、文字简明。

鸦片战争后，中国近代工业开始萌芽，至今已近 200 年；从中国工人阶级队伍略具规模，至今也已百年以上。这期间出现的各类工业题材文学创作，虽然赶不上“乡土文学”等传统题材作品数量之多，但也可称数量巨大。我们的编纂工作肯定存在不少缺陷，切望有关作家、专家、学者，广大读者批评。

2025 年 4 月

《中国百年工业文学大系》在编纂过程中，有幸收录了众多作家描绘工业岁月的珍贵作品，这些文字是中国工业发展的重要记忆载体。由于时间跨度长、信息更迭等客观因素，书稿付梓之时仍有部分作者未能取得联系，对此我们深感歉意与遗憾。恳请尚未联系上的作者或家属看到成书后，及时与我们取得联系，以完善作品收录的后续事宜。

总序

深刻反映时代巨变，描绘时代精神图谱
——新时代呼唤工业文学的繁荣

“文化是民族的精神命脉，文艺是时代的号角。”习近平总书记的这一重要论断，深刻揭示了文艺与时代的紧密联系。文艺作为社会生活的镜像与人类精神的诗性表达，始终与时代同频共振、血脉相连。它不仅是时代变迁的见证者，更是时代精神的塑造者和引领者，在为我们展现历史巨变的同时，也将中华民族伟大复兴的壮阔征程熔铸成一幅可触可感的精神图谱。

100多年前，我国近代工业刚刚产生，就陷入帝国主义列强的围堵和封建专制的压迫之下，在其筚路蓝缕的艰辛跋涉中，20世纪上半叶就有茅盾、夏衍等作家描写民族资产阶级“工业救国”梦的破产，描写工人阶级的悲惨处境和觉醒斗争，创作了《子夜》《包身工》等优秀作品。新中国成立后，在大规模经济建设中，更多作家长期深入工矿生活，创作了许多新作，如草明的《乘风破浪》、雷加的《潜力》三部曲、艾芜的《百炼成钢》、艾明之的《火种》等长篇小说以及李季赞颂玉门石油基地的诗歌等，出现了工业文学的初次繁荣。而工人

作家胡万春、万国儒等的崛起，则开了工人写工人的先河。到了改革开放大潮中，反映工业战线生活的作品更如雨后春笋，蒋子龙的《乔厂长上任记》等系列，张洁荣获茅盾文学奖的《沉重的翅膀》、程树臻的报告文学《励精图治》，以及众多作家反映工人生活的中短篇小说、诗歌和剧本等，势如乘风破浪，冲上改革文学的前沿。伴随着改革深化和经济转型，在“新写实”和“现实主义回归”文学潮中，又涌现出一批沉甸甸的作品，如张宏森、肖克凡、谈歌等作家真实反映国企工人经历的转型期阵痛的佳作。而“打工文学”在珠江三角洲等沿海经济特区异军突起，更成为新时期工人写工业文学的一道新风景。

从党的十八大开始，中国特色社会主义进入新时代，进一步强化了工人阶级是国家的领导阶级和主人翁地位。在《关于繁荣发展社会主义文艺的意见》指引下，文艺界克服价值扭曲、娱乐至上、唯市场化等倾向，用现实主义精神和浪漫主义情怀观照生活，歌颂光明、抒发理想，鞭挞丑恶、抵制低俗，给人民以信心和力量，在工业文学方面产生了一批讴歌大国重器、“中国制造”的响当当的作品。同时以“知青文学”而闻名的梁晓声，创作了长篇小说《人世间》，描写知青回城前后几个工人家庭两代人的生活变迁，以其动人肺腑的笔力而荣获茅盾文学奖。一向书写矿山工人生活的刘庆邦，以现实主义笔触展示了不同类型的煤矿工人的人生。不少剧作家也创作或改编了描写工业和工人生活的剧本，搬上屏幕，受到广大观众的欢迎。

百余年来，中国工业文学由小到大，由弱到强，形象地记录了中国工人阶级的发展历程。从百年前郁达夫笔下的女工陈二妹，到蒋光慈小说中的工人形象，从《百炼成钢》的秦德贵到报告文学中真实的英雄孟泰、王崇伦、王进喜、赵梦桃等等，构成了中国工业领域的英雄人物画廊，构成了工人阶级光辉的斗争史和成长史。感谢中国工人出版社和主编本丛书的贾玉民、樊洛平诸位教授学者，经过多年努力，辛勤劳作，为广大读者编成此套规模宏大、内容丰富的选本，自是一项盛举！

如今，中国工业文学作家面前仍然任重而道远。

首先，和我国工业迅速崛起的势头相比，工业文学的反映还远远不够。工业文化，尤其是21世纪以来，极速变化，迅速飞腾，节奏之快，前所未有。这就要求我们身在工业战线、对这种伟大变化有深切感受的工业作家，肩负起历史使命，拿出更多新的好作品来。

其次，和经典作品相比，相当一部分工业文学作品对现实的剖析和人物心理世界的开掘还不够深刻，还少有触及这方面深层次的观念冲突、心理变化和复杂的矛盾斗争的新作。随着城市化的加速，新工人、新市民成亿增加，对工业文学的期待必将日益强烈。

中国实现工业化、现代化，是多少代人的理想和立国之本。新时代呼唤工业文学的繁荣。这既是挑战，更是机遇。工业文学作家和工业战线的文学业余作者，自应把握这个历史机遇，全身心地投入这场新的工业革命，投入由农业文明向工业文明的深刻变革之中，在实践中观察，体验，对工业基础以及高端装备等建设成果努力深切了解，对这场变革中的各种人物表现有更生动把握，从而掌握扎实的生活素材，奠定工业文学更生动更深厚的基础。我们深信，广大读者都会殷切期待作家、艺术家的进一步努力，充分认识所承担的历史重任，开出灿烂的文艺之花。希望广大工业战线的文艺工作者不辜负时代召唤、不辜负人民期待，描绘出中华文明古国在21世纪工业腾飞的足迹，绘出民族的精神图谱，奏出时代的最强音。

张　炯

2025年春于苏州

导言

一

文学中是蕴藏着历史的，或者说，文学是历史的一种特殊表达方式。把横跨百年的中国工业题材短篇小说阅读下来，在为不同小说主人翁的命运变化而感慨唏嘘的同时，我们也可以清晰感受到百年来中国工业从无到有一步步的艰难成长，感受到在中国工业巨大变革的过程中中国工人命运的沧桑变迁。

对于漫长的人类社会来说，工业是一种新兴事物。18 世纪英国发生工业革命，机器工业出现，工业才从农业中分离出来成为一个独立的物质生产部门。中国在工业革命中落后于发达国家，历史上工业规模很长一段时间是远远落后于西方国家的。所以，“工业文学”在中国显然也是新兴的概念。“工人”这个词语，在中国历史中出现较早。最早出现于《国语》，“周之《秩官》有之曰：敌国宾至，关尹以告……廪人献饩，司马陈刍，工人展车。百官以物至，宾入如归。”其后，荀子、韩愈等人的文章中都有“工人”这个词的出现，但是，此时的“工人”概念和我们现代的“工人”概念显然是不同的，它更多是特指工匠、匠人。随着现代工业的出现，“工人”这个概念开始具有了特殊的含义，多指生活在城市、矿山，依托现代工业而劳作的劳动者。马克思对剩余价值的发现，又让“工人”这个概念不再仅仅指向一种职业，或者说一种劳动方式，而和“阶级”“革命”密切关联起来。换言之，现代工业出现以后，“工人”这个词，既代表着一种新型的劳动方式，和时代变革有着紧密的联系，又有着特殊的意义，与古代的“工人”概念已经不一样了。晚清洋务运动之后，随着中国民族工业的发展，产业工人数量也开始攀升，日渐成为中国社会中一支举足轻重的力量，于是，工人也开始成为文学作品中着力描写的对象，新的工人形象在中国文学中出现了。从选本的时间上限来说，本丛书所编选的百年中国工业短篇小说，已经基本呈现了现代工业出现以来中国工业的发展历程，以及现代工业中中国工人生存状况。

当然，文学并非是一种纯粹客观的描述，文学作品中的工人显然已经不仅仅是普通的职业意义上的工人，而带有了更多的政治意义。在不同的历史时段，不同的时代背景下，作家们写出了不一样的中国工业状况和形色各异的中国工人形象。本丛书中，短篇小说作品选共分三卷，按照时段划分，分别是新中国成立以前的工业题材小说，从新中国成立到中共十一届三中全会前的工业题材小说，以及新时期以来的工业题材小说。之所以做出这样的划分，是因为这三个时段社会背景不同，工业文学创作的内容和艺术也呈现出不同的特征。

第一卷选取的是1900—1949年的工业题材优秀短篇小说。这些小说在表达内容上比较一致，即都呈现了旧中国社会的黑暗和现代工业的孱弱，塑造了一系列被侮辱与被损害的工人形象。本书收录的第一篇工业题材小说是柳亚子的《劳动狱》，该小说发表于1905年，讲述三个女工因工厂管理人无理克扣工人工资，而到厂部找其讲理，结果该管理人员依仗外国老板势力，反把女工捆绑押送警察署，痛打五百鞭。小说中的工厂管理人员是中国人，但是他在面对官员的时候，因为具有英国国籍，就可以不用下跪。在他眼中，在工厂工作的同胞，不过是贱种、猪狗。小说末尾，叙事者申明，上述故事，“皆劳动界实事，稍以我悲愤之笔渲染之耳，原案见癸卯年某日报，犹依稀忆之，惜忘此厂之名与其日月……”从艺术角度来说，此时年仅18岁的柳亚子这篇小说显然不够成熟。人物形象不够生动、丰满，或者说具有非常明显的概念化特点，作者基于强烈义愤，把想要表达的意图，都直抒胸臆地陈述出来。不过它在某种程度上，基本代表了新中国成立前工业题材小说大致形态，即真实地表现出工厂主的霸道，政府与资本家的互相勾结，以及在多重压迫、剥削之下的工人生活的痛苦。

总体而言，1949年之前的工业小说中，所书写的工人主要是纺织工人、煤矿工人、铁路工人以及在码头、盐场等地方从事苦力劳动的工人。从工业题材小说这些主人翁的工种、劳作情况，我们可以从中窥见新中国成立前中国工业的落后，而小说所书写的工人的痛苦生活，工人的抗争，则在一定程度上可以呈现出新中国成立前工人生存状况。新中国成立前工业题材小说，大体有以下几类主题。

一类是书写官僚、资本家对工人的压迫，以及工人在旧社会的痛苦生活。如上述的《劳动狱》，以及曹靖华的《女工话》、王统照的《生与死的一行列》、庐隐的《灵魂可以卖吗？》、郁达夫的《春风沉醉的晚上》《薄奠》、张天翼的《一件寻常事》、刘一梦《失业之后》、企翁《欧战声中苦力界》、丁玲的《法网》等。这些小说写出了官僚、资本家以及他们的爪牙对工人的残酷压迫，也写出了工人生计的艰难和无望。妻子生病，而丈夫因失业，没有能力给妻子治病，便酗酒发疯，最终，丈夫为了不让妻子继续受病痛的折磨，给妻子喂下了毒药，这是张天翼小说《一件寻常事》讲述的内容。即便暂时生计还过得去的，他们的生活都有可能被一个偶然的意外打破。《欧战声中苦力界》中的王二，原本在码头靠出卖苦力，勉强能支撑家里的生活。可是遥远的欧洲的战争，却直接导致他失业了。丁玲小说《法网》中，艰难度日的工人顾美泉、阿翠夫妻，仅仅因为阿翠和王婆婆的一点矛盾，接着引发的一系列后果，直接导致了顾美泉、阿翠夫妻，以及邻居小玉子的惨死。资本、官僚的残酷压迫，工人生计的艰难，在这些小说中得到了淋漓尽致的展现。

书写工人们的觉醒与反抗，是现代文坛作家创作工业题材小说的另一个重要主题。麦克昂（郭沫若）的《一只手》、华汉的《马桶间》《十姑的悲愁》、戴平万的《小丰》、孟超的《路工手记》、建南（楼适夷）的《盐场》、冯铿的《突变》等小说，都表现了中国工人阶级的觉醒、成长，以及反抗的过程。《突变》中，原本麻木不仁，把自己的生活希望寄托于宗教的女工阿娥在看到富人的消费后，阶级意识逐渐觉醒，不再把未来寄托于宗教，而是投向了工人运动。《路工手记》这篇小说则更是以日记体的形式，非常详尽地写出了铁路工人为了反抗军阀的奴役而举行大罢工的过程。显然，中国工人阶级在革命中的巨大作用，在这些小说中也得到了反映。

这一时期的短篇小说，也有如《苏家布》《双红旗》这种基调乐观向上的小说，前者讲述天津布商在外国布冲击市场的情况下，锐意革新，最终占领市场，发展了中国民族工业的故事，后者则是讲述新中国成立前的落后工人在解放区成为劳动模范的故事。《苏家布》在很大程度上是作家在这个时代对于中国民族工业发展的一种理想化的想象，真实的中国民族工业其实是在国外资本的冲击下溃不成军的。《双红旗》这类小说就其风貌而言，其实可以说是新中国成立后工业题材小说的先声。总之，对工人痛苦、麻木生活的呈现以及对工人觉醒、反抗过程的描述，是这一时期工业题材小说的重要主题。

第二卷选取的是1950—1978年间的工业题材优秀短篇小说。新中国成立以后在工业基础建设上突飞猛进的发展，以及新中国对工人阶级国家主人翁地位的强调，显然都深刻地影响了这一时期工业题材小说的风貌。这一时期的工业题材小说中，所描写的工人不再仅仅是纺织工人、煤矿工人，炼钢工人、造船工人等工人形象的出现，显示了中国重工业在这一时期突飞猛进的发展，而书写海洋水手的小说《国际友谊号》，则在书写中国工业发展的同时，凸显了中国国际地位的上升。无论是主题表达，还是小说的风格、基调，相比较1949年之前的工业题材小说，都发生了翻天覆地的变化。就小说基调来说，不再是凄苦悲凉，而是洋溢着乐观主义的精神。就小说主题来说，这一时期的工业题材小说着重强调新旧社会的对比，强调表达新中国工人作为国家主人翁的奉献精神。

通过新中国成立后前后工人生活的对比，来表达新中国工人翻身当主人的主题，是这一时期工业小说中比较常见的模式。《特殊性格的人》《包身工的后代》《第一课》等小说中，都存在一个新旧对比的主题。《包身工的后代》通过女工戴风英工作状态的对比，呈现了新中国成立前工人是奴隶，新中国成立后工人是国家主人，以及工人对党和国家的热爱这样的主题。强调奉献精神，强调工人的国家主人翁精神，是这一时期工业题材小说另一个非常重要的主题，《检验工叶英》《上海姑娘》《荣誉》《女车间主任》《竞赛》《年轻的朋友》《在厂史之外》等小说，虽然设置的故事矛盾点不同，但其共同点在于小说中的工人们都表现出了自觉的国家主人翁意识和奉献精神。《检验工叶英》和《上海姑娘》这两个小说写出了年轻的质检员为了国家利益，不讲私人情面，严把质量关的故事；《荣誉》《竞赛》《女车间主任》以及《竞赛没有结束》等小说，则写出新社会的工人们不以自己的利益得失为首要考虑，而是始终把国家利益放在第一位的故事。这些小说中的工人都显示出了鲜明的国家主人翁精神。这种对国家主人翁精神的强调，也使得这时期的小说塑造了一系列个性鲜明的捍卫国家利益的青年工人形象，如叶英（《检验工叶英》）、白玫（《上海姑娘》）、寇金童（《在厂史之外》）、沙桂英（《沙桂英》）等，这些人物形象，毫无疑问，丰富了中国当代文学的人物画廊。当然，本卷也选取了“大跃进”时期的几篇小说，以便我们可以看到这一时期工业题材短篇小说的整体风貌。

第三卷选收的是1979—2020年的工业题材优秀短篇小说。相比较前两个时段，这个时段的工业题材小说形式丰富多样，这和这一段时间跨度相对更长有关，也和这一时期中国整个社会改革开放，工业领域发生巨大变化有关。党的十一届三中全会确定了改革开放的重大战略决策，在中国实行市场经济。在这个背景下，原来的计划经济体制下的工厂被推向市场，同时，境外资本也开始纷纷在大陆设厂，私营经济开始发展。中国工业发展模式的巨大变化直接影响了国有企业工人的工作、生存状况。一方面，随着国营企业被推入市场，工厂面临巨大的竞争压力，于是工厂也纷纷改革，对工人实行绩效考核，工人也要开始竞争上岗甚至企业升级改制，或者破产重组，不少工人下岗、失业。另一方面，随着境外资本纷纷在大陆设厂，引发大量农民涌向城市，特别是沿海经济特区，到三资企业打工，当时被称为打工仔或者打工妹。他们在外资或民营企业工作，作为雇佣劳动者，应有的权益往往得不到保障。这些都使处在这个过程中的工人群众的社会处境和生活发生了很大变化。新时期以来的工业题材小说对时代的转折，对工业生产、发展方式的变化都进行了敏锐的回应。针对20世纪80年代汹涌而来的改革大潮，蒋子龙的《乔厂长上任记》，柯云路的《三千万》等小说直接书写时代的改革需求，以及工厂在经济体制转型期经历的阵痛。针对境外资本进入大陆设厂，大规模打工潮这种现象，以张伟明的小说《下一站》为代表的“打工作家”的作品则直接写出了新时期以来最早的打工者的工作、生活。针对20世纪90年代以来国家的深化改革，中国工厂面临的巨大压力，李佩甫的《学习微笑》、肖克凡的《男工张义》、隆振标的《卖厂》等小说写出了工厂在市场运行中的艰难，以及工人在市场经济中的搏击。

值得一提的是新时代以来工业题材小说对工人形象的塑造。在这些小说中，工人之间的朴素而真挚的感情（《过年》《水边的阿迪利亚》)，工人对自己工作岗位的感情，对自己工作的责任感(《王的记性》《一个小站两个人》《异情》)都得到了充分的表现。《过年》中普通煤矿工人玉香，在过年的时候，首先不是回自己家，而是和一个因患矽肺病死亡的矿工的遗孀共度除夕夜。《王的记性》中的王作为一名普通工人，他似乎患了健忘症，家里的事情总是忘东忘西，可是工作上的事情，却从来没有忘记过一次。《一个小站两个人》中的老马和肖强，前后相继坚守在大戈壁中一个荒凉的小站，是把自己的青春、自己的生命都献给了国家，献给了人民。新时代的这些工业题材小说在呈现了工人优秀品质，显示出工人之间的大爱的同时，也表达了即便在市场经济时代，这些看上去默默无闻地坚守在普通工作岗位上的普通工人也依然是共和国最重要的基石。

总体来说，这一时期的工业题材小说很难用一个简单的词语进行概括，仅本书收录的这几十篇短篇小说，就题材表达内容来说，既有表现在改革浪潮中搏击的《乔厂长上任记》，也有书写三资企业、民营经济发展，开始收购国有企业的《卖厂》《最后的资本家》，还有呈现不同时代工人生存状态的《本次列车终点》《冷也好热也好活着就好》《开冲床的人》《过年》等小说，不一而足。就小说叙事的基调来说，既有改革开放初期的虽然面临诸多问题但是依然积极进取蓬勃向上的朝气，亦有在深化改革过程中对国企被兼并的现象的思考的沉郁。小说塑造的工人形象，既有改革开放时锐意进取，努力进步的青年工人，也有在市场经济大潮中艰难前行，寻找自己发展道路的下岗工人，还有在国家需要的工作岗位上不计名利不计得失默默付出的国家主人翁。当然，工业题材小说风貌的复杂显然也正说明了这一时期文学发展的繁盛——正是百花开放的文坛环境，才造就了这一时期工业题材小说的繁盛。

二

著名学者丸山升在谈论中国现代文学的时候，指出中国现代文学具有强烈的关注现实的精神，并且认为这是中国现代文学的优点。他在援引了谷崎润一郎、金子光晴、宫本百合子等几位日本学者关于中国现代文学的评论后，指出这三位学者“虽然表述方式各不相同但却把与包括文学家在内的中国人民、中华民族所处的现实‘苦斗’作为中国现代文学的最大特色来认识，并且与之发生共鸣。而且金子光晴还认为在中国现代文学这一特色中蕴含着纠正日本文学弱点的力量。关于这一点，我很想让中国的同行们知道。”[1] 毋庸置疑，伴随着中国现代文学成长起来的中国工业题材小说也具有这个鲜明的特点。事实上，从早期的《劳动狱》《猪仔还国记》，到后来的《春风沉醉的晚上》《路工手记》，再到后来的《乔厂长上任记》《三千万》《学习微笑》《开冲床的人》等小说，我们都可以看到，与时代共鸣，与人民共情是中国工业题材小说非常鲜明的特征，现实主义是中国工业题材小说的基本立场。

中国工业题材小说的现实主义立场首先体现在创作方法的选择上，我们明显可以看到，现实主义创作方法的选取，是工业题材小说明显的特点。如果说早期的工业题材创作还受制于时代的局限，作家没有强烈的艺术探索的意愿的话，那么，新时期以来，在一些作家积极探索艺术形式，甚至模仿现代主义手法的情况下，工业题材小说创作更多是强调采用现实主义的创作方法。新时期以来获得全国优秀短

---

① 丸山升：《关于中国现代文学研究的一己之见》，《文学评论》1989 年第 2 期。

篇小说奖的工业题材小说，无一例外，都是采用了传统的现实主义方法。这种艺术选择，或许与作家的个性有关，但是更重要的在于他们对科学社会主义学说坚定不疑的信仰，对亿万劳动人民利益的耿耿忠心，对国家和人民的高度责任感、使命感。张炯在谈到张平的作品时指出，“张平创作的可贵价值正在这里。他直面社会，直面人生，不粉饰现实，甚至把现实的疮疤揭给人们看，而这样做的目的正是为了人民和社会生活的进步。他的作品中总是充满凛然的正气，充满一种对现实负面力量的控诉，令人惊心动魄，但他又非常掌握分寸。他对正面力量必然要战胜对立面总怀有充沛的信心。因而他的作品并不灰暗，它所闪耀的亮色，总给读者以鼓舞的力量”①

时间证明，许多工业题材小说的作者坚持现实主义创作方法，勇于直面现实，都和张平一样，完全出于严肃的历史责任感、使命感。

工业题材小说的现实主义立场还表现在小说对时代大事的密切关注上。时代的变革，尤其是中国工业生产方式的变革，中国工人阶级的命运，中国工人的生存状况，在工业题材小说中都得到了体现。在这三卷本的工业题材短篇小说选中，从中国工业发展状况来说，我们可以看到新中国成立前资本主义国家工业对中国民族工业的冲击（《苏家布》），新中国成立后国家工业体系的建设（《女车间主任》），改革开放之后市场经济运行方式对传统工业生产方式的冲击（《乔厂长上任记》《小厂来了个大学生》），以及国家进一步深化改革带来的私营企业的发展（《最后的资本家》）。从中国工人运动角度来说，我们可以从工业题材小说中看到沙基惨案（《小丰》），看到省港大罢工（《十姑的悲愁》），以及京汉铁路工人大罢工（《路工手记》）。从中国工人命运的变迁角度，我们可以看到最早的，在海外被资本家当作奴隶一样剥削的华工（《猪仔还国记》），看到旧社会工人的痛苦而看

---

① 张炯《在张平作品研讨会上的讲话》，见：《张炯文存》第10卷湖南大学出版社，2011年1月，第483页。

不见光亮的生活（《一件寻常事》），会看到工人的觉醒与反抗（《盐场》），也会看到新中国成立之后工人们当家做主、扬眉吐气的生活（《包身工的后代》），改革开放之后工人们对新生活的追寻（《丹凤眼》《明姑娘》），煤窑工人辛劳但充满人情味的人生（《爱》《班中餐》《过年》），以及工人在市场经济大潮下重新定位人生，选择自己人生的方向（《学习微笑》）。从某种程度上讲，这三卷工业题材小说，就是一部用小说完成的中国工业发展史、中国工人命运更迭史和中国社会的发展变迁史。阅读这些小说，我们可以看到百年间中国工人命运的变迁，看到中国工业的发展历程，感受到百年来时代脉搏的跳动。

中国工业题材小说还有一个特点，即始终坚守着人民性立场。这首先表现为小说对工人生存境况的关注。在较早的《劳动狱》《猪仔还国记》等作品中就可以看到，作家总是对工人的苦难、工人的生活状况充满了关切，在工人和资本家等其他各方势力发生冲突的时候，作家总是毫不犹豫地站在工人的立场上，对资本家等进行激烈的批判。事实上，这也是百年以来工业题材小说的一个共同特点。在《工人小史》《生与死的一行列》《路工手记》《突变》《盐场》等新中国成立前的一系列小说中，针对工人生活的困苦，工人生存的艰难与无望，作家都是一方面对工人生存状况表示同情，另一方面指出导致工人生计困难的原因，并对资本家、军阀，以及相关统治者进行批判。比如《生与死的一行列》中，小说借助一个贫困劳动者的死亡，对这个时代的贫富对立，富人对穷人的压迫进行了批判，且含蓄地表示出，这个世界上的穷苦劳动者才是一家人。《盐场》中，作家虽然对老定这些劳动者的麻木进行了批判，但还是热情洋溢地歌颂了工人反抗者成和，也对破坏了盐民暴动的陆先生进行批判。显然，工人的苦难，工人生存面临的问题一直都是工业题材小说的关注对象。在新时期以来的工业题材小说中，当工人和资本方，或者领导发生矛盾的时候，作家也都是毫不犹豫地站在工人立场上。《下一站》中，青年工人面对来自香港资方代表的无理指责，可以毫不犹豫地主动辞职，以捍卫自己的尊严。小说对于工人的举动是充满理解和同情的。《女人之约》中，女工郁容秋为了获得来自各方面的尊重，主动承担起替工厂讨债的重任，最终成功让工厂度过难关，她自己却因此而患上癌症，奄奄一息。她最终的要求，只是希望厂长能兑现诺言给自己鞠一躬，让自己能够感受到真正的被尊重的感觉。但是，在她生命的最后时刻，厂长食言了。从小说书写中，可以看到作家对郁容秋这个被人误解所谓声名狼藉的女工充满了同情。

新时期以来工业题材小说中的工人形象，无论处于什么样的生存境况，大多都有自觉的国家主人翁意识。小说中对工人们国家主人翁意识的书写和呈现，其实也是小说人民性的一种表现。《学习微笑》《卖厂》等小说，书写了在20世纪90年代深化改革的背景下，工厂面临破产或者被私人企业收购的时候，工人们的生存状况，以及他们为了保护工厂做出的努力：《卖厂》中的宋师傅，为了保全工厂，他主动卖肾，来为工厂筹措发展资金；《学习微笑》中的女工刘小水，在公公去世之后，主动拒绝了厂里的救济，一家人依靠自己的努力在困境中奋起。这些小说和新时代以来的书写工人对普通岗位的坚守的小说，如《一个小站两个人》《王的记性》等互相映照，显示出中国工人无论是在多么普通的工作岗位上，都始终对国家充满感情，始终以国家主人翁自居，时刻愿意为国家做出牺牲。这种大爱精神的书写，是对中国工人的歌颂，也是小说人民性的鲜明体现。

作家的人民性立场不仅表现在对工人生存状况的关注上，还表现在他们总是以热切的目光关注着国家的发展，力图为国家发展、民族富强贡献出自己的力量。“十七年”时期的工业题材小说，作家们在热情歌颂工人们的主人翁精神的同时，其实也是在为国家未来喝彩。新时期以来书写改革的工业题材文学，比如《乔厂长上任记》

《三千万》《小厂来了个大学生》等小说，都对损害人民利益，损公肥私的相关领导人物进行批判，对主动承担重担，把国家利益、人民利益放在第一位的领导进行歌颂。《乔厂长上任记》中，乔光朴主动放弃权力大责任小的肥差，到问题重重的重型电机厂担任厂长，进行改革。原因则是，乔光朴认为，在国家发展中，重型电机厂这样的工业大厂必须承担起自己的责任，为国家的发展添砖加瓦。从乔光朴、丁猛（《三千万》）这些人物身上，我们可以看到作家强烈的社会责任感，以及对民族振兴、国家富强的期盼。当然，在这些工业题材小说中，有些作家是不自觉地带有了精英主义的立场，这一点在新中国成立前的工业题材小说中表现得尤为明显，不过，即便如此，我们也能从中看到作家忧国忧民的承担意识，以及对工人的热切关注和同情。

毫无疑问，中国工业题材小说具有鲜明的时代性、人民性和现实主义立场，这是其特点，也是其优势。从某种程度上，我们可以说，正是这些特点，成就了中国工业题材小说。工业题材小说的强烈的现实主义立场，使其总是能对社会的变化、工人生活状况的变化做出迅捷的反应，并因此而引发社会的关注。20 世纪 80 年代，在中国工业改革艰难推进的时候，蒋子龙的小说《乔厂长上任记》横空出世，引发社会热议，也让社会对改革有了更深入的理解，对改革者有了更多的理解和支持，客观上也对中国的改革进程起到了推进作用。20 世纪 90 年代，在国家深化改革的情况下，“现实主义冲击波”小说风靡一时，这些小说聚焦时代困境中的国有企业，聚焦面临下岗的工人，写出了对工人们的理解和同情，引发全社会的关注。毫无疑问，紧贴时代，忧国忧民，与时代同呼吸、共命运，与工人共进退，这些都是中国工业题材小说的特点，这些特点促成了中国现代文学史上的经典，如《春风沉醉的晚上》等小说的出现，也客观上促进了进步思想的传播，且给中国工业、中国社会百年来的变迁，从艺术角度留下了一个剪影。

编选本书的过程中，研究生李思妍、杨贺雯、马欢欣在帮我搜集小说资料，以及书稿文字的校对、整理方面，做了大量工作，在此一并致谢。

刘宏志

目录

竞 赛

艾明之

一

炼钢部原来就只有两个领班，最近一个害病死了，急切要补人上去。补谁好呢？大家眼光集中在几个炉前技工身上，选来选去，掂来掂去，最后决定了孙福根。

提起孙福根，全厂都知道是个好工人；年轻，身胚子强，劳动态度好，这些都不提了，尤其是脑筋灵活，肯学习，为人又诚恳和气，上上下下，里里外外，没有不称道他的。把他补上，大家都赞成，说工会跟行政有眼光，又说现在工人到底翻了身，不同啦，有本事的，决计埋没不了。

只有一班领班顾天宝，心里好像长了个疙瘩。消息发表那天，班上工友李万发跑来告诉他。他正在吃饭，当时听了，也说："对，该提他！"李万发走后，他就沉默起来。平时每顿要喝四两高粱，这天喝两口就放下了。顾老婆子问他：

"什么事情，酒都不喝了！"

顾天宝一声不响，撅起身就跑出去了。

顾天宝比死去的领班小七八岁，今年整六十。在炉子上，拉拉扯扯算起来，磨了近四十年。就说当炼钢领班吧，也快二十年了。解放前，受尽国民党反动派的气，有一次还被停了工；解放后，大家都尊崇他，遇有烦难事情，厂长、军代表都不时找他商量，顾师傅长，顾师傅短的。反动派留下来的不合理事情，也逐天逐天在改，在变。就拿孙福根的事来说吧，一个苦工人，一没有撑腰仗势，二没有叩头送礼，三不会吹牛拍马，光凭自己努力，就提拔上来了。要在反动派时候，想扁了头都想不到。

可是孙福根当了领班，他心里就有点说不出的不舒服。要说补得不对，几个炉前的，比孙福根强的，实在挑不出来。当时提孙福根出来，他也举手赞成的。只是孙福根提起来以后，他就觉得，大家虽则不说，眼睛里却带着这股子神气：

“哈，现在提了个新的，当心你这个老家伙给人比下去！”

“以后新的愈来愈多，老的走了味，不吃香啦！”

孙福根还是跟以前一个样，很尊敬他。发表他当领班那天，还特意到顾天宝那里，讨教了很多事情，时不时还这样说：

“顾师傅，以前多亏你肯教，今后更加要你帮忙，你不携一把，我可没得胆子上去！”

这又使得顾天宝心里舒坦一点。后来一看孙福根在班上干得那副起劲样子，那些想头，又像绳子一样使他捆住了。走路，干活，碰到了工友，就觉得暗中在拿他和孙福根作比。

就是这个疙瘩，就是这点不舒服。

到了八月，上面决定开展生产大竞赛时，他的心情益发紧张烦闷起来。

这天，工会召集领班们开动员会。顾天宝到会场时，人都到得差不多了。孙福根正坐在门口，看见他，连忙腾出地方让他坐。他想不坐，会议室里挤得密密麻麻，别说找座位，连个站的地方都不易找。

孙福根又一面用手拍凳子，一面朝下拉他："坐嘛，就这里，门口凉快！"

顾天宝只得坐下，一抬头，却觉得大家都在望着他们哩。

大会开始。工会生产委员孟阿发当主席。

"各位同志！上级……领导方面……有了指示……决定在八月中开展生产大竞赛……具体的办法……厂与厂赛……在厂里面……各部门与各部门……各班与各班……也竞赛……"

接着，孟阿发就把竞赛的意义和应注意的什么，宣传鼓动开了。

顾天宝坐在门口，断断续续听到一些，听到班与班竞赛，偷偷望一眼孙福根，恰好孙福根也望过来，两人视线一作对，赶紧分开。顾天宝好像被铁钎子烫了一下，觉得孙福根这一眼，很蹊跷，好像对他示威：听到吧，我们也要赛一赛呢！

顾天宝的脸黑下来了。他原来是个络腮胡子，头已经秃了，周围还残留薄薄的一圈短发，加上一脸皱纹，现在看起来，更像一颗毛芋头。孟阿发下面的话，他再听不进去，心里只是反复地对自己说：

"比就比吧，难道我比不过你孙福根，我亲手放钢的次数，比你吃的饭还多些哩！"

忽然听到孟阿发在台上问他：

"顾师傅，你有什么意见，谈谈好吗？……这次虽然各部门都参加竞赛，重点还在炼钢部，红旗要给一二厂拿去，才叫丢人呐！"

顾天宝用手抹一下脸，慢沉沉地说了一句：

"没有意见，赛就赛吧！"

孟阿发又问孙福根：

"老孙，你们呢？"

孙福根笑着站起来，把手一挥说：

"要跟一二厂赛，我没有意见，我们一定把红旗拿来！"

回头对顾天宝谦虚地笑道：

"要说厂里班与班比，我们跟顾师傅是不能比的，我才上去，连走道都不会，比什么！”

孙福根是真心实意说的，顾天宝听了，却不舒服：“才当几天领班，就会说俏皮话！”当时就冷冷地搡了一句：

“算了，别谦虚啦！”

孟阿发也岔进来说：

“老孙，先别泄气！竞赛也不光靠一两个人，要看大家努力。谁动员得好，谁组织得好，谁有希望！”

孟阿发又征求别人的意见。因为是头一遭，大家也说不出什么。竞赛决定展开了。

二

班上工友听到竞赛消息，都想知道个究竟。顾天宝回去了，却一声不响，悄悄在马丁炉边铁椅坐下。

大家你看我，我看你，不知会上谈了些什么，看顾天宝脸色，很有点不妙。

加料马小东慢慢走过去，大家跟在他后面。

“顾师傅，”马小东叫了一声，“会上怎么说，决定竞赛了是吗？”

顾天宝眼皮子跳了一下，眼睛却没有抬起来。

“嗯，要竞赛。”

“怎么个竞法，顾师傅报告报告嘛！”马小东恳求似的说，一面在顾天宝旁边白云石堆坐下来。

“说是厂与厂比，各部门跟各部门比，班跟班……”顾天宝顿了一下，停住了，李万发抓抓头，苦眉苦脸地说道：

“哟，这怎么比法？从来没比过，一下就来这许多！”

顾天宝想着孙福根的事，心里正不高兴，就横了李万发一眼说：

“这又把你难倒啦！总是这么一回事，谁出得多，谁出得快，就赢！搞了几十年，我倒不信会栽跟斗。班与班比？哼，来吧，比就比吧！”

李万发给顾天宝半天抓云地说了一顿，弄得莫名其妙，抓抓头皮，闷住了。

马小东还是插上来：

“奖金有没有？怎么个规定法？我们辛辛苦苦，不要捞个空！”

“少不了你的！就看你手洗干净了没有！”顾天宝劈头一句，又把马小东说闷了。

其余的人，原来还有些问题想谈谈，看这情势，都憋在肚里不说了。

大家离开顾天宝，走到凉台上。马小东回头看一眼顾天宝，第一个发话了：

“也没有谁少还他的，气成这吊样！”

李万发心里也不痛快，但怕吵起来，传出去难听，就劝他说：

“算了，他大概心里不高兴。”

“不高兴就能这样吗？”马小东颈子一歪，“不跟人家说清白，竞个卵的赛！奖金没有，不说，保不定我们出多了，以后就估定要我们出这个数，那才叫冤！”

这句话，勾起好多人心事。大家记起国民党反动派时候，谎说出多了有奖金发，后来不但不奖，还要照这样数，月月出，少了就扣工资。

平时看报，这里红旗，那里红旗，东一个竞赛，西一个应战，搔得大家心里痒痒的，都想找个机会露一手。给顾天宝一阵冷棒，打得大家灰不溜溜的，抬不起头来。再一想解放前的情形，心里更加发寒。

顾天宝那天脾气变得特别古怪。炉子也没有以前看得勤，双手捧着脸，气鼓鼓地坐在椅上，像座黑煞神。不说话，别人问他，也有一句没一句地答。他脑子里，却像风车一样转开了，而且越转越快，越转越烦；有时转到，这次竞赛中，有把握可以赢孙福根他们，压倒一二厂，他的眼前立刻抖开两面红艳艳的旗子，一大一小，大的归厂，小的归他一班，旗子一飘一飘，一闪一闪，那时厂里的人见到他，个个伸出大拇指："这家伙老来红，到底比孙福根强！"想到这里，一股欢喜劲就涌呀涌地从心底向上冒。他那满是皱纹的核桃壳似的脸，立刻松展开来，发出亮光。有时转到孙福根竟胜了他，大家也许会说："老啦，到底不中用！"衣服上顿时长了许多小铁钩似的，扎得他浑身难受。顾天宝转来转去，胡思乱想了一阵，直到值班工程师跑来告诉他，火太大，炉墙有点烧流了，他才勉强集中精神，拿出火镜，跑去照料炉子。

三

孙福根挟了饭盒，到了炉子上，离上班还有二十分钟。同班工友已经来了几个，在换衣箱旁边，脱衣服，着帆布围腰和脚套。孙福根一看见他们，就觉得高兴，他那长年在炉前工作被烤焦的发黑的脸颊，立刻闪出笑容。

"嗨，你们到得真早啊！"

吴山狗笑着对他说：

"真不容易，今天你会来迟了！"

林佑财乘机开他玩笑：

"给老婆加了班了，不奇怪，不奇怪！"

孙福根也不搭理他，走过去，趁他不注意，一饭盒打在他屁股上，啪的一声，吓了林佑财一大跳。大家看见他那副吃惊的怪样子，一齐大笑起来。

孙福根放好饭盒，换好衣服，一看时间还早，人却到齐了。他蹲上换衣箱，拍了两下手掌：

"喂，同志们，向你们报个告好吗？"

大家说："好！"就在他身边围成个小圈圈。

孙福根把动员会上听到的，一齐告诉大家，结尾说：

"这次竞赛，我们一定打响它！共产党来了，我们翻了身，伸了腰，当了主人，要有人问我，你这主人干了些啥，真有点发臊，回不出来。现在我们好好拿一手出来，让大家瞧瞧，这主人翁并不是白当的。”

林佑财说：

“你说有奖金，可是真的，不要像反动派那时候，黄牛作风。”

孙福根脸上严肃起来：

“你把共产党看作什么啦！去年皇历现在还能用？我保险，只要竞赛搞好，不但有奖金，忽喇喇的红旗还送到你面前，报上还给你来两段，就看我们自己争不争气！”

这一说，把大家都说动了，一个个卷袖擦掌，眉开眼笑：

“行，照这办法，干死了也心乐！”

“共产党办事没有说的！”

孙福根提示道：

“大家别忘了，这次竞赛不简单，产量要多，还要成本低，原料省！”

“人家能干，我们也能干，我就不信干不过一二厂！”林佑财拍了拍胸。

“哎，别隔帘子看人，先把人看扁了。”孙福根说：“一二厂他们也拼命哩！我们不加劲，红旗可不会自己长脚跑来哩！”

吴山狗骂他：

“你别长人家威风，泄自己的气，他们也没有六个脑袋四只手，会比不过他们！”

孙福根笑起来，一笑，两只有点发黄的眼珠就更光彩焕发了。

“不是这意思，我只是提醒一句，大意不得。不说一二厂，就班与班比吧，我就不敢说，我们拿稳能赢一班。”

这一说，把大家都激气了。吴山狗指着孙福根说：

“你别尽把脑袋放在脬囊下说话！”

林佑财不屑地噘起嘴巴：

“一班几个就是年纪大一点，旁的也吓不了人！”

别的人也七嘴八舌地纷纷说道：

“我们这次比比看！”

“奖金不奖金不去说它，这口气得争一争！”

“大红旗拿到手不稀罕，小红旗还得拿过来！”

孙福根眼看大家情绪高涨起来，心里暗暗高兴，几次想笑，忍着不敢笑出来。

昨天会后，他一个人想了好久，这次竞赛，他这班能不能胜利？他没有把握。他是才升为领班的，在技术上、管理上，都比较生疏。但他多么希望得到胜利，把那面红艳艳的又美又光荣的旗帜拿到手啊！他不甘心让别班拿去的，这是荣誉的旗帜！生命的旗帜！可是他又有什么办法把它拿到手？他想不出来，心里就有点沉，有点难过。

“……竞赛……不是一两个人强，就能赢别人，这要靠大家，一起来。……”孟阿发说的话，忽然跳出来，就像一朵火花，把他愁闷的心境一下照明了，他决定好好和大家商量，动员大家一起来想办法。

现在他看到大家热烈，兴奋，情绪很高，心里安定了几分，觉得大家要真的能出力，竞赛不是没有希望的。他藏住心里的欢喜，正色对大家说道：

“说我泄气，这话不对！我跟大家一样，巴不得把红旗拿过来。那时我们一出去，大家就指着嚷：‘嗨，就是他们得的红旗！’这多光彩啊！不过要赢，要红旗，得动脑筋，花气力，这不是吃西瓜，一千块钱买三块，就可以吃得稀里哗啦的，是不是？”

大家听了都点头。

“这话对，说到道理上啦！”

孙福根稍稍皱起了眉：

“现在加料问题就得想办法，一炉料，常常加四五个钟头，那能赢人家？我们想个办法，把加料时间缩短，出钢时间就会提早许多！”

林佑财说：

“这不能怪我们，来的料子太坏了。”

“最近料子是不好，不过（孙福根摆一摆手），现在哪里去找好料啊！你不听厂长说，连坏料都有点困难。我们不能因为料不好，就炼不好钢，竞赛，竞赛，就是要我们想办法嘛！”

“老孙，我有个意见，不晓得对不对，请大家合计一下。”吴山狗两眼骨碌碌地在众人脸上转，生怕自己意见提得不对。

孙福根笑着催促他说：

“快说吧，别学娘儿们腔调，扭扭捏捏的！”

吴山狗就把他的意见提出来：原来上料的把料抬到平炉，乱堆一起，结果加起料来，拿一块料，要挪动好几块。加起来大大小小也没有个规定。他提议：料抬上来后，大家利用空的时间先拣一道，大的归一起，小的归一起，加起料来，先加大的，再加小的，保险又快又加得多！

吴山狗话才说完，大家热烈地拍起手来：

“对，常常拉一块料，半天拉不出来！”

“这上面丢的时间真不少！”

孙福根的脸兴奋得发红，黄色的眼珠闪出喜欢的光，他一面拍着吴山狗肩头，一面笑着：“对，这办法好，好办法。”

大家又提了好些意见，孙福根一一记着；好的，能办的，当场就决定照办。

上班时间快到了，孙福根跨下换衣箱，对大家说：

“今天随便一谈，真谈出不少东西。以后竞赛了，要改良的地方更多。我提个议，以后上班前，我们就这样谈一下，有事长，无事短，大家看能不能行？”

大家刚才提的意见，都得到重视，也很觉得有意思，都说：

“行啊，我们好好动脑筋，把红旗拿过来！”

四

竞赛开始了。

顾天宝比平常到得早，他绕着废钢堆，把孙福根和自己班上用的料，暗暗仔细地比较了一下。孙福根的轻废钢多，加起来要吃力些。顾天宝脸上不作表示，心里却很高兴，觉得自己有了把握。

人陆续来齐，独独少了一个马小东。上班钟响，马小东还是没有影子。顾天宝黑着脸问大家：

“马小东哪儿去了，还不来！”

大家都不知道。李万发说：

“恐怕临时有事拖住了吧。”

顾天宝鼻子哼了一下，大家知道他的脾气上来了，都为马小东担心。

第一道料加完，马小东才气喘喘跑来，跑得满头大汗。顾天宝劈头一句：

“好，我们竞赛输了，你负责！”

“这什么话，我又不是故意迟到，家里小孩得了急病，送医院，耽误了的！”马小东说。

顾天宝冷冷一笑：

“哼，早不病，迟不病，刚一竞赛你家就有人病！”说到这里，突然提高声音：“告诉你，不要调皮，我顾天宝干了几十年，什么人没有见过，你这算捣我的蛋？这没有关系，可是我们要拿不到红旗，你负责！我们落在一二厂后面的话，你也要负责！”

“这又不是假造的，你可以调查……”马小东急起来。顾天宝不等他说完，就挥手叫他走开。

小孩得了急病，心里已经很烦愁，平白又受一顿申斥，更是满肚委屈。马小东心里刀割似的难受，哪里还有心情竞赛？加上心里一个老疙瘩——怀疑竞赛下来，捞不到奖，还得像反动派时候按月按数出——更加提不起劲了。

大家也都对顾天宝有意见：

“这算什么，拿领班架子压人？！”

“竞赛要大家自愿嘛，骂人还行！”

“小孩病了都不许人带去看，死了棺材谁的！”

顾天宝见大家懒拖拖的，又急又气，脾气也就更暴，不是说这个，便是骂那个。他愈是这样，大家愈是没有劲，一个个死气沉沉，就像少吃了两碗饭似的。

那一天，顾天宝七点四十五分出的钢，说坏，不算坏，说好，比平时好不了多少，可是第二班头一炉就创出六点五十分的纪录。

听到这消息，顾天宝开始还不相信。六点五十分出一炉，解放后还不曾有过。他跑到值班工程师室，因为不识字，就请值班工程师把二班的工作记录念给他听：

“铺炉底……二十分……第一次加料，四十分……续加料，四十五分……第三次加料，四十五分……加料完毕，共一百三十分钟。”

“一百三十分是几个钟头？”顾天宝问。

“二点零十分。”

“二点零十分，二点零十分……”顾天宝心里反复念着，他看出，问题是在这里：加料时间，一班比二班多了二个小时。

“是的，毛病就在这里。”他肯定地对自己说。

第二天加料，他就紧紧地跟在大家后面，谁稍稍歇一下手，他就大声吆喝：“快加！”到了吃饭时间，他又不准许一个人离开。

“把料加完了走，不完不能吃饭！”

大家肚子里空空的，又一连在炉旁烤了两三小时，又饿又累，都有点支持不住。马小东到医院看小孩，连早饭都不曾吃，更加受不住，就向顾天宝恳求道：

“歇一下吧，顾师傅，大家都有点吃不住了！”

顾天宝瞪他一眼：

“又是你，大家都这么干，我也跟你们一样！”

马小东心里想：“你在旁边指指手，张张嘴，人家硬是干啦！”这话没敢说出来。

过了一会，顾天宝感到自己态度也太那个一点，就略微放低声音说：

“大家挺一下吧，竞赛输了，也不是我一个人丢脸！”一看大家想说话，又连忙挥手阻拦：“好，别耽误时间，早点加完，早点吃饭！”

大家无可奈何的，身体摇摇摆摆地又去上料了。

这一天，顾天宝一班，果真比孙福根他们，早了二十五分钟。

可惜这好光景维持不长。一连几天，吃不能好好吃，休息不能好好休息，一个个眼窝发黑，脸颊陷了进去，病号一天比一天增加。马小东原来没有大病，心里不痛快，疙瘩没有解开，赶着这时候，也递了个病假条，回家陪小孩去了。

这样，就不能不找些临时工来替代了。工作本来就重，又是些生手，炼钢时间就一天比一天拖下来，最慢的一炉，竟在十二小时后才放出来。

顾天宝急坏了，也气坏了。络腮胡子长得像一蓬乱枯草，也没有心思剃，黑茸茸，爬满一脸，脸上皱纹变得更深更长，好像老了许多。

他的脾气变得更暴，一点子事，乱蹦乱跳，跟他一起干过，知道他脾气，也不当回事。临时补上来的，却受不了，有些干脆缴了工卡，不干了。

忙坏了工务课，又得赶紧找人替补。

这时候，二班一步一步爬梯子似的爬上去了。有一炉只有四点二十五分就放出来，报纸用茶碗大的字，发表了这个纪录。

五

顾天宝下班已是第二天早上七点钟。昨晚出了一炉，九点二十七分，依然远远落在孙福根后面。顾天宝一生气，澡也不洗就回家。

他的家离厂不远，周围住了二十多户人家，居然像个小村子。门前有条小河，河水清澈，看得见水底小鱼，穿来穿去。河边长满芦苇，现在是八月天时了，芦花由红变紫，现在一概成了乳白色，一棵一棵像兔子尾巴，很好看。

孙福根家也在这里，和顾天宝近邻。顾天宝将到家时，听见顾老婆子和孙福根女人在吵嘴。

顾老婆子骂：

“……才当了几天领班，就把你神气得这副样子？”

孙福根女人也尖起嗓子，不肯示弱地回道：

“谁神气来着，你才仗着男人的势力在欺人呢！”

“我男人怎么的，他可是靠本领，不是吹牛拍马拍上的！”

孙福根女人更生气了，大腿一拍：

“我男人也凭的本事，四个钟头出一炉钢，可不是假的，不像别人九个十个钟头还放不出来！”说完，气愤地转身冲了出去。

她们为的什么吵？说起来只是一点点小事：两家都只有一个小孩，顾老婆子的是条独根子，孙福根一个是头生，所以都很疼爱，两个小孩在门前玩，忽然吵起来，孙福根小孩抓顾老婆子小孩一把，把血都抓出来了。顾老婆子一见，心哪能不疼，奔出来就打孙福根小孩一下；也不知是故意还是无心，打得很重，小孩哇一声大哭起来。孙福根女人把脸也气白了，上去理论，两个人就你一句我一句顶起来。

孙福根女人的话，原是无意说出来的。顾天宝听着，像是挨了一铁棍。他走进屋，朝顾老婆子身上就是一拳：

“老 × 养的，谁叫你跟她吵的！”

顾老婆子莫名其妙地愣着，翻着眼睛，然后伤心地哭起来：

“你老不死的，事情没摸清，就……就打人！你……你……”顾老婆子扑在床上，带滚带嚷地哭起来，把发髻都打散了。

顾天宝知道自己打重了，可是心里实在生气，也就不理她。他原来一晚未睡，这时也不想睡了，把衣服摔在床上，就跑出去。

那一天，他没有吃也没有睡，像失了家的游魂，像没有根的水萍，这家坐坐，那家息息，心里更像有什么在捣，在搅，反动派停了他的工，也没有现在难受。

上班时间到了。解放后，每次进厂他都是喜滋滋的，今天却有点害怕，脚上坠了千斤铁似的，抬得很吃力。今天他能几个钟头出一炉呢？孙福根他们又创了什么纪录？这两个问题，像把大钳子，紧紧挟着他的心。

好容易进了厂，抬头一看，许多人围在墙前，不知干什么。他挤上去，嚇，一张大漫画，画上这样画着：孙福根坐在汽车里，向后面黄包车招手。拉黄包车的是个老头，秃头顶，周围一圈短发，一脸络腮胡，画笔大概是秃的吧，因此点上去的黑点，又粗又大又密，特别难看。两只脚笨拙地岔开，在跑，一只鞋子飞在半空，地上有顶破草帽，从头上四条黑线看来，大概是跑得太吃力了，被风刮下来的。这是谁呢，这个老头子？顾天宝认真一看，再一想，脸盘便火烧似的通红。

他一声不响，转身就走。到了平炉，气愤地倒在椅上。

看画的陆续回来，一边走一边谈：

“老孙真有料！今天又创了一炉纪录！”

“老孙就是能团结人，领导好，他班上十多个人，干起活来就像一个人似的，有劲！”

看到顾天宝，说话的人连忙停住。斜着眼，撇撇嘴，做着鬼脸走了。

班上的人，也都悄悄地在望着他。顾天宝心里很难过。“我们真赛不过孙福根他们吗？”他问自己，“不，一定要赢他！想办法赢他！”他一下站起，走到炉前，用蓝火镜瞅一下炉膛，然后拿起铁棒，向炉边铁钟大力打三下，用尽全身力气，大叫一声：

“加料！”

大家像往常一样，不紧不慢地向废料堆走。出乎他们意料的，顾天宝把火镜戴好，抢前一步，抬起一块，就向炉子里丢。

十几年来，这还是第一次——顾天宝亲自加料。这不能不感动大家。于是，由李万发带头，大家开始迅速地加起料来。

然而，拖拖拉拉，这堆料，虽然大家用了很大的力气，每个人的脸，都像浴室里的莲蓬头，不断地喷出汗来，还是花了两个钟头才加完。

顾天宝不住地看钟，把毛巾塞在嘴里，用力咬着。加完料，他计算一下时间，脸上立刻变了颜色。完啦，已经去了两个钟头，怎能赶上孙福根他们？他们一共才四个多点钟头。但他马上又对自己说：

“不，一定要想办法，一定！”

他跑到煤气部，关照把煤气烧好，并且把风放大。白色的耀眼的火焰从“老虎头”冲出，呼噜噜地响着。炉子里的料，迅速地熔化，钢水像鼻涕似的一绺一绺拖下来。值班工程师心里暗暗捏了一把汗，不住地警告顾天宝：

“当心，不要把炉子烧流了！”

顾天宝不回答，他的脸被汗水浸满，钢水映上去，像是涂了一层油。他继续催促煤气部，加大了风，在三点五十分，开始浇第一个样子。

顾天宝拿铁钩的手，抖得厉害。初当领班，第一次用铁钩剔去样子上的垃圾时，都不曾这样抖动。但这个关系确实太大了，第一个样子成分好，马上可以放，就有可能超过孙福根他们，创出一个新的纪录。

样子在冷水里浸过，敲断，拿到他面前来了。顾天宝抖着手，把断样拿来看了看，忍不住骂一声：“× 养的！”手一挥，把断样远远地丢到废料堆里去了。

不必等化验室报告，经验告诉他：碳太高了。

使碳低下去，有两个办法：慢慢熬下去或是加铁矿。慢慢熬一会比较妥当，但新纪录是创不出来了。顾天宝焦急地在炉边转来转去，最后把手一举，吩咐道：

“来，加铁矿！”

值班工程师阻止道：

“顾师傅，我们已加了规定的数量，不能再加了。铁矿加多了，要影响成本的。我们竞赛成本也是一项哩！”

顾天宝头也不回地说：

“竞赛不是天天有，难得的，多一点没有关系！”

值班工程师又说：

“铁矿加多了，炉底还容易翻，一翻，补起来要多花时间，一二厂要赶到前面去了！”

顾天宝看一看钟，心想：“现在顾不得许多了，试试运气吧！”也不回答工程师的话，把手向上一举：

“来，加进去！炉门，拉起来！”

值班工程师知道他脾气，决定了不容易拗过来，只得由他，心里却很担忧。

这炉钢，终于在四点零五分中放出，超过了孙福根他们。

然而，放过钢后，大家一看炉底，却翻了两个大坑。

六

孙福根到了班上，只见工友们围在炉门前，你一句我一句地骂，看样子都很生气。孙福根问林佑财：

“出了什么事？”

林佑财用手一指炉子：

“你看吧，一班把炉子弄成什么样子了！”

孙福根掏出火镜，走上前去；炉子里已经关了风，闭了火，炉膛还是红通通的，有些烧流的地方，垂着一条条红须子。炉底翻得很厉害，两个坑周圆一尺多。孙福根不禁吃惊道：

“哎啊，炉底怎么翻成这样子！”

吴山狗喷着唾沫说：

“他们要快啊，拼命加铁矿，炉子死活不管！”

其他人插上来说：

“这种快，根本不稀奇！”

“成本加高，炉子搞垮，红旗完球啦，还轮得到我们！”

“我们找顾天宝去，要他负责！”

孙福根连忙摇手阻止：

“这又不是他故意的，他也是为了竞赛嘛！”

“竞赛可不是叫他拿炉子开玩笑的！”

孙福根说：

“一班现在一定也很难过，我们应该去安慰他们，怎么还要找他们？大家记着这个经验就行啦，现在还是快点动手补炉底！”

林佑财气愤地说：

“补一补，起码两个小时，这个账不能算在我们头上。”

生产委员孟阿发，这时听到讯，也到平炉来。大家一下把他围住了。

“生产委员，这账怎么算！”

“如果原料不规定，随便加，我们还可以快！”

“这样搞，红旗怕要姓别人的啦！”

孟阿发看了一阵炉子，心里也很生气：

“怎么翻成这副样子？他还算厂里第一块牌子哩！真糟糕，前一阵把好多人累病了，现在又来了这家伙！”

林佑财说：

“你得好好批评他，这老家伙太官僚了！”

孟阿发说：

"好，我找他谈谈。你们快补炉底，进料。现在我们出了二百六十吨，一厂二百三十吨，二厂一百八十九吨，我们在前面！可是他们现在也豁了命在拼，一厂加起料来，全厂出动，我们要松一松劲，红旗就危险！"

孙福根把双袖挽起，顺手抹一下脸上的汗水：

"加油啊，同志们，红旗别让它跑啦！老林，打钟，加石头！炉门，拉！"

大家呐喊一声，潮水似的涌开去。孙福根走到孟阿发身边，轻轻说道：

"这事情要好好和顾师傅谈谈，只能一，不能二，否则我们的竞赛要失败！"

他用手巾拭拭脸，又说：

"这一阵，顾师傅好像对我有意见，见了我爱理不理的，你去，帮我了解了解，到底为了些什么？一块干活，僵下去怪不好的！"

孟阿发点点头，都答应了。

孟阿发是个入党不久的同志，平时工作积极，肯吃苦，只是脾气也够暴，遇到了阻碍，有时也灰心。关于顾天宝，很早就听到了反映，早想找顾天宝谈谈，一直被旁的事岔开。现在炉底翻成这样，孟阿发心里很生气，又很着急，害怕耽误了生产，红旗被旁的厂拿走。

孟阿发到了顾天宝家，正遇他在吃饭。大家说了一阵应酬话，孟阿发是个急性子，直通通地就把问题提出来：

"顾师傅，今儿个炉底怎么翻成这样子？"

顾天宝知道炉底翻了，自己有错，心里也有点懊悔。现在觉得孟阿发好像特地来揭他的短的，却大起反感，沉着脸冷冷地说：

"我怎么知道！"

孟阿发生气地想："你不知道该谁知道！"勉强捺住性子说：

"炉底翻得很严重，对我们的竞赛是有很大影响的。二班的人见了都吵起来……”

顾天宝嚯地站起来：

“他们吵，吵他的小舅子去！炉底翻也不是今天才有的，值得这样大惊小怪！”

“不能这样说，顾师傅，”孟阿发心里已经火得不行了，说话也就更直率了，“别班最近就没有过！”

“你是说二班吧！”顾天宝冷笑，“当然，人家本事强，又有人撑腰，当然不会出毛病！”

孟阿发再也忍不住，就直接批驳道：

“你不要乱批评，人家领导好，团结强，才有这成绩，跟撑腰不撑腰拉扯不上的！”

顾天宝桌子一拍：

“我领导不好，人老了，不吃香了，你们开会批评我好了。”孟阿发要说话，顾天宝手一摆拦住：“不要说吧，让我吃几口安静饭，反正没有几天好吃的，该怎么办你们就怎么办好了。”

孟阿发碰了个钉子出来，满肚子说不出的怨愤。近一些日子，他为生产竞赛，花了不少气力，呕了不少心血，到头来还要挨钉子，心里就有点凉飕飕的。他曾经有这样念头：党员不好干，事情比别人干得多，还要受气、挨批评，倒不如当个群众的好；反正共产党不埋没人，只要你肯干，能干，譬如当了劳动模范，光荣也不下于党员，可是受不着这样的气了。这想头，工作顺利时更沉下去，工作遇到困难，就不时浮上来，现在它又跑到孟阿发脑子里来了。

半路碰到工会主席（也是党支部委员）谢汉柱。谢汉柱笑嘻嘻地先招呼他：

“老孟，你哪里去的，我正找你。”

孟阿发摇了摇头：

“别谈，吃了个包子。老谢，生产委员这事，我再不干了。”

“为什么？”谢汉柱惊异地睁大眼睛。

孟阿发把刚才的事说了一遍，最后把手一摊：

“你看，这叫人灰心不灰心！”

谢汉柱有一阵没有作声，过后轻轻拍着孟阿发肩头，温和地说：

“老孟，顾师傅把炉子弄糟了，是应该批评。不过我们要知道，他也是为了竞赛，想好，动机不能算坏。而且他在炉上干了三四十年啦，人要脸，树要皮，我们对他好的地方，一概不提，劈头一顿批评，你想，换了你，心里痛快不痛快？”

孟阿发不满地说：

“还是我错了。”

“你动机什么的都很好，一点不错，但方式方法要注意，我们是跟群众在说话呵！就在党内吧，批评也得有分寸，有尺度，对群众我们更得多照顾一点！”

孟阿发照他工人的直爽脾气，脱口说：

“那还是当群众的好，又省麻烦，又不受气！”

谢汉柱没有马上答他，两眼直定定地望在他脸上；孟阿发也知道自己这思想不对，给他望得不好意思起来：

“当然，这思想不对的。不过，老谢，最近我常常这样想哩！”

谢汉柱严肃地说：

“老孟，你这思想真要不得！难道还有比当一个共产党员更光荣的吗？你却要当群众！模范是光荣的，共产党员是模范的模范！你还记得吧，你是因为在护厂清点抢修中当了模范，才批准入党的，你不想好好当好你这个党员，倒想去当群众，你这是什么思想啊！”

孟阿发给说得又羞惭，又有点难过。

“老谢，实在这次竞赛把人累苦了。”

“是的，这次竞赛计划得不够周密，像产量增加，有具体奖励办法，减低成本，节省原料，光说要节要减，并没有具体办法，这自然增加执行上的困难。还有宣教工作，也做得太不够，许多人到现在对竞赛还懵里懵懂的。这也增加了困难。可是共产党员怕困难吗？老孟，还记得入党宣誓时你说的话吗？”

谢汉柱停下，等孟阿发说话。孟阿发搭低了头，却说不出来。谢汉柱又拍拍孟阿发肩膀，声音变得亲爱而且温和了：

“当然，这不能完全怪你，领导上也有责任，首先说我吧，就应该负大责任。你的生产委员已经做得不坏，前天支委开会还提出来，准备在支部大会表扬你哩！”

孟阿发的脸一下红起来，连耳轮都红了，额角上青筋一跳一跳，连连说：

“快不要，快不要，刚才我思想才犯过错误！”

谢汉柱笑道：

“错误谁都有，知道了，纠正了，就行！”

孟阿发不住地摇头，摆手：

“还是不要吧，等红旗拿到了再说！你说找我的，什么事？”把话题岔开去了。

“就是顾师傅的事。他班上的人对他提了不少意见，我看他班里竞赛搞不起来，主要是领导上有问题。”

孟阿发说：

“对，大家说他独断独行，自以为是，动不动就拿帽子扣人！”

“孙福根的道就走对了，他发动大家，团结大家，又在技术上，操作方法上，动脑筋改良，竞赛这玩意，光凭死力气是走不通的！”

孟阿发连连点头：

“对，就是这样，顾天宝把好多人累病了。”

“你看有什么办法叫顾师傅改变一下领导？”

孟阿发直通通地说：

“叫他到孙福根班上看看，人家怎么领导的，学习学习。”

谢汉柱笑道：

“那行不通，你一提孙福根，他就冒火，还谈得到学习！”

“那怎么办呢？”孟阿发抓抓头，忽然想出一个办法，凑在谢汉柱耳边，咕噜咕噜说了一声。谢汉柱沉吟了一阵，最后说：

“这办法不算最好……一时没有其他办法，就照着试试看吧。不过要跟孙福根他们联系好，得配合着来。”

孟阿发拍拍大腿叫道：

“那没有问题。”

七

将近下班时候，孟阿发找到顾天宝：

“顾师傅，老孙害肚子，不能来，下一班想请你代一下。”孟阿发和二班商量好，谎说孙福根生病，让顾天宝到班上看看。

顾天宝心里还存着昨天的气，粗声粗气地回答：

“我不敢代，免得把好的带坏了！”

孟阿发笑道：

“你说到哪里去了，你的技术厂里谁不知道，哪里会带坏。是不是还在生我的气？怪我不好，冒冒失失的，我向你作检讨。”

这倒使得顾天宝不知怎么样好了，两只手晃来晃去，没有安放处。嘴皮一抖一抖，不知说什么好。孟阿发紧接说：

“这跟老孙是没有关系的，你不要误会。老孙还常常在别人面前说，他今天能在炉子上工作，帮助最大的是你！”

顾天宝心里的气已大半消散，脸上神气也逐渐温和。孟阿发料忖事情可以顺利通过，就把话拉回来：

“就请你代一次吧，我跟值班工程师说去！”孟阿发向顾天宝打了个招呼，径直通知值班工程师去了。

隔一会，二班工友陆续来上班，大家都亲热地招呼顾天宝：

“顾师傅，你来代班吗？”

“这一下更好了，老将出马，一抵两！”

“今天准又出新纪录！”

顾天宝先是怀疑大家讽刺他，一看大家的脸，都很热烈、真诚、愉快，不像那么一回事。

人到得差不多，林佑财向大家说：

“今天老孙病了，我们还是照常，开个小组会吧。”回头问顾天宝：“顾师傅，参加吗？”

“参加什么？”

“小组会。我们自己定的，检讨工作，批评表扬。”

顾天宝摇摇头走开，心里想：“开会什么用，新花样！”

大家也不再招呼他，就在炉边开起来。

“昨天小包子差一点害事，”吴山狗说，“拉不开，砂金跑不下去。”

另一个接口说：

“那是个老毛病，得想法治。”

“要机工部快来修！”

吴山狗说：

“这次竞赛，哪部门强，哪部门不强，都看出来了。机工部忙得手慌脚乱，还赶不上，我看他们得检讨检讨。”

林佑财说：

“我们不要把问题扯远了，小包子，我们要机工部马上来修。不过，没修好以前，也得想个办法补救，要像昨天那样，真让人担心，拉不开，一炉钢就完蛋！”

大家沉默了一会。

“旁的办法也没有，”吴山狗说，“我看另外一包一包的包儿包在旁边，拉不开，就把它们丢下去。”

“这个办法可以。”大家纷纷赞成。

大家接着又检讨了很多工作上的缺点，有一些当场就得到了改正的办法。

顾天宝虽然没有参加，会上谈的，却听得一清二楚。他那关得很严的心，好像透进一丝阳光，忽闪忽闪地发亮。他没有想到大家居然提出这许多意见，虽然不都是了不起的意见，却全是和生产有关系的，切实的。一个人能耐再大，也想不到这许多，照顾得如此广。“开会没有用”这句话，现在连他自己也都有点怀疑了。

散了会，大家接着到废料堆去分料。顾天宝一看他们没有他的吩咐就乱动，心里很不高兴，大声对他们说：

“你们干什么？还没有打钟加料，瞎摸弄什么！”

林佑财笑着向他解释：

“顾师傅，我们都是在空的时候，先把大小料子分开，以后加料，就不必一块一块拉，省便多了！”

顾天宝心里一下透亮，就像盖盖儿一下挑开了似的。他立刻想到，这是个好办法。“为什么我们想不到？”他有点懊恨，难过。他不再作声，站在一边，仔细看着大家工作。

“难怪他们快，是有一套！”他不断地对自己说。

林佑财他们，一个个生龙活虎，又唱又笑，头道料一会便加完。林佑财通知大家：

“大家好好休息一会，竞赛不是一天两天的事，得稳着步子干！”

大家高兴地喊了一声，就在白云石堆上散开，坐的坐，喝茶的喝茶，有的唱起学校新教的歌子，笑声歌声一下充满了平炉。顾天宝眼前显出自己一班工作时的阴沉景象，心里益发难受。

过了一会，加料钟声又响，大家鲜虾活跳地蹦起来。推耙的推耙，抬料的抬料，拉门的拉门，动作快，整齐，一点不乱。顾天宝眼里闪出光辉，布满皱纹的脸紧张地搐动，他还是第一次见到这样有组织的齐一的操作。

大家按往常规定，先加大的再加小的。顾天宝发觉，比这个更好的程序是：先小后大再小。因为炉底是洼的，大的盖上去，底下就空了。如果照他的新程序做，每一次加的料可以更多，时间更缩短。

但他没有立刻指出。因为他马上就想到，最近自己落在孙福根他们后面的痛苦，墙上那幅画，还非常深地，鲜明地竖立在他的脑子前。他不说，带回班里，那么他就多一个可能超过孙福根班。

他心里充满矛盾，决定不下来。

一会儿想：

“孙福根他们神气得够了，该我们伸伸腰！”

一会儿又想：

“光一个班好，赢不了一二厂，红旗拿不来，全厂都没有光荣！”

一会儿这样想，一会儿那样想，一颗心，像大海浪里的小船，晃到东，晃到西，定不下来。最后，他猛地站起来，大声对自己说：

“说出来，让他们改正，我们厂里才有把握拿红旗！我顾天宝要赢孙福根，也不靠这一点，我要去赢他们，一定赢他！”

他小跑地走到炉前，林佑财正要推一块大铁皮进炉。顾天宝一把拉住：

“慢一点，先加小的！”

他把理由给大家一说，大家都快活地欢呼：

“对，这道理真对！”

“到底还是老将，一出阵就不同！”

这一炉，三点五十七分就出钢，打破以前任何一炉的纪录。如果不是出钢前，找一根铁杆找了十几分钟，实际熔炼时间将更短。

顾天宝在这一班也看得很多，想得很多。

八

第二天，顾天宝很早就进厂。生病的大都好了，马小东在家混了两天，想想解放后一切，的确让工人翻了身，虽说顾天宝态度不好，只是他个别的情形，赖在家里，毕竟不成样子，这天他也恢复上班。

这天顾天宝好像年轻许多，话也说得比较多，看见人，远远就点头。大家都有点奇怪：“老家伙变样啦！”

等到人差不多到齐，顾天宝笑眯眯地把大家叫拢来：

“我们谈谈吧。”

顾天宝找大家开会，这倒是个新鲜事。大家疑疑犹犹的，围着顾天宝坐下。

顾天宝用手摸摸自己的络腮胡子，笑了一下，要想说话，说不出来。再笑笑，还是说不出，脸孔一抖一抖，很尴尬。憋了半天，好容易叹出一口气：

“唉，昨天我在二班代了一下，受的教训可不小！怪不得他们出新成绩，他们是好，是好嘛！”

顾天宝拍拍自己大腿，接着就把昨天在二班看到的谈了一遍。最后不好意思地对大家说：

“福根是比我强，能团结大家，发动大家出主意，不像我，独断独行，脾气呢，粪坑里的石头，更是又硬又臭，一个不对，就掘人！”

大家听了他一番话，都有点感动。只有马小东，想起以前平白无故挨的骂，受的气，心里还有点不舒服：

“是啊，人家好声好气问你事情，你就把人骂一顿！今天我老实向大家坦白，我根本没有病，就是不高兴干，不是我自己思想转弯，保不住还要在家里赖几天哩！”

顾天宝低下头来，羞惭地说：

“去年皇历翻不得！说实在，我开这个会，就是向大家坦白我的错误！”

也不知哪个先拍的手，大家跟着噼里啪啦就一阵鼓掌。

顾天宝慢慢抬起头，老眼又恢复了光彩：

“现在，我们从头来过。第一，我们得学学二班的长处，每天开个会，有困难，大家动脑筋解决。第二，加料的办法要改，该休息时休息，该干，拼命干！”

大家又一阵鼓掌。

“对，这话说得痛快，我们保证赶上去！”

顾天宝两手向下按，示意大家静下来：

“他们加料用新办法，昨天我想了一夜，想出一个更新的办法，大家合计合计看，能不能行？”

大家着急地问：

“什么办法？”

“现在是一个炉门在加料，大家抬了料等着，我们为什么不两个一齐加呢？”

大家有点犹疑。

“是的，加料的要多吃一点苦，可是加料时间要缩减很多。我们工人阶级怕吃苦吗？不怕，我跟大家一齐干！”顾天宝坚决地说。

马小东说：

“只要这个办法行得通，我们保证完成任务，哪里用得着你！”说着，扮了个鬼脸：“你这副老骨头要好好保重啊，反动派不把你当料，共产党待你真没有二话好说！”

“就是这个，所以我才一定要干，把红旗拿过来。……哦，还有一点，昨天他们找杆子丢了十几分钟，这是个教训，以后我们得注意。我提个议，以后工具什么，一个萝卜一个坑，按规定地点放，不乱丢乱放；各人做什么，也都规定下来，免得临时抓瞎，浪费时间。”

大家一致赞成。工具安放地点和各人工作岗位规定后，顾天宝又让大家提了许多意见，这才散会。

这一来，把大家情绪点燃了，愈燃愈旺，愈干愈有劲。这一天两班的料都很坏，结果二班四点五十分出钢，顾天宝他们四点二十八分出钢，快了二十二分钟。

第二天顾天宝上班，遇着很多人围在墙前。他立刻想到不久前那张画，不知这张又画了些什么，不禁心底发跳。他正想闪开，等人散了再来看，但大家已经发现他，一齐拍手叫道：

“顾师傅，来啊来啊，你坐上飞机啦！”

人堆里冲出几个莽汉，又推又拉地把顾天宝拥到墙前。顾天宝抬头一看，画上有两只飞机，一只红的，坐着个秃顶圈胡子老头，正是他自己。另外一只坐着黄眼珠的年轻汉子，却是孙福根。两个人你望我，我望你，都想朝前赶。顾天宝左面看看，好像自己飞在前面，右面看看，又像孙福根飞在前面。到底谁在前面呢？端详了半天，决定不下来。

旁边有人念图画上的几行字：

一个是，经验多，技术好，改良操作真不少；

一个是，领导好，发动好，团结一致立功劳；

加油！努力！

谁得红旗！

下图分晓！

大家一阵鼓掌，鼓得顾天宝黑色的褶皱的脸，红得像石榴皮。推开大家，逃了开去。

那天二班发出号召，全班加油，三点四十分出钢，盖过顾天宝。

但过了一天，顾天宝班就创出伟大的惊人的纪录：三点零五分。这纪录是十多年来所不曾有过的。

竞赛激烈展开了，但只不过是开始。……

原载《小说月刊》1950年第4期

八十一号车——战斗在高原之一

柯　岗

康藏高原上的崇山峻岭、风雪、空气和时间，对于前进着的人民战士，是一些顽强的敌人。然而这些敌人却一次又一次地被战胜了。人民辎重兵团的八十一号车就是一个很好的证据，但它不过是千千万万辆英雄卡车中的一辆而已。

这是一辆美国制造的十轮卡车。据驾驶员王广顺说，这车子自一九四四年出厂之后，便作为“美援”来到中国，曾经在漫长的年月里，他驾着它，奔跑在所谓“斯蒂威公路”之上，装载着可耻的援蒋物资，直到一九五〇年成都战役之后，他和车子才一块归顺了人民。这是他光荣觉醒的开端。

当王广顺觉醒的时候，车子已老了。“斯蒂威公路”上总共三万公里的奔驰，衰弱了它的机件和效能。可是，现在它已经属于中国人民了，中国人民需要它更强壮地奔驰，更坚忍地载负着物资，它就得听话。

车子的衰旧使王广顺很难过。他日夜不安地思虑着，办法只有一个：用一切力量去修理、擦洗和保养吧，千万不能让上级和同志们知道车子的效能，否则，将会有很多的光荣任务不能去完成。幸而车子的路表已在战斗中被损坏了，没有人知道它已经跑了多少路。

王广顺像爱护自己新生的心一样地爱护车子。他总是在夜晚或中途修车，生怕别人发现它那外强中干的秘密。为了这，不知道耽误了多少睡觉时间，但王广顺是不把睡觉当作重要事情的。

两年来，为了解放西藏和建设西藏，为了保卫和巩固祖国的边疆，他和他的车子日日夜夜地奔跑在康藏高原上。好像车子也很理解他的心，从来不曾示弱。但他十分明白：车子超过了三万公里的行程之后，是一定要大修或更换零件的，保养对于车子效能的延续，只能有一定的限度。可是，另一方面他又确实知道，目前这种美式车辆的零件我们是缺乏的，虽然祖国人民所制造的新车不久就要来代替它，他却仍然要珍贵它，因为目前的任务要紧。

他和他的车终年奔跑在海拔三千公尺到五千公尺的雪山峻岭之上，中午和子夜，山上和山下，气压的高低往往相差百分之五十到六十，温度的悬殊，经常是零下十摄氏度到零上五十摄氏度的距离，再加上不时的、突然的风雪和冰雹的袭击。这辆车上的伤痕加多了，引擎盖板上到处都是冰雹打烙的坑，驾驶室前面的玻璃已经被打得裂开破纹，又被中午的紫外阳光灼化了玻璃中间的透明胶液，玻璃成了被雨水浸渍过的、多纹的黄纸了，视线全然不能通过了。至于内部机件的消耗，那是看不见的。王广顺索性去掉自己正面的那块玻璃，让视线从空框里透过去，虽然车子行驶起来，迎面风已经吹焦了他的脸皮。

今年秋天，王广顺所在的汽车团也和别的汽车团一样，同时接到了抢运的命令，要在八月份内把全部进藏部队的冬季给养运过二郎山和折多山，争取时间就是胜利，九月里大雪就可能封山的。

七月二十九日的黄昏，王广顺全连的驾驶员们在车场集合了。政治指导员站在一辆卡车的头上，传达了上级的命令之后，说：

“同志们！毛泽东的战士，人民的驾驶员，不仅能够战胜敌人，更要战胜自然！在困难面前低头的人，不是我们的同道！任务已经明确，每辆车子四十公吨，要在八月份内从二郎山以东运过折多山，行程三百公里以上，路很险，山很高，空气也稀薄，是艰苦的，但也是光荣的！要知道这是为着前方的同志们要在雪线之内过冬，这是祖国的需要！各班如果觉得需要讨论的话，晚上可以讨论，不要的话，现在就可以出发！谁完成任务早，谁就战胜了时间；谁做到安全和互助，谁就是对人民负责！”

没有一个班愿意用讨论任务来占据完成任务的时间，所有的驾驶员发出了一个声音：

“同意！”

指导员刚一走进屋去，王广顺就把他的小个子助手，十九岁的刘兴拉进驾驶室去，二话没说，马达就响了。

八十一号车是第一辆开出车厂的。大约走了十公里，王广顺突然“煞”了车。

“伙计！把工作灯点起来！”

“搞啥？车子一点也没毛病嘛！”

要是王广顺原先那个助手的话，他一定知道是干啥的，可惜他现在已经在二团做驾驶员了。刘兴是刚从别的连上调来的，年纪很轻，很积极，王广顺只知道他是华北参军的战士，可是脾气还没摸透。于是他自己欠起身子，从坐垫下面取出了用罐头盒子自造的工作灯，他一面点灯，一面说：“要把车子检查一下呀，任务不简单！”说着跳下了驾驶室，刘兴跟着他，把车子看了一遍，最后只把右后方的轮胎螺旋紧一紧，敲了几下轮胎，就飞奔而去了。

仓库的装卸人员正在聚精会神地讨论着在抢运中迅速装车办法的时候，王广顺的喇叭响了。王广顺的车还没装好，后边的车子就又来了。

在二郎山和折多山上，时间比黄金更可贵。任何一秒钟内都轰鸣着马达，任何一公里的路面上都飞奔着卡车，灯光像千万条闪电似的，把峰峦紧紧地纠缠着。这里已经没有了黑夜和白天的区分。生长在川西盆地的白米，犹如长着翅膀似的，超越着高山、树林和河川，向康藏高原飞去。

峭崖啊，陡坡啊，回转在万丈绝壁的、玻璃似的石道啊，突然从头顶上倾倒下来的瀑布啊，二郎山顶的暴风雨、冰雹和终年的黑雾啊，折多山上的六月雪和稀薄的空气啊，急奔的大渡河啊，尚未冷固的流岩所制造的“橡皮山”啊，原始森林的败叶所散放的恶臭啊，我们要战胜你！毛泽东的战士、人民的驾驶兵要战胜你！

三个星期以来，王广顺和他的刘兴没有打开过行李了。他们除掉临时加油、修理个别机件和吃饭，没有离开过驾驶室。只有在困倦到神志不清的时候，才把车子靠在较为宽敞的道旁，身子趴在方向盘上睡几分钟。有时候，当他们正在睡觉，忽然有同班或同连的车子从身边跑过，王广顺总要睁开血红的双眼看一看到底是谁，人家往往笑着说：“睡吧，看你的眼成了红嘴桃啦！”

八月二十一日的晚上，将近三点钟的时候，王广顺的车子开到了二郎山脚本连所设的临时饭站来，正好他们指导员也在吃饭。当他和刘兴打好了菜，蹲在帐篷门口的小油灯下时，指导员也拿着菜盆凑过来了。

“你们的任务快完啦吧？”

“还有五吨，有一趟就行了。”刘兴回答。

“这回在时间上你们怕是咱连的第一，他们都还要四五趟呢！”

“就怕‘抛锚’，要是车子争气，也许……”王广顺嘴里嚼着饭说。

“积极争取时间是好的，可是要爱护身体呀！同志，不爱护身体也是对人民不负责。听说你近来连话都不同人家说啦，是不是？”

“指导员，我只觉得这是咱们的任务，要是突然雪封了山，给养运不上，前方吃不上饭，叫咱怎能吃下饭哩？”

“好吧，到庐定找个房子休息下吧，任务差不多了，太疲劳容易出事！”

“好！”王广顺撂下饭碗，翻身上车了。

可是他俩并没有在庐定找房子休息。

二十三日下午，王广顺的空车子从折多山西边向二郎山行进着。不知为什么他和刘兴一点也不困了，两人不住嘴地评论着沿路哪个连的饭站好，哪个饭站的牦牛肉炖得烂，咸鱼煎得好，能吃到青菜等，两人的心完全一样，觉得快要完成任务，心里非常轻松愉快。王广顺很想停下车来，看看天空和山景，但又要争取时间。所以他只是不时地把眼珠斜过去，骄傲地向窗外瞟一下。刘兴也伸出头去看了下，说：“嘿！北面雪山上有块黑云，可能是大风！”但他又毫不介意地把话转到刚才的谈话上，说：“饭站的同志们也辛苦啊，三更半夜的，早晚都有热茶热饭。”

“是嘛，大家都是为人民服务嘛。”王广顺满意地说。

“咱们晚上到折多山那边六连的饭站上吃饭吧，他们那儿常常碰上吃馍馍哩！”

“好吧。”

车到松林口，已经傍晚了。骑在马背上的牧人，正用他们那种特殊的声音呼喊着牛群、马群和羊群，老大的牧犬追赶着两只狐狸，从松林里飞跑出来，横过了公路，把刘兴乐地叫了一声。靠近路边的牛毛篷帐里，已经燃起了牛粪，一缕缕的青烟在低空里萦回着，孩子们对着车子喊：

“解放军！亚麻，亚麻的！”

刘兴说：“真不简单，去年咱们刚来的时候，他们看见车子就惊奇，他们从来没有见过呢！”

“哼，他们还问过我这东西一天要吃多少酥油糍粑，现在可不同了，快得很！”

王广顺不转脸地说着，孩子早已被闪到很远的后面去了。

半夜，车子到了折多山顶上。迎面上山的车灯好像两只黄色的小星。王广顺和刘兴忽然觉得窒息了，光想深呼吸。引擎的声音也很小了。本来两人并膀坐着，却忽然觉得好像相离很远了，好像中间隔了一层玻璃，说话声也很轻微。可是他们并不恐惧，经验告诉他们，这是要落雪的征候。按照平常的情况，这山顶上的空气虽然要比四川稀薄到百分之六十，可是经过一年来的斗争，他们早已习惯了，现在的反应说明是气压更低了。

王广顺竭力想把车子开快点，但气压障碍了速度。

对面的车子在百十公尺的远处停下了，有人向他们跑来大声问着：

“同志！有大套筒杆和‘千斤’没有？”

王广顺已经听出了是三排赵新发的助手徐保。

“怎么搞的伙计？要下雪了呀！”王广顺说。

“没有‘千斤’，有顶木！”刘兴说。

“妈的，一个后胎撒气啦！”

“有替换的没有？”

“有！”

“走，大家动手，快点搞，下雪就倒霉啦！”王广顺和刘兴一齐过去了。

赵新发没有用惯顶木下轮胎，王广顺就自己钻到车下，用手按住顶木的一头，要赵新发开车，好半天搞不起来，不是过火就是上不去，还差点压住王广顺的脚。

天空已经开始降落着雪球了，引擎盖板上叮当叮当地响着。赵新发快要急死了！

王广顺没有说话，叫刘兴到车下去，用顶木一头顶住后轴，一头按在地上，自己上去发动了车子。

徐保指挥着：

“前进！”没有上去。

“再前进！”又差一点。

“再进，再进，一点，一点，好，好，好！”王广顺急忙熄了火，后轴在顶木上架住了，轮胎离开了地面。可是雪更大了。

赵新发也知道折多山上的怪雪，哪怕是六月天，说下就是几尺深，他一面赶紧卸轮胎，一面让王广顺先走，免得万一下大了，大家都陷在山上。但是，王广顺一心想大家动手快点弄好大家都下山。雪确实越来越大了。

轮胎刚刚换上去，螺旋还没上紧，地上的雪已经尺把深了，竹车篷上压得吱吱响，世界成了一片白，一点路也没有了，车子不能开动了。

王广顺和刘兴跑到自己的驾驶室去，帆布顶篷被雪压得凹下来，刘兴用手把雪推下之后，两人才直起了头。

“开吧！”

“那不是找死？一点路眼也看不见。”

“那怎办呢？”

“等着吧，一会就不下了。”

他们再也不说话了。饭碗一样的大雪块降落着，好像无数的大拳头捶着他们的心。

静啊，可怕的，忧愁的静寂来临了。他们多么希望能把车子开过去，和赵新发靠近一点也好些，然而连这也不可能了。

巨大的雪块和稀薄的空气摩擦着，发出嘞嘞的声音。

顶篷上的帆布又压到头上来了，刘兴用力从里面一推，雪都蹦到引擎盖板上去了。刘兴的思想像脱了缰的野马一样，一会儿想到了完成任务的高兴，一会儿想到了前方同志们的艰苦，一会儿又想到了被大雪埋在山上的可怕。

“咱们不会被埋在山上吧？”

“不会的，绝不会的！”

“就是埋了我也不怕，明天太阳会把咱挖出来的。”

“扫雪队的同志们比咱更担心，只要不下了，他们马上就会扫上山的。”

“你饿不？现在要让我吃六连饭站的馍馍，少十个下不来！”

他们用力进行着深呼吸，觉得身上的皮衣好像被脱掉了，风，直接刺激着胸脯。刘兴拼命把双手往袖筒里钻。

“冷吗？把行李打开来围住吧。”

“打开也放不下。”

“那就靠紧点吧。”两人往一块凑了凑。由于饥饿、严寒、疲困，他俩都觉得雪在眼前闪耀着五彩的幻光。

高原上的气候真是奇怪，八月里，大雪像一张张的大棉被向下铺落，可是，说停就停了，现在连一粒米样的雪花也不落了。

“喂！你看，星星出来啦！”现在星星对他们是第一等可爱的东西。王广顺伸头一看，顺手摘下了驾驶室的铁门扇，跳下车去，刘兴接着也摘下了另一扇。

“赵新发同志，快来铲雪呀，不下啦，先把咱们中间铲开呀，好让咱们靠到一块去！”

“没有家具呀！”赵新发的声音。

“驾驶室的铁门扇就行呀！”

在海拔四千公尺之上的空气里，进行劳动，本来很艰难的，何况他们又是这样饥寒交迫。最初他们可以接连铲三下，喘息一次，后来逐渐减低，到黎明的时候，每铲一下就要喘息几分钟了。可是他们无论如何不肯中止。王广顺早已不能支持了，觉得自己的脑袋已经胀得像地球那么大了，胃痛，眼前一阵阵地发黑，肺也快要炸了，但他仍旧坚持着。

眼看他们之间的路快要打通了，剩下不过两三米远了，他提着铁门扇对赵新发说：“快啦，你看，快……”话没说完，门扇当啷一声滑落了，接着他就晕倒过去了。

王广顺醒来的时候，是在驾驶室的坐垫上躺着，团部的刘医生和刘兴正在喂他温热的黄酒和牛肉干。扫雪队已经把路扫清了，赵新发不知道自己是什么时候下的山，别人的车子不停地擦着他们开过去。

医生命令王广顺和刘兴在六连饭站上休息了三个钟头。可是，等医生走了之后，他们就又发动了马达，向二郎山以东去载负他们最后的五吨米去了。

返回来的时候，又是夜里。

每一个翻越二郎山的驾驶员，为了穿越山顶三公里的长年黑雾，差不多要在快到山顶的时候停一停，一面休息，一面检查机件。王广顺在这里特别检查了自己的刹车，因为在这里如果机件失效，那是很难设想的。可是他实在没有想到，当他爬上山顶，正要下山的时候，因为车辆过重，机件衰老，一脚下去，把刹车踩坏了！

“啊哟，刹车坏啦！”这句话叫刘兴脑袋轰一声炸啦！一切他所见过的失事的惨相，都现在眼前了。

“怎办？停下，熄火吧！”刘兴用手电筒向沟里照了一下，没有底。

“这怎能停呢？后边车子要过去呀！”

“那怎办？”

“慢慢走吧，用手闸，你专关手闸，我看路，不要紧，咱们路熟。”

“对！不能走也得走呀！”

真的，王广顺对于二郎山的道路，像熟悉自己的鼻子和耳朵一样，他就这样走过了无数的急弯和陡坡，缓慢地，平安地，开下山来。第一名完成了任务。

现在他正驾着他的八十一号车到修理场去。可是他的车上插了一面崭新的锦旗——“万里安全号”。

一九五一年十一月三日于甘孜

原载《人民文学》1952 年第 1 期

新的家

艾 芜

郝学英一走出火车，雪地上的冷风，立刻包围过来，但她并不怕冷，只是放下箱子、被盖卷和两个篓子，就赶忙前后左右地瞧。心里热热的，有点慌张。月台上的电灯，不大亮。好多黑影，走上车去，好多黑影拥上天桥。听见不远处，一个男子欢喜地叫：

“哎呀，你们在这里！”

马上一个女人喜悦地应着：

“呵，快喊爹！”

那对夫妇抱着孩子，提着行李走了，郝学英还一个人站着。她仍旧在东张西望，心里却非常的不快。

“信上不是说，一定来接么？”

火车吼了一声，轰隆轰隆地响着走了。

刚才在车上，远远望见这个城市，有无数玻璃窗子，亮着电灯光，使她心里充满了喜悦，好像许多快乐的眼睛，在笑着欢迎一样。红润的嘴唇，情不自禁浮上微笑，怕坐在对面的人看见，还用牙齿轻轻咬着。现在一个人孤零零地站在月台上，突然觉得周围一切都显得非常生疏了。就连那些亮着灯光的窗子，也一下子变得冷冷的。这时才感到风太大，脸和颈子很冷，耳朵发疼，她赶忙把松了的红围巾，朝颈上缠紧一点。她鼓起勇气，背上被盖卷，右手提箱子，左手提一篓鸡蛋和一篓红枣，直朝天桥走去。

她和魏振春结婚将近半年，除了丈夫休假的时候回去过几次，她几乎过着孤独的日子，虽然有公公婆婆同住一道，但并不能使她感到安慰。平日最愉快的事情，就是和村中妇女，一道在麦地里扯草，一块儿在高粱地里唱歌。另外就是接到魏振春的信，虽是话说得不多，但每一句话都能燃烧她的心，使她快活得脸红，眼睛发亮。“好好工作”“好好学习”“不要同别人生气”，说得又恳切、又热烈，丈夫那副爱护关心的脸子，棕黑、结实，稍微有点发红，就仿佛现在面前。还觉得那只有力的大手，好像正在抚摸她的肩膀一样。后来的信，又讲到公司在为工人添修住宅了，“房子一修好，就接你来同住。”简直使她乐得合不拢嘴。她每次回丈夫的信，总离不了要问这一句话，“房子修好没有？”最近的信就是说新房子业已分到手了，叫她快些去住。她快活得很，立刻回封孩子气的信：“你晓得我还没有坐过火车呵，坐那么远，我怕。你在那个大地方，我怎么找得着你呀！一个人呵！求求你，回来接我。”等到接着回信，说是任务紧，工作忙，不能回来，就气得流下眼泪。连信上最重要的句子，也不高兴仔细看了，信上是这样说的：“我告诉你一个好消息，五年计划，就要开始了，我们要打好基础，好好完成任务，大大超过。还写信报告毛主席，一九五二年的任务，决定提前二十天完成。大家情绪高得很，不愿缺勤，不肯轮休。我怎好回来，你替我想想。”她把信纸朝桌上一丢，气恼地说：“就那样忙！”但是生过气后，还是高高兴兴地到处收买鸡蛋和红枣，她知道这些东西，都是丈夫很喜欢吃的。第二天又照丈夫信上的吩咐：“请人送上火车。”并非常信任那句话：“到火车站，我一定来接。”就这样安心愉快地，坐了大半天火车。

可是现在到了火车站，他就偏不来接。她慢慢走上天桥，又慢慢走了下去。进了候车室，就把东西放在地上。她决定在椅上坐着休息一下，然后振作起来，再去打听要去的地方。她知道只消一问，就可以找到，并不是一件困难的事情。只是魏振春不来接，的确伤了她的心。她望着脚旁边的一篓鸡蛋和一篓红枣，恨恨地想：

“我时时刻刻都想着他，他就这样不关心我！”

正在这个时候，一个年轻女人走进来了。头上笼着红色的羊毛帕子，脸蛋冻得通红，胖胖的，有着愉快的神情。身上披件黑棉大衣，纽子没有扣上，蓝底红花白花的短棉袄，迎着灯光，在胸部很打眼地挺露出来。一看见郝学英，就赶快跑了过去，很高兴地说：

“哎呀，可接着你了！”一面用戴皮手套的手，抚摸一下胸口，“我赶快跑，生怕错过了，碰不着头……呵，你还认得我吗？……我就是庞越香哪！”

郝学英开头非常惊讶，觉得面熟，认不出到底是谁，听见说是庞越香，立刻脸上发烧，连耳朵、连颈子，都羞红了。约莫一年多以前，庞越香还住在乡下，两人争割山地上的柴草，曾经吵过嘴、骂过架，以后一在村里碰见，就各自把头掉开了。现在忽然见了面，而且还说是来迎接的，真是怪难为情。

但庞越香仿佛忘记先前的争吵了，越发热情地说：

“早就听说你要来了，就不晓得哪一天。刚才家属委员会接到老魏的电话，我就赶快放下碗，跑来了，就怕你人生地不熟的，找不到地方。你等了好久吗？”

郝学英简直有点傻了，庞越香越对她好她越不好意思，只是红着脸，怯生生地说：

“不久。……老魏他哪里去了？这样……劳烦你……”

“老魏还在厂里。说哪里话！这有啥劳烦！我们家属委员会就应该做这些事！”庞越香笑着瞟她一眼，接着就朝大门走去。“我去叫马车，你休息一下。”

郝学英直望着庞越香的背影，吃惊地想：

“她胖了。一年不见，变得多么快呀！……唉，我怎么这样笨，在她面前连话都不会说了！……先前哪点不及她！”心里禁不住很懊恼，同时更怨恨丈夫不亲自来接。“你不来，就算了，为什么叫这个人来！”

坐上马车，郝学英还红着脸，眼直直地对着自己戴的一双又笨又臃肿的棉手套发呆。马蹄和马车轮子，走在积雪的路上，轧出咔嚓咔嚓的声音。有时马车夫响一下鞭子。

庞越香忍受不住这样的沉寂，同时又觉得应该说些话来减少对方的拘束，便向车窗外面，热情地指点着说：

“你瞧，那边就是咱们的工厂，半边天都红了。那里炉子上冒两股红火，就是炼铁厂。过去一点，那一排烟囱，就是炼钢厂，老魏老张他们都在那里。这边一下子红了，就是化工部的炼焦场，在出焦子……”

郝学英一面听，一面从马车的玻璃窗上望出去。工厂那边，望不尽的庞大房子和无数的灯光。有的房子里面，闪出蓝色的光，亮一下暗一下的。有的房子旁边，散出暗黄带红的烟云，卷入黑暗的天空。许多冲天的烟囱和三两个高大巨型的瓦斯库，隐隐约约可以望见。火车、载货汽车还有叫不出名字的什么车，都带着强烈的灯光，纵横来往，时时发出吼声。庞越香讲了好些厂的名字，她听过就忘记了，只是对炼钢厂她没有忘记。还对炼钢厂所在的地方，望了又望。心里一面惊异地想：

“他们简直不睡觉呵。唉，这真比我们庄稼人还苦哪！”想到她的丈夫，这时还在工作，不免有点心疼。

“呵呀，”庞越香突然叫了起来，“老大爷，走那边不行，那边在修路，通不过哪！”

“吁、吁，”马车夫叫着，把马拉了转来，弯到另一条马路上去。忽然现在面前的是许多亮着灯光的楼房，样式非常整齐，有些是一座一座的，有些是一排一排的。房屋的前后左右，都有宽大的空地。灯光射了出来，映在积雪上面。屋子里的收音机，不断地送出歌曲，正在唱“每天每日工作忙……咱们工人有力量。”

庞越香拉下郝学英的袖子，忍不住高兴地说：

“你瞧，这些都是我们工人住的房子呵！春天一来，家家都在屋前屋后，种起各样的花，窗子一打开，就香到屋子来。”

庞越香越讲越兴奋起来，她就是热情的人，无论谈到什么，都感到很有兴趣。接着又讲到这个住宅区的卫生。

“我们这一带，防疫工作，做得挺好。我们家属委员会，经常发动妇女，到处打扫，还评定模范哩。我明天就引你去看，哪一处，不是一家赛一家的。美国鬼子一撒下细菌，我们妇女，就把它消灭了，一点作用都不起！……乡下防疫工作怎样？……唉，我总忘不了，屋前屋后，到处丢起脏东西，又撒起牛屎马屎！”说完了，还摇了一下头。

“那又不比从前哪！”郝学英把落在脸上的头发，往后一甩，她又活泼起来，重新恢复她那不让人的性格了，“我们天天打扫、捉虫子，区上来评，还说是模范村哩！几个卫生委员都得了奖、又戴了红花！”

“你一定戴了红花？”

“他们要跟你戴上，你好躲开吗？”

“那就很不错啰！”庞越香夸奖一句，随又忍不住地说：“我们这里，可困难了！乡里只几十家人，这里是几千家几万家哪！单是家属委员会，就有好几十个。一有细菌，那还了得！我们家属委员，真忙得够呛，又要宣传，又要检查，挨门挨户，不能马虎一家！”

“我们也忙得够呛呵！俗话说得好，麻雀虽小，肝胆俱全。一点不周到，就要受到批评，”最后还尖利地补了一句，“模范那不是好当的呵！”

“是倒是啰。”庞越香说了一句，就向马车夫叫道：“老大爷，赶快点，咱们还要开会呵！”她趁着马路上射来的灯光，看一下手上的表，随即向郝学英说：“这里不比乡下，晚上都忙得很呵！”郝学英没有回答，只是呼吸紧了一下，不快地想："怎么还不到呵！"

鞭子在冷风中，清脆地响了一声，马便迅速地跑了起来。

终于到了一列房子面前，庞越香叫马车停下，一面高兴地叫起来：

"呵，老魏回来了，你瞧，电灯都开了！"

郝学英还一下子看不出哪个窗子，是她老魏的。但只觉得每个窗子，光辉明亮，都像对她发出欢笑。房子里也有歌曲，在愉快地播送出来。她的心里，立即充满了快乐。往天在乡下，做过这样的梦，但都没有眼前这么美好。首先乡下的房子就不能比，这简直好到天上去了。

给了车钱，庞越香提着箱子和一篓红枣，当先走了下去，郝学英提着被盖卷和一篓蛋，赶紧跟在后面。走了一小节路，才走到房子面前。还没走进门，庞越香就笑着大声喊：

"老魏，你这家伙，怎么不出来接呀！"

郝学英满以为丈夫会一下跳了出来，欢喜地跑来迎接，哪知全没动静，她倒抽了一口冷气。

走进屋子，也不见老魏，却是三个女人和一个男子跑来迎接。女的手上满沾面粉，男的手上拿着扫把。郝学英一个也认不得，就像庞越香带错了路，一下子走进别人的家。他们都笑盈盈地接下郝学英手里的东西，并拉根板凳来给她坐，还没坐下，就有一杯热茶送来。他们的殷勤样子，就像在招待客人一样。可是没有看见魏振春，她心里非常难过，简直想哭了，只好尽力忍着，不让眼泪流了出来。

庞越香望了一下郝学英，便问那个男的：

"老李，怎么你们都回来了，魏炉长还没有回来？"

老李看下郝学英笑着说：

"你还不晓得老魏这个人，厂里一有点事，他就啥都不管了。只是老蹲在厂里。今天下午四点钟就没他的事了，他就怕下一班炼不好，会改钢种。他便把钥匙交给我。你不知道，现在的任务，多么紧急！”说完之后，又望一下郝学英。

郝学英低了下头，拿手迅速揩下眼睛，心里十分愤怒：“没他的事，他都不回来，简直没把我放在心上！”

庞越香没有注意郝学英，只是嘴唇一扭，很不满地嚷叫起来：

“我怎么不知道，你才说得怪了！现在谁不知道，基本建设，天天要你们的钢。你们厂里的事情，哪点瞒得住我！”她是很容易激动的。

郝学英听见他们谈到她丈夫厂里的事情，即使听不懂，她也要专心地听，但一听到庞越香讲话，她又有点厌烦了，她觉得庞越香好像故意在她面前逞能。可是又不能不专心听下去，她希望他们讲到她的丈夫。

老李带着爱开玩笑的神情，笑嘻嘻地问：

“你知道，那我问你，现在基本建设，需要什么样的钢种？”

“不要笑，你以为我就不知道吗？我问你，是不是要什么平三？”

庞越香讲到这里，觉得没大把握了，口气虽然硬，却改成问的话语。

老李闪着狡猾的眼睛，放纵地大笑起来：

“是平三，那还有屁的问题。现在基本建设，平三不要了，又要钢三。这是新的钢种，搭厂房上的铁架子，就少不了它。记着吹牛的时候，可不要弄错哪！”

郝学英听不懂什么基本建设，什么平三钢三，但看见庞越香当面被人抢白，心里便莫名其妙地感到舒适和畅快，同时，也无形中对她消失了嫉妒和不满。

“我要那么清楚，那我早去当炉长去了！”庞越香气得满脸通红。

“哼，当炉长那么容易！”老李敛着笑容，仰着带红的黄脸，朝庞越香走近一步，责备地说：“你去当炉长嘛，现在炼钢三，炼不好，可真急得够呛！首先碳素不容易控制。乙班炉长老万，眼睛熬红，衣服烤焦，还是炼不好，昨天简直急得哭了。你想想看，基本建设，停工待料，你耽误国家的建设，还了得！哼，你们女同志，光嘴巴讲讲，那倒容易！”

郝学英抬起头来，惊异地望着老李，心里禁不住地想：“呵，会难到这步田地吗？”她替自己的丈夫，很是难受起来，她仿佛看见丈夫的眼睛也红了，衣服也焦了。

庞越香可忍受不住，嚷叫起来：“呵哟，简直说得那样了不起！你们炼钢工人，是天生的么？哪一样不是人学会的！……请问你，炼钢厂是不是有个女炉长？”回头又向郝学英热情地讲：“咱们妇女也有指导男子工作的呵！”

“呵！”郝学英睁大了眼睛，现出了惊奇和羡慕的神情。

“那是炼铁，不是炼钢！”老李傲然地仰一下头，露出一脸嘲弄的神色。

“嚇，你这鬼东西，不要做出那个样子，总有一天会有女人炼点钢给你们看的。”

“是的，你们还会当炉长嘞，”老李揶揄地说，接着打趣起来，“可是不要像老万一样地哭哪！”

郝学英皱起了眉头，她对老李深深感到不满，这样轻视女人，她真受不了。在乡下互助组的时候，她并不比一般男子工作得差些。

庞越香气得满脸绯红，额上冒出汗珠：“呵哟，那只有你们的炉长一个人了不得了！”

“那当然了不得！”老李说完这句话后，立即车转身子，对着郝学英点一点头，“那可要人比哪，老魏，他炼好钢三那天，厂长、党委书记、工会主席，都来炉前，跟他握手，戴上红花。可惜你没看见，老魏他写信告诉你没有？”

“没有。”郝学英小声抑郁地回答。丈夫信上不告诉这些事情，她有些不满，但同时又感到愉快，她高兴丈夫有这样的光荣。

“以后你会看见的，”老李安慰地说，“我们这里，只要做了模范，工会就打鼓吹喇叭，用汽车把奖品送到你门口，那真热闹极了，多少人跑来拍手。”随又车过身子，向庞越香兴奋地说：“我敢打赌，老魏今年一定会评成模范！”

庞越香坐着喝茶，讽刺地说：“我看你也有希望哪，单凭你那张嘴巴！”

“当然有希望！”老李抵塞一句，停了一下，又对郝学英感叹地说：“那我们就及不到老魏了，他干起活来，命都舍得不要。自从入党后，更加干得起劲，到下班了，他还在炉子面前，瞧呀瞧的。苏联专家来了，老是拉着问。有时还赶到技术员家里。……”

一个女人手上沾着面粉，进屋来寻找什么，正要回到厨房去的时候，忍不住停下脚来抢着说：

“提到老魏，那话可多了，不说别的，就是该轮休的时候，他也要到厂里去看看。我们还在笑他。你分房子做啥，你该把被盖卷搬到炉上去哪！”

她笑着瞟郝学英一眼，随即走到厨房里去。

郝学英喜欢他们称赞她的丈夫，但另外又替丈夫担心：“唉，也要顾到自己的身体才好呵！”

这时又走进几个女人来了，她们手上抱着孩子，来同郝学英打招呼，一面笑着说：

“我们来迟一步了，还有什么要帮忙吗？”

“呵，你们该帮着煮饭呀！”庞越香笑着提醒她们，“人家远客还没吃饭呵，我们只顾讲话。”

郝学英赶忙阻止道：

“大家请坐坐，我自己会煮的。”

刚进厨房去的那个女人，立刻伸进头来，说：

“都快要做好了！刚才一进来，看见屋里有面有肉我们就包饺子！”

“你们真搞得快！”庞越香赞美地说了一句，回头来又向郝学英忍不住高兴地说：“你看，这就是我们家属委员会的成绩呵！”

“这还得算我一笔功劳喃！”老李感到好玩地笑了起来，“刚才我拿钥匙回来，就发动一下，她们一听见我们的炉长，那样关心国家的建设，就都丢了家中的事情，跑来了。”随又向迟来的几个妇女，嘲笑地说，“她们这几个落后分子，就是给孩子拖住了后腿。”

后来的女人们，也就讥笑他起来：“咱们还可以马上帮着做，你这个先进分子，可只晓得站着瞎讲哪！”

“叫他也去包饺子！”另一个女人恼怒地下着命令。

“去，去，去，到厨房里去！”有两个女人，简直伸手来掀他。

这时外面过道上的广播，救了他，老李立即竖起一根手指：

“不要吵！听哪，学习的时间到了！”

于是他把举起的手，放下来，朝怀里一舞，仿佛把什么事来一个结束似的，向大家得意地笑了一下，便昂起头走了。

“这个鬼东西！”女人们笑着骂了起来。

庞越香就向大家郑重地说道：

“同志们，赶快去吧，坚持咱们的爱国公约，不要让教员等我们！”

在厨房里的三个女人，一面擦着手，走过来向郝学英说：

“我们要去学习，还有一点你自己包哪！”

郝学英开头就看见在弄面团，不晓得弄来干什么，现在才晓得完全是为她做的，便感动得红涨着脸，喃喃地说：

“这样太……”

庞越香最后走出去，走到门口，还回头来叮咛道：

“老魏怕回来得迟，你自己先煮来吃哪！”

郝学英看见大家这样尊敬她的丈夫，心里很是快乐。她觉得再饿，也要等他回来一道吃。屋子只剩她一个人的时候，她就尽情地欣赏她这个新的家。真的，一切都是新的！墙壁雪白，玻璃窗子发亮。新的铁床，盖上白底红花的被单。油漆的桌子，凳子，都在发光。壁上贴的毛主席像，也是新的。这使她格外感到喜悦。又走到厨房去，锅哪，碗哪，菜刀哪，碗柜哪，一切动用家具，也都是新的！原来魏振春是在独身宿舍住宿，平常就在食堂吃饭。现在建立一个家，就一切都重新置备。看见自来水和煤气的设备，使她很感满意。心里愉快地想："这用不着自己挑水劈柴了，多好，多方便！"最后开开另一个小屋子的门，看见自来水的厕所，她很是惊异，她记得在她家乡，只有县城一家电影院才有这样的设备。她到处走来走去地看，时时刻刻乐得合不拢嘴。她很想找个亲人，吐露她填满心里的快乐。最后她忍不住了，就对壁上毛主席的像，热情地叫了一句：

"毛主席，你看，我们这个家多么好呵！……"

正在这个时候，门响了，魏振春扶着脚踏车走了进来，那张棕黑结实，略微发红的脸子，比以前稍微瘦了一点，露出非常欢喜的神情，叫了起来："你来了！"接着又有点惶恐不安地说："哎，我没有照着信上说的来接你……！"

郝学英原本打算要埋怨一顿，顶少也要噘起嘴，抵塞一句："你多放得下心呵！"但现在见了面，却一句也吐露不出，只是赶忙帮他放脚踏车，一面低下头，小声地说：

"没关系！你太辛苦了！"

魏振春放好车子，就双手抱着她，直望她那张鹅蛋形的油黑伶俐、浮着一层红晕的小脸，很热情地说：

"我们厂里常常有火车送矿石来，送高炉铁水来，只消火车一叫，我就想着你来了，恨不得帮老万快些炼好那些炉钢。钢水一出炉，连澡也没洗，就骑起车跑回来，说起真笑人，跑快了，还跌了一跤。"

郝学英，眼睛稍微低着，听到这里，赶忙抬了起来，吃惊地问：

"跌着哪里吗？"

魏振春微笑着说：

"没要紧，只跌在雪上……你等得发急吗？一定骂我了吧？"

"我一点都不怪你！她们都来帮忙，安排得挺好，连饺子都帮我包了。"郝学英快乐地挣脱身子，"我去煮饺子给你吃。"

“你还没有吃吗？哈，那等久了，让我来煮，你这么远来，一定累了。”魏振春放开手，就争先朝厨房里走去。

“你才累啦！累了一天，又还帮别人干活，快到床上去躺一躺！”郝学英拖他一把，要他坐下，然后朝厨房跑去。

魏振春跟在郝学英后面愉快地说：

“我一点也不累！今天真是快乐得很，出了两炉钢三，又看见了你！”随又很开心地问：“庞越香到车站来接着你的吗？”

郝学英把壶里的开水倒在锅里面，假装不高兴地说：

“为啥叫她来？”

“怎么？她态度不好吗？”魏振春吃惊了。

“她蛮好，就是叫人家怪难为情的！你不晓得吗？我们从前吵过架。见了，连话都不讲的。”郝学英说的时候，脸又禁不住红了。

“哎呀！”魏振春笑着叫了起来，一面把他那只大手，放在郝学英的肩上，抚摸着说：“那样鸡毛蒜皮的事情，还记在心上。人家庞越香这一年来，挺进步，学习挺好，工作挺不错，对人和气得很，又肯负责，哪个不说好，这哪里还是先前那个庞越香！”一眼看见郝学英脸色变了、嘴唇微微翘了起来，赶忙改口说：“现在好了，你去参加学习，一定比她进步得快。首先你的文化程度高，接受得快。干起活来，不肯落人后，能刻苦耐劳。我今后还要好好帮助你。”

这才使她高兴了，盖好锅盖，把掉在脸上的头发，往后一甩，连忙说：

“饺子还要煮一阵，我带有红枣来，你先吃点吧！”

接着她就跑到睡房去拿去了。

“好嘛，好嘛，我就想吃家乡的红枣！”魏振春欢喜地叫了起来，其实他更喜欢的，是郝学英一下子变得高兴了。他一面快活地想：“哈，总算成个家了！”

原载《人民文学》1953年第10期

雨

艾 芜

“好女儿，快脱了淋湿的衣裳，你还呆呆地站着做什么呀！”

母亲忍不住了，连忙帮女儿脱下了湿衣，一面责备，一面又心疼地问：

“怎么样，你病了吗？”

“娘，我好好的，没有病。”

徐桂青灵敏地一下子把湿衣抢到手里，拿去挂着，随又一言不发地站在窗前，仿佛在专心倾听外面的雨声似的。黑暗的天空，一下给闪电照亮了，对面的楼房，鲜明地现了出来，立即又沉没在黑暗里去。跟着一下雷声，把窗子都震得发抖。雨点从房檐上落下来，溅在地上，越发响得厉害。

母亲望望窗外，叹气地说：“真是下疯了，越下越大。”继而又对女儿欣喜地说：“幸好你还跑得快，走慢一点，可就全身湿透了。……快去吃饭吧，你不饿么？”

徐桂青没有回答，只是呆呆地站着，一直望着窗外，仿佛外面有什么东西，非常吸引她一样。

娘把饭放在炕桌上，望了她一下，然后略带诧异的神情问：

“桂青，你今天出了什么事了？”

“娘，没有什么事，”徐桂青赶快坐上炕来，一面拿起碗筷，一面惆怅地说：“我只觉得雨下得太多了。”

“你还管雨做什么？再下得大，你已经回家了。快吃吧！”

母亲说着，一面抬起头望望屋顶棚，看看有没有漏雨，浸出润湿的痕迹。她听见雨越下越大，心里也在关心起雨来。

“娘，你可晓得还有好多人，正淋着雨走呵！”

徐桂青显得不安地说，两条又细又弯的眉毛，又挨近些了，小小的眼睛，凝结着忧愁。

一个很大的雷声，响得非常惊人，徐桂青一下饭都不吃了，失声地说：

“该不会中电嘛！”

“快吃饭，不要担心他们，他们会找着人家躲下子雨的。”

徐桂青现着很失望的脸色，摆下手里的筷子，说：“有什么人家，那一路上都没有人家。”一下发觉自己不该说这样话的，便赶快埋头吃起饭来。

母亲怀疑地看她一眼，忽然警觉地说：“你该叫小张先到我们家里躲躲，雨息了再让她走。”

“娘，我不是担心小张，今天该她轮休，她没有上班，”徐桂青分辩地说，又跟着补充一句：“我是担心他们那些住在乡下的。”

“哎呀，你还白担这些心做什么？一年三百六十天总要下雨的。”母亲教训地说，“你只要把火车上的工作，件件都做得好，就算你对哪！你这个人哪，有时候，又太过分了，对啥人都好，不该关心也在白关心。有时候，一不关心起人来，简直又不通情理，像小张有时候来这里多坐坐，你就老大不高兴。”

“娘，不要提小张了，我不喜欢她，她就是爱打扑克，不肯读点书。”徐桂青摇一下筷子。

徐桂青一向在环市火车上查票。环市火车是由钢铁公司管辖，专为工厂工人上班下班服务的。好些工人住在农村，全靠火车，每天接送他们。一些年青的工人很注意徐桂青，常常为她那端庄美丽的相貌掉过头来，有的还设法要开她一点玩笑。徐桂青拿着剪子，走到他们面前，严肃地说："查票。"他们就把食堂饭票子或者药票子，递在她的手上，脸色还做得一本正经的。有的又看见她要来了，故意装着睡熟的神情，打雷都惊不醒的样子。徐桂青挺讨厌这些人，有时心里会愤愤地想："我恨死这些鬼。"只差没有骂出口。

有一个年青工人，一上车就靠近车窗，专心地看书，有时又摸出一本小册子，拿铅笔算算术。夏天的夕阳，掠过种着高粱的田野，斜斜地射进车来，照在他的脸上，他也不从书上移动他的眼睛。冬天的时候，天黑得快，他一上车，就赶快找着挨近电灯的座位，有时要是灯光暗淡一点，他就会站了起来，靠着座椅，设法挨近灯光。这很久以来，就引起了徐桂青的注意。别的青年工人也有在火车上看书的，但不像他这样经常不断地看。

徐桂青的父亲，是个驾驶火车的工人，因为害了风湿性关节炎，住了医院，随后又住疗养院，已经两年多了，工资虽然照发，但依规定，长期病人的工资，却不能不打些折扣。因此家庭生活就有了一些困难，做女儿的高小一毕业，便得找寻工作，赚些钱来，贴补家用。这样徐桂青就做了查票员。由于不能升中学，她是痛哭过的。早上上班的时候，看见先前小学的同学，挎着漂亮的书包，顺着青杨排立的马路，迎着初升的红日，仰着生气勃勃的脸子，兴冲冲地向中学校走去，她忍不住冒出了眼泪。她的查票工作，依着工人上班下班的需要，是三班倒的，一星期早上上班，再一星期下午上班，再一星期又在半夜了。因此，她就不能经常去读业余的学校，这使她的心情沉重而又痛苦，感到学习方面十分暗淡。她也要求过另换工作，但领导上要给她适合的工作，也一时不易找到，只劝她暂时忍耐。但她自从注意到那个年青人以后，每次查票走到他的面前，望见他手里的书，或是手里的铅笔，都禁不住增加了勇气，把自己鼓舞起来，觉得自己不是有不少闲的时间吗？为什么要同小张她们去打扑克？为什么不找本书来看看？这么几次感触之后，她的衣袋也给书本弄得膨胀起来。晚上在灯下看书的时候，眼皮倦得睁不开了，打盹一会儿，忽然一下惊醒了，就立刻振作自己。同时那个为阳光或灯光照着的，专心、热忱、年青而又有着光辉的颜面，也蓦地现了出来，这对她的鼓励是很大的。她想：人家在工厂里一天作八小时的工，坐上车来，不断地看，现在他在家里，也一定是在看的。我只是查查票哪，不算得怎样累。这样一来，她就能坚持她自己规定学习的时间。

徐桂青注意那个青年工人，已有一年了，但还不知道他的姓名。只是有一点，她是挺熟悉的，火车一到柳村站，那个年青工人，就一定要下车去。但也有好几次，使她很奇异。那个年青工人，并没有在柳村站下车，而是在几分钟后，下一个叫清水河的车站，才下去。那时，她看见他是在专心算算术，舍不得丢下铅笔的样子。她推测，那个年轻工人的村子，一定是在两个车站的中间。有一次，偶然的机会，火车停在清水河的车站，她碰见两个年青工人和那个年青工人，正在一面谈话，一面走下车去。“小陈，你这下可要多走三四里路了！”“没关系，我恰好算好一道题。”这样一来，徐桂青更加明白了，那个年青工人的村子，一定是挨柳村车站比较近一些，到底是哪一个村子，她弄不明白。但一过柳村车站，约莫走了四五里的地方，一片青色高粱田野的那边，有着柳树缠绕的村庄，露出一点白色的粉壁，远远地现了出来。冬天还要看得明白一点，田野上铺着白雪，村庄的树叶业已落光，黑灰色的瓦屋，仿佛近了好些似的。她不知不觉地感到那是一个美丽的村庄。火车到了清水河车站，那里下的人多，比较停得久点。有两条宽大的路，伸进乡村的田野，路两旁夹植着不高的杨树。有一条是伸向柳村那个方向，她站在车厢门口，望了出去，心里发生一些幻想，觉得能有机会，在那条路上走走，一定是很幸福的。但这都是一刹那就过去了，没有留在心上好久。只是她看见那个年青的工人，一到清水河车站下车，就不免对他起着一点惋惜的心情：何必为一道算术题，多走三四里路呢？同时，也就感到他那样用功，实在很可佩服。有时候走到那个年青工人面前查票，很想告诉他："不要再走那么多的路，你应该就在柳村站下去。"就是苦于说不出口来，因为她同他从来没有讲过话。她只是向他说："请拿出票来。"他没有回答一个字，没有看她一眼，只是从衣袋里摸出票来，让她拿去，他的眼光一直射在书上。她把剪一下的票，递给他，一面说："拿票去。"他也只是再伸出手来，接着，或者是摸出车票的手，一直没有缩回去，让她再递给他车票，他还是没有看她一眼。像这么简单极了的关系，又怎么能够进忠告呢？讲话都不可能。有时她也觉得好笑，心里暗暗嘲笑自己："白操这些心干什么？人家半眼都不瞧你哩。"这样想想也就心里开朗了，什么也用不着挂念，正如火车窗外，掠过一片长着苹果的园子，一座茅房侧边的几株花树，一下现了出来，一下又送到后边，引不起什么牵挂。可是奇怪的，就在这一点，一有随便玩一下的想头冒出芽来，那个年青的有着光辉的颜面，和那凝神注在书上的眼睛，立即出现在面前，无论如何也不能避开。其实她自己并不想避开，倒是挺欢迎他的。小张点着手上的扑克牌说，"小徐，来打几盘。"她高兴地走去了，随即忽然被什么人责备了一下似的，立即带着非常警觉的神情，推开面前的牌，走开一边去，把衣袋里的书摸出来看。任随小张怎样揶揄，她也不管。自从她这么用功之后，早上上班的时候，看见那些挎着书包上中学的同学，也就并不难过了，而且还骄傲地感到："好吧，看谁学得最多？"由于有了这种感情，她更加敬重火车上那个年青的工人。

由于基本建设急速发展，环市铁路附近的农村姑娘也有不少进了工厂。徐桂青在上日班查票的时候，就看见有两三个姑娘，同那个年青的工人，坐在一道，也在看书，也在柳村车站一道下车。这不知怎的，便隐隐微微，在她的心上，生长了一丝烦恼。有时又觉得可笑，自己认都不认识，管那些闲事做什么。可是有时看见那个年青的工人，单独一个人坐到清水河车站下车，没有那两三个年青的女工在一起，心里又暗暗感到高兴。为什么高兴，连她自己也说不出来。

这一天火车从钢铁公司门前开走的时候，天上就起了乌云。太阳还没有落到地平线上，就被涌起来的乌云吞食了。原野中，水沟两旁的树木，不断地摇摆。车窗外，两旁的高粱，像绿海似的闪着波浪。徐桂青在车厢里查票，看见下班的工人，都在向窗外的天空看，露出不安的神色，显然是在担心大雨会来，下车后怎么回家。但是查到那个年青的工人面前，看见他仍是专心一志的样子，在用铅笔画一些图形，火车外面风雨要来的光景，全没引起他的注意。图形有圆的、方的、扁圆的、长方的，样式很多。徐桂青看不出他在干什么，只是很有兴趣地望了一眼，查完票就走开了。那个年青的工人，在这个时候，还那样用功，她觉得是很自然的，没有引起一点诧异。

火车到了柳村车站没有下雨，到了清水河车站，才开始大点大点地落了下来。下车的工人赶忙到车站去躲。徐桂青一眼看见那个年青的工人，最后走下车去，直朝车站奔跑，便禁不住大吃一惊，还暗自骂了一句："该死的，怎么不在柳村站下车哪。"但见雨越下越大，原野蒙上一层雨雾，竟至天乌地黑，车站外大路上的一排杨树，也完全看不见了，就又想起："在车站躲一下也好，要是在柳村下车，那不是正走在路上吗？"她认为夏天的暴雨，不久就会过去的。

清水河是最大的一个车站，站内候车室大，还有糖果香烟店，因为到了这里，便算环市的铁路走了一半，两边对开的火车，在这里会见，把所有下班的工人，都送回乡了，又再开始把上班的工人，从沿路各站送进厂去。雨一直没有停，车窗玻璃上不住地淌着雨水。上车的工人，好些身上都淋湿了，还把湿鞋子的足印，弄湿了车座中间的过道。徐桂青一看见上来一个淋湿的人，便难过地想起："那个年青的工人，不晓得淋成啥样了？"她希望雨停止，但是没有停息。火车回到总站，她便算下班了，搭上车站前面的电车，就回到了家里。雨越下越大，还扯电闪，响着震天震地的雷声。她想："那个年青的工人，如果还在清水河车站躲雨，那雨这样下个不停，今晚他怎么过夜？要是不顾一切，走了回去，这样大的雨，可不淋坏了！”就因为这样的担心，她回到家，现出一点失神落魄的样子。

吃了晚饭，徐桂青还不断走到窗前去看天空，什么也看不出来，只是一片乌云，只在电闪一扯的时候才亮一下，接着便是一个惊人的雷声。雷声一息，雨就下得更加大了。她忽然想起，雨下得这么大，又在打这样厉害的雷，那个年青的工人，一定没有回去，一定会等雨停了才走，一定没有那么蠢，冒着大雷大雨走路。这么来了三个“一定”之后，她才心里安静了。接着清水河车站那间大大的候车室，便出现在眼前。火车在那里停得久点，一定要等对面开来的火车进了站，才能再开走。有些时候，徐桂青会跑到候车室，去看那里又新贴了什么宣传画，因此，那个车站对她是最熟悉的。她一回忆起车站候车室的情景，便立刻觉得那个年青的工人，一定会坐在玻璃柜台的侧边，趁着零售店的电灯，也许还买一个面包，一面啃，一面在看书，在拿铅笔画着什么，她想到这里，便微微笑了起来，她感到那种专心看书，还在一面啃面包的样子，是很可笑的。随即敛住了笑容，马上拉开抽斗，拿出初中文学课本第一册来，摊在桌上，便专心一志看了起来。

母亲看不过意地说：“你今晚该早点休息哪！”

徐桂青头也不抬地回答：“人家在候车室都要学习，我不能放弃一分钟。”

母亲略微诧异地问：“你说谁在候车室？”

徐桂青一下脸红了，把头勾得更低。

母亲见她好一阵都没有回答，只是专心地看书，怕吵扰了她，便摸出针线，开始做她的手工。

窗子外面的暴雨，一直哗哗啦啦地下着，没有停息。

一九五七年一月，北京。

原载《人民文学》1957 年第 4 期

老烟筒

魏　巍

你催了我好几回，叫我跟你谈谈我父亲的情形。实说吧，我不是故意推三推四的。我是一个平常人也倒好，我是一个党员，一天价跟他在一个车间里，你知道你一提他，我心里够多难过！

他在这厂里也不是一年半年啦，打二十几岁就上工，今年整整六十的人啦，修这老烟筒的时候就有他。我也不是说他没有好的地方儿，提起他，全厂谁不知道有个王老根！乍一看，老头子怪不起眼的：牙也掉啦，花白胡子乱蓬蓬的，一双手像老树根子似的。要论细活，他不成；可你要论粗活，十条八条大汉，不是他的对手。八公斤重的大铁锤，左右开弓，一气能抡几百下。大氧气筒，两个足有三百来斤，别人用小车推，还老费劲的；他大胳肢窝两边一挟，从厂这头能走到厂那头。前些年，人就给他取了一个外号，管他叫“老烟筒”，他往那儿一站，老远一看，真像打不翻推不倒的半截烟筒似的。连日本、国民党的工头都惧他三分。

旧社会那时候谁真心干活？轮到夜班，工头不在，大伙一起哄，爬到厂房的房檐上掏鸽子玩。有几个年轻小伙，架着梯子爬上去，一掏，鸽子没抓住，反弄得叽叽咕咕满厂房乱飞。有一个小伙，抓倒是抓住了一个，一失脚栽下来，差点儿摔断了腿。可是，第二天，老头子说："你瞧我的！"他把盛干粮的半截洋面口袋往腰里一掖，梯子踩都不踩，就顺着铁柱子爬了上去。您瞧，这厂房有四层洋楼高，他就一直爬到顶，接着，又爬到大梁上，他还吆喝："关灯！给我关灯！"一关灯，鸽子看不见，不是就不能乱飞了吗！人们关了灯，满厂房黑乎乎的，他一个人顺房梁爬着。人们仰着头，不断听见扑扑棱棱的，还听见他吃吃直笑。不到半个钟头，他就下来了。大伙开灯一看：嚇！他捉了满满一大口袋。当晚，就在厂房里炖了一大锅好汤。

解放以后，干得更野啦。一来了粗活儿，他就呵喝大叫的；我老讨厌他吆喝，他老爱这么呵喝大叫的："呃，粗活儿给咱爷儿们丢着！我打头阵！"特别是登梯爬高的事儿，像是全归他包揽了。不管多高，多险，眼睫毛眨都不眨。头年，工程师发现咱们的一根烟筒，烟筒帽儿离烟筒口太低，光压火，叫把烟筒帽儿截去。可是两架长梯子接在一块儿，架在厂房顶上，还离烟筒帽儿老高。你猜他怎么着？他弄了一根长杆子，头儿上安上铁钩，他爬上梯子，两手把长杆一举，钩子搭上烟筒，抓着杆子，身子悬空，三扒两扒，就扒住了烟筒口。一双胳臂搂着烟筒，身子在空中吊着，生用钢锯把烟筒帽儿拉下来。他下来还跟工程师说："工程师！你看看别的烟筒怎么样，要么也修理修理！"而且，他还指着老烟筒说："工程师！你看看咱们那老烟筒，解放以前，那些该死的老鸹、野雀子的那类！叫外人一看，多寒碜得慌。要不我提一桶水，到上头冲洗冲洗！"

特别有一回：对，你瞧见厂门口挂国旗的那根大旗杆了吧，这是四五节铁管子接起来的，足有大街上两根电线杆接起来那么高，可是却细得多。上边更细，只有茶杯口那么粗。这根旗杆立的时候，下边的洋灰座子，上边的滑车都弄好了，可是没有穿上绳子。正赶上第二天有人来厂里参观。总务科科长那人，平时可不断发脾气，可这会儿在旗杆下转来转去，脑袋耷拉下来啦。我父亲的耳朵，也不知道怎么那么尖，早赶到那儿看了看，说："我试试！"说着，就脱了个光脚丫子，腰里捆上钢丝绳，像小孩上树那么往上爬。可是只爬了一多半，那根旗杆子就颤颤悠悠朝一边弯去。向那边一仄歪，杆子又颤颤悠悠地朝另一边弯去。多悬哪！人们在下面喊："下来吧，下来吧，不行！"可是，他停了停，还望着下面挤了挤眼，又往上爬。一口气爬到顶尖。谁知道，钢丝绳的头儿，在下头没弄好，毛毛草草的，总穿不上。他一只手抓着杆子，一只手穿，那杆子颤悠得像要倾倒一样。下面的人又喊："哎呀！快下来吧！"他穿了足有一二十分钟才穿上。下来的时候，下面的人都出了一头汗。总务科科长握住他的手说："王师傅！你真行！"他把没牙的嘴一咧："嘿嘿嘿嘿，惯啦！惯啦！"他老爱这么说，什么也惯啦！惯啦！

他不知道什么叫脏，什么叫累？你说钻烟箱就钻烟箱，你说钻水柜就钻水柜。从烟箱里爬出来，成了个小黑人儿，只剩下两个白眼珠儿，洗都不洗！冲洗锅炉，别人都穿工作服，套大胶皮靴，还弄得半边身子透湿；他呢，他才不穿哪！还说："穿穿脱脱的，我费那个事！"说着，两只脚就吧唧吧唧站到水里。你到我家看看，他那湿鞋、湿袜子哪天不摆满一炉台子。真困极了，中午下班大麻袋就地一铺，枕着跟他十五六年的破饭盒子，睡不上二十分钟，又是精满力壮。他还跟人说："我这身上就是长出十八只手干活，也用不完的力气！"

说起吃穿，你看看他穿的那一身！厂里买来的新棉制服，他给孙子；孙子不要，又给了孙子媳妇。孙子媳妇个儿又小，穿着又肥又大，裤脚拖落着地，从街上一过，人就笑；他倒破衣烂衫的，补丁前三块后三块，身上油得明光瓦亮，能照出人影儿。冬天，他的棉衣里套着一件棉坎肩儿，是我母亲给他缝的，也不知多少年了，又脏又硬像一块黑铁皮。坎肩里套着一个破褂子，只剩了半截袖儿，是我大前年扔了的大破褂子，不知怎么叫他从屋角角里找出来了。他裤子下面系的腿带子，若是我没有记错，那是日本进中国头一年买的。腰里掖着块手巾，什么手巾？烂得不能再穿的破衬衣，他扯下四四方方一块，使得比人家的破抹布还要脏。你说他是小气吗？不！不然，不管是哪位伙友缺钱用，只要你同他张了口，他就是没有，也得转弯抹角给你借，直跑个通身大汗给你借到手，心里才痛快。有一回，一个工友临到结婚手头没钱，跟他叫了一声二哥，你猜怎么样，他当天就变卖了自己一间房子，黑更半夜里给人家送到家去。可是轮到他自己了，他连条毛巾都舍不得买。你要劝他穿点儿干净的，他就跟你瞪眼："什么好的歹的，不露着就行，我又不当新姑爷。讲吃，讲穿，成不了大事！"说起他那吃的，别的工友都背过脸去，嫌砢碜得慌。在家里别人吃剩下的，他三折两折，归拢归拢，统统倒在自家碗里，三扒两扒就吃了下去。白面什么的，他统让小的吃了，自己还说："你们年轻人正长身子，吃点好的，长得结结实实的；我吃什么也能长出力气。我这身子不靠摔打不行！"

这就是我的父亲！

我能说我的父亲不好吗？我能说他一个不字吗？

再说，我父亲把我拉扯大是容易的吗？日本鬼子那时候，我父亲吃混合面走不动，他下了工，一路走一路捡骆驼拉的粪球儿，回了家把粪球儿一个个掰开，把骆驼吃到肚里没有消化的老棒子粒儿拣出来自家煮了吃，一打嗝一股粪蛋子味儿。可就这样，有时候还怀里揣一个两个烧饼给我们。他是怎么上工的？他就是这么着上工的呀！我能说，我父亲把我拉扯大是容易的吗？我能说他不疼儿女吗？

可是，我们爷儿俩是越来越不对眼啦。

明说吧，就是因为那十几亩子地！

他就老丢不下它！他就老挂扯着它！

原先，咱们祖上就留下这十几亩地。这几十年，他就是一边上工，一边种地。可从前，那是什么时候？如今，这是什么时候？在先，吃了今天没明天，两头儿对付着，还活不下去哩。现在呢，我们一家两辈人在厂子里，挣得吃不清、用不完，他还是这么脚踩两只船。厂子里修得那么漂亮的宿舍，叫他搬他都不搬，非住到离厂子七八里的乡村不行。叫我看，他的那心是劈了两半儿，一多半儿在家，只有一少半儿在厂里。人家喊，工人要以厂为家都喊破嗓子了，他都听不见。我要问问现在的厂子是谁的厂子？他倒是打的什么主意？他这么办对不对？

他就这么两边跨着，可你说呢，他的精神劲儿，一点不见衰败，真是鬼才知道他有多么大的力气。你知道他什么时候起床？不管冬夏，三点就起。有时候厂子里开会，我回去得很晚，睡下不大会儿，他就又是咳嗽，又是吆喝起来了，鞋还没有提上，就跟我母亲嚷嚷："死猪！把我的小锄儿放哪儿啦？"灯也不点，脸也不洗，黑咕隆咚地摸着小锄，叮叮咣咣擦打一阵，掖上块干粮就地里去了。我刚才不是说过了吗？我家离厂子有七八里地，中间还有两个大山坡，紧走慢走你也得四十分钟。别人拉头遍笛儿以前就得紧走，可是他呢，离拉笛儿还剩一分钟他也不走，单等笛儿一响，这才慌了神，抓三把两把土把小锄一埋，一路小跑。一只手拿着个窝窝头，一只手攥着块凉白薯，边跑边吃。赶到厂门口，干粮也正巧吃完。赶到车间里，待不了一两分钟二遍笛儿——正式开工的笛儿正响。你说神不神！七八里地，二十多分钟，跟人家骑车子的来个前后脚。人家都说他是"飞毛腿"，他还洋洋得意地说："你们小伙子，都养娇啦！年轻的岁月叫你们白过啦！"说到下工呢，别的工友，都问问工长还有什么活没有；他呢，好，笛儿刚一响，走人！等人家洗完了手，他早开到了一里以外。你当他是回家吗？不，又下地去啦。把小锄儿从土里刨出来，又弯着腰去耪地。起码，再耪两点钟，这才摸黑回家。有一回，我看他没有拐到地里，我心想太阳从西边出来啦，这是怎么回事？你猜怎么着，早又拐到坡上去啦。不用说，那儿也埋着他一张镰。二话不说，捡起镰就割草。割这么老大一捆。这才背着草，弯着腰，摸着黑，往家返。"割草你尽管割，你可吃了饭再去割呀！"我妈这么刚一劝他，还没有说完，他就说："我不吃也得叫它吃！把我的毛毛虫饿坏你说你们谁心疼？”有一回，我在厂里给工友们处理问题，又是回去得挺晚。我从我们的地边走，看见我们地里，飘飘游游，点着一盏灯。地里怎么会点着灯呢，我犯了疑，就走近一看。嚇！哪有旁人，正是他老人家提着个灯笼种白菜呢。你瞧！他就是这么着。就这样，不管睡得多晚，半夜里还起来给毛毛虫添两遍儿草，起床总是三点，你的钟，都不会有他那么准。真叫你又疼他，又爱他，又恨他！可是你刚一劝他呢，他脖子一扭：“累！什么叫累？老天爷给你下白面，地里头往外冒白面卷子，你坐的那儿擎吃不累！哼，小心你自己别叫懒鬼捉去了吧。”再不然，就说：“你别管我！我这身子不靠摔打不行，一闲待着我就得生病，我才没有那份儿买药的钱呢！”

就这么着，两头忙，连澡也顾不得洗。身上臭得闻不得，脖子像根车轴，脸也不知道怎么洗的，这儿一块，那儿一块。上澡堂人家净得拉着他，可是到那儿，人们还没脱完衣服，他早扑里扑通一阵，一边扣钮子一边走啦。有一回伙友们连骂带哄，硬捺着他搓了搓，嚇，身子那个黑的，把半池子水都弄浑了。他还嘿嘿直笑：“咳咳，穿上衣裳又是这样，要不我这半个钟头做多少活！”

可是，他当真不影响厂子里的工作吗？我才不信呢！

咱们厂这种半工半农的工友还很多，工作积极的也不太少。有人家里生活困难，稍带点地，这也情有可原；可有人就硬是死叼着不放。人家农民兄弟伸着两只大手专等着要拖拉机呢，他倒撅着屁股在那儿种地，厂里工作没弄好，地也荒了。我不客气地说，有人还不如我父亲，干脆拿国家的厂子当副业。你说的是工业化，他想的是辘轳把。你说的是发明创造，他想的是棒子山药。火车头刚出厂又得倒回来，因为他正想着白菜地，错安了个螺丝钉。火车头修好了光叫唤开不动，因为他正想着毛驴没吃草，翻砂时气门上少打了个小眼眼。每逢收麦收秋，你头疼啦，他腰扭啦，病假事假一大堆。弄得厂长满头汗，总工程师到处转，任务怎么能很好地完成呢？我们的“黑小子”，对啦，我们都管火车头叫“黑小子”，他晚出厂一天，国家就少收入六千万，你说叫谁看着谁不心疼？再说我父亲吧，大礼拜一，人家都是生龙活虎的，他礼拜天干了一天零半宿，第二天打开水门就歪在座子上。钳工的脚下都流成河了，他歪着脖子睡得可香着哪。这也不说，再说学习吧，不管技术学习，政治学习，他是一概不参加，这么多年了，还是一个老牌三级工。我好言好语批评他，挨了一顿骂。工友们给他提意见，他不得不学习，就气昂昂地坐在课堂里。时间倒是遵守得很准，可是你问他讲的什么，他就给你来个："反正得好好干！人不好好干行吗？人生在世，要讲究一个勤字。顶没出息的就是懒鬼！"你要再追问急了他，他又是那一套："我这身子就靠一个摔打！细活我不成；有粗活你就给我丢着！"什么粗活不粗活，又是摔打，又是粗活，他那心，他那心就不愿整个放到厂子里！他是叫鬼把他牵去了。他哄别人成，他哄不住我！

因此，我们爷儿俩就越来越不对眼了！

最让人气恼的，是这么一件事：

让我就从毛毛虫谈起吧。我不是说过了吗，他老管牲口叫"我那毛毛虫！"

种地的人谁不喜欢牲口，可谁有他喜欢得那么出奇。正走道儿，从那边过来了几匹牲口，跟人家牲口主儿人生面不熟的，也搭讪着："几个牙啦？""好使不？"说着，说着，老想伸手去摸索摸索人家的牛角、驴耳朵。要是人家的脸上有笑的模样儿，这就要动手去扳开人家的牲口嘴，去看看倒是几个牙。好像他要弄不清几个牙，那就纳闷得不行，连晚上吃饭都不准香。要是人家忙着赶路，脸上冷冷淡淡的，等人家的牲口过去好远，他还站在那儿眺望，还咂吧着嘴自言自语地："嚇，看人家那小黑驴儿，四只小银蹄儿走起来像翻花儿似的！"赶集的日子，你算找不见他，在哪儿哩？在牲口市上。在集上喝上二两酒——对，这一点我还没有跟你谈，这就要在牲口市上转一整天。这儿看看，那儿转转，还给人家卖主争论争论价钱，看着像个买主似的，可是他一个钱都没有。在旧社会那当儿，他就是这么找享受！他是多么想望自己能有一头毛毛虫啊！

我刚才提到的那头毛驴是怎么买的哩，就是这会儿我对他有意见，我也不能不承认老人家的心性真善。有一天，他路过一家“汤锅”，听见里面有一头驴叫得真叫人难忍。它把老人家的眼泪都给叫下来了。“我救救它！”他这么想就叫开了门。原来，这头老驴老得连道儿都快走不动了，他想，我好好养养也许将就能使，就这么着，用了几斗棒子买了这头老驴。果然这老驴慢慢养好了，也能做不少的活。他更爱它了，还常说：“这也算咱家的一口子，你们谁也别虐待它！”

有这么个牲口，倒也罢了；谁知道解放后我们手里一存钱，他那心就大啦。

我常听人说，陈老歪老往我家里跑。

这陈老歪是个什么人呢，他是我们隔壁一家富农，又是一个牲口牙子。过去叼着颗烟卷儿，眼皮子挂在天上，你跟他走个对面，他都爱答不理的。可这会儿见着你，真是管大姑娘叫大嫂——没话找话。往我们家一坐就是老半天，跟我爹一搭上话，一句话两头老根哥。“老根哥！这世道你们工人吃开啦，该发家致富啦。”再不就是：“老根哥！你是怕我借你，怕我抢你，把你那一卷一卷的人民币，也拿出来晾晾，别叫长了毛！”说到这儿，往往叹一口气。“唉，我说你脑筋发死哩，老根哥，也不知道算计算计。你爱信不信，这死钱一百也不顶活钱五十！”我爹坏就坏在这个老家伙的手里。

有一天，他拉了一头驴到我家来，一见面，那个奸笑：“老根哥！你看你那驴该吃驴肉啦！还不换换！你看我给你找这个，七岁口！”“真是七岁口么？”“嘻！你摸摸这‘渠’，要是假的，是我捺住我爹做的！”我父亲见了这驴，油滑亮光，眼早笑成一条缝啦。可是买了不到两个月，越喂越瘦。给懂眼的一看，这驴比原先的那驴还老，原来那“渠”是做的假。听人说，正是牲口牙子捺住这驴，他爹拿刀子做的假“渠”！他还那么赌咒，你说好不好！我父亲受了骗，不能不赔钱卖出去。他把陈老歪也恨坏啦。按说，他的心该回厂啦。不，隔不了两天，陈老歪拉上他喝上二两酒，再给他半饭盒子肉汤什么的，头两天的事就忘光啦。就又往陈老歪家里跑，还酒言酒语地说什么：“如今，这世界上，儿子媳妇都指不得，就是靠朋友！”有一天，他把我准备买表的钱也要了去；把我母亲准备做衣服的钱也要了去；把他孙子准备买球鞋的钱也要了去；把那老驴也牵了出去；到晚上，喝得醉醺醺的，一路唱着，牵回来了四条大牛！

我一看，就急了。我就问：“厂子里的活，你还打算干不？你要这么多牛干什么？”他恼我打扰了他的高兴，瞪着眼说：“你别管！”一说话，一股酒气。说过，就又唱着，忙着给牛铡草。后来，我就发现，这四条牛一天天的不在家。我心里纳闷：这牛哪儿去了呢？莫非我父亲做起倒腾牲口的买卖了？莫非他真的已经变成了商人了？我很警惕。我一问我母亲，我母亲说：“亲戚家使去了。”我心里也就不怀疑了。可是，有一天下班，我还没进院子，就听我父亲在院子里骂：“我就非跟这班浑蛋算算账不可！非算算不可！我买的牛，倒叫他们给赚肥啦！”我一走进院子，他就扭过脸去不骂了。他身边卧着那四头牛，比以前都瘦了些。我心里更犯疑。吃过饭，我就假装睡了，待了一阵，我就起来，到我父亲的窗户外偷听。哦，好哇！原来一家子全瞒着我！原来他在外村雇了人，用别人的劳动力到处去耕地挣钱！我在窗户外头，咬着牙，恨不得大叫起来。父亲，父亲，你可是我的父亲！可是你走到什么道儿上去啦？你是一个几十年的老工人，可是你看看你走的道儿，是一个工人阶级应当走的道路吗！你走到剥削者的队伍里去了，你！可耻呀，你！我的心都快要气炸了。可你听他在屋子里还谈什么呢，还在谈：雇的人怎么怎么说瞎话，耕了十亩说耕了三亩，一共交给他二十多万，还问他要了十八万的工钱，牛也给他苛打坏了，还不够本！……不够本，活该！这条道走不通，活该！什么鬼勾着你要去走资本主义的死胡同呢？你碰得头破血流才好呢，我看你还怎么走！

我当时真想一拳头把他的窗户碰开。

那边，那四条牛吃着草，吃草的声音不知道为什么这么讨厌，像嚼着我的脑瓜似的那么疼。

半夜，我连干粮也没拿就上了工厂。

是啊，那时候正交半夜。一路走，一路想。我抬头看一看三星，三星歪到西南。我看了看老烟筒，老烟筒还冒着烟，想一想我父亲，看一看老烟筒，又想一想厂子里活儿质量不高的情形，不知怎的，就掉下泪来。老烟筒啊，是谁在这里建筑的你哩，是我的父亲。你跟我父亲是一般老啊！你还记得吗？我父亲小的时候，鞋底掉了，用铁丝捆着，从这儿上工，也走的是这路，他年老的时候，从这儿下工，一边走一边拾骆驼的粪蛋儿，也走的是这路。你什么都清楚，什么都记得呀，可是你今天是朝着什么方向，他又是朝着什么方向呢？

我抹抹眼泪，一路走，一路想。

路上，碰着我的树枝儿，都让我掰断了。

他还要跟人家算账哩，我非要跟他算算账不可！

我要把他的材料都调查清楚，非提交工会讨论他不可！别看我平时绵绵软软的，到节骨眼儿上，他要硬，我要比他还硬！

我进了厂。我一连三四天没有回家。碰上面，他不理我，我也不理他。吃饭，我就在食堂吃，睡觉？什么地方不能睡！人走光了，我就找个背角落一歪。再说，我还睡得着？一有空，我就调查他的材料，别的工友不好意思说，我就跟党员说："你要看我是个党员，你就什么也别瞒我！"好，我这一了解呀，原来我有好多事不知道哩！

人都这么说："王老根变啦！"

人都说他比以前更恋着外边的事儿啦。中午下班时间不多，他还要家去一趟，离下班还有十分钟，他就朝饭盒子里倒一股子水，把饼撕碎泡着；一拉笛儿，别人刚要洗手，他三扒两扒就把饼倒在肚子里出去了。也不知道他净往什么地方去。有一次还误过点。大伙看了不顺眼，跟他提意见，好，他一拉笛，就收拾案子，抄起笤帚就扫，扫得狼烟动地的，屋子里待不住人，笤帚一扔，又走。你要再提，他就翻脸："这案子，是你收拾的？这地，是你扫的？"恨不得一口把人噎死，特别这一点更让我有气，就是他的工作也大不如以前啦。也不知打哪儿学来的，一上班就聊大天。聊的净是他那家务事儿。不是说："我那毛毛虫这几天不能动弹啦。叫那些王八羔子给我使坏啦！"再不就是："我孙媳妇她娘把我的口袋拿去啦，她跟我孙媳妇儿勾搭好来偷我！"可是，隔不了两天，又说："昨儿晚回家，我孙媳妇儿给我做的面片儿，还打了二两酒，这样的个孝顺，真是世上难找！"再不又是："今年村东那亩地，我上了八车牛粪，你说是不？牛粪也顶事，架不住我多上！"……就这么麻烦，没有个完。人家把话头儿给他牵到工作上，他三拐两拐就又拐到他的那些事儿上去了。人们把头扭过去，不对着他，他又跟着转过去，又向着你。就是这么着。有一回洗完炉，叫他点火，他点着了火就又聊。老天哪，水快烧干了，他还聊呢，要不是工长发觉得早，你说要出多大的事故！……

你看看他出的这事，我，我不能认为这都是小问题！他是变啦，他是走到邪道儿上去啦。你看人一沾上资本主义的味儿，给厂子带来的是什么！假如说，锅炉真的烧凹了，唉，我想都不敢想……父亲哪，你就是赚了一百条牛，两百条牛，一千条牛，可是能抵住厂子里停工的损失吗？……我以前还怪他没有找窍门儿，没有提合理化建议呢，他自己都迷了心窍啦，还能找得着窍门儿？谁有这思想，创造的路子也得叫他堵死！创造？说着好听！

我把他这些事都给记到了小本上。记的时候，我的笔尖儿哆哆嗦嗦的，我记的是谁啊？我真难过，真羞耻啊！

我母亲见我几天没有家去，就打发孩子来叫我。

我问："你爷爷这几天在家都做了些什么？"

"他，他……"他还结结巴巴地不愿说呢。

气得我把桌子一拍："说！"

他这才告诉我，说他自从四条牛回来以后，每天半夜才睡，两点就起。铡草、筛草，牵着牛到井台上叮叮当当饮水。贴井柱的邻居刚睡下就被他吵醒了；邻居不满意，他又同邻居吵了一架。老年人怎么能不累呢，就是躺下也睡不着了。以后他就干脆不睡。你猜他干什么？他把老锡酒壶取出来，守着一盏灯，饮一阵酒，喂一会牛；喂一会牛，又回来饮一阵酒。还擎着酒杯说："老天，老天，你就是不给我生出十八只手，我也有的是气力！"

是啊，父亲，我并非不钦佩你，你是天神一般的人！你要转过弯来，真是江也挪得动，山也劈得开，让大树结果就结果，让大地开花就开花，你拿得起，放得下，什么能挡住你，什么你做不出？只要你第一天放下这个包袱，第二天，看吧，第二天，就没有人知道你会创造出什么奇迹啊！父亲，可是你……

他呀，他多么叫人又爱，又恨！

我又问："他去找人算账了没有？"

"去啦。可是走到半道，听说人家的老婆正病着，他又蔫不唧地拐回来，没有再去。"

我点了点头，没有作声。

孩子又说："可是，他听了老陈的话——"

"哪个老陈？"

"陈老歪。"

哦呀，我真急了，我忙问："他又跟你爷爷说了些什么？"

"他说，好汉不挣有数的钱！老根哥，我也不是劝你，听不听全在你。你看你吃公司一天费力巴结的，能挣几个钱？真是在外边挣一个小板板，家里丢了个大门扇！何如告退休，回家拿一份儿养老金，再雇上一两个小做活的，还不是村子里数一数二的美日月！……"

我把帽子一摘，又问：

"你爷爷呢？"

“我爷爷说，退休可不成。我不干活，白拿那份钱，心里不乐意。现时四条毛毛虫，不雇做活的，毛毛虫可早晚要受屈！”

“那么，他去雇小做活的了吗？”

“陈老歪雇来了一个，已经来了两天了！”

哦呀！陈老歪，你个老狗日的！

父亲呀父亲，咱们俩说清楚的时候，就在今天！

我抓起了帽子，天黑沉沉的。我一路小跑。孩子跟都跟不上我。

到了家里，星光底下，院子里乱哄哄的，围着一群人。我父亲跟那个小做活的正在争吵。一边倒着个大牛，四条腿伸得绷直。

“你就赔我的毛毛虫！你为什么让它掉到井里淹死！”是我父亲的声音，他还叉着腰。

那小伙子摊开两只手：“您大伙听听！他要不逼着我两点钟就起，牛就掉到井里去啦？黑浓吧唧的谁看得见！”

“你起得早，我比你起得不早吗？我闲待着了吗？”

“我不能跟你比！我一个月挣你七八万块钱，犯不着给你那么劳动！”

我父亲一听更来了火，别人越发劝不开了。他又跨上了一步，用手指着小做活的脑门子说：

“你还嘴硬哩！我看你就是个窝囊废，没造化！”

我再也忍不下去了。我多天来积压的闷气，再也憋不住啦。

“爸爸！”我双手分开众人，站在那个小做活的前面。我大声地说：“你骂的是谁，看你还像工人阶级的样子不像？你才有几天不叫人骂窝囊废啦？你就什么都忘记了，你真可耻！”

我父亲看见我答了话，那还了得，他把袖子一挽：

“谁可耻？”

“谁剥削人谁可耻！”

“你个兔崽子！”他又跨上了一步指着我，“我剥削？我要问你，我一天苦扒苦拽地为的是谁？我比谁多吃了一口？我还不是为了你们这帮兔崽子么？”

“我不承情！我不要你为了我！”我平时有点怕他，可是这天我什么也豁出去啦，“你今天得给我说清，你倒是愿不愿在厂子里！”

“你管得宽！我在家干活，厂子里我也没有耍赖，你——”

“你把锅炉烧炸了才算耍赖么？”

“好你臭小子！”他更火了，顺手拿起了条大棒子，别人上去拦住，他还骂：“就你爱工厂！就你爱工厂！你才进厂几天，我王老根拍拍身上的土，也得埋住你的脖根子！”

母亲也拉着我，扯着我，我把脖子一挺：“不行！他今天不把牛开销了，这家一天我也不待！我把小子带走，我不跟着他吃剥削饭！”

“你滚！你滚！”

他暴跳着，又跑到屋里，把我跟孩子的被子都扔出来：“你们全滚！登时，就给我滚！我一个人也能活！”

我喝骂着儿子：“走！”

我母亲哭着，我也不管，我扯着儿子，头也不回地走了。我在前面跑，邻居们在后面追。

我们当夜，在别的工友那儿借宿了一宵。第二天在厂门口的大街上赁了一间房子。

我当时虽然气愤，可是过后一想，我的心是多么的疼啊！他铁了心啦，他个老工人，他个三四十年的老工人，走了另一条道儿了！

可是，我知道他是爱他的孩子们的，他就是舍得我，他怎能舍得他的小孙子呢！

不然！

第二天，我看见他在厂里照常干活，像没事人似的。

第三天，我听说他在家里，小做活的出去放牛，他一个人铡草。你听说过一个人铡草吗？一只手往里入，一只手铡。

第四天，我看见他脸绷得紧紧的，跟人不大说话。

第五天，第六天，我看他像是要同我讲话，我没有理。

第七天，第八天，也没有事。

可是等到第九天……

第九天是个礼拜日。天刚蒙蒙亮，就听窗户外头有人喊：

“其林！其林！”

我一听，是我父亲的声音，他喊他孙子的名字。

我和孩子连忙爬起来。开开门，一看，我父亲推着一辆明光瓦亮的“飞鸽牌”的新自行车。前叉后叉还包着纸。两个明晃晃的轮子，车轴上，套着麻绒团团儿，一个红的，一个绿的，车子把的扶手，套着彩色的套子，还垂着两条红穗儿。

他的眼睛避开我，只看着孩子：

“给你！你不是早吵着要辆车子么！”

其林这孩子接过车，弯着腰儿瞅着，脸上那个笑……

你说我父亲这时说什么，他也弯着腰儿，对着孩子的脸，声音不高地说：

“你在这儿干什么！跟爷爷走！”

“你敢！”我瞪着其林。其林还试试摸摸地把脚往脚蹬上搁呢，我又说：“放下！你跟着他走？你还是个团员哩，不害臊！”

其林，脸一赤一红的，把车子往墙上一靠，慢吞吞地往外走。

“其林！其林！”

他叫着孩子，孩子没有理，孩子出去了。好哇，他劈头就给了我两拳；又顺手从地下拾起块半截砖，狠狠地举起来要砸车子，可是举了几举，下不得手。他又羞又恨，最后更猛地劈下来。劈头盖脸砸了一阵，又连着踹了好几脚，才把半截砖头一扔，扭头走了。等他临走到门口，扭过头来，我看见他的脸孔都抽搐歪了。他咬着牙说：

“好你臭小子！你一辈子也再别登我的门。”

街坊告诉我，老头子走到街外的时候哭了鼻子。

可是，说老实话，我的心里就不难过吗？

……

这件事，很快吹到工会范主席的耳朵里。他就把我喊去批评了一顿。说我做的都对，就是对老人家态度不好，不耐心。又告诉我，这陈泥古锈不是一下子能弄干净的，必须不断地磨，不断地擦，甚至放到碱锅里煮。他说昨天他跟老人家一边喝酒一边谈了大半宿。一批评到他剥削的时候，老人家就难过地抬不起头，低声地说："老范，我求你，再别提这两个字了……"说着说着，大泪点子乓乓地跌到酒碗里。范主席还告诉我，对于土地，老人家不会那么容易就撒手的，要我慢慢帮他转过弯。最后，还要我提上半斤老白干，去赔赔情，把道理说清。

第二天，我打了半斤酒正要家走，我母亲哭着找来了。

她哭着说："你爸爸找不着啦！"

我吃了一惊。

接着，母亲就告诉我："他那天绷着脸，从厂里一回来就问：'小做活的呢？'我就跟他说：'人家村里成立了合作社，他要入社，不愿在这儿干了。'他就说：'快给人算工钱，别亏待了人家。'接着，就挨个儿地摸那三头牛的犄角。摸了好半天，才去给牛铡草。铡了半截，又住了手，无精打采地坐在那里。我说你是累了吧，他也不理；我把饭给他端到跟前，他也不睬。一会，他忽然又叫我：'去，把那牛给我拴到外边树上。'牛好好地在槽上吃草，把它拴到外边树上干什么呢，我一问，他粗声粗气地：'你别管！我心烦得慌。'我怕他发脾气，就照他的话做了，可你说这倒是为什么。他像泥胎似的那么坐着，一会儿，陈老歪笑嘻嘻地进来了。往他身边一蹲就说：'老根哥，我知道你这两天心里不大痛快。我也不是当你面说你孩子的坏话，这年头年轻人先进，怕有点太先进了吧。人往高处走，水往低处流，人不为财帛谁早起，谁不愿生活得好一点？雇一个半个小做活的就算剥削？'你爸爸没有理他。他又说：'你把心放宽点，别生那些闲气。你儿子不愿你喂那么多牛，你再添点钱，我给你换个大骡子。我那儿有两个胶皮轱辘，再凑钱弄个车架。咱们俩合伙，让我那小做活的赶着。一天挣个八九万，比什么不强？……’说到这儿，你爹忽地站了起来，指着他说：‘陈老歪！我看不透你。你诓我的钱也不少了，你净往好道上引我呀。你弄得我儿子不是儿子，父亲不是父亲，我今天没有让你来，你给我请出去！’唬得陈老歪连着朝后倒退了好几步，一愣：‘你，你……你这是为什么？咱们多年的老街坊，平常又挺不错的……’你爹的眼珠子都气成了红的：‘我们是老街坊？我给你说吧，你记着我王老根跟你不是一条血脉传下来的！’陈老歪就这么一愣一愣地叫你爹轰了出去。我估摸着你爹准是在厂里受了谁的恶气，你瞧他那牛脾气有多大！当晚没吃饭又挣扎着到厂里请了假，回来就病倒了。一阵冷，一阵热。半夜里睡着睡着，登时就坐起来，直勾勾地看着我说：‘我王老根不愿剥削人，我以后也永不会再剥削人；可是他们想取消我的这三个权利，不行！我有这三个权利！……’”

“他有三个什么权利呢？”我问。

“是呀，我也这么问他，”我母亲说，“他说，他爱儿子、爱工厂、爱土地是他的三个权利。谁也不能挡着，谁也不能不让他爱！可接着他又唉声叹气：‘可是哪，儿子大了，翅膀儿硬了，他飞啦，我不撒手，行么？工厂哪，我愿把我的力气都给了它，直到我死。可是，有一天，他会给你说，王老根！你老啦，该退休啦，我不愿撒手，行么？就是我的第三个权利，我的地，它不能飞，也不能跑，这是我手里最后的一块宝呀。就是到我咽气那天晚上，我也要紧紧地捏着它，抓着它，至死不能撒手！……’”

我母亲说，这是他头天晚上说的话；赶到第二天半夜里，睡得好好的，忽然，呜呜地哭起来了。问他哭什么，也不答言，哭得像小孩一样。问了好半天，这才边哭边说：“我把锅炉烧炸啦。我思摸着再给孩子置几亩地吧，我正想哩，正想哩，忘了关水门呀！……怎么办哪，厂房也炸塌啦，老烟筒也炸倒啦，还炸死好多个伙友呀！……”我母亲说：“你是做梦哩，你没有去做活，怎么会把锅炉烧炸了呢。”

给他用湿手巾擦了擦头上的汗，这才醒了些。他又说梦见自己去找厂长承认错误，厂长跟他说："王老根！你看看你自己干的这事，你回去吧，厂里不要你啦！"他就回来了。一个人拿着把锄头，在无边无沿的土地上掘着，四外荒荒落落的一个人也瞅不见。他抬头看看每天都看到的老烟筒也看不见了，抬头看看就伴几十年的老伙友一个也看不见了。说到这里，他还像在梦里的时候一样，哭着，喊着："老烟筒啊！老伙伴啊！老白、老赵、老李啊！我一个都看不见了，我怎么活呢……"

我母亲说，他说过这话，就披着衣服跑出去了。直到这会还没有回来。全村子里挨家挨户都找遍了，也不见他的影儿。直到这会还没有回来。

他是到亲戚家里去了吗？我猜想着，跟母亲一商量，就马上请了假，动身到亲戚家去找。

但是，并没有找见。

我跟我母亲找了一天，正往回走。西边天上，一轮红澄澄的太阳，还没有落山。

赶到村边，只见村边上一个人迎着面喊：

"回去吧，回去吧，你父亲回来喽！"

原来是我们的老街坊老李头儿，他背着粪筐子，拿着粪叉子，赶到我们面前，兴冲冲地说：

"你猜老根哥在哪儿藏着哩，嘿，他在他地里窝了一天一夜，在那儿唱'薛平贵别窑'哩！"

老头儿说，他刚才拾粪到了我家地头上，看见他一个人蹲在地里，正在那儿瞅着他的地自言自语哩。老头儿放下粪筐子，蹑手蹑脚地走到他脊梁后听了好半天，他还不知道哩。他叨咕着："地啊！地啊！你连着我的根，你连着我的心。祖上把你传给我，你是我的祖业地呀。我顶着星星种，顶着星星收，我大把大把的汗珠子把你泡肥了，你的一块石头也有四两油呀！凶荒年月，吃青苗儿我也没有丢你；地主拔了我的锅，我也没有卖你！那时节，当头儿的三节两寿，只要有一回你送不到礼，找个辞儿，就一脚把你踢到厂外去。李二傻给头儿涮了，饿得一天价啼哭，满街找西瓜皮，找梨核，找烂白菜帮儿，临死也没摸着口饭吃。我不给那些狗日的送礼，厂里开革了我好几次，是谁救了我？不是你这棵‘老米树’么？要不是你，一家大小不得全饿死么！我总觉着你是我身上的肉，心上的宝。儿子劝我，大伙劝我，只要一说叫我离开你，就像往我耳朵里塞刺猬一样，我听都不听。我总想把你传给儿子，就是我咽了气，也留给他一碗保险饭，也算对得起他，可是，可是，可是……”他跺着脚，还擤着鼻子，“可是你今天要把我带到什么地方去呢？你想让我把老烟筒都撇开么？你想让我把老伙友一个不剩地全撇开么？你想让我把孩子们也撇开么？……呸！”他仰着头，搓着手。“王老根哪！王老根哪！说你不傻，你也真傻。旧社会把你饿怕啦，饿傻啦。天也改啦，地也变啦，你是没听见呢，没看见呢。你亲生的儿子还会哄你吗？人家范主席是你的老伙友，还会诓你么？人家范主席说得对，这中国无边无沿的地，都是你的，你为什么还单单划出挺可怜的一小块，跟芝麻粒一样，说‘这是我的’？这大江大河都是你的，你为什么还留起一小勺藏起来，说‘这是我的’？你不傻么？只要人民的江山不倒，家家户户都吃白面卷子，还能让你王老根的孩子喝稀粥么？人人都吵着工业化，工业化，遍地高楼大厦，独独就没有你的一间么？拖拉机满地滚来滚去，就没有你的一份光荣么？……地啊，只要人们不把你捞水饭吃了，不让你受屈，你就让社里把你收留了吧，社员们是会好好耕种你的，是不会让你受屈的……”他拾起了一块土坷垃瞅了瞅又把它扔得远远地：“滚吧，你！”

老头儿说：“要不是我把他领回来，还不知道要叨咕到什么时候哩！”

啊，我的父亲！

父亲啊，我知道你是会这样的。

父亲，我这些天对待你的态度是多么不好啊！父亲！我愿头顶着你，高举着你向前面走！

我又把酒瓶挟了挟，拉着母亲说："妈妈！快去看我爸爸去。"

三拐两拐，我顺着我家的院门口一看，我的父亲敞着怀坐在院子里正在喝水。一边还不慌不忙地收拾着他的旧饭盒子。天上的红云彩，照得他的脸他的胸脯子都是红澄澄的。

"爸爸！"

我叫了他一声，他抬起头来瞅瞅我，又偷看了酒瓶子一眼，接着立起身来又装作没看见似的气昂昂地说：

"谁叫你上我的门？"

说着，他又向我跨了好几步，把手一甩：

"你用不着教训我，我比你不差！"

我怕惹他生气，向后退了几步准备躲开。他又厉声说：

"站住！明天替我告诉厂里，我活是厂里的人，死是工厂的鬼。就是我王老根的骨头变成灰，我的魂也要顺着老烟筒的烟冒出去！"

……

一九五四年一月急草

原载《解放军文艺》1954 年第 5 期

检验工叶英

南　丁

叶英带着机工车间的介绍信，来到了二工段段长办公室。段长不在，只有一个年青的办事员低头在抄写什么。他正叫那一大堆表报上的阿拉伯字母搞得头昏脑涨、愁眉苦脸的。大半是计算好了一个什么，这个青年人把表报往旁边一推，又从另一边移过了些待计算抄写的表报，长长地出了口气。这时他才抬起头来，问叶英“什么事？同志。”

“找段长。”

“找段长？”

“嗯，分配到你们段里了。检验工。”

这个青年人一听检验工三个字，不由得上下仔细打量了一下叶英。叶英什么都美，那一对明澈的大眼睛，黑黑得那么深沉，显得这个女孩子的思想也是深沉得很。只是鼻子略微地塌了那么一点，略微的一点点。嘴唇薄薄的，一定是个不肯饶人的姑娘。叶英给那个青年人的最初印象就是这样。

叶英看这个青年人没说什么，又愁眉苦脸地搞他的表报了。她心中有数，她知道为什么一提检验工，这个青年人就这样地来打量自己。在检验科、人事科那里，她多多少少对二工段有些了解。段长赵得更是她所熟悉的，赵得和自己的父亲一起做工十多年，和父亲是老朋友了，自己一直到去年上技术训练班学习时，还是没改口地叫他“赵大叔”。这次回来还没见面呢。

从人事科和检验科那里，叶英听到二工段出的废品多，工段领导上和一些工人对检验工有很多意见，原来的检验工也是个女同志，在二工段干不下去了，要求调动工作，为这事还曾哭过两次。工人与检验工之间闹意见，并不是什么稀奇的事，在二工段就更是这样。据说那个女检验工有一次检验了几件产品，认为不合格，应退修，工人不服，官司打到检验科，经过复检，其中有的是合格的，这下工人可抓住小辫子了，以后对检验员更是不满意。叶英被分配到二工段来，就是接替原来的女检验工的。

叶英用眼睛扫了扫工段办公室的简单摆设，几张高低不平的桌、椅，墙上、桌上都是报表、数字。她又用鼻子嗅了嗅这一切发出来的机油的气味，这都是叶英熟悉的，使她感到亲切。她看了看那张堆满报表的大一些的办公桌，心想那一定是段长的。

叶英坐在那里感到寂寞，站起来走动了走动，就坐在段长的椅子上了。她随便地翻了翻那些脏污的报表，装着漫不经心地问了句：“段长不大喜欢检验工吧？”

青年人歪头看了一下叶英，仍未停下他的工作。

“难说，我们段长是好人哪。”

“好人。”

“是啊，高大的个子，一架小山似的，一见面怪吓人的，可是处长了就知道，和蔼可亲！有时候也发脾气，火山爆发似的，可是没关系，一会就风平浪静了。”

青年人刷刷刷地又搞好了一张报表，长长地出了口气。他给自己倒了杯水，自言自语地说：“休息一分钟！”喝完了水，就又去搞那些报表了。

接着接着，他却又禁不住夸耀起自己的段长了。

“咱们段长护厂时很有功劳哇，没升段长前，听说在镟工中是头一份哩，过些日子，一切你都会明白……”

“我知道。”叶英说。

那青年人看了看她，叶英就又故意加上了句：“老朋友了。”

青年人看着叶英这张小孩似的瓜子脸，忍不住“扑哧”地笑出了声，惹得叶英也笑起来。

门猛然开了，车间嘈杂的机器声飞了进来。门口巍巍峨峨一架小山似的站着赵得，他浑身充满了力量，胸脯和两肩都好像叫自己内部的一种什么力量要崩得炸裂了似的，眼睛却又那么微醉着，使人老以为他刚刚喝过四两酒似的（事实上他平常并不喝酒），这种眼睛很刺人。在叶英眼里，这个赵大叔仍是老样子，只是肩膀上扛着的那颗大脑袋，鬓发已略显灰白了。时间，把赵大叔折磨老了。

赵得稍愰怔了一下，就大笑了起来。

“哈哈，我以为他们会把我撤职，给派来了一位女段长来了呢。原来是你呀，小鬼，才回来？”他用粗大的手掌照老习惯那样按着叶英的头，叶英重又坐下。那个青年人歪着头，偷偷向叶英眨了眨眼睛，叶英笑了笑。

赵得扫了扫桌上的报表，就坐在叶英的对面了，眯细着眼睛看着叶英说：“看看，你大叔这年把瘦多了吧。”

叶英说：“和从前一样，精神饱满！”

赵得晃了晃脑袋：“还是这么会耍嘴片子。不行了，头发都白了，老了，人老珠黄不值钱了。”

叶英看着赵大叔的眼睛，听着这不知从哪拾来的胡安上的一句成语，忍不住只想笑。

赵得好意地瞪了叶英一眼，无限感慨地说：

“大叔当了这倒霉的段长，挨了不少板子，脸上叫抹了不少黑，横一道竖一道的，成了二花脸了。还不如干脆给我来个撤职查办，仍去干我的老本行，保准叫人人都点头，就凭我这双手。”说着就伸出那一双老茧未退的粗大的手来。

赵得稍停了停，很想向自己的亲人叶英诉出一大段的苦经来，可是他刚说了“我这个段长呀……”就停住了，只叹了口气，就用他那粗大的手指，不很灵便地去翻弄日报表什么的了，嘴里咕噜着：

“进度，进度，妈的！你越是进度，检验员就越是给你挑眼，又是报废，又是退修，她画起红道道，黄道道来，倒是容易得很。这下好，上级批评你完不成计划，检验员说你不合规格，小英子呀，你大叔叫这上下一挤，就挤成肉饼了……”

赵得瞅了瞅日历牌，日历牌上仍是昨天的日子，十月二十日，他站起来把昨天的日子撕了，扯得粉碎，扔到字纸篓里。

他点燃了一支烟，喷出一大口烟雾来，因为离得太近，把叶英呛得只想咳嗽。叶英本想立即和赵得谈谈自己的工作，可是，一听到这位段长带着这么大的牢骚提到了检验员，就想听听再说。

那个青年人狡黠地看了叶英一眼，拿着报表下车间去了。

赵得吹了吹烟灰，继续咕噜着：

“下旬了，而进度，联系合同……真见他妈的鬼！唉，这个检验员，黄毛丫头，专挑我的眼，质量，质量，整天嘴上不断，就好像这世界上只她一个人懂得质量一样，不知天多高地多厚呀；我做工那会，她大半连妈还不会叫呢，这会整天就给你叫着质量，质量……”

他用大手一扬，带来了一阵风。

“算了，算了。小英子，你一来大叔就发牢骚，还忘掉问你在哪工作，还在你爸爸那一段啊？五段搞得不坏呀，你爸爸那老头子，现在是个了不起的人物，风头出够了。”

叶英这才掏出了介绍信，交给了赵得。

“大叔，不回五段了，就在你这段。”

赵得接过信，看也未看，就往桌上一放。

“好主意，车间到底是答应了我的请求。我们正需要人，你住了一年训练班，技术快赶上你大叔了吧，哈哈，到捷克床子上去，崭新的车床。你看，大叔待你保准不比你爸爸坏。”

叶英摇了摇头，说：“改行了，大叔，不干镟工了。”

赵得这才一面惊讶地咕噜着，一面忙拿起那信看。那信上写着：你段检验工黄华另调他段，由叶英接任。他把信放在桌上，用大手按着，微醉的眼睛刺着叶英，叶英也大睁着她那对明澈的大眼睛，不知这位赵大叔要谈些什么。赵得把眼睛从叶英那里移开，站了起来，说：

“谁想的好主意？检验工，为什么要你干检验工呢？检验工是个指东画西挑毛病的工作，而你，小英子！你是一个真正的好镟工，有前途的，却来干这码子事？”

叶英也站了起来，她不允许任何人对她的职业进行侮辱，脸激动得微微红着。

“大叔，你说得不对！检验工不是指东画西挑毛病，检验工是保证产品质量的。”

赵得摊开了双手，复又坐了，他知道这女孩子的性格，一个做叔叔的要是站起来和一个小女孩子吵架，才是笑话。他想起自己刚才大骂了半天检验工，不想检验工就正在眼前，不由得好笑起来。

“你这个小机灵鬼呀，为什么不早说，我骂了半天检验工，你不高兴了吧，嗯？”

叶英说：“当然不高兴，可是这也不要紧。”

赵得坐在自己段长的位子上，把烟头扔在脚下踩灭。问道：

“什么时候开始工作？”

“立刻，段长同志。”

赵得看叶英一本正经起来，就越发觉得好笑。在他的思想里，这时竟充满了叶英还是孩童时的那些个景象，赶也赶不走。

“好哇，一会找个人去把黄华叫来，办办交代。”

赵得用手碰了碰桌上的那些报表，不自禁地摇摇他的头，自己眼看着长大的叶英，突然到自己工段来当“检验工”了，他总不大习惯。他越看叶英，脑子里就越是浮现出叶英小时候的可爱的小脸来，扎着一根冲天小辫，淌着两行鼻涕，一见面就喊：“赵大叔，糖。”就好像这时站在他面前的，不是已快二十岁了的女检验工，仍是那个淌着清水鼻涕的小姑娘似的。

叶英站在那里，看着赵得的眼睛视而不见的样子，不知道他在想些什么。赵得醒悟过来，让叶英坐在自己的对面。他给叶英倒了杯茶，然后说：

“你大叔穿‘小鞋’穿够了，脸上的黑也不少了，你再来给抹两道，唱‘包黑子’就不用打脸子了。可是，小英子呀，我相信你，你懂技术，不会吹毛求疵，专抓你大叔的小辫子。”

叶英说：“我一定会认真地执行我的工作，段长同志。”

“‘段长同志’！谁教你这样喊的？不要一本正经的，我不习惯。以后，你要是也给你大叔‘小鞋’穿，小英子呀，骂你是听过了，可你还得小心这个。”说着拳头在叶英脸前晃了晃，叶英赶忙仰起了脸，生怕那只大拳头会碰到自己的鼻子似的。

赵得也发现自己太过分了，随后改口说：“你来得好，小英子！关系不同寻常，彼此会有担待……有啥困难，就不客气告诉大叔！”

叶英和那个蓬松着头发的女检验工黄华，在工段专为检验工准备的角落里办完了交代，那个女孩子说了声：“我走了，叶英同志。”就匆匆走了，头也不回，就好像这倒霉的工段一分钟也不能多停留似的。叶英用眼睛把这位同行送出了门口。她心里有些同情她，可又多少有些轻蔑的感情。同情的是：看她这个样，一定是受过不少的委屈。轻蔑的是：怎么能用软弱和眼泪来对待工作呢？

叶英深深地吸了一口这车间散发出的浓重的机油气味，仔细地打量了一下工段。各种各样小巧的元车、铣车、刨床、钻床，分成两行排列着，发出“嗡嗡嗡，吱吱吱”的声响，汇成了一片声音的海洋。工人都正低着头在全力对付车床。老远地不知是谁做了个鬼脸，不知为什么，也不知是对谁。可是叶英敏感地觉得：与自己的来是有关系的。

叶英蹲下，正待检验积压下来的产品。工段的红灯亮了，汽笛尖着嗓子叫着，挂钟正指着五点，下工了。

有些工人并不比这位赵段长好些，他们对检验员有着各式各样的成见，和检验员总好像结下了不解之怨似的。这天，叶英正低着头忙碌地检验着产品，一个青年工人经过这里，发现了自己加工的六十件产品，分成红、黄、绿三堆放着；退修、报废、合格差不多各有三分之一。他半天没有说话，然后才抑制着故作镇静地说：

“检验员同志，我要求你再检验一次。”一边用手指着那堆画黄道道的报废品和那堆画红道道的退修品。

叶英抬起了头，模模糊糊地觉得就是那天做鬼脸的那个青年。她看见这个青年故作有礼貌的那个劲，实在好笑。可是，这青年嘴角上流露出的挑战意味，是怎么也掩藏不住的。叶英准备好应战，也有礼貌地回答了声：

“同志，认真检验过了。”

那个青年镟工加重了语气，重复说了一次，“我要求你再检验一次，检验员同志。”

叶英说：“没有必要，同志。检验器不会骗人。”

那个青年镟工竟勃然大怒起来：“给我再检验一次！”

叶英惊讶地抬起头来，只轻蔑地看了这个一脸怒容的青年人，就又低头做她的工作，没有回答。没有回答，是最容易激起一个挑战者的愤怒的。这个青年大喊大叫着说：

“我不服你的检验，比你高明得多的检验员我见过，可你算什么，哼，专挑毛病，我就不服，看你怎样？”说着走着，走着咕噜着，竟然咕噜咕噜地骂起“这个塌鼻子”来了。

叶英本想用极大的意志力压制着自己，不要一来就和人家吵架，可是她的性格不允许她这样，她把薄薄的嘴唇咬得一排牙印，还是忍不住地站了起来。

人们的眼睛望着叶英走到那个青年车工正在运转的车床边。她就站在那里，眼睛对那个青年直视着，声音都有点发抖了：

“你怎么会不知道什么是工作责任？出了废品，给国家造成了损失，还好像很光荣一样地大嚷大叫，这没有什么光荣，同志。这，可耻！”

那个青年脸都气紫了，嘴哆嗦着，叶英来得这样突然，他竟莫知所答了。叶英没等回答，转身就走。

晚上，叶英坐在桌前长久地想着白天发生的事。好久好久，一动也没有动。后来她不由自主地握紧了自己的拳头，在桌子上轻轻敲击着。

叶英想了又想，就拿出了日记本子，写下这天的日记：

一九五三年十月二十六日

到二工段做检验工以来，今天遭遇了第一个困难。我和一个青年镟工吵了起来，错误的当然是他，出了废品，还怪三怪四的，好像很有理似的。他完全不懂得什么是镟工的光荣，实在很好笑。

困难只能吓倒那些个爱流眼泪的女孩子（如黄华）。我是不怕的，我要凭着青年团员的良心和责任感工作，我的责任就是：“挑毛病”（如那个与我吵架的青年镟工说的），不让废品和退修品混过关去。

叶英记完了日记就躺在床上看《为了幸福的明天》。

爸爸老是上夜班，父女俩已是好多天没见面了。叶英实在有些想念爸爸，实在想和爸爸谈谈，她脑子里闪了闪爸爸的影子，却立即被邵玉梅怕雷汞爆炸毁灭了整个工厂，不顾一切地用两只手扑打着火苗那段动人的情节吸引住了。看完了这一段，叶英把书放在枕边，凝想起来。邵玉梅的行动，又燃烧起了久久埋在叶英心中的为祖国建立功勋的强烈愿望。她闭上了灯，在床上翻来转去，很久不能入睡。她想：我工作是有困难，可是，比起人家邵玉梅呢？……

赵得正如他自己说的，自从干了这倒霉的段长以来，真是百事不顺。特别是近两个月，没完成计划，废品出得多，装配车间拿着联系合同找自己要产品，机工车间批评自己把整个车间的计划拖下了，总之，一片指责声。你去看看计划科张贴的日报表就能把人气死，二工段完成计划栏里是用黑色的墨水写的，而人家都是红色。废品栏里的数字更是突出，这还不算，而且还画了一只手，食指直指着二工段。反正全厂都知道二工段了，都知道我赵段长了。赵得很苦恼，他自己不能从苦恼中解脱出来，他总想找一个亲人诉诉自己的苦衷，那天他和叶英说了那么些，就是带着这种心情诉说的，不想没得到同情与温暖，而却碰了这女孩子的钉子。他好几次想找叶英的父亲叶为义谈谈心，他是共产党员，又是老朋友，会体贴自己，帮助自己。但一想到人家现在样样搞得好，谈谈还不是教训自己一通完事，他最听不得各种各样的教训了。近来，他脾气变得愈加暴躁起来，怨气冲天，他不单是骂检验员是跟他作对，他也骂工人是废料。他想对自己一片喝彩声的时代是过去了。黄华的走，他也震动了一下，可是，只是震动了一下而已，他并未多去想。这次这个青年车工与叶英吵架的事，他也知道，可是他并未究明谁是谁非，加以过问。他自己还过问不了自己呢！

车间的党支部书记唐亮，也知道了工人与检验员吵架的事，黄华两次要求调动工作，他已开始注意这个工段，可他一直在五工段，没有抽出身来，这回他觉得非到二工段来看看不行了。唐亮到二工段车间里转了转，就到段长办公室来了，赵得正坐在那里翻着报表。唐亮询问了一般的情况后，就和赵得谈了起来。他批评二工段政治空气薄弱，工人随便与检验员吵架，以致把黄华都吵走了，现在又发生这样的事，段长应该了解一下，判明是非，支持正确的。赵得刚在车间会议上挨过批评回来，满肚子不高兴，现在又是批评，他说："又是批评，我听得够了。可你们为什么不看看我的过去，冒着性命危险护场的不是我赵得吗？我干镟工那会搞得不漂亮吗？现在我怎样？我也没偷懒，我的眼熬得通红，这一年头发一下白了多少，可就没一个人说我好，光是批评，够了。"

唐亮等他说完，停了一会儿才说："你的过去，工人都见了，党也看见了，你英勇护厂，干镟工是全厂第一份，因此，大家都夸奖你了，党把你提拔到领导岗位上来，还不就因为你的这个过去，你的过去很光荣，应该说好，可是，你现在得尽到你现在的责任呀，现在你工作有毛病就应该批评。赵得同志，过去你是个好镟工，你现在应该是个好段长才对。"

赵得说："好段长……干不了！……"赵得还没说完，就有一个小组长来找他，他随着那组长匆匆下车间去了。

这次谈话就到这里。唐亮也在工段转了转，和工人随便扯扯，就回到自己的办公室。在这间办公室里来回踱着、思索着。根据在部队做多少年的政治工作积累起来的经验，他可以准确地判断出一个人的思想来。他踱着想着：当然，赵得当前并没有什么可以骄傲自满的，完不成计划，废品多，老是挨批评，可是仍得说他是骄傲自满。他骄傲的本钱就是他今天所谈的"过去"，他老是看着过去，迷醉于过去，这样就妨碍了他更好地前进。当然，不能说他现在偷懒，可是他却成为思想的懒汉了，停滞不前，对周围的新生事物失去敏锐的感觉，成为落后保守力量的代表了，赶不上时代的脚步了。

唐亮站在窗前，就可以看见楼下五工段的一切情景，工人与机器都紧张地忙碌着，段长叶为义正在一个工人的车床边说些什么，指点些什么。唐亮伫立在窗前，继续思索：就好比是机器，人的思想运转着，紧张而正常，可是，有时就也要发生一些故障，突然停滞了。一个好的镟工，在于他能找出故障来，使机器恢复运转，而一个好的党的工作者也是一样，要使干部清醒过来，奋勇往前。赵得现在需要的不光是简单的批评了，得具体帮助他。唐亮决定再找赵得谈一次。

叶英对产品的要求十分严格，有工人提了两次意见，但经过检验科派人会同工段一起进行复核，证明叶英是对的。工人对她是一点办法也没有。质量，质量，就好像只她一人懂得质量似的。有些工人心里常这样咕噜着。可是，能有什么办法呢？她是这样一道严峻无情的关口。

越是接近月底，赵得越是急得不行。计划完成得不好，进度拖下了，而废品率却略有提高，眼看又非得挨批评不行。

这天，赵得走到叶英的那个角落里。叶英正在用毛笔往废品上画黄道道。赵得不满地摇了摇头，说："辛苦了，成绩不小哇，小英子。"

叶英说："唉，情况很不好，段长大叔，得想些办法才好。"

赵得说："办法……？你们呀，不检验出一些废品来，就失业了。唉！他妈的进度，废品，都是废料。"说着咕咕噜噜走了。叶英看着他的粗大的后影，走到一个车床边，不知怎么一下就向一个工人大发起脾气来，吼叫得整个工段都能听见，机器的声响在他的吼叫下都显得微弱了。叶英突然想起第一天那个青年办事员所形容的"火山爆发似的"。

赵得对一切都不满起来。对机器的嗡嗡声不满，对机械摆的部位不满，对上下班尖着嗓子嘶叫的汽笛不满，特别是对那每天堆在他桌上的报表不满，那报表上的进度和质量两项，是如此地刺痛着他的心，就是这些个阿拉伯字母，使得他脑子混乱起来，心惶惑起来。他回到办公室，看一张报表叹一口气。

出废品当然不可原谅，可是，以赵得自己说，这里面也有个客观原因：刚刚投入新产品的生产，比平常略多出些废品，并不是很奇怪的事。对废品多这件事，他不是没想过，不是没难过过，可是，他老是叫进度、计划、任务压得喘不过气来；车间找你要进度，骂你拖下了整个车间的计划，装配车间伸手找你要产品，如他自己说的：叫压扁了。哪个小组或是工人拖下了进度，他就要责骂人家一顿没有计划观念啦，等等，其实，这都是他挨骂的话，挨了骂，也骂了人，可是，问题依旧没解决。而废品，这倒霉的废品，滚他妈的！按照工段与检验员的传统成见，他又想起了叶英……他把叶英找来了。

叶英进到办公室来，看见赵得独自坐在那里。叶英发现这老头突然瘦削了许多，好像也萎缩了不少。她心里想，赵大叔也够苦的了。她有些同情他。

赵得把叶英找来，却不知和她谈些什么。他自管自地吸烟，很久没说话。叶英好奇地望着这个神情颓丧的老头，望着那被烟雾包围着的脑袋，好像要发现那里面活动着的思想似的。可是，此时此刻赵得在想些什么，连他自己也说不清楚。

叶英终于忍不住了："怎么啦？大叔。"

赵得又吸了几口烟后，才慢慢地反问了句："小英子，月报表见了吧？……"底下想说什么，却又没说下去。

"见了，大叔。"叶英说。

赵得丢掉了烟（还剩好长一截），也不去用脚踩灭它，就让它在士敏土地上兀自地冒着烟。他来回走动了几步，好像不支似的又回到座位上，厌烦地把报表推到了一边，又用粗大的手指在自己脑袋上敲了敲（他从来没有这个习惯的），看了叶英一下，可是，说些什么呢？

叶英发现赵大叔眼睛里已没有了那种刺人的光彩，就好像燃烧着这老头内部的火焰一下熄灭了似的。

赵得复又摇摇晃晃地站了起来，不知从哪来的一股怨气，他大声叫嚷着："检验员尽到责任了，光荣，光荣得很！可是我们工段，我这个段长呢？成什么了？废品工段，废品段长，人人都在骂我们……”话没说完，就又无力地坐下。

叶英好奇地问：“我不懂，你这话是什么意思？”

赵得说：“小英子，拖了进度，影响了计划，出了废品，由我负责，可是……”

“可是什么？”

“可是，工人对你也有些反映……”

“什么反映？”

“工作负责任当然好，这个我不反对。可是，工人说你太苛刻，该合格的也……”赵得说得显然不理直气壮。

叶英本想帮助这位大叔，减轻他一些压在他肩上的重担，哪怕说些能使他高兴的话。可是，这会她一下看出了这位段长大叔的无能，出了废品，却真找到自己头上来了。她保持不住平静，站了起来，没等他说完，就截断他的话。

“不错，是严格！哪件产品我检验错了，你举出来。”

赵得没有马上说话。

叶英又接着说：“我实在不懂，你是什么意思，想叫我丢掉责任感吗？想叫我马马虎虎地放废品过关吗？这是不可能的，段长同志。”

赵得也站了起来。

“你说些什么鬼话……”

叶英转身就走，一边走一边说：“对不起，我还有工作。”赵得叫她回来时，门已“砰”的关上，只让那嘈杂的机器声进来了半秒钟，复又隔绝了。

赵得正往门口愣怔着，叶英却又伸进了大半个身子，赵得看着她，不知她要做些什么。叶英用明澈的眼睛直盯住他，说：“不要大吼大叫的，要冷静地全盘考虑一下工作，好好想想自己，想一下。废品不是发脾气能减少的，进度也不是发脾气能赶得上的。发脾气没有用。”

赵得无力地坐下，用手抱着头，那脑子几乎要崩开了。哼，连小孩子也来教训人了。

前些日子，叶英一想到自己负责任地工作着，坚强地、认真地工作着，与那个黄华一比，心里总有一种骄傲的感觉。她常想：我是青年团员叶英嘛，做检验员就要做最好的，和一年前做镟工一样。可是，近来，一个思想在长久地绞痛着她的心，这个思想把她的那一丝丝自豪感挤得无影无踪了。她开始对自己不满起来。

绞痛着叶英的心的那个思想，就是“责任”两个字。她想：“责任”，当然，作为一个检验员，她的责任就是认真地检验，不让退修品和废品混到下一道工序去，以免造成更大的返工浪费，以免供给不合乎规格的机器。如那天小马（就是骂她塌鼻子的那个青年工人）说的：挑毛病。毛病是挑对了，没有错。可是，就仅仅是这样吗？我对二工段能不能帮助他们呢？对赵大叔我能不能帮助他呢（她有点后悔与赵大叔吵架）？比如说帮助他们降低废品率，能不能呢？这苦恼着她。

工作提出来的高度要求，对自己的不满，苦恼，使她变得不大好说话起来，常常沉默着，不像平日那样活泼了。人们都很奇怪，做爸爸的还有些担心的。唐亮也注意到了这一点。

这天晚上，叶英又坐在桌前沉思默想起来。淡黄灯光下，叶英的脸显得稍清瘦了些，她两只眼好像是在看着什么，又好像什么也没有。这使坐在女儿对面的爸爸不安起来。

叶英的妈妈去世已近十年，哥哥现在东北一个工厂里工作。而在爸爸身边的只叶英一个亲人。叶为义亲手把女儿从小抚养大，对女儿的爱，比一般的父亲就要更加深厚些。他把女儿抚养大，又把她培养成一个不坏的镟工。他对自己要求严格，对女儿也不放松。

这几天来，做爸爸的就看出女儿有什么心思来了。这会又看见女儿湎于沉思的样子，不禁放下手中的《工人日报》，问道：

“小英子，有什么心思吗？”

叶英正在沉思中，叫这一问，吃了一惊。她回答：“爸爸，我在想——”

爸爸说：“你在想，整天在想，饭也吃得少了，话也不多说了，人也瘦了，你想些什么呢？告诉我。”说着这老头站起来，用手轻轻地抚摸着叶英的头。

叶英轻轻地说：“爸爸，我在想自己做得太少了，比如说比起书上写的邵玉梅，我们生活中的郝建秀，她们都和我一样，都在工业建设岗位上，年纪也差不多，而人家却为国家做了那么大那么多的事，我呢？我一想起这些，心里就有些难过。”

爸爸把女儿的头扳得稍稍仰了起来，惊奇地又是赞叹地看了看女儿的眼睛。他想：女儿成长得多快哟！叶为义松了手，高兴地来回走了两步，夸赞地说：

“想得对，想得好，小英子，多想想吧，人人要是都能时常想一想，自己如何能为工业化多出些力量，那我们所盼望的社会主义，就来得更快了。可是，你想出个结果来没有呢？”老头子说完了最后一句，停下了脚步，坐在原来的位子上，满怀抚爱地看着自己的女儿。

女儿避开了爸爸的眼睛，摇了摇头，说：“没有。”

“没有，就再想，一定得想出个结果来。”

叶英看了看爸爸灰白了的头和额上、眼角上的深刻皱纹，依旧轻轻地说：“爸爸，你知道二工段废品出得多，完不成计划，给国家造成了损失。以前，我老是想，这与我没有什么关系，作为一个检验员，我已经做到我所应该做的了。可是，现在我想，没有做到我所应该做的，特别对一个青年团员来说，看到这个现象不能不管，我是可以做得更多一些的，比如说能想个什么办法，找个什么窍门，把二工段的废品率降低……”

叶英摇了摇头，才又接下去说：“唉，问题就在这个什么窍门上了……爸爸，你能帮助我吗？”

爸爸笑了笑说："可以，来来来，让我们一起想想看，看谁先想起来。"

叶英把头发向上掠了掠，眼睛突然地亮了一下，激动得话也说不好了。

"爸爸，爸爸，想起来了，想起来了，你看要是这样：工人生产出第一个产品，我就来进行检验，然后就很快地把毛病告诉他……爸爸，你知道，废品并不是人人都出的，只是少数的几个工人。比如钻床上的安大方老师傅吧，他老是把眼钻得大了一点，那他钻第一个件号时，我就来检验，然后告诉他：安老师傅呀，大了点，再小一些。他知道了，就说：好吧，再小一点。哎，这样呀，爸爸，你看行吗？"

爸爸用眼睛和话语鼓励着女儿："到底是你先想出来了。好办法，很好，一定可以帮助二工段，废品率一定可以降低。可你刚才说什么，大了一点，一点是多少？检验员不应该说出这种不科学的话来。"

女儿又恢复了往常的活泼，跑去摇着爸爸的肩膀，说着："大了一点，这是比喻。爸爸，爸爸，就这样办！"

爸爸说："对，就这样办！"

可是，这老头又用手触弄了一下手边的报纸，轻轻地摇了摇头，又接着轻轻地出了口气。女儿用大眼睛望着他，惊异地问："怎么？爸爸，不赞成啦！"

叶为义站了起来，握着女儿的手，说："不，就这么办！"

爸爸放下了女儿的手，回到座位上，说："我是想呀，二工段的好坏关键在老赵。二工段的情况，车间领导上是了解，我也知道一些，老朋友啦，你看我就没找他谈谈心，帮助帮助他。前天唐亮同志还嘱咐我，要抽空找老赵谈谈。我以前的想法和你一样，我把自己的五工段搞得不坏，心想，这就行了，对别的工段就不大关心。你看，我的思想落到你后面去了。"说到这里，他看了看女儿，女儿的眼里满含着对爸爸的尊敬。他又接下去说："得找老赵谈一谈，多少年在一起，过去一起做工，一起度过了多少个艰难的日子啊，这会儿，又都干上段长了，为自己干活了，可是，这个老赵啊……”

叶英没有说什么。她，同意地点了点头。

叶英走向安大方师傅的钻床边，开始来检验他第一个产品。可是，看来叶英对安大方师傅的性格还是很不了解的。安大方师傅对各种各样的检验员都不满意，特别是对女孩子们，他心想：哼，小妞们还来挑毛病呢，还是趁早回家养娃娃去吧。他平常不大爱说话，但与从前有些男检验员还顶顶嘴，自从工段换了黄华、叶英这些女检验员，他就更瞧不起她们。

叶英检验完了，好心好意地说：“安老师傅，大了一个六十四，请注意一点。”

结果竟是这样的出人意料。这个安老师傅哪里会注意一点，以前，哪个检验员也没有像叶英这样能到自己鼻子眼底下挑三挑四的，这小妞……他把电钮一按，钻床立刻停止了。他用棉纱擦了擦手，看也没看叶英，说：

“我不行，你来吧。”说着就往工段办公室走去。

叶英从来没碰到过这个。工段所有的元车、铣车、钻床、刨床都嗡嗡嗡地运转着、动着，而唯独这部钻床停下了，好像突然死了一般。怎么办呢？她对着这部死了的钻床有些手足无措起来。

而正在这时，工段办公室门一开，隐隐约约传出了声：

“我干不了，不干，也不能受她小妞的欺侮……”

接着巍巍峨峨地出来了工段长，他走到叶英身边，用他那光彩已大减的眼睛刺着她，用从来没用过的语气和称呼说：“叶英同志，你还是回到你的岗位上去，不必这样，影响了进度你要负责任……”

叶英没等他说完就走了，回到了自己的“岗位”上，就是那个角落里。她这时充满了委屈的感情，充满了对赵得的不满。对这位段长大叔，她还能说些什么呢？她满怀着喜悦的心情，好心好意地要来帮助二工段，却连连叫泼上了两盆冷水。叶英真是想哭，可是她没有掉下眼泪来。这一天，是叶英到二工段以来最不愉快的一天。

叶为义今天晚上要去给工人上技术课，他匆匆地出门时，正碰见叶英回来。这老头竟然没有理会到女儿脸上不高兴的神情，就说："你想出的办法很好，我给我们那段检验员小王一谈，他就实行开了，工人也欢迎，的确有效。"叶英正想和爸爸谈些什么，他已匆匆走远了。

叶英进到屋里，也没扭开电灯，就往床上一躺，轻轻问了自己一声："我怎么办呢？"没有回答……

然后，又是无数个问题在叶英的思想里蠕动着："怪我多事了吗？""是我的错吗？""何必招惹人家的不满呢？""本本分分地工作不就算了？""唉，检验员，检验员，这是什么工作啊？""要是遇到爸爸那样一个段长就好了。"……"我怎么办呢？"归结起来，仍是这个"我怎么办呢？"在苦恼着她，可是，仍没有回答。叶英在黑暗中大睁着眼睛，想了又想。

爸爸说五工段已那样做了的那段话，强烈地摇撼着她；她眼前浮现出邵玉梅的形象，邵玉梅的眼睛好像责难地看着她；作为一个青年团员的良心唤醒了她。她想："哎，你看，我差点软弱地倒下去了。"

她忽地站了起来，跑出去找唐亮去了。

和叶英谈了后，唐亮愈觉得与赵得的谈话不能再拖延了。他前几天的想法：二工段的问题不在于进度，而在质量。也愈发明确了。

唐亮一面从三层楼往下走，打算到车间去，一面看着工厂的全部夜景，工厂的夜景是激动人的，雄壮瑰丽的。以自己的生命保护了这工厂的许多工人中，有赵得，也有叶为义，他们不愧为英雄好汉。可是，生活是多么严峻无情，稍一不慎，你就要被它撇得老远。唐亮想，当然，问题还在于思想。叶英与赵得的矛盾，显然是这样，一个人是勇往直前，不断地对自己提出严格的要求，另一个人则是望着“光荣”的过去，老是望着，望着，却忘了自己正在走路，却忘了走向哪里去……谁走在生活的前面，谁就是生活的主人。赵得曾经走在生活前面过，而现在却落在后面了。

第二天是厂礼拜，唐亮习惯地早早地起床，换上了那身褪了色的军装，挂上了淮海战役纪念章。唐亮对十几年的部队生活是作为珍贵的回忆保存起来的。到工厂来，他也总是保持着军人的特点，敏捷、爽快，却又有老政治工作人员那种深思熟虑，感觉敏锐，和诙谐的风度。

唐亮把赵得约请到自己宿舍来。赵得坐在靠窗的一把椅子上，一言不发。唐亮给赵得泡了一杯浓茶，放在他的面前，说：“老赵同志，希望你不要生我的气。今天我们不开批评会，批评会开得够了。我们随便谈谈心。”

赵得向这位精神抖擞的支部书记看了一眼，随即又避开他的眼睛。

唐亮把纸烟递给了赵得，又给他点着了火。赵得无力地笑了笑。支部书记自己却不吸烟。他斜对着赵得坐下，说：“老赵，你这些时瘦得多了，得多注意。身体是一切的本钱。不容易呀，搞领导工作，他所操纵的不是一部死的机器，而是要领导很多活的人。”

赵得本是来挨批评的，唐亮给来个意外，他一时竟不知怎样才好了。

唐亮走到窗前，挨着赵得站着。他的视线越过工厂，看见远远的正在建设中的纺织厂厂房的高大木架，那高大的木架高耸入云。唐亮招呼了一声：“老赵，你看。”

赵得站了起来，与唐亮并肩站着。唐亮指着远远的纺织厂的建设工地，感喟地说：“新的工厂又要建设起来了，这是国棉一厂，明年、后年还要有二厂、三厂，我们这城市要建设成一个纺织工业区。老赵，看见了吧。有谁像我们这样快地建设工业啊！”

赵得也跟着感喟地说了声："是快啊……！"唐亮自言自语地："向我们伸出的手又要多了一只，明年、后年将要更多。给我，给我纺织机器，粗纱机、细纱机、摇纱机、清花机、筒子机，什么都要，又要好，又要多。而我们……"唐亮说到这里，看了看赵得，赵得正听着出神，唐亮猛然停下了，他也望了唐亮一下。唐亮笑了笑，接下去说："老赵，比如你就是那些个纺织厂，我比如是咱们这个纺织机械厂，你伸出手来找我要各种各样的又好又多的纺织机器，我说：老兄啊，不行，你们太快了，我们只能给你一点，而且也不好。那你说什么？"

赵得知道唐亮是在说些什么了，他摇了摇头，没有马上回答他。唐亮哈哈大笑起来，说："纺织厂摇头了，那就是说：不行！是这样不是？"

赵得又点了点头，说："是这样，是不行！"

唐亮把窗子打开，阳光和空气都进来了。他继续说："老赵呀，可惜的是你并不是真正的什么纺织厂，你、我都是纺织机械厂，而纺织厂在那里。"顺唐亮手看去，远远的正有一只鹰在高大的纺织厂工地上空盘旋着，这是怎样迷人的景象啊。这两个站在窗前望着这景象的人，竟沉默了好久。

唐亮首先醒悟过来，他请赵得坐好，自己也坐到原来的位置上。说："是快，要不快，我们还算什么工人阶级，还算什么共产党。可是，老赵，我看到咱们的工业，又是高兴，又是害怕，高兴当然不用说了，可老是怕自己赶不上。我对工业是外行，上级叫我转工业时，我要求说：叫我进进工业学堂吧，先学学，学好了再干。上级说：边做边学吧。同志，我就来了。来是来了，可是个外行，一窍不通。老赵，今天咱们谈谈心，比如你对我和车间的领导上有什么意见。"唐亮说到这里，忍不住笑了起来："你看，又开批评会了，可是，有什么办法？今天换一种方式开，是你批评我，批评车间，我保准不会生气。"

赵得心里乱得很，思想整理不出个条理来，他摇了摇头，说：“意见不多。只是感到车间对我们工段帮助不够。”

“是帮助不够。”唐亮等了一会，见赵得不往下说了，才又接着说：“十足的官僚主义！车间主任钻在报表里出不来了，我是这个会那个会，开得头昏眼花，有时下车间转转，也是个白转，发现不了问题。工段完不成计划时，就给他来个严厉批评，没有比严厉批评更容易的了，谁都会。而都没有很好研究为什么没完成计划，原因在哪里？”赵得不自觉地点了点头。

“比如有的工段没完成计划，并不是进度赶不上，而是废品出得多，车间却不究明原因，就大骂一通没有计划观念，没有国家观念，工段长也照样地往下骂了一通，其实，这些骂人的人，我也在内，都是十足的片面任务观点！”

接着，唐亮转了话头说：“不谈这些了。老赵，昨天叶英来了。”

赵得以为一定是昨天叶英与安大方那件事。

唐亮接着说：“这小鬼的进步很快。她昨天高高兴兴地来说，她想起了一个检验产品的办法，可以帮助降低废品率，她爸爸那段的检验员已实行了，的确很好。这办法就是工人生产出第一件产品时就检验，结果立即告诉工人，以便让工人可以马上知道合格还是不合格。她想在二工段实行。我是看着还不错，你觉得怎样？”

“试试看吧。”

“对，试试看。可是，我还听说，昨天她试验时，碰了一个老师傅的钉子。这小鬼太简单，没和工段研究就搞开了。得你多支持她，老赵。”

赵得想起昨天那事，多少有点生自己的气了。

唐亮站了起来，咬紧牙关，按照军人那样说话：“我们对于废品就要像对待仇敌一样，一定要消灭光！老赵同志，在二工段你就是司令员，对废品这个敌人一定要坚决无情！”

这天，他们谈了很久。赵得很痛快，他感到唐亮是这样对自己、对自己工段关怀，谈起来又是那样的亲切动人，他心里暖乎乎的，对唐亮又是佩服又觉亲切。他们商量在工段里要搞一个废品展览会。赵得问支部书记对他有什么意见时，唐亮直率地把他前些时的想法告诉了赵得。他觉得党很了解自己。

临走时，唐亮紧紧握住赵得的大手，诙谐地说："一言为定，纺织厂老兄，你要的机器件件具备，保证都是第一流的货色。"赵得也想回答些诙谐的话，但没有说出口，只笑了笑。

几个月来赵得第一次感到这么轻松，好像压在肩上的重量的什么，一下叫唐亮给卸下了。除了党，没有任何人对自己的思想分析得这么清楚，连自己也没看到长在自己双肩上的脑袋里，到底是些什么。落在生活后面了，看过去看得太多了，思想的机器停滞了，必须清除掉使思想机器停滞的油泥，这怪东西，据说是什么骄傲。我这几个月是怎么过的？有些事办得好糊涂，比如昨天小英子好心好意地帮助消灭废品，我竟说出那样蠢的话来：检验员同志，回到你自己的"岗位"上去。……看以后的吧，落到生活后面去了，生活，生活，我要走到生活前面去。

第二天清晨，赵得见了叶英，就说："小英子，前天是你大叔的不是，我们讲和。你不生我的气吧？"

叶英说："我也有错，没和你商量，支书批评我工作方式简单，没有事先争取领导的支持。"

赵得说："你想的办法很好，今天我就向全体工人宣布实行。"

叶英看见这位段长大叔的眼睛里，又重新射出光彩，她心里很高兴。赵得又说："要向废品进攻，严格点。"

叶英看着他笑，他又加上句："多挑挑毛病。"两个人都好笑起来。

叶英没说什么，她不知说什么好，她只是看着赵得，向这位段长大叔流露出希望和信任的眼光来。

叶英的这种希望和信任的眼光，没有白白地流露。

赵得立即行动起来。工人们正在工作，他就站在工段的中间，大声宣布检验员叶英要实行新的检验方法，对谁都有好处，大家要支持。随后，他又抽午休的时间召集小组长开会，研究废品展览会的问题，会上决定了后天就来举行这个展览会。

段长公开宣布要支持检验员，这在二工段是新奇的事。有些工人都用惊奇的眼睛看着段长。赵得看见了这些眼睛，就说："看什么，往后就会知道。"

叶英开始实行她的新检验法，首先她仍选定了安大方。她走到这老师傅的车床边，带笑地有礼貌地说："安老师傅，没生我的气吧？"

那安老师傅鼻子里"嗯"了一声，可是，这次他没关车。叶英小心翼翼地检验了他的第一个产品，就笑着说："报告安老师傅，合格！"

那安老师傅又用鼻子"嗯"了一声。

叶英第二个就选定了骂她"塌鼻子"的小马。她一走到那里，首先就说："小马，我不该跟你吵架。"

小马不大好意思起来，没吭声。

叶英一边检验一边说："你还生气？"

小马说："不知道。"

"不知道。大了两个六十四，请你注意。"说着就走了。小马伸了伸舌头，当真地注意起来。

叶英又走向第三人……实行这个新方法，检验员真够累的了。

这天，举行了废品展览会。把近两个月来工段所产的废品集中起来，排列在工段的一个角落里。工段长通知各个小组长，这天下午的小组碰头会暂时停止，就在这个时间领导全体工人参观废品展览。

叶英自愿担任了废品展览会的讲解员。

红灯一亮，工人关上了机器，工段里一片寂静。工人们洗了洗手，就走到这展览废品的角落里了。工人们带着不同的心情来参观这个展览。

废品死寂地躺在那里，这原本是没有生命的东西。可是，今天是两个月来的废品都集中躺在这里，在工人眼里，这原本没有生命的东西，好像一下变成活的了，他们不光是死寂地躺在那里了，而是，好像在唉声叹气，抱怨自己的主人，又好像是在横眉瞪目地指责自己的主人。

叶英的清脆的声音，在激动地响着：

“光是这两个月的初步计算，仅仅废品这一项，我们工段就为国家造成了十一亿三千多万元的损失，同志们，我们能不痛心吗？我们一定要消灭废品，坚决无情的……”

赵得也和工人一样，平常对出些废品这件事，并不十分介意，而今天，当这许多废品集中在一起的时候，他才猛然被震惊醒，一种对自己的谴责，痛苦地揪住了他的心。如果说，唐亮和他的一次谈话，使他从道理上觉醒了，这次展览会，则更彻底地使他全身心都觉醒了。赵得自己也没料到，这展览会能发生如此巨大的力量。他痛苦地在心里反复地问自己：我做了什么？我做了什么事情？……

第二天，工段大字报栏里，有很多工人编写的快板，什么“围剿废品”啦，“废品诉苦”啦，等等。

有一首快板这样写着：

我的家本住在
安徽省马鞍山
采矿工把我挖
炼铁工将我炼
千里路啊万里路
来到纺织机械厂
翻砂工人好细心
把我铸成细纱机

眼看就要出厂去
我心中好不欢喜
又谁知二工段
有个小伙太懒散
稀里糊涂将我车
一下小了一分半
害得我成废料
想起来好不悲惨
想起来好不悲惨

工人都以极大的兴趣看着大字报上的这些个快板。

废品展览会比唐亮预先估计的作用还要大一些。自此以后，叶英的新检验法推行得顺利多了。废品展览会唤醒了二工段，变成了推动工作的力量。二工段的废品率逐日下降，而完成计划的情况则逐日好转。

日子过得好快，人们还没来得及想，已到了十二月一日。计划科贴出了十一月份的生产月报表。月报表上，完成计划这项，第二工段也是用红墨水写的了，鲜红鲜红的，多么好看多么耀眼呀！而废品率这一项，在机工车间来说，仅仅比五工段多一点点。赵得看见了月报表，心里说：好，下月见。

叶英明澈的大眼睛里，放射着隐藏不住的异样光彩，走到工段来，工段的人和机器一起沸腾着。小马一见她，就大叫："见了吧，叶英同志？"

赵得走过来，把叶英的手抓在自己的大手里，说：

"谢谢啦，谢谢啦，检验员同志。"

不知谁又大叫了一声："看着吧，今年最后一个月，我们二工段要从废品栏里抹掉。对不对，叶英同志。"

小马兴奋地大叫："有信心，叶英同志！"

叶英朝安大方师傅看了看。安师傅也正含笑看着叶英呢，叶英的眼睛望过来时，他赶快把眼睛移到了钻床上。

那个第一天叶英在办公室里碰见的青年办事员，走过她身边，好意地向她眨了眨眼睛。

叶英不知怎么办才好。她这时忽然有这样一个思想：在这世界上二工段都是最好的人了，段长大叔，安师傅，那个向自己眨眼睛的青年人，小马……他们都有缺点，但你不能不说他们是好人……

叶英激动得掉下欢乐的眼泪来了，这女孩子的声音因为欢乐和激动也颤抖了，她说："多亏大家，功劳是大家的……"

叶为义一直忙着，说找赵得谈谈，却老没抽出空来。这一天他是再也按捺不住自己的高兴了，为了祝贺自己的老朋友和自己的女儿，他打了二斤"二锅头"，在食堂里要了四个菜，要在自己家里，和老赵喝上两杯。

赵得喝了一杯酒，眼顿时更加红了起来。叶英又给他斟上了一杯。赵得晃了晃脑袋，感慨地说："老叶呀，咱哥俩干了一辈子镟工，镟出了多少小巧精致的活呀，手艺不能算坏。可是，这个脑袋呀，要是也能放到元车上……"

叶为义笑了笑说："老赵，说胡话呢，一杯酒就醉了？"

"不，不，我这是比喻，你比如我这个脑袋，要不是唐支书……"

正说唐支书，唐支书就来了。唐亮一进来，就说："喝酒为什么不请我？"他自己拉了一张椅子坐下，叶英慌忙又找了一套酒杯和筷子。唐亮提起酒壶来，把人人面前的酒杯都斟满，然后，把自己的也斟上。他站起来高高举着酒杯说："为我们的赶上了生活的老赵，为我们的检验员同志。"说到这里，他又转向叶为义说："大家都称赞你女儿呢。"随即又好意地看了叶英一眼，叶英的脸绯红着，不知是喝了点酒，还是不好意思。叶为义得意地瞅着女儿。唐亮继续说："为了二工段的胜利，和新的胜利，干一杯。同志们，来，干！"他一饮而尽。老赵、老叶都跟着干了。叶英只喝了一点。

唐亮七点半还要开会，他先告退了。他走到门口，和大家一一握手，并说些简短的话。和叶英说的是“保持光荣”，和赵得说的是“继续努力”，最后拍了拍叶为义的肩膀，故作小声地说：“小心点，人家可是追上来了。”

赵得不久也回去，他已有三分醉意，走着咕噜着：生活，生活……

叶为义也喝了不少酒。这老头充满抚爱地对女儿说：“小英子呀，早些睡吧。”说完就自己先去睡了。

叶英却并未去睡，但又不知干什么好。这时，她的心里充满了这样的幸福——一个人和大家一起，为了一个崇高的理想活着、劳动着、斗争着，再没有什么比这更美好的了。

她打开日记本，想记下些什么来，但她长久地坐在那里，竟连一个字也没写下来。

熄灯的汽笛尖着嗓子嘶叫了，这划破长空的汽笛声，把叶英的思想引得很远，很远……

一九五四年二月河南文联

一九五五年一月汉口修改

原载《长江文艺》1955年第2期

荣　誉

陆文夫

饭厅门口矗立着一座光荣台，这是去年第四季度开展劳动竞赛时造起来的。在造光荣台时，很费了文教委员一番心血：样子很像天安门，朱红的柱子顶着两个翘起的尖角，金碧辉煌地装饰着许多图案。面上用劈开的毛竹涂上翠绿的油漆盖顶，看起来就像琉璃瓦，挺有民族风味。入夜，霓虹灯通明，照亮了放在光荣台内的许多先进生产者的照片。这些照片被红绿霓虹灯映照，一个个都是精神饱满，喜笑颜开。

一日三餐，全厂的人都要从光荣台前经过。每个季度末尾，全厂劳动竞赛评比结束之后，光荣台内就要换上一批新的照片和新的说明。这时候，光荣台前挤满了人，吃过饭和没有吃过饭的人，都带着自己的碗筷，踮着脚围住光荣台观看。而且指手画脚地谈论起来。

日子久了，光荣台内的照片已经晒得有点褪色。就是在这种时候，光荣台前也不是冷落的，许多人还在台前默默地下决心：“下次，我也一定争取上光荣台！”

女工方巧珍，今年二十五岁，生得结实而又灵巧。圆胖胖的脸庞，垂着两条小辫子；说话做事还带三分孩子气。可是，她却算得是光荣台上的老主顾，差不多从光荣台造好的那天起，就没有少掉过她的照片。

在她照片下面，第三季度的成绩——还是照样记载着方巧珍所有的长处：全季没有出次布；全面超额完成指标；坚决执行工作法；学习认真……方巧珍每次从光荣台下经过时，都要斜眼偷看一下自己的照片。又生怕别人笑话自己拿光荣当饭吃，所以每次都只很快地看一眼，便急急匆匆地走过去。她是个非常乐和的人，对什么事情都感兴趣，微笑老挂在她脸上，走起路来老是一跳一蹦，像只才出窝的小喜鹊。可是一进了车间，她就像换了个人似的，又认真，又严肃。

布机间和往常一样：喷雾器将车间弄得像弥漫着浓雾的早晨；机器喧杂的声音，一阵紧似一阵，像雷鸣，又像骤雨打在洋铁皮的屋面上。方巧珍一面在巨大的轰鸣中，留心察听机器上一些微小的、不正常的声音，一面把眼睛注视着飞舞在布面上的梭子。

她突然抬头一看，下班的时候快到了，就更加仔细地检查布面。因为根据以往的经验，次布往往是在这种时刻织出来的。她的眼睛在鲜红的格子布上来回扫着，看着织好的布，一点点地卷起来。

忽然，几乎是在不注意的时候，方巧珍在布面上看到一处不顺眼的地方，右面边上的第一格，好像和其他的格子有点不同。她急忙俯身观察，看看并没有什么毛病。她又退后两步远看，觉得那一格比其他的格子狭一些。“缺经！”一个可怕的念头像闪电一样，在她头脑中闪烁了一下。她扒到布面上一数，缺掉两根红色的经纱。

补上了两根纱后，人就呆了。方巧珍立刻明白，这两根经纱原来就缺的。这个盘头是上一个星期上机的，就是说她第三季度已经出了两匹次布，不是像光荣台上所写的：“整个季度没有出次布……”想到光荣台，想到光荣台上自己的照片，方巧珍禁不住打了个寒噤，手脚都发了冷。一个可怕的名词——欺骗，在她的四周缭绕。她把自己恨得要命，真想在手臂上啃掉一块肉：

“为什么这样粗心呢？盘头上机时竟忘记了检查。奔什么丧呢，要赶忙地开车？”

方巧珍又埋怨小组的人：

为什么要把她评上光荣台呢？自己不知讲过多少次，这点成绩算不了什么。可是大家偏不肯，说有成绩要表扬，有缺点要批评。……如果不上光荣台，事情就简单了，只消向管理员讲一声，把纪录改一下就算了事。可是，现在不仅是改纪录，还要从光荣台上拿掉照片哩。多丢人呀！不明底细的还以为自己故意虚报，这种冤枉，真是跳进黄河也洗不清。

方巧珍脑子里塞进了一团乱麻丝，恶心烦躁。先前听起来很有节奏的机器声，现在觉得非常喧闹而嘈杂，好像不把人的脑子闹得炸开来不肯罢休。织布机在眼前变成一塌糊涂，分不清各种零件，看不清梭子走动。鲜红的格子布，看起来也像是天边上一块淡紫色的云彩。方巧珍生怕这样失魂落魄地又织出次布来，就努力耐下性子什么也不去想，撑大眼睛去看布面。但是，看着看着又模糊起来了。好容易熬到红灯亮，才松了口气。

下了班，方巧珍浑身一点力气也没有。解放前一天做十二小时，也不像现在这样吃力；白里泛红的脸，也陡然变得苍白而憔悴。小组长只当她不舒服，关心地问：

“病了吧！快到医疗间去看看。”

“唔。”方巧珍摇摇头，什么也没有回答。她怕和小组长多搭讪。小组长开会时曾不止一次说过：“巧珍是我们的旗帜，我们要向她学习……”要是现在给小组长知道，这面旗帜将被从光荣台上拔掉，该多难过啊！

宿舍里的人像平常一样，下工之后，都拿着拖鞋洗澡去了。方巧珍可以想象得出，这时大家正在浴室里嬉笑着，互相向头上泼水，闹着玩。照例，这正是下工后最愉快的时间。但是这时，方巧珍不想去洗澡，头也不想梳，呆呆地躺在床上。思想像车轮盘儿飞舞，什么都想到，什么也都没有想清楚。她拿不定主意——说出来呢，还是闷着让它烂掉，索性蒙着被头睡一觉，把它忘掉。但是她知道不可能，小组长马上就要从浴室里回来。小组长那一对迷细眼，能看穿人的心窍，什么事也瞒不住。要看见方巧珍白天睡觉，一定得打破砂锅问到底，而且会有十个人一同来追问，甚至会把医生请到房间里来量热度。

方巧珍逼得没法，勉强从床上爬起来，梳了梳头，想到外面找个人不注意的地方，让自己再好好想一下。忽然，有人在门上笃笃地敲了两下，文教委员气急脸红地钻进来：

“好呀，到处找不着，你还躲在房间里！来来，出来，有话跟你说。”

方巧珍心向下一沉，一股凉气从脚下直通到头顶，她马上预感到次布被发现了，因为光荣台是由文教委员经管的。她像犯罪的人一样，躲躲闪闪地出了门。

“唉，又是小学生参观。没有办法，一定要先进生产者讲话。别人都当班，只好请你。就这一次，下次一定找别人。”文教委员只想方巧珍答应，先把好话说在前面。

方巧珍见不是为次布的事情，心里先宽松了些。听到要向小学生讲话，又一愣。这比挨批评还难过，向孩子们讲什么呢？说谎，还是讲两匹次布？

本来，厂里常有戴红领巾的小学生来参观，这些可爱的孩子们，看完了机器还不满足，总要请劳动模范或是先进生产者讲几句话。方巧珍常被文教委员分配到这项任务，这次她可有些为难了。

文教委员见方巧珍呆着，就老实不客气地推起来：

“快，快些吧，孩子们听完了要回家哩。”

方巧珍向后赖着，死命不肯走。可是文教委员是个大块头，打篮球的一等好手，横拖竖拉地就把方巧珍顶到大礼堂门口。孩子们见人来了，哗哗地鼓起掌来。文教委员介绍着：

“这是先进生产者方巧珍同志，她十多个月没有出次布，现在请她向大家讲话。”

孩子们又鼓起掌来。这些清脆的掌声，方巧珍听起来没有一点愉快的感觉，倒像许多小拳头敲打着她的脑袋。平时最熟悉的大礼堂，现在看起来也有些异样，弄不清自己立在什么地方。她的嘴唇微微地动了几下，想说两句应付了事的话，可又说不出。她责备自己：“脸上满是黑灰，向孩子们讲爱清洁哩！”她难以启口。她呆立着。脸涨红了，一直红到耳根：

“没什么好讲的，希望大家努力读书……”

“不要客气，随便讲点什么吧。”戴着红领巾的辅导员代表孩子请求着。

几十双天真的眼睛看着，许多小耳朵等着。方巧珍僵在那里，恨不得地上有个洞能钻进去。尴尬的场面，使文教委员也不安了，在背后触触她：“快说呀！”

方巧珍逼得没法，支支吾吾地讲起来：什么过去没有书读呀，国家需要人才呀……每一句都要重复一次，讲完一句都要停顿一下。尽讲些对孩子们的希望，关于自己的事，一句也不敢提。到后来，她自己也弄不清到底在讲些什么东西……

后来，方巧珍躲到厂内的花园里。

走道上卷来一阵寒风，路旁白杨上最后的几片枯叶也被刮下来，飘飘荡荡地散落在乱石间。寒风吹拂着方巧珍发烧的脸，使她清醒了许多。她把被风吹到额前的短发抹向后面，想起刚才的事，难过得几乎要哭出来。平时在小组会上，在过团的组织生活的时候，她最恨那些隐瞒缺点的人，她曾经对隐瞒缺点的人，狠狠地批评过。现在，她自己隐瞒了两匹次布，还假痴假呆地向人家做报告！她不敢想下去，决心到检验间把两匹次布找出来，向领导上说明。她觉得不这样做，自己的头会永远抬不起来。

许多人拿小板凳从她身旁走过。这些人都是小组长，又到那里去开会研究生产。方巧珍不敢和他们招呼，闪在一旁快步走过去。她恨不得立刻就向领导上讲明，好放下这副担子，否则看见别人都在高兴地忙着大家的事，自己却在为着面子遭罪，实在不好受。

方巧珍匆忙地走向检验间。她安慰自己：错误，只要谈出来，认识了，都会得到别人的帮助和谅解，这有什么关系？想到这些，她那被紧压着的心又宽松了，脚下也有了力气。她敏捷地走到检验间门口。

正想跨进检验间的时候，方巧珍又踟蹰起来。她委实不想跟检验员打交道；那个人油腔滑调的，嘴里一套，心里一套，尽打些对自己有利的主意。购买建设公债的时候，他有手表，又买了一只手表，却只买五万元公债。少买倒也罢了，可是他还要硬充积极分子，到处宣传建设公债的好处，叫别人多买。方巧珍和小组的人一样，平时就怕跟他兜搭，虽然他待人是那样客气。现在，要把这样重大的事先给检验员晓得，方巧珍很不愿意。可是有什么办法呢，布是在他手里。方巧珍硬着头皮掀开了检验间的棉布门帘，一眼便看见了检验员。他那矮小灵活的身子，正在几堆布之间跑来奔去。梳得光光溜溜的脑瓜，不停地在布面上移动着。

检验员看见方巧珍，满脸堆下笑来：

“进来坐吧，先进生产同志。”

“有点事请你帮忙。”方巧珍没有理睬那俏皮的客套。

“请说吧，请说吧。”检验员低头哈腰地：“别说一件，就是十件我也不推辞。”

检验员并不是对所有的人都这样恭维。据他看来，方巧珍是全厂有名的先进生产者，厂长有什么事还要找她商量；决定个什么问题，也常请先进生产者开个座谈会。在他看，方巧珍也算得上有权势的人，所以格外奉承她。

方巧珍最怕检验员这一套。她平时在小姊妹淘里，说话、做事，都是弄堂里扛木头，直来直去的，不看风势，也不转弯抹角。看到检验员颠头簸脑，方巧珍先有三分讨厌，想赶快谈完事离开他，便开门见山地说：

“今天我发现盘头缺两根经，上个星期的两匹，恐怕是次布，请你翻出来复验一下。”

检验员一愣，他肚皮里点着灯笼，什么事都明白，上星期方巧珍的两匹布他没有验。一则，因为是星期六，他赶紧要去参加舞会；二则，他以为方巧珍总不会出次布的。所以没有看，便放进去了。他假装着没听清，伏在一匹布上观察，想起了不久以前和主任的一次谈话。那是因为有人在黑板报上批评他工作不负责任，漏过了次布。那一次，他曾“诚恳”地向主任提了保证，并向黑板报写了检讨，保证以后不再漏过次布。想不到没几天，又发生了这种事。他直起腰来，搔搔头皮：

“唔，你说啥？有次布？”

“是的，两匹，恐怕你没有验出来。”

“没有的事，我验布再仔细不过，一匹次布都难逃过，别说两匹。这可不是闹着玩的，我们做这种生活，要对国家和人民负责！”

“你再验一次看，恐怕……”

“保证不会有，有了我负责。”检验员那种严正的样子，谁看了都会相信。可是方巧珍不相信，因为一个盘头上总不会织出两种布来的。她坚持着一定要复验。

检验员拗不过，只好把两匹布从里面搬出来，冷淡地说：

“不放心你自己看吧，我可忙着哩！”

方巧珍也没把布摊开，一眼便看出缺经的地方。

“喏，这不算次布？”

检验员还想使个金钟罩，哭丧着脸说：

“别开玩笑吧，我这双眼睛不会受骗的。”说着便动手要把布收进去。

方巧珍掀着布：“你看，明明缺两根经！”

检验员知道不行了，装出惊讶的样子。随即满脸堆笑地说：

“咳，真是弄船推车没老手，想不到这次又失了风。”他装得很轻松：“算了吧，下次你我都当心点。”

“不把纪录改一下？”

检验员故意一惊，向左右看看，又把门关上，轻轻地说：

“纪录还能改呀？第三季度的成绩已经评比过，你还上了光荣台，要是一改，事就闹大啦，全厂的笑话！”

“那怎么办呢？”方巧珍犹豫起来，感到即使说出来事情也很严重。

“有什么办法，只好不说。明天就要向花纱布公司交货，那时标签一摘，就是被验出来也不知道是谁织的？何况这种次布是很难验出来的。你想想，我都看不出，谁还看得出？”

“人家要知道的。”方巧珍虽然这么说，原先的决心动摇了。

检验员一看方巧珍的脸色，立即赌咒发愿地说：

“不会知道，我保证。这事你知，我知，天知，地知，可是人不知。只要你不说，保险别人不知道。”

方巧珍呆呆地站着，凝视着墙壁上的一块黑斑。她厌恶检验员的这种露骨的坏思想，但是说不出一句批判检验员的话来。

检验员见她不响，便一步步紧逼过来：

“嘿嘿，如果说出去，我倒无所谓，反正也不是什么了不起的人。可你呢，全厂有名的先进生产者，哪个不向你学习，想想看，那时面子上就不好看啦！”

“这些不要你说。”方巧珍生气了，她明白检验员是在逼她，正直的自尊心受到伤害。

“知道就好，这是有关你一生荣誉的事情，希望你自己好好考虑。”

从检验间出来后，方巧珍不知到什么地方去才好。本来按照她先前的打算，应该是到党总支去，到那里去把全部事情谈出来。现在她不想去，倒并不是因为怕进党总支办公室的大门；有了困难向党总支跑，本来是很自然的事，几年来几乎成了习惯。可是，检验员的那句话老在她脑子里回响着：

“……有关你一生的荣誉……”

她几次在前额抹着，想把飘覆在额前的短发抹到后面去，又像要把检验员的那句话挥掉。可是那句话就像胶水似的粘在她脑门上，而且不能不使她联想起许多事情：

以前，方巧珍自己也奇怪过，为什么会有许多人认识她，而且能喊出她的名字。无论是本厂的工人、工会干部、下厂工作的同志，见了面不用介绍，就知道她是方巧珍，还在言谈中流露着尊敬的意味。无论是礼拜天看电影，或是下班后上街买东西，总会碰到一些人，微笑着向她点头招呼。而她无论如何也记不起这些人是在什么地方认识的。初起，她以为是碰巧，以为是在什么地方开会见过的。后来才知道，人家是在光荣台上看过她的照片。她在厂里走路时，常听见背后有人叽叽喳喳地在说：

“喏，她就是方巧珍！好手呢！每次光荣台上都有她……”

到这种当口，方巧珍总是又高兴又心慌地逃掉。她觉得：当面受人表扬，有些难为情！

报馆的记者，简直成了她的老朋友。这些细心的人，总是详细地追究着不出次布的原因，把她的事情和照片登在报纸上。方巧珍也常收到一些信。这些信有的是本市的，有的是来自老远的地方，这些从没有见过一面的人，都诚恳地表示要向她学习，或者要她介绍点经验。有些厂还拿她当作教育工人的典型哩！许多人都知道方巧珍是先进生产者，都知道她是勤劳而忠实地对待自己的工作。可是，谁又知道方巧珍的照片，会从光荣台上拿下来呢？谁又知道这并不是方巧珍有意欺瞒呢？纵然党总支明白了，可怎样向那许多人解释啊！

一连串的事情，都不得不使方巧珍遵照检验员的话："好好考虑一下。"虽然她也知道检验员的说法是错的。

要好好考虑一下，便须找个安静的地方，而且要不让人看出马脚来，方巧珍决定到俱乐部里去坐一会。

没想到光荣台就矗立在往俱乐部去的路上，她真希望别处可以绕道，可是偏偏只有一条路。方巧珍低着头从光荣台下走过，心虚得像偷了谁的东西似的，不敢向光荣台看一眼，闷着头溜过去。她什么也不注意，只注意如何不引起别人的注意。尽管方巧珍跑得那样轻快，几乎只有脚尖触着地面，可是她还是感到有千百双眼睛盯着她。

在路上，熟人向她招呼，她总觉得自己笑得那么不自然；有人约她去打羽毛球，她努力装得和平常一样愉快，好热闹。可是当婉言推辞的时候，竟发现自己的声音多么喑涩而低沉，就像不是从她嘴里讲出来的。平时她不能闷坐一刻钟，现在却害怕每个人。她急急忙忙地走向俱乐部，轻轻推开弹簧门。

俱乐部里总是挤满人。下棋、打杜洛克、看画报、看连环画……隔壁还关着一伙人在比乒乓，一阵轰叫和喝彩声传出来。她随便掂了两本连环画，坐到一个不被人注意的角落里。

方巧珍是挺爱连环画的，平时一本新的都不肯放过，而且非一口气看完不可。但是现在，她不是来看画的，她是借看书为名，到这里来考虑问题的。于是她把画遮着脸，细细地思考起来。

她越是想静下心来，她的心却越是跳动，生怕脑子里的事情被人发现。她放下画来，看看四周：有的蹙着眉头看画；有的打出一张得意的牌，哄然大笑。隔壁的乒乓球，老是从门缝里滚进来，红头赤脸的球员，追赶着拾球，把门推得老响。并没有人注意她。这使方巧珍稍许放心点。

"要不是发生这种事，我比他们还有劲哩！"

方巧珍难受极了，她第一次感到当自己的脉搏不和别人一起跳动时多么痛苦。好几年了，方巧珍没有受到这种思想上的折磨。解放以后，她一直像生活在春天里，天天在茁壮，到处是温暖，没有遭到过任何风暴和冰霜。整个厂就像个和睦的大家庭。党像父亲般地关怀她，小组长像大姐一样地爱护她，她简直没碰到过烦恼。

俱乐部又进来了两个人，大概也为了找一个安静的座位，凑近方巧珍坐了下来。一坐下来，一个便动手纳鞋底，一个打起毛线来。方巧珍认识这是甲班的两个值车工——她们是从小在一起的老伴当。她们谈了起来，方巧珍就偷偷地听着。

“你晓得这两天大家多在急什么？”

“急什么，还不是生产。”

“让你这一说，我就不要谈啰！”

“不不，你谈吧。”打毛线的请求着。

“前天夜里人都吓坏了，”纳鞋底的不慌不忙地叙述起来，“金秀英睡到下半夜，突然从床上跳起来喊：‘不得了啦！’”

“发神经？”打毛线的竹针不动了，凝神地等待回答。

“我当是失火哩！被子一掀爬起来，扭亮电灯一看，什么也没有。金秀英疑头呆脑地坐在床上。我问她喊什么……”

“大概是做梦。”打毛线的好像已经猜到了，又迅速地把竹针舞动起来。

“是做梦，这个死丫头要保证一个月不出次布；梦见出了次布，就叫起来哩。”

“这有啥稀奇！”打毛线的毫不在乎地说：“这种事情多得很，有的还睡在床上拆次布呢！把床弄得咯吱咯吱直响。”

纳鞋底的见自己的故事没有引起同伴的兴趣，白闪着眼睛说：“稀奇的还在后面哩！”

“咳，你倒像说书的，好的尽放在后面。”

纳鞋底的轻轻踢了一下，两人互相咯咯地笑起来。

方巧珍越听越难过，这许多话，都对着她说似的。方巧珍烦躁起来了，觉得俱乐部也不是安静的地方，便走了出来。可是到哪里去呢？她却不知道，只是心里慌慌地顺着脚向前走去。当她走到走道口上的时候，她突然明白了，这世界上没有容纳她的地方。于是她就站着不动。

“买什么啦？”

方巧珍冷得一惊，抬头看见是王大妈。强笑着：

“你来领养老金？”

“这还用问，每月发薪我都要来。唉！不替厂里做事，钱倒要拿，真有点难为情。”

“这说啥，大妈。你以前不是在厂里做过四十几年！”

“以前，那是以前的事情呀。工是给反动派做的，却到人民政府来领养老金。”王大妈讲起来就没断头。这个退休的老工人，每月来领养老金时都要到处看看。厂长特别批准她可以自由进出车间。王大妈看到一点新东西，都要和几十年以前比一下，逢人便讲。

方巧珍本来很欢喜和王大妈闲谈，可是现在哪有心情来和她兜搭啊！支吾着说：

“家里好吧？”

“家里还有说的，两个儿子在电厂里做，自己又领养老金。家里再好，可是老是牵记厂。巴了多少年啊！总算有了个头，正是好做生活的时候，年纪老啦，不中用。”王大妈声音颤抖地噙着眼泪说：“以后……全靠你们啦！”

一个老年工人心底的真情，深深地打动了方巧珍，她心一软，几乎也要哭出来：

“放心，大妈。我一定好好做。”

“你做得不错呀，巧珍。我看见光荣台上每次有你。”

方巧珍像挨了一下猛力的皮鞭，全身震撼着。她一转身，迈开大步走向党总支办公室。

快到党总支办公室门口时，方巧珍看见刚下班的检验员，鬼鬼祟祟地走过来：

“没有讲吧。”检验员鬼声鬼气地把嘴巴贴在方巧珍的耳朵上说。

“现在就去！”方巧珍用力喊着，把半天来的折磨、烦躁、怨恨、恐慌，一下子都泼到检验员头上。

检验员一吓，猛然向后退了两步。但定了一下神，又装出一副笑脸来说：

“嘿嘿，你实在进步我也没办法，不过……”检验员向左右看看：“你说了，党总支的人也不高兴。你知道，他们要把你捧出来，当全厂的典型，做个样子给人看。现在你自己倒了，还会有好脸色给你看……”

“你无赖！”方巧珍火透了，检验员的话像绯红的铁块灼伤了她的心。她大声地说：“再不说还算人，再不说还像团员，再不说罪过就会落到党的身上！”她甩脱了检验员的手，一个转身便闯进了党总支办公室的大门。

检验员愣了一下，返转身立刻就走。

第二天光荣台前挤着比平常更多的人。读着方巧珍照片下面的“说明”，这“说明”用红线划着：

“……整个季度只出了两匹次布，而且是事后发觉主动找出来的，这种忠实无私的工人阶级的优秀品质，也是值得大家学习……”

（一九五四，十二）

原载《文艺月报》1955年第2期

小巷深处

陆文夫

苏州，这个古老的城市，现在是睡熟了。她安静地躺在运河的怀抱里，像银色河床中的一朵睡莲。那不太明亮的街灯照着秋风中的白杨，把婆娑的树影投射在石子马路上，使得街道也洒上了朦胧的睡意。

在城市的东北角，在深邃而铺着石板的小巷里，有一个窗子里亮着灯，灯光下，有一个姑娘坐在书桌旁，双手托着下巴，在凝思，在默想。

她的鼻梁高高的，额骨稍稍向前耸起，耸得并不过分，和她的鼻梁正显得那么匀称。她的眼睛乌泽而闪光，睫毛长而稀疏，映着灯光似乎可以数得出来。她的两条发辫从太阳穴上垂下来，拢到后颈处又并为一条而拖到腰际，在两条辫子合并的地方随便地结着一条花手帕。唉！她的眼圈儿为什么那样暗黑？不像哭过，也不像失眠，倒像痛苦与折磨所留下的标记！

在这条巷子里，很少有人知道这姑娘是做什么的。邻居们只知道她白天不在家，晚上读书到深夜。只有邮递员知道她叫徐文霞，是某纱厂的工人，因为邮递员经常送些写得漂亮的信件给她，而她接到这种信件时便要皱起眉头，甚至当着邮递员的面便把信撕得粉碎。

徐文霞放下双手，翻开桌上的小代数，却怎么也读不下去，感到一阵阵的烦恼。近些时来，她的心头常常涌起这种少女特有的烦恼。每当这种烦恼泛起时，便带来了恐惧与怨恨，那一段使人羞耻、屈辱和流泪的回忆又在眼前升起……

是秋雨湿漉的黄昏，是寒风凛冽的冬夜吧，闸门外那些旅馆旁的马路上、屋角边、弄堂口，游荡着一些妖艳的妇女。她们有的像幽灵似的移动，有的像喝醉酒似的依在电线木杆上，嘴角上随便地叼着烟卷，双手交叉在胸前，故意把乳房隆起。她们的眼睛都盯住旅馆的大门和路上的行人，每当有男人走过时，便嗲声嗲气地叫喊起来：

"去吧，屋里去吧！"

"不要脸，婊子，臭货。"传来了行人的谩骂。

这骂声立即引起一阵麻木的哄笑："寿头、猪猡、赤佬……"

一连串下流的咒骂来自这群女人。

在这一群女人中也混着徐文霞。那时她被老鸨叫作阿四妹。才十七岁的孩子啊，瘦削而敷满白粉的脸映着灯光更显得惨白惨白……

这些事已经去得很遥远了，仿佛已经退到了世界的另一边，可是，徐文霞一想起来便颤抖！

一九五二年，人民政府把所有的妓女都收进了妇女生产教养院，治病，诉苦，学习生产技能。徐文霞在那里度过了终生难忘的一年。她不知道母亲是什么样子，也不知道母爱是什么滋味，人间的幸福就莫过如此吧，最大的幸福就是在阳光下抬着头，做一个真正的人！

那一年以后，徐文霞便进了新生染织厂做工，后来调到大生布厂挡车，最后又进了勤大纱厂。厂长见她年轻，又生着一副聪明相，说："别织布吧，学电气去，那里需要灵巧的手。"

生活在徐文霞面前放出绮丽的光彩，尊敬、荣誉、爱抚的目光一齐向她投来！她什么时候体验过做人的尊严呢，她怀着惊奇的心情进入了另一个世界！

慢慢地，徐文霞担心了，害怕了，她怕小伙子们那奇特而灼热的目光，怕这种目光会透过她的心胸而发现她身后的恶魔，那时候奇特就会变为鄙视，灼热就会变为冷漠！她深藏着自己的身世，好在几次调动后已经没人知道这些了。让它去吧，让它像噩梦般地消逝吧。

爱情呢，家庭的幸福呢？徐文霞不敢想，也怕别人讲，怕人提起解放前的苦难，更怕小姐妹翻弄准备出嫁的衣箱。她渐渐地孤独起来，在寂静无声的夜晚，常蒙着被子流泪，无事不愿有人在身边。于是，便在这条古老的小巷里住下来。这里没有人打扰她，只是偶尔有行人走过，皮鞋敲打着石板，发出空洞的回响。她拼命地读书，伴着书度过长夜，忘掉一切。那些小伙子不肯放松她，常写信来，徐文霞接到这些信便引起一阵惆怅，后来索性不看便撕掉："谁能和做过妓女的人有真正的爱情？别尝这杯苦酒吧！"

徐文霞烦躁不安，从书桌旁站了起来，在房间里走动，跟着又强迫自己坐下来，双手捧住头，手指捺着突突跳动的太阳穴，好像要把头脑里的杂念统统挤掉。她深深地透了口气：

"把工作让给我，把爱情让给别人吧！"

徐文霞重新打开小代数，努力去探索方程式中的奥妙。一会儿工夫，字母在眼前舞动起来了，像波浪似的起伏。她拉拉眼皮，想唤回注意力，不消多时，又浮动了，像湖水似的荡漾开去……

可能是天气燥热吧？徐文霞伸手推开长窗，窗外起着小风，树叶子互相敲碰，窸窸地作响。夜气和秋声能催人入眠，徐文霞却更加烦躁！

徐文霞为啥烦躁，她自己知道。那个大学毕业的技术员张俊的影子，如今还在眼前晃动：年轻方方的脸上放着红光，老是带着笑容和自己谈话，常跑到自己的身边来，想找点什么吧，却又涨红了脸无声地走开。徐文霞知道为着这些事烦躁，却故意不肯承认，用这种办法，她击退过多次爱情的侵袭。今天怎么搞的呢，说不想，却又偏去想："他今天为什么到我这里来呢，先是轻轻地敲了一下门，隔半天又敲了一下，想进来又不敢进来。他的脸那样红做啥？别这样红吧，同志，难道我这个人还能讥讽别人吗！唉，他为什么不讲话，他蛮会说话的嘛，今天倒成了结巴。尽翻我的书看，还看得很有趣咧！这些书他不是都读过的吗？他要帮我补习代数，还要教我物理。昏啦，我竟答应了他，要是他怀着什么心思，我可怎么办啊！”

徐文霞平静的心被搅乱了，全部“防线”都崩溃了。她拒绝过许多奇特的目光，撕掉好些美丽的信件，却无法逃避张俊那纯真的、孩子般的眼睛。她收不住奔驰起来的思想野马，一会儿觉得充满了幸福，幸福得心都向外膨胀！一会儿却又充满了恐惧，那么可怕，像跌进了无底的深坑！各种矛盾的心情痛苦地绞缢着她，悲惨的往事又显现出来。她伏在桌上抽泣起来，肩膀在柔和的灯光下抖动。

窗外下起雨来了，檐头水滴在石板上，倾诉着说不完的闲话。

时间从秋天到了冬天，徐文霞的心里却开满了春花。

一下班，张俊便到徐文霞的房间里来，坐在她的对面，呆呆地看着，看得徐文霞脸红：

“来吧，抓紧时间。”

张俊笑着，打开课本。世界上再也找不到这样好的老师了，他不仅讲，还表演，不知道从哪里找来许多生动的比喻。这一点，张俊自己也不明白，在徐文霞的面前，他的智慧像流不完的河水。

徐文霞开始做习题时，张俊便坐到另一张桌子上做他自己的功课。这时候，房间里静极了，只有笔在纸上窸窸地响。张俊一闷到书桌上，能两三个小时不动身，徐文霞生怕他闷坏了脑子，便走过去拉拉他的耳朵，搔搔他的后脑。张俊嚷起来：

“好，你又破坏学习！”

徐文霞咯咯地笑着，坐下来。不一会，又向张俊手里塞进一只苹果。

张俊把苹果放在桌上，先不去动，过了一会，拿起来看看，然后便到徐文霞的袋袋里摸小刀。

“好，这一次是你破坏！”

“苹果是你送来的嘛！”

这一阵骚动，两个人都学不下去了，便收起书本，海阔天空地谈起来。张俊老是爱谈将来，一开口便是五年以后：

“那时候我是工程师，你是技术员……”

“我也能做技术员吗？”

“只要你学习的时候不调皮。”张俊在徐文霞的前额上戳了一下。“那时我们还在一起工作，机器出了毛病，我和你一起修，我满脸都是机油，嘿，你会不认识我哩！”

“你掉在染缸里我也认识。”

“要是世界上有这么一对，他们一起工作，一道回家，星期天带着孩子上街……多好啊！”

徐文霞被说得心直跳，脸绯红：“那是人家的事情，谈它做啥？”

张俊越谈越远，越谈越美。徐文霞好像浸在一缸温水里，她第一次感到爱情给人的幸福和激动。

实在没话谈了，他们便挽着手到街头散步。苏州街上的夜晚，空气很新鲜，行人却又那么稀少，挑馄饨担的人敲着木铎，在附近的什么地方游转，那笃笃的响声，更增加了街头的静谧。他们尽拣没人的地方走，踩着法国梧桐的落叶，沙沙地，怪舒服。徐文霞老爱把那些枯叶踢得四处飞扬。到底走多少路，他们并不计较，总是看到北寺塔，看到那高大巍峨的黑影时便回头。

张俊每天都到徐文霞这里来，实在忙了，睡觉之前也一定要来说一声：“睡吧文霞，明天见。”

徐文霞也习惯了，等到十点半张俊还不来，她便睡下，聆听着门上的钥匙响，等张俊的大手在她的被头上拍两下：“睡吧文霞……”然后，真的安详地熟睡了。

在爱情的海洋里，徐文霞本来已经绝望了，却忽然碰着救生圈，她拼命地抓着，生怕滑掉。夜里，她常常梦见张俊铁青着脸，指着她的鼻子骂："我把你当块白璧，原来你做过妓女，不要脸的东西，从此一刀两断！"徐文霞哭着，拉住张俊："不能怪我呀，旧社会逼的……"张俊理也不理，手一摔，走出去，徐文霞猛扑过去，扑了个空，醒来却睡在床上，浑身出着冷汗，泪水洒湿了枕头，人还在抽泣。

徐文霞再也睡不着了，多少痛苦都来折磨她：

"怎么办呢，老是这样下去吗？万一给张俊知道呢？告诉他吧……不，他不会原谅我。像他这样的人，多少纯洁的姑娘都会爱上他，怎么能要一个做过妓女的人啊！不能讲，不能讲啊！"徐文霞用力绞着胸前的衬衣，打开床头的电灯，她恐惧，她忧愁。她不能失去张俊，不能没有张俊的爱情。

初冬晴朗的早晨，天暖和得出奇。苏州人都溜进了那些古老的园林，去度过他们的假日。

徐文霞穿着鹅黄色闪着白花的绸棉袄。这棉袄似乎有点短窄，可是却把她紧束得更加苗条而伶俐。辫子也好像更长了，拖过了棉袄的下摆，给人一种颀长而又秀丽的感觉。她左手拎一只黄草提包，右手挽着张俊的臂膀。他们悄悄地走进了留园，在幽静曲折的小道上漫步。他们的脚步是那么一致、轻捷，硬底皮鞋叩打着鹅卵石子，咚、笃，好像同时拨动了琵琶的丝弦。小道的两旁是堆得奇巧的假山，尖尖的石笋，瘦透的太湖石参差耸立；晚开的菊花还是那么精神，不时从太湖石的洞眼中冒出一枝。徐文霞的眼珠像清水里的一点黑油，滴溜溜地转动着，她心旷神怡："老天爷，但愿能永远这样吧！"

他们在清澈的小石潭旁立了片刻，和孩子们一起呼唤石潭中五彩缤纷的金鱼；然后又转过耸峙的石峰，前面出现了一座小楼。

"上楼去吧。"徐文霞动了一下她的右手。

张俊拉着她的手就向假山上爬。

"咦，上楼嘛！"徐文霞跌跌跄跄地，爬到山顶直喘气。"我叫你上楼，你偏要上山！"

“已经上楼啦，还怪人！”

徐文霞向前一看，真的上了楼，原来假山又当楼梯，使人在玩弄山景中不知不觉地登了楼。徐文霞忍不住笑起来，停了会儿又叹气：

“俊，你看造花园的人多灵巧啊，人总是费尽心机，想把生活弄得美好点。”

“走吧，说这些空话做啥。”

穿过了曲折的回廊，徐文霞的心中有些忧伤：“唉，空话，要是你明白了造园人的苦心，你就会同情他，原谅他的过错，成全他那美好的愿望。”

张俊一愣，发现了徐文霞那忧伤的眼神：“怎么啦文霞，想起什么心事吧？”

“不，没有什么。”

“那你为什么不高兴呢？”

“高兴哩，能和你在一起总是高兴的。”徐文霞强笑了一下。“走吧，你看前面又是什么地方？”

前面是一个满月形的洞门，门内是一派乡村的景色。豆棚瓜架竖立着，翻开的黑土散发着芬芳。他们在牵着葫芦藤的紫藤架下走过去，那些缀满在枯藤上的小葫芦，像繁星似的悬挂在他们的头上。

张俊沉默了一会，躲躲闪闪地说：“文霞，你说心里话，你觉得我这个人怎样？”

“怎么说呐，我这一世，要找第二个，恐怕……再也……”

张俊蹦跳起来，脸像太阳钻出云隙，向四面放射出光彩：

“文霞，我们结婚吧！”

徐文霞陡然一震，喜悦夹着恐怖向她猛袭过来！她脸色苍白，嘴唇抖动，半晌才说：

“走吧，我们向前。”

张俊的心潮从高处倾泻下来，化成了潺潺的流水，向深远处流去：

“文霞，人生的道路短暂而又漫长。在这条路上，两个人携着手，齐奔共同的理想，一个疲乏了，另一个扶着她；一个胜利了，另一个祝贺他。你说，还有爬不过的高山，渡不过的大河吗！”

徐文霞感动得几乎掉下泪来。有这样的人伴着自己度过一生，不正是一个迷人的梦，一幅美丽的画！可是，她却不得不疑惑地望着张俊，心里在发问：“要是你知道了，你还能说这些话吗？”她痛苦地低下了头，说声：“走吧。”

那边出现了一座土山，山上长满了枫树，早霜把枫林染红了，红得像清晨的朝霞。在半山腰的石凳上，坐着个人，这人背朝着徐文霞，拉起大衣领子在晒太阳。徐文霞咯咯的皮鞋声，引起了这人的注意，便回过头来，露出一张扁平的脸，这脸像一面绷紧了的皮鼓，眼睛、鼻子、嘴巴不分什么高低，在皮鼓的两条裂缝中，尖溜溜的眼睛盯着徐文霞。等到徐文霞发现这人时，已经到了眼前，这人立即站起来，恭恭敬敬地说：

“你好呀四妹，你还在苏州吗？”

“你！你……也在这里玩吗，再见。俊，到山顶上去看看吧。”

徐文霞拉着张俊的手，一溜烟奔上了山巅。她慌乱哪，喘气，眼皮跳动，腿肚发抖，浑身直打寒颤。

张俊望着那个人，见他已懒洋洋地下了山去。

“那是谁，怎么叫你四妹？”

“没有什么，一个熟人。四妹是我的小名。”徐文霞哆嗦着。她呆了一会又说：“回去吧，这里很冷，没啥看头。”

张俊看着徐文霞奇怪的神色，疑惑不解，忐忑不安地出了园门。

门上轻轻地敲了一下。半晌，又轻轻地敲了一下。

徐文霞的脸色从惊疑变成了喜悦，敏捷地从床上弹起来：

“是他，又忘了带钥匙！”

徐文霞轻轻地、慢慢地拉开门，想猛地冲出去，吓张俊一下。

忽然，有个扁平的脸在眼前晃了一下，徐文霞一惊，一阵凉气从脚下开始传遍了全身。朱国魂！就是那天在留园碰到的朱国魂。徐文霞愣住了，手搭着门边，不知道关上呢，还是放他进来。

朱国魂微笑着，向巷子的两端看了一眼，不等什么邀请，很快地挤进门来，跟着便弯了弯腰，叫了声徐小姐。

听到朱国魂不是喊阿四妹，而是喊徐小姐，徐文霞更加慌乱了："都知道啦，这个鬼！"她努力使自己镇静，不露出一点慌张的神色：

"这几年在哪里得意呀，朱经理？"

"嘿嘿，没有什么。前几年破坏了市场，得到政府一点教育，劳动改造了两年。现在的政府跟过去大两样啦，吃官司不打也不骂。劳动嘛，人人都得劳动呀。徐小姐，听说你这两年很抖呀！"朱国魂努力想学点儿新腔，不小心又漏出了老话：很抖。

"现在谈不到抖不抖。"徐文霞感到一阵恶心。

"是的，是的。劳动就是光荣。"朱国魂向房间里打量着，一样样看过去，想从每样物品中探出女主人的秘密。

徐文霞戒备着，心跳得厉害，不知道他下一步会要出什么花样来。

朱国魂的目光从物品回到了徐文霞的脸上，那目光变得大胆而随便。

徐文霞的眼睛也盯着这张扁平的脸，她那目光中有着屈辱的胆怯和愤怒的火焰。就是这个投机商，解放前第一个占有了她，抱着她的身子残酷地加以摧残。现在他想干什么呢？不讲话，伸长着脖子挨过来，咧着那个圆圈圈似的嘴直喘气。徐文霞向后让着，打恶心，真想伸手给这张扁平的东西一记巴掌。可是她忍着。从碰到的那天起，她就怕这个人，总觉得有把柄落在这个人的手里。

朱国魂无所顾忌地操起流腔来：

"嘻嘻，阿四妹，你真有两手，竟给你搭上了张俊那小子，大学生，一表人才，咳咳，有苗头！当心噢，过去的那段事要瞒得紧点，露了风可就炸啦！"朱国魂眨着他那小眼睛，故意拖长了声音："当然喽，我不是蜡烛，绝不会公开我们在解放前的那段交情，君子成人之美，对不对？”

徐文霞像被雷劈了一下，手脚冰凉，极力保持着的镇静消失了，脱口说出心里话：“你怎么晓得这么详细？”

“嘿嘿，买卖人嘛，打听行情的本事还是有的！”

徐文霞脸色煞白，一霎时转了很多念头：痛骂，轰他出去，上派出所！这些都容易做到。可是，要是给张俊知道呢，要是这恶棍加油添酱地告诉张俊呢？……她不敢想，头昏沉起来，那张扁平的脸在眼前无限制地伸长、扩大，成了极其可怕的怪相。徐文霞眨眨眼，心一横：

“你要怎么样呢？朱经理，大家都是明白人，有什么话放到桌面上。”

“呃，谈不上怎么样，这又不是解放前。不过，我现在摆个小摊，短点本，想向你借一点。大家心里有数，人有急处，船有浅处嘛！”

徐文霞打落了门牙往肚里咽，气得肺要炸，却又不敢讲话，下意识地伸出颤抖的手，摸出一沓钞票放在桌子上。

朱国魂欠欠身，一串连声地谢谢。他把大拇指放在嘴唇上蘸点唾沫，熟练地一数，又笑嘻嘻地放在桌子上：

“徐小姐，不是我嫌少，也不是说我过去在你的身上花过多少钱，实在是这二十块钱不能派什么用场。要是你身边不便，我隔日再来拜访！”

徐文霞咬着下唇，脸涨得发紫，拉开抽屉，摔出了一个月的工资，转身扑倒在床上，掩面痛哭起来。

冬天，渐渐地摆出它那冷酷的面孔，连日刮着西北风，雪花纷纷扬扬地洒下来。

徐文霞呆坐在窗前，面容消瘦了，目光呆板，直盯着玻璃窗，看着雪花扑打到玻璃上，化成水珠，像眼泪似的流下来。窗外的雪更大了，大团的雪花飞舞着，把世界搅成了蒙蒙的一片。

床头的闹钟嗒嗒地响着，它永远那么不慌不忙。徐文霞又向钟看了一眼：“他怎么还不来啊！”

“知道了吧，朱国魂告诉他啦！”徐文霞的心像悬在蛛丝上，快掉下来了，却又悬荡着：“他在发怒哩！不，在难过，他心爱的人原来做过妓女啊！”

“滴铃铃铃……”闹钟突然响起来。徐文霞一惊，赶快去按了一下，无力地坐在床上，手按捺着跳得别别的胸脯。张俊不在身边时，她怕听见响声，怕朱国魂又来纠缠。她真想离开这座冷静的房子，可是，这冷静的房屋也许会变成归雁的小窝！

“不，他还没有知道呢，朱国魂不会轻易地放过我，这条毒蛇，不把血吸干了是不会吃肉的！”

张俊进来了，跺着脚，抖掉雨衣上的雪，脸冻得通红，嘴里喷出白气：

“多大的雪啊，你出去看看吧，好几年不下这么大的雪啦！”

徐文霞飞奔过去，搂着他：“怎么现在才来？最近怎么常常来得这么迟呀！”

“是你的心理作用，还不是和过去一样。别乱猜，文霞，无论怎样，我总不会离开你。”

徐文霞把张俊搂得更紧了：“别离开我，别丢掉我啊！不，就是丢掉我，我也不会埋怨你。”

张俊推开徐文霞，拉着她的手，呆呆地看着：“消瘦了，眼眶中含着泪水，心中藏着什么痛苦呢？不肯说，又不准问。唉，亲爱的姑娘，有什么事我会对你不肯原谅！”张俊的嘴唇动了两下，想说什么，又忍住了，最后还是重复那句常说的话：“结婚吧文霞。”

徐文霞放开张俊的手，向后一退：“离开我吧，张俊，我配不上你，你会后悔的，离开我吧！”说着又扑过去，埋在张俊的怀里揩眼泪。

张俊抚摸着她的头发，又怜惜，又着急：“别难过，不要把我当成那种轻薄的人。”他拍拍徐文霞。“还有个会等我去，你先看看复习题，明天再讲新课。别乱想呀！”

徐文霞恍恍惚惚地：“走啦，又走啦！最近他总是这样匆匆忙忙。好吧，结局快到了，到了，总有一天会到的，不如早些吧！”徐文霞哪有心思复习小代数呀，不知不觉地又去打开箱子，把新大衣披上，把新皮鞋穿上，围好那红色的围巾，对着镜子慢慢地旋转，嘴角的微笑和眼角的泪珠同时出现。她叹了口气，又一件件脱下来，再把那些花布、绸料翻出来，看一看，又放进去。嫁妆！她自己也不相信，这些东西竟是买来准备结婚的。她幻想着这一天，却又不敢相信会有这一天，可是偏偏要买这许多东西。这几天张俊不在时，她便独个子翻弄这些什物，玩赏着，做出各种美妙的想象，交织着光彩夺目的生活图画。越是痛苦失望的时候，她越是爱想这些。

“你好呀，徐小姐。嗬！准备结婚啦，我讨杯喜酒吃。”朱国魂！张俊刚才出去时忘了锁门。

徐文霞一看见这个人，所有的幻想都破灭了。她嘣地一声关上衣箱，弹起眼睛问：“你又来做什么？”

“上次，承你借了点小本钱……又光了。”

“怎么，我是你的债户，出去！”徐文霞挺身直立，眼睛都发了红，她恨不得燃起一场大火，把这个人烧成灰烬！

“何必这样动火呢，徐小姐。有美酒大家尝尝，一个人喝光了是要醉的！”

“你！”徐文霞叫了一声，怒火在心中翻滚。自己的一切幸福与欢笑都被这个人砸得粉碎，拼了吧，跟这个畜生！可是回头看看衣箱，心又软下来，手抖抖地摸出二十块钱。

朱国魂没有料到第二次勒索竟这么容易，不禁向徐文霞看了起来，发现她近几年竟长得如此苗条而又丰满。高高的胸脯，滚圆的肩膀，浑身散发着青春诱人的气息。他的心动起来了，升起了一种邪恶的念头，扁平的脸上充满了血：

“今晚我睡在这里。”

“叭叭！”两声清脆的耳光。

朱国魂没防着，猛地向后一跳，手捂着面颊：

“咳咳，正经的啥，我又不是第一次。”

徐文霞猛扑过去，像一头发怒了的狮子，所有的痛苦、屈辱和愤怒一齐迸发出来，用力捶打着朱国魂。

朱国魂痛得并不厉害，只是小声地嚷嚷：“看哪，欺负人哪！”

徐文霞什么也不顾了，一口咬住朱国魂的膀子。

朱国魂真的痛得跳起来了，用力一甩，随手拎起一张方凳，想了想又轻轻地放下来：

“别这么麻木，要为你的前途着想。”

徐文霞只当没有听见，夺过方凳猛力掷过去。朱国魂晓得不好，转身溜出门去，方凳轰隆一声撞在板壁上。

徐文霞站在张俊的宿舍门口，头发蓬乱，脸色发青，眼睛里却放射着坚定的光芒：“去！告诉他，让我一个人出丑，让我一个人痛苦吧！”心里虽然这么想，脚步却不肯移动，仿佛门槛里有条深渊，跨进一步就无法挽救！

张俊洗完了脸，端着满满一盆肥皂水，用力向门外泼，忽然发现门外有人，连忙收住，半盆水都泼在自己的身上。

“你！文霞。”张俊惊叫起来。看到徐文霞这副样子，更加惊慌，拉着她的手坐到床沿上：“发生什么事啦文霞，快告诉我，快！”

徐文霞痴呆着，眼睛直愣愣地看着张俊。

“什么事呀？文霞！”张俊摇着徐文霞的肩膀。“快说吧，看你气成这个样子，唉，急死人啦！”

徐文霞还是僵呆着，突然一转身，扑到张俊的怀里，眼泪像决了堤的河水！

张俊慌乱极了：“别哭，有话快说，别哭嘛！给人家听见了不好。”

徐文霞不停地哭着，让眼泪来诉说她的身世、痛苦和屈辱。一直哭了十多分钟，才觉得塞在心头的东西疏通了，慢慢地平静下来，深深地吸了口气，坦率地叙述着自身的遭遇。

曾经有多少个夜晚啊，她把这些话在胸中深深地埋藏着，这些话中的每一句，都能像利刃一样在她的胸口剜绞。可是现在，当她毫无保留地说出时，却一点也不害怕。开始时还有些羞涩，说得断断续续，慢慢地却越说越流畅，越说越激昂；到后来她觉得自己坚强起来，巨大起来，觉得她是站在原告席上，对旧社会发出悲愤的控诉！

徐文霞说完了，拉着张俊那修长的大手，看着他那惊呆了的脸，想到不得不和他分手时，忍不住又抽泣起来。

张俊被徐文霞的叙述激怒了。他像听到了一个令人不平的故事，愤怒地从床沿上跳起来："那个坏蛋在哪里，岂有此理，现在竟敢做这种事，我去找他！"

"别去吧，派出所会找他的。不要为我的事情暴躁，我已经对不起你了，你一片真心待我，我却瞒了你这么长的时间。原谅我吧张俊，我在冬天冻怕了，总希望永远是春天……"

"别哭吧文霞，不能怪你。"

"不，应当怪我，我太自私了，我为什么要拖住你呢，拖住你来分担我的耻辱和痛苦?！离开我吧张俊，我求求你，也许一时会不习惯，慢慢就会忘掉的。不要完全忘光，永远记住一个人，她不能和你携手同行，她永远祝福你……"徐文霞说不下去了，伏倒着又哭起来。

张俊混乱极了，心被两把挠钩攫住，向两边撕裂，一是身后的抽泣，一是窗外的夜空。就在同一个夜空下面，在闾门外，旅馆旁，在昏暗的街灯下面……

张俊的沉默不语，倒使徐文霞平静下来，这是她想象中最好的结尾，一切在沉默中了结。她支撑着爬起来，默默地、深情地在心底里喊了一声："再见！"轻轻地、无声地退了出去……

夜深了，空气冷得几乎凝结，大半个月亮挂在屋檐上，屋面在寂静中粘上了浓霜。

在那条深邃而铺着石板的小巷里，张俊在徘徊，他远远望着徐文霞那个亮着灯的窗户，每次走到窗户跟前又回头：“怎么说呢，向她说些什么呢？”他想得出，那盏灯下坐着一个少女，这少女是美好和善良的化身，她无论如何也不能和妓女这个名字联系起来，但连不起来却偏要连起来！张俊咆哮了：是谁在洁白的绫罗上染了一个斑？是谁在清澈的溪流中吐了一口痰？不能怪她啊，在那个黑暗的时代里，一个柔弱的孤儿怎么能主宰自己啊！

要是作为一个普通女孩的不幸，毫无疑问，张俊是会同情的，而且马上就能谅解。可是，这是徐文霞，是个要伴着自己度过一生的姑娘……他踌躇着，在巷子里一趟又一趟地走着。许多往事在眼前起伏，他想起和徐文霞相处的那些充满了欢乐和激动的日子，在那些日子里，天空变得更蔚蓝，道路变得更平坦，悲伤都是快乐的前奏，失败都是成功的象征，一切都充满了活力、希望和信心。这些都是受到一个姑娘的激励，这姑娘挣扎出了苦海，向自己献出一颗纯洁的心。她忍受着那么多的痛苦来爱自己，又那么向往着美好的生活和不断地上进。张俊慢慢地觉得自己卑下而又渺小起来，是一个缩着脖子弓起腰，在世俗的闲言和传统观念面前的败兵！

张俊抬起头来，对着圣洁的夜空发问：“和这样的姑娘在一起，有什么会玷污了你呢？你为什么不敢说：‘我们永远不要离开，在人生的道路上携手向前！’为什么不敢说？有什么不好说啊！”张俊不觉喊出了声音，猛地一转身，奔跑到徐文霞的门前，一摸，又忘了带钥匙，便捏起拳头拼命地敲门……

苏州，这古老而美丽的城市，现在又熟睡了，只有小巷深处传来一阵紧似一阵的敲门声。

一九五五年十月

原载《萌芽》1956年第10期

葛师傅

陆文夫

我的师傅姓葛，名字叫增先。不管十冬寒夏，他总是戴一顶瓦灰色的鸭舌帽。车间里长年戴帽子的蛮多，算不了稀罕。姑娘们怕头发卷到机器上；年青的车工们怕铁灰沾到漂亮的头发上。葛师傅戴帽子，为的是遮掩那一头斑白的头发。鸭舌帽向头上一扣，白发全然不见了，连额上的皱纹也扣在帽箍里，只剩下一双尖灵灵的眼睛。他的眼睛深黑又活溜，外相一看，顶多四十五六岁，其实，已是五十八岁的人了。

在车间里，葛师傅总共有两个徒弟：一个是谢广德，如今是车间党支部书记；还有一个就是我，如今也担任了车工小组长。我是解放那年进厂的，是葛师傅关山门的徒弟。葛师傅当工段长以后，他就只有徒孙了。

我们师徒三个，在一起劳动了十多年，感情挺深厚的，年下节上礼拜天，常在一起消磨。我自小欢喜听苏州评弹，而且居然学会了《水浒》中的几个段子：像“景阳冈武松打虎”，“鲁智深拳打镇关西”，等等。

我的师兄广德，很会出主意，见我对评弹这样有兴趣，便来鼓动我，说："师弟，你何不把厂里的新鲜事情，编几段评弹，在文娱晚会上说说？"

我说："师兄，说书这一行，还有点窍门：你听武松打老虎那一段，说起来多神！多险！那有个情节；眼前这厂里的事情，多是技术名词，太淡。"

广德说："这话不对，你要透过技术名词看人。就说我们的葛师傅吧，他身上就有好材料。"

那时节，我耳风里也刮过师傅的事情，就是不太清楚，便说："好，你和师傅一起多年了，知道的不少，给我说说看。"

广德说："好的，今朝先对你说一段：葛师傅三十八岁那年，从汉口回到苏州，在阊门外一家小机器厂里做生活。那年，有个姓史的老板，新开下一爿机器厂。厂虽开得不大，这人心思倒不小，开头就接下一宗大生活，替客户配一只大活塞。这活塞是蒸汽机上的主要部件，全靠它在汽缸里来往，机器才能转动。活塞和汽缸相配，不能相差分毫，太紧塞不进，太松要漏气。那时没有科学仪器测量，全靠一把大卡钳，手头上的功夫。照理，这样大的生活要到上海去做的，史老板是个外行，又想新创招牌，硬把生活接下了。

"那活塞在车床上车了三天，最后一刀没人敢车了。车工有句老话：'千刀万刀，最后一刀。'这最后一刀吃对了，就是正品，吃不准，就得报废。生活一废，史老板的招牌就碎了，车工的饭碗也得过河，因此不敢落车。

"史老板一急，便到松鹤楼叫来两桌酒席，把阊门一带稍有名气的车工都请到厂里。葛师傅也去了，他和大家一样，当是老板请开厂酒哩。等到酒过三巡，史老板讲话了：'诸位，今朝请大家来，有点事情相求。敝厂有只大活塞要落车，请大家相帮卡一卡。人有难处，船有浅处，万望大家指教，兄弟自有重谢。'

大家一听，你望着我，我望着你，知道上当了。葛师傅不管这些，照样大吃大喝。等到酒席吃完，便进车间。史老板加三奉承，每人送上一副洁白的手套。大家戴上手套，拿起卡钳，先量汽缸，后量活塞，估算了半晌，啥人也不敢肯定大小。谁肯定要谁负责的，弄得不好，岂但脸上难堪，连饭碗也不保！这时间，葛师傅站在旁边，只抽烟，不动手。史老板说：'这位师傅少请教，贵姓？'

"葛师傅说：'姓葛。'

"史老板笑着央求：'葛师傅，请露一手吧。'

"葛师傅嗯了一声，把半截香烟一掼，拿起卡钳，量了个仔细。量完了，二话没说，就把车床马达一推，拖板一摇，哧溜溜地车了一刀，大模大样地说：'落车！'

"史老板见他如此莽撞，急得手心里冒汗，又不能拦他，只是低声细气地说：'葛师傅，行么？'

"葛师傅说：'我看正好，怕不行，你自家弄吧。'说着就要动身。史老板肚里叫苦，脸上只好赔笑。连忙喊人落车，抬起活塞向汽缸里装。坏了，装来装去装不进！在场的人都看着葛师傅，替他担斤两，史老板更是满头汗。葛师傅却笑嘻嘻地点起一支烟抽了起来。史老板可熬不住了，马上翻了脸，问葛师傅：'你是哪爿厂里的？'

"葛师傅说：'这个你用不着问。'

"史老板说：'要问，我要找你家老板说话。'

"葛师傅说：'找我家老板也是白搭，他不会做生活，还得叫我来。'跟着就把手套一脱，向汽缸里浇了一解煤油，点起火来。这一烧，汽缸里的油垢烧掉了，然后在活塞上涂好油，放正，用榔头轻轻拍几拍，活塞进去了，正好！看的人松了口气，啧啧地称赞。史老板马上又换了笑脸，跷起大拇指说：'葛师傅真是神仙手，今后望多多照顾，要是有啥不便之处，希望到敝厂工作，薪水一定从丰。'史老板转身到账房里，封了五块现大洋，送到葛师傅面前。葛师傅只当没看见，嘻嘻哈哈和大家一起走出了厂门。从此，葛师傅的名气可响了。他到哪爿厂，哪爿厂就生意兴隆。葛增先这三个字，被人家舌头一歪，喊成了活神仙！只要是活神仙修的机器，人家试也不试，扛着就跑。”

我听了这段故事，来劲了。说唱英雄好汉，就得有这股气势！我对广德说：“这真有点像武松打虎哩！”

广德笑起来了，说：“你怎么老是武松打虎啊？当今的英雄不同了，碰到的问题可多了。就说我们的葛师傅吧，要紧的还在后面。他去年一年，革新了二十八项，帮别人革新了五十多项，这才是正文哩。以后有空，我慢慢说给你听。”

我把葛师傅这段故事编成评弹，题目叫“活神仙巧车大活塞”。拿到文娱晚会上一说，果然大受欢迎。

没过几日，广德又来找我说话了：“师弟，你上次编的那一段，蛮有神气。就是说到正文上，解放后的事情你没编。”

我说：“你还没有讲呢，怎么个编法？”

广德说：“解放后的事情，你也知道个八九，先编点吧，我现在忙得没空。”

这以后，我却给技术革新迷住了，编评弹的事也就搁下了。

技术革新运动一开始；我提了三个革新项目，当时有人说：“行，这东西很新鲜！”

我想，别人都说行，葛师傅当然同意了，不想，葛师傅却脱下鸭舌帽，搔搔斑白的头发说：“嗯，你想得很好，就是不太实在，给你三天时间，去把零件、结构想想清楚，然后再开会讨论。”

我听了心烦，又是三天，又是讨论，这样慢拖拖地要弄到哪年！便说：“闯吧，船到桥头自然直。”

葛师傅说：“瞎闯过不了五关。你也得想想，如果目前就动，得让三部车床停掉，另外还得划两部车床为你加工。这五部车床不能生产，是啥代价？”

我说：“为了革新，还怕代价？”

葛师傅眼睛一睁：“啥？不讲代价！那你革新为的什么？”

我想，你怎么搞的，二十年前要是有这么多顾虑，怎么也车不了大活塞吧。便说："那就少停一点，马上动手！"

葛师傅笑了："别老是想动手嘛，快去动脑筋，把草图画出来。"

话都顶屋梁了，再犟也没得用场，我只好憋着一股劲，回家画草图。没想到越画问题越多，越想越是困难，磨蹭了两天，也不曾弄出眉目，就把它搁下了。到第三天早晨，葛师傅却向我讨图纸来了！我没法回答，只好把困难说了。葛师傅搔搔头发，说："别怕，晚上我到你家来。"

从此，葛师傅把我家门槛都磨光了，每天来一趟，帮着我出点子，想办法，看他那个劲儿，好像比我还着忙。

草图终于弄出来了，大体上不成问题。我对葛师傅说："动手吧，有些问题临时再出主意。"葛师傅说："再想想，差误越小越好。图纸上改一笔，车床上要做两天哩！"到了这一步，葛师傅倒又不着忙了，还约了五六个老师傅讨论了两次，修改了几处，末了又请技术员来参谋，把许多数字重新核算。看他那蘑菇劲，我真着急死了。在革新投入生产的头一天晚上，葛师傅温了四两酒，买了两包烟，到我家来熬夜。他拼起两张方桌子，把所有的图纸都摊在桌子上，从总图看到部分，从部分看到子样，挨张挨页地核对。不停地抽烟，时不时提出一个问题，指着图纸问我："如果这个部分，在长期运转中发生阻碍，会是什么问题？"

我说："可能是油路堵塞。"

葛师傅用红笔一画："对了，所以这油管要放粗一倍。"

我坐在一张藤圈椅上，挨葛师傅连问了两个小时，就像在通过我的技术考试一样，实在难受！

末了，葛师傅不再问我了，收起图纸，夹在腋下，在方砖地上踱步。我见他踱来踱去没尽头，思想就开了小差，想起葛师傅"巧车大活塞"的情景，年岁到底不饶人噢！二十年的今昔，葛师傅差了个天上地下。当年闯荡四海的葛师傅，和眼前不停踱步的葛师傅，怎么也不像一个人。

后来，革新车床成功了，好得没法挑剔。可是，我总觉得少了那么点劲儿，前后费了三十三天哩！要是三天该多神！给葛师傅续编评弹的事情也就压根儿不提了。师兄广德催过我一次，问我为啥不编。我说："文章没法做了，葛师傅变得有点……他连革新都不敢放手支持呢！"

广德直摇头，想了想说："看样子你还不了解他……"

去年九月，葛师傅开现场会议去了。这时候，来了紧急任务，有爿榨油厂的蒸汽机坏了，全厂停工，万分火急，要我们突击抢修。我把红笔加圈的任务通知单一看，哟！也是要配大活塞，和葛师傅解放前碰到的生活一样。我得劲得很，心里想，这下子可以显显葛师傅的威风了。我把任务交给一个五级车工，关照他说："这最后一刀你别车，放着等葛师傅回来，他是老手。"

车间里的人，都听过"活神仙巧车大活塞"，这下子轰动起来了，一个个伸长头颈，盼望着看活神仙当场表演。

我算得真准，大活塞剩下最后一刀时，葛师傅正好回来。徒工们乐坏了，呼隆一下围上来，把葛师傅围在当中，有人直着嗓子喊："快来呀，活神仙要表演啦！"

葛师傅被弄得莫名其妙，见我在旁边笑嘻嘻的，便问："你又要啥花样了，谁表演？"

我说："别听他们瞎起哄，有只活塞请你卡一卡。"

葛师傅听到活塞两字，眉毛动了一下，便问："生活急不急？"

"急得没话谈了，人家一爿榨油厂停工，几百人等着哩！"

葛师傅一听忙问："送来几天了？"

我说："两天。"

"活塞有多大？"

我说："和你解放前车的一样大。"

葛师傅脸色一虎，说："什么解放前不解放前的，快领我去看。"

我见师傅脸色不对，心里有点虚。说实话，这样紧要的生活，是不能当要的。那些看表演的人，可不管这些，当啥稀罕看哩！里外三层地围着葛师傅，一个劲地喊："快来呀，表演开始啰！"葛师傅听了恼火，我听了也不自在，就是没办法喝散他们。

葛师傅跑到车床跟前，偏过头，把大活塞左右一看，问当车师傅说："还有多少差错？"

"大概半个厘米。"

葛师傅听了，立刻把袖管一捋，半截香烟一掼，拿起卡钳就量。我马上站到车床头上，按住开关，等候开车的命令。看热闹的人，也都屏住了气。葛师傅量了一遍，眉宇间的一股猛劲立刻消失了，松了口气说："还好，没有多车。"他又恢复了他的稳重，平静地问我："厂里有没有这么大的分厘卡[①]？"

"货已经订了，还没来。"

葛师傅又问："外厂有没有？"

我说："不曾问过。"

葛师傅像抓住啥把柄似的，责怪我："你为啥一点准备不做，莽莽撞撞地干险事？"

我听了，肚皮里泛泡泡。你解放前干得那么神奇，如今却非分厘卡不可了。用分厘卡算啥稀奇呀，四级工也能干。

那些看表演的人，也和我一个心思。他们本想见识葛师傅的当机立断，干脆利落，没想到活神仙却磨磨蹭蹭地在找分厘卡！有些人熬不住了，嘁嘁嚓嚓地议论起来：

"并不那么神嘛！"

"人家也得考虑呀！"

"考虑的啥呀，他过去跟资本家做，也不曾考虑嘛，是怕塌面子！"

葛师傅头发白得早，耳朵却十分尖灵。这最后一句话，被他捉住了，便抬起头来追问："这话是哪个说的？"

那个说话的徒工听了，慌忙缩进人堆。葛师傅说："出来嘛，我

① 一种精密的量具。

有话跟你说。”

人们你推我搡，把那个徒工挤了出来，畏畏缩缩地走到车床跟前。葛师傅问他：“你叫什么名字，几岁啦？”

“叫福根，十九。”

葛师傅：“哦，不能怪你。你哪知道替老板卖命的寒苦？那辰光，你当我真是神仙，真是那么有把握？我是拎着饭碗碰运气啊！小弟弟。碰对了，我能在苏州多吃几年饭。碰不对，拍拍屁股动身，大不了再闯几个码头。报废不报废，厂的名誉都与我无关。如今能这么乱闯？万一报废了，损失工料还是小事，榨油厂几百人等着！你们算过没有？停一天工要给国家造成多大损失？这不是个人的饭碗问题了！”

车间里鸦雀无声，只有车床在咝咝嘘嘘地旋转，铁器轻轻地碰击，锻工车间的汽锤，在远处生咚生咚地捶打。一阵云头过去了，天窗里突然射进耀眼的阳光，这时我才看清葛师傅，不仅看清了他严肃的目光，而且看清了他的心。我做了多么蠢的一件事！拿社会主义的利益去冒险，逼着葛师傅干险活儿！我转身对葛师傅说：“师傅，这都怪我不好，想错了路子。你等等，让我打电话到外厂问问，有没有大分厘卡。”

葛师傅说：“好的，动作放快些。”

我连问了两爿厂，都回没有。一爿厂本来有的，拿到上海修理去了，要三天才能回来。我奔回车间，把情况告诉葛师傅，劝他说：“那就等几天吧，等到大分厘卡修好再落车。”

葛师傅拧起眉头，翘起下巴，眯细着眼睛，停了一息说：“不能等。眼下正是新豆登场，榨油厂任务紧急。”

我说：“万一报废了，时间也和等的差不多。”

葛师傅说：“不对，这里头要有个争取。你去通知翻砂车间，别把活塞的泥模毁了，随时准备浇第二只……你去通知9号车床，新的生活慢些上车，准备车第二只活塞……喂，没事的同志们，请把汽缸烧一烧，揩干净，准备装配！”

葛师傅简短有力地吩咐着，便动手调整车床，重磨车刀，抓起了大卡钳。他的动作稳重迅速。

车床四周，人围得水泄不通，不知为什么，这时我反倒不希望他表演了，只是担愁，便说："师傅……你……"

葛师傅说："怎么，你怕我老头儿塌面子吗？"

我像六年前跟师傅学徒一样，连忙准备好工具，揩净车床，然后立在车头上，一手按着开关，等候命令。

葛师傅把帽子一脱，现出了一头斑斑白发，他精神抖擞，两眼奕奕有神，双手厚实有力，轻捷地操起卡钳，先量汽缸，后量活塞。动作是那么迅速，又那么准确；考虑得那么周到，行动得又那么大胆！

旁边那些看表演的，个个肃静无声，好像在替葛师傅助劲。这时候，人们不是看稀奇了，而是和葛师傅共担着一个责任。

紧要关头到了，葛师傅的眼睛突然亮了起来。见他满满地吸了口气，摆开八字步，把全身的力气都提到两只膀子上，屏住气，稳住劲，卡钳脚在活塞上轻轻地一探，跟着一挥手，高喊："开车！"这简短沉重的声音，在铅皮屋顶上滚了几滚。

我把开关一按，车床飞舞起来了，车刀哧哧地切削过来，雨点般的铁屑，沙沙地四洒开来，落在油上，冒起一团团白烟。功夫不大，一刀到头，大活塞完工了。我没等葛师傅吩咐，便吹响叫子，指挥落车。

那一边，人们早把汽缸烧过，揩擦干净。徒工们个个抢着活干，涂油的涂油，搭活塞的搭活塞，忙着向汽缸里装。

葛师傅站在车床边上，只是抽烟，声色不动。

只听见榔头啷啷啷三响，车间里一片欢叫："正好！"

我的一颗心从喉咙里落下肚去。回头看葛师傅，才发现他上半身的衣衫全湿透了，眉毛上都吊着汗珠。

这以后，我花了三个夜晚，编了一段新的评弹。它受到了大伙儿更加热烈的欢迎。我知道，大伙儿和我一样，我们都更加深刻地理解了葛师傅，也理解了更多的东西。

原载《人民文学》1961 年第 1 期

年青的朋友

杜鹏程

一

去年秋末的一个早晨，我站在观音山旁的公路边，打算乘便车到龙口去参加个重要会议。可是过往的车子，都满满堂堂地载着材料，捎个人是万万不行。我一看表，心里就急得像油煎：开会时间快到了，可是路程还有五六十公里。没法子，只好请工程段党委书记帮帮忙，再为难也得找个车子送我。

我提出了要求，党委书记倒挺痛快，他说："行呀。小车子不在家，找辆十轮卡也把你送去。"他摸摸下巴思谋了一下，又说："要赶路，非让王军的车子送你不可。你不认识他？哦！这可是你的损失。他是我们这里的一个人物，样样都好，就是有点顽皮。"

这才怪，一个司机工人是好简单的人物？在几百里的宝成铁路工地上，谁比司机工人更活跃？在工程紧张的时日，各工点上的干部、工人都念叨着"材料"，司机工人们不管白天黑夜，不管狂风暴雨，就是天上下刀子也能按时把材料送到。这工夫，他们像消防队队员也像救命的医生。更别说我在宝成北段遇到的许多司机工人，十个里头有九个是从朝鲜战场回来的，满身都是荣耀。作为这些英雄好汉之一的王军同志，怎么能说“有点顽皮”？“顽皮”这个字眼，像是只能和小孩联系起来。

我跟党委书记走到运输队的停车场。这里真够热闹：一辆汽车呜呜地来了，又一辆车呜呜地去了；车轮卷起的泥片飞扬在空中。车场里摆着许多汽车，有的司机在擦车，有的在加油，一股汽油味和铁锈味直向鼻子里冲。我们身边有一辆大卡车，一个人仰面躺在这辆大卡车底下的泥地上，正用锤子当当地敲打什么。他一边敲一边腿在空中乱蹬，好像给胳膊使劲。

党委书记说：“小王！送一位同志到龙口去！”

我想补充说：“要快！”可是话没出口，党委书记就用肩膀微微地碰了我一下。这是什么意思？想必是这个司机工人像我碰到过的有些司机工人一样，有点怪脾气；要不，就像党委书记说的一样，这人“有点顽皮”，弄不好会顶起来。今天我坐这辆车子，可得留神！

王军从车下爬出来，在地上打了个滚，像演戏里的“武把子”似的一蹦跳起来。可是他一看面前站着我这个生人，脸上的调皮劲收起来了，变得严肃了。他个子挺小；歪戴着油渍渍的工人帽，脖子里围了条白毛巾，上身穿件深红色的皮夹克，下身是志愿军战士穿的那种黄军裤；脚蹬短筒皮靴；整个看来，像是一块生铁铸成的。他把那又脏又破的白毛线手套从手上拉下来往裤兜里一塞，瞅了我一眼，头猛一摆，说：“上车！”嗓子是沙哑的，必定是成天在大喊大叫。

我坐到驾驶室里。王军把锤子、钳子、螺丝扳子放到车场旁边的工具箱里，扭过头，呼呼地跑来，嗖地就窜进了驾驶室。他发动车子的时候，我仔细地打量这个小伙子。他右眉毛上边和右耳后边，有着不太显著的疤痕。这疤痕也许是小时候跟人家打架留下的，也许是在朝鲜战场美国鬼子的炸弹皮划破的。他的嘴唇是刚毅的，不过那嘴唇上细嫩的毫毛，让人觉得他到底还有点稚气。

汽车刚出车场，还缓慢地走了百十公尺，一上了公路，我立刻就感到耳边的风大了。汽车像插上翅膀一样，顺着弯弯曲曲的盘山道飞开了。山往后移，树往后倒，而那公路像个活的东西似的直往汽车下边猛窜，让人觉得：霎时你就会飞到前边那山峰和天相接之处。

小王把着方向盘，上身向前俯着快要压到方向盘上了；伸长脖子，头一动也不动，紧绷着嘴唇，圆滴溜溜的眼睛睁得很大，勇猛而机警地盯着前方，像运动员跑百公尺，也像端着刺刀的战士正向敌人冲锋。忽而左边是绝崖，忽而右边是峭壁，忽而下沟，忽而上山，我的头有点晕，可是车子的速度反倒是越来越快。我心想，这精力过多的小伙子，今天是下决心要把我送到万丈深沟里去！不过说公道话，我也得承认，这小伙子开车是有一手。比方说，山上滚下来的石头稀稀疏疏地摆在路上，他把方向盘轻轻地拨弄几下，飞快的车轮绕来绕去，也碰不到石头上。因此，车子快是快，可是挺平稳，让你觉得好像乘着箭也似的汽艇在水面上破浪滑进。

汽车上了秦岭，我回头一看，呵呀，多险哪！从山坡下爬上来的川陕公路有三尺多宽，像一条随风飘动着的丝绸带子。看看这样的路，对王军开车的技术就更加惊服了。秦岭下边的观音山，天气挺好——至多需要穿件夹袄，可是一上了秦岭，寒冷立刻包围了人。山腰里缠着云彩，头顶上纷纷扬扬地下大雪。雪片落在车子的挡风玻璃上，挡住了视线，你把雪片擦去，漫山遍野白茫茫的雪又刺激得眼睛发痛。时而可以看见一些黑点在雪地里移动，那是一群群下工或上工的工人。

王军猛然刹住车，跳下来，迅速地把车子检查了一番。随后，他的脚像有弹性似的，一蹦就倏地蹿上了车，和那杂技团团员穿火圈一样。然后啪地把车门一关，在弹簧座子上闪了几下，又把头伸出窗子，吹了个响亮的口哨，喊：“每小时四十公里，前进！”汽车忽地又飞开了。

又是那个姿态！把着方向盘，上身抢前，伸长脖子，眼睛睁得很大，勇猛而机警地盯着前方，像运动员跑百米，也像战士在冲锋。

二

过了秦岭以后，根本看不见雪，天气也暖，人也觉得爽快了！

车子飞奔着，迎面来的汽车，倏地从我们车边擦过去，带着一股风；在这一闪之下，你可以看见那驾驶室里年青的模样和生龙活虎的开车姿态。每当迎面来的汽车将要闪过去的时候，王军的眼飞快地一扫，喊："刘得山！好样的呀！"又一辆车子闪过去了，王军又喊："王子和，棒哪！"有时候他要超车，呜呜呜地一股劲按喇叭，人家不让路，他火气来了："什么司机工人？没有受过教育！"当他超车的时候，总要狠狠地瞅那个司机工人一眼，喊："你没听见？"

我说："王军！你对人说话的态度可不够好呵！"

王军头摆得像摇拨浪鼓似的，很不满意自己地说："为这，我也没少受批评！"可是当他用力地按喇叭，前面一辆车还不让路的时候，他又发火了。车子加快速度赶上去，在刚要超过那辆车的时候，又狠狠地盯着那位年老的司机工人喊："耳朵借给人家用了？"

车子超过去以后，突然，王军不叫了，也不喊了，像是回忆起什么，而且有点心事重重。他的全部情绪都写在脸上：做了某种不应该做的事而又无法挽回的苦恼。并且他苦恼得那么深刻、真挚和稚气十足。这使我产生了一种想替他分担些苦恼的心情。嗐！什么事情搅乱了他单纯诚实的心境？去吧，想这些干什么！他这号人，霎时使他烦恼的情绪便会消失得无影无踪；霎时他又会满脸洋溢着快乐；再说，那一个年青人的心里不是时时闪过各种上天入地难以捉摸的想法呢？

到了一个小镇子上。老乡们正敲锣打鼓入农业社哩。我要去找水喝，就让王军刹住车。王军刹住车以后，我以为他准会蹦下来，可是他望了望欢呼的老乡们，一点兴致也没有，反倒是把脖子里的白毛巾扯下来，擦了擦手，又从车座下边拿出来个整整齐齐的本本和几本书，然后把书摊在膝上，演起代数题来了。

我们歇了不到一刻钟，后边一辆嘎斯车赶上来。一个司机助手，没等车站稳就跳下来，一边用脖子里围的白毛巾擦汗，一边瞅着王军的车子喊：“这车子的司机？什么玩意儿，敢开口骂人！”

我一惊，轰地冒了一头汗，手里端的水碗险些翻了。这个司机助手在老虎嘴上拔毛！我提心吊胆生怕王军从驾驶室突然冲出来。怪呀，王军不声不响，当然更没有冲出来。

这工夫，从嘎斯车的司机棚里下来个老司机。他背着手像散步似的绕着他的车子看了看，又用脚蹬了蹬轮胎，然后望着那些敲锣打鼓老乡们。我走近一看，嘿，这不是张师傅？前几天，我到城内工程局开会，就是他把我捎去的。这人开车，像是时刻都在薄冰上走一样，那个稳呀真急得人心能跳出口。

我说：“张师傅，在这儿碰见你了！”

张师傅冷淡地点了点头，走到王军的大卡车旁边，不言不语地朝驾驶室望了望。这一望不大要紧，王军却被那钳子一样的眼光从驾驶室里钳出来了！

“张大叔，你好哇！月数天气没招面啦！”他规规矩矩地站到那里，满脸通红；用手指在自己的车头的引擎盖上，一道一道地乱画一气。

张师傅没有招理王军，只是聚精会神地用右手扣着左手上那白线手套上的油泥。站在他身后的那位年轻的助手，带着挑战而幸灾乐祸的神情，挤眉弄眼，仿佛在讥讽王军：“喂！你画一道又一道，莫非是技术处的制图员？”

事后我才知道张师傅跟小王的关系还挺复杂。王军还不会呼喊妈妈的时候妈妈就去世了。父亲是有名的钳工。他做了三十年钳工把最后一点力气都给了工厂主以后，死去了。死后连一张裹尸首的芦席也没有。想当年张师傅和王军父亲在一个机器制造厂做工，苦闷的时候，两个人买点花生豆，默默相对着喝烧酒。王军父亲死后，张师傅买了张芦席把自己的老朋友埋掉。而且把王姓工人的一条根——王军，收留在自己跟前。可是不久张师傅就失业了。无奈何，便去给运输商人开大卡车转运货物。张师傅把王军带到车上，整整带了两年多。那时节，出车的时候，张师傅把铺盖卷往车厢里一扔，把小王推到车厢里，说："照住行李！"小王把那捆铺盖一抱，便在车子的颠簸中昏昏迷迷地睡去了。就这样，时而在城市，时而在乡村，时而投宿在小镇店，时而露宿在荒野里。直到人民解放军解放了天津以后，张师傅随着支援人民解放战争的抢修铁路的工程队南下了。南下前，他把王军介绍到一家机器制造厂端水扫地；临走的时候只给王军说了这样一句话："你父亲耍了一辈子手艺，到死没挣下一副棺材。如今，工人当家了，该怎么干活，你去自己捉摸吧！"一九五一年，张师傅从南方动身随着工人抗美援朝大队，到了朝鲜战场。他领到一辆大卡车，随车还来了个助手，一看不是别人，正是刚交十八岁的王军。

从此，这一对与众不同的师傅和徒弟，同生死共患难，在朝鲜战场的运输线上，建立功勋了。……

张师傅绕王军的大卡车走了一圈，这里摸摸那里揣揣，然后背着手，用行家的眼光把这车子打量了一阵。车子保护得挺好，他很满意。这辆车是他俩在朝鲜开过的，车子被炸弹皮碰坏或被子弹打破的地方，通修理过了，看不出什么痕迹了。

他又看车前边的牌子："安全行车十万公里。"说："小军！你现在是老练的司机了！"

小王一口一口地咽唾沫，像是他嘴里含着个酸梅。他说："什么呀，你还不知道我的本钱！"

张师傅口气沉重地说："刚才你超车的时候，大骂了那一声我就知道你现在本钱不小！"

小王脸腮的肌肉，剧烈地抖动了一下，前额上满是汗珠，说："我……"

张师傅没有搭理，扭转话头问："听说你受奖了？"

小王眼睛忽闪忽闪眨着，好像他要瞅机会突然逃跑似的。我连忙插上说：“张师傅，刚才小王在路上给我说：‘老杜，我受了一次奖，又受一次处分，功过相抵，不盈余也不亏损，照财务主任的说法叫收支平衡。’你听，多有意思！”

小王咬着嘴唇，瞪了我一眼，好像责备我：“咱们俩开玩笑瞎说的话，你端到这里干什么？”

张师傅不动声色，冷冷瞅了小王一眼，说：“你的气力不小，可是要往正经点儿上用。”他走到自己的车子跟前，回头又问：“我前天碰见小范，他说你找了个对象？”

小王满脸通红，急忙说：“听他瞎广播！我这一颗脑袋跟哪一个去恋爱哩！”

三

晚上，我们返回来，秦岭上大雪下了半公尺厚，车子往前攻，雪像波浪一样向上翻。雪片落在挡风玻璃上，司机看不出二尺远。那车子的光也是昏暗得像是电力消耗尽了。这工夫，小王把着方向盘，眼睛一眨也不眨望着路，脸上显得坚强而严肃。突然，嘟的一声，汽车在秦岭山顶上抛锚了。我和小王急忙跳下来推车，哪里推得动啊！哎呀！在这风雪交加的深夜，前不着村，后不挨店，大风呜啊呜地发出各种怪叫声；雪片转眼之间就把我们裹成个雪人。手脚全冻得麻木了，脸上反而发烧得像火烫。小王，把车下的雪用手刨了刨，钻到车下去了，折腾了一阵总算搞好了。可是小王要上车又上不来，因为棉裤冻得直溜溜的，腿弯不回来。小王用摇把把冻硬的裤子敲打了一阵，才坐上来。

我们回到工程段的时候，已经是夜里三点钟了。我想就算小王有使不尽的气力，今天也够他受！

小王一下车，马上就放了水箱的水，接着又收拾车子，擦呀，扫呀。我在一边来回走着，不停地跺脚取暖。

小王说：“你去睡觉呀！”

“深更半夜去找谁？对付一会，天就亮了！”

“不行！不行！”小王不容分说地把我领到司机们住的小棚里。棚子里搭着通铺，铺上睡了三四位司机。通铺旁边有一炉火。小王把我安顿到他的铺位上就出去了。我哪睡得着啊，浑身透湿，冻得要死。我爬起来烤了一阵火，出去解手。天昏地暗，只有周围高山上星星点点的电灯陪伴着劳动的人们。突然，我旁边一个房子的电灯亮了。我看见小王趴在窗外，砰砰地敲窗子，还轻轻地叫：“小李！小李！”

窗子内边传出来一个女孩的声音：“谁？深更半夜叫什么魂？”

小王蛮和气地说：“是我，是我！找小李哩。”

“哎呀呀！找李一荣干什么？”

小王央告着说：“有个问题要讨论嘛！”

“去你的鬼吧！这时候讨论什么问题？闹得四邻不安！小李上班了。你有心劲胳膊撑在地上，四条腿爬上山去。”

小王说：“哟哟哟！小赵，你不乐意？有人找你也不是坏事呀！”

“你走不走？破坏作息制度，明天看我跟你算账！”

小王一转身，碰见我，怪不好意思地说：“你还没睡？”

“没有。喂，小王，李一荣是谁？刚才窗子里跟你顶嘴的那个女孩子是谁？”

小王跟我走到司机宿舍里，说：“低声，低声，别搅扰了同志们。李一荣是我的爱人，一个空气压缩机的司机。刚才那个乱咋呼的小姑娘是电话员小赵。她年纪不大，舌头像刀削的一样尖。起初，我和李一荣谈恋爱，她还蛮热心地来回给我们传情说话。自从上星期三发生了那件倒霉的事情以后，小赵看见我就像吃了苍蝇一样……”

原来事情是这样的：

上星期三夜里十二点，小王执行任务回来，怀里揣了个半斤重的苹果。这个苹果是一个同志从北京带来的，说是朝鲜苹果。朝鲜苹果好那就别说了。他想把苹果递给小李，转念一想，又觉着不对。人家工作了一天，半夜打扰醒来，算什么话？可是他摸摸那颗带着他的体温的苹果，心里又发痒。是的，给苹果不给苹果，算好大的事情呢？最紧要的是：从三天前出去执行任务到现在没有见小李的面，那想念的心思根本没有法儿说。他下定决心要叫门，哪怕小李不要苹果握握手也行，不要苹果不握手，随便答应一声，晚上小王睡下也是舒坦的。他轻声慢气地叫："小李，小李！"可巧，这几天大隧道里展开向"会师点"前进的劳动竞赛，空气压缩机是一刻也不敢出故障。因此，小李也真把所有的气力使上了。想想看，这样劳动一天，回来一躺下，别说是小王找，天塌下来也休想把小李惊醒。可是小王叫不开门又不甘心。同志们常夸小王窍门多，当真是实。就像这一阵吧，小王脑子里一转，办法出来了。他计算了一下，小李在第二个铺位上睡，于是，他把苹果从窗子里轻轻往内一丢，没问题定会丢到小李身边；也许小李突然会醒来。你说出奇不出奇，那颗苹果不偏不歪正丢在电话员小赵的鼻子上。哇的一声，小赵叫起来了，电灯开了，小赵流鼻血了；房子里五个女孩子叽叽喳喳，大惊小怪，弄不清世界上发生了什么事情。直到第二天保卫科派人去查看昨晚出事情况，看是不是有坏人捣乱。查来查去，就查出个苹果，从这个苹果就找到小王身上。

不用说，这件事很快就让工地里的很多青年男女传开了！

啊！小王身上还有这么多的故事。可是那女孩子小李是什么模样？像供销站那个小胖子售货员？像团工委那个能说会道的女孩子？还是像那位刚从大学毕业的实习生呢？

从小王口中我知道有关小李的大概情形：小李，像我们这时代许多充满幻想和热切希望的青年一样，她在追求自己理想的职业。一年前，她刚从华东来到工程局的时候，可真让人事处处长作难。叫她上会计训练班，她说她最怕数目字，上学的时候数学最糟糕；叫她当电话员，她说那里头没有高深的技术。那么想学什么？她也说不来，反正一口咬定说要学技术。人事处处长百忙中抽出时间给她好说好劝，可是有些年轻人对什么着了迷，即使你磨破嘴唇也休想回心转意。后来，人事处处长只好说："你先到工程段里去，让段长给你分配个合适的工作。”这样，小李就到了工程段。

干什么工作？段长说，还是当电话员，真是要命，好像在这修建宝成铁路的工地上，除了当电话员这一项工作，再也没有事情可以干了。小李不愿意，还是坚持要学技术，特别是想做个空气压缩机的司机。还能这么任性？让青年团支部组织委员王军给她去谈谈话吧。组织上分配工作是让她做空气压缩机的司机，但是还应当批评她从自己的兴趣出发对待工作是不对的。今日谈，明日谈，两个人谈得火热，相互间都感觉到：一天不见就像丢了什么重要东西。小王又是汽车司机，从早到晚在外边跑，甚至于还常常通夜转运材料，很少见面。时常很少见面，反而增进了他们的感情。

小王换了件衣服，把湿衣服揉成一团往床下一摔，说：“你睡吧，别等我。明天白天我可以睡半天。现在我上山去看看小李！”说着，他就扬起耳朵听各种机器的吼声，又说：“老杜，我能听出哪一种吼声是小李那台机器的吼声。”说罢，就冲出了房子。

我本想劝他说：别去了，天这么黑，风这么大，说不定一上一下要摔十来个跟斗呢。更别说，你是怎样的疲劳了！……啊，何必说这些多余的话呢？他会感觉到冷和疲劳吗？当爱情的火在他心里烧得正旺的时候，黑夜、大风、疲劳能阻挡住他吗？

一辆又一辆的大卡车，从房子后边的公路奔过去，震得小房子像波浪里的小船一样直摇晃。对面山上宣传员在喊口号；远处有工人们齐声的号子声。扑进房子来的空气，混合着火药味、洋灰味和新鲜的泥土味。

我思索着，长久地思索着这深山里各种动人的劳动场面，一座座的隧道和桥梁，又一个个的工点，堆积如山的数字和材料以及什么图表、进度、公方、石质……还有那许多为建设祖国的理想和为爱情而点燃的心灵。……

四

第二天一早，我回到工程段的招待所。昨天晚上没睡好，我准备捂上被子大睡一觉，可是又听说对面山上进行大爆破，便急忙赶到大爆破的地点。下午三点钟，大爆破完成以后，一个惊人的消息一股风似的在工地上到处传开了。有人说，前边的山塌下来，把公路上正过往的五六辆汽车埋进去了；有人说，不光五六辆汽车被压进去了，而且车上坐的五十二个人也一块被压进去了；有人说，这六辆汽车中，有王军开的那辆大卡车。像有什么巨大的东西，打击我的头，眼前浮动着一团团的黑影，我的心发冷了！王军真会被塌下来的山埋掉？他昨天晚上还活蹦乱跳地跟我谈天说地哩！

我一口气跑到工程段，想找党委书记问个水落石出。就算王军被塌下来的大山吞掉了，我也要帮助同志们要把这位年青的朋友刨出来！我也要再看看他！

工程段里的空气既严肃又紧张。有些人忙迫地来回走动，有的人骑着车子向出事地点奔去。段长夹件朝鲜带回来的破棉衣往外走。他那年青的脸膛黑煞煞的。我向他打招呼，他理也没理，想必是他没看见。我从调度室门前经过，只见调度员放下那个耳机又抓起这个耳机，喊：“情况不明。电话线被压断了！啊，啊，听见了。已经派人去了。一刻钟以后，就报告。是呀，值班的人在守着电话机嘛！”

我到党委书记房子里，只见他背着手，来回走着。党委会的秘书弯下腰把嘴贴住耳机说：“局党委？对，对，我是段党委。情况还没搞清……”他刚放下电话耳机，兄弟段队又打来电话，有的问：塌方压住的汽车和人，是不是他们段的；有的问：塌方堵住了公路，交通什么时候可以恢复，他们有一批急需的材料一定要在两小时以内运上去。……

秘书放下电话机，说：“真糟糕！听说塌了几千方。”

党委书记看看我又看秘书，一言不发。

我在图纸上看了塌方地方的里程。对，我记起了。我刚到工地的时候，生长在当地的老年人就指着现在塌方的地方说：三国时代，曹操进兵汉中，晚上宿营在这里，突然山崖崩塌下来把整个一营人压到山下。由此看来，可能在老远的年代，这里就是地震区。

我准备和党委书记一道去出事地点看看。我们正要往外走，一位姑娘走来了。她穿着工作服，满身油泥，大概是刚下工。两根很粗的辫子盘在头上，脸色苍白，眼睛有些呆滞。她看见党委书记，想说什么，可是一句话也没说，就靠墙站到那里。又出了什么事情？……我抑制不住翻腾的感情和想法：在这修筑宝成铁路的过程中，有英勇的劳动和欢乐的日子，但是又有多少焦虑的时日和不能成眠的夜！

党委书记，那黑煞煞的面孔突然显得愉快而松弛了，他和我谈话时候那满脸焦虑的气色全消失了。他背着手，头微微歪着，面对那个姑娘，问："小李，你是想打问王军的消息？不要紧张，我已经派人去检查了。我和你一样，相信王军不会有什么意外。哦，小李！你也知道，王军那个小青年眼明手快，机灵得很！在朝鲜开车，他常常和敌人飞机兜圈子，那是显露过几手的。"

小李！啊，这就是李一荣——小王的爱人。

她把脸面向墙壁哭了！哭得肩膀抖动！

党委书记说："哭什么？小鬼！消息还没有证实。走，咱们到出事地点去！"

小李说："我……我……我不去！"

我什么安慰的话也说不出来。我想起王军对我说小李刚来这里接受工作时的种种情形。啊！这个刚开始在生活路途行进的姑娘，已经在经受严格的考验了。一年前，她还根本不会周密地思考自己在生活中承担什么样的责任和经受怎样的磨炼。

山沟里到处都是开山放炮的声音，震得房子直摇晃。

不管发生了什么事情，不管有怎样的困难拦阻着前进的道路，生活总以它急速的步子向前迈进。

我出了党委书记的房子，抓了一辆脚踏车，顺着秦岭山谷的清姜河岸道奔去。跑了没有多远，就走不通了。公路上，拥挤着数百辆汽车，无数的马车、驮骡、毛驴、手推车和数不清的人。公路被塌下来的山堵塞了，交通断绝了。

我到了塌方的地点，天空飞扬着灰尘，像刚进行大爆炸一样。河边有几间工人家属住的小棚子被塌方的气浪吹得东歪西倒，破破烂烂。这景象就像刚发生过大地震一样。被截断的公路那边也堆满了人、车辆和牲口。

河槽里有很多工人在开辟临时便道。

工程局局长、副局长兼总工程师还有数十名干部，面对着塌下来的山，在商议什么。

局长拿着图纸走过来。我一看他的脸色，就知道事情并不十分严重。他对我说："压坏了六辆汽车，可是车上的五十多个人都救出来了。"我真是出了几身冷汗。我现在只希望王军不会有什么生命危险！

我想问问局长关于王军的下落，看，他够多忙，不能打扰他。于是我就拉住工区主任问了这起事故的前因后果。

秦岭山区的这条公路，简直是修筑宝成铁路的动脉血管，时时刻刻都不能发生故障。一旦发生故障，就可能要了人的命。平素有一辆汽车在临时修的公路上抛了锚，眨眼之间，上下十来公里路上便会堆满汽车。这时候，吵架，甚至于动手打架的事情都会发生。因为每一辆运材料的汽车，都急如星火，都像是开往那即刻要发动总攻击的前沿阵地。昨天，这里进行了大爆破，把一座大山劈开了，大量的砂土和石头堆在公路上。怕影响交通运输，工人们连夜清除砂土和石头，抢修公路。今天，公路畅通，汽车来往。可是刚爆炸过的山，也许可能塌方，发生事故，于是工区派了个工人放警戒，监视这座山，注视着它的任何微小的变化。这座山像秦岭山区的每一座山一样：你别看它没有感觉不会说话，可是它有凶暴的性格和难以捉摸的脾气。你在征服它的过程中，稍不留心，它便会毁掉你。现在这个放警戒的工人，拿着红旗帜、口里噙着哨子，把全身力量都集中在两眼上，盯着爆破后的山头。突然他发现，被监视着的那个山头上小树摇晃。起风啦？他扬起一把土，灰尘在空中缓慢地浮动，没有风。他看远处的山头，那里烟雾直升向天空，也看不出有风。他心里发毛："怎么搞的，一点风也没有为什么小树摇晃呢？莫不是要塌方！"他浑身紧张起来，因为，在这要命关头，有五六辆汽车正开到那爆破后的山头下。放警戒的工人像疯了一样，从高土坎上滚到河槽里，又跳又叫，又挥旗帜，又吹哨子。可是这当儿，已冲入危险地带的几辆汽车，只有壮着胆子开足马力向前冲，犹豫一秒钟，大祸就会临头。可是，当汽车向前冲的时候，稀里轰隆，房子大的几块石头从立陡的山坡上滚下来，像一些巨大的野兽一样蹲在公路上，堵住第一辆汽车，后边几辆车子，也都停住了。恰好，这第一辆汽车，就是王军的车子。他把头从窗子里伸出来，左右飞快地扫了一眼，扭转方向盘设法把车子抢出这个险区。

放警戒的人，已经发出紧急的信号，并且撕破嗓子地吼喊："人先下来！"

王军在秦岭山区工作了两年多，经验使他知道罩在他头上的是什么样的危险。他一边咒骂什么，一边推开车门，嗖地从汽车上蹿下来。一看，山上哗哗地滚石头，半面山眼看就要垮下来。他机警地前后看了看，只要一阵猛跑，便可以脱险。就在这死亡已经罩到头上的时候，一种可怖的景象映在他眼里：他后面五辆大卡车上有好几十个人，都乱糟糟地从车上往下跳，慌乱的叫喊声……

第二辆车上，一个年轻司机从车上跳下来，拼命地往安全地区跑，恰好和王军碰了个面对面。王军抓住他胸口的衣服凶狠狠地说："哪里跑？快返回去，把你车上的家属领出来！"那个青年司机愣了一下，便扭头去救人了。

王军抡着胳膊，扬起他沙哑的嗓子喊：“朝北跑！朝北跑！”

啊，这些人有的是刚从乡村招来的临时工，有的是职工家属，而且是第一次路过这里，根本摸不到这些高山峻岭的脾性，又弄不清危险来自哪里。于是他们昏头转向，有的向山根下跑，有的向车下钻；有一个工人的老婆跑到了安全区，又莫名其妙地返回来了……王军和其他车上的司机、司机助手一共八个工人，相互挥手打招呼，然后八个人分头抢救这五十二个人。他们冲到这里又冲到那里，有的工人把跑迷路的人抓过来，要他朝前跑；有的工人把钻在车下的提着领子拉着来要他向指定的地方跑。危险区里没有人了，那六七个工人向王军招了一下手，跑到安全区了。王军正准备撒腿奔跑，猛然又看见后边第三辆卡车下边钻出来一个五十多岁的老太太，抱着个包袱，慌乱地到处看。完啦，这个老太太完啦！王军跺了跺脚，想冲过去把老太太拉出来，可是放警戒的人严厉地制止他。因为这时砂土和石头哗哗地往下落得更凶了。山头上横着裂开一道口子，那口子初看起来是一条黑线，可是越裂越大，越裂越大……眼看就要盖下来……这时候有个二十四五岁的司机工人猛扑过来，要去救老太太，王军用胳膊把那司机一挡，说：“危险，返回去！”他的眼睛扫了一下，看见放警戒的人，把旗子一挥，跌倒又爬起来；而且他仿佛听到有人放了两枪。可是这工夫，他什么也没来得及想。不管三七二十一，猛扑过去，抓住那个老太太夹在腋下，拼命地跑……当离开危险区约再有一二公尺时，他似乎感到空气的压力越来越大，生还的希望越来越小，便用平生的气力狠狠地把那位老太太往前推了一把。老太太向前爬去，可是王军却被巨大而无边的东西吞没了，仿佛天塌下来一般。

随着山崩地裂的响声，灰尘遮天。

附近各工点成千名工人，没得到任何人的命令，都自动地跑来了，冲入了那还可能继续塌方的山跟前。

放警戒的工人，看清了王军被埋在塌方地带的最边边上。他立刻就组织人刨挖，霎时，工人们就把王军刨出来了。王军鼻子眼里都是土，口角还有血，医生赶来打了一针，又给他做人工呼吸。随后，怪叫着的救护车便把王军拉到医院去了。

王军被拉走以后，工区主任来问医生："王军怎么样？"

医生摇头说："有几处不大要紧的外伤，看是不是还受了内伤。生命有没有危险，还不敢说！"

发生事故后第二天，第三天，医生一概不准任何人会见王军。第四天当我到了医院的病房里的时候，工程段的党委书记也在那里。

王军三言两语地把他和同志们救人的过程以及他当时的心情告诉了我以后，又满脸忧伤地对党委书记说："给我记了什么大功，那又不能当饭吃！把我的车子给压坏了……"用被子捂住头呜呜地哭了。他哭得那样伤心，使我也有些心酸了！

党委书记说："前几天，小李在我那里哭，这会儿你又哭。我多年来处理过许多问题，就是你们哭的问题，一点办法也拿不出来！"

说话间，院子里传来了一个女孩子的焦急的声音，随着声音，小李的脸膛出现在病房门口。她穿了一身洗得很干净的衣服，头发上扎了个蝴蝶。她双手撑住门栏，往内望了望，第一眼就看见王军，然后又看见党委书记和我。她收起了脸上抑制不住的笑容，说："王军，人家说你要求过两三天就出院，你活够啦？调皮的家伙！"

王军一下子给乐了，坐在病床上抡着胳膊，说："什么事也没有。你不信我起来给你蹦几下。"

我说："算了吧，别逞能了！"

小李看看这，看看那，显得随便而悠闲。好像她早知道小王不会出什么事，就是在塌方的当时，她也没有丝毫发慌的心情。她说："你牺牲了也没有关系。你和七八个汽车工人一道救了五十多条命，还划不来吗？"

党委书记说："听，这才是心里话！"

小李咯咯地笑了，又偷偷瞧了王军一眼，看是不是有恼她的意思。接着，她蛮神秘地问："你那天救下的那位老太太是谁？"

小王说："那一阵还顾得上通名问姓？你长得眉儿眼儿的怪机灵，实际上缺少一个心眼！"

小李说："那是我妈妈。她来看我，亏你救了她一命！"

小王把床铺一拍，说："你妈碰到我这个女婿够多败兴！第一次跟我见面，就把她狠狠地推了一把。"

小李脸红了，鼻子哼了一声，说："你是谁的女婿呀？脸比城墙还厚。"她嘴一撇，又说："你也够狠心，把我妈推了一公尺多远，手和膝盖都擦破了！还有脸吹牛哩！"

党委书记说："老杜！咱们待在这里怪碍眼的，走吧！"

1956 年 5 月写于西安

原载《延河》1956 年第 5 期

工地之夜

杜鹏程

一位工程局局长告诉我：两三年前，几乎挣断腰筋才能完成的年度任务，现在以同样的人力和设备，四个月就可以有条不紊地完成它。这话使我极为激动。我知道，第一个五年计划开始的年月，建设工地的人们怎样奋不顾身地在混乱中摸索前进；我知道，路是怎样走过来的……

——日记摘录

月光照得山沟如同白昼。地上铺了一层薄薄的霜。树叶在飘飞。

山根下的公路上，停了一辆吉普车。司机赵玉勤，手塞在裤兜里，斜歪肩膀靠着车子，凝望对面的工地。帽檐的阴影遮住了他深沉的眼睛。

老赵身边的大工棚里，拥挤着成百名工地的重要负责人。他们在争论，在叹气，在沉思，在计算……劳动力、材料、计划、生产等字眼，都围绕着“防寒”这两个字旋转。“防寒”这凉冰冰的字眼，从大工棚的窗缝里溜出来，爬到司机老赵的心头，使他熬愁。这倒不是怕天气一冷车子难发动，而是他像那会议室的每个人一样，对这铁路工地上的无数工点都非常熟悉。因而他也知道：如果寒冷提前赶来，会给从事露天作业的铁路职工，带来多大的祸害！

他看看表，已经两点钟了，可是会议的主持人——被大家称作总指挥的人，还在工棚里用洪亮的声音讲话。

两点零五分，工棚里传出咳嗽声、哈欠声、板凳的响声和杂乱的说话声。人们从工棚里陆陆续续走出来。他们，都让工地日夜紧张的生活煎熬得脸色黄瘦；有的声音沙哑，有的眼里布满血丝，有的心事重重，有的眉毛拧起，有的肝火挺盛。大伙儿一出工棚，都不约而同地望望天空，又用脚蹭地上的霜，仿佛希望这地上的霜只是月光造成的错觉。

最后，总指挥走出来。这是个粗壮的人。左手提个安全帽，裤筒挽在膝盖跟前，穿双草鞋，身上有水泥味、泥土味、柴油味。这不活活的就是个挑土筐子的壮工吗？其实，他是工地的最高负责者，指挥着数百个大小单位和十几万职工。……好些人还在工棚门口围着他；请求，诉苦，用夸大的困难威胁他。他把厚墩墩的手举在头上用力摇，一边走一边大笑着说："嗨嗨！我是穷光蛋。啃我的骨头也啃不出多少油水！""你哭穷？你的仓库里要什么有什么。是个大老财。就算骂祖宗三代，我明天也要把你的炸药调出去三吨！"

"嘿！月亮挺好呀！"总指挥摆脱了人们的纠缠以后，膀子前后动了几下，便用指头在车子的引擎盖上愉快地敲着鼓点子。司机老赵想：不妙，他心神不安！

老赵站在总指挥身后，用力吸了一口气，想说什么，却没有张口。何必空费口舌呢？他说："不早了，就宿到这儿。"总指挥会用开玩笑的口气说："没法子！我们这一辈人最遗憾的就是睡眠不足。"

老赵不声不吭地把夹衣递给总指挥，又双手塞在裤兜里，斜歪着肩膀，靠车子站在那里。

总指挥望了望老赵那富有暗示性的姿态，耸耸肩，不出声地笑了，说：“四个钟头能赶二百公里，到城里我还可以赶上办件要紧事。要得吗？你还有什么新方案？”

老赵往车上一坐，抓住方向盘，眼睛直盯前方，说：“天天都是这个样子，何必商量？”

“回答得好噢！”总指挥愉快地喊。头一低，坐在司机旁边的座位上了。

嘟的一声，车子开了。

公路上到处是料石、刚卸下来的钢材、水泥和停在路边准备装东西的大卡车。老赵的车子绕来绕去地行进着。他斜着眼瞅，只见总指挥用手捂着前额，身子随着车子的摇摆而摇摆。他晓得，现在不是说话的时候。总指挥脑子里还装着会场里的情形；一整天在工地遇到的各种问题还压着他，各种印象还包围着他。只要车子跑出二三十公里以后，总指挥会主动找他老赵的。

果然，汽车跑了不到四十分钟，总指挥仿佛摆脱什么沉重的东西似的，伸了伸懒腰。接着，又用拳头轻轻打着手掌，望着公路下边闪闪发光的江水，哼着歌儿。哼了一阵，他自言自语地说：“肚子里好像在闹革命！”

这一阵，别说有什么好吃的，若能叫开老乡的门，买来几个地瓜啃啃，也就心满意足了。

老赵不言不语地一手把住方向盘，一手从座位旁边一样一样把东西拿出来，放在总指挥怀里：一个军用水壶，里头有热烫烫的开水，三个地瓜，两个饼子和二两牛肉。

总指挥兴奋地扫了老赵一眼，就津津有味地嚼着。车子摇晃，开水泼在膝盖上。

这工夫，正像往常一样，这位首长和这位司机要进行热烈谈话了。首长要谈他一天当中遇到的事和正在思考的事，声音时而欢乐，时而气愤，时而苦恼。司机也会谈他一天当中的所见所闻。这些凌乱、具体和生动的琐事，常常闪动着重要的思想，又是站在总指挥这个职位上的人听不到也看不见的。可是今天有些异样：总指挥吃完东西没有吭声。

过了一会儿，总指挥把头伸出去，仰望天空说：“鬼天气！还不到冷的时候，就突然下霜！要是明天气温降到零度，就把命要了！二十多个桥梁工地都正在灌注混凝土噢！”

老赵仿佛没听见总指挥的话，一个更紧张的想法从他头脑里闪过。他一边开车，一边斜着眼珠看左边——江那边的工地。那里，电灯拉成一条线的地方，是第二工程队的工人在填路基；千万盏电灯连成一片，像个城市似的地方，是五十一号工点。他拼命地加快速度，车轮简直离了地，腾空而飞，连总指挥都觉得奇异。平素，老赵像那些老练的司机一样，当快就快，当慢就慢，不管车上坐着多大的首长，乱发什么指示，也休想让他改变自己的习惯。在这高山峻岭中开车，可不是闹着玩哩。

“要快！”老赵心里有底。五十一号工点是关键工程。这个工点的工程队长前几天就喊叫：“不得了！二十九号十二时以前不运来一百吨水泥，我就要上吊！”这家伙可能在路上挡住总指挥的车子，磨叨好半天。他鬼得很，捉摸到总指挥在工地活动的规律了。可是老赵早从工程处调度室打听得一清二楚：五十一号工点的水泥用到后天十二点，那个乱吵乱嚷的工程队长，不仅不会上吊，还挤眉弄眼地跟工人说笑话。目下，要想尽法子，不让总指挥在路上耽搁一分一秒。这样，总指挥回到城里还可以休息一阵儿。要不，路上一耽搁，到城里正是上班时间；材料厂厂长，工程局局长，夹一大堆图纸的工程师，上级来的各种各样的工作小组和成百件的文件、指示、信件、电报，都会一齐涌来，把总指挥埋住，连喘气的空儿全没有；当他从这风雨不透的包围中冲出来以后，又会喊：“老赵！上现场去！”

要快！要快！过了这工点密集的地方就好了。嗬！你说出奇不出奇，现在正好是夜班工人放炮的时间，敲锣声、哨子声、人喊声……车子每走三五公里就让拿红旗的工人挡喝住了：“危险！不准通行！”车子一停，总指挥便敏捷地跳下去，背着手，望着远处的山头。那里，一道道蓝灿灿的火光闪耀，接着轰隆隆的响声，震得山摇地动。总指挥激动地来回走着，望着脚下的江水，仿佛要蹚过去，跑到对面的工点上，按住这上下千余里的铁路工地，试试大地的脉搏。

放警戒的工人一宣布“可以通行！”老赵就连忙发动车子，喊：“首长！赶紧走！”

“不算慢嘛！照这里进度看，天气不要再冷，有十天工夫我们就——”

“首长！要赶路啊！”

总指挥好像突然醒悟过来似的，说：“哦！要赶路！”这才走到车子跟前，头一低，坐在司机旁边的座位上了。

汽车又冲过几个重要的工点，老赵扫了总指挥一眼，以为他快睡着了，松了口气，放慢速度。于是，这辆轻巧的小车子像滑行似的顺着公路忽而在江边行驶，忽而升到半山腰，忽而绕过山脚，忽而经过已经熟睡的村庄。

猛然，总指挥敲着挡风玻璃，说：“咦！过了五十四号工点了？停车！”

老赵佯装糊涂，加快速度，直向前奔。

总指挥猛然扭过头，两道透凉冰冷的目光，射到老赵脸上，声音低沉地说：“停车！”

不敢怠慢！老赵让车子逐渐减低速度，然后才缓悠悠地刹住车。其实，这个拖泥带水的过程，又让车子向前滑动了百十公尺。理由很充足：按部就班，不能违反操作规程嘛！想发脾气也不中用。

总指挥头一摆，说：“掉头！返转到五十四号工点。”

老赵把下巴压在方向盘上，慢腾腾地问：“干嘛去？”

“啰唆！难道你不晓得，我答应在今天四时以前给五十四号工点二百吨钢筋吗？可是……嗨，现在说不定他们已经停工待料喽！碰到了鬼哟！”

老赵不但没有掉转车子，还一直向前开去。他说："我帮你记着这件事哩。今日下午，我以你的名义给材料厂厂长挂了个电话，叫他先把材料拨给五十四号工点，回头补手续。"

总指挥没有表示什么，只用拳头轻轻地打了一下手掌。老赵知道，这是一个表达得意心情的动作。

车子向前奔跑，带着一股风，进入一条偏僻的山沟。老赵把住方向盘望着前方，公路两旁的小树和枯草上，挂满霜花。大卡车的轮胎，在铺了一层白霜的公路上，划下两条没头没尾的黑带子。偶尔从路边的水沟里，跳出了一只狐子。它站在路当中，拖着尾巴，起劲地扬起头，机警而好奇地面对着强烈的灯光，望了好一阵，便窜到随风摇摆的蒿草中去了。一会儿，一只藏在树林中的兔子被灯光吓得蹦起来，在公路上乱窜。

老赵偏过头看，总指挥已经睡着了。在这紧张、混乱而沸腾的日子里，老赵看着总指挥这样睡觉，已经记不清有多少回了。生活把烦难而沉重的担子放到这样人的肩上，他只能在这汽车的颠簸中，闭闭眼睛，积蓄力量，然后再做勇猛的跃进。老赵尽力使车子跑得平稳，以便总指挥睡得安宁。但是这一带有几个材料库，整天成千辆拉材料的汽车、拖拉机、马车和架子车，已经把前后几十公里的高级路面轧坏了。车灯照耀下，公路简直像一条波浪起伏的河流。任凭老赵满头大汗地使尽了他全副本领，车子还是颠簸着。每颠簸一下，总指挥就挪动一下，或者肩膀耸动一下，冒着热气的汗珠，顺着老赵的鬓角滚下来！

车子一转弯，摆脱了各种吼声日夜不断的工地，进了一条幽静的山谷。老赵伸头看看周围的地形，又飞快扫了总指挥一眼，闭住气，咬住嘴唇，慢慢地减低了速度，接着神不知鬼不觉地刹住车。他清楚，总指挥醒来，他会挨骂。管他哩！只要让那成天像马达旋转似的头脑休息一阵，目下，这便是世上最当紧的事。

对面山坡上的村庄里有狗咬声。路边大树上一群小鸟突然噗噜噜地飞着，叫着，大概是黄鼠狼钻进鸟窝里去了！瞌睡爬上老赵的眼皮。他真想坐在车旁边的石头上，抱住膝盖好好睡一觉。嘿！这个车子上坐的不是个平常的人，如果从山坡的森林里蹿出几个歹毒的家伙来……他拔出腰里的手枪在车子周围转悠，放尖眼睛四处瞅着，谛听着各种响动。这时光，拉材料的大卡车很少了，但是一刻钟左右总有一辆车子经过。老赵的心提到喉咙里了，他生怕那些年轻的司机不知好歹，远远看见这里停辆车子，便拼命按喇叭。可好！飞驰而来的汽车除了带来一阵风，都不按喇叭。大约，那些日夜奔忙的司机们也在悠悠忽忽打盹哩！偶尔有辆拉钢材或木料的马车经过。驾辕的马，哼哧哼哧地吞吐着一团团的白气，信步走着。赶车的人披着被子坐在车上，缩着头，抱着鞭子打盹。

老赵狠狠地揉揉眼，看见总指挥头靠在车门的铁撑子上，睡得挺香。右胳膊在车外边吊着，袖子也拥上去了。明天，这条胳膊一定会因风吹受冻而发疼，而麻木。老赵想把衣袖拉下来，可是走过来走过去，脑子转了几十个圈，也不想惊动总指挥。咦！你们看看：这条胳膊又粗又壮，你试试把耳朵贴在上边，准能听到血液在血管里奔流激荡的响声。还有，那胳膊上并排摆着的三个伤疤，月光下，看得多么分明。其实，那泥巴点点的衣服，还遮盖着更多的枪伤弹痕哩。不过，这一切都是遥远的事情了。最让人关心的是，总指挥睡得很甜。看！月亮清冷苍白的光线，也不能改变那脸上生气勃勃的颜色。那张脸很粗糙，可是宽阔、结实、刚毅而勇武。突然，那巨大的鼻孔翕动，粗粗地喘息了几声，身子挪动了几下，全身骨节都在作响。大概这永远开朗愉快的、总在鼓舞别人的人，只有在睡梦中，才让疲劳征服了！只有在睡梦中，才显出他平素怎样苛刻地挤出了自己的每一点汗水和每一滴心血……老赵手腕上的表，琮、琮、琮地响着。他，脚在地下敲着点子，数着时间的步伐。时间啊，你以为你飞快的步子，总在把人世间的一切事物都带得团团转，把总指挥带动得团团转，你以为你能带来生命，也能让人头发发白……嗨嗨，老赵却从你手里给总指挥夺来了安逸的睡眠啊！

嘿，一辆大卡车从远处奔来了，喇叭按得挺起劲，好像那个不要命的司机立刻要完成二十万公里的安全行驶记录，然后去领取奖状似的。

老赵紧咬牙，脸色铁青，恨不得朝天空放他两枪！

这工夫，总指挥突然直起身子，一看表，就喊："嗬！"

老赵吃了一惊，前言不搭后语地说："哦！刚好是一点零四十分！"

"鬼话！你中邪啦？这是什么地方？哦！老牛滩。现在五点半了。八点多才能赶到城里。倒霉的家伙！谁要你停在这里？"

老赵心虚口松地说："抛锚了！"

总指挥看见引擎盖盖得好好的，就说："有鬼！抛锚了，你统着手站在这儿等谁背你走？"

老赵恢复了他平素的镇静。上了车子，搓搓手，说："刚把车收拾好，休息了两分钟。你不是经常给我叮咛，身体是革命的本钱吗？"

总指挥说："你要念上那本经，永远念不完！知道吗？七点半就有一二十个人在办公室等我。该死！"

老赵慢悠悠地说："只要不损坏车子，就尽力往前赶吧！"他戴好手套，把住方向盘。嘟嘟一声，汽车又飞奔开了。

山往后移，树往后移。黑夜渐渐消退，黎明爬上了山顶。一个紧张而沸腾的日子，又在迎接精力无穷的人。

一九五八年元月三日于成都

原载《辽宁文艺》1978 年第 5 期

女车间主任

徐俊杰

我调到北京去工作已经三年多了。

今年我们单位的老裘从上海到北京，带给我一件新闻：造船厂里新提升了一位女车间主任，才二十三岁。

我不敢相信这是真事。我是在造船厂里长大的，知道造船是高度综合性的工业，造一条船，包括了整个轻重工业，做这种工厂里的车间主任，没有几十年的经验是干不了的。再说，女造船工人从一九五二年才开始训练，现在顶多也不过三四级工人，离做车间主任还远得很呢！

老裘见我不相信，就拿出一份厂报给我看，又对我详细介绍了这个女车间主任的事迹。

一

一九五二年，第六车间的空中行车出了毛病，设备股一个老师傅带着个小姑娘来修理。大家都知道这是第一期女艺徒正式参加工作，免不了多看几眼。这个小姑娘有着瘦长的身材，两个大眼睛滴溜转，总好像要发现什么秘密。但她又好像很害羞，一发现大家在看她，就一直低着头，眼光再也不敢往上抬。

不知道她和师傅讲了几句什么话，师傅还摇着头，她就像只狸猫似的往梯子上爬去，一转眼就到了梯子顶上。她师傅急得瞪着眼睛抬头望着她，不用说，这是师傅没有答应，她就自告奋勇地上去了。等到她往行车横梁上爬的时候，她爬一步，师傅张着两只手在下边跟一步，好像怕她掉下来先准备接住似的。

她越爬越慢，腿开始发抖了。这可不是玩的！离地面几丈高，离墙壁七八尺远，悬在半空，伏在不到一尺宽的横梁上，这一抖不是要命吗！

她师傅在下边咬着牙，瞪着眼，平伸着两条胳膊，一动不动的，口里还喃喃地说着："停停！停停！定定心！"

周围工作的人们，全惊讶地扬起眉毛，目不转睛地看着她，谁也不敢出口大气，心里全暗自想："这小姑娘真太逞能，掉下来可就摔成饼子了。"

她却停一会又往前爬了，直到她修好机器下到地上，大家才齐出了一口长气。

她师傅得意得眉开眼笑地啧啧夸口说："她叫陆菊英，今年十八岁，是个好样的姑娘呢！"

二

约莫又过了半年，厂里发生了一件惊险的大事故，陆菊英做了一幕使人咋舌的惊险表演。从此，她的名字就响遍了全厂！

有一天，一部履带式的大吊车要到船坞边上去吊东西。照理走到船坞前边，吊杆应当放低些，以便让过上边的电线。谁知道开车的小伙子想什么心事，只看前边不看上边，"啪"一声巨响，火光一闪，像打了一个闪电，电线被撞断了！这是高压电线啊！这个祸可闯得不小。

开车的小伙子给吓傻了，吊车也没有刹住就跳了出来。没有人控制的吊车还“轰隆轰隆”往前走，再过去几尺就是船坞了，几十吨重的大吊车要掉在几丈深的船坞里，就得摔个稀糊烂，船坞里边的船也经不住这个大家伙砸呀！

船坞里一前一后停着两条船，有一艘已经快修好了。船坞里工人正忙着做工，没有一个地方是安静的：“咚当，咚当”，笨重的钢板敲击声，“哒哒哒哒”，像重机枪一样的铆钉枪的喧嚣声，“轰隆轰隆”的机器声，“嗞嗞嗞”的电焊声……但是在这个大吊车将要掉下船坞的一刹那，复杂喧闹的声音突然停止了。工作的人们看到这种可怕的场面，都停止了工作，瞪起了吃惊的眼睛，望着要掉下来的大吊车，惊惶地叫起来。

就在这时候，只见一个瘦长的姑娘像电光似的一闪，飞上了吊车，紧接着就是“吱”的一声刺耳的急刹车，大吊车在船坞前边几寸的地方猛地停住了。这种神速惊人的动作使大家欢呼起来，全喊道：

“谁这么大胆呵！”

大家的目光一齐移向司机室，只看见司机室的门微微晃动，里边却没有人，这时车后面突然闪出了一个短头发的姑娘，一溜烟似的向方棚间奔去。认得她的人冲口喊道：

“陆菊英！”

陆菊英救了吊车，保住了船坞里的船，还及时地跑到方棚间关了总开关，使高压电线撞断没有造成大事故。于是工人们奔走相告，不到五分钟，谁都知道了这个小姑娘的惊人的勇敢行为了。

厂长为这件事特别召开了全体职工大会，请她坐在主席台的当中，授给她奖金，还宣布记特等功一次。

三

企业组织改革的时候，陆菊英合并到第六车间来。

大家都知道她救吊车的事，所以都认准她是个嘴快手快样样快的姑娘，又是个有名人物，怕她瞧不起普通人，不敢和她亲近。其实都想错了，她并不是个来去如风的神话中的人物，从外表看她，是个行动文静、做事非常细心的人，说起话来有条有理，又是模范团员，处处愿和人亲近。没有多久，全工段的人都和她混得很熟，不管有事没事，谁都愿意和她拉两句。

又聪明又谦虚的姑娘谁不喜欢呢！所以和她搭班的老师傅都很认真地教她，有时候别组的老师傅经过她工作的地方，也顺便指点她两手。教她的人多了，自然就学会了许多种技术。再加上晚上她在技术夜校读书，很快就掌握了技术。

不久，她被提升为第六车间第三工段的工段长。这个消息宣布以后，大家都为她担着一份心事。不是怕她技术差，而是因为第三工段有个技师周老师傅很难相处，怕他们关系搞不好。他说话直来直去，从不拐弯的，发起脾气来，一句话能把人砸个筋斗。

周师傅有几十年工龄了，技术是有一套的。现在一个小姑娘来领导他，他能受得了吗？

果然，陆菊英一到工段里，周师傅就去找车间主任和党支部书记，要求调动工作。他说："一个小毛丫头能领导得好这么大个工段？我不能眼看着工段垮台，我活了半辈子，可丢不起这个脸！"

支部书记说："先别急，这问题好商量。五年前的陆菊英就是在我们船厂的黄浦江边拾螺蛳的穷苦小姑娘。差点被江潮冲走了，是我们造船工人救她起来的。后来党把她培养成一个优秀工人，现在还要把她培养成优秀干部，培养成出色的社会主义的建设人，你不愿意为社会主义建设培养人才吗？……"

第二天，周师傅不声不响地又回到工段里。调工作的事就没再提过。

周师傅面对陆菊英的时候还是有点冷淡，背后却常说："这小女孩不简单，有本事！也挺讨人喜欢。"

有一次，他们工段主修的一条船，什么都装好了，一试车，主机震动得厉害，她检查来检查去，就是找不出毛病，后来她实在想不出办法了，才请周师傅到这条船上去看一趟。他一下子就发现了毛病。可是他听说这事已经拖了好几天。脾气又来了，恶狠狠地对着陆菊英说：

“你为什么早不告诉我？你是把我当成老废物啦！一个小毛丫头就这么瞧不起人，浪费的这笔人工费就应当出在你头上！”

“你在修另一条船呀！我们怕分了你的心……”

他也不等别人说完，就怒冲冲地走了。

年轻人谁受得了这个呢？她脸上一阵红一阵白的，一句话也没说。吃过午饭，她觉得心里发闷，就坐在黄浦江边，用一根短棒搅动着江水，静静地想：“党对我的教导：团结好群众就能搞好工作。……”

青年工人们都知道这事了，全赶来看她，喊喊喳喳乱嚷嚷。一个愣小伙子听说他们女工段长受了委屈，马上去找周师傅，劈头就问：

“周师傅，你是存心要打击工段长吧？气得她饭也没有吃，坐在江边一直哭到现在了，你说怎么办吧！”气势汹汹，像是要干一架的样子。

周师傅听到这话不觉一怔，一时倒没了主意，站在那里直搓手，皱着眉头不住地咬嘴唇。

陆菊英并没有哭，一切想过之后，也就没有什么，心平气和地从外面走进来，照例向周师傅问一声：“吃过饭啦？休息一下养养神吧！”

“唔唔，你……吃……过吗？”

陆菊英倒觉得周师傅今天的举动有些可笑，就笑着说：“吃过了！”

从此，周师傅总觉得像对她不住似的，对陆菊英显得亲近多了。

周师傅虽然从心眼里喜欢陆菊英，但是又觉得陆菊英不能完全使自己满意。比方说，陆菊英是厂里军事体育活动的积极分子，骑摩托车，开汽车，扔手榴弹……什么危险她就干什么。周师傅心里嘀咕：“这哪像个女孩子呵！再说工段长是领导干部，虽然现在不应当摆架子，可是蹦蹦跳跳得总不像个领导人的样子呵。”

有一天下工以后，周师傅换好衣服，拿起饭盒子，低着头往回走。突然，一部摩托车在眼前掠过，后面一阵疾风向着周师傅冲来，惊得周师傅倒退了好几步才站定了。他抬头一看，正是陆菊英，还在笑眯眯地回过头来望他呢！这时候，周师傅的火气不打一处来，怒声怒气地喊道：“快给我下来！”

陆菊英把摩托车像旋风似的一个急转弯，就折回来了。她到了周师傅面前，轻快地跳下车子，抿嘴笑笑说：“周师傅吓着了吧？”周师傅瞪起眼睛说：“小陆，一个女孩子搞这一套玩意儿，这算什么？再说，一个工段长这样子显得多么不稳重呵！……”

“哎呀，我的周师傅！你想要我成为倒背着手踱方步的工段长吗？再说，我们女孩子为什么不能搞这玩意儿呢？一旦国家被侵略，我们女孩子就要挺身出来保卫祖国啦！我过些日子还要去学习打靶呢！……”

周师傅一面走，一面想：“大概是我的脑筋旧了一点了。这孩子雄心真不小，想得也真远，这倒是有用的本事呢！”

不知道从什么时候起，周师傅对陆菊英完全满意了。陆菊英的一言一动，他都觉得正好，总是一副赏识的神气笑笑。有这样一位女工段长，周师傅对搞好工段的信心也高起来。全工段上下一致，工作好，团结好，到年底他们就被评为模范工段。

四

车间主任得了肺病，上级宣布由陆菊英代理车间主任，同时提升周师傅为工段长。

陆菊英刚离开工段的那几天，周师傅就像自己的姑娘刚出嫁一样，走里转外地六神无主，背后对几个老朋友唉声叹气地说：“人老了是不行啦！小陆一走，我的心里总觉得空荡荡的，好像她把我的心给带走了！”

陆菊英到车间里的头一天，就出了一个大事故，差一点闹出人命来。

三个吊运工在吊一块两吨多重的大平板，刚刚离地，钢丝绳忽然脱了钩，三个人身子忙一闪，也没躲开，都被平板碰倒在地上。全车间轰动起来，大家急忙用担架把他们送到医院。

检查结果：两个人受外伤，包扎一下就可以出院。可是，一个叫魏长生的老师傅，脊椎骨被压得脱了节，主神经受了重伤，这条神经一断就危险啦！

陆菊英哪经过这种事呀！心里着急得像猫抓一样，怪不好受，头上的汗也直往下流。她马上在电话里报告了厂长，就赶紧到医院去。受重伤的魏长生伤势非常危险，虽然动过了手术，在短时间内还很难说性命能不能保得住。这使陆菊英非常焦躁。魏长生的老母亲拉着两个小孙子，跪在医生面前哭着叫救命的情景，使她心痛得像用针刺一样。她下定决心：“一定要消灭工伤事故。”

陆菊英回到工厂，周师傅轻手轻脚地走进办公室来：

“小陆，怎么样呀？不要太着急，做领导的心里就得放得下大事情，为一件事急坏身子可不行呵！过去，工人太不注意安全操作了。今后你要在这方面抓得紧。干我们这行的，操作的时候弄不好就人命关天，这次不知怎么处分你呢！”

“现在哪有时间想处分啊！先去救人命要紧。”陆菊英眼里闪着冷光，痛苦地说。

周师傅却不放心，到处问：“车间里发生了因工死亡事故，车间主任要受什么处分？”有的人说：“情节严重的，车间主任就要吃官司。”有的说：“现在的处分是看实际情况的，重的吃官司，轻的撤职、记过……没有准儿。”

这种工伤事故算轻呢，还是算重呢？上边已经到现场了解过几次了，正在研究中。周师傅这几天就像自己犯了罪，等着宣判一样，心神不定，直唉声叹气，说："当然，这件事我完全可以不管。可是，我不能不管，这件事和我们的小陆有很大关系呀！"

魏长生的伤势逐渐脱离了险境，一天一天地好起来，周师傅的心里也一天比一天地轻松了。党委关于这一次工伤事故的决定也下来了，因为陆菊英头一天到车间，工伤事故的发生，是由于工人不注意安全生产，陆菊英只作书面检讨，免予处分。周师傅才放了心，还说："这样决定才公平！"

为了接受这一次的惨痛教训，陆菊英召集了全车间大会，进行安全生产的教育。从此，车间里自然地形成了一种对安全生产互相检查的制度，周师傅成了安全生产的积极分子。

五

新造的一条大海船下水了！这是陆菊英当车间主任以来第一条新船下水。在举行下水典礼的时候，她以车间主任的资格高高地站在主席台上，抬头一看，一片五彩缤纷的彩旗和彩绸包围着整个造船台，油漆得鲜艳光亮的船上，挂满了彩旗，把它打扮得像一个新嫁娘一样。船两旁的观礼台上，站满了欢乐的人群。明朗轻快的音乐在空中回荡。摄影师忙得满头大汗，在拍摄电影……谁家的姑娘能有这样的出嫁场面呢?

陆菊英看过好多次下水典礼了，但是从来没有像今天的心情这么激动，今天"嫁出去"的这条船特别大，而且更大的船也在开始建造了。她看到对江的沙滩，那是她五年前摸螺蛳险些儿淹死的地方。她又遥望着对江的码头，那是她五年前挑着菜篮上船的地方。可是，今天她再不是一个可怜的小姑娘，而是造船厂的女车间主任了。

突然音乐变得更雄壮，参观的人群更加活跃，打断了她的思路。只听厂长发出了口令："船开始下水！"轮船微微一动，陆菊英举起了香槟酒瓶，对准船头一挥，轮船带着风声滑进江中。

“万岁！万岁！”人们高喊着。一下子全冲下观礼台，挤到黄浦江边。姑娘们在向船上挥手帕，小伙子们的帽子飞上了天……

船下水了，从下水到完工，陆菊英付出了不少心血，现在这条船胜利完工了。于是，开始做第一次试航，这是全厂工人的工作接受最后一次考验。

陆菊英代表第六车间，第一个向厂长保证：“一次试航成功！”厂的领导都参加了这次处女航，第六车间由陆菊英带着工段长和几位技术高的老师傅参加。

试航时间是三天。第一天航行很顺利，想不到晚上主机却发生了毛病。陆菊英和周师傅这些负责干部都没睡觉，在机舱里忙了一夜，毛病还是没找到。一大早监造工程师又召集技术研究会，虽然大家的眼睛又干又涩，眼睛发酸，会上却讨论得很紧张。

研究结果，原来是汽缸方气门的垫片太厚了，决定由第六车间负责拆修改薄。因为不能影响连续航行，所以只允许停航一个钟点修好。

等汽缸盖一打开，热气扑得人气都透不过来。过了一会，陆菊英试试温度，勉强可以下去了。她抬头一看，站在旁边的都是几个上了年纪的老师傅，最硬朗的还算是周师傅呢。她暗暗地想：“不行，不能让他们下去。”她扭头对周师傅说：“你去把程志豪找来，让他下去吧！”周师傅刚顺着扶梯下去，她趁大家不注意，抓起工具来就跳了下去。大家同时惊叫了一声：“啊！”接着就喊：“陆主任快上来，你可受不了！”

周师傅下了扶梯，心里一动呀：“呀！不对！哪有找人的工夫呀，她是骗我。”刚想到这里，就听到上边在喊，他赶紧转身回来，瞪起眼来就凶人：“你们都是死人吗！你们怎么能让一个女孩子下去呢！”大家面面相觑，一声不响。周师傅握着拳头咧着嘴，像有人揪心一样，痛得直喊“哎呀——”他真恨这汽缸容不下两个人，要不他就一头栽下去了。

他越等越焦躁，像热锅上的蚂蚁一样浑身难受。为什么她这么久还不出来，他赶紧喊："小陆，快出来呀！喘口气再下去。"

陆菊英拆下了垫片，大家七手八脚地把她拉上来。她的脸被蒸得血红，两个眼珠子像要跳出来，衣裳被外边的蒸汽和里边出的汗水弄得贴在身上，好像从水里跳出来。她四肢软软地站都站不稳，大家赶紧把她扶在旁边坐下来，她才喘喘气。

周师傅看到这种样子，急得脸红脖子粗地说："哎！你这算什么呢？故意给我难堪吗？你别忘记你是女孩子，是吃不消的！"

陆菊英看他急成这个样子，嗤的一声笑了："我不是把垫片拆来了？"

周师傅又佩服她勇敢，又爱她敬老的精神，一时不知说什么好，两眼直直地盯着她。过了一会儿，才微笑着说："唉！我下次再也不和你一起来试航了。"

陆菊英"一次试航成功"的保证实现了。在返航的路上，陆菊英和周师傅并肩倚着船栏杆，看着辽阔的海面，轻轻地谈着天。

海风微微吹拂，一个一个的浪头在船帮上碰得粉碎。四面八方海天一色，无边无际，偶然有几只海鸥嬉戏在海面上。

陆菊英看着这祖国的海洋，想到发掘它的潜力，是造船工人的神圣职责，我们要造出无数更大的船，来满足祖国的需要。

周师傅望着陆菊英，感叹着青年人生活在毛泽东时代的幸福，前途多么光辉辽阔。……

一回到厂里，周师傅就要求入党。他对支部书记说："我活了六十多岁了，大半辈子过去了，解放以后我还没看清党的力量，这次我在陆菊英身上真正看到了党的力量。党能使黄毛丫头成为领导人物，我相信党也会让我这个老头越活越年青！"

原载《萌芽》1956年第4期

竞赛没有结束

费礼文

一

下班了。一个矮矮个子，结实身体，看上去大约有三十多岁的中年人，走在人群最后面，一步慢一步地踱出了上海机床厂轴套车间。

寒冬腊月，天阴沉沉的，西北风像带着刀子似的向着每个人身上刮着。这个人还敞着他那沾满油腻的工作服领口；不但如此，他里面穿的一些衬衣，也都是敞开着的。他那张结实红润的圆脸上，两根眉毛皱得快连成了一条线，一对闪亮的眼睛在他细小的眼眶里一动不动地望着前方。整个脸上绷得紧紧的，看不出有一些笑容。

“盛利，下班啦。”有人迎面向他打着招呼。

“唔。”盛利点了下头，用鼻音应着。

盛利回到家里，他的爱人彭玉珍一面把热腾腾的洗脸水从厨房里搬出来，一面问道：“今天怎么又回来迟啦？”

盛利没有哼声，一下子坐到椅子上，椅子轻轻传出一点负重响声。

“爸爸，爸爸！”他的九岁大孩子志强拉着五岁小妹妹志明，闻声跑到了他的跟前，拉了拉盛利说：“今天在学校里又听到了你的名字啦。……你听，他们是这样说的。”他学着大人声音说：“上海著名的切削能手，劳动模范盛利，去年十一月二十五日，胜利完成了第一个五年计划。现在，他已经在做一九五八年的任务了。”讲到最后，每讲一个字，他都把头点一下，讲完了又竖起了大拇指晃晃肚子说：“我长大了也要做工，同你一样当劳动模范。……爸爸，你看我像不像？”

盛利把他的儿子拉到了自己跟前，用手摸摸他的头，亲了亲脸，松开嘴唇笑了一下，但很快地又恢复到刚才的脸色，并且轻轻把他推开了。

“别同爸爸闹啦，吃饭吧。”彭玉珍把晚饭搬到桌上。盛利没精打采捧起饭碗，细细地嚼着，像是害怕米中有石子似的。

彭玉珍坐到桌子那边，像是看出丈夫今天神色不对头似的，她连瞅了几下丈夫的脸，摸摸饭碗，回脸轻轻地把收音机打开了。

收音机播出了一阵轻松的音乐，盛利的脸慢慢地松开了，而且还用眼瞟了下彭玉珍。孩子们大声地唱着；彭玉珍随着丈夫孩子，抿嘴露出了笑容。房间里顿时连空气也好像发出了欢乐声音。

忽然，收音机里音乐停了，报告员用清脆的声音报告道：“……自从上海市劳动模范盛利等九人向全市车工提出展开‘保证质量、提高切削效率’运动倡议后，……”

“又是讲爸爸！”志强拍着手跳了起来。

盛利放下了饭碗，脸上一下子没有笑容，也没有表情地把手一摆，用着低沉的声音说：“关掉。”

“为啥要关？正好听呢！”志强靠到妈妈怀里。

“好，别吵。”彭玉珍哄着孩子。没有关收音机。

“……新中动力机厂先进车工陈根荣，在工长的帮助下，创造了七百六十九公尺全市车工切削速度的最新纪录。……”

“啊！又出了新纪录啦。”盛利扶着桌边站了起来，人也像长了一截。

“他跑在盛利的前面啦？……”收音机里继续报告着。

“关掉，你给我关掉。”盛利用着急促的声音，像是喊了起来似的用手猛敲了几下桌子。接着一推饭碗，走到了窗子跟前。

“你今天沾了什么风？……这样大发脾气来啦。”彭玉珍关掉收音机，顺手倒了杯茶，赶到丈夫跟前。

“我？……”盛利慢慢地扭转了身体，看看爱人和孩子惊讶的脸，看看两个还握得很紧的拳头，自己也好像不相信刚才发火的就是一向稳重的盛利。想到这里，用手接过茶杯，头一低，轻声嘘了口气说：“没有什么。”

“还没有什么呢？”彭玉珍用手拍拍盛利身上的灰，小声说：“心事都挂到脸上啦。”

“你呀！什么事都要管。”盛利愣了一会，用手点了点彭玉珍，低着声音说：“厂里厂外，每天都有上百上千的人摇旗呐喊向我追赶，有些人还把我给摔下来了。……怎么办呀？玉珍。”

“怎么办？……追不上，跟也要跟上。”彭玉珍瞟了下丈夫的脸，摇了摇头说：“多想想点子吧，过去不也是靠想法子才创造新纪录吗？怕落后？愁眉苦脸就会前进啦。……唉！外界说起来，当劳动模范的妻子挺光荣，光荣是光荣啦，可是暗地里碰了丈夫多少冷面孔啊！……”

“好啦，好啦！别掉转枪头进攻啦，我帮你洗碗去。”盛利像是没话说了，拍了拍茶杯，松了口气说：“是呀，总要想想点子呀！”

二

盛利望着刚车出来的活，用手背抹了下脸上汗珠，嘘口气说：“车头已经打足三百转，车来车去还是鱼鳞斑……唉！老黄牛呀！真对你没有办法。”说着他拍了下车床。

“盛师傅，你教我们的五种苏联先进切削经验，真是好法子呀。哈，今天干的活快了一倍多哩。”液压车间一个青工，突然走到盛利身旁指手画脚说道：“我准同车间大伙一样，把你教的玩意全学会，乘飞机赶上你！”

“赶上我？”盛利松下手里的活。

“是呀！你三年就完成了五年计划，现在又发动提高切削竞赛，把整个上海工人都鼓起来了。你带了头，我们不双脚擦油往前赶，那不成了落后分子啦。……告诉你，我们车间有一大半车工学会你教的法子啦。……”

“又是这样多的人？……赶上来。”盛利等他走了，脑子里马上翻腾起来。他用眼望望过去做过的一千二百转快车头车床，多熟悉的床子呵！两年多来，在它上面创造、改进了近四十件工具和操作法，赶过了时间，把五年的活，三年不到就干完了，打响了开场炮。也就是这部床子，自己学习了各种苏联先进经验，并把这些经验教给厂里厂外工人弟兄们，把大伙学习先进劲头给掀起了。他更清楚地记得，两个多月前，就是在这部床子上，第一个用五百五十五公尺切削速度，创造了全市新纪录，鼓起了全上海展开提高切削速度竞赛。……唉！大家都鼓起来了，每天都有成百成千的人，你赶上我，我超过你，报纸、电台简直像翻了天！今天冒出傅明坤，明天又冒出了陈根荣，连自己过去经常帮助的归国华侨李锦标，也赶过了我，创造出全市新纪录。可我盛利呢？偏偏会在这时调了床子，人同床子一样，变成了老黄牛，老缠在一百公尺切削速度上……

盛利想到这里，望望车间里直到现在还贴满了的“向盛利学习”的标语，咬了下嘴唇说：“领导上为什么偏偏要叫我调床子？……同他们说去，这样下去怎么办！”说着迈开了步子。

但只走了一步，又折回身来，心里责备着自己：“你是怎么啦？……领导上不是已经说过几次，调床子是因为生产任务增加了，这部利门车床成了关键，必须调位高级技工支援。……我们发动竞赛的目的，不正是为了搞好生产？……你也顾着自己，他也本位主义，利门车床让谁去做？为了创纪录，生产任务都不顾吗？……难道劳动模范这四个字，是应该戴在个人打算的人身上吗？”想着想着，他的脸红了起来，赶忙回手拿起干活图样蹲了下来。

“办法想了一大堆，车头不能再打快！”盛利望着横在面前老长的车床，呆了好一会儿，突然一皱眉头说：“唔？这样结实的床子，为什么不能叫它再变得快些？……对！要想法子叫它变成快车头！”盛利乐得站起来，但没有一会又嘘了口气说：“怎么改呢？……动力设备科能同意把床子改装吗？……”

就在这时，有人轻轻拍了下盛利肩膀说：“老盛呀，怎么唉声叹气的呀！”

盛利回头一看，原来是艾厂长。

艾厂长从上到下打量了一下盛利，松开嘴唇笑着说：“你们主任向我说啦。哈，把你这样一个关键人物，调到这部关键床子上来，是做对啦。劳动模范么，就是同关键问题斗出来的呀。……老盛呀，做个劳动模范不简单呀！既要带头，又要迎头赶上，大伙谈起来，总是要把先进人物说成天生的铁打钢铸的英雄。……其实，他同大伙一样，接受了困难担子的时候，也同样是会闹思想别扭、闹情绪的。可是，他们所以能成为英雄，就是因为他们能走在大伙前头，扫掉这些挡路石、一步一步向前跨着。……怎样？调到这部全厂出名的老黄牛床子上，闹了情绪吧。”说着他又用手拍了拍盛利。

“唔。”盛利的脸红了起来，摸摸手里图样，望望厂长的脸，好像自己心思全给他的眼睛看见了似的。半晌，不自然地低下头来，小声地说：“是有一点。”

“哈，能老实就好。怎么办？可不能让它老放在脑子里啊！……全上海的车工，正赛得火热呢，你这个带头的，松劲不得啊。”

“我正在想主意，想把这部老黄牛变成快车头。”

“呵！好啊。”艾厂长打断盛利话头说：“做得对，应该让每部床子变成飞机，每部床子出模范。主意想出了吗？”

“我想这部床子，如果马力能变大，车头能变快，生活不就能干得快啦？……可就怕动力设备科不答应改。”

“哈，倒是打铁趁热，好主意，谁都应该答应、支持。”艾厂长一摆手说：“行呀，你先动脑筋画出图来，我这就去同你们主任说，要他组织人帮助你，动力设备科？包给我啦！这算不算支持？……哈，剩下来全看你的啦！”

盛利望着厂长的背影，周身像顿时热得滚烫。他跨上几步，拍拍车床，嘴里嘀咕道：“嘿！老黄牛，要你脱胎换骨呐。”说着埋着头使劲干起活来。

三

厂礼拜六的早晨，盛利跨着老大步子，向自己车间走着。

初升的太阳，把他的脸颊照得分外通红。他一面走一面说，什么也掩盖不住自己内心发出的笑容。盼望了多少天呵！真想不到，老黄牛变成快车头了。

记得将近一个月前，自己开夜车画出那张歪歪斜斜的草图后，经过艾厂长的亲自督促，很快的，动力设备科就派了技术员，根据自己提的意见，作了多次修改，帮助最后决定将机床油泵压力减少；同时调整皮带盘，加大马力来提高车头转速。现在经过修理人员利用春节假期赶修，居然真的使车头速度摇身一变，从三百转变成了八百二十转。现在，该是提高切削速度试验的时候啦。

盛利想到这里，松了口气，轻轻地笑出声来。

走进车间，工会生产委员张锡宝，已经等在那里，他一见盛利就喊道：“老盛呀！你得赶紧试呀！汽轮机厂，又冒出了个宋万庆啦。嘿！人家才三级工呢！居然创造了1055公尺新纪录哩！”

“呵！冒了这么高？这不连保持七百多公尺纪录的陈根荣也给摔了下来吗！……还只是个三级工？”

“当然全部摔下来啦。……好啦，反正现在是天天在变。告诉你，一些耳朵尖的新闻记者，已经得到你改装床子风声，马上要来看你的新纪录哩！”

“真是变得快呀！”盛利拍了拍车床。

车床边上黑压压围了一大群人。

车头飞快地转着，盛利头上冒着汗珠，两眼紧盯着工作物，用力摇着刀架，刀架上硬质合金刀，一碰上工作物，就“嘶，嘶”地叫着，由蓝变成紫的铁屑，像箭一般地射得几尺高；切削出来的工作物，镜子般闪着亮光。大伙的眼睛，无论近的远的，全集中在那把小小的车刀口上，看着看着，工作物还没车好一半，刀口地方已经冒出烟来。

“不行！快摇开，刀子又烧啦。”张锡宝用急促的声音喊着。

随着盛利关车的声音，在场的人都不约而同地叹了口气。

车床边上已经摆着三把烧坏了刀口的车刀。盛利低头看看手里拆下来的车刀，像有几斤重似的压在他手里。

“唉！真伤脑筋，车得好好的又烧了。”

“而且全烧在一个地方。”

人声喧嚷起来，你一言我一语地议论起来。

几个新闻记者相互望了几下，叽咕一阵，走到盛利旁边。

“盛利同志，现在试一千二百八十七公尺，刀子耐不住烧了，可是你刚才不是已经创造了一千零六十多公尺纪录，这已经超过宋万庆了。这个消息你同意发出去吗？”

“不同意，烧坏了刀子，还算什么新纪录？……试验难道就为了超过谁吗？我们是竞赛，可不是竞争。……毛病出在哪呀？”

第二天厂礼拜，彭玉珍为了能让她爱人盛利睡会安稳觉，故意领着孩子到外面去玩。临走的时候，亲眼看见他打着呼；可是，等到转了一个小圈子赶回去，房间里居然连个人影子也看不见。彭玉珍气得直跺脚。

其实，盛利满肚子心事，根本就没有睡着，前脚彭玉珍跨出门，后脚盛利就穿上衣服，从后门溜到张锡宝家里。

张锡宝正背着手，在房间里走来走去。一回脸看见盛利，就说："怎么到现在才来呀？把人肺都急炸啦。"

"我那个太太！唉，实在没她法子。……好，先别管她，毛病找出来吗？"盛利抓抓头发走到张锡宝身旁。

"找出来倒好啦！……唔，车得好好的，新纪录挑到眉梢上给跑了。"张锡宝拍了拍桌子。

"现在别恋在新纪录上啦，找毛病要紧。……难道刀子角度磨得不对吗？"

"刀子一拿来，我就亲自做了检查，又校对过苏联先进经验，一点也没有错。不信，我这里还有材料，你拿去看看。"张锡宝背着手，又在房间里踱了起来。

"那是什么毛病呢？"盛利也跟着踱了起来。

两个人从头到尾，一处一处地摸索，把张锡宝家里一些苏联技术书全翻开了。可是，弄了老半天，仍旧没有发现毛病出在什么地方。

盛利有气无力地倒在椅子上，抓着苏联切削能手贝可夫的经验介绍，一面翻一面嘘了口气说："真的没办法了吗？"忽然，他一下子站起来，抢上一步拉着张锡宝膀子推了一下说："快看，是不是这个毛病。"

"在哪？……唔，车刀刀面要磨得特别光洁，像玻璃一样，这样可以减少热度存在刀口上。……对，是这个毛病。"张锡宝一下抱住盛利，晃了又晃说："我们磨刀子的时候，偏偏把这种所谓小事给忘了，结果闯了大祸，怎样才能磨得特别光呢？……研磨。"

"说得对，研磨，明天一早就去找研磨工帮忙。"盛利拍拍张锡宝的手，低头看了下手表，伸下舌头说："可不得了，赶快回家去，不然又得开家庭会议啦。"说着一溜烟跑了，惹得张锡宝大声笑了起来。

……

第二天晚上，盛利刚跨进大门，他儿子志强就迎上去牵住他衣裳，对他摇摇手，然后两人蹑手蹑脚走进去。

收音机正响着，彭玉珍抱着女儿志明在静静听着，盛利一看，心里已经明白了一半，连忙轻轻地坐到椅子上，嘴上微露出笑容。

“……盛利以 1287 公尺切削新纪录，赶过了陈根荣，也赶过了宋万庆，可是这些小伙子也正在加油，他们的竞赛没有结束。……”

“是呀，这个纪录不知能保持几天呵！”盛利轻声地嘀咕着。

四

三天后，一部汽车用着很快的速度，从上海机床厂往闵行镇上海汽轮机厂开着。盛利昨晚做着夜班，照说可以趁此机会打下瞌睡，可是说什么也合不上眼。宋万庆这个名字是听到了，可是人到底是什么样子，却没有见过，一个三级工能创造一千多公尺切削速度，这不是一件简单事呀！今天团市委组织他表演，我得趁这个机会，好好地给他打几下气。

“盛师傅，今天你可要好好辅导一下宋万庆呵，老前辈啦，可别保守呵！”厂里团委书记向盛利推了一下。

“算啦，从哪老得起呵，今天，我是专心去学习的。”盛利嘴这样说，心里倒有点发愁，后悔昨晚没有借几把刀带着，假使到那里真的轰得下不了台怎么办？说着急得周身乱摸着，嗨！巧得很，去年十月苏联青年车工费奥多罗夫送他的两把磁刀，倒无心带在衣袋里，这下，总算定了下神。但还是警戒着自己，不要露出一点神色来。

组织宋万庆表演会的团市委同志，和其他各厂代表，听说盛利来了，都一下子拥上去把他围了起来。

这个问他前三天创造全市新纪录经验，那个问他改车床过程，熙熙攘攘闹成一片。

最后经过团市委同志劝说，他才谦虚地答应做宋万庆助手。

在拥有二百多人的人堆里，盛利和宋万庆见面了。

两人的手握得紧紧的。盛利看看他面前这位瘦长、略显体弱的小伙子，心里首先想到的是要督促他把身体练好。宋万庆却呆呆望着盛利的脸，连声说着：“盛师傅，你要多帮助我呵！听说你来，差点把我乐呆了。”

“别慌，沉着气。表演的时候只要心里安定，是出不了什么问题的。”盛利轻声地对宋万庆鼓励着。说着从旁替他整理着表演用具。

表演会很快地开始了。团市委同志简单作了下介绍后，几百双眼睛全汇集到宋万庆身上和他干活的床子。盛利拍拍宋万庆，低声说：“去吧，细心点。”看上去他嘴说不愿做辅导，实际上他比真正的辅导员还要操心哩。

宋万庆做好防护准备，向盛利和四周的人点了下头，老练地走上了车床。

车床呼地响了起来，盛利随着大伙，把眼睛对准宋万庆干活地方。他默念着宋万庆用的车头转数、工作物直径大小，心里习惯地算着细账。

“啊！……超过一千三百公尺切削速度吗？……又赶过我啦。”盛利心里猛地扑扑跳了起来，当是自己看花眼，算错账。赶忙挤了挤眼，重新看了两遍，又翻过来倒过去，用心算连续算了五遍，完全证明自己没有看错，也没有算错。

“是赶过我啦。”盛利心里突然发出一阵隐痛，连看了宋万庆几眼，头不知不觉有点低下来。就在这时，人们轰的一阵骚动，车床发出一阵怪声后，突然没有了声音。盛利连忙抬起头来，只见宋万庆正涨红着脸，满头大汗地拆着刀子。盛利知道不妙，赶忙追上一步靠到宋万庆身边。

“盛师傅，刀子烧坏了。”宋万庆用着非常低的声音说着。

“不要紧，试验时烧刀子是常有的事，别焦心，重新换一把，走刀稍微打小点。”盛利抢着打开工具箱，一看车刀只剩下两把，惊了下说：“就这么几把刀子吗？”

“是呀。”

“哎呀！刀子备得太少啦，准备工作做得不好。”盛利递把刀子给宋万庆，心里替他担忧起来；但又怕影响表演情绪，还是故意镇定下来。

宋万庆装好刀子，盛利这下连神也没分一下，集中思想看着，但还是同刚才一样，刚车了一道，刀子又烧了。一直把最后一把备刀用上去，也是同样烧了。

会场里人声高高低低议论着，宋万庆的脸已经快红成关公模样，盛利自己也满身衣服汗湿了。直等到主持会场同志宣布休息，会场里空气才好像变得和缓了些。

盛利踏着很沉重的步子，向前走了几步。一阵叽叽喳喳议论声音，送进了盛利耳朵。

“快倒是快，刀子老烧掉有什么稀奇。”

“别这么说，人家是青工，技术总是差些。”

“可我们是来学的呀！……我看干脆叫盛利表演一下，补补课，好不算白跑。……”

这些话虽然不是讲盛利，可是句句都像刀子扎在盛利心上。

“我去表演？不！”盛利心里翻腾着：“我们发动竞赛倡议，为了什么？难道是为了名，还是为了利吗？不！是为了推动社会前进。现在千百万双眼睛在盯着我们工人，像是在问我们：农业，私营工商业，手工业，都出现了高潮。可你们工业！带头的，什么时候才能冒出高潮呀？……像宋万庆这样级数低的工人，全国该有多少，比我们这些级数多的工人要多得多，假使他们都能从他这里得到学习榜样，那该要使生产变成什么样子。……要帮助他，这是我们的责任。”盛利想到这里，周身乱摸着，当他的手一下碰到袋里的磁刀，他先愣了一下，然后使劲一把抓住它，心简直跳得像要跳了出来，嘴里连声说着：“有法子啦。”

盛利找到厂里团委书记，把自己准备借刀子给宋万庆的意思说了一遍。团委书记双手抱着盛利，愣了好一会，才连声说："你真是个模范呀。"说着领着他走到负责表演的团市委同志跟前去了。……

表演会又宣布开始了，盛利扶着宋万庆又出现在机床旁边。团市委同志宣布宋万庆切削速度已经达到1357公尺，但是刀子烧了，现在盛利借出自己两把磁刀，让宋万庆继续表演。他的话声还没落下去，全场响起了一阵激烈掌声，接着又是一阵议论声音，连续不断地响出好一阵才停。有的人还举着帽子向盛利和宋万庆这边招着。

"盛师傅，还是你来表演吧，我怕得很。"宋万庆小声地对盛利叽咕着。

"别怕，同平常一样，只当是在干活。……好吧，我先给装好。"盛利讲完了，走到床子旁边，替他细心地装好刀子，然后退回来，轻声告诉他应该注意的地方。

车床又响了起来，宋万庆小心翼翼摇动刀架，盛利也悬着胆子望着。铁屑像泥块似的从刀子上弹了出来，焰火似的飞舞着。

整个会场的人，脸颊都慢慢地放松了，有了笑容，而且还点起头来。盛利望望宋万庆背影，把按在胸口的手，轻轻地放了下去，长长地嘘了口气。

车床声音慢慢停了。全场又响起了掌声，同刚才一样，是那样的自然，热情，整齐。

人群围了上来，宋万庆抖着手，眼眶里闪着亮光把刀子递到盛利手里，轻声说："盛师傅，谢谢你。"

盛利左手接过刀子，右手紧握他的手，说："好，你照着这把刀样子磨一下，今后准能把成绩保持住的。"说着他再一次盯着宋万庆的脸，心里想："这小伙子，将来不错呀！"就在这时，他耳边听见有人说了一声："宋万庆把盛利又摔下来啦。"他猛地打了一个寒噤……

会场里挤满了参加表演会的人，大家正聚精会神对着主席台上。

盛利用着那样激动发抖的声音，在台上讲着："……我们今天干活，不只是为了一部机器，一个工厂的生产计划，而是在实现全国人民理想，快点建成社会主义，改变祖国，改变世界。今天宋万庆赶过了我，明天可能有更多的人赶过了他！大家都在竞赛，但不是为了个人。……我虽然比宋万庆大上十多岁，可我追不上，跟也要跟上去，我们的竞赛没有结束。……在我们的国家里，生活永远就是这样。……”

1956.5.

原载《人民日报》1956年5月17日

晨

费礼文

王小杰骑部崭新的自行车在厂门口跳下来，嘴里哼着歌曲，昂首阔步地在上班的人群里走着。他是个二十来岁的小青年，体格魁梧、结实，像是一个运动员。

“小王，昨天白相得开心吗？”一个身材矮小的小青年追上来和他招呼。他叫马小武，是王小杰的师弟和知心朋友。

“开心！先在游泳池里泡了个痛快，后又赶上看第四场电影，”王小杰兴高采烈地答着。

“今夜的溜冰表演有‘噱头’，高兴看吗？”

“看！……票子哪能？”

“这个包在我身上。”马小武胸口一拍。

“好，看你的‘苗头’！”王小杰拍拍师弟肩膀，又哼起他那没哼完的歌曲：

“我们是新时代的青年，
我们的生活幸福又快活。

……”

王小杰的生活的确是既幸福又快活。解放那年，他才九岁，不久就上学，读完小学又读初中，毕业后就进发电厂当了艺徒。进厂不到四年，评上三级工，每月工资几十元，真是想什么就有什么。但事情偏是那么怪，他也有这桩那桩不满意的地方，其中最惹他恼火的大概就数他现在干的这行工作和他那位爱啰唆的师傅了。

他师傅叫张和贵，是个干了四十年的老电缆工。王小杰进厂前，曾在报上读过一篇表扬张师傅的文章，到了厂里就指名要跟张师傅学技术。领导上满足了他的要求。他当时想，要当个工人就得轰轰烈烈地干一场。刚到电气车间时，一眼见那密布在天上地下蛛网式的电缆，十分兴奋，但日子久了，也就觉得不过如此。更扫兴的是，一天到晚除了给电缆装装拆拆、接接头，还是接接头、拆拆装装，简直太单调、太平淡无奇了，完全不像他原先想象的轰轰烈烈的样子。可是那位张师傅，偏把这种单调的工作说得这样那样地了不得。王小杰越是不想听，师傅却越是讲得起劲，而且往往从解放前说到解放后。他不了解师傅作啥净说这些多余的话。

师兄弟俩嘻嘻哈哈走进电气车间，一面清理工具，一面又把话题转到游泳上面。

忽然，一个司炉工在车间门口大声喊道：“小王，我们车间有几根电缆要检查。”

“啥？啊，这是张师傅负责的。等会我告诉他。”王小杰漫不经心地答了几句，继续和马小武说道，“这蛙式哪能游才算有‘噱头’呢？”

王小杰刚蹲在地上研究马小武画的蛙式动作，又有人打来电话，他有点烦躁地抓起话筒答道：“啥？这事我做不了主。好，好，我告诉张师傅。”话筒一放就对着地面上画的动作模仿起来。

很快，上班的汽笛响了，王小杰有点懊丧地拍了下大腿。心想：要不是这些人半路插进来搅七搅八，这有“噱头”的蛙式动作准学会了。他只好叮嘱马小武道：“午休时候，我们接着干。”等马小武背着工具袋要走出车间时，他又做了个溜冰动作补充道：“票子！”

“笃定！”马小武点点脑袋答道，“忘不了。”

王小杰根据张师傅昨天分派的任务，背起工具袋，准备到汽机场去装电缆了。他走出车间大门，这才想起上班后还没有看见过师傅。他知道，张师傅不管刮风下雨，每天总是清晨五点钟就进厂了，然后左边肩上挂根打着十字结的起电缆麻绳，右边肩上挂个鼓得老高的工具袋，摇摇摆摆像个巡逻兵似的在全厂各个角落兜圈子。一忽对这个嚷着：“你是来混饭吃的吗？瞧你干的活多马虎。”一忽又对那个骂道：“你是阔少爷吗？把好料子往废品堆丢！”等到挨骂的人要去纠正自己干的活时，他又嚷道：“等你们去，那里早出事啦！”……说着，他又教你怎样把活干好，又把捡来的材料还给你。一边说道：“要是在解放前，老板早把你们脑袋敲扁了，可现在……见鬼，你们却心不放在肝上。……你们啊，真不知天多高地多厚啊，这次饶了你们，下次我可不管呐，我又不是贱骨头，我不会闲着养养老精神，嘿，跟在你们这班少爷后头当牛做马！”……现在，不说王小杰也能猜到，张师傅准又钻到哪个角落去了。于是，他叫两个助手先到现场做准备，又独自折回车间把刚才车间找他的两件事写在黑板上。他想等会张师傅来拿工具，看见黑板上写的就会办理的。

然后他向汽机场走去。当他穿过高达十层的锅炉场，走到汽机场三楼楼梯口时，运煤工人李阿三汗流满面地从楼梯下面追上来，大声喊着：“小王，小王，我们运煤场那根电缆该修啦，再拖下去要出停电事故呐。”

“你去找张师傅吧，这活……”

“我知道。可我找不见他，”李阿三喘着气说，“你去一下吧！”

“啥？不行，你瞧，我又不是闲着。”王小杰摇了摇头。

“我们那根电缆只要修补修补，费时不多，你抽个空吧！午休时候也行。”

“午休还干活？再说这修修补补的活。”王小杰说到这里，脸上突然一阵热，“修修补补”四个字卡了他一下。早先他当学徒时，张师傅曾叫他学点不上规格的修补技术，他学是学了，却没把它放在心上。他想现在的操作技术越来越新式，有的已经是机械化、半机械化了，还去啃“老古董”，这不是把力气花在刀背上！谁料到今天却会碰到这种事呢。他知道运煤场那根电缆规格特殊，新技术用不上，要靠实际经验摸索着做，他干起来没把握；再说这本来就不是分内的事嘛，何必去伤这个脑筋，于是，对李阿三说道：“这……这你还是去找张师傅。”

“张师傅，张师傅！一天到夜就听见你喊师傅，”李阿三有点生气地说，“你又不是娘怀里的小囡！还是副组长哩！为啥不担一点‘肩胛’？”

这火辣辣、带刺的话，可把王小杰惹火了，马上回了一句：“嘿，我是小八邋子嘛，还能有‘肩胛’！……”

“好吧，反正出了停电事故，你们电缆组要负责！”李阿三说完，头一扭，咚咚咚下楼去了。

王小杰虽然把人打发走了，心里却像塞着什么似的不舒服。他憋着一肚子气刚跨进现场，冷不防头顶上又有人喊了一声：

“王小杰，是你来装控制电缆吗？”

王小杰抬头一看，原来是值班工何天妙，正虎着脸站在汽机顶上。王小杰看见他，心里“咚”地跳了一下。他知道这老头虽是五十以上的人了，却有副火药性子，遇到不称心的事情就要跳啊嚷的，张开口就伤人，大家因此就把他名字叫别了音，叫成“火箭炮”。王小杰知道，和这尊“炮”打交道，是没啥好结果的。

“你师傅为啥不来？叫你这个宝贝来！”“火箭炮”走到王小杰面前从头到脚打量一番而后又说，“嘴上无毛，做事不牢。装根电缆可不是闹着玩的，你干得了吗？”

王小杰听了，气上加气。他想，今天怎么净遇上克星，早知道是到“火箭炮”这里来装电缆，哪怕是用八抬大轿来请也不干。现在既来了，就得拿点颜色给他看看，再说这不是“修修补补”，嘿，自己腰杆能挺直的。于是，他胸脯一挺，提高嗓门说：“这种活我又不是头一次干，有啥了不起的。”

“你少夸大口，小心点干，”“火箭炮”把他那只大拳头伸到王小杰眼前晃了几下说，“要是出了乱子，当心我一拳头敲脱你四颗门牙！”

王小杰不再搭理他了。他想真是门缝里看人——把人给看扁了。他走到一个地洞旁边，这洞下面有条水下电缆槽，新电缆就是装在这条槽里。

这时，两个助手已经打开地洞盖，站在半人深的水里做着准备工作。王小杰探头一看，不觉伸了伸舌头，眼下天气虽不算冷，但浸在水里装电缆，这滋味可比不得在游泳池里学习蛙式动作。他叫助手用绳子将电缆吊在水面，自己伏在洞口探下半截身体，两只手悬空在水面上做着接头。

“火箭炮”看到他这种畏畏缩缩的样子，很不顺眼，嚷道：“瞧你这种脓包样子！”

就在这时，电气车间生产调度员小程领着一批人赶到现场来了，一面喊着王小杰的名字，一面嘀咕着：“别急，别急，有点头的人。”

王小杰抬头一看，来的人都是各车间检修计划员。他还没来得及开口，小程就抓住他的膀子说：“这些老兄有活要电缆组做，你给他们安排一下。”

他的话一落音，几个检修计划员就把王小杰围住了。这个要求电缆组帮他们铺设新电缆；那个要求电缆组将他们的工作列入下月检修计划。你说来，他说去，都把各自拟好的检修计划塞到王小杰手中。

王小杰还没来得及说话，组里几个小青年又来找他了。这个说：“小王师傅，张师傅昨天派的活干完了，再干啥？”那个说：“老师兄，昨夜张师傅要我和他到变压车间干活，现在他不在，我一个人去吗？”你一言，我一语，都要王小杰出主意。

这样的场面，每逢月底，王小杰在张师傅身旁是经常看见的，现在轮到他面临着，却有点茫然不知所措了：“咦，你们哪能不去找张师傅？这些事，我……”

“张师傅今天没上班。他不在，当然要找你这个副组长了，”小程说。

“张师傅这会还没来上班？”这可叫王小杰感到意外，从他进厂以来，这还是第一次。不错，前些日子大家选他当了副组长，可是他根本没把这当作一回事，反正有张师傅嘛。天知道，现在突然要他这个“副组长”披挂上阵，他真不知怎样调兵遣将应付局面了。

忽然有人说：“人家正忙着，有啥问题，还是等张师傅来了再商量吧！”一句话提醒了王小杰，他敲敲脑袋差点笑出声来。他想：真是糊涂，张师傅等会就要来的，现在要做的不过是转转手的工作，有啥紧张的。心里平静了，劲头也就来了，他学着师傅的架势，从工具袋里摸出个小本本，一面记下大家提的问题，一面大模大样作着安排。刚开始的时候，他说得比较拘谨，也有点乱，等到发觉他说的话，连几个长了胡子的人，都是认认真真地听着，还不时点着头，他的神情更镇定下来，并且有点得意了。他还下意识地看看站在一旁的李阿三和“火箭炮”，心里嘀咕道：嘿，你们瞧瞧，我是“小囡”？我是“脓包”？

王小杰把人打发走了，把小本本往上装袋里一塞，又盯了“火箭炮”一眼，这才大摇大摆回到地洞口，那神气真像个打了胜仗的“将军”。

午饭时候快到了，王小杰手里的活还剩下最后一个接头。他累得两条膀子有点酸疼，肚子也有点饿了，何况还有吸引他的蛙式动作，于是，他就加快速度，把最后一层铅搪好，准时准刻在汽笛声中把电缆装好了。然后，一溜烟奔进食堂，狼吞虎咽地吃好饭，就去找马小武。真是好事多磨，刚跨出食堂大门又给小程拉住了。“小王，小王，方才职工医院打来电话，说张师傅病了！”

“啥？”王小杰当是耳朵出了毛病，等到证实没有听错时，他跳起来嚷着：“你胡扯点啥，这不可能！你别弄错了！”他想，张师傅怎会生病呢？昨晚回家时候不还是有说有笑的吗。

“你还不相信？党支书叫你马上跟他去医院。”王小杰好像当头挨了一棒，脑子里嗡嗡叫着，眼里飞出金星，飞一样向车间党支部奔去。

黄昏时候，王小杰回到厂里。短短几个小时，他好像变了个人似的，脸绷得紧紧的，两道眉毛锁成一个疙瘩。事情发生得太突然了，他原先不相信师傅会生病，后来相信了也只当是点小毛病罢了，谁料想到师傅竟是突然“中风”，虽经医生抢救脱离险境，但知觉还没有完全恢复。他看见师傅安详地躺在病床上，好像是睡着了。他一次又一次看着师傅的脸，好像是第一次认识似的；他嘴里小声地喊着师傅，但师傅没有回答一句，他的眼睛渐渐模糊起来，热泪夺眶而出。这飞来横祸给了他重重一击，他已记不清楚党支书在师傅的病床前给他讲了点啥，后来也不知道自己是怎样走出医院上下汽车的，直到走进熟悉的电气车间，这才意识到是回到了厂里。

这时，长日班的工人早已下班了，车间里显得很安静，只有几个值班工人在干活。他重重地坐在凳子上，无意识地抬了下头，对面黑板上两行字使他不觉一怔。这是他早上写的两件事，字迹还清清楚楚；在它旁边挂着师傅的打着十字节结的麻绳，还有那个塞得满满的工具袋。几年来，不管他在黑板上写着多少件事，张师傅嘴里虽然嘀嘀咕咕：“好啊，你们把事情都推给我这个老娘姨，难道你们没长骨头，要我照管你们一辈子？”事情却一件一件办好了。可是今天，这黑板上的字，师傅却不能来擦了，也听不到他那响亮的声音了。就在他心乱如麻的时候，又发现自己右手不知怎的会塞在上装衣袋里，攥得那么紧，像是把什么东西捏成一团了。他松开手一看，原来是那个记着各种计划和打算的小本本。

王小杰看着小本本，两眼睁得滚圆，两手不觉颤抖起来，好像捧的不是小本本，而是一只火球。一连串的问题，排山倒海似的涌上了他的心头。他明白，他所以敢大着胆子开了那么多“支票”，是因为有着张师傅来兑现的；他所以对不懂的事不担心，是因为有着张师傅来承担一切的。从他进厂那一天起，他像是一直生活在一棵大树下面，风吹不着，雨淋不着，石头掉下来也砸不着，现在晴天一声霹雳，大树不见了，风啊雨啊全倒在他的身上。张师傅的病短时间不会好，这小本本上记的事情就得他王小杰负责兑现了。王小杰想到这里，猛地站起来，把那个小本本往凳子上一丢，好像有着一肚子委屈似的。“我干不了，我是三级工，我年纪轻，我……”他找出了一大堆理由，并决定明天去找党支书、车间主任诉说一番。但当他伸手去拿那个小本本时，耳边突然又传来李阿三那带刺的声音，眼前又浮现出“火箭炮”那怒冲冲的面孔。

“……你是娘怀里的小囡！……嘿，还是副组长呢？一点‘肩胛’都没有！……”

“……脓包！……嘴上无毛，做事不牢，叫你师父来！……”

提到师傅，眼前顿时又出现了师傅的身影。几年来，他虽然每天和师傅生活在一起，但很少注意师傅的模样，今天在医院里，他突然发觉师傅是那样苍老：头发已经花白，脸上全是皱纹，缺牙的嘴唇陷了下去。也是这个时候，他才想起师傅已经六十四岁了。想着，想着，脸上不禁渐渐发热，暗暗咒骂自己过去太粗心了，怎么连这样的事也不注意，还把师傅当作身强力壮的人。于是，他刚想起的一些理由又站不住脚了，代替它的是一种责问的声音：你年轻力壮的，为啥要把担子往老一辈身上推？你已经干了四年，难道还是个“笨蛋”？这些新的想法竟把他方才设想的那一套防线全冲垮了。

九点钟了，王小杰还没有离开车间，他一会翻开小组生产报表，看看他到医院这段时间里，小组里发生了什么新问题；一会又检查各人的操作情况，看大家干的活，是否符合技术要求。前些时候，张师傅也曾叫他做过这些事情。他当时一面做一面在想着足球场的精彩场面，眼里看着报表，心里没有反应。现在同样是做这些事情，不知怎的感受却是两样。每当看见超额完成任务时，心里会有一股说不出的高兴；一旦看见不合要求的产品时，心里又来了气。好像生产小组的每一项工作，都和他自己的工作连在一起。当他把一件件事情记在那个小本本上面，并准备做出安排的时候，他身上刚冒出的那股勇气又渐渐消失了。天啦，要解决这么多的复杂问题，可不是件容易的事情，需要很多理论知识，很多操作经验，还有很多管理本领，这担子怎么挑得动！想到这里，他多么希望张师傅这时能回来，指着他的鼻子再说上一通，骂上几句，甚至给他几拳，好让他能及时学点东西，咳，偏偏师傅现在连一句话也不能说了。这可怎么办？怎么办！

王小杰怀着一颗繁乱不安的心，一步重一步地踱回宿舍去。他住的单身宿舍，就在厂对面。这是一幢四层大楼，他和马小武同住在四层楼上一个房间里。

王小杰踱到房间门口，还没有跨进去，里面突然冲出一个人，正好和他撞个满怀。他还没来得及看清是谁，对方已经嚷开了：

“我的老天爷，你是存心叫我扛木梢啊？你瞧瞧，啥辰光啦？可把我急煞啦！”

王小杰看清楚是马小武，愣了一下说：“你讲啥？”

“打啥哑谜，看溜冰表演的事忘哪？”

“啊，看溜冰表演！”

“我的老天爷，没辰光弄白相了，快，快，有‘噱头’的表演也许还能看着点。”马小武急了，用手推着王小杰。

“不去！”王小杰身体一扭，进房去了。

“咦！你今朝哪能搞的，看溜冰表演是你亲口说的，我好不容易弄来两张票子，你又不看了。”马小武跟进来，把两张票子往桌子上一放，发着牢骚。

王小杰想起早上和马小武说的话，脸唰地红了，并且恨不得给自己几巴掌，他手一挥说：“好好，是我的错，买票的钱我赔你。”说完了，他往椅子上一坐，两肘拄着桌面，两手抱着沉重的脑袋。

马小武这才发现王小杰神色有点异样，只好换个话题说：“好，别生气，不看就算。啊，蛙式动作你还没学会呢，瞧，这是我给你画的样子。”说着，他把自己画的几张蛙式游泳连贯动作，送到王小杰面前，手里指着，嘴里说着，身体还表演着。

王小杰一动不动地坐着，好像没听见他说话。

“喂，你瞧，这多好玩，多有‘噱头’！”

“你有个完没有？”王小杰猛地抬起头，一把抓起那几张蛙式动作，往地上一丢，说，“一天到晚就记得玩，难道还是小囡？”

马小武和王小杰是对形影不离的好朋友，从未闹过别扭、红过脸。现在，王小杰突然绷起脸，对他发脾气，这可把他弄糊涂了。

王小杰从袋里把那个小本本摸了出来，指着上面记的一个数字说，“你瞧瞧，这星期你修的十二根电缆，就有三根返过工，这得浪费多少人工！”

马小武这才注意到王小杰根本不是和他开玩笑，而是批评他工作上的缺点了。也是这个时候，他才发现王小杰突然变得那么严肃，那么一本正经。他很奇怪，自己工作上出的这点偏差，王小杰不仅早就知道，昨天还在师傅面前为他作过辩护哩！现在怎么旧事重提，并且摆出老师兄的架子来训斥呢。于是，他用王小杰昨日替他辩护的话反击道：“那是些小毛病，没啥大惊小怪的。”

“小毛病？亏你还说得出口，难道要等出了停电事故，你才高兴！你已经是小师傅了，干起活来却不当一回事，修了补，补了修，难道这是闹着玩的？你瞧瞧，你闲下来就不能看看书、学点东西，好像电缆这一行你全懂哪？”王小杰不明白，现在一提起电缆，心里怎会那么激动，嘴里怎会有那么多的话要讲；最后连他自己也分不清这是在批评师弟呢，还是在教训自己。说着说着又不知怎地将自己抽屉打开，把平时喜爱的一些杂七杂八好玩东西全丢进了字纸篓，只找出几本技术书放在台上。

马小武原想用王小杰说过的话堵住王小杰的嘴，没想到反而会引出这么一大堆话来。他想回击，但又找不出话说；他想不理不睬溜出去玩，却又没有这个兴致了。最后，他不知是反驳还是默认地说："好啦，好啦，别一本正经给我上大课啦！昨日你还说张师傅爱啰唆。嘿，我看你啊，今夜变得比张师傅还啰唆了！"说完，他把鞋子一脱，钻到自己床上，脸朝里，背朝外，两手捂着耳朵不作声了。

"比张师傅还啰唆！"王小杰听到这一句，心里猛地涌出一股热流，像是回答师弟，又像是回答自己道："嗨，我要像张师傅倒好了。"说完他追到床边想把憋在肚子里的话全告诉好朋友。但马小武不愿听，拉起被单往头上一蒙，连鼻子带眼睛全裹了起来。

"脓包！……糊涂虫！"王小杰有点生气地对着师弟跺了跺脚，回到台子旁边坐下，翻着那几本技术书和小本本。

夜深了，整个大楼的喧嚷人声渐渐平息下来，电灯也都熄灭了，四周不时传来一阵轻微的鼾声，一切是那么安逸、寂静，但王小杰的心里却很烦躁。他抬起头来，想透口新鲜空气，这才注意到两扇窗户给自己关得紧紧的。原来这窗子是朝工厂方向开的，只要推开窗户，人在床上也能看见厂里一些动静，但王小杰一来嫌厂里机器声音嘈杂，二来怕烟囱里飞出来的煤灰会把床上被头弄脏，所以一直不许别人把窗子打开。现在他走到窗前，用力推开了这两扇窗子，一阵清新的凉风扑面而来，一阵机器轰鸣声音划破夜空的安静。他探出半截身体，大口呼吸着新鲜空气。这时，他又看见了每天劳动的地方，并给它的宏伟壮丽景色吸引住了。整个工厂沐浴在灯海里，像只巨大的宇宙飞船突现在流星群中；高大的厂房透出金色的光芒，像座透明的水晶体山峰；十几只大小烟囱喷着烟雾，像群白色游龙在天空中飞舞；黄浦江上波光闪闪，像条镶着宝石的玉带把工厂抱在怀里。他知道，在这些庞然大物中间，多少伙伴们正不分昼夜地忙碌着。这边，高架吊煤车正伸出巨大长臂，把大量煤块送进煤仓；叮叮当当的运渣电车，拖着火红的煤渣在轨道上奔驰着。那边，十几台发电机齐声歌唱，锅炉房里闪出红光；电动行车吊着部件，在半空中飞来飞去……他知道，这一切最后将汇聚成一股巨大的电流，并将通过他和大家安装的电缆送到四面八方。于是，他又顺着发电厂向着远处灯光辉煌的新工业区望去。远方，一阵阵红光把天际都染红了，无数支蓝白色的火花闪烁着……他仿佛看见钢铁工人正红光满面战斗在钢花飞舞的炼钢炉前，造船工人正站在船台上开动响亮的批錾枪，建筑工人正攀登在高高的脚手架上。而这一切都和发电厂以及那埋在地下的蛛网似的电缆血肉相连。

王小杰那颗刚刚平静下来的心又猛地跳动起来。几年来，他每天只知道按时上班下班，但这样做究竟是为了什么，他的劳动又将会给人们带来什么，他可没有好好想过。现在，他把自己的劳动和眼前这些壮丽图景联系起来，好像才懂得自己在厂里不是个可有可无的人，干的更不是枯燥无味的工作，哪怕是在电缆接头上搪一层铅，或者是装一只螺帽，都是受千万人的委托，都会有千万双眼睛殷殷地看着自己。

“我不是脓包！”王小杰忽然吐出这么一句话，像是作为回答。他又奔到马小武床边想对师弟说点什么。天知道，马小武竟睡着了，他推了好几次，马小武才齆着鼻子搭腔，“吵点啥呀！……明早……不做生活哪？……”话没说完，翻个身又睡着了。

“咳，你啊！……”王小杰气得想捶马小武几拳，但看看手表上时针已经指着十二点半，这才折转身往自己床铺走去。

“对！明天要像模像样地干活。”他喃喃地说道，渐渐也睡着了……

忽然，有一阵铃声在王小杰耳边响了起来，先是低沉的，后来突然变得那么刺耳，把他从梦中惊醒过来。这时，东方刚发白，房间里还是黑洞洞的，他跳下床连电灯也顾不及开，就大声对马小武喊道："糟糕，快……快起来，厂里电缆事故铃响啦！"

"吵点啥呀？啊，电缆出事故哪？"马小武慌里慌张地说。"在哪？在哪？我怎听不见铃响啊！"

"见鬼，事故铃叫得像打雷，还说听不见，你耳朵聋啦！"王小杰生气地抓件衣服往马小武身上一披，不容分说地拉住他就往外跑。

两人跑到厂门口，遇到了小组里的值班工。这个小家伙骑部自行车正要去宿舍里报信，没想到王小杰他们已经来了，这可使他又惊又喜。

"电缆真的出毛病哪？"马小武抢先问着。

"是……是根新装的控制电缆发生障碍！"

"出了障碍你不去抢修，还一个劲往外跑！"王小杰责备着。

"谁说我没去修？"值班工感到委屈地说，"可是'火箭炮'不让我修。"

"'火箭炮'！"王小杰和马小武不约而同地叫了声。

值班工又说："他还口口声声说是要找张师傅算账，我只好来找你们了。"

"哎呀，这可倒了霉啦，毛病怎么出在'火箭炮'那里！"马小武急得直跺脚说。"快……快找张师傅，上他家找去！"

王小杰听说事故出在"火箭炮"那里，而且是新装的电缆，他一下惊呆了，想起昨天中午的事情。当时为了赶着吃中饭，和学那该死的蛙式动作，马马虎虎将最后一个接头做好交了差。难道毛病就出在那地方？他暗暗咒骂起自己。听见马小武说要去找张师傅，心里又是一愣。是啊，马小武他们还不知道张师傅已经发生了什么事情哩！顿时，他感到有股力量在推动他，使他毅然决然地说：

"不用找张师傅啦，我们干！"

"哎呀，不找张师傅，这……这……"马小武不知所措地摇着头，但等到发觉王小杰已经往出事故的地方跑时，也只好拉着那个值班工跟在他后面跑去。

三人赶到现场，“火箭炮”正站在昨天站过的地方，瞪着眼睛像是要和谁打架似的。他发现王小杰，顿时火冒三丈高地冲到他面前，拳头举到他鼻子跟前嚷着：“好啊，你还有脸来见我？干起活来鬼画符、拆烂污，现在电缆接头出了毛病，看你还耍啥花招！”

“该死，该死，毛病果然出在接头上！”王小杰心里像刀割似的难受。他低着头、红着脸，像个做错事的学生站在老师面前，一句话也不说。他觉得现在再好的言语，也无法替自己的过失辩护。他一面叫值班工准备工具，一面领着马小武向那个地洞走去。

“你们还想给我闯祸啊？”“火箭炮”却拦住他俩去路说。“叫你们师傅来，听见吗？”

王小杰没有理睬他。

马小武先奔到洞口。探头一看，电缆槽里水位已经近一人高，就嚷了起来：“哎哟，潮水这样高，这可怎么做生活啊？快把电缆吊起来检查。”说着，他又奔着去拿吊钩、麻绳。

王小杰这时却没注意下面潮水涨了多少，拿着工具冲到地洞口。

“叫你师傅来，你不行！你……”“火箭炮”还在嚷着。

“我行！”王小杰连铁扶梯也没顾及爬，两手往洞口一撑，“扑通”一声就跳进水里了。

事情发展得这么迅速，“火箭炮”只好慌不迭地一面把照明电灯送进洞里，一面又对刚刚奔到的马小武骂着：

“你还有脸愣在这里，还不快点下去帮忙！”

马小武一下惊觉过来，把手里吊钩往地上一丢，像只被赶的鸭子顺着铁扶梯连爬带滑地跌进水里了。

“你们想干什么？嘴上无毛，做事不牢！你们没长眼睛啊！毛病出在这边！哎呀，脓包，你们想当淹死鬼啊，水都淹到脖子了，就不会爬到扶梯上面歇一息！”“火箭炮”伏在洞口，嘴里不停地骂着，两只手伸在洞里挥动着，大家弄不懂他这算是督战呢，还是遥助一臂之力。

经过一小时的战斗，那只接头重新做好了，一切又恢复正常运行。围在洞口观看的人这才松了口气，把王小杰、马小武从水里拉上来，并用一种激动的目光看着这两个全身湿淋淋的青年人。

“嘴上无毛，做事不牢！瞧你弄成啥个样子，你想浪费国家医药费啊！”“火箭炮”一把将王小杰拉了过去，一面用毛巾替他擦着脸上的水，一面骂着。骂了几句，“呼”地又将自己身上衣服脱下，往王小杰手里一塞，厉声地说：“把身上衣服换下来。听见吗？快给我穿！傻瓜。”好像站在他面前的不是二十多岁的青年人，而是个不懂事的孩子。

王小杰抱着衣服，心里想笑，眼里却像有什么东西落下来了。

天亮了，太阳升起来了，金黄色的阳光把发电厂打扮得更美丽了：一座座厂房涂上耀眼的光彩，一排排树木像是一块块精镶的翡翠，一朵朵鲜花，迎风送来一阵清香。多么美好的清晨啊，一切都欣欣向荣，到处充满了清新的气息。

王小杰左边肩上挂个工具袋，右边肩上挂根吊电缆麻绳，马小武跟在他的身边，他俩迎着朝阳，踏着金光灿灿的大道，大踏步地向前走去！

一九六一年十二月五日初稿

一九六二年五月二十九日改完成

原载《人民文学》1962 年第 7 期

爱 情

草 明

吃罢晚饭，那个得了瘫病在床上躺了几年的李大爷嘴里叨咕着：“这丫头还不回来。”

李兆昌也吃完了饭，用手巾擦着嘴，笑着说：“这两天小华像有什么心事，坐也坐不稳，你看见了吗？妈！”

李大娘对儿子这句话没大注意，一面收拾碗筷一面随随便便地说：“有什么事，还不是跟你学的样。她这几天在车间里当上了生产小组长，更没早没晚啦。下了班就开会呗。”

李大爷对准妻子的背后做了个鬼脸，然后掉转头来对儿子点点头说：“我早看出来啦！今年她整整十九岁，可也不小啦！”老头子侧着半边身子，心满意足地用手装满了一袋烟，狠狠地抽起来。吸了一口烟，跟着一阵咳嗽，他才舒舒坦坦地往下说：“我小华就是有眼力，会挑人。像林升平这样忠厚的小伙子，你上哪儿找啊？要手艺有手艺，要人品有人品。碰上个星期天，在我床前一坐，你就是撵也撵他不走，说故事啦，递茶递水，比起你们两兄妹来呀！对我还亲热得多。还有他那手二胡，才招人喜欢呢。是个姑娘，谁不喜欢他。就从他当了你们车间工会主席之后，这半年多不常来了。叫我怪想他。谁又知道他悄悄把小华哄到外边去哩。”

李大娘看见老伴说正经的，便在他床边坐下，迟疑地望望儿子，又望望丈夫，不知该说话好还是不说话好。

“你说她的对象是林升平，爹？”李兆昌一面惊奇地问，一面晃着脑瓜，“林升平倒是个好小伙子，打他跟我学手艺起我就了解他。我入党那一年他也入了团，现在他是咱车间里最起作用的党员了。他吗，他对小华倒蛮有兴趣似的；只是我还看不出来小华对他有什么表示。”

“哦，那一个大姑娘在人面前——”

李大爷还没说完，李大娘立刻接上儿子的话说：“对了，小华的心上人不是林升平，是刘得胜啊！刘得胜这个人你别看他有点毛手楞脚的，为人可忠厚，有胆量。只是老刘这个人呀，躲过我们，直往小华跟前使劲，不像林升平那样，拼命在你跟前使劲。可是我全瞅在眼里呀，只有你这个老不出门的人才看不出来。”

老头子听老伴一说，有点发急，教训她说：“你这个老主观，别在她跟前乱出主意就好了。林升平哪一点比不上刘得胜？你说吧，他除了太老实，哪一点比不上刘得胜？”

李兆昌看见父亲和母亲认真起来，笑着说：“现在儿女们的婚姻，当家长的不用操心了。刚才咱们瞎猜一通，只是说着玩罢了。爱谁不爱谁，小华自己知道。她不是个轻浮的女孩子，听她自己选择吧。”

老头子还嘟嘟囔囔说着，李大娘再不和他争论，忍着笑，悄悄溜出门外，找她心爱的小孙女去了。

正是李家老两口争论小华爱的是谁的时候，李小华已快走到海滩。远远看得见海边那块大石头，她就看见和平机械厂的司机刘得胜那健壮的身影了。她羞涩的心情，竟控制不住往前急跑的两条腿。刘得胜作古正经约她出来谈事儿，这还是头一次。这半年来她是怎样和刘得胜好起来的，连她自己也不知道。年青人的恋爱，往往是从不知不觉中开始的。对啦，他和她的哥哥在一个厂子里干活嘛，住的又只隔两道街。他到过她家里找她哥哥谈思想问题，她坐在旁边听，还发表过自己的意见哩。有一次星期六晚上，他邀兆昌夫妇去看电影，她嫂子拉她一块儿去，并且让他坐到她旁边。以后，他又替她借过几本小说和关于青年修养的书。有一回小华下班走到自己的胡同口，碰见刘得胜从那儿出来，她问他上哪，他回答她说找她哥哥没找着，随着他要求她和他一块儿散散步，往和平机械厂那边碰她哥哥去。小华答应了他。可是走呀走的，他并不向厂子走，却向广场花园走去了。小华提醒他说："咱们走远了，快到花园啦，我哥哥回家不走这条道呀，你不是要找他么？"刘得胜猛抬头望望前面，也失惊地笑了："我的腿不听我的话！"随后他又为自己这句幼稚的掩饰话觉得难为情，低下头来半天不说话。小华就是喜欢这个魁梧体面的年青司机，对她那么热烈又那么腼腆。

有时星期六刘得胜买好了电影票，在新华织造厂门口等小华，约她一块去看电影。也约过她去工人俱乐部跳过舞。她又听哥哥说刘得胜在节约汽油和安全行走上是厂里的模范，她暗暗地在心里钦佩他；慢慢地，就和他相熟起来，如果一个星期看不见刘得胜，她就觉得有点闷得慌。

"这算不算恋爱？"小华一边走一边胆小地想道，马上回答自己说："不算，他什么也没有对我提过。可是今天他为什么约我到这个清静的地方？他当真对我提出来又怎么办？"她边走边想，心儿扑突扑突地跳着。海滩的大大小小的石子在她脚下蹦着，多恼人，这不存心和她捣蛋么？要不她早已经走到大石头跟前了。

刘得胜兴奋地迎着她，用大巴掌在一块小圆石头上扫去了小沙子，让她坐在那上面。

这是初冬的黄昏，海潮早退了，捡海菜的人们都已回家了，这海滩上已没有谁在活动，只是波涛和天边的云彩在私语罢了。

刘得胜的脸很庄重，可是绷得紧紧的，老不开口，这多别扭啊。

小华望了望他，把头低下来。真是，究竟该谁先开口哩？

“我们织造厂报名去朝鲜的可多啦，你们厂呢？”小华到底先开口，提起大连市的人们近来关心的这件事。

刘得胜像得救似的坐在小华对面。热烈地抢着说：“我就是想告诉你这件事，小华，我已报名上朝鲜，上级已经批准啦。这两天就得往前方走。你知道前方就是缺司机啊。”

“你要去朝鲜？真的么？你要参加志愿军去朝鲜？”小华被这个突然的消息愣住了。但这个消息却使她多么兴奋和高兴。

刘得胜看见她这样惊诧，猜不透她的心事，反倒犯愁，急忙紧接着对她道：“我走了什么都放心，只是有一个问题想问问你；你不生气吧？咳，我要走啦，不提不行啦，可是你得答应我，就是说：你舍得我走么？你爱我么？小华，只要你说一声呀。不，你点点头也行。我就这个问题不放心，唉，小华。——”他说到这儿打住了，目不转睛地望住她。一会儿觉得自己说得太唐突了，一会儿又觉得说得还不彻底，唉，这是最紧张的、最难忍耐的几分钟啊。她那张平常爱说爱笑的小嘴，怎么不动了呢？唉，这几分钟真比跑一万里路程还长、还紧张。

人生不可多见的关头，现在降临到李小华身上啦；她要对一个男性表明自己是否爱他，最重要的是，同时要她赞助他的爱国行动。这是多么严肃，又多么壮丽的一个场面呀。瞧，前面是一望无边的海面，出了这个海湾，可以通到战火弥漫的朝鲜……在灾难中的朝鲜人民，不是等待着中国兄弟的援助么？她的心上人就是去参加这一英雄的事业，还有什么事情比这个更叫她感到光荣和幸福的哩。她立刻以少女的丰富的想象力幻想着刘得胜怎样在炮火的浓烟中，灵活地驾驶着汽车，穿进穿出，运送弹药，抢救伤员。这时在她心目中的刘得胜，已不是和她结伴去跳舞、看电影，但始终不敢把爱情向她吐露的司机了。她只幻想着有那么一天，朝鲜的人民军和中国人民志愿军胜利了，向全世界宣布，他们战胜了美帝国主义者，那时候，她就以志愿军家属的身份去迎接这些回到祖国的怀抱里的英雄们。她考虑着那时候她第一句该对刘得胜说什么好？她想着想着，这边的刘得胜等急了，不知不觉靠近她，握着她的小手掌，李小华才从幸福的沉思里警觉起来，用短促的可是甜蜜的声音说：

“你放心去吧！你去朝鲜，我等你，说实在，你不去朝鲜我还觉不出来我爱你哩。”她勇敢地承认了，说完又不知把脸往哪儿放好，后来只好把脑瓜藏在他怀里。

太阳已隐藏到水平线下去了，一大片金黄的霞晖撒在海面上，被汹涌的波涛掀得点点碎裂，活像有谁在天边不断地向海面洒着闪烁灿烂的金子一样。刘得胜和小华不知厌地面对着这绚丽的景色，并排儿坐到大石上。她的头轻轻靠着他的肩膊，吊着两条腿摇晃着。

“将来我发明一种花布，要比那云彩还漂亮些，”小华指着晚霞说，“你信么？”

“啊！那时候该多好，女孩们都打扮成仙女一样！”刘得胜陶醉在幸福里，用赞助的口吻附和她说。

“可是，现在我们主要是多织布，我们小组讨论了一个新的计划：多织结实的布，让志愿军够穿，还要支援朝鲜老百姓，你听说么？那边许多工厂都给炸啦。”于是她认真地告诉他，她们的小组增产计划。

刘得胜也像起誓似的说他一定要出色地完成军事运输的任务，路上还要帮助朝鲜老百姓。小华嘱咐他路上要小心敌机。刘得胜听了大声笑了，安慰她说：“敌机能打得着我的车子，就算他有本事！”

抗美援朝神圣的任务，使这对年轻人更成熟了，彼此的心也更接近了。

小华邀刘得胜去看看她妈妈，两个人便一块往家里走。到了家门口，就听得见林升平正在那儿拉二胡呢。原来林升平吃了晚饭就上李家来。这个没有父母和家庭的年青镟工是这个家庭的老熟人，大家没有把他当外人看，小华只当他是哥哥。而林升平呢，早就在心里悄悄地爱上了小华！只是看见她岁数还小，晚几天向她表示还不迟。况且，越是相熟，越不好突然露骨地对她表示什么。有一回在电影场上他看见小华和刘得胜几个人一块儿看电影，他也没大注意，心想，“一个大姑娘跟前，怎能没有几个青年男子在走动走动哩。”对于小华他很有把握，不论从认识的历史关系和他对这个家庭的情谊来说，他觉得刘得胜竞争不过他。现在看见他们两个从外头一块儿回来，他心里倒明白了这样一件事：“小华岁数不小啦，我得对她——不，对她大哥提好呢，还是——”他坐在这儿盼小华已盼了一个多钟头啦。看见她回来了，他高兴得二胡也不拉了，连忙殷勤地说：“快吃饭吧，小华，大娘急坏啦。”

小华对他笑了笑，点了点头，然后装成冷静的样子，向她母亲说：“妈，刘得胜同志要参军去朝鲜哩！”她把同志两个字特别说得慢。

李大娘给这消息愣住，不相信地盯住了他。老头子在床上却夸赞道：“这是国际主义精神！”一直注视着李小华的林升平这时站了起来，诚心诚意地祝贺刘得胜说，“上级批准了么，老刘？你真是好样的。”刘得胜在这种鼓舞的气氛中，不知道说什么好，后来他只好温顺地挨着李大娘坐下来。

“什么时候走，我能帮你点忙么？”林升平殷勤地说，他这个人就是仰慕什么，就愿意把热情倾注上去。

“明天下午就去沈阳集中。事倒没什么事，就是想回旅顺看看我妈。”

李大娘摇头说，“明天？唉，难为她老人家——”

一直没开口的李兆昌接着说：“老刘，你今天晚上不能回旅顺呀，明天清早六点咱们开支部大会，原因是想把你的入党仪式提前举行，好让你安心去朝鲜。这是总支才决定的，我正找你告诉你这件事。”

刘得胜站了起来，高兴得不知道怎么好，连忙走到李兆昌跟前说，“李大哥，真的吗？啊，那我不回旅顺也可以。”

李大娘责备地望住了刘得胜，忍不住愤愤地喃喃自语：“哼，养儿子养到这么大，而今去朝鲜打仗也不回去看望看望她……”

“老刘，你倒是应该回去看看老人家的——”林升平也劝他说。

“你不知道呀，老林！我一回去，她一定不让我漏夜赶回来，可是明儿早晨的会那么重要，那是误不得的。”

林升平想了想，建议道：“你把老太太接来不好么。我替你去接她来。”

李大娘称赞地望住林升平，说，“接她来吧，就在我们这儿住一宿。”

李小华用劲遏制着心中的快乐和感激。她谁也不看望一眼，只玩弄着发辫，李大爷微笑地注视着这一切。在他看这是不奇怪的，他的儿子曾经把房子腾出来借给工友结婚；他女儿也常留女朋友住在家里。刘得胜感动地握着林升平的手，并且不自禁地偷看了小华一眼。林升平推开刘得胜递给他接他母亲的车票费，整理一下衣领，站起身就走。他忽然站住想了一想，不知道是什么缘故，回转身去，依恋地望住小华说，“我这就走啦。”

小华也钦佩地望着林升平，回答他说：“好呀，你快去快回吧。”

1951年夏天，大连工人水上运动会开始了。新开浦海滩上人山人海，林升平大清早就跑到海滩运动场上来了。他没有参加任何竞赛项目，他是给自己厂子的运动员助威来的。可是凭良心说，他主要的目的是看李小华的拔河赛来的。

碧蓝的海水接连着乳白色的天空，人们看不见边。辽阔的海面上，有一块像鲸鱼似的礁石，围绕着礁石，渔船远远近近散开一大群，它们的白帆和海水的反光相辉映；海鸥骄傲地飞翔，不时被海滩运动场上人群的喧闹声所惊扰。辽东半岛的七月的艳阳天，叫人心胸舒畅。你别看太阳晒得人们皮肤灼热，但是给海风一吹，却又把人们吹得凉沁沁的了。各种争鲜夺丽的绸旗子在海岸上飘荡着，活像海中心汹涌的波浪一卷到岸上，就变成各种颜色似的。海水咆哮着，绸旗哗啦哗啦地飘响着，紧张的哨子和信号枪尖叫着，人们鼓掌和欢呼混成一片，震荡着渤海海峡的一角。运动员的数目数不清，他们都有秩序地坐在海滩上听候指挥；助威的人高举着大旗守卫着他们。浅滩处是最吸引观众的拔河赛场子，指挥台东边是紧张的水球赛；西边是舢板队，它们正并列着准备出发。坐在那上面的运动员都露出了谁也不让谁的神气。三千米的海泳比赛队已经出发了。他们把观众的视线都引离了海岸线；急救艇却小心翼翼地尾随着他们。岸上观众有打着太阳伞的，有擦汗的，还有扇扇子的，更有兴奋得把嗓子喊哑的，也有干脆泡到海水里看个真切的，不管怎样，这些人全是快活的，广播器特别殷勤地、热心地为观众介绍情况和报道成绩；观众时时报答它以喝彩和掌声。海浪一阵一阵冲到岸边，把人们的快活和欢笑带走。瞅吧，海在欢腾，人们在欢腾，只有天空用她的伟大的宁静守护着这和平欢乐的大地。林升平又是高兴又是紧张地在这片欢闹的人群里寻找一个人，要在这样上万人的海滩上找个熟人，的确是不可能的事，但是林升平的眼睛和所有情人的眼睛一样，不管这儿多辽阔，有多少人，他有办法一下子就找到了李小华，一找到了她，他就像被磁石吸住了的铁一样，立刻跑过来挨着她的小队坐下来，再也不走开了。女孩子们也欢迎这位献殷勤的朋友。她们小队穿的一色红短袖运动衫、白短裤。她们紧张地看着别的女子队比赛，指手画脚地研究别人的优缺点，并把她们当作假想敌。

“还是渔网工厂的强，看她们个头多壮，我们偏偏碰上她们，一会得小心点。”一个纺织女工说。

“不一定，咱们平常有锻炼，别光看个头。”小华鼓动地说着。

林升平插嘴道：“你们平常有锻炼？瞅瞅你们的胳膊一色雪白的。”

女孩子们都不约而同地赶快看看自己的又白净又丰满的胳膊和大腿，不禁扑哧地笑起来了，小华代表着大家的意思向林升平抗议说：

“啊，你别净给咱泄气了，咱们练习多半在早上，午休时只一阵子工夫，晒也晒不黑呀。”

女孩子们为了表示拥护这句话，有的用鼻子哼了一声，有的瞪了林升平一眼，当然瞪这一眼哼这一声，都没有责备的意思的。林升平接受着这友谊的嗔责，乐得没有办法。是呀，他和小华并排坐着看水上体育比赛，还有什么比这个更快乐的呢？小华自从和刘得胜订了婚以后，和年青的男朋友接近时就比较自然一些，洒脱一些，何况林升平是她哥哥的朋友，她一向像对兄长一样尊敬他呢。这时她像打开了话匣子似的，兴奋地对林升平说，她小的时候因家穷，进不了学校，看见学生们在操场上赛跑、打球，心里羡慕得要死，那时她唯一的愿望就是穿上件运动衣在操场上和别人赛跑。林升平美滋滋地听着，插嘴道：

“新社会让你达到目的啦。”

小华高兴地露着小牙齿点头笑了。随即她又摇头说：“可是人心不知足啊，运动员当上了呢，却又盼望毛主席能到大连来看看咱们的运动会。说也奇怪，咱们每天里遇到好事情，总盼望能让毛主席知道，让他亲眼瞅瞅，可是他能来大连么？不能吧？”她恳切地望着林升平，好像他能决定这件事似的。

林升平溺爱地看着她的脸说：“你的心眼怎能这样傻！毛主席不能来大连，难道咱们工人不能去北京开运动会？这个年头呀，不论你做什么工作，只要做好，对国家有贡献就能上北京，就能看见毛主席。”

小华衷心地佩服他，连忙点头说，“对啦，你说得真好，你和我哥哥一样有见地——”她话还未说完，马上就幻想北京，仿佛这些彩旗都已插在北京的体育场上似的。她正想着，广播器就叫新华织造厂女子队准备了，她们都立刻站起身来往浅滩跑去，林升平赶快伸出手来握着小华的手说：

“祝你们胜利！”又补上一句说，“千万不要慌，争取优胜上北京见毛主席！”

碧蓝的浪潮像一群淘气的孩子，一阵一阵地拥上前来拍打着女孩子们的大腿，可是她们什么也顾不上，注意力全集中到那股绳子上和那一杆小小的红标旗上。新华织造厂穿的是一色红的，渔网厂穿的是一色黄的。一开始两边都使猛劲，瞅她们脸上那股不让人的神气，一点也不比在车间进行劳动生产竞赛时差。渐渐红的占了优势，因为使劲的缘故，她们腰部都快弯到水里了。林升平不禁随着新华织造厂的职工们叫嚷起来，给她们助威。不久黄的来了一股猛劲，一下把红的拉个平，紧接着又来了个猛劲，把红的拉过去了，黄的胜了。两队换了个位置。啦啦队叫得更使人心慌。林升平看得出神，竟忘记了小华是那一边的了。他被她们的认真态度和健康优美的姿态陶醉了。结果还是新华织造厂女子队输了。小华和同伴们跳出水面来，坐到原位置上。大家检讨开了。林升平赶快安慰小华，但她一句也没听见。女工小雅抱怨地说：“就是她们反攻时，我的左脚踩了一块石头。”另一个人批评她说：“那时候你根本不应该换脚。”小雅正要解释，小娟尖声地按着小腿肚说：“可不是叫小螃蟹蜇了一下怎么的？唉，讨厌的小螃蟹输就输在你身上了。——我觉得腿肚给叮了一下。我就松劲了。”

小华不住用手把前额的短头发往后抹，瞅着大家那样兴奋，她故意用冷静的调子安慰大家说：“得啦，得啦，不用抱怨石头和小螃蟹啦；一千句就是咱们缺乏锻炼，急时抱佛脚成吗？”给她一点破，女孩子们才又高兴地一齐笑了。小华眼睛只顾看前面的比赛，她的胳膊上和小腿上的汗毛还擎着亮晶晶的小水珠子哩，红脸蛋和衬衫相辉映着，更显出她的青春的和饱满的生命力。她不时把脑袋往后摇，好让拖在额上的短头发往后顺，右手用接线头似的快捷的动作把短发夹在耳后面，然后又赶快双手抱住双膝。林升平却只顾看着她，他虽然只对她半侧着脸，但是眼珠子可全部转到她那边去。他被她的坦然、热烈、毫无拘束的仪态吸引着。轮到和平机械厂比赛时，李兆昌小队出场了，小华和林升平都高兴得了不得，小华拉了拉林升平的手乐得说：“你瞅我哥哥，你瞅他。”

“老将出马，一个顶三！”林升平也张大了嘴，拼命给自己厂子的人助威。女孩子们也跟着叫喊起来。

“要是刘得胜在这儿，他非参加三千米海泳不行。”她心里想起了刘得胜，不觉冒出了一句。

“刘得胜？你常常想起他么？”林升平冲口就问，问完了又觉得自己没意思。

“是呀，我有时候想起他在朝鲜开车开得很猛，忽然前面又下照明弹。”小华沉思地答道。看见小华一本正经的口气，他又后悔自己多心，便换了一副赞扬的口气说：“人家刘得胜在朝鲜正争取万里安全运输哩。”

“谁说的？”小华好容易按捺着心里的高兴，装做什么也不知道地问道。

“他自己写的日记嘛，在咱们厂的墙报上登出来啦。”林升平骄傲地告诉她这个消息。

小华极力装出什么也不知道的样子，但是这是十分困难的，因为刘得胜的日记是附在给她的信里寄来的。她愿意哥哥分享她一点快乐，把日记悄悄给李兆昌看了。李兆昌觉得应该在厂的墙报上登载刘得胜的日记，便答应给小华保守秘密，把日记拿去交给工会去了。小华想起了这些情形，把快乐咽到肚子里去，嘴里只轻轻地应了一声：“啊！”

广播器宣布三千米海泳第一名、第二名都被造船公司的工友获得，第三名是海港的工友夺去的。漫天的掌声才把小华和林升平的谈话打断了。小雅看见小华和林升平的亲密的情形，就俯在小娟的耳边，笑嘻嘻地嘀咕着什么，小华一瞅她们心里就明白，但是她心中有数，只装没看见。林升平看见两个女孩子尽往他和小华这边看，心里也明白个几分，她们越瞅他就越乐，恨不得对她俩说：“真封建！这有什么好笑的呢，过几天你们就全知道啦，还短不了请你们来吃喜酒呀！”

大会结束时，小华她们结队回去了，林升平依恋地和她道过别，看着她们的卡车走远了，才转过身来找自己厂里的汽车。急于回去的人群是那么拥挤。大小汽车的司机都站在自己车子跟前招呼着本单位的人。林升平找了半天，没找着汽车，就只好奔电车站去。到了电车站一看，乘客们排队就排了三里多长，他改变念头，决心走路回家。这时他心头充满了快乐，就是走十里路、百里路又怕什么呢，反正他终归要走到幸福那儿去的。

回家后小华有点累了，吃了晚饭就想睡觉，可是记起要给刘得胜写回信，全身来了劲，躲在里屋，按开电灯，一个劲写起来。

“小华，你该睡啦，明天还得上班呀。”李大娘床都给收拾出来了，只催促女儿休息。

小华转过身来，搂着母亲的颈脖子，让她的耳朵凑近自己的嘴边，悄悄对她说：“我给刘得胜写回信呀，头两天就收到他的信啦。他说还差六百多公里就可以争到‘万里安全运输’的称号，说不定他收到我这封信的时候已当上了模范啦。”

母亲又高兴又同情地点头，小华把母亲搂得更紧，用更小的声音问道：“你把我和刘得胜的事告诉我爹了么？”

李大娘迟缓地摇摇头说：“前天你大哥又在他跟前只露这么一点，他就火啦，骂我们瞎出主意，这两天他的病又不怎么好，索性过几天吧，等刘得胜挣了个模范的时候才告诉他就好啦。”她看女儿噘着嘴，可是有什么办法呢。她用手推开女儿，意思是叫她快写，写好了好睡觉。可是小华还缠着她不放，皱起眉心问她：

“你知道他为什么不喜欢刘得胜么，妈？”

“不，他不是不喜欢刘得胜，可是他太爱林升平了。”母亲指出了这一点。

“啊！”小华立刻松开双手，发现自己声音太大了，又用双手堵着嘴巴。随着轻轻地笑了。母亲疑惑地望着女儿，不知她笑什么，唉，谁摸得透少女的心呢。

“你们老在里屋吱吱咕咕些啥呀？快来给我捶捶这条讨厌的大腿吧。”李大爷在外屋一嚷，李大娘连忙对女儿摆摆手，便到外屋去了。

紧接着运动会后的一个星期天，五点钟林升平就醒来了。太早啦，距离和小华约定的时间还有八个钟头！他翻来覆去地想：“小华一定猜出来我今天向她求婚，这许多年里面我就没约过她单独谈问题。”一会见他又怀疑起来了：“可是她听见我约她出来的时候，她一点也不表示害臊，像谈工作似的，这又是什么道理？”于是他又重新回忆了一遍昨天晚上的情形：他是用几乎是胆怯的声音问她道：“明天你有工夫么，小华？”她爽朗地答道：“有工夫呀，不！上午我们车间工友要到医院去慰问刚从朝鲜下来的伤员。十二点以前就可以回来，你有什么事？”他勇敢地说：“我有个问题要和你谈一谈。”她紧接着说：“现在谈不成么？”“不，太晚了。”“那好，明天你十二点半到我家吧。”“不，我要单独和你谈。”她又爽朗地说：“好嘛，那么你还是十二点上我家我吃过午饭和你一块出去好不好？”——好，当然好。但是天呀，现在才五点半，怎样才能挨到十二点半？他在床上实在躺不住了，爬起来到洗澡间结结实实地洗了个冷水澡。今天的手表也和他开玩笑，走得特别慢，在车间时他老骂表走得太快；可是现在，它敢情报复他，慢慢地走，折磨他来啦。星期天宿舍照例吃两顿饭，他九点钟吃了饭，上街转了半天，回来一看表才十点半，他举起手把表送到耳边听听，唉！好好地走着呢。他还信不过，抓起电话机来和电话局对了对时，可不正是十点三十五分。去晚呢固然不成，去早呢也不好，怎么办呢？宿舍里小伙子们早都出去玩去了，剩下他一个，他只好抓起一本书来看看。《论青年的共产主义道德修养》这本书才算把他吸引住了。

到了十二点，他实在没法忍耐了，下决心出门往李家走。从独身宿舍到李家只消五分钟。可是他的脚步却颠三倒四，一阵快，一阵慢，走慢的时候，他相信这一去是失败的，与其马上遇到失败，倒不如把美好的幻想留着。不一会儿工夫，他又完全否定刚才的想法，肯定地对自己说，小华没问题会答应他，给开辟一个幸福的家庭的，“说不定她父母和她哥哥早就已经和她商量过这件事哩，我开口未免太晚啦。”这么一想，他就走得快了。这五分钟比五个钟头，不，比五年都难过些。他按着紧张的心进了李家；但是屋里的情形立刻把他吓了一大跳。

小华坐在父亲床沿伤心地哭着，把头伏在小雅的肩上。李大爷红着眼睛，焦急地抬起半边身子用手抚摸着女儿的手。李大娘和大嫂子都站在屋角里低头擤鼻子。李兆昌愁闷地在屋子当中走来走去。除了哭泣和擤鼻子，什么声音也没有。林升平一进屋就惊得再也走不动，瞪大眼睛也忘了开口问。到底是小雅聪明，用激动的调子向林升平解释道：“华姐的未婚夫在前线抢救汽油受重伤，生死不明。你说美帝国主义多可恨呀！”

“她的未婚夫？谁？”这个突然的消息好像晴天霹雳，几乎把他的脑袋劈开两半。

“刘得胜呗。我也是才知道华姐已有了爱人。”她的眼睛大睁着，好像在说：“以前我还误会华姐是你的哩，请不要见怪呀。”

李大爷立刻用柔和的眼光抚慰林升平，啊，如果他是能走动的健康人，他定会起来紧紧搂着这个失望的青年。刚才当老人听到小华已和刘得胜悄悄订婚的消息，心里像挨了揍似的；他能体会出林升平心里那股滋味。可是现在更重要的是怎样劝慰心爱的女儿。顾不上和这年青人说话了。李大娘知道林升平来了简直不敢抬头看他。李兆昌为了提高大家的信心，装成很平静的样子大声说：“你们真是经不起一点风浪，医院那个伤员那么一说，就都信啦，他自己受伤了，烧瞎了，刘得胜受伤有多重他又怎能知道？”他说完，便对着林升平，把刚才小华去医院慰劳的时候，怎样碰见一个和刘得胜在一个队工作的司机，那司机又怎样地说刘得胜抢救时简直跳到火海中去的话详细说了一遍。“那伤员又说他自己在边上还烧成这样，刘得胜就不用提了，可是这只是他的估计，还没有最后证实嘛。”

林升平是怀着满腔热情迎接幸福来的，可是一进门听说小华已订了婚，便立刻掉在失望的痛苦中。但是看看心爱的小华极度的伤怀，看见李家的悲痛，和操心刘得胜的安全，同情心又沉重地压住他个人的痛苦——他心头那种急剧变化，千回万转的滋味，真是说也说不出；好像夏天的晴朗的日子里，忽然来了暴风和暴雨，把一切都扰乱了。自己的幸福落了空，别人的幸福和安全也无保障哩，他的心好像揉作一团似的乱得很，但是大家的悲痛和刘得胜的安全却更迫切地更有力地震撼着他。他咬着嘴唇沉默了一阵，愤愤不平地说：

“我不信刘得胜能给烧死！他多机敏呀，半年多来敌机就动不得他半根毫毛，这一回他自动去救火，还能给烧死啦？”他的话很有力量，屋子里的人一听，都把头抬起来了。李大爷看着这个不让失望给压倒的青年人，心里想道：“瞅他，他一点不恼恨老刘，还替大伙壮胆。唉，我明白了，他爱小华，可是也爱老刘，爱大家，啊，他的心比金子还亮！”他感动地掉下泪来了，他越看越爱。

小华无限尊敬地拉着林升平的手，抽咽着说：“我明白刘得胜这个人，美国鬼子是炸不死他的，可是要抢救汽油，他会连命也不要的。”

这时大家都顺着林升平的估计，来安慰小华。小华看见大家为她焦急，实在过意不去了，为叫大家不为她太难过，她就忍住了泪，像块木头似的端端正正地坐在床沿上。李大娘忙拿手巾给她擦脸，小雅帮助她把前额上的短头发整理整理，大嫂又给她端来一杯热茶。李大爷虽然度过了最难熬最紧张的一阵，可还是频频在那儿叹气。

林升平望住在屋子里走来走去的李兆昌，从他眼睛里知道他也不相信刘得胜会死，于是坚决地对他说：

“待我去再详细问问那位伤员，小华，他是在哪个医院？”

“你不用去啦，那位伤员今天下午就要转沈阳去治疗，你到那边时，可能他已经走了。”小华边说边咬着牙齿，为的叫自己不要哭出来。

“李大哥，咱厂派了个同志去抗美援朝，咱们得时刻关心他是否安全，我现在就去，了解清楚再回来和工会商量，你说呢？”他征求李兆昌的同意。

“你能去一趟最好，下午我还要去开会。”李兆昌说道。“我也去，我领你去！”小雅自告奋勇。

小雅领路，林升平觉得再方便也没有了。两个人立刻就迈步走了，大家都把感激和希望的眼光投到这两个人身上。他们两个乘电车赶到医院时，医院说才把一批伤员用救护车送去车站。他们俩一听，拔脚就走，幸亏从医院到车站可以坐电车，可是他们一想，电车怎能赶得上汽车呢？林升平并不失望，他鼓励小雅，和她一块加劲奔火车站去。到了火车站，果然看见有一辆救护车，但是车子里面已经空了，小雅一瞅急得快要哭出来了，林升平一把拉着她，跑步去买了两张月台票，连拉带跑地赶到月台上去，向路工们一打听，幸喜往沈阳的车子还没有开，林升平叫小雅领头，两个人喘得气呼呼地挤到车厢里去找，人真挤呀，凡是穿军服的小雅就仔细看，好容易才看完两节车厢。走到第三节车厢时，广播器已经最后一次催促送别的人赶快下车，看完了第三节车厢，实在不能再停留了，林升平和小雅合计赶忙下车，那时就是找到那个伤员也没有用，因为车子要开，没有谈话的时间了。他们两个一跳下车，车子就徐徐开动了。出了站台一看钟已四点三十四分了。两个站在那儿商量起来。

“怎么办呢？回去拿什么安慰小华呢？”林升平焦急和懊丧。

小雅顿了顿脚，随即滴溜溜地转动着那双聪明的大眼睛，高兴地说：“咱们撒个谎吧，说在火车上找到了那个伤员，他说的是牛得胜不是刘得胜。”

“你又来了，那伤员不是说的大连和平机械厂的刘得胜么？”“啊，对啦，我给弄晕啦。”小雅懊恼地吐出了一下舌头，接着又说：“这样吧，就把伤员的话重编一次，说得轻些，叫华姐和大家听了，最多把刘得胜看作受重伤，不能把他往死里猜，怎么样？”

林升平沉重地摇了摇头，边走边说：“咱们回去吧。骗她也骗不了几天，要是老刘真的牺牲了，骗她又有什么用？要是他活着，那又何必骗她？回去我建议我们厂工会给前方打个电报，问问究竟。电报快，一两天就能有回音。”

小雅跟在他后面，难过地说，“可是这两天华姐怎么过呀？”因为林升平马上就要去找工会主席商量打电报的问题，小雅就和他分了手，说她先回去吃晚饭，吃过晚饭后再到李家去。因为是星期天，林升平费了很多事才找到了工会主席。工会主席同意这个办法，但是他说打电报只能打军用电报，所以要和上级商量一下，看看怎样通过军队去拍，他并答应明天一早就着手进行这件事。林升平这时候才松了口气，往李家走去。一走进胡同，他的脚步就放慢了，是的，他不愿看见小华的伤心的脸，他不愿看见李家老两口的愁苦的颜色，他更不愿意想到刘得胜万一不幸牺牲了……他轻轻用手推开门，屋子里面还没亮灯，看不清有谁，只听见小华嘻嘻的笑声，林升平吓得汗毛都竖起来了，心里想：“难道小华疯了？”他不自禁地叫了一声：“小华，你怎么啦？”

小华在黄昏里听见林升平的声音，便跳起身来，一下扑到他肩上，快乐地笑着，笑声里还夹杂了一点哭的声音，并且激动地说：“他活着，来信啦，只烧坏了皮肉，连睫毛都烧掉了，但是很快就能好，所以不愿回祖国来医治。他还要继续战斗呢！”

李大爷已把电灯拧亮了。林升平又看见了小华的欢乐的脸了，这张脸谁看了都会觉得生活是多么快乐和有意义，青春是多么美丽和活跃。林升平也随着她笑了，用手拍了拍她的肩背，轻轻扶她坐下来，李大爷什么话也没说，只做了个手势，叫林升平凑近他坐，等林升平像平常那样靠他胸前坐下来时，他就一把捏着林升平的手，并把它往自己脸上贴。林升平觉得自己的手沾满了老人那无限疼爱的泪水。小华连忙把刚才收到的信，念给林升平听，念完了又像个爱唱歌的画眉鸟似的滔滔不绝地向他讲刚才怎样收到信，她和两老几乎乐坏了，她差一点就去医院去撵他和小雅回来，母亲也想找李兆昌去告诉他这个好消息。……

李大娘从外头提了一大块肉和一条鱼回来，一看见林升平就嚷叫着："饿了吧，累了吧？一定要在我们这儿吃晚饭，今天我们家过节呢。我们的未婚女婿已挣来了万里号司机啦。"她连忙到厨房去和媳妇做饭去了。

林升平这时才想起自己还没有吃饭，肚子真的饿了，也觉得疲倦了，并且发现自己心里失去了一样重要的东西。但是他看见这个热情而快乐的少女的欢笑，看见这个家庭又充满了快乐，也仿佛看见自己的战友驾驶着汽车在朝鲜战场上驰骋着，把美国飞机气得嘶嘶地叫，他身上又来了力量。他倏地站起身取下二胡。低着头，专心一意地拉起来。那激情的音调鼓舞着人们的心。李大娘和媳妇在厨房里一面听一面想："这个年青的小伙是人世上最善良的人。"老头子以为自己最了解林升平的心，一听到激昂处，自己就又悄悄地淌眼泪。李小华呢，却从来没听过那样好的曲子，啊，这支曲子能奏出她心中的快乐，她宁静地把两手盘在胸前，眼睛出神地盯着这个心地纯洁，为了别人的幸福勇于作自我牺牲的朋友。她心想着她这个温暖的家庭，她们那个快活的织布车间，想起了那天的水上运动会，更想起了刘得胜和千万个在朝鲜战场上的英雄的志愿军；她甚至还想到将来可能有的，在北京召开、毛主席出席观看的工人运动会……她越想越快乐，盘在胸前的两手抱得更紧，好像她要把面前出现的一切和将要出现的一切紧紧地拥抱着似的。李家连老带少，都被这种情感深厚的、唤起了人们对生活真正意义的彻悟和激动人心的调子陶醉了。

原载《中国妇女》1956 年第 6 期

姑娘的心事

草　明

吃晚饭的时候，父亲和哥哥越是讲得有味道，石玉芝就越不高兴。她故意用筷子戳着饭团，抱怨饭凉了，再不就是说母亲今年渍的白菜一点儿也不酸。她大声叫嚷着，装作毫不注意父亲和哥哥的谈话；实际上呢，却听得很有味道，一句也不肯漏掉，以致母亲的解释她半句也没听进去。

哥哥石玉璞说道："爸爸，今天我们小组的流动红旗差一点给乙组抢走了。好悬，他们的战表分明写的一百四十根，我们应战是一百四十六，寻思这个数字很保险。谁知他们小组打了马虎战，暗地里定一百五十根，公开叫的是一百四十根。要是我们没有'侦查员'去侦查，今儿个非上当不成。"北部机修厂的老钳工石富贵问儿子道："结果呢？"

石玉璞回答说："我们小组完成了一百五十三根，他们是一百五十一根。你说险不险。"

父亲已吃饱了，擦了擦嘴，笑笑说："我说呀，你们要保住红旗，就该把联合技术表演竞赛提高一步。我们厂现在搞的配套表演，大家把先进经验拿来‘赶集’，然后由大家把零碎的经验配成套。把成套的先进经验传播开，你看这意义有多大。”

儿子不大在意地摇了摇头：“你们是加工车间，可以配成套，我们是轧钢管的，凑不上套嘛。”

“怎么不能？从加热炉到精整工段凑上一套完整的——”

石玉芝听到这里，急得憋不住劲，撒野地嚷道：“好啦，好啦，表演、表演，不怕人听了心焦！”哥哥得意地逗她说：“那你也来个表演嘛，谁挡得住你？”

这句话正戳到她的痛处，她难过得眼泪水都涌到眼眶上了，只差没有流出来。她鼓着腮帮望着父亲说：“哼，给人家看车，人家把车放好，我动也不敢动。不学技术，表演什么呀？说起来倒挺好听——在炼钢厂工作，原来是个给人看车的！”

她的话没有打动老工人，只引起了母亲的同情。母亲怜爱地望望女儿，抱怨老伴说：“我早说让她念饱了书再上厂，初中毕业，怕人家不分配个好位置？现在小学毕业，不给人看看车子能干个什么？”

轧管工人觉得自己是个青年团员，应该纠正纠正妹妹的不正确的观点。可是他知道妹妹在家里是个不好惹的姑娘，况且现在正在气头上。他便改口劝母亲说：“妈，看你把玉芝惯得像什么样了。看车子的也是工人，这工作也是为人民服务嘛……”

石富贵知道儿子大道理一摆，话就没个完。而玉芝，又怎能对他认输？他慢悠悠地摆了摆手，意思是叫儿子不用多说，然后偏过脸去笑着对女儿说：“赶大后天星期天，我领你去见见老郑大伯，你好生向他学学。”

石玉芝不认得什么老郑大伯，前天仿佛听父亲对哥哥讲过他们厂里看劳动保护品库的老郑头，利用业余时间修好了二百多双大头鞋，又动手修手电筒，要为国家节约二千元作为一九六〇年的献礼。问良心，她真想去见见这样先进的人物，要是工会主席这么建议，她非一把缠住他，要他领她去不可。只是父亲说的嘛，那就另一回事了。她听了只是噘着嘴，好像不让她去学技术，都是父亲之过似的。母亲瞅那情形，知道女儿的气还没有消，想给她平平气，就故意再抱怨老伴和儿子一句，说道：“再过五十多天，玉芝才满十七，她能自己挣碗饭吃，我都心满意足啦。你们自个表演也就罢了，要她表演做什么？过几天，莫非你们也让我表演不成？”在她眼里，玉芝还是小得可怜，要不是玉芝个儿长得高大，两根辫子长长了，她真想抱起她来。这是最小的女儿，是她的心头肉呀。

玉璞瞅见父亲姑息地笑着，母亲又为妹妹护短，他认为自己已没有说话的必要，便趁手扭开收音机。玉芝觉得自己在家庭里虽已胜利，但烦恼却丝毫没有解决，不高兴地扭头就走，找隔壁的小姐妹去了。

第二天，石玉芝有意提早上班，她没有径直上存车棚，却溜到平炉车间去了。这个车间她来过两回，但是哪有今天热闹？瞅，装料机戴上了大红花，车身贴了张大红纸，上面写着：“快速表演优胜车。”再看坐在那里头的司机，也不过二十一二，旁边那个助手，才十八九。她羡慕极了，但随即又愤愤不平地想：“我玉芝哪点不如他们！”她只顾想，谁料装料机来一个大转弯，挑杆的头已离她脑袋不远。她一抬头结结实实吓了一大跳，可是她人小，又灵巧，一猫腰，便从挑杆底下钻过去了。人家那司机显然预先躲开了她，否则她的鼻子说不定撞成个扁的是方的哩。她惭愧地正责备自己冒失，却忽然听见后面那助手取笑她说：“那丫头表演得不错。”

“哼，赶明儿我给王主席递个请求书，让我也学开装料车，看你神气什么？”她扭头就跑。忽见前面很热闹，平台上站了不少人，有工友、党委书记、厂长，还有苏联专家，王主席也和别人并排站着。看那模样，九成是观摩什么表演。再往炉前看，东西两个炉门打开，穿了操作服的炼钢工人操着大锹轮番贴补前墙。左边的往西贴，右边的往东扔，他们的动作真快捷，又勇猛。他们脸上那个汗水直流就不用提了；偏偏那火焰往外蹿得老高，眼看都舔着他们的脸了，可是他们并不后退，活像演狮子抛球的那个逗引狮子的勇敢的人儿。石玉芝瞅着，心里又敬佩又担惊，想道："干炼钢的活儿真不简单，火里进，烟里出的，我能为他们看看车子，也不算白活啊。"她痴痴地想着，有个人冷不丁碰她拐肘一下说：

"你不去看你的车子，待在这儿干什么？难道你也要学习四锹贴补前墙？"

石玉芝猛抬头一看，原来是王主席。他挨她家很近，她管他叫王叔叔；可是在厂里，她叫他王主席。这是多好的机会啊，王叔叔问她是不是想学炼钢，她为什么不能把自己的志愿告诉他？她猛地一扬头，坚定地对王主席说："王主席，我向工会保证，今后安心工作，给钢铁工人们看好车子，哪一天领导上看我够条件，再叫我去学技术好了。"她像宣誓似的一口气讲完，转身就跑，也不管人家听没听清。回到存车间，可不是，已到了接班的时间啦。她今儿个态度挺好，向老头子道了歉，耐心地把车子点清。老头子走后，她自个儿绕着车子转。这时她真恨自己怎么不学修理自行车，要是会修理自行车，她就能像老郑头那样，为工人们修理车子，给他们节省时间和钱。这时，她才深悟起自己太任性了，平时在家不好好向父亲和哥哥领教。这时她心里一连串责备自己的话，只差没说出来。她用手轻轻拍着每个车座，好像要求它们原谅她似的。真奇怪，这些车子，过去她看见了很讨厌，今儿个，车子都变得很可爱。这些不怕火烤的人们，连他们骑的车子也有一种说不出的骄傲。石玉芝瞅着它们又愁开了："等我学会修车再表演就晚啦。人家加速建设社会主义，我在一边干瞅着，我还有什么脸见人！"她想呀想得头也大了，可是想不出个好办法来。她叹了口气，脚步又往回走，冷不防脚尖一踢，那车子的前轮呲的一转，把她吓了一跳。"啊，有了。我去买个打气筒，给工友的车子打气，不是省得他们跑修理店吗？"她想到这个办法，觉得自己很聪明，高兴极了，恨不得有个人和她商量商量。她下决心把这个月的工资全部拿来买打气筒；但又觉得这样太慢了。她又想请父亲给她买一个，但是她却不愿意父亲和哥哥老早就知道这件事。这样，翻来覆去地想，又把她急得团团转了。这时，一个工人急急忙忙跳下了车，把车子推给她，连牌子都不拿就走了。石玉芝赶上一步，把牌子交给了他。“唉，他敢情是忙着参加表演竞赛哩。”她嘴露出微笑，好像很理解他的急忙的心情似的。回头一看，他那部车子，给泥巴糊得像个花车子，她不禁扑哧一笑。要是在以前，她看见别人的新自行车，总是瞅了又瞅，摸了又摸；但是看见又脏又破的车子，却是连看也不愿看它一眼，今儿个她同情地拍了拍那部脏车子，谁知这一拍，竟有两块干泥巴掉下来了。她用手去抠，又抠下了几块脏泥，这下她触动了心事，想道：“我闲着，干啥不替他把车子擦擦？”主意一打定，她动手找擦布。可是，这里哪有擦布啊。她一转身，进那小屋，把包饭盒的那块小包袱解下，跑到车子跟前，蹲下就动手擦起来。她在家时替父亲和哥哥擦过车子，所以她擦起来蛮熟练的。一会儿工夫就擦得溜光崭亮，她偏起头欣赏了一会，才又下第二个决心：要陆续把所有的脏车都擦干净。

她那块小包袱早都给擦得稀烂了。后来，她求人家到修理工段要了一团纱布，要了点机油。一上午就擦了三辆最脏的车子，下午又擦了五辆。

下班了，大家陆续出来找车子。有一个人找了半天也没找着，石玉芝走过来定睛一看，他不是那个不要牌子的人吗？她热情地指着他的车子说：“这不是你的车子？”那人摇摇头说：“牌号是我的车子，可是我的车子很脏，不是这样漂亮的。”

石玉芝恍然大悟地说：“啊，我顺手帮你擦了擦它就亮啦。”

那工友听了，瞪大了眼望着她，半天不知说什么好。他接过车子，讷讷地说道：“好姑娘，你怎么知道我没工夫擦车？”他大概觉得这句话问得太笨，便连谢谢也不说一声，跨上车就走了。

那几个车子被擦亮了的主人，都连声称赞石玉芝。石玉芝心里有说不出的高兴，但是不知怎的，脸上连笑也不笑，因为她考虑明天应提高效率，一天擦十部，这样，两个星期工夫，就可以把全部脏车子都擦一遍。

不久，王主席也来取车回家。石玉芝一把抓住他，问他能不能想办法给她个打气筒。王主席听了她的计划以后，也赞助她，答应两三天内给她买一个打气筒。最后一个来取车的，却是一个小伙子。石玉芝一瞅，心里可有些不高兴，他不就是早上那个取笑她的装料机的学徒吗？她噘着嘴巴接过了他的牌子之后，故意把脸掉过去不看他。可是那个小伙子偏偏撵到她跟前，嚷着问道："这是怎么搞的，谁替我擦的车子？"

石玉芝斜眼一瞅，果然，他这车子也给擦干净了。这时她才后悔地想："早知是你的，我就不给你擦。"

那小伙子看她那神气，料想是她擦的，便收起那调皮的笑容，严肃地向她道谢："太谢谢你啦，小石同志。你这办法太好了。我看，你也可以来个擦车表演啊！"

石玉芝没有搭理他，心里嘀咕着："你怎么知道我姓石，你比我大几岁？就叫我小石呢！"让那小伙子知道她并不是个没有能耐的人，她心里终归很快乐。小伙子走后，她也打点饭盒准备回家。她一路寻思那小伙子讲得也对，擦车也是表演。第二天一上班，她便给自己贴了张大字报："擦车表演——同志们，你们多出钢锭，我给你们擦车！……"

这几天，石玉芝又忙擦车，又忙给车打气，真是又累又快活，每天天黑才回家。那天吃晚饭时，母亲忍不住盘问她道："你怎么回家越来越晚啦？"

"和同伴玩呗！"她始终把自己的表演瞒过父亲和哥哥，有意等自己将来做出更大的成绩时，好让他俩吃一惊。石玉璞听母亲盘问妹妹，掩着嘴笑，他寻思妹妹一定闹恋爱了。父亲也轻轻叹口气对准女儿说："你也不小啦，要往好里学啊。"

石玉芝宁愿受点委屈，也不愿宣布自己的"秘密"。

母亲看见女儿年小，怕她乱搞恋爱，也规劝她道："你也应把心事放在工作上啊，不要东游西逛的。你不知道，鞍山都在闹技术联合大表演，今天连我这个老太婆也给动员了，明天开始要表演做饭和做清洁工作啦。今天王主席他大嫂就带头表演了。现在，职工家属也不能落后。"母亲看见女儿也不声辩也不发脾气，更怀疑她在外鬼混，嘴里更絮叨个不休，要不是王主席走进来，她的话真不知道什么时候才算讲完。王主席一来，全家人都让他坐，要他坐下吃饭。王主席摆摆手说："不用客气了，我吃过了。今天我是特意向你们家道喜来的。"

母亲抢着说："我家能有什么喜事！"

王主席指着石玉芝说："就是这个小姑娘呗。"石玉芝一听就急，她生怕王主席把自己的"秘密"揭了。母亲见那情形，更断定女儿和人搞对象，着急地追问王主席，他慢悠悠地笑着说：

"工会收到许多工友来信，是表扬石玉芝同志的。工会统计了一下，她已给工友擦过一百七十多辆车子，还给不少车子打了气。……"

父子俩一听，都愣住了，眼睛连忙盯着玉芝，责备她怎么不早点告诉他们。母亲喜得快掉泪了，连忙安慰她道："差点冤枉你啦，玉芝。"

玉芝这时装了副大人样儿，正经地说："我还要学修车子哩，王主席——"

天已入黑，鞍山全市的电灯全亮了，石富贵家的电灯也通明透亮。这阵灯光灿烂的时刻，正是钢都最温暖的时刻。

一九五九年十二月鞍山

原载《文艺红旗》1960 年 1 月号

在悬崖上

邓友梅

夏天的晚上，闷热得很，蚊子嗡嗡的。熄灯之后，谁也睡不着，就聊起天来。

大家轮流谈自己的恋爱生活。约好了，一定要坦白。

睡在最东面的，是设计院下来的一位技术员，是个挺善谈的人。轮到他说的时候，他却沉默了许久也不开始。

人们你一句我一句地催他。

终于，他叹了口气，说起来了。——

我和我爱人，是自由恋爱结婚的。

前年，我刚从大学毕业，到工地上做技术员。头一天进工地，我就出了个漏子——坐火车没有要报销单据。我懊丧极了，心想会计员一定不肯给我报，就是给报，也要狠狠地批评我一顿，我噘着嘴进了会计室。

坐在办公桌后边的，是位挺端庄的姑娘，剪着发，身上浅蓝色的衬衣已经洗得发白了。她推了把椅子让我坐下。

“您怎么会忘记要报销单据呢？”她严肃地说：“这是国家的制度呀！”

我擦着汗说：“是的，我，我才从学校出来，还没这习惯……”

“唔！”她微笑着，“那就是另一回事了，我写个信您去车站补领一份吧。”

我把信接过来，走出门，她又喊住了我，赶出来说：“您头一天来也许还有许多事要办，您写个补领条，我替您办了好不好？”

我对她有了个极深的印象。

这时，我正申请入团。她担任团支书的职务，三天两头和我个别谈话。她长得挺秀气，笑起来很美。我很高兴有这样一个支书帮助我，但我没想到会和她恋爱，我觉着她和我不是一样的人，她要比我高些。

过了些天，她的历史我也知道了：她上学不多，初中毕业后，在家中闲住了一阵，解放后又上了一个时期会计学校，就出来工作。现在经过自修，已能看俄文的联共党史。在我来的那年春天入了党。我对她就又加上了一层敬意。工地上的人也都挺尊敬她。

不知怎么一来，我就爱上她了。我找一切机会接近她，星期天约她一块去玩，听到她大方地回应我，我是那么受宠若惊，似乎跟她走在一起，我的人格也高尚了许多。——她是青年们的领导人啊！

我提出要求来了。她沉思了一会，温柔地说：“再考虑一下吧，我比你大两三岁呢，这也许不大好。”

我急道：“你这么说真伤害我，我爱的是你这个人，年龄有什么相干？”

从这以后，她对我更亲切了。不仅在思想上督促我进步，生活细节她也处处操心。我不会有计划地用钱，发薪的那两天，整天的又是吃又是买，一过十五号便连烟也没得抽。她要求替我管账，从此我不仅每个月都过得很富裕，而且能按月积蓄一点钱。过去，我的袜子，手帕，一个月也不想洗一次。碰到星期天，要和她一道去玩了，就慌慌忙忙地去买新的来。她看见，便玩笑地说："你以为穿上新袜子，别人就更喜欢你些么？"于是就让我把旧的拿出来帮我洗洗补补。我不好意思地说："你帮我做这些，人家会笑你吧！"她正色说："这有什么可笑的！两人一起做点事不比在街上瞎逛有意思？"真的，同志们并不笑她，只说我"野马上了笼头了！"我听了，心中暗暗得意。

有好几次，她问我对她有什么意见，我实在说不出来，她就说："你瞧，你总是不在政治上注意别人，对我还这样呢，对同志们又该怎样？"我脸红着答应改过，可是总也改不过来。

这年秋天，我们结婚了。我主张买架有弹簧的双人床，她却说："睡木板不一样？"我要买个美术化的大理石台灯，她却说："买个普通的，看去还大方、美观。"我说："结婚，一辈子只有一次，钱不够可以借！"而她说："结婚只是新生活的开始，以后日子还长呢！"

结婚后，我们感情很好。早上一起上班，下午一齐回家。我们很少坐车，总是一边散步，一边谈心。不知为什么谈话的资料总是那么丰富，平常的小事两人也谈得兴趣很浓。回家之后就一齐学习，先是她读俄文，我读技术书。后来，她说要纠正我不爱读政治书的毛病，便把俄文移到早上去念，晚上叫我念政治书给她听。有时候我们两人也分开读，那时我就常常把眼睛从书本上移到她脸上，端详着那一双黑黑的眉毛和稍显得苍白的脸，越看越看不够，简直不敢相信她是自己的妻，要和自己共同生活到永久永久。她发觉我在看她，却不抬起头来，仍低着头看书。但脸渐渐地红了，嘴角露出微笑。我忍不住跳过去抱住她，用力吻着她说："我什么都不需要了，剩下的就是工作，工作，好好地工作！"她笑着，倚着我闭上眼睛待一会，然后说："行了，该用功了，咱们规定好半小时休息一次，谁破坏了罚谁，要不然咱俩就要变成二流子了。"

后来，我调到设计院工作，俩人每周只能见一次面。于是每个星期天都成了我们的节日，我们一起去参观展览会，看电影，跳舞。她买了只小炭炉，有时不想出去，我们就请朋友们来家吃饭。她会炒许多样菜，在冷天，还用玻璃瓶装了叫我带到机关去吃。不管做菜、洗衣服，我都当她的助手，虽然我一动手总是给她添许多额外的麻烦，她还是让我去帮助她。

我们经常地谈着自己一星期来的工作、思想等。在这些谈话中，我渐渐认出了她的许多特点，给我印象最深的就是她的质朴，或叫作“实事求是”。我是若不夸大事情的一些地方，就会连那事情本身也说不出来。比如，我设计完了一项图纸，总这样说：“嗨，费了九牛二虎之力，总算完成了，真费劲！”她呢，却总是简单的一两句话：“我做完了月结算！”若不就再加上一句：“有个地方还要复核一下。”我们也常谈到未来。有时我说：“等到下一、两个五年计划时，也许我能给我们自己设计一座最新式的住宅，这要有阳台、有浴室，有……”她却说：“咱们从下月起该节省些，存点钱，万一明年有个小宝宝，这房就住不开了。”她这种性格不知不觉地影响着我。当我接受任务设计一幢办公楼时，不知怎么，我一向追求表面华丽的作风使自己感到可厌了！我竭力从实用和大方上着手。结果这套设计得到了表扬，在反形式主义学习时上级还叫我作了典型报告。在生活作风上，我也逐渐改变自己言过其实、锋芒毕露的毛病，同志们都说我踏实多了。在这种情形下我参加了青年团。

这时期，我工作和生活都很愉快。我常想：只要这样按部就班地学习、工作、生活，一步步走下去，不断地提高自己，争取做一个好党员和红色专家还有什么难处呢？

没有料到，我像一个参加长途竞走的人，半路上贪恋一株新异的花草，忘了路标的指示，走起弯路来了。

设计院来了一个才从艺术学院毕业的、做雕塑师的姑娘，叫加丽亚。她父亲是位音乐教授，母亲是个德国人，她北京话和柏林话都说得挺流利。她来时是秋天，穿着件浅灰色的裙子，米黄色的毛线衣，头发是棕色的，眼睛却是黑色的，眼睫毛很长。于是“加丽亚”三字就粘到小伙子们的嘴唇上了。开会的时候，这个给她搬椅子，那个给她递茶水。休息时，这个约她去散步，那个请她去打球。她一天到晚兴高采烈的，一会儿把她的快乐传染给这个，一会儿又传染给那个。我自然不会像那些单身汉似的去献殷勤，不过，说良心话，我也挺欣赏她的相貌和风度，很愿和她一起散散步，谈谈心。

中秋节，机关组织大家去游颐和园。加丽亚说她要去，许多小伙子也争先报了名。有人替她拿水果袋，有人给她在车上留座位。那天我爱人要参加她们工地上的集体活动，我只好一个人去，坐在车上，我冷眼看着那些小伙子发笑。

加丽亚上来了，假装没听见人家招呼她坐，却意外地，竟走到我面前笑笑说："劳驾，往里一点。"

我往里挪挪，从侧面看着她。她脸朝着前面，故意做出严肃的样子。

车子过了西郊公园，猛然转了个弯，她撞到我身上了。重新坐好后，她向我点点头说："对不起。"

我说："您真客气！"

"对您不敢不客气，"她望着我笑道，"您总是那么严肃，好吓人哪！"

"唔？"我大声笑起来。

我俩热烈地谈起来了。我称赞她的衣服和身材，她不仅不害羞，反倒爽快地议论姑娘们的身材特点，以及应该如何打扮之类。我很喜欢她这种爽快劲，便也毫无顾忌地发表意见，然后又谈到了大学生活，共同的兴趣……越谈越投机，下车时，我们俨然像朋友了。

"你船划得怎样？"她妩媚地看着我。

在学校里谁没受过姑娘的青睐？谁没有点在同辈青年中争胜的劲头，加丽亚似乎一下子又把我拖回到三年以前去了，我得意地看看那些用嫉妒眼光盯着我的小伙子，拉着加丽亚说："走，咱买船票去。"

这以后，我和她成了要好的朋友，有好电影和音乐会，我们总是一道去。

有一次看《杜勃罗夫斯基》。回来的路上，她说："这俩演员真漂亮啊！"

我说："两人很相称！"

"人家是有意识这样选的，"她正经地说，"爱情，除了性格、志趣，还应该是美的结合，两个人都漂亮，不仅自己幸福，对旁观的人也是幸福的……"正说着，对面走过一对男女来，男的有二十七八岁，很年青、精神。女的在笑着，脸上堆了几条皱纹，看来要比男的大四五岁。她立刻用肘子一碰我说："喏，你瞧，也许他俩感情还不错，可是叫别人看起来总有不愉快之感，不能不算遗憾吧？"

我看看那俩人的背影，先还挺高兴，以为加丽亚在暗示我俩"很相称"，接着，我想起我妻子来了。"她比我大两岁，也没加丽亚这么'帅'，要叫加丽亚看见我俩一起走，她会怎样评论呢？"不由得有些扫兴。

正巧，这个星期六我们机关有舞会，我把爱人约来了。我们坐在大厅角上，觉着背后有人嘁嘁喳喳地连笑带议论，回头一看，正是加丽亚。她见我看她，便索性大声道："我正议论你呢！"甩甩头发，走过来向我眏眏眼说："可以介绍下吗？"

我红着脸，把爱人介绍给她。天晓得，在加丽亚对面我爱人怎么显得那么呆板，没有风度，和苍白。我真后悔，不该把她带到这里来现眼。以后乐曲再响的时候，我就请加丽亚跳，请别的同志跳，加丽亚问我："你让她一人坐在那儿她不会生气么？"我说："她并不太喜欢跳舞，也不太会跳！"然而，当我跳完一个华尔兹回到妻的身旁时，妻却很不高兴地说："我想回家了，你一人留下来跳吧！"我忙说："为什么，还早呢？"她说："我累了！"我只好耐着性陪她回去。路上我们一直沉默着，快到家门口了，我装作玩笑的口吻问她："是不是我净和别人跳，你生气了？"她说："干吗要拉我去作展览品呢？我在家看点书不更好？"我说："人家要认识你也没有什么恶意！我请别人跳也是礼貌。”她说：“我见不得那种轻浮相。我尊敬别人，也希望别人尊重我！”

到家之后，我们默默地坐了一阵就睡了。躺在床上，我忽然想到：如果我身边躺的不是她，而是加丽亚，这些不愉快不就没有了么？

是啊，假如妻也有加丽亚的相貌、风度、趣味，那我该多幸福啊？

为了避免惹闲气，我一连几个星期都没参加舞会。

一个星期六晚上，我正收拾东西准备回家，加丽亚进来了，对我笑道：“女主人管教得真严，舞会上都见不着你的面了。”

我说：“我自己不愿意跳！”

“说这么好听干么？”她努努嘴，“出名的舞蹈能手！不过身不由己罢了！”

我有点挂不住火，说：“这么说，我今天就跳一晚上给你看！”

“回去挨骂可没有人同情呵！”她笑笑，又说道，“今晚上有联欢晚会，说要选几个跳得好的起示范作用，你怎么样？”

我说：“好，我俩算一对！决定了！”

她笑着推我：“那还不快打电话请假！”

我急道：“向谁请假？我是自由的！”

话虽这么说，我可确实担心妻在家里着急。只是不好意思去打电话。

许久没进舞厅，一听乐声，一见那灯光，立刻兴奋起来，把别的事全放在脑后了。

加丽亚换了一身漂亮的衣服。音乐一响，我俩就旋风似的转过了整个大厅，人们那赞赏的眼光紧追着我俩闪来闪去。加丽亚得意地说：“我好久没这么高兴过了，跳舞本身是愉快的，被人欣赏也是愉快的。我告诉你个秘密，姑娘虽然爱在人前装得神圣不可侵犯，可是心里还是愿意被人欣赏！”我笑道：“小伙子们又何尝不如此？”她说："你也这样？"我笑道："可惜我不漂亮，引不起人们的欣赏！"她笑道："别客气，我还是头一个欣赏你的！"我们边跳边说笑，总是撞着别人。她耸耸肩说："不管他，我快乐的时候，根本不考虑周围还有别人存在！"我说："也不考虑你自己是否存在吧？"

"对极了，这才叫忘我！"转了一转，她又笑道，"我能忘我，你就不能！"

我问："为什么？"

"你忘了自己，可有个人没有忘你！"

本来我已忘了家中的事，她这一提，我的兴致立刻减了不少，便说："咱们不谈别人好不好？"

正这时，门口有人喊我的名字道："电话，您爱人找！"

"怎么样？"她推开我，笑道，"生命诚可贵，爱情价更高，若为自由故啊……"

我气冲冲地跑出来，到传达室一把抓起电话来大声吼道："我马上回去！"

说完，电话里没有人回答，我奇怪了，问道："怎么回事，你走了么？"

里边干咳一声，低声说："我是问你回来吃饭不，省得我等，又没催你回来……"

我听到她那委屈的声调，再没心思跳舞了，真觉着自己失去了自由。走到大厅去向加丽亚告别，她正和一个穿蓝西装的年青人跳舞，脸上仍然洋溢着快乐，而且还兴高采烈地说着什么。经过我面前时，她只轻轻地点了一下头。我赌气一句话也没说，便走回家去。

我爱人正在桌前坐着，桌上放着冷了的饭菜，见我进来，她把头一扭。

我说："怪不得人们说女同志小气，我就回来得晚一些，也不致这样啊！"

"我对你说什么了，你拿起电话就发凶？"她生气地说，"我妨碍你什么了么？”

我听她话里有话，急道：“好，好，你别说这些，以后不离开你一步就是了！”

“我并没这样要求你！”她喊了一声，又赶紧住了嘴。两只眼睛阴凄凄地望望我，小声说：“真可怕，星期六你也不愿回家来了，我们也开始吵嘴了……”

“不要胡思乱想，”我说，“夫妻吵嘴是难免的。”

“唉，既吵开了头，谁又保险不会永远吵下去？”

这阵风暴过去，她睡了。我躺在床上又想起了舞会，想起了加丽亚，想起了大街上和舞会上人们投过来的羡慕的眼光。于是，我不由得看了一眼我们的结婚照片，第一次发现我们的年龄差别是这样明显。我有些害怕地想道：“我结婚得太匆促了点吧……”

她翻了个身，醒了。见我还开着灯，问道：“怎么还不睡？生气了？”

我摇摇头。

“别生气，也许我们还不善于处理生活问题……不过，你不该连个电话也不给我，”她吻着我，“你知道我站在门口等了多久啊，菜凉了，我去热，热好了，你还不回来……”

“是我不好。”我抚摸着她的头发说，心里却又去想起了加丽亚，我觉得自己虚伪得可怕，但又制止不住自己。

加丽亚初来时所引起的骚动，平静下去了不少。许多围绕着她的青年也自动散开了。而且人们提到她的名字时，越来越多地由赞赏变成责难。说她“轻浮，在感情上打游击”。我想，男孩子们追求一个姑娘落了空，总难免说吃不到嘴的葡萄是酸的，所以我不仅不因此改变对她的看法，反倒有些替她抱不平。看得出，她也隐隐有些苦闷，于是和我接近得更密切了。每天晚饭后我们都到什刹海边去散步，或去溜冰。她脑子里随时都能出现奇异的幻想。看到冰，便想到将来有一天马路上的人行道会全用冰铺起来，行人全穿着冰刀。她说：“那时咱俩在星期天就可以散步到天津去。”看到水，她又想到将来她要盖一间双层玻璃的雕塑室，玻璃之间灌满了水。我就说：“将来我为自己设计住宅时，一定为你预备一间这样的水晶宫，把你像金鱼一样地养在里边。”说完，我偷察她的脸色，她并没生气，倒说：“你真是个知音者，我要有你这样个哥哥够多好！”我说：“好，你就做我的妹妹吧。”从这以后，单我俩在一起时，我们就兄妹相称。

有一次我们在什刹海边散步，她手里拈着枝梅花，一边往头上簪一边哼着：“啊，姑娘呵——”唱到半句，忽然停下来，自言自语地说道：“姑娘，这两字多响亮啊，像黄金一样，我一辈子也不让它离开我。”

我笑道：“照这样说，一结婚，黄金就贬值了！那，你是永远也不结婚的了？”

“也不一定，”她笑起来，“也许将来有个人能使我不得不用这黄金似的名字去换他的爱情——谁知道这个人在哪里呢？”

我心里发起热来，以为她在暗示着我。

冬天，加里亚总是戴一顶灰色的哥萨克式羊皮帽。我很喜欢这样的皮帽，曾问过帽店，说是要过一个月才有，我就等着。妻见我这么冷的天还光着头，便买了一顶长毛绒的给我，说：“你也不要太节省了，条件允许，也该注意一下仪表。”

戴上绒帽的第二天，加丽亚跑来找我说：“你不是喜欢我的皮帽么？店里有了，咱去买吧。”我毫不犹疑地和她一齐走了出去。半路上，我觉得这样办有点不妥，踌躇说：“等一等，也许我钱不够——”

“我送给你，”加丽亚痛快地说，“全机关就我这一顶，未免太孤单了，它要有伙伴。”

她真的不准我付钱，送了一顶给我，并且当着许多店员和顾客的面给我试过来试过去，一边端详着我，一边拍手说：“帅，帅，我要给你塑个半身像，戴这帽子的。”她不顾旁边人的窃笑，也不管我脸红。

我一时大意，星期六晚上戴着皮帽回家了，妻一见便吃惊地问：“你买的？”

我脸一红，支吾道：“不买还有人送？”

“我不是才给你买了新帽子？”

“我……”

“你根本不把我买的东西放在眼里，”她不高兴地说，“我真傻，还以为不买帽子是为了省钱呢！原来人家没找到合适的，哼，越打扮越好看了！”

“她就不懂什么叫美！”我想，“加丽亚就不是这样！这就是艺术修养啊……”

“你为什么发愣？”她睁大眼睛问，“生气了？唉，你想想你这是浪费不是？一个人的好坏不在他的打扮上，在灵魂里！”

“你瞧，劝我买帽子也是你，反过来说我也是你！”为了不使她疑心，我又说了几句笑话，便帮她一起布置饭桌。吃过饭，我倚在床上休息，不知不觉地又想念起加丽亚来。我在脑里重演着我们在一起玩的情景，回忆每一句似乎有意又似乎无意的话，不知过了多久，渐渐地我感到有什么不正常的气息了，为什么这样静呢？我找寻妻，她头伏在桌上，肩膀一耸一耸的。

我意识到她在哭，心里烦躁起来，走到她身边问：“我又没惹你，无缘无故哭什么？”

她不说话。

“到底怎么了呀！”我急道，“有什么话不能说？是不是见我买了顶帽子心疼？”

“你有心事，回家来就自己出神，理都不理我！”

“哎呀，我工作一天累了，你又不是小孩，要人回来哄你！”

她又放声哭起来，呜呜咽咽地说：“咱们谁也不是小孩子，夫妻之间应该怎样生活也都懂得的！这样冷冰冰的总该有个原因！”

我急道：“你不要乱扯好不好？”

“谁也不瞎，星期六也不愿回来，打电话一找就发脾气……你根本忘记了还有我这样一个人存在！”

我竭力强词夺理地分辩，可是连我自己也感到了笑声和话声中的虚伪调子。她的眼睛里，从此增加了忧郁和怀疑的影子，我的脾气也更暴躁了。似乎一切都变了个样，以前回家去，老远见到她在门口等我，心中感到无限幸福，现在一见她在门口等我，心中立刻发起怒来，“哼，一刻都不放松我，在这儿盯着呢！”进屋之后，她催我吃饭，我就没好气地说：“你叫我喘喘气好不好？”她看我一眼，便赌气坐在床上不响了。过了许久，她又问我：“咱们有什么问题当面揭开谈谈好不好，不要这样折磨别人！”我当然不能揭开谈，只好说她：“你就是小气，别人随便说几句话你都胡想，这样子别人怎么跟你相处呢？”

她冷冷地笑一笑说：“随你怎么说吧，不过我愿对你进两句忠告，往错误路上走的人，开始总是并不太自觉的，而且开头都是从极小的细节上开始……”

我气道：“你就是真理，谁对你不好谁就是往错误的路上走，多高明的逻辑呀！”

就这样，我们几乎没有一个星期不吵架！只要一听到她来电话，我心中立刻像坠了块铅，一听说她星期六不能回家，我就浑身感到轻松。

回家，成了我最大的痛苦。

和爱人的关系越坏，对加丽亚的感情也越浓。对加丽亚的感情越浓，也和爱人的关系越坏。到底哪是因，哪是果，我已不甚了然了。

只有一点是明白的：每当我看到加丽亚的可爱处，便暗暗去和妻的讨厌处相比。甚至把妻引我讨厌的行为试放在加丽亚身上，那时就觉得这些行为也是可爱的。于是，我想象中的加丽亚就比现实的加丽亚更可爱、更完美。而想象中的妻，却比现实中的妻更难相处。

我不能否认妻在品质上、在思想上那些值得尊敬的地方，我觉得这对一个革命同志来说是重要的，但不一定适合作我的爱人！既这样，何不换个人？

我作离婚的打算了。

我下了多少次决心，但一到对着妻的面时我就张不开嘴了。我知道她爱我，我提出离婚对她是个沉重的打击，我不忍说出口。我绞尽了脑汁想找一个既不使她痛苦又能达到离婚目的的办法。我找机会说些别人离婚的故事，称赞那些人做得干脆。又偷偷地把两人的衣服分开箱子，暗示她我已下决心要离开她，但天晓得，当她真的懂得了我的用意，脸色变得那么悲哀和可怕时，我又慌了，又拼命安慰她，不叫她多心，说我这一切行动全是无意的。结果问题没有解决，我们之间更紧张，更痛苦了，我连夜地失眠，她明显地瘦了下去。我痛骂自己这种倒霉的“善良”，却又下不了狠心。

在机关里，我的日子也很难熬。人们已经在说我和加丽亚的闲话了，他们甚至当着我的面说加丽亚是个道德堕落的人，说她是纯粹的资产阶级作风，有人半玩笑半正经地说我“昏了头”，但我又怎么能放弃和加丽亚接近呢？她是那么不稳定，今天给这个画油画像，明天和那个合作漫画，最喜欢和她跳舞的那个穿蓝西装的人（现在穿“皮猴”了，也是蓝色的）仍死追着她，我若把她失掉了，岂不是两头落空吗？

团里注意上这件事了，小组会上大家正式给我提出意见。支书也找我谈话，并且明示我这样下去将为团的纪律不允许。我不能不收敛一些了。可是加丽亚呢，这个冤家一点都不体谅我。有一次，她当着许多人的面约我陪她去买东西，我含糊了一句，她立刻一甩头发走了。我追上去解释，她说：“你不去别人会陪我去，没什么！”我说：“咱们感情好，何必当着人面表现出来……”

“我跟你有什么不能见人的事？我就不怕别人诬蔑我，你怕受连累不要接近我好了！”

“加丽亚，你冤枉人心……”

她见我真急了，反倒扑哧一笑说：“光知道注意别人的反映，就不知道注意一下自己的脖子么？瞧，围巾都破了，不能换一条吗？”我苦笑道：“哪里顾得上！”她说：“自己都不爱美，还说欣赏旁人呢？”她把自己一条驼色的解下来围在我脖子上。围巾上带着她的体温和芳香，使我发醉。

但，到底还是痛苦多。我真不知道一个人的脑子竟会乱到那样的程度，我总想把自己的心事整理出个头绪来，却怎样也整理不出来。

组织上交给我设计一个医院的任务。我高兴极了，以为这下精神有了新的寄托，可以暂时忘记这些杂事了，谁知道我在桌前一坐下来，脑子就又转到了加丽亚和我妻的身上去。设计神经病房，我就想到自己提出离婚会给妻带来多沉重的痛苦，为自己的残酷害怕。画到日光浴室我又想起了加丽亚的玻璃雕塑室，加丽亚是这么可爱，我怎么能和幸福交臂而过呢？不，忍受过一时的良心责备，就是一生的幸福呵……就这样想啊想的，日子一天天过去了，连张草图都没画出来。上边催了，再不能耽误了，我设法叫自己相信这一切都是为加丽亚效劳，设计病房，我就想着她披着轻软的睡衣在屋里躺着；设计阳台，我又想象她在阳光下画水彩画。图设计出来以后，我吃惊地发现自己在舒适、美观上花了那么多心思，甚至显得太豪华了，但已经没有修改的时间。

图纸交上去不久，批回来了，不仅指责了许多地方不适用，形式主义，还在上面写道：“一个人的设计风格和他整个的思想感情是分不开的，你的朴素的风格在失去，这是一件值得你深思的事情！”

这个打击使我更加深了一层苦恼，在爱情上我是这么不幸，在事业上我若再没有了前途，我还有什么可希望的呢？我悲观极了，既找不到引起这一切的原因，又不知道应该把这一切怎样结束。

团里专为我开了一个批评会。大家帮我分析，说我的资产阶级意识在作怪，说我道德品质低下。我是这样反感，但又没勇气反驳他们，我说我和加丽亚只是一般关系，顶多是感情趣味上相投些。大家又批评加丽亚的感情趣味，说她是在感情上剥削人！发言最尖锐的正是过去围绕加丽亚的几个青年，你想，我能服气么？

会散以后，留在我脑子里的只一个印象——这一切该有个结果了，越拖延下去越糟糕！

这天晚饭后，我悄悄约加丽亚去海边散步。偏巧在路上遇上了我们的科长，他是个老干部，在科里威信很高。他用不喜欢的眼色瞅了瞅我俩，对我说："晚上到我这儿来一下好不？"

我答应着，猜到他要和我谈什么，心里忐忑起来。

显然，加丽亚也猜到了这一点，她瞅瞅我，嘴角轻轻一弯，像嘲笑我，又像嘲笑她自己。

我俩各想着心事，顺着海边的笔杨走了半天。她轻轻叹口气说："在咱们这儿做人真难，尤其是姑娘！"她皱起眉来，但那声调却一点也没有伤心的意味，反倒像有点得意地说，"长得漂亮点又成了罪过了，人们围你，追你，你心肠好点，和他们亲热些，人们说你感情廉价！你不理他，他闹情绪了，又说不负责任！难道，这一切都能怨我吗？"

我说："有些话，只当听不见算了！"

"我也有缺点，有点温情主义，喜欢和男孩子们玩玩，可是，难道这样就非逼我嫁一个人才行吗？谁爱出嫁谁出嫁好了，何必管我！"

我笑一笑。

她看看我，小声说："他们还说我破坏了你们夫妻关系……"

我紧张起来，忙说："这是哪里的话！"

"我只是把你当作哥哥的，并没有想别的，你如果因为这受到旁人批评，尽可以不理我！"

"加丽亚，我又没惹你……"

我心中顿然一悟，啊，女孩子常常要说和自己心情相反的话：她怕你和她分开，就故意说愿和你分开，她心里真爱你，又怎么好直说出来呢？特别在这众目所视的情况下……

“唉！”她手里拿着个树枝，拍打着自己的裤子说，“最苦闷的，莫过于没人理解你了。”

“加丽亚，”我捏住她的手，低声说，“相信我，我理解你。”

我们挨得紧紧地站着，有好几次我想吻她，但终于压制住了。站了好久，才往回走。想到立刻要去见科长，我一步比一步走得慢。

科长坐在办公室的沙发上，见我进来，将身子一挪，便招呼我坐下。

“上次叫你考虑一下自己在设计作风上的变化，你考虑了没有？”

“想……想是想了，还没想仔细。”

“怎么想的？孤立的，就设计思想考虑设计思想？”

我含糊地应了声。

“那样考虑不出名堂来！”他昂起头，自语地说。他思考了一下，直爽地问道：“你谈谈，最近一个时期，在你心中占最重要地位的是什么问题？”

“生活问题！”我也坦白地说，“和爱人相处得不好。”

“为什么相处得不好？”

我把我的情况和想法大概和他谈了一下。

他沉默了许久，叹口气：“有些人说‘爱情问题是生活琐事’，我倒不是这样看法，我觉得这个问题上最能考验一个人的阶级意识，道德品质！”

接着他详细地给我讲了一段从前他自己想离婚而又没有离成的故事。抗战前他在家里结的婚，两人感情一直很好，胜利以后他进了城市，接触了好多知识分子，便产生了要和自己老婆离婚的念头，经过几次请求，领导上批准他回家去办理手续了。在回家坐的火车上他碰见有一孕妇要生产，当时整个车厢里的人都忙起来了，有人解开行李撕被单给小孩作尿布，有人从这车厢跑到那车厢来回地找大夫，列车长额上挂满了汗珠，就像那个生产的人是他的女人一样。这一切使老科长有了很多感触，他一边思索着一边和我说："当时我就想，我们这个社会的人，所追求的道德精神，不就是要这样地关心别人，关心集体么？对别人负责，对集体负责，互相都把对方的痛苦当作自己的痛苦，说穿了，共产主义精神不就是这么个内核么？我在离婚这件事上，为我爱人着想了多少？她等待我好多年，今天把丈夫等来了，却是来和她离婚的，不难想象，她的思想，她的精神要发生什么样的变化呀？……还有比否定自己整个儿的精神品质更严重的悲剧么！就算离婚后我能找到一个漂亮的、合意的新爱人，她能弥补我这终身不能挽回的损失不能？在尖锐的斗争中，自己向自己低了头，以后再说自己是真正愿做个真实的共产主义者，恐怕连自己也不会相信了！……"

他的事情，他的话，动了我的心，我有好几次不自觉地联想到了自己老婆那痛苦处境。可是，我又怕我自己的意志软，会真的听了科长的话悔了离婚的念头，等将来后悔失去了加丽亚时再挽救也来不及了。我对自己说："狠一点，一咬牙就过去了！"便竭力、故意地增加自己对科长反感的情绪，心里在说："他说的光是大道理，他是没有碰到我这样的具体情况！你身边有一个加丽亚看……"

我嗫嚅地问道："这么说，两个人在性格、作风方面的不同就不能成为他们是否能幸福地生活下去的主要条件了？"

"是的。当然这很有关系，所以任何人在没有恋爱和结婚以前都有权利选择选择么！为什么你在恋爱和婚后都很喜欢她而现在变了呢？为什么人家嫁给你以后你又见异思迁呢？"他不放松我，追问道："听说你喜欢加丽亚？"

我含糊地应了一声。

"加丽亚在美术学院因为作风不好被记了过，你倒跟她的性格相投。嗯？你觉得她的作风跟我们健康的思想感情不相容没有？你批评过她这些没有？"

听到他说加丽亚这样，我真吃了一惊，但紧接着，我心里袒护起她来了。是呀，许多人在她那儿碰了钉子，当然不会说她好话！至于美术学院的事，谁知道真相怎样呢？反正加丽亚跟“品质恶劣”四个字连不在一起。莫忘记，科长是在打通我的思想啊，他还会对我称赞她的好处吗，更何况她的许多美处只有我一个人认得出。

科长见我低头不语，以为我动了心了，便叫我回去好好想想。

怎么想呢？说良心话，他的道理没有一句不对；就是有一样，加丽亚是活生生的人，我爱她，也相信她会爱我，我曾想象和描绘了那么多我们将来共同生活的图画，如今一百步走了九十九了，我怎么甘心一刀两断呢？

我知道，如果我认真地去咀嚼科长的话，我自己的良心会受不住的，结果我还是两边下不了决心，那只会无限期地把事情再拖下去，如今从上到下全注意上这事了，哪还有拖延的余地？

我决定回家把事情说穿，跟妻一刀两断！

一想到马上要处理，我又害怕起来。妻的许多可爱的地方一下子又都涌到了我的眼前：从我们第一次见面，她给我留下的好印象，到我们最近一次吵架中她的忍让态度，一场比一场鲜明地在自己脑子里重映开了。我不禁问自己：“我真没有冒失吗？我失去了她，真的不致后悔吗？……”

“果断一些！”我出声地对自己说，“照这样犹豫不决，什么事也做不成！”

然而，我还是决断不了！加丽亚呀加丽亚，你若不出现在我面前我不是会平平静静地生活下去，并不感到有什么不满足吗？你害了我！

啊，不，幸福的机会，一生也许就只有一次，如果碰不上加丽亚，也许我今生都不会体验到和加丽亚相处时的愉快，你还是该来的。

另外我也想到，加丽亚尽管跟我很好，但从来没有明确表白过我们的爱情，万一她变了呢？我还是要先试探一下。

我悄悄走到加丽亚宿舍门口，胆怯地敲了敲门。

里边一阵脚步响，门开了。她披着头发站在我面前，笑道："半夜三更，什么事？"

我说："没事，我从来没到你这屋来过，看看……"

"那就请进吧！"

她的墙上挂着两幅她的油画像——一个是正面半身，一个是倚在大石柱子上的全身——和一张漫画像，下边各有一个简化的作者的署名。对面墙上，是一张许多穿着滑冰服的人的合影，加丽亚站在中间，周围有一群小伙子。她推了把椅子给我坐。我看到桌上面，台灯前边放着个未完成的半身泥塑人像，便问道："这是我的？"

"你的完了！"她回身从书柜上拿下一个硬纸匣来，递给我说："请自我欣赏吧！"

我打开一看，果然是戴着皮帽的、我的半身像。因为比我本人漂亮，有些不大像我了。我禁不住称赞说："好，好极了！"

她笑道："是人长得好，不是我塑得好。比如我吧，再好的雕塑师也不能把我塑成个艺术品！"

我说："得了，不用塑，你本身就是件最好的艺术品！"

说笑了一会儿，我正打算把话转到正题上去，外边有人敲起门来。

"谁？"加丽亚拉开门，进来的又是那个穿蓝皮猴的，（他又改穿中国式的绸棉袄了，还是蓝色的。）他进来后对我点点头，便在桌的一旁坐下了。

我暗骂他来得不是时候，心想他一定有什么事，索性等他走了再说吧，便随手从桌上拿起本书来，乱翻着。

见他的鬼，他也坐在那儿翻起书来了！我看看加丽亚，希望她设法把他支出去。

加丽亚看看我，又看看他，咯咯地笑起来了，说道："真妙，你们怎么上我这儿演哑剧来了！"

我不由得笑了，他也笑了。

“咱打牌吧！”加丽亚打破僵局说，“赌倒茶的！输了的人给赢了的倒茶！”

我急得了不得，哪有心思打牌！可又不甘心出去让那家伙在这儿——我很后悔以前竟没想到上宿舍来找加丽亚，他一定常常来的！——就跟他们打起牌来。鬼知道怎么搞的，一上去我就输，还要给他倒茶，而且一点也看不出加丽亚对我比对他更亲热些，到第三盘，我把牌一推说：“我不玩了，困得很！”

“别丧气嘛！”加丽亚半玩笑地说，“人们都说赌场上失意，情场上得意呀！”

我觉着加丽亚这话大有深意，立刻浑身都舒畅起来，用胜利者的眼色扫了扫蓝棉袄，说：“好，打！”

可是外边也响熄灯铃了。

我恋恋不舍地抱着我的塑像走出屋，加丽亚送我们出来，悄悄对我说：“你回去看看塑像的肚子里有什么东西！”

“调皮鬼！”我说完，轻飘飘地向宿舍走去，我等不及回去看，走到一盏路灯下就把纸匣打开了，伸进手一摸，摸出一张纸条，上边写道：

“人还像，只是不知他的心是怎么样的！星期天下午三点，我去北海，你来不？”

一股暖流从心底冲上脑袋，我呼吸都困难起来！一时高兴，便抽出笔来在一边写道：“加丽亚，加丽亚，你就要看到我的心了！”

苦苦地思索了好几天，决定最后一次试试妻子，看还有没有“和平解决”的希望。若实在没有，那就让她恨我好了，也许那样更好些！若叫她带着怀念离开我，对她说来就更难忍受，对我说来，也会加深良心上的自责。

星期六的夜晚到来了。

天冷得出奇，北风吱吱乱吼，马路上冷冷落落，偶有几个行人，也把头躲在大衣领里边。悬在街正中钢丝上的电灯疯了似的乱摇着。

我到家时，妻已先回来了，正在火炉上煮什么，满屋都是甜味。她一只手拿着筷子，两眼直瞪瞪地瞅着火苗。

见我进来，她问道：“外边冷吧？”

我随便答应着，把塑像放在桌上。她凑到桌前，打开纸匣一看，便叫道：“好！”端详了一阵，又说：“可惜这人的技术不高，塑得有些走样了。”

我板着脸说：“艺术是要夸张一些的，你不懂！”

“干什么单单夸张这顶皮帽和围巾。看！帽子还歪着，”她笑道，“好好的人，弄得像个资产阶级大少爷。”

我说：“我本来就不是无产阶级出身，请原谅。”

“你不用凶，”她笑道，“我今后反正不跟你吵架了！真下了决心！”

我觉得她真的有点和平常不一样，暗暗感到有些蹊跷，但又不好意思再板着脸，便假笑道，“不吵了，哭起来还不比吵架更烦人？”

“也不哭了，傻瓜才吵架和哭！”她微笑着说，“我想明白了，那样能解决问题吗？不能！只表现自己软弱无能，反正两人要过下去的，干么不找个能解决问题的办法，光冲动毫无用处！”

“她是打算一辈子不与我分开了？”我暗想着，有点失措，脱掉大衣后，便拉了张椅子在一旁坐下，心里一边想主意，一边说些没用的话应付她，省得她发现我心不在，又伤心。

我问她：“煮什么？”

“酸楂酱，最近我……”她笑笑说，“我想吃，你不爱吃吗？煮好，咱们一人装一罐带到机关去吃。”

我不感兴趣地说：“算了吧，罐子不好刷。”

“我来刷。”

我便不再说话了。她也不像平常那样追问我为什么不说话，只一边搅锅里的酸楂，一边对着火苗出神。我觉得她有些异样，但没心情去关怀。坐了会儿，我说困了，便先睡下。

睡到半夜，一翻身，我觉出床在轻轻地颤抖，注意了一下，听到她在被底下抽泣。

“讨厌，和这种人一起生活就是哑巴也会发脾气！”我心想，不愿理她，扭过身去。

过了半天，她还不停，我忍不住了，回过头来喊道：“你有什么委屈的，说出来好不好，只是哭！别人老远回家来就是听你哭的？”

她不回话，哭得更响了。我觉着再在她身旁躺下去，浑身要烦躁得炸裂，便一撩被子，披上大衣下了床，拧开灯，从桌上抽出一本小说来，坐在火炉旁看书。眼睛看着书上的字，脑子里却想着其他事。我对自己说：“看来只有离婚才能从这种痛苦里解脱出来了，这算什么生活？每个星期六都这样度过！科长光知道讲大道理，让他来过两天这样的生活看……！”

过了许久，我觉得又冷又困，她也安静下来了。我才又回到床上去躺下，一边盖被，一边生气说：“你考虑一下，这屋子并不是只有你一个人，你只顾要脾气，别人怎么忍受？我们都是平等的人，我又没有压迫你。”

她沉默着。我躺了一会儿，就睡着了。

第二天我睁开眼，她已在地下缝东西。炉子周围烤着我昨晚脱下的内衣，干净的衣服放在我枕边。我心里鄙视地说：“真是一个不直爽的人，心里明明对我不满，表面上还这样做！加丽亚绝不会这样。”

我一边穿衣服，淡淡地问：“缝什么呢？”

她头也不抬，说：“手套，你的！”

“歇一会吧，我打算买呢！”

“我知道你不会戴它，但既做了，就做完吧！”她忽然口气转为凄然地说：“什么都应该有始有终不是？”

我走下地，见她两眼红肿得厉害，便说：“你瞧，昨晚你自己说的，再也不哭了，结果倒哭得更厉害了！”

“你放心好了，今后再不叫你看见眼泪。”说完，她轻轻叹了口气。

我讪讪地找些话来问她，她回答得很平静。我想：“她平静下来了，该找机会摊牌了。”

吃饭时，她突然说道：“我今天下午有事要回去！”

我说：“正好，我下午三点有个会。”

她隐隐地冷笑了下说：“碰得真巧！不过我下个星期不一定回来了。”

我说：“那——我去看你好吗？”

她冷笑道：“不必啦，我们那儿同志也多得很，这个家，也确实叫人痛心……”说着，她又对着窗发起愣来。

望着她那委屈、痛心的神色，我也很难过，心想“快刀斩乱麻，一下子了啦吧！”便把口气放得极缓和地说：“我问你一句话，你不要动感情，冷静地、理智地考虑一下再回答我好不好？”

她震动了一下，随即平静下来，两眼瞅着地说：“你说吧！”

“你是个好同志，我也爱你，可是，你考虑一下，你跟我性格相投吗，共同生活下去会有真正的幸福吗？你不要生气，你冷静下来想想……”

“我知道你要提这问题了！”她似乎胸有成竹地说：“我先问你一个问题好不？”

“好！”

“你坦白地说，你最不满意我的是什么？”

我脸红起来结结巴巴地说：“咱们个性不同，我常使你痛苦，我也很惭……”

“不必拐弯！”她脸色苍白地直视着我说，“我们到底共同生活了许久，互相还是知道些根底！什么个性不同，我们开始不是相处得挺好吗？我替你说好了，我年纪比你大，我长得不漂亮……”

我忙解释：“你……”

“不用解释，不用担心我会受不住，我用不着人怜恤的！”

我急道：“你别误会，我早说了，我只是提个问题，叫你别冲动……”

“没有什么误会，我又不是孩子！”她顿住，眼睛一转，落下两颗泪来，她急忙转过身去，背对着我问：“我只问你，当初我说我年纪比你大，要你认真考虑，你为什么说考虑好了？……说什么，全怨我自己没出息……”

“你别急眼！”我说，“我只是问问，又没提离婚！”

“你怕负责任，怕我怀恨你，不敢提！”她转过身来，冷静地说道：“没关系，我主动提出来好了！我并不是要求好坏有个丈夫！我要的是真正的爱情，两人这样敷衍下去都没好处！以前我一直存着个重新和好的希望，现在我明白没希望了，不会拖的！”她说，从椅子提起手提包，头也不回地走出门去，又回身轻轻地把门拉上，就好像平常回去一样，一点暴怒的痕迹都没有。

我麻木了似的望着门，骤然间堆上了一大堆问题在眼前：桥拆了，她的心伤透了，再也没有和好的希望了！可是，我面前的路真的像平日想象的那么美吗？会不会再想回来又回不来呢？加丽亚万一……天哪，我本以为一解决了和她分离的问题，事情就会单纯下来，我的脑子会安静下来，哪知道，反倒更复杂了，更乱了！这屋子挤得人喘不出气来，我得出去，赶快去找加丽亚，可是她说的三点钟在北海等我，现在才十一点。表啊，你怎么不走了？

我披上大衣，锁上门，走到了街上。外边风小了，雪花大片大片地往下落着，我不坐三轮，也不坐电车，昏头昏脑地在街上乱走，从隆福寺走到东安市场，又从东安市场走到王府井南口，一路上我什么也没看见。有好几次我被三轮工人从马路上推开，他们还指着脸挖苦我，我不跟他计较，也不生气，只随着旁人走去。

好容易到了两点半。我跳上一辆三轮，拍着车厢喊：“北海，快！”他要撑篷，我说：“敞着痛快。”

三轮在雪地上飞驰起来，我却急得恨不能跳下去自己跑。雪越下越大了。金黄色的故宫屋顶全变成了银色的。已经分不出哪是御河，哪是白玉石的河岸。我不停地擦着脸上的雪水，望着北海前门。

终于看到了啊！

加丽亚像朵艳丽的花站在白雪中，她穿着一件紫红色的呢大衣，白色镶红边的毡靴。我大声喊道："加丽亚——"

她提起一只黄黑两色的毛手套，跳着喊起我的名字。车还没站稳，我就跳了下来，我握着她的手觉着有千言万语要马上倾泻给她。

"瞧我选的这块地方怎样？"她闪着长睫毛，冻得红红的脸上堆着微笑，"北海的雪景，多美呀！咱们上后山去玩，堆雪人，嗯？不要走桥上，从冰上滑过去！"

我俩手拉着手在冰上边走边溜。

我拉着她，心中打着腹稿，准备尽量"艺术"地把事情说给她。她呢，大声地笑着，跟我谈雪，谈梅花，谈鸟，就是不问关于我的"心"的事。

我耐不住了，上岸时，一边小心地扶着她，一边笑道："你不是要看我的心吗？我带来了！"

"啊？"她疑问地看看我，随即笑起来，"那就掏出来看看。"

"我和爱人离婚了。"说完，我打了个冷战，紧张地望着她的脸色。

"真的？"她停住了脚，思索了一下，说："既然离了，我说句话也没妨碍了，本来我就觉着你结婚早了些，尿布、奶瓶、火炉、家庭……哎呀呀！这些俗事会把任何一个天才的想象力全磨光的！爱情本来是诗，可是一弄这些，哪里还有诗？"

我有些茫然地看着她，不知说什么好！

"还有，理想的爱人要慢慢发现啊！"她甩甩头发，笑道，"不结婚时，你有爱五亿九千九百九十九万人的权利，和被他们爱的权利！一结婚，完了，只能守着那一个人，老早把自己缚在一个人身上，再碰到理想的人时，后悔也来不及了！”

“加丽亚，别净说这些！”我靠近她说，“我假如没有新的爱情来补偿，马上会疯的！”

她笑道：“你现在自由了，爱谁不可以？”

我鼓足了勇气说：“我爱你！”

她歪了歪头，从地上拾起一块湿漉漉的石子，朝松树上的乌鸦投过去，乌鸦“哑！哑！”地叫着。她回过头来说：“我没权利不准人家爱我，可有一样，你不要一翻脸，又去给我提意见，说是加丽亚害了你！”

我急道：“加丽亚，我说的是真话，你明白我现在是处在什么样的地位上！”

“唔？”她住了嘴，看了看我的脸色，马上收住了笑容，咬着嘴唇看了一会儿自己的脚尖，抬起头来时，又换成了平日的神色，无所谓地说：“你想叫我嫁给你？嗯？”

我吃惊了，她怎么真像心里没有这件事似的，我说：“你该明白我的心！”

她脸上现出得意的神色，两颊更红了，她说：“坦白地说，我从来还没有考虑过出嫁这件事，它距离我还远得很呢！我跟你说过，我不轻易离开姑娘的地位！请你原谅！”

“啊？”我像头顶被人砸了一石头，两腿软了下来，我气喘着说：“加丽亚，我为你才离的婚，你怎么……？”

“什么？”她叫一声，想了一想立刻指着脸跺着脚哭道：“你吓我，你把你离婚的罪往我身上加，威胁我嫁给你！我不怕的！啊，我怎么办哪，所有的人都欺侮我！”

她哭着，也不顾怜惜衣服，背靠着树摇起来。

我走上去，抚着她的肩哀求地说：“加丽亚，加……”

“走开，走开，知人知面不知心，我把你当哥哥，你却暗算我！跟我谈这样的话，谁让你离婚来？你这样说出去，大家更抓住打击我的借口了，设计院我待不下去了……”

“加丽亚，冷静一点，加丽亚——”

“走，走，你不走我走！”她推开我，回身就跑，我追着她，拼命地喊道：“加丽亚！加丽亚！”

正好有两个人从山后转过来，一见我们这情景，惊住了。我脸一红对加丽亚喊道：“你放心吧！我还并不像你想象的那么卑鄙。”离开了加丽亚，自己朝山上走去。

我两只脚机械地，走啊，走啊，走个不停，恨不能一拳把身边的东西全毁了，一边走着，一边觉着自己脚下的雪地在往下陷，马上就要把我跌进深坑里去了。

我怎么了？我闹了些什么？这一切是真的，还只是我脑子里想象的？

我觉着两腿沉重得抬不起来，走进一个亭子里坐下了。我靠着亭柱，想清理下脑子里的一团乱丝，但我清理不出来，想来想去只有两句话：“老婆走了！加丽亚并不爱我！只剩下我自己了！”

天暗下来了。雾仍无声地往下飘着，公园里寂静得不见一个人影，西边的大楼上，冒出稀稀的黑烟来。隐约地听到了园外街上的熙攘声和看到电车的火花。冷，冷得浑身发抖。我无可奈何地走出园门，雇了辆三轮，回到家里去。

屋门锁着，我想起这屋门是我自己锁上的。接着，从我结婚时起，在这屋里发生的一切都又重新涌上了我的眼前，不知为什么我把自己摆在我爱人的地位上去想，我假定我是她，天天想她，一到星期六早早地回来把一切准备好站在门口风地里等候她，等久了，打个电话问问，可是得到的回答却是怒斥和冷淡。……我这才第一次看到了自己那冷酷的面目。怎么搞的，我是这样一个无情的、狠毒的自私小人啊！她竟忍受住了！

我的眼圈湿了，我恨不得立即找到她，向她诉说一切，让她随便怎样惩处我！我不要她饶恕，我在道德上犯了罪，我伤害了她！

门锁着，我不愿开门，怕看到屋里的情景自己会忍不住！我踉踉跄跄地离开家，往机关走。

“全是加丽亚，这个狠毒的人！”我走着，咬牙说。但是，一个反对的声音在我脑子里问道：“机关里人有的是，有结了婚的，也有没结婚的，为什么只有你被她害成了这样？”

于是，我和加丽亚的初次见面，我们的交谈、散步……都重新涌到眼前来了。我这才第一次冷静地重听了我俩每一句“有诗意”的谈话！重见了“有情感”的每一次来往，我发起烧来了，多卑鄙呀，什么“诗意”，不就是“调情”么？什么“情感”，不是自我“陶醉”么？这不明明是我那些已不知不觉淡下去了的“趣味”又被加丽亚唤出来，蒙上了自己的眼！被资产阶级感情趣味弄昏了头的人啊！你虽然和爱人结婚很久了，但你并没认识到她的真正可爱处，因为，原来并没完全爱她最值得爱的地方……

日常同志们对我的批判、科长说的话，又都像石子似的重新打在我的心坎上。

想这些做什么，现在什么都没用了，迟了。

我以后的日子怎么过呢？永远沉陷在孤寂的、悔恨的心情中么？我才二十多岁呀！啊！我原来不是都很正常，未来的生活也看得清清楚楚的么！我怎么把自己从正常生活的轨道抛出来了呢？

……

被脚下的石头绊了一下，我清醒了过来，看到前边已是机关的大门了。看到这个大门，我更加清楚地明白了今天发生的一切。原来一切都结束了，只剩下我一个暴露出原形的、没有人同情的小人了。妻心寒到那种程度，不会回来的；加丽亚只担心着我会对她有什么不利，自然也不会再理睬我！同志们呢，同志们……我的眼又模糊了。

“× 同志，您的东西！”门房老李认出我，老远就喊起来。我擦擦泪走上去，他从屋里拿出个布包来给我，说：“您爱人四点多钟时送来的，她说忙着去赶火车，没工夫等你回来了。”

“赶火车？”我浑身战栗了一下，手忙脚乱地解开了包裹，没防备从里边滚出一个玻璃瓶来，落在地上摔碎了，溅得满地都是果酱。包里是今早上换下来的衣服。中间夹着一封信。我抽出来，头一眼看见的是加丽亚塞在我的塑像中的那个便条，我挺奇怪，赶紧看那封长信。

"……

我难过极了，心里乱得很，唯一的希望是你耐心地把它看完。

昨天上午，我去医院检查身体，医生给我贺喜，说我怀上小孩了。当时，我立刻想起了我们最近的生活情形。我们在一起共同生活得不好，这样下去，对不起我们自己当初的愿望，更对不起这没出世的小宝宝！我想，我是有责任的，我在感情上要求你的多，在思想上关心你，体贴你的少……在医院，我就下了决心，今后不再哭闹了，要耐心地和你商量，帮助你分清是非！

可是，还没等我把这一切告诉你，我收拾屋子时，无意中发现了这个纸条！我以前只风闻你和另一个女孩子在感情上有些不正常，但真没想到竟发展到这地步，这对我的打击太大了！我伤心极了，慌张极了，苦苦地想了一夜，我又替孩子伤心，他有什么罪过，一生下来就碰到这样难堪的处境，这全是我们的不好，我们不配做父母。

当你刚才提出离婚的问题时，我就抱着"干脆利落"、不要你怜恤的心情回答你的。但回答之后，我难过了，甚至有些后悔了，我在屋里不能待下去了，我不愿在你面前表现出软弱，我走了出来。

明天我开始休假，我本打算在家住些天，现在，我觉得一个人住在那间屋里是一种不堪忍受的折磨，我决定立刻回天津家里去！咱们分居一个时期，也可以更冷静地考虑问题！

我不知你爱的另一个人是谁？我虽不满意她，但我决不毁谤她，我只希望你想一想，一个不尊重别人幸福的人，她会给你带来幸福吗？

亲爱的（让我还这么叫你吧！），我爱你，我真担心你会走上错路——在这些地方你是那么叫人不放心，你最近在各方面都有变化，在爱情上的变化只是思想意识变化的一部分反映，我过去没有严格地提醒你注意这些，现在又没有机会来提醒你了！你自己也该注意一下才好！

也许，你看见这些话会更对我反感了！不要以为，我是用这些威胁你要你不离开我！不，虽然我爱你（甚至觉得现在比以往更需要你的爱情），我一想到和你分开就疯了似的浑身战栗，可是如果你不再爱我，不愿再重建我们的爱情，我决不祈求你怜恤！

算了吧，话是说不完的！

……”

我看完一遍，没有懂她说了些什么，又急急地看了一遍，才模糊地觉得她还在爱我，还可以饶恕我。我急忙跑出机关大门，跳上一辆过路的三轮喊道：“快，快！上东站！”

门房老李在后边喊：“同志，你的东西，你的……”

技术员讲着，讲着，发现听的人一点动静都没有，问道：“怎么？都睡了！”

“没有，没有。”

“你说下去呀！”

“唔！”他安慰地吁了口气，想了想说：“完了，你们知道的，我没有离婚！”

听的人说：“你到车站找着她没有，回来以后又怎么样？事还多呢，怎么完了？”

讲故事的人说：“回来后，为了重建我们的爱情，两人也还费了好大力气的，不过，那要讲起来就太长了，明天还上班呢！”

沉默一会，他笑了声：“最好星期天你们上我家去做客吧！耳闻不如一见哪！”

转载自一九五六年九月号《文学月刊》

原载《文学月刊》1956 年第 9 期

甲方代表

张　弦

一

也许是实在房子不够分配了，我们宿舍里搬来了些姑娘们，就在她们搬进来的那天，我认识了她。

那是个星期天，外面刮着大西北风，我们屋里的小伙子们谁也没出去。马车的声音和女孩子们尖里尖气的声音从门外一直传到三楼。

我推开了门，只见她们和赶马车的一起抬着笨重的箱子，一个又一个地送进我们斜对面那个屋子里。照说，我真该过去帮她们一把，不过那几个小姑娘的那副神气，根本没有一点求人帮忙的意思。尤其是她，搬着大箱子上楼，瞧了我一眼，倒像是说："这箱子，多轻巧！"

搬到最后，剩下一个包裹和几件零碎的东西，走到楼梯拐角处，实在拿不住了，我跑过去接时，包裹已经跌散在地上，从里面蹦出一个漂亮的洋娃娃，而且一碰着地就转动它的眼睛，一面"呀"地叫了起来。

我先是一怔，继而好笑起来。她也索性把东西放下，爽朗地笑了。这时，我才发现，她非常美，头发梳着特殊的花样，脸娇嫩而秀丽，眼睛上长着长长的睫毛，笑起来，露出雪白的牙齿。穿得并不华丽，可是棉衣十分合身，式样看起来特别舒服。即使不听她们刚才的讲话，我也差不多可以从这样的脸型和装束上判断出来：她是上海人。

也许是旧的上海在我的印象中太深的缘故，对于上海人，我总有一种不好的成见。上海姑娘常常给我这样的感觉，她们爱打扮、爱时髦、爱玩、爱闹、爱叽叽喳喳没完没了地说话……就是不爱干活。——你看，这么大的人了，还从家里带来个洋娃娃，多有意思，准是个家里从小惯坏了的宝贝儿。

接着，她们就在洗脸房里，走廊上，大大方方地抱怨起这里的一切了，又是“不方便”哪，又是“太挤了”哪，总之是不满意。她们的话我差不多全能听懂，唯其听得懂，才觉得特别讨厌——还没干什么活，就不满意这宿舍了，要知道，我们去年来的时候，四十个人睡一条大炕呢！我们这些老大哥，可是什么也没说——尤其她们语气之中大有不满于本地之意，这最使我反感。不论什么样的人，男的或者女的，漂亮的或者不漂亮的；也不论在什么地方：饭厅或者公共汽车上，俱乐部或者百货公司里，只要我听到在说本地的坏话，我总会突然地生起气来，总会对这些人讨厌起来，甚至想上去和他们辩论一通，吵上一架。因为，尽管我不是本地人，可是我在这里的这些年，已经足以使我感到，这个地方是我的——不是故乡，而是劳动的地方。故乡常常不免要离开，而劳动的地方，是要长远住下去的，是最应该爱护的。

这天晚上，连刮风带下雪地闹了一夜，第二天，宿舍门口积满了雪。早上我吃早饭去的时候，看见她们正在门口戴口罩。她看见了我，和我客气地点点头，我看她们每人都有好几个口罩，用毛巾包好，塞在棉衣口袋里，就奇怪地问：

“要那么多口罩干吗？”

“我们在上海听说，在这里，走在路上口罩就会冻上冰，需要随时换……”她用很流利的普通话说。

我听了忍不住哈哈大笑起来。可怜的没出过门的小姑娘们！我没有向她们说明——因为看来，需要说明的还太多——就大踏步地向外走去，脚深深地埋在雪里。她们也赶紧跟了出来。我想，刚才她们站在门口大概是等个开道的人吧！

从此之后，宿舍里可以常常听见她们快活的歌声。每到星期六，她们都很晚才回来，大概不是看电影就是跳舞去了。一回来就嘁嘁喳喳讲个不休，而这时候也正是我们这些不大爱活动的小伙子们顶烦闷无聊的时候，她们这一闹，就更烦了。星期天呢？没等我们起床，就都走了。要是谁起得早点儿，就可以看见她们一个个穿着本地的姑娘们不敢穿的大花裙子的背影，而她头上的发结，则更是引人注目。

我们不谈起她们则已，一谈起来："上海姑娘"就是这样的！这就是"上海姑娘"！——结论就是如此。到底怎么样？是好，是坏？谁也不去分析。总之语气之间就是"看不惯"的意思，而"看不惯"，则是一件不需要解释的事情，大家都懂。

二

过了半年，我被调到新的工地。虽然我已经是个干了一年多的工地技术员，然而初到新的地方，总还是有点陌生。原来在这里负责的，是一个工人出身的技师，我认识他，姓王，四十多岁，见了青年人，常爱晃晃那光秃秃的脑袋说："咱们东北有句老话：'人熟为宝'，这话真不假啊！无论什么事，人熟，就是好办得多。……小伙子们，别火气太大，动不动就抬杠，关系弄僵了，自己吃苦啊！……"

他自己就是没有一个人不是搞得很熟的，刚见面的三分钟内，他就和你一见如故，把公司哪一回批评过他，以及他的认识等都告诉了你，总之是知己到无话不谈的程度。要跟一个毫不相识的人交谈，他会先亲热地称呼他一声“老王”，问候一套工作忙不忙等，然后再倒过来，请教“贵姓”……

他就是这样的一个人，而我被派去接替他的工作。

我走进办公室——工地的临时办公室那种乱糟糟的情形我是十分习惯了的，可是今天特别——屋子里意外地安静，坐在屋子中间的王技师意外地沉默。他见我来了，突然从椅子上跳起身来，我受宠若惊地连忙伸出手迎过去，而他却根本没有看见我，抓起桌上的便帽就往门口冲去，一面破口大骂：“他妈的，简直要拆我的台！……”

什么事竟弄得这个“人熟为宝”的王技师如此激动呢？？

屋子里别的人议论纷纷：

“太不像话了！”

“可我看这倒挺对，人家有人家的道理。”

“是啊！认真负责是好，可也不能叫我们这样为难啊？”

我一打听，才知道有一个甲方的工地代表，叫作“老白”的，什么事不愿意放松，而且简直不知道“原则”。

“刚才就为蒸汽管的问题，照说用旧管子关系也不大，可人家坚决不同意……”负责电气安装工程的老田跟我大致介绍了情况，接着就发表自己的看法说：“正确是正确，可是……也得有个分寸。有些事嘛，也应该适当地放松些……顾全大局嘛，对不对？”

“太年轻，不懂事。”一个我不认识的老头跟我点了点头说。

我下意识地环顾一下四周，烟卷雾中，谈笑声里，差不多都是三十岁上下的中年人。我想象这位老白一定年轻能干，大高个儿，宽肩膀，讲话的声儿，至少比我高些。接着，我不知不觉地联想到自己。我也很年轻，十分侥幸，我还不至于在这些“扯皮专家”面前，制造出这种僵局来，我总算是个比较“懂事”的吧！

王技师进来了。显然一场激烈的争论刚刚进行过，而且——我看得出——准是王技师终于胜利了。我十分了解王技师。他在吵架一得胜之后，不像别的人，会仗着胜利者的威风，说几句风凉话。相反他不，他会马上安慰对方，检讨自己修养不够，容易得罪人，等等。并且更妙的是反过来替对方辩护，重复并且肯定对方的理由，直到最后，他是这样来结束的：

“……你的话是句句都对，不过现在这个情况，实在没有办法，咱们就先按我这么办，啊？……嘿嘿……”

现在王技师就是带着这样的——谦虚的，甚至有一点抱憾的神情进来的。他微微一笑，说：

“解决了。答应先验收。不过嘛……他说，这个问题，以后要反映上去。”

空气缓和了，笑声多了起来，老田心眼直，对我说：“还是王技师有办法。以后反映，那不过是自己给自己找台阶下。等工程完结时，工厂也盖完，人员也有了变动，再说，事也许都忘光了。……”

这天就在这种忙乱的气氛中过去了。王技师跟我讲好，明天起交代工作，三天以后他就走。并且说，明天要给我介绍这位了不起的甲方代表——“老白”。

第二天，我开始坐专用的通勤车到工地去。一上车就有一个人跟我点点头，哦！居然是我的那位女邻居。

我差不多不认识她了，她那一卷卷的好像要掉下来的头发都没有了——藏在帽子里呢！穿着一身又厚又脏的工作服，还束了这么条宽腰带。这个打扮和她是多么不相称哪！

“你到工地参观去？”我好奇地问。

“不，我在那儿工作。”她说，看来，她不大满意我这种奇怪的神情，说完就扭转了头。我也没有再接下去。

下车以后，我们往一个办公室走去，她倒问起我来了：

“你……是最近来的吗？哪个单位的？”

我正要回答，王技师迎面走来，他一看见我们就笑着说：“哦！你们已经认识了！那太好了，我就不介绍了。啊？太好了，太好了，‘人熟为宝’嘛，哈哈……”说完就叫一个工友拉走了。

她究竟是谁？做什么的？我们今后会有联系吗？

我忍不住了，问道："你，你贵姓？"

她微笑了一下，好像有点怪我在一个宿舍住了半年还不知道她的姓名似的。接着，轻轻地，有点不好意思地说：

"我姓白，叫白玫。"

三

这天下班，我和她一起回宿舍，坐在车上，望着她那娇嫩的脸庞，一闪一闪的长睫毛，真有着说不出的感觉。

"我们老是谈论她们的表面，看不惯她们的爱漂亮，听不惯她们叽叽喳喳的谈话……可是我们想到去理解这个人的内心没有？……"我想。车外吹来阵阵凉风，她把帽子摘了，那一卷卷的头发立刻披了下来。"是的，她很美，是在家里娇惯出来的。可是，人家工作可不轻松，穿这样的工作服，这样大热天跟工人们一起爬来爬去检查管道。还要和那些老资格的外交家们成天打交道……"

"王技师什么时候走？"她忽然问我道。

"两天以后，交代完了就走。"我说，"你……希望他早点走么？"

她微微一笑。

"我希望在这两天内，不再发生什么问题。"她说。

"你的工作，很——很困难吧？"我问。不知怎的，声音里竟充满了同情。

她没有马上回答，侧过脸望着车窗外面……两部大汽车费力地在这条窄公路上错过，接着是大队的马车，运着木材送往工地去。……

她回过头来，眼睛坦率地望着我说：

"有时候，我，真——害怕啊！"

"不，那有什么，只要是正确的，就，就应该坚持……"我不知该说什么好，我极力想找出点可以安慰她的话，不过不知为什么，竟口吃起来，"……也许，以，以后要好些。我，我以后，可以尽量支持你。我们以后，要……好好地合作，不争吵……大家都……为工作着想……好不？”

她认真地点点头，眼光里似乎充满着感激的神情，我很窘，简直有点坐不住了，幸亏很快就到了。

我们一起走上宿舍的楼梯，同屋的小赵看见我们谈笑着，向我挤了挤眼。一会儿，屋子里就闹开了，三个人向我一个人开火。

小李说：“上海姑娘，到底有什么好呢？……”

老王说：“工作得怎么样？在工地啊？哼！我料定她受不了，再过些时候准得请调回办公室了……”

小赵刚要开腔，就被我大声喝断了。

“得了！”我说，“‘上海姑娘’怎么样？人家干活比你们强！”

大家不响了，屋里很静，只听见门外有两个姑娘的笑声。小赵赶忙打开门，接着红着脸退回来说：“以后，咱们别谈那些姑娘们的事了吧！人家听见了……”

四

但是，我又怎么能不谈呢？她在我生活中，一开始就占据了那么大的空间，而且很快就发展得使我无法摆脱了。

王技师走的那一天是个星期六，上午十点多钟他把最后一件工作交代完了。从工地的材料到办公室的东西，一直到自行车灯都一清二楚。此刻，他轻松地往椅上一倒，拿起一张报纸来，光等着吃饭了。

正在这时，来了个工友，要找王技师。

“你找他吧！”王技师指了指我，“他是黄技术员。”

“不，老白让找王技师去一趟。”

“唉，老白啊老白！”王技师摇了摇头，不胜感慨地说：“最后一个钟头的平静，你都不能给我啊！”

岂止是不能给你平静啊！这最后一次的冲突，竟会这样厉害，恐怕是为了让你永远忘不掉她吧！

照例是安装上的——按王技师的话说是“小毛病”，按白玫的话说是“质量问题”。

照例是王技师开始来软的，承认有毛病，不仔细，但是没有多大关系，生产是毫不影响的。——差不多是背熟的一套。而白玫则是不说废话，静静地听，从对方的话里挑出个漏洞，就毫不放松。

“你说，这样连接会不会漏气吧！”她问。

“那……不会，不过——这种情况你也不是不知道，不能随便说了就行的，——现在谁也不敢肯定，试运转的时候……”

“那不行，我要肯定的才验收。”

“好吧！那我就肯定！”

“不行，你自己刚才说了的，谁也不敢肯定……”

也不知是因为今天走了以后再也不打算和她打交道了呢？还是在我面前下不了台的缘故，尽管我努力地劝解，王技师竟毫不让步，和她越争越僵。

最后，王技师愤愤地说：

“好吧，不验收就不验收，这事我反正不管了，以后你找黄野同志好了！”他顿了一顿，眼光扫了一下四周闻声围过来的人们，狡黠地盯着白玫，像考试时出题目给小学生做似的问道：“不过，我真不懂，你这样做到底凭什么？”

“你又是凭什么呢？”她立刻毫不示弱地反问，但她的声音是软软的，低低的，完全没有吵架的意思，倒像是在探索什么似的，含着天真的、奇怪的口气。

“我，我凭什么？”王技师大声挑战地说，“我凭我二十五年工龄，我凭我的经验，我凭我的知识——我就凭我向人家学习的本能，我，我还凭上级的指示。总之，我没有凭着读二天半的大学就到处瞎摆弄！”

白玫激动得脸色发白，她的长长的睫毛一闪一闪地，嘴唇微微地抖动着，她低低地然而一字一字清楚地说：“可是我，我凭我的良心！”

说完头也不回，转身就走。

这天晚上宿舍附近的舞会传来了热烈的舞曲，连我们屋里的小赵和小李也都忍不住说声“看看去！”就走了。老王躺在床上看《勇敢》，我就一直想着白天的事。

“她现在该怎么了？……去跳舞？……和女伴们散步？……不！一定在屋里！”

我走到她的房门口，门虚掩着，玻璃透出淡紫的光，没有声音。

我犹豫了一会，敲了敲门。

“不要开玩笑了，我跟你讲过我不去，让我安静点好不！”她用上海话讲。我鼓起勇气推开了门，她正背向着我，坐在一盏紫色的台灯前，写着些什么。

这间屋子竟这样的幽雅和整洁！同样放四张床，而我们的屋子就显得多么杂乱和枯燥啊！

门一打开，就吹进一阵初秋的凉风。

“把门关好。”她头也不回地说。我就立即把门关上。

突然，笔从她手中跌到地上。她扑在桌上，呜咽地哭了起来。

处在这种情况下，真叫我进退两难。想来她还没有发觉，赶紧退回去，可是又不知什么力量吸引着我，使我不能走。

“白玫！”我胆怯地，低声地叫道。

她猛然回过头来。泪水沾满了她的面颊，一卷头发散乱地披在额上。她微微锁起的双眉和闪闪发光的眼睛，含着无限的羞涩和委屈。

我的心怦然跳动了一下——就在这一瞬间，我发觉她是世界上最可爱的姑娘，而且我觉得，我已经是最了解她的一个人了。

五

然而不久，我就懂得，我实在并没有了解她。这是因为发生了这样一件事情，到现在一回想起这件事来，都使我感到说不出的后悔。

为了要赶在结冻期前把全部土木工程完成，公司对各工地的进度都抓得特别紧，在奖励中着重地鼓励了进度。公司在十月下旬召开的奖励大会上，我看到了很多别的工地受了奖，王技师是一面红旗一大堆奖金在掌声中走下台来。第二天党委召开的检查会议上，我和我们的工地受到了批评。我很清楚，由于我们强调了质量，强调满足甲方要求，我们在进度上是大大地落后了。

我垂头丧气地回到工地，找了几个老工友开了个小会。大家意见差不多是一致的，甲方检查得这么紧，一点都不能马虎，要赶出这许多活来，一句话——“够呛！”

我嘴上虽说不能怨别人，心里却十分别扭，这个会就在闷闷不乐的气氛中散了。

可是，会后有一个青年工友小于来找我，说他想试试用一种新办法安装管子。他想把管子连接的地方先固定好，然后在要弯的地方用瓦斯烧红。这样干保准又快又好看。

我想这个办法并不保险，因为管子冷缩之后，很可能漏气的，弄得不好还会产生裂纹。不过既然有人提出建议，当然就得鼓励鼓励，说不定还能闹出个先进经验来呢！

“好吧！”我对小于说，“这个办法虽然还不成熟，但是很有价值，明天在你们组就先试一试吧！”

小于听了，高兴地大笑起来，可是停了一会儿，他又不放心地问道：

“要是有毛病，甲方找麻烦不收怎么办？”

当然这是个问题。但是我此刻想起党委书记一再强调的打破保守思想，又想起王技师领完奖旗后的那张格外谦逊的笑脸来……再说，白玫他们如今已经很少鸡毛蒜皮地细细地挑错了。我大胆地说：

“先试着干吧！我负责！”

小于满意地走了，而他的背影却给我心头带来了沉重的感觉。白玫不同意怎么办呢？我们还从没有争吵过呢！

这天下班，我走晚了一步，通勤车不顾白玫的阻止，按钟点开走了。我只得走回去，可是天气突然变了，刚走不多远，一场初雪就毫不客气地向我扑来，正好我这天穿得单薄，回到家就感到不舒服，第二天就头晕晕地怎么也站不起来。就这么病了。病的三天里，她来看了我两次，谈了些一般的工作情况：谁暂代了我的工作，进度情况似乎有了好转等；并且给我送来了一本她最喜欢的杰克·伦敦的《马丁·伊登》。

等我第四天上班的那天早上，才发现小于的方法竟被普遍推广起来。而且就在这三天里，已经完成了五天半的任务。

大家对这种方法的兴趣使我增加了不少信心，我检查了一下，虽说毛病不少，但比起当年王技师搞的那些问题来，总多少要好些。——而他还得了红旗呢！

“我们能争取先进工作队了！”不知是谁说了那么一句。

“第四季度许能给咱们黄技术员评上点什么呢！”又有一个工友说。

我不以为然地扫他们一眼，不过说实话，心里是满舒坦的，再说，好像也应该鼓励鼓励工人们的热情。

“小伙子们，”我说，“咱们快点干吧！第四季度评上个先进工段，来个集体奖，我看没问题。喂，陈师傅，你看能提前多少天？”

“照这么干哪，提前半个月绝对有把握！”陈师傅兴高采烈地说。

“照这么干哪！我看，恐怕要返工！”这是蹲在一旁的惠师傅说的。这个老头不大爱说话，后来我才懂得这种人说出话来就是颇有分量的。当时，我真高兴得脑门发热，还以为他不过随便说说罢了。就笑笑说：“对，质量也得注意啊！”——但这话除了我自己，好像谁也没听见。

咱们工段的青年监督岗，不知是不是跟王技师学的，似乎有个原则：“表扬传出千里外，批评只告当事人”。小于的方法他们给起了个名——“快速安管法”，跟进度报表的数字一块儿，飞快地报到了公司。而公司这几天正愁我们动不起来呢！一看见这个，真是喜出望外。工会主席下来逛了一趟工地，第二天就出了正式的表扬大字通报，为了及时鼓励，还不到月末，就把以前结余的奖金拨了一笔，副主席兼组织委员亲自给我们送了下来。

这个星期过得是如此快，如此令人兴奋，甚至我还来不及检查，来不及想一下，进度表上带着粗粗的尾巴的飞机头就站在星期六的那个格子上，告诉我们，这一星期，我们已经完成了预定的十六天的任务。

六

这又是个周末的下午，一过三点钟，我就一面在填进度表，一面给自己计划着晚上该怎么玩，明天又该干些什么。我并不穷，可是奖金毕竟可以使我更舒服些，今天晚上一定要和她找个僻静的地方谈一谈，也许公园里那家饭馆要好一些？无论如何，我不愿意再去跳舞了。

想起上次的跳舞来，照说没有什么可生气的，可是我也奇怪自己，当时竟会有那种狭隘的感情。那天，她打扮得那么美，我和她一起走进俱乐部时，真好像是陪着一位公主。多少羡慕的眼光投来，多少低低的赞美声飘过，和我稍有一点认识的——平时充其量不过互相点一点头——现在都过来和我搭讪。

但是她一下子就碰到比我更多的熟人，而且是她领导的那些工人。她很快就和他们在一起，愉快地谈笑起来，教他们跳舞……偶尔过来和我跳一场，也还不停地向我介绍某某工友如何勇敢地跳到冷水里检查管道，某某工友如何为了不让他参加突击队而痛哭了一场……

我和我们的工友们，从来是你我不分的。我从来不知道摆什么技术员的架子，我的鉴定书上总是写着“能和工人打成一片”的优点。但是我并不热爱他们，并不理解他们。因此，工人和我一般的也都能不拘束，随便谈，但他们仍是把我看成一个技术员，从不跟我谈谈自己的心里话。然而白玫不是这样，尽管她是个女孩子，尽管她是个外地人，尽管她刚出学校……

当时我要能冷静地想到这些，那就会平静得多，可是不知怎么的，我觉得很不舒服。当她第二次跑过来找我并且一定要和他们到一块去的时候，我说：

“你和他们玩吧，我先回去了。”

我想她一定会和我一起走，或者意识到我的不满意而一直陪着我了。可是很意外，她天真地笑了笑，坦率地说：“那好，说真的，我和你在一块，比和他们在一块拘束得多了。……好，再见！”

……

好了，不要再想了，今天我们无论如何要谈一谈……谈什么呢？不，不管谈什么，只要能听听她的声音，也是好的。

“黄野同志！”正是她的声音，我立刻转过身来，发觉她已经站在我背后好久了。她说：“我要找你谈一谈。”

为什么要称呼我“黄野同志”呢？为什么要在这个时候谈呢？为什么她的脸要这么严肃呢？

“……错误的……”她痛苦地，喃喃地说，“严重的错误！”

“怎么啦？白玫！”我很惊惶，略略感到有点不妙。

“难道……你，就追求……这个？……真……想不到！”她断断续续地说，两眼直盯着铺在桌上的那张进度表。真也巧，那红纸包的还未发下去的奖金，正好压在它的角上。我下意识地脸红起来。

“不，我不明白你在说什么！……”我抢着说。

她冷笑了一声，转身要走，刚一迈步又停住了，但是没有回头，她克制了刚才的激动，换了一种声调说：

“黄野同志，你们最近交工的那个车间，质量全部不合格，我们不能验收。”——啊！这种冷冷的声调，不正是和王技师争论时的声调吗？——“……而且，你们这种行为很……恶劣……我决定……”

“白玫！”

“……我决定要……”她重复地说，但是话说不出来，哽咽住了。

“白玫！”

她不理我，很快地跑了。我猜想她一定已经忍不住掉下了泪来。我追出去，高声地喊：

“白玫！老白！”

只见她两手蒙着脸，颤动着双肩，往工地跑去。

七

晚上——这恼人的周末之夜——我坐立不安地待在屋里。

“恋爱了吧？好啊！这玩意有幸福也有痛苦啊！”老王一本正经地说。原来我们屋这几个小伙子，已经敏感地注意我好久了。

“依我看啊，黄野，算了吧！”小李插上了嘴，“上海姑娘都那样，自命为高贵的女神，看电影，逛马路那没什么，可你要一提爱情啊！嘿，对不起……！”

“哈哈……”三个人齐声大笑，真笑得我心里烦透了。

还是小赵好，他说：“去看看她吧，也许火气过了呢，一块看电影去吧！”

我准备了一下要说的话，走到她的门口，又犹豫起来，“难道我当真有多大错处吗？难道为了服从她，就把工作上的独立见解也都放弃了吗？如果不是她，而是任何一个别的甲方代表，难道我会去同他道歉吗？”想到这里我回了转来。

“可是，她最后说她决定要……做什么呢？得去问问她！”我又走到门口。

“不，算了吧！她不会说的，女孩子大概都那样，而我又何必要去乞求些什么，自讨没趣呢？”我又回进屋里。一关上门，小赵带头，哗的一声笑了起来，而且笑得没完没了，我望望他们实在有意思，也跟着笑了。

“走，”我建议道，“上俱乐部去，玩个痛快！”

以后我下定决心不再想她，乒乓球，桥牌，跳舞……一直玩到十一点。

可是第二天一早，小赵把我喊醒了："快起来，快看哪！"他们几个都趴在窗台上往外望着。

我奇怪地顺着他们的眼光看去，只见宿舍门口停着一辆马车，赶马车的正背着一个箱子出来，后面跟着一个姑娘。

"白玫！你……"我失声地喊道，"你要搬家？"

她抬起头来，淡淡地笑了笑，点点头。

我不顾一切地套上衣服，冲下楼去。

"为什么？"我拉住她的手，急切地问。

她一声不响，摆脱我的手，等坐上了马车才缓缓地说："我不喜欢……"

一声吆喝，马车走动了。我真想过去一把拉住车子，和那匹健壮的马比一比力气。但终于一动也没有动。

"有空到我们那儿去玩吧！"她看见我失神地站着，就笑了笑说。

"不，你不要走，我要来解释清楚，我要告诉你一切！"我想要大声地喊，趁现在还来得及……但终于一声也没有响。

我呆呆地站着，一直到马车走到看不见的地方，才觉得很冷，在这凛冽的寒风里，我只穿着一件夹衣。

过了两天，经理来了电话，说有事叫我去。我不安地走进经理室。经理没有说话先给我看一封信。内容说我们为了奖金，不惜浪费国家财产，安装质量全部不合格。……署名是甲方工地代表——白玫。

"怎么样？你们的先进方法……"经理冷笑一下说。

"不，这是胡说，质量是合格的！"我分辩说，"甲方这个代表是告状的能手，不管大事小事动不动就写报告，刚从学校毕业，啥事不懂，大家都对她有意见……"我还说了些别的，有些话是由于激动而未加考虑，有些话则明知是昧着良心说的——谁叫她来这么一手呢？

经理没有追问这个甲方的代表，只和我一起到工地看了一上午，回来后撤销了对我们的表扬，通知各工段停止使用“快速安管法”，命令我们返工，并且按原进度把全部工程赶出来。

八

以后的一段时期，我是十分痛苦地度过的。工人们的抱怨，王技师等等的带刺的笑，经理和工会的过分严格的督促，团小组会的批评……而且更重要的是作为一个工地的负责人，我必须控制自己的情绪，把所有苦恼闷在心里。——然而那些苦恼比起这一点来，实在算不了什么，这就是我丢失了白玫对我的感情。

是的，我还不知道这是不是就是所谓的“爱情”，但我深深地感到她的疏远给我带来了多么大的痛苦。

我拼命地工作。严格要求自己和我们工段的工作，力求适当地配备人力，决不造成一点人力的浪费，时刻下工地去，不使工人碰到问题停工……我不能随便让别人加班，但是自己不得不每天晚上去检查工作。

每到验收时，我都怀着极大的希望，等待着她那种满意的甚至略微有一点夸奖的微笑。她在这种时候，特别平易近人，但我又觉得这种时候去找她解释以往的事是多么的不合适。日子一久，又觉得她应该已经从更多方面了解了我。然而我们之间的关系，依然不见好起来。只有在紧张的工作中见见面，有事联系时，她仍旧称呼我：“黄野同志”，我也仍旧叫她“老白”。

天越来越冷了，工地也就越来越紧张。皮带机地沟里的水，冻了两次。我知道，如果不在两天之内把与地基有关的管道装好，就要造成很大的损失。我把全部三年工龄以上的工友集中起来，白天和他们一起干活，下班我就检查，安排明天的工作。

这已经是交工的前一天多了，天空特别黑，看样子又要下大雪了，我检查完了，已经七点半了，但是一定要再去看一看材料准备得怎样。……今天的路为什么显得特别长啊，身上也好像有点发烧——我已经连着三夜只睡五小时了——走到皮带机地沟边，我实在不想去了。你看，地沟上横着的那块木板，又搁得很不牢靠……我决定回头了。

然而白玫的影子，那微微带笑的脸，那从帽檐里溜出来的柔软的头发，那长长的睫毛下闪着星星般光芒的美丽的眼睛……都突然浮在我的眼前。她没有命令我去工作，她也没有这种权利，但是不知怎的，一种崇高的精神力量吸引着我，使我终于走上那块木板……怎么？它在滑动？退回来已经太晚了……我摔在地沟的冰上，冰马上就裂开了……啊！这水是多么深，多么冷啊！我咬着牙蹬到沟边，可是怎么也爬不上来，我大声地喊……等值班的工友把我像死猪般地拖上来的时候，全身已经麻木了。

现在，我躺在医院的病床上，发高烧的重感冒是很容易感染其他病的，但同样容易感染快乐。……刚才她来看我了，她不让我多说话，自己也很少说什么。只在临走时，坐在床边，紧握着我的手，深情地望着我的眼睛，断断续续地说：

“我想……我们不会再……吵架了，而且，我……我决定下个星期天，搬回去……”

她笑了，脸上浮起一层红晕，就像一朵玫瑰开放了一样。

我感觉到我的心跳动得很厉害，呼吸急促了，浑身像火一样燃烧起来——啊，真不知道是病又发作了，还是因为她的话。

一九五六年七月三十一日

鞍山——北京

原载《人民文学》1956 年第 11 期

改　选

李国文

按照工会法的规定，这一届工会委员会已经任满了，如果再不改选的话，除非工会法有了新的章程，否则再拖下去，会员也不能同意的。于是委员们忙碌起来，工会主席起草一年来的工作总结，为了使这报告精彩生动，让人听了不打瞌睡、不溜号，他向各个委员提出了“两化一版”的要求：

“你们提供的材料是我报告的基础，工作概况要条理化，成绩要数字化，特别需要的是生动的样板。”

你也许没有听过“样板”这个怪字眼吧？它是流行在工会干部口头的时髦名词，含义和“典型”很相近，究竟典出何处？我请教过有四五十年工龄的老郝，他厌恶地皱起眉头：“谁知这屁字眼打哪儿来的！许是协和语吧？”

委员们都在为“两化一版”着忙，本来冷落的厂工会，这时像停久了的钟摆，不知谁拨弄一下，嘀嗒嘀嗒地走动起来，显得少见的生气。人们路过工会的窗口，都不禁探头张望，担心里边别要是出了什么事？“两化”倒是容易的，“一版”却为难了，委员们既没有艺术提炼的才能，又不像到人事科、劳动工资科、厂长室、合理化委员会照抄材料和数字那么方便。但是主席像产妇进入临产期那样，孩子没有出世，已经琢磨得出他的声音笑貌；他仿佛看到了在会员大会宣读这篇作品的结果，得到了全体会员的欢迎和信任，一致赞成他们继续连任下去。

主席把委员们找来汇报“两化一版”材料，每个人的脸色都沉甸甸的，连通讯员也是愁眉不展，他瞪着一堆久已不用的脏茶杯发愁，一时怎能洗刷出来？这时主席发言了：“来全了咱们就凑吧！咦？老郝哪？怎么又不见他？”

通讯员抢着回答：“我通知他了，他说打发完死人就回来。”他巴不得主席说声找，那他拔腿飞跑，就可以丢下茶杯不管了。

“什么死人？”

“铆工车间的老吴头老死了。我们老郝给看的板子，选的地皮，这阵子正大出殡哪！主席，我去把他找来？”

大概考虑到把出殡队伍的头脑、葬礼的主持人抽走的话，得罪了死者倒不用怕的，反正他也不会提意见了，冒犯了群众那可是划不来的，何况目前正是改选期间，于是通讯员只得低头冲洗茶杯去了。

“同志们！要紧是样板！”他不满意委员们汇报的材料，“数目字你们不给我，我也能搞到的。现在我这报告缺的是样板，难道我们工会委员会干了一年，没有一块样板？……”主席说得慷慨激昂，急得用手直弹桌子，爆起一阵浮土，呛得委员们直打喷嚏……

大家一阵沉默……

“板子倒是有的，我看中一副好板子，娘的，就是不给我。”幸亏老郝讲这话时是在出殡队伍里，否则那得了“样板”狂的主席，一定会抓住他紧紧不放的。

老郝拄了根拐棍，走在出殡队伍的前面，和他并排走着的，是死者的老伴，没有成年的儿子，和一些有着三四十年工龄的老头，他们头顶都秃光光的，步伐迟缓，神态庄严，震慑得瞧热闹的人屏神敛息。跟着是十六人的抬棺大队，二十来人的挖墓大队。这些老郝眼中的年青人，额头也已皱纹累累，经过时间的磨炼，饱尝了生活的艰辛以后，性格稳定了，开始变得踏踏实实，步伐沉稳起来。他们的后面，是拖得很长的群众队伍，并不需要特别组织的，只要老郝带着头的，而且送的是一个善良的死者，人们就自觉地除下帽子，排到队伍里去。没有灵幡，没有花圈，没有旗帜，没有哀乐，只是默默行进中的送葬队伍，这对一个朴实的老工人来说，那是再合适不过的葬礼了。

老郝轻声地回顾左右说："我在制材厂给他们一顿教训，老吴铆了一辈子铆钉，就连你这厂房架子也有他的心血，难道不该摊副好板子，他死活不给，这柏木的也是硬对付来的。"

到得墓地，墓穴早挖好了，吆喝着把棺材松绑轻轻放下去，开头几铲子土是由死者的亲人、老郝和老工友们填上的，随后那些年青人才一拥而上，抡起那开动机器、挥铁锤的臂膀，一眨眼工夫从平地耸起新的坟山。老郝照例讲讲话结束葬礼，他的墓前演说从来没有准备过，而且永远讲得动听，甚至连死者的行状也不需特别记忆，他们共同生活了半辈子，熟悉得连手心纹路都清楚的。讲到最后，老郝叹了口气，惋惜地："唉！又死了一个好手艺人，老吴那双手可是宝贝啊！他拿起铆枪来，比姑娘用绣花针还灵巧。他铆的活过上千年万载，也找不出半点毛病。可是眼下有些心盛的娃娃，昨天还穿着开裆裤呢，今天刚满师，就想爬到别人头上撒尿。"老郝用眼扫了那站在圈子外边的真正年轻人，他们几乎没有勇气正视老郝的眼光，都扭过头去。"学学这位死去的老爷子吧！他是活到老，学到老，孩子们，这话不能错的。"

他送那老伴和孤儿回家，在他们家用拐棍这儿点点，那儿戳戳，提出一连串的问题："米、面还存着多少？煤和劈柴还有没有？房子漏不漏？孩子上学多少学费？念书的出息怎样？……"那老伴儿哭哭啼啼地回答，孩子倒还镇静，给他娘补充着。

老郝看到最后说：“好吧！将来让孩子进厂补个学徒，把他爹的手艺传下去。你嘛哭够了也就算了，人老了总得死，你我也不免要走这条道的。可是你活着，就得打活着的主意，好生把孩子教养成人，死鬼也就心安啦！”刚止住哭的老伴，这时哽咽起来。走出门老郝回头说：“烧煤眼看过不了冬，明天我找人给送来。”

每逢他打发走一个老朋友，两腿就增加一两分不自在，翻过铁路道口，累得他差点瘫痪了。他记起工会找他开会；记起那头痛的“两化一版”：“横竖也是迟到，他们能宽待我老头的。”他索性在路基旁坐下歇脚。

一个没脚虎的小孩，刚学会走路，他那蹒跚的脚步和这患风湿症的老人差不多，在向路基爬过来。这时虽然没有火车，老郝依然顾不得一切抢前抱了过来，任凭孩子挣扎哭喊，他也不放松一点，他气得骂道：“娘的，这是谁家的孩子？要让火车碰伤压坏，该到工会哭啦闹啦！”

一个婆娘听到声音喊着走来：“谁欺侮我们家宝贝儿？”

“我，是我！”他愤愤地把孩子朝地上一顿，顿得孩子哇地哭了。要是别人，那婆娘性子早发作了；可是认出了是老郝，脸上堆笑：“麻烦您老人家，给我们看孩子，谢谢您啦！”

“哼！”他挥了挥拐棍，“你这是什么做妈妈的？放孩子满处乱跑。现在我是浑身不得劲，要有力气，用这好好揍你一顿，就该知道怎么带孩子啦！”那婆娘在他背后伸了伸舌头，抱着孩子走开了。

等老郝赶到工会，会早就散了。只剩下主席一个人，埋头在写他那篇杰作，脸憋得通红，老郝也没敢打扰他，蹑手蹑脚地坐在旁边等待。他对于提起笔来，正在动脑筋做文章的人，永远怀着敬畏的心情，哪怕他的孙女伏在灯下做功课，他也喜欢在旁边静坐观看，和她同享创造的烦恼和愉快。可是主席这篇文章太难写了，他几乎在折磨自己，一会儿抓挠头发；一会儿拧自己的鼻子；一会儿咬钢笔杆；一会儿拍打脑袋，青筋暴起老高，最后把笔一扔呻吟地：“嗐！样板，样板，没有样板什么都完了！”

老郝同情地叹了口气，主席转过身，惊讶得眼睛都吊到额头上去：“老郝你怎么搞的？多久工会开会，你也没有痛快地参加过，不是迟到就是早退，不是张三叫就是李四喊，你是工会的委员，还是大家的勤务员？”

老郝怯生生地回答：“我不是来了吗？”

“好！那就听听你的汇报，‘两化一版’，要紧的是样板！”

老郝哆哆嗦嗦地打口袋里掏出个本子，污秽得跟抹布差不多，他颠三倒四地寻找，也找不到煞费苦心准备的“两化一版”，急得他两腮直哆嗦，偏偏那些滑腻的纸张不听话，在手指头间滑来滑去。

“在哪儿？老郝！”主席斜着眼瞪他。

“这……这……我……”

主席真的动气了，委员们都存心来欺侮他似的，谁也没有给他找来合适的材料，老郝更是荒唐，连句话都说不上来，他正颜厉色地说：“老郝，你让我给会员报告什么？就报告你一年来送了几个死人？……”

“我干了什么，大伙也全一目了然，你要让我说，脑袋不管事了。嗐，这本子上我求人写着的，娘的，都给揣乱了……”

一个指挥偌大送葬队伍的头脑，讲话做事那么威风凛凛的人物，怎么在这个年龄比他儿子还小的人面前，变得软弱、衰老、可怜？老郝不是一下子把勇气全部挫折了的。他虽然是个基层工会干部，但是几年来整个工会刮来刮去的风，可把这老汉刮糊涂了。

起初他当工会主席，那份热心肠待人是极好的，亲昵地管他叫“我们老好”，开玩笑地称呼他是“老好子”。一切要都是这样顺顺当当就好了，然而不幸的事情来临了。

……他捧着纸片，站在讲台上，结结巴巴地念着，动员参加反动道会门的工友赶快登记。这还是现在的主席，当时是工会干事草拟的文稿，哪怕最蹩脚的“公文程式”“尺牍大全”，也要比这篇讲稿有感情、有血肉得多。老郝念了一长串前缀词句以后，本来文化不高的他，被这文字游戏搅得头昏脑涨，底下的词句没有来得及看清，嘴里竟滑出了这样的话，想收回也来不及了。

“同志们！嗯……我们，大家，一齐，参加，反动，道会——”会场里轰动起来，老郝站在嗡嗡的人群面前手足失措，他慌忙补充一句：“哎，哎，我们大家，一齐参加，一贯道！”喧嚣声更大了，好久不能平息。

笑得最厉害的是青年男女，还有坐在主席台位置上的几个干部，好久，还捂着嘴偷偷地乐。

“嘻！两回我都把反对落掉了，照稿子念我是不行的。”老郝差点急出了眼泪。

“不行！你得检讨，这是政治上的原则错误，立场问题！”不久，老郝就改做副主席了。

“副主席也没啥！横竖我是个党员，什么工作也是党让我做的，怎么能挑肥拣瘦？”依旧是原来模样，整天马不停蹄地转着，除了有些顽皮的学徒，封了他一阵“点传师”，这些闲话也像露水见不得太阳似的云消雾散了。

恰巧那年春天下起缠绵的梅雨，年久失修的老工房都漏了，只要天稍一放晴，老工房到处挂起湿了的被窝床褥，像一片五花斑驳的万国旗，耀人眼目。

房产科正在按计划给厂长、科长维修住宅，也不管工友们半夜里睡不好觉，大盆小罐地接雨水，结果弄得个个熬红了眼，上班也打不起精神来。

“老郝呢？他怎么不见啦？”

“不能躲起来的，这事他不管谁出头？”

老郝倒真的没躲，正在和房产科科长磨嘴唇呢，他满身泥泞气鼓鼓地坐着等科长解决。科长埋在圈椅里：“行了！你是工会干部，知道什么叫计划性？计划就是法律，厂长他也不能破坏。漏这点雨就受不了，解放前怎么过来的？那时候坍的坍、倒的倒，让大伙将就点吧！”

“亏你说得出口，你还是个党员哪！”老郝啪嗒啪嗒地走出去，一路在地板上留下了泥汤。他到处走遍，想尽了一切办法，最后逼得他只好打把洋伞，光着脚丫子，站在厂长家门口，和他讲道理。这回倒真的是脾气发作，气得他直哆嗦——

“别人要是拖着不管，我不生气。你是厂长，你不该这样对待！开会、研究、考虑！那得到驴年马月！”

厂长站在门廊里，躲闪着刮来的风雨：“老郝，你进来好好谈。”

“不，不，你多久不答应解决，我不进去也不走，老工房有多少户像我这样挨淋！”厂长软劝硬说不行，只得下命令维修工程停工，赶紧去老工房堵漏子，他才满意地走了。

虽然他在党内受到批评，不应该这样对待领导；而且他挨了淋，风湿症又发作了，但他看到那么多笑脸，腿痛和批评全不在乎。腿总归好了，依然走马灯似的忙着。

反对工会经济主义倾向的这阵风，千里迢迢地刮来了，风尾巴一扫，小磨坊就陷在风雨飘摇的局面当中。这使老郝真的担惊受怕起来。每天上班前花上几文钱，喝上碗热豆浆，省得家里妻小清早起来忙活，这是老郝放在心里许久的想法。凑巧工厂附近的小磨坊关张，他建议厂里盘下，并且花了点钱改建一下。“难道这就是经济主义？当初谁也没有反对。”老郝弄不通这点，独自纳闷。

小磨坊开张的那些日子，热气腾腾的豆浆，大家喝得美滋滋的。工友们欢迎，干部们高兴，上级也夸赞。建立小磨坊的功绩，工会自然得总结的，青年团也写了一份，行政认为有责任跟着上报了，份份材料都写得天花乱坠，但哪份材料也没提到老郝的名字。他找材料修房，买牲口，请石匠锻磨这些事，都不知记到谁的账上去了，老郝无所谓地笑笑，只要大家有浆喝，根本就不去计较的。

然而风是刮来了。

“谁的经济主义？”在小磨坊里有人探讨起来。一位曾经总结过小磨坊，把它比作天仙妙境的人，拭去粘在嘴唇上的浆皮子：“这得工会老郝负全责，都是他一人张罗的。我早就看出不对头，既然能够搞小磨坊，发展下去粉坊、菜园子不也可以？”他很为自己能提高到“政策水平”认识问题，而扬扬自得。四周的工友惶恐地瞧着他，人们担心着别把小磨坊封闭了，但是终于没有撤销，因为热浆不仅工友爱喝，就连那些“事后诸葛亮”们也并不讨厌的。现在的工会主席，那时的宣传委员代老郝写了篇检讨，也没征得他同意给报上去，后来老郝给免去了副主席的职务，担任劳保委员，他很知足也很高兴：“小磨坊没关张这就行啦。我就是这样的材料，卖我的老命对付着干吧！”

他上任第一件事，就是修建休养所，老郝忘记一切不愉快的事情，每天起早贪黑地干，寻工买料、勘测地皮，忙得不亦乐乎。他像泥瓦匠工头，浑身尘土仆仆，终于挑中了小树林的一块地方，那里靠厂子很近，原是旧社会打算给厂长盖洋房的，地基现成。人们路过那儿，停住脚，“老好，这是干什么？”

“盖休养所，让大家享享福！”

“老好，你真好！”人们赞美着走开了，可他的心却沉浸在这种幸福里，他觉得为人们做这一件件好事，就越来越接近人们盼望的时代。他舒服，痛快，有力地挥舞镐头，远远看，他像是个壮实的年青小伙。

现在的主席，那时已经是副主席了，正是少年得志的时候，玲珑剔透，仿佛每个细胞都在跳舞似的。在一次什么会议上，有位厂里的负责干部，认为把休养所盖在小树林，不若修在太阳沟好：“那儿我去过一趟，风景美，空气好，真是有山有水……”我们这位主席最善于察言观色、领会上级意图的了，赶紧让老郝停工，到太阳沟另找新址。

老郝独自领着工友在这披荆斩棘，谁也不来过问，早预感到情况有些不妙。然而太阳沟的建议他却断然拒绝：“不行，我想过，二十来里地，又在荒山里，太不方便。”

“真是难以贯彻领导意图！”主席暗地想着，然后说，“每年夏天小伙子成群结队去玩，就说明那儿好，漫山遍野的柿子树、枣树、梨树，还有草地，那太阳沟游起泳来多带劲！”

“不行！那儿闹狼！”还是不同意。

“嘿！工人阶级会怕狼？笑话！”他不想再和这顽固的老头说下去，“这是组织决定，你就执行吧！”

休养所落成以后，特地先组织了干部去休养，还没有过三天，且不说往山里运送给养是何等困难，汽车开不进去，要用骡子往山腰驮；休养员原想在太阳沟里戏水作乐，老乡们派出代表抗议，说这吃喝用水万万作践不得的；恐怖的是到了夜里，狼嗥声使人久久不能入睡，还要随时提防狼群的袭击。于是有人说自己健康完全恢复，无须耽误宝贵的床位，申请提前出所；也有不怕狼而留下的，那些大抵是部队出身的干部，好久没有过枪瘾，趁此机会施展一下身手。

以后谁休养回来，就仿佛虎口脱生，人们都开玩笑地围上去祝贺：“恭喜恭喜！活着回来了！”

当反对工会只抓生产，忽略生活的风刮来的时候，人们把老郝和休养所连在一起：“为什么把休养所盖在深山里？”

“让我们修行出家？”

“叫我们喂狼？”

想不到干部也责备他，“你是工会劳保委员，为什么不起监督作用？”七嘴八舌弄得老郝没法应付，一发急更是说不出个整句子，他成了把好事办坏的“样板”。不久工会改选，偏偏他没有落选，因为这底细不久就拆穿了，人们相信老郝绝不会办这“缺德”事。只好让他挂上个委员的名，不再给他什么具体分工，这可把老郝苦恼了些日子：“我真是越干越寒心啦！”但是他在人们的心中得到温暖，大家越来越尊敬他、亲近他、信任他，在好多工友的心目中，老郝就是工会，工会就是老郝，有事都找他，现在成了“不管部大臣”，倒显得比先前更忙，工会里整天也见不到他的影子。

经历了这可算坎坷的路程，他老了。背驼了，腰弯了，仅剩下的数茎头发，也如银丝般的白，但是他的心没有衰老，仍如先前那样激情澎湃。不知为什么，碰上这些常常在当面或事后指责他的人，他就变得缄默、拘谨甚至惶恐起来。

主席还在等待着他的答复，丝毫没有怜悯的心意，老郝低声地求着：“明天不晚吧？豁出一夜不睡，也把‘两化一版’找到。”

主席沉吟了一会，点了点头：“好吧！”老郝如同犯人听到释放似的，慌忙拄起拐棍预备回家，他的孙女早就在桌旁，等着爷爷帮她做功课了。但是未及跨出门槛，主席又叫住他：“老郝同志，你等等，咱俩一路走，我有件事想和你谈谈。”这是头一回的新鲜事，他用戒备的眼光注视着主席的行动，预感到一场风暴到临了。

“老郝同志，本来想明天谈的，我想你是个党员，同事这么多年，我也知道你的性格，你喜欢痛痛快快——”

“你说吧！”

“随着形势发展，工会工作也需要向前走，老郝同志，你是老工会工作者了——”

老郝不耐烦地截断他：“什么事尽管说好了，不用扯东扯西给我哑谜猜！”这种口吻使人想起当年老郝是主席，而现在的主席却是工会干事的时代。也许老郝的语气触怒了他，他用一种冷冷的调子说：“这次候选人的名单，我们研究以后，决定不提你了。明天晚上选举，你的意见怎么样？”

“把我给免了，你们？”

从他的脸上，老郝看到他嘴里没说出的话：“你老了，不中用了，该退休啦！别挡着别人的路，别不识时务弄个更难堪的下场。”他两条腿仿佛是借来似的，不听他支配，好容易挣扎到了家，刚推开门，瘫痪无力的他，扑通倒在门槛上，小孙女恐惧地叫着："爷爷！爷爷！"他昏厥过去了。

第二天他没有能进厂，汽笛声白白地吼了半天，他内心感到有些歉疚，这是他解放后头一回缺勤，那回雨淋患风湿症，他还坚持上班了。想到人不免要走去的道路，他居然颓唐起来，跟老伴讨了点烧酒，红着脸不好意思地呡了半盅，但是他放下了："怎么？想死了？不，不！"他挣扎起来，拄着拐棍，扶着孙女进厂去了。

"爷爷，你还能活多大？"

"起码也得一百岁，孩子！越活越甜啊！"他们走进厂子，走进礼堂。他抱着孙女在边门的角落里坐下，听主席正在淋漓尽致地发挥高论。也许主席讲得太快了，只在人们耳朵里留下"版……版……版……"的声音。跟着是财务委员和经费审查委员的报告，那一连串数目字，只是讲给麦克风听的，没有一个会员注意他讲的是千是万，既然你上台了，就得让你讲完罢了，我们的听众是最有礼貌的了，从来也不把蹩脚的演说者轰下台去。

神圣的选举开始了。

主席再一次征求对候选人名单的意见，顿时场内鸦雀无声，这是不妙的征兆，主席心里想："这名单在小组酝酿时，缺乏说服动员，看这劲头儿够呛。"

"同志们还有没有意见？"会场里的空气沉闷得令人窒息。"要没有意见，这名单就先用举手的方法通过了！"

"等一下！"一个瘦小枯干的老工友站起，"为什么这回没有了我们老好？"

坐在后边的老郝给震惊了一下。

主席连忙解释："随着新的工作开展——"

另一个粗鲁的声音打断他："直截了当说吧！老郝犯了什么错误？有人说该死的休养所是老郝盖的，可这馊主意不是他出的，我赌咒发誓，他原先打算盖在小树林的。"

主席台上交头接耳地议论。

小孙女觉得她爷爷在哆嗦，但是这激烈的场面吸引了她，她也顾不得了。

主席走到台口，大声地讲话，这时全场像一堆干草着火似的，噼噼啪啪地到处冒火星。“同志们！同志们！个别人的意见可以——”有人笔挺地举起手，主席让他发言。

“谁在漏雨的时候找人来修房子？谁整年马不停蹄地为别人忙着？谁在人家为难的时候伸过手来？是谁？像这样的人，不配做工会干部？”他愤愤地坐下，把椅子弄得轧轧响。

有人站起：“老吴头死了，你去了吗？你还是主席！”这厉害的责询弄得主席怪狼狈的。

主席台上召开了临时委员会，会场里完全像开了锅的水，猛烈地翻滚起来，有人打开了窗子，透进了初春的寒风。

小孙女觉得她爷爷平静了，不过这会抱得她更紧些，使得她没法扭回头去看爷爷的脸……

主席走到脚灯前，摆手让大家安静，他几乎是喊叫：“同志们！候选人名单不进行表决了，现在各车间来领选票，票已经印好了，同志们如果选郝魁山同志或别的同志，划掉其中任何一位……”

会场里又是一番纷乱，红色的票箱抬到场子中间。

“郝字是赤字旁个耳朵，魁字是鬼旁个斗，山是山水的山……”扩音器也无济于事，从来也没有像今天这样热闹，人们都不愿离开，偏等看了选举结果才走。

选举计票人，选举监票人，又乱哄哄地喧嚣了一顿，被推选出来的人尴尬地走到票箱跟前，开始进行工作。

三千四百二十三张票。计算机从会计科取了来，噼里啪啦地摇着。扩音器放着唱片，呜嗷呜嗷地听不清唱的是什么。

小孙女已经失去了兴趣，人们簇拥着走来走去，她倒在爷爷的怀里睡着了，那是靠边门幽暗的角落，谁也没有在意。

真是手忙脚乱，又添了五把算盘，算盘珠子跳动着，郝魁山的选票在往上升，二千九百、三千一百、三千三百……三千四百零五。复核了一过，计算机和算盘的数字完全符合，这消息不用扩音器，一眨眼全场每个角落都传遍了。

主席宣布选举结果："第一名郝魁山同志，得票数为三千四百零五，第二名……"没等他说完，雷动的掌声淹没了他的声音。

"安静！安静！"

谁也不听他的，掌声有节奏地响起，在后面的老郝，不知道是高兴还是痛苦，萎然地垂下了头。

"我们老好哪？让他出来讲话……"

"静，静！"主席敲着话筒，"静，静一下，同志们！今天这个会开得成功！请静一静，这是一次发扬民主的样板……"

"老好在哪？老好！老好！他来了吗？"人们都四处搜寻。小孙女惊醒过来，用背顶着她的爷爷，她爷爷像熟睡了似的纹丝不动。

"爷爷！爷爷！"她挣脱了她爷爷的僵硬的胳膊，回头看见他两眼木呆呆地瞪着，发僵的嘴唇在流着口涎，她恐惧地大叫起来。

老郝死了！

他静静地在人群的声浪里死去的。

全场沉静下来，静得连窗帘簌簌的飘响都听得见，寒风带来了春的气息，人们饱饱地呼吸着。想起了孜孜不息的老郝，脑海里波澜起伏，一个个眼睛都润湿了，虽然人们抑制着感情，怀念他的、感激他的人，都禁不住地唏嘘起来，就是那些对他抱愧的人，心头也是不很平静的。

按照工会法的规定，改选是在超过人数三分之二的会员中举行的。这次选举是有效的，新的工会委员会就要工作了。

原载《人民文学》1957年第7期

国际友谊号

陆俊超

一

在高纬度的波兰，秋夜的港湾披上了一层薄雾，从波罗的海吹来的海风，已经带着刺骨的凉意。不久以前，这个布满细沙的海滩还挤满着假日的游客，现在人们已经陆续地回去了；今晚，只有我——一个中国海员，沿着这条环海的石子路来回漫步。我望着“琴尼亚港”外的灯塔，望着归航的海船，听着海潮汹涌的声浪，我的心绪像起伏的海浪般激荡着，因为明天我就将被调到波兰的远洋轮船“国际友谊号”上工作。

从波兰政府开始帮助我国培养远航海员起，我曾在好几艘不同类型的船上工作过。波兰船对我说来是够熟悉的，然而当我的脚踩上这艘相当于十层楼房那么高的海船时，我的心禁不住突突地跳起来。这种现象，大凡任何人踏上新的工作岗位时都会发生的；不过，对我说来，仿佛来得更猛烈些，因为我将要跟波兰朋友一起工作啊。我走去敲打船长室的房门，不禁紧张地想着：船长将以怎样的态度接待我呢？是否跟有些船长那样矜持得使人很难亲近？他的脾气怎样？来了个中国驾驶员，他会认为在工作上给他增添麻烦吗？……

门开了。我差不多是被一双强有力的手臂抱进房里去的。万万想不到这竟是老船长马切也夫斯基的手臂！我微惊地望着对方。啊！银丝般的头发，饱经风霜的脸，高高凸起的肚子，豪放的笑声，显得多么慈祥啊！

老船长没等我介绍，就摘掉我头上的船帽，用手拂着我的头发，惊奇地喊道：“啊哈！黑头发，多漂亮的小伙子啊！”接着他以胜利者的姿态挥着拳头，自语道：“到底给我送了个中国驾驶员来啦！”

老船长捻着胡子愉快地笑了，笑得这样亲切。在这几秒钟里，我们的距离一下子缩短了。

坐定后，我向老船长介绍道：“我的名字叫海宁。”

“海涅！这是个好名字啊！”老船长把我的名字叫走了音。

门口传来了一阵笑声。我发现水手们川流不息地打门口走过，把头探进来，好奇地打量着我。最后门口被一个高个子的水手堵住了。老船长喜气洋洋地朝他招呼道：

“干吗把门口堵住啊，由力克，进来见见我们的中国朋友吧。”

那个名叫由力克的水手进来了。他的个子高出我一个头，他的粗大的身材简直可以把我装进去。他的姿态显得很威武，但金丝般的头发看去却像个小孩。唯一的缺点是走起路来右脚有些颠拐。老船长以长者的口吻说道：“由力克，我们的中国驾驶员上船了。今后你要在他的领导下进行工作。喔，海涅，”老船长转向我说道，“他是一等水手由力克，是个勇敢的水手又是个勇敢的游击队员，他刚从希腊逃亡出来，他的右脚在跟反动派作战时负了伤，不过这并不妨碍他成为一个好水手。”

希腊人！我一怔。波兰船上还有希腊水手，这确实叫我吃惊。这时由力克走过来，伸出巨手，像钳子那样把我握住了，并且热情地摇了几摇，我听见自己的手掌咯的一响，我强忍住痛，差些叫出声来。

呵！这样热情的握手，我还是第一次遇上。

吃过晚饭，老船长邀请我们上岸去，我想老船长准是尽地主之谊，请我们上他家玩玩吧。可是我猜错了。我们沿着码头走到了临海的大街上，老船长领着我们登上一座四层楼公寓。一面按铃，一面叫道：

“老朋友来文多夫斯基在家吗？赶快开开门，我给你带来了客人。”

开门的主人是个白发苍苍的老人，年纪跟老船长相仿。主人还没关上门，老船长就激动地叫道：

“听着，听着，老朋友，现在我们船上已经有三个国家的海员啦，我们的船完全可以称得上‘国际友谊号’了。喔，过来，亲爱的老朋友，你跟他们认识一下吧。这是海涅，我们船上的中国驾驶员。黑头发，黑眼珠，你大概是第一次看到中国人吧。”

“喔，这是希腊水手由力克，看看他的个子有多么高！手臂有多么粗！这是一块不可多得的料子呵！假如他不当海员，我将会代表大海向他提出抗议的。拥抱他吧，这个来自希腊的水手。喔，由力克，我再一次提醒你，请你的手放松些，不然我的老朋友的骨头会被你捏碎的。”

老船长差不多是用一口气说完这些热情的话。主人还来不及倒咖啡，我们的屁股还没有触到沙发，老船长就急匆匆地领着我们走了。老船长夹着我们的手臂，沿着马路，逐家地走访他的朋友。每到一处，老船长总是充满热情地说着同样的话。

这样的访问，我们连续了三天，我们已经访遍了老船长的朋友。几天的相处，我发现老船长是个很有风趣的老人。不，岂止风趣，他还有着一颗充满友爱的心。老实说，打一见面起，我就喜爱我们的老船长了。因此我随时寻找机会，从侧面打听老船长的身世。有一次我问由力克：“老船长怎么净带我们走朋友呢，他的家不在琴尼亚港吗？”

“你刚走了一次呢，连这次在内，我已经是第三次跟着他逛朋友啦。他把外国海员在波兰船上工作，看作是一种特别荣耀的事。”由力克告诉我，“我们的老船长马切也夫斯基没有家，第二次世界大战把他变成了一个孤老头。以往，船靠岸后，他不常下地，总是从船头逛到船尾，抚抚这个人的头，问他的妻子待他好不好，又拍拍另一个人的肩膀，问他家里的孩子在这次远航中长高了几分。我们的老船长把船当成了家，把水手们当成了他的亲人，我们在背后也把老船长叫作‘老船长爷爷’。”

二

我们的船——“国际友谊号”装满货物又将开始远航了。按照航海的习惯，我们的前桅上升起了中国国旗，这表示我们的船将驶往中国。

开航前的准备工作早就做好了，可是老船长却久久不发布开航令。他告诉我：“要等待一个客人。”

天黑前，一辆救护响掀着喇叭驶抵我们的船旁，医生从车厢里扶出一个黑色肤色的老年人，老人的手里抱着一只小花猫。老船长急忙走下去把老人接上了船。

远航开始了，我们的船驶出了防波堤，海湾的影子渐渐在暮色中消失了。……在波罗的海上航行时，虽然我忙于工作，可是开船前那个神秘的客人却始终在脑中萦绕。他是哪一国人？他乘我们的船到何处去？他为什么一件行李也不带，却抱了只小花猫？我愈想愈感到奇怪，于是下班后，就走到客房的窗户旁向内窥视，我发觉对方警觉地盯着我，脸上露出怀疑和不安的神色。他的手里仍然抱着那只小花猫，仿佛它是他相依为命的旅伴。而这时，老船长也突然出现在我的面前，扬着手说道：“别打搅他，让他安静地待在房里吧。”

老船长和那个客人的行为加深了我的好奇，我窥视的次数愈来愈多了。终于在船驶入迷雾茫茫的英伦海峡时，老船长给我揭开了这个谜。他把我叫去，说道："好吧，今天让你去见见这个客人吧，或许你对他有些帮助的。"在走向客房去的道上，他又突然问道："海涅，你在孟加拉海湾上航行过吗？"

"航行过啊！"我惊讶地回答，"从中国到波兰这是必经之道啊！"

提起"孟加拉海湾"，老船长的脸上泛起了一阵红光，握着我的手说道："对！这个老人和那只小花猫就是从孟加拉海湾上救起来的。他是一只小木船上的老大，小木船在开回'槟榔屿'的途中被热带风暴刮到了孟加拉海湾。你是海员，我用不着跟你详细说明，你知道热带风暴是怎么回事，它会把整个大洋搅得翻腾起来。孟加拉海湾有多么辽阔，像我们'国际友谊号'这样的大船也得花几天的时间才能横渡过去。我跟大海打了几十年交道，风暴我见得多了。比斯开湾是世界闻名的吧，水手们都称它为'虎口'，我横渡过几十次，可是热带风暴并不比大西洋的风暴来得轻松，它比比斯开湾的浪还要高出数尺！想想看，一只小木船，一只比我们救生艇稍微大一点的小木船，在狂浪上漂流了十八天！用不着叫你去亲身经历，你只要闭上眼想一想，你的汗毛就会倒竖起来。而他，这个六十五岁的老人，宁愿把最后的粮食让给小花猫吃，自己却整整地饿了六天！当我们把他救起来时，他用不着水手的帮助，还能从救生索爬上我们的轮船。我活了七十四岁了，第一次看到这样硬骨头的海员。"

老船长像做了一桩极其庄严的事一样，脸上充满着自豪的神色。但接着他突然沉重地叹了口气，说道："可是这个老人的脾气太古怪了。一个月来，他总是用猜疑的目光望着我。他把自己关在房间里，从不出来跟我们一起上甲板散步。只有由力克送去的饭他才肯吃，这大概跟由力克救他时折断了一根手指骨有关系。我眼看他一天天瘦下去，我很担心他不能活着回去，所以船到波兰后马上把他送到了疗养院。但情形并没有很大转变，因为我们的语言不通，我们只能靠手势说话，我们的感情无法交流，因为他是马来亚人。"

马来亚人！我的心猛地一跳。马来亚，我对它多么难忘啊！我推门冲进了客房。老船长立即止住了我冲动的举止，用亲切的声音喊道："阿里，阿里，见见我们的中国朋友吧，你们都是亚洲人呵。"

"阿里！"听到这个名字，我惊叫了一声。这个名字对我是多么亲切啊！我仔细地端详着站在我面前的阿里，默念着他的名字。呵！他的脸很熟悉呵！站在我面前的阿里是不是跟我的性命有着密切关系的那个阿里呢？他叫我想起了青年时代的一段苦难的经历：

一九四二年我在一艘英国船上当水手，我工作的船在孟加拉海湾上被日本潜水艇击沉了。我跟其他的伙伴们一起被捉走，关在槟榔屿的集中营里。我们成天干着苦力，每天只能吃到一个饭团。我们到处寻找食物，把地上的蜗牛剥了壳生吃；不久，集中营附近的蜗牛绝了种。为了活命，我趁一个刮热带风暴的晚上，骑在伙伴们的肩上，翻过泥墙，在机枪的子弹下逃出了集中营。我逃到海滨一个马来亚人居住的小茅屋下，屋里的主人冒着危险把我收留下来。主人是个慈祥的老人，名叫阿里，是个海员，因为战争，使他不能出海谋生。从此，我跟阿里一起，腰间挂了把弓形的长刀，爬上椰子树砍椰子，走到槟榔园里采槟榔，有时划着独木舟在马六甲海峡里捕鱼。有一天，我们做了好些夹鱼的椰子饼，我告诉阿里，我还有不少伙伴被关在集中营里，我准备给他们送些饼去，不然，他们很快就会饿死的。阿里自告奋勇地跟我一起去了。我们装扮成过路人，在集中营的门口来回徘徊。当我们刚把椰子饼抛进去时，集中营里豢养的一群狼狗汪汪地追出来，阿里逃得慢，他的脚后跟被狼狗咬了一口。……

战争留给我的苦难永远也不能磨灭，那个善良的阿里，我的救命恩人我也永远不会忘怀。我望着面对面坐着的阿里，极力寻找他和救过我一命的阿里的共同点；有点像，也有点不像，现在的阿里头发已经全白，身材瘦小了一半，牙齿只剩下了几颗……我终于想起来了，我应该看看他的脚后跟。我不顾这种失礼的行为，冒失地蹲下身，脱下阿里的鞋子……啊！是他！一点也不错。他的脚后跟有着被狼狗咬伤后留下的齿痕。我惊喜万分，用马来亚话高声喊起来：

“啊！阿里，阿里！原来是你啊！你还认得我吗？我是海宁，我们一起砍过椰子，采过槟榔，我们一起划过独木舟。”

阿里因为我这个失常的举动而变得惊慌起来，他紧紧地盯着我，当他发现我就是当年的海宁时，猛地扑过来，握住我的手腕，摇撼着，喊道：

“海宁！你真的就是海宁吗？啊！海宁！我总算看到了一个亲人啦！”

阿里用噙着泪花的眼睛重新仔细地朝我打量一番，但是，当他的目光落到我镶着金线的驾驶员制服时，他的手慢慢地垂了下去，倒退着离开了我。他曾经一度开朗的脸色，现在又像英伦海峡里的迷雾那样了。他紧紧地把小花猫抱在怀里，仿佛只有它才是他唯一的亲人，才是他患难中最亲密的朋友。……

为什么呢？两个共过患难的朋友，出乎意料地在海上重逢，为什么会出现这种冷淡的场面呢？难道是我这身驾驶员制服使我们间的友谊筑起了鸿沟，他大概把我当作大人物看待了吧？不！我不是那种健忘的人，现在我虽然是个高级驾驶员，但我没有忘记生吃蜗牛的日子，更不会忘记跟阿里共患难的友谊。我激动地走过去，挽着阿里坐在沙发上，准备倾诉一番别后之情。我感慨地说道：“阿里，做梦也没想到啊！我们会在这里见面。家里人都好吗？放心吧，我们会送你回家的。”

我的最后一句话触动了阿里的心，他抬起眼，感激地望着我，但我发现他的眼中仍然流露着猜疑的神色。在我的记忆里，阿里是个性格开朗的老人，在最艰苦的日子里，总显得很乐观，即使在一触即翻的独木舟上，他还是要放声歌唱。现在他仿佛变成了另外一个人，他被重重的愁虑包围住了。大概这跟他死里逃生的经历有关吧，可能遭受刺激后神经出了毛病，也可能还有其他的原因。

打我跟阿里交谈到现在，老船长一直像看戏般盯着我们。这时他禁不住插进来问道：

“海涅，看来，你们像一对老朋友啊！你们用什么语言交谈的？你们怎么认识的？呵！天下竟有这样的巧事，我没有料到，我做梦也不曾料到。”

我告诉老船长：“我被日本人捉去关过集中营，打集中营里逃走后，跟阿里一起生活了三年。”

“集中营！”老船长仿佛被人捶了一拳似的暴跳了一下，痛恨地连喊了二声“集中营！集中营！”他别转头，突着眼珠，望着窗外的迷雾，喘息着，久久说不出话来。

三

我们的船驶过了虎口比斯开湾，现在我们随着大西洋汹涌的海流，驶进直布罗陀海峡。建筑在崖壁上的白色城市在望了。矗立在地中海入口处的信号台朝我们发出了信号，问我们开往何处去。我们回答：

“开往中国。”

信号灯的闪光刚熄灭，一艘英国兵舰就冲到我们的船旁。右岸丹吉尔港附近，一艘法国兵舰也赶来了，它们仿佛对“中国”二字发生了特别的兴趣。两只兵舰一左一右地把我们夹在中间，有时它们一前一后地盯着我们。这时，我们的老船长捻着胡子，幽默地笑着说：

“看！它们在给我们护航呢，我们这艘平凡的船，因为开往中国而变得身价百倍了啊！”

两艘兵舰护着我们一程后便折回去了。大海并不因为失去它们而变得寂寞起来，兵舰的马达声刚消失，成群的鲸鱼便浮上水面，露出脊骨，像喷泉那样往上喷出水柱。地中海仿佛变成了一个美丽的喷水池，鲸鱼一直把我们送过马耳他岛。……

现在我们朝苏伊士运河进发。我发现老船长有意地把航向朝希腊岛偏航了几度。这是为了潮流的缘故吗？我想。但根据我的经验和航行指南上的记载，这里的潮流并不急，而且潮流也并不固定从希腊方面冲来，可以肯定，老船长这么做是另有原因的。于是我向他提出了询问。

老船长朝我眨了眨眼，指着胸口，诙谐地说道：

“不是船偏航，是海员的心在偏航啊！”

我没有听懂老船长的话。老船长贴近我的耳边说道：

“让由力克望望祖国的海岛吧，他已经有一年没有见到自己的家乡了。”

喔，我明白了。我直瞪瞪地望着老船长，说不出话来。……

今天的天气格外明朗，晚霞染红了天边。夜幕刚降落，月亮就从天边爬起，像一盏灯笼那样照耀着大海。微风拂过，大海像一片蓝色的绸缎，闪闪发光。水面上偶尔闪起一阵鱼群游过后引起的涟漪。月亮和星星的光带一直延展到我们的船边。大海是这样的沉静，只听见我们的船首劈开海水而发出的哗哗声。这样的时刻，水手们怎能静坐在房里呢。是的，在这风平浪静的月夜里，它将勾引起水手们多么强烈的对家乡的怀念呵！水手们纷纷来到船尾甲板上，有的坐，有的站，有的睡倒在铺上帆布的舱口板上。我把阿里从房里拉出来，这一次他顺从了我。在甲板上，我们发现由力克站在栏杆旁，以手按额，焦急地遥视着左前方。

一群海鸥突然飞临我们的上空鸣叫着。由力克猛然叫起来：“岛！啊！我看见啦，我们家乡的岛！……”

在月色中，我们隐隐地看到一片山影，那是属于希腊的克利特群岛。岛上的灯塔，一闪一闪地发出亮光，仿佛在向由力克召唤，又像是朝远离家乡的水手诉说着乡土的恋情。……黑黝黝的海岸线上，一艘亮着红灯的美国兵舰傲然地拉着汽笛，驶进港湾。但是这个岛上的真正的主人由力克却被赶出了家乡。海岛渐渐从前方移到了船尾，由力克的眼睛始终跟着海岛在转移。……由力克突然夺下伙伴手里的手风琴，鼓满风箱，拉起了忧伤的曲子，随着琴声，他唱起来：

海鸥，海鸥，我们忠实的朋友，
你为什么叫个不休？
你带来了故乡苦难的消息，
还是带来了姑娘的问候？
海鸥，海鸥，给远航水手带个口信，
告诉橘子树下的母亲，
我会带着治好的创伤，
重新投入她的怀里。
……

忧伤的歌声把我们的老船长引来了，他轻轻地坐在由力克的身旁，伸出慈祥的大手，爱抚着他的头，说道：

“唱吧，孩子，唱吧，远离家乡的水手，祖国会听到你的歌声的。”

低沉的歌声被哽塞住了。坐在我身旁的阿里凝视着由力克那只折断的手指，突然双手蒙住脸，久久抬不起头，我看见眼泪从阿里的指缝里往下流淌着。

呵！经历了多少风暴的老水手啊！你为什么流泪？是歌声引起了你对自己家乡的怀念？还是由力克折断的手指使你想起了自己的遭遇？或者是老船长的这个海上大家庭的温暖触动了你的心弦？……

我望着由力克巨大的身影，他在月光下晃动着。是什么力量使这个雄伟的水手如此的动情？是祖国！是我们远航海员天天向往着的自己的祖国啊！

海鸥的嘶叫，由力克的歌声，阿里的眼泪，又一次激起了我对自己祖国的思念，我百感交集，陷入了沉思。当我离开祖国时，人们都这么对我说：“海宁，一个炸弹毁了你的全家，你是个孤儿，你最适合于远航，因为你的周围再也没有人牵连着你的心。……”不！谁说我的心是孤单的，虽然我是个孤儿，可是我的心始终跟祖国牵连在一起，我的心仿佛跟祖国系上了一根绳索，当我们离得愈远时，这根无形的绳索就变得更粗更坚固。即使有一天我离开这个世界，这根绳索也不会断。当我在英国船上被歧视，被奴役时，我没有忘记受辱的祖国，在我生吃蜗牛的日子里，我也没有忘记受难的祖国。祖国新生了，我也获得了新生。祖国把我培养成一个远洋船上的驾驶员，在狂涛骇浪中，想起了祖国，我就增添了力量，因为我的工作是在增强祖国的威力啊！我走遍数十个国家，人们开始用尊敬的目光望我，这种惊人的转变，我比别人体会得更深刻。我经常沉醉在对祖国的怀念中，有时，我看着表，想着：现在是东海日出的时候了，黄浦江大概在涨潮了吧，那些沉甸甸的帆船在进口了吧。……是的，现在当我想起祖国时，仿佛有一股暖流涌进我的心胸，把我的心花冲开了。但是我并不自私，我愿意替由力克和阿里分担一份忧伤。我得想尽办法使阿里愉快起来，我不能眼看他像小鸡般生活在我们的船上，因为我们的船名叫“国际友谊号”。我不能辜负兄弟国家赐给我们的这个光荣的船名。

四

海，辽阔的大海，我们日夜伏在她的背上朝前驶行。我们穿过了苏伊士运河、红海和亚丁湾。我们的船首刚驶出阿非利加州的大陆，印度洋便以凶暴的面目接待了我们。

强大的季节风吼叫着，扫过辽阔无边的大洋，朝亚细亚洲刮去！季节风在这里猖獗了整整一个月，深邃莫测的印度洋完全骚动起来了！喷着白色泡沫的排浪，像千万条张开巨口的大蟒那样，呼呼地向我们扑来！它把一万多吨的巨物高高抛起，我们的船好像变成了孩子手里的玩物。当被涌上浪脊时，凶猛的海浪简直要把船身折断；当跌入浪的深渊时，仿佛大海张开巨口想把船只吞噬。……

浪的澎湃声，风的呼叫声，这是海员们战斗的信号！我们的老船长像一根粗大的主桅那样屹立在驾驶台上。浪把他嘴里的烟斗打掉了，但他面不改色，他那像山鹰般敏锐的眼睛审视着前方。……

呵！在风暴面前，我们的老船长恢复了青春，他的威武的神态使他变成了另一个人。在狂涛面前，从他的身上找不到半点慈祥的表情，出现在我们面前的是一个征服者的雄姿。

我们刚刚开始跟风浪迎战，报务室却传来了“SOS”的呼救电报。这是一艘英国船发出的，它已经失去了航位，因此只发出一个大概的位置：东经六十度三十分，南纬二度。它离开我们有几百里路程，那边的风浪将会更大。因此有人私语道：

“让它去吧，它离得那么远，在它的附近可能有船去救援的……”

老船长挥着拳头打断了他的低语：“不！这是远航海员应尽的义务，在我的晚年，我不能让自己做错了事而受到良心的谴责。”

船在老船长的命令下转向了。浪从侧面涌来，船向一边倾斜时，在数十尺高的驾驶台上，我们的手只差一点就触到了水面！这样惊险的场面，即使在台风中也很少发生的啊！但老船长坚定不移地朝呼救船驶去。……

经过一昼夜的搏斗，我们终于找到了那艘随波漂流的英国船。对方朝我们发来了旗语：

“请接济我们三百吨燃油，两个星期的食品。”

“三百吨燃油！”老船长叫了起来，“这是禁运物资啊！你们大英帝国为了想扼住我们的喉咙，即使在最困难的时期，也没有供给过我们一滴油！”

是的，因为禁运，我们不得不多装数百吨燃油，少装数百吨货物。我们切身体验到一滴油和一滴血有着相等的价值。

“性命比油更重要啊！”老船长终于答应了对方的要求。因为风浪大，两只船靠在一起会发生碰撞，所以决定把对方拖到波浪较小的区域进行输油。可是引缆枪射了十几发，引缆索在半途就被风刮入了海里。老船长命令我带领三个水手放救生艇把拖缆引渡给对方。

救生艇松下去了。我跟由力克刚从救生索上往下滑，阿里突然奔来揪住我俩的手，叫道：

“不能下去！你疯了吗，海宁？这么大的浪救生艇会抛碎的！”

我想挣脱阿里的手，但他揪住不放。他突然愤怒地叫起来：“海宁，别去冒这个险！让那些强盗也尝尝临死前的滋味吧。在孟加拉海湾上，我喊破了喉咙，他们在我的身旁绕了一圈，理也不理就走了。我到死也不会忘记，这条船的船尾有着两根特别高的将军柱。”

啊！原来是这样。我还来不及往下想，由力克已经把我拖滑了下去。我只听见阿里嘶声地叫道：

“当心啊，海宁。等一等，让我一起走，我来给你们掌舵。”

我还来不及回绝，阿里已经滑下来了。我们带着拖缆离开了大船。一个浪就把小艇送到了英国船的船首。对方刚把缆子接住，阿里在艇尾猛地惊叫一声，我回头一看，啊！一个像高山那样的巨浪直向我们艇旁压来。舵打断了，我连忙命令大家揪住拖缆，但阿里的双手却狠命地扳着舵杆想把船头转过来。这时，只听见一声巨响，救生艇被浪涛抛向英国船的铁板上，碰得粉碎。在这掩耳不及的刹那，由力克以惊人敏捷的姿态，一手握缆，一手像捻小鸡般把阿里举起来。我们的双手紧握着拖缆，我们的身子慢慢地悬空了。巨浪在我们的脚下奔腾，风吹鼓着我们的衣衫，这根横跨两船的拖缆成了我们的天桥。我们轮换着双手，慢慢地向大船前进。在风和浪的呼啸声中，我听见老船长发抖的喊声：

“抓紧！牢牢地抓紧啊！”

我们平安地回到了大船。我们把英国船拖到了风浪较小的海面。并且输给了他们三百吨油和足够吃两星期的食品。老船长写了一张救援证明书，叫我送去叫英国船长签字。在证明书的后端我看到老船长这么写道：

“……我记得很清楚，‘燃油’这两个字在你们政府的禁运单上，是放在最显要的地位的。我们并不等待你们政府解除禁令，但我们却随时愿意向自己的同行伸出援助的手臂。朋友，我有一个小小的要求：你已经看到我们的海员如何冒着生命的危险，爬过钢丝缆去援救你们，你应该以远航船长的身份，把这桩发生在印度洋的事件转告给英国的海员兄弟。……”

“‘国际友谊号’船长　马切也夫斯基。”

我回到了“国际友谊号”船上。英国船的烟囱重新冒烟了。她朝我们接连拉放了三声汽笛，向我们致谢。我们也回敬了三声。我望着英国船上那二根高高的将军柱，英国船船长伯克尔的话还清楚地在我耳朵里响着：“……海宁先生，我万分感激你们的船长和你们全体海员。请你代我转告你们的船长：在禁运单上签字的是那些在战时躲在防空洞里的老爷们，我们英国海员没有在禁运单上签字，我们不承认它！”内心激动得很厉害。

五

预计明天正午我们将经过赤道。这是远航海员的一件大喜事。按照古老的航海风俗，我们要进行一次狂欢（上次经过赤道时因为赶赴救援英国船没有举行）。那些第一次经过赤道的海员必须接受一次大海的洗礼，而海神也将在赤道上检阅那些到海上来的新手，这样，海神就宣布他为一名真正的海员。我们试探着推选老船长扮海神，他欣然答应了。至于海神手下的二员大将呢，不管阿里是否愿意，大家公推阿里担当，因为他跟老船长是我们中最老的海员。当然，另一个重要原因是：通过这次狂欢，想使阿里跟我们打成一片，使他真正地成为我们这个海上大家庭的一分子。另一员大将派由力克担任，这完全是因为他的巨大的身材而决定的。几个矮胖的波兰水手自愿充当海神手下的女妖，那些身材特别瘦小的水手们争着充当海神手下的小鬼。……

晚上，在俱乐部里我们开始了紧张的筹备工作。我们用床单涂上彩色做成女人的裙子，用绳索的纤维做假发。用硬纸剪成巨大的战袍，涂上金黑分明的油漆来充当大将的盔甲，用桨当作大将腰中的战刀。……

第二天上午，海面比较平静了。一见面，老船长就诙谐地嚷道：“嗨！这是我海神下的命令。”

正午。炎热的太阳照着飞溅的水雾，射出瑰丽的彩虹。驾驶台的扩音机发出了兴奋的声音：

“我们国际友谊号在一九五三年九月十六日的十一时二十一分，在东经六十四度三十二分通过赤道！同志们，狂欢开始！”

全体船员奔上甲板，我们的老船长，穿着龙袍，手执宝剑，坐在特制的木凳上。从他拉长了的八字胡上，我看出他是费了多么大的力气才强忍住笑。二员大将一左一右地立在海神身旁。身穿盔甲的由力克，紧握着腰间的长桨，仿佛这是一柄无价的宝刀。他用威严的目光扫视着我们，活像一个凶猛的勇士。至于阿里呢，钢盔盖住了他半个脸，盔甲压得他直不起腰，跟由力克相比，他矮了半截，好像是小人国里的大将。望着他们我忍不住捧腹大笑起来，这时小鬼们突然把我捉到海神面前，通报道：

“中国海员海宁，前来拜见海神。”

接着小鬼们把我按倒在地，他们拿乌黑的牛油往我脸上抹，用蘸着油漆的刷子往我身上涂。然后命令我从帆布风斗的这一头钻出去。这时女妖们开始手舞足蹈起来，她们胡乱地编唱着怪声的歌，我们仿佛真的置身在水晶宫里。小鬼和女妖们的逗弄，使我笑得直不起腰来，但是小鬼们用水龙往我背后冲，催促我前进。这时有人大喝一声：“嗨！海员要经得起折磨啊！”

我忍住笑，憋住气，向前爬去。爬出洞口时，二员大将一把将我拎起，海神一声令下，他们一个抱头，一个捧脚将我抛入了游泳池。在水里，我猛地听到一阵熟悉的畅笑声。冒出水面一看，啊！原来是阿里在笑，他的眼里笑出了眼泪。是的，在这样的时刻，谁能忍得住不笑呢。

笑声在甲板上洋溢着，像波浪般荡漾开去。今天，我们不分上下，不分老少，尽情地玩着，围着我们的老船长——海神狂欢。

晚上。在布置得异常辉煌的餐厅里，老船长将代表海神颁发我们一张经过赤道的证明书。他在证书上签了字交给身旁的二员大将。阿里不认字，当然不会签名。他照例习惯地把大拇指蘸上印泥往上按。在他的一生中，大概只有这一次，他的手印是作为一种赐予吧，这就难怪他笑得合不拢嘴了。……

我热烈地向他握手致谢，同时庆贺自己成了一名真正的海员。

通过这次狂欢，阿里变了。不，说得确切些；应该说阿里恢复了原有的性格。他每天跟太阳同时起身，腰间挂了把水手刀，从船头走到船尾，东摸摸西摸摸地巡视半个小时，看工作是不是都已经准备好了。上班的钟声一响，便跟水手们一起爬上桅杆敲锈、油漆，别看他是个六十五岁的老人，干起活来却跟年青人一样的灵活有劲。而且工作起来，总是悠游自得地嘴里哼个不停，他是这样的快乐，他以主人翁的姿态出现在我们船上了。这种突然的转变，叫我们大吃一惊！

每当阿里在高空作业时，我们的老船长便急喘吁吁地赶来，急躁地喊道："阿里，下来！要是你闲不住的话，就跟我来吧。"老船长把阿里领进船首的储藏室，把一块帆布交给他，说道："呶，缝只水手袋吧，这才是老年人干的活。"

阿里接过帆布，拿起针线，悠游自得地缝着，嘴里又哼唱起来了。……

晚间，我跟阿里和由力克三人，差不多天天冒着热带暴风雨，举着手电，在甲板上寻捕被海浪涌上来的飞鱼，来款待我们的小花猫。我们三人一面捕鱼，一面唱着各自喜爱的歌曲。

前方水平线的尽头，突然出现一片野火般的磷光，它告诉我们：我们来到了孟加拉海湾。

我们的歌声中断了。我们一天天靠近阿里的家，我们的心都被即将来临的离别压紧了。由力克有意地挨近我，用试探的语气说道：

"海宁，我们一起去请求老船长把阿里留下来吧。他开始喜欢我们的船了。他是个很能干的水手，他爬桅比猴子还快，我们在一起生活得很好啊。把他送回家去，马来亚政府会把他当作共产党看待的。他们会把罪名强加给阿里的。”

由力克的话使我打了个寒噤。捏在我手里的飞鱼趁机滑逃了。我望着漆黑的大海，想着：自从马来亚殖民政府颁布紧急法令后，已经有好几万个无辜者被关进了集中营。那里正在进行着恐怖的镇压活动。阿里坐着我们的船回去，对他是很不利的。因为我们的船名“国际友谊号”就足够叫殖民者感到胆战心惊。经验证明：我们每经过一个资本主义国家的港口，他们就严密地注视我们，把我们的船叫作共产党的“宣传船”。

由力克看我不作声，便拉着我和阿里朝船长室走去。

老船长照例给我们倒满了一杯加糖的绿茶。老实说，喝这种加糖的绿茶，味道确实不好受。可是老船长却殷勤地催促着阿里：

“喝吧，阿里，这是有名的龙井茶。你看，中国人的眼睛全是又黑又亮，这都是喝绿茶的功效。假如你愿意留在我们船上，我要天天请你喝这种茶。”

我跟由力克同时交换了一个喜悦的微笑。原来老船长跟我们有着同样的愿望呢。他对我们说道：

“海涅，请你翻译给他听听这里有他吃的，有他穿的，他会跟水手们得到同样的待遇。我的一生看够了因为种族歧视造成的悲剧，而且我还亲自受到过这种毒害。第二次世界大战时，仅仅是为了有人控告我的祖先可能有犹太血统，就被德国人关进了集中营。”老船长突然激动起来，嗤的一声，扯开了胸前的衬衫，露出一块火烙的伤痕。“看！”他指着胸脯说道，“四十五年前，我的母亲为了不让我忘记自己的祖国，像我的父亲那样流浪在美洲，她不准我在胸口刺上女人和铁锚，她亲自给我刺了一只雄鹰。它是我们波兰的国徽。我带着它远航了几十年。德国人用烧红的铁把它烧掉。……”老船长猛地站起又坐下了好几次，激动得喘不过气来。情绪稍微缓和后，继续说道："我要在这条船上创造出一个榜样来。我们船上有波兰人、中国人、希腊人，还有马来亚人。我们会像兄弟般生活在一起，我们要航遍世界各地，叫人们看看，我们这四个不同民族的海员是怎么生活的。……"

呵！在战争中，我们远航海员的命运是多么相似啊！我突然明白了为什么提起"集中营"三字时老船长就暴跳了起来。老船长对阿里的挽留，使我们欣喜若狂，我摇撼着阿里的手，刚喊出声，老船长却按住我的嘴，嚷道：

"慢慢，海涅，你先问问他家里有些什么人？"

我代替阿里回答："他有三个儿子，五个孙子，二个外孙，他的老伴还在。"

老船长的脸色变了，沉思一阵后，改变了主意："我们不能挽留他，阿里是个儿孙满堂的老人，他有家，他的妻子和儿孙们都盼望他活着回去。"

由力克和我同时站起，准备争辩，但被老船长的坚决的手势阻止了。……

浪花击打着舷窗，风又开始吼叫了。挂在板壁上的那幅镶着镜框的船照左右晃动着。老船长把它取下送给了阿里，说道："三天后你就到家了。别忘了我们，牢牢地记住我们船名——'国际友谊号'。有困难时写封信来吧，我们会帮助你的。"

阿里久久地凝视着那张船照，感动得说不出话来。离开船长室时，他拉着我的手说道：

"海宁，我拿什么来报答船长的恩惠呢，为了救我一命，他们已经损失了好几万美金的船期。你是知道的，我只有一小块椰子园，它能值几个钱呢，把它卖了，给我付饭钱也不够啊。"

是的，一个穷水手确实无法报答这种恩情的。不，这种海上的友谊绝不是金钱可以抵偿的。在危难时，阿里冒着性命援救过我，难道这也能用金钱抵偿吗？为了救援那只英国船，我们供给他们三百吨燃油，我们差些丢了命，这也是可以用金钱抵偿的吗？今天，我能够在波兰船上当一名驾驶员，学习着远洋航行，难道这也能用金钱抵偿吗？我准备向阿里讲解一番大道理，但是在风雨声中，突然从楼上传来了老船长的感叹声，他打断了我的思潮。原来老船长在背诵着密茨凯维支的诗：

如果你看见一只轻舟，
被狂暴的波浪紧紧地追赶，
不要用烦忧折磨你的心儿，
不要用泪水遮蔽你的两眼！
……

听着朗诵声，阿里猛地揪住我的手，认真地注视着我，出乎我意料地问道：

“海宁，你是不是共产党？我们那里也有共产党，可是他们被赶到了山林里！我不能再让自己的儿子去当英国人的警察了。我不准他再去捉共产党。海宁，我错了，我对不起你们。我把白种人和共产党都当作坏人看待。”

啊！一直到现在，阿里才在老朋友的面前倾吐了真情。几个月来，原来他一直被“共产党”三字所带来的恐惧和猜疑所困惑！但他终于转变过来了。他由猜疑转变成信任，他告诉我：他在亲身的遭遇中对“共产党”三个字发生了感情。

暴风雨中又传来了老船长的声音：

不！我愿同暴风比一比力量，
把最后的瞬息交给战斗，
……

明天，船就要驶入马六甲海峡了。阿里就要回到自己的乡土，迎接他的除了海上的风暴，还有那生活的风暴！我相信，我的老朋友阿里会挺起胸膛，跟风暴比一比力量，把最后的瞬息交给战斗的。……

六

苏门答腊岛外的那个“普路卫”灯塔在闪闪发光。

在蒙蒙亮的早晨，我们的船投锚在槟榔屿港内了。槟榔屿是马六甲海峡里的一个大港，它有着四季如春的气候和终年葱绿的草木，它被人称为“东方的花园”。然而海岛上优美的景色并没有引起我们的注意，我们聚集在甲板上，把阿里包围起来。

港内的轮渡川流不息地在船旁驶过，汽笛鸣叫着，把我们的心弦拉得更紧了。我望着海滩上高耸的椰林；再往前走就是集中营了，那儿的一草一木我都记得很清楚，然而，今天卷土重来的殖民者却不让我上岸去，不准我陪着阿里回家去做一次友好的访问。

水手们轮流把阿里拥进怀里，一次又一次。正是这些粗大的水手的手臂把阿里从海上救起，现在又用这双手臂向阿里告别。由力克大声说道：

“阿里，假如有谁敢损害你，你不要屈服，我们水手的手臂不会饶过他们的。”

老船长穿着雪白的夏季制服，拿着航海日志沉默不语地走下舷梯。准备向当地政府报告援救阿里的经过。阿里背起自己制成的水手袋，水手袋里装着水手们送给他的礼物，边走边回头，一再向我们挥手告别，同时一再用马来话、波兰话、中国话道谢：

“特利玛加先，琴喔亚，谢谢……”

老船长和阿里登上了小艇。阿里又一次回转头来，这时那只小花猫突然追下舷梯咪咪叫起来。阿里挥着手，失声喊道：

“上去，上去！留在船上吧，他们会喜欢你的，海宁和由力克会捉飞鱼给你吃的。”

我奔下去，把小花猫抱入怀里，最后一次向阿里告别："再见，阿里，代我问候你的全家，祝你幸福。"

在告别声中，我看到由力克的眼中闪着泪花。我的心仿佛被一只巨大的手握住了。我连忙回转头，想再看看我们的阿里，小艇已经开走了。老船长和阿里的身影在晃动着，渐渐模糊了，原来我的眼睛已被泪水蒙住了。我望着远去的小艇，默默地想着：老船长，我们亲爱的老船长爷爷，你的善良的愿望会实现的，我们正在播种着友谊，我们已经给人们做出了好榜样。"国际友谊号"这个名字，在马来亚将会由阿里传播开去。……

原载《人民文学》1957 年第 10 期

老年突击队

张　英

一

车床车间加工下来的半制品，像潮水似的涌向钳床、电气、装配等车间。特别是手工加工的部门，真被压得气也透不过来；好几个小组的青年突击队，都纷纷参加义务劳动，甚至突击开双班，可还是不能解决问题。等待加工的半制品，堆放得像小山似的高。在“大跃进”中，机械部门的生产指标，已经达到年产十五万台电动机的高度，比上级公司规定的指标猛跳四倍，可是手工加工部门还没有冲破十万大关。特别是近几天，农村急用的电动抽水机，等着要货，可是装配车间就像大河里的拦水坝，半制品到了这里被一下拦住了。

装配车间的四面门窗大开。虽是暮春天气，但这里却有盛夏的感觉，纵然阵阵和风扑窗而过，大伙儿也只穿了一件汗衫工作，还是汗珠淋淋，有些人连颈项上围着的毛巾，也都湿漉漉了。

车床间辅助工朱阿庆，拉进来满满一车电动机配件，看看没处堆放，就停下来问道：“大炮师傅，这车配件放在哪儿？”随着他的话，钳台边一个五十开外、胸阔臂粗的老工人停下了工作。他就是装配组长武德才。由于他性子急躁，讲话像弄堂里扛木头——直进直出，一开口，声音就像敲铜锣，所以外号叫作“武大炮”。他不但身材魁梧，而且四方脸上长满毛茸茸的短胡子，刷帚眉下镶着一对铜铃眼，活像戏台上的猛张飞。他年纪已经五十六，却一点不显老，干起活来也像“猛虎奔山”。

武大炮向车间四面一望，待装的配件堆得高高的，再叠上去怕要倒翻。于是一阵焦急又爬上他黑黝黝的脸孔，两只眼睛显得格外大了。

“阿庆呀，车回去吧，再放进来装配间要压煞啦！”一个中等身材，瘦个子，也是年逾半百的老工人，没等武大炮开口，就抬了一下架在鼻梁上的老花眼镜，向辅助工挥挥手，慢吞吞地说。他名叫温成书，因为做事怕痛怕痒，干啥也吞吞吐吐，没有火气，所以大伙把他的名字喊成“温吞水”了。起初他听了很不入耳，后来日子一长也无介事。朱阿庆听了温吞水的话，正想拉着走，哪知武大炮猛地奔上来拦住说：

“阿庆，放在我工作台边吧，我把装好的电动机送到检验间去，可以理一块地方出来，这批配件一定设法马上搞好它。你告诉车床间的同志们，说装配车间是‘压勿煞’，配件越多劲道越大！”说着他就帮助朱阿庆把配件搬下来。他想：车床间干得好，跑得快，这是件好事。我们要追！难道向他们讨饶不成！

温吞水却在着急，他看到越来越多的配件，不禁“唉——”地叹了口长气。

“喂，你叹啥断命气？”武大炮瞪了温吞水一眼，厉声责备。

“千怪万怪要怪我爹娘不好。”温吞水还是慢条斯理地说。

“怪你爹娘干什么？”武大炮被温吞水说得莫名其妙。

“怪他们养我时少生一双手，如果我有两双手，这点配件就笃定泰山可以完成……”

“呸！你真是个温吞水！”武大炮打断温吞水的话说，“少说废话，多做点活吧！”

尽管武大炮急煞，温吞水可一点也不急，还是慢条斯理的老样子，一放工，他就拍拍屁股走了。

青年突击队又抽调了十名精悍小伙子，来突击赶装。武大炮看见小伙子们头发乱蓬蓬的，脸上油光光的，就扬起粗嗓子说：“小伙子们，看你们干得像煤炭堆里爬出来似的，满身污黑，快点回去洗洗浴理理发吧，近来你们也够辛苦了，今晚上这点活儿包在我们身上吧！”

钳床间青工小方说：“大炮师傅，我们名字是什么？——我们是青年突击队！哪里有困难，哪里就有我们！”

“大炮师傅，我们年轻人是铜铸铁浇的，这点辛苦算得什么！你们上了年纪的老师傅，应该回去休息啦！……”

武大炮敲了一天的铁锤，扳了一天扳头，确实感到有点手酸，但是看看还未完成的——明天一早就要启运的电动抽水机，于是就胸脯一拍说：

“你们小伙子的身体像钢铁，难道老头子像豆腐吗？——不！深山老松，经得起风吹雨打，老头子准比小伙子强！”

“好，那我们就比一比吧！”小伙子们血气旺盛，哪甘示弱，他们扬臂挥锤，就狠狠地干起来。

装好了电动抽水机，夜已深了。武大炮把一件卡其上装往肩上一甩，燃了一支香烟，一边呼一边走，又是一边想：哪里有困难，哪里就有他们，那么就不能有我们吗？小伙子们组织了青年突击队，难道我们老头子就不能来个老年突击队？建设社会主义人人有责，老头子为啥要落在小伙子后头！……武大炮想到这里，顿时劲增百倍，猛地把半截香烟头往地上一丢，决心明儿找几个老兄弟们商量商量。

走出了厂门，武大炮路过正在扩建的新厂房工地附近，隆隆隆的水泥拌和机夹杂着嗨呀哼呀的打夯声，塔式起重机在强烈的灯光中挥舞着钢铁巨臂，把钢梁从地面举向高空；电焊机龙头上喷射出来的蓝蓝的弧光，把半片天空照得发亮；高高的脚手架上人影晃动，呜呜的大卡车在来回奔忙。这火热的场面，突然把武大炮的心吸引住了。他越来越感到自己工厂的可爱。二十一年前，这里曾是淞沪战场，日本鬼子的炮火，把八字桥一带，化为焦土。就在那时，他舍弃了小草屋，挑了一副竹箩，前头坐着四岁的孩子，后面装着一只破箱子，和爱人一起逃难，哪知没奔了多少路，只听见前面孩子尖叫一声，他猛一看，只见鲜红的血水已经从箩筐里滴下来，第一个孩子就牺牲在“八·一三”的榴弹里……往日的战场，今日的工厂，武大炮目睹这两个世道的变迁，心里怎么能平静呢？武大炮舒了口气，又把两臂用力地一挺，狠狠地自语道：“我就偏要搞个老年突击队！”

二

支部办公室的门半掩着，武大炮进门一看没有人，他正想回头出来，哪知背后伸出两只手，把他的眼睛牢牢闷住了。“谁呀？吃饱早饭了吗？”他一边急急地说，一边用力挖开闷在眼睛上的手掌。“哈哈哈……”随着一阵爽朗的笑声，两只手松开了。武大炮回头一看，原来是支部书记老林；于是就不由分说，扬起手臂在他背上捶了一拳说：“嘿，都是年过半百的老汉，孙子和外甥也都上学了，还像小伙子一样贪闹玩，真是老高兴。”

老林哈哈大笑，眉毛一扬说：“什么，年纪老了，就不能开玩笑吗？你这个大炮真也太摆老资格了。”

老林和武大炮过去是老同事，年轻时候曾经一起参加过上海工人三次武装起义，和各种罢工斗争；那时老林已经加入了党的地下组织，武大炮是地下党忠实的助手，带头罢工、散发传单……只要党一声令下，他就拼着命去干。所以他俩相处得一家人一样，有啥谈啥，无拘无束……

“人家在火里，你在水里，再嘻嘻哈哈我又要送你大字报。”武大炮哪有心思开玩笑，就粗声粗气地对老林说。

从武大炮的口气中，老林觉得他一定有事了，所以就认真地问："大炮，有啥要事吗？"

"当然有！"大炮响亮地回答说。"现在青年人组织了突击队，我们老年人为啥不组织突击队？现在咱厂手工加工部门，是个落后堡垒，过去是无人能攻破的，我想组织老年突击队，发动全厂老头子！你说好不，我的党委书记？"

听了武大炮的话，老林眼睛猛地一亮！"老年突击队，多么豪迈的名字呵！"他打量一下武大炮的四方脸，那种刚毅果敢的神情，不减当年报名参加"敢死队"时那么英勇；而且在全国工矿企业中，只有青年突击队，从没听说有老年突击队，这岂非"大跃进"中的上海新事。老林压抑不住心中的激情说："武大炮，我第一个向你报名参加老年突击队，过去学的一点老手艺，今天也要利用业余时间来开开花。现在党提出要技术革命，我们正是时候。"

"老林，你亲自出马，那保险马到成功！"武大炮顿时劲加百倍。

"武大炮，"老林又叮嘱说，"我们这次千万要和老伙伴们说明，不是拼力气硬干。一个人的力气到底有限，如果只有五百斤力道，那只能挑五百斤。可是现在放在我们面前要挑的是万斤重担，所以非要大家用智慧不可！"

"对，老林，一定要用智慧！我昨晚上想了一夜，想出八个字，这八个字能实现，我厂各车间生产就能平衡。"

"哟，大炮讲话也学会了打转弯卖关子，真有意思。"老林瞪了武大炮一眼，半开玩笑地追着问道，"快说，八个什么字？"

"手工机械化、电动化！"武大炮一字一句，说得特别响、特别有分量。

"好！"老林啪地鼓一下掌，激奋地加重语气说，"大炮，我们'不怕做不到，就怕想不到；只要能想到，一定能做到！'现在你快点去发动一下老伙伴们吧。"

那时，上工的铃声急促地响起来，武大炮飞也似的奔向车间。

进了车间，武大炮第一个就向温吞水动员："喂，温吞水，我们要组织老年突击队，和青年突击队比一比社会主义的革命干劲，这回我看你温吞水也要摆点苗头出来啦！”

“什么，老年突击队？”温吞水习惯地抬了一下老花眼镜，吃惊地说，“你这个大炮老是兴花样充大好佬，一点不为大家想想，老兄弟们都年过半百，如果再突击，背脊也要压弯了。”

照往日，武大炮早就火了，可是今天，他不得不忍住气补充着说：“温吞水，又不是叫你拼命，怎么会压弯你的背脊？现在我们要使手工机械化、电动化。实现后，不但干活力气省，而且生产快。譬如我们装电动机，最花时间的就是扳螺丝，如果我们利用‘电’来扳，那多好！”

“啊哟哟，你这门大炮怎么瞎开炮呀？手工机械化、电动化，嘴巴讲讲倒容易，可是要做就难啦！用‘电’来扳螺丝，外国人也没有创造出来，你这老粗，不摸摸自己的额角头，也想当发明家？真笑话。老实说，我们装配车间第一个就搞不出什么‘化’，要是能，哼，我这‘温’字写在你脚底里。”温吞水摇摇头，一点儿信心都没有。武大炮一股热情，被温吞水泼了一盆冷水，心中好不气恼！他一边把配件搬到钳台上，一边顶着温吞水说：

“外国人没有，我们中国人就不能创造吗？别人双反后都大大跃进，独有你温吞水还是老样子。现在废话少说，你究竟愿不愿意参加老年突击队？”

“唉，老头子还有啥击可突呢！这像‘月亮里点灯空挂明’，我不想摆这个虚名头。”

“不参加不会硬拖，”武大炮耐着气说，举起铁锤，狠狠地干起活来。铁锤当当地敲得那么有劲，仿佛要把一肚子气恼，一下子从铁锤中发泄出来。

三

利用午休时间，武大炮向各车间的老工人一一动员，他们个个拍胸参加，一看名单，足足有二十个，只第二车间刨床师傅老牛还未找到。他也是一个五十三岁的老头子，真名姓叫刘德明，因为他干的是一台老式牛头刨床，所以大家给他起了个绰号叫“老牛”。几年来，他的真名知道的人不多，“老牛”倒是上下通晓了。

武大炮匆匆来到第二车间，只见一个头发花白的老汉，正高卷衣袖在揩修一台八尺齿轮车床。“呀，这不是唐师傅吗？他怎么又来啦！”武大炮一看是已经退休了的老车床工人唐银山，于是就快步上前说：“老唐，你上次不是说五月初就要回宁波乡下去，怎么今天又来修车床啦？”

唐师傅见了武大炮就亲切地说：“你好，武大炮，今天我是最后一次到厂里来，和大伙儿告别一下，也是最后一次来检修我做过十来年的车床。我后天就要回乡，轮船票也买好啦！”老唐摸摸大车床的机柄，满脸深情。

“后天就要走啦？那你也别劳累了，这台车床等会儿我叫小青工揩一揩吧。”武大炮说着，一把夺下老唐手中的油回丝。正在这时，门外传来一阵喊声：

“武大炮，你在这儿吗！老家伙，找得我好苦哪。”随着喊声，一个头发剃得光溜溜的老工人已经奔进车间。

“嗨，老牛呀，我也正在找你。真是‘踏破铁鞋无寻处，见面全不费功夫’。”武大炮兴奋地迎上去说。

“咦——老唐，你……”老牛一见武大炮身边的老唐，好不惊讶。

“他后天就要回宁波去啦，今天还要来检修车床，我们的唐大哥真也太爱厂了，退休不到半年，倒有两个月在厂里东摸摸西动动的。”武大炮凑上去代老唐回答。

“老牛呀，要是我和你们一样年纪那多好，这次‘大跃进’中也可以来个‘鲤鱼跳龙门’，可是现在……唉，我真羡慕你们！”老唐想到自己退休，真是十分遗憾，于是就随手把身边的车床开关用力一推，车床就呼呼地疾转起来。他恨不得马上装上车刀，来一次高速切削。老牛走上一步，蛮有劲地说："现在青年人的干劲可大哪，说什么别老牛拖破车，要像飞机冲云霄！他们指和尚骂贼秃，不明明是向我们老头子挑战吗？早上我听见武大炮要组织老年突击队，这正合我心意，所以特地来找他。"

武大炮一听老牛与自己志同道合，兴奋地一把捏住他的手臂说："老牛，我们老头子真像花烛一条芯（心）呀！"他回头又向老唐说："老唐，我们老头子通过整风也大跃进，这次要组织老年突击队，决心实现厂中手工电动化、机械化。"

当时老唐的心，早被这老年突击队所吸住了，他忘了自己后天就要动身回乡，情不自禁地说："嗨，武大炮，那我也参加吧，常言道：'一人不如二人计，三人出个大主意'，人多力量大哟！"老唐深陷的眼睛露出希望的光芒，迫切地等待武大炮的回答。

"啊哟，我的唐大哥，你怎么不拿镜子照照脸孔？胡子也半寸长了、头发也花白了、人也早已退休了，怎么好参加突击队！我看这样吧，今晚上我们要开个老头子会议，就是关于老年突击队的事，请你一起来参加，给我们提些建议，想些办法，你说好吗？"

武大炮的回答，使老唐心里很难过，他摸摸下巴上的胡须，低沉地说："那就这样吧。"

下午一放工，各车间的二十来个老年工人，吃好饭，脸也没洗就到会议室来参加会议。党支部书记老林一看人数，独缺温吞水，于是就向武大炮问道："大炮，温吞水怎么没来？再去叫一声吧。"

"哼，这个温吞水，八人大轿也扛不动的，让他去吧，少了他一个，老年突击队不会垮台，人家诸葛亮也只有三请，他……"

"不，大炮，我们应该动员他，你们等一等，我去找他来。"老林说着就奔出门外。

再说温吞水虽没报名参加老年突击队，可是心里也乱糟糟的。他也想动脑筋改工具，但怕改不出，被人家说笑话；他也想咬一咬牙向大炮报名，但又怕老年突击队担子不轻，挑不动，真是"想过桥害怕桥梁断，想过水担心水湿身”。刚才他也到会议室门口来过，但又很快扭转头退回去了。他想来想去手工干活硬碰硬，怎么也不能变机械化、电动化，自己别去凑热闹了。温吞水想到文娱室里去下盘棋解解闷，但是老伙伴们在开突击队会议，小伙子们忙着在改工具，文娱室里冷清清的。他正想回家，迎面就碰到了老林。

“啊哟温吞水，二十个人等你一个人呢，快点去！快点去！”老林一把拖住他说。“现在党号召大家要鼓足干劲、力争上游，你怎么……”

“老林，党的号召，我如果有三只手，也全举起来赞成的。双反后，我哪一天不是干得大汗淋淋，可是再参加什么突击队，我真是心有余而力不足哪！”温吞水没等老林说完就抢着争辩，可是他的脚步已经不由自主地跟着老林来到会议室。

会议开始了，老牛建议说：“常言道‘鸟无头不飞’，万事总有个头，所以我推选大炮当咱们老年突击队的队长。你们说好吗？”

“我……我不行呀……”武大炮正想推辞，可是鼓掌声早已盖过了他的话，他只好担任了。武大炮喝了口茶，站起来拳头一扬表示态度说：“我们是社会主义的老头，就要拿出社会主义的气概来！现在咱厂的老伙伴们，百分之九十九是劲高过天的——”武大炮圆溜溜的眼睛向温吞水一瞪，故意说给他听。温吞水听了心头一惊：百分之九十九是劲高过天，那百分之一是谁呢？温吞水一阵脸红，默默地低下头去，躲开大炮逼人的目光。武大炮继续说：“所以我相信我们老年突击队一定旗开得胜——手工机械化、电动化，一定能实现！瞧，今天我们支部书记就第一个报名参加；还有我们老唐，他后天就要回乡去，可是一听说组织了老年突击队，他也劲头十足，来参加这个会议，为大家出点主意。”随着大炮的话，大伙儿视线转到坐在墙角边的老唐。只见他闷着头一声不响，似乎心事重重，大炮催他说：“老唐，谈谈吧！”

“纸上谈兵没有用，我今世没有福气再讨论生产了。”老唐说了两句赌气话，面色很不好。他为自己不能参加老年突击队而苦恼。

那时，电气间老工人提出先把绕线圈改用电气自动化，不然女工们绕了一天，浑身是汗，还远远跟不上别的车间。钳床间老工人，提出压床也要马上改电动化：一千公斤的压力用两只手一下一下扳，真是又慢又吃力；武大炮提议：装配扳螺丝也要电动化。他们大家谈得很兴奋，接着提议在老年突击队的保证书上签名，大家都签了，就是温吞水依旧没敢签。

武大炮东摸摸，西弄弄，出厂时，天已大黑了，却看见钳床车间灯火通明，他想，可能他们在弄压床电动化的事，他就无心回家，弯到钳床车间去。

进了车间，武大炮心中好不激动，只见做夜班的青年突击队员，个个赤膊，两只摇头电风扇呼噜噜地对准他们猛吹着。尽管汗水在电灯映照下显得亮亮的，他们却毫不畏惧，满脸兴奋地铆着“转子”压着“锭子”。铆的人，铁锤像流星飞舞，压得人，像逆水摇橹，个个浑身是劲！武大炮过去高声地说：“小伙子们，以后你们只要坐在旁边开关一揿就行啦，不要再像武松打虎似的累坏人。压床改为电动化，不但产量多、加工快、质量好，而且你们力气也大大可省啦！”

突击队员小方今天刚调做夜班，他听了武大炮的话，蛮感兴趣地跳起来说：“大炮师傅，压床电动化，我想倒想过，但就是没有办法！”

“哪里有困难，哪里就有我们！”武大炮学着昨晚上小方说的话。

“你们是……”

“老年突击队！”大炮回答得特别响亮。

“嗨！大炮师傅！越快越好呀！这两天，我们真连吃奶的力气也使出来啦，可是产量指标，仍像‘鸡上架’，蹲在老地方！”小伙子们一面用毛巾连连擦汗，一面围着武大炮说。

瞧小伙子们急得像火烧眉毛的样子，武大炮就胸脯拍得嗒嗒响，回答道：“马上就搞出来！”一说完，他又回到他的车间，去搞他的机械化、电动化去了。

四

拂晓。一个五十多岁的老妇人，蓬着头发，红着眼睛，乘着一辆三轮车，急急来到厂门口。工厂铁门还紧闭着，她一下车，就嘭嘭嘭地猛敲铁门。警卫员老吴拉开小门惊奇地问道：“老妈妈，你大清早乱敲大门干什么？”

“同志，武德才在厂里吗？”老妇人喘着气焦急地说。

“早啦，还没上工啦！”老吴想把铁门关上，那妇人连忙手一推颤抖抖地说：

“啊哟，同志，他昨晚没回家哪！”原来她是大炮的老伴儿。昨晚大炮破例没回家，急得她一夜没睡好。她知道丈夫不欢喜在别人家落夜的，如果不在厂中的话，他……一个恐怖的念头，猛地闪过她的脑海，所以熬到天亮，就赶到厂里来。

老吴知道她是武大炮的家里，忙又解说：“大妈，现在厂里日班没上工，夜班刚要放工，厂里没有人，武师傅昨夜可能到朋友家里去，你到里面来坐一会吧，他是做日班的，马上就要来上工。”

武大妈听说厂里没有人，急得哇地哭出来：“小毛他爹呀……你……”她惊恐地感到，上海的马路如虎口，来往车辆多，丈夫骑着自行车，可能跌了跤出了事。老吴扶着她到传达室里，劝她说：“大妈，大炮师傅又不是三岁小孩，你急什么呢！”哪知武大妈是个软心肠的人，她越哭越伤心了。那时上工的人，三三两两地来了，大家听说武大炮昨晚失踪，真是惊奇万分。这时，温吞水也进厂了，看见武大妈眼泡红肿，满脸泪痕，大吃一惊，经老吴说明情况后，他抓抓头皮说：“昨晚开会也只开到九点钟呢。”温吞水因为要到车间去换工作服，所以说了一句，就匆匆进去了。哪知道他走到装配车间门口，只见武大炮的头伸在自来水龙头下在冲，哗哗的自来水，把衣领也打湿了。他怔了一下，连忙说：

“武大炮，你在这儿笃定心思汰淋浴，你的老婆已经哭到厂里来找你啦！”

武大炮猛抬头，抹了一把脸上的水，睁大猩红的眼睛问：“真的？”

“哪有什么假的！”温吞水忙回答。从大炮布满红丝的眼睛，和自来水冲头的情况，温吞水觉察到他昨晚没睡过，大概又在搞什么花样，就愣了一愣。这时节，武大炮已三脚两步朝厂门口奔去。温吞水望着他的背影，心里不知怎的很不是味。

温吞水进了装配车间，看见放材料的小间里透出微弱的灯光，他进门一看，嘿，一只台灯放到地上，灯罩上还蒙着一张报纸，一只生铁盖头上丢了二三十个香烟蒂头，有一个还在冒出青烟、闪着火花。地上，被粉笔画得稀里糊涂，有几张草图压在台灯座子下。温吞水随手拿起一看，只见是一台压床，压床旁边画着马达和齿轮等机械配件。温吞水一切都明白了，当他舒适地在床上做梦时，武大炮却连家里也没告诉，在这个小间里绞了一夜的脑汁！温吞水又一次脸红了，他把小间收拾一下，熄了台灯，木然地坐在凳子上沉思……

武大炮奔到传达室，大伙儿心可松了，老吴笑嘻嘻地说：“大妈，我说笃定没事吧，你偏是不相信。”武大炮也说：“小毛娘，昨晚上辰光来不及啦，就睡在厂里，这有啥大惊小怪。”武大妈心里像放下一块大石头，想到自己为丈夫急了一夜，就委屈地说：“你这个断命老头子，家，一点也不放在心上，如果我在家有三长两短，看你也会这样的急？”

“好好，算我错。”武大炮拉着老伴出了厂门，陪她一起在点心馆里吃了一客虾仁馄饨，送她上公共汽车，又急急回厂。

厂里组织了老年突击队的消息，一下子传开了。青年突击队员召开了紧急会议，他们觉得老年工人们多熬夜要吃不消，决定支援他们，只要他们的草样画出来，措施讲出来，青年突击队就帮助找材料加工。作为志愿军，参加老年突击队的战斗。武大炮得到了这支生力军，感动地向青年突击队员们说：

“你们是青年突击队的志愿军，帮咱老年突击队作战；那么我们也是志愿军，一定帮你们各个青年突击组解决问题！”

正在这时，老林也来了，肩上还背着被头。大炮一见他就跑上去说：“嗨，老林，你把被头铺盖带到厂里来干啥？”

“从今天起就睡到厂里来，帮你们一起搞手工机械化、电动化，不搞成不回家！”老林劲头十足地说。武大炮一把拖住老林，就往装配车间奔。这突如其来的举动，使老林摸不透葫芦里卖的什么药，所以挣扎着说：“哎，大炮，别乱拖呀，人家肩上还背着铺盖呢！”

“给你看手工电动化的草样呀，难道你不高兴吗？被头背不动我帮你背，我看你也老了。”武大炮说着夺过老林肩上的铺盖背着就走。

他俩来到装配间，温吞水还坐着，他见了大炮和老林，站起来不好意思地说：“你们早。”“温吞水，来！大家一起商量一下吧。”老林和他并排坐下来。武大炮拿来昨晚画好的草图，摊开来指手画脚地解说起来。温吞水目瞪口呆，他想起自己这天说的话：“要是手工能变电动化，我的‘温’字写在你脚底里。”老林一方面为武大炮一夜天搞出压床电动化的初步草样而感动，但一方面又为他不管健康而通宵研究担心。因此他就严肃地说：

“武大炮，现在你应该立刻离开这里去休息，下次可不准搞通宵，这儿的工作，可以叫温吞水管理一下。”

“瞌睡虫早被新工具赶跑啦！”武大炮精神百倍，毫无倦意，可是他的嗓子已显得沙哑了。

“大炮，建设社会主义要做的工作很多，难道你做了这次就不管以后了吗？”老林又虎着脸说。

两人正在争执，忽然有人大声地喊：“武大炮——”惊动了老林和大炮。大家抬头一看，武大炮第一个扑哧一声笑出来，进来的原来是老唐。只见他花白的头发刚理过，不但用电吹风机吹了个波浪式，而且还上了凡士林，满头油光光的；唇上和下巴里已经留了十多年的胡须，也剃得精光了。武大炮迎上去说：“哈，我们的唐大哥变成小后生啦，谁看得出是六十二岁的人，真像一个老新郎！”

老林也笑着说："老唐这么一来，年纪起码轻十年。"

温吞水也走上去在老唐旁边一站说："我和老唐一起走，人家准说我年纪老。"

老唐听了眉开眼笑，摸摸修得光溜溜的下巴问："我真的不老吗？"

"当然不老，你真像一棵'万年青'呢！"老林竖起大拇指，回答。

"我们的唐大哥，真是越活越年轻！"武大炮也大声赞扬。

"其实我是不老！"老唐把衣袖往上一勒，有力地说，"我臂膀上的肌肉还蛮结实，头发还未全白，我还能替社会主义出把力，还能在生产上来个大跃进，所以我也要参加老年突击队！"老唐的话像晴天霹雳，使老林、武大炮、温吞水大为惊奇。瞧他认真的态度，显然不是开玩笑。于是他们弄清了老唐头发上吹风上油和剃光胡须的原因。老林感动地上去拍拍老唐的肩膀说：

"老唐，你已经到了退休的年龄，不能再工作了，这是劳动保险的规定，也就是我们党对老年工人晚年生活的照顾。"

"老林，我唐银山打解放后，处处遵守国家制订的制度和法令，可是今天在劳动保险上，我只得违章一次。现在我回乡的轮船票也已经退了，和老伴的交道也打通了，你们不答应也要答应。现在我也是'先斩后奏'。"老唐滔滔不绝地说到这里，弄得老林不知怎样回答他才好。大炮插上来问道：

"老唐，什么是先斩后奏呀？"

"我刚才已经在老年突击队保证书上先签上了名。"老唐干脆地回答。

温吞水目睹这些情况，心里像刀挖。他眼镜一抬，闷声不响地溜出装配车间，直往饭厅奔去。武大炮狠狠地盯了他一眼，回头又向老唐说："老唐，除了温吞水，厂中谁都劲高如天，何必再劳你出马，再说你辛苦了几十年，现在应该享享社会主义的福。"

"什么？我又不是'隋炀皇帝游江南，自坐龙舟人拉纤'，活生生的人，去坐在乡下等社会主义建成吗？"老唐深陷的眼珠透出顽强坚韧的光芒，他望了一眼老林和武大炮，接着说，“不，我有一肚子技术，我有一脑子智慧，我不让它烂在肚里，我不让它搁在脑里，我更不让它带到棺材里。”老唐越说越激烈了，他双手捧着胸窝，似乎要掏出这颗热爱祖国热爱共产党的永不衰老的赤胆忠心。“我要把我的全部智慧和技术，和还在跳动的心，统统献给党，献给社会主义！”

武大炮不肯休息的事还未摆平，半路又杀出能说会道的程咬金来。老林被这两个老工人也弄得束手无策了。他想了一会，还是讲了一句说服力不强的话：“老唐，你到底是年过六旬的人，硬撑是不行的，我有责任……”

“我老？”老唐睁大眼睛向车间一望，然后奔到钳台旁边，蹲下身伸出双手，嗨地喊了一声，就把地上一只五匹马达搬到台上。“我年纪老人没有老，百来斤的东西还能搬，谁说我干活不行，你就和我来比一比吧！”他又向大炮说，“武大炮，你是队长，现在我就向你报名！”

“老林，你决定吧，这样勇的战士，难道叫他告退还乡吗？”武大炮又问老林。

“老林，三年五年如果不行，就是让我再干一年半载也好。老林，照说你也是工人出身的，怎么一点不懂工人。”老唐带着要求的口吻说。

温吞水又从外面奔进来，他一把握住武大炮的手说：“武大炮，你们以后千万别再叫我‘温吞水’了，我要报名参加老年突击队，保证书上我也已经签上了名字了！从今起，我厂老工人百分之一百劲高过天。”

“这才是社会主义的老头！”武大炮有劲地说。他第一次看到温吞水的脸上，像春天的鲜花泛起红光。

上工的时间到了，工人们一群群进了车间。老林只得对老唐说：“老唐，今天暂时就这样，等这工作完成了再说吧！”

老唐重上征途，真是又亲切又激动。轰隆隆的机声也在欢迎他。

中午，老年突击队又开了个会议。老工人们差不多人人有办法，个个提建议，单是草图就一下子收拢三十来张。老唐在这次的会议上，谈得那么有劲，再不像昨晚心事重重了。老林充满信心想："我们党有这许多青年英雄，又有这许多老将，就是天塌也能撑住呵！"

果然，不到一个星期，他们胜利完成了手工机械化和电动化。

1958年6月，第四次修改脱稿

原载《文艺月报》1958年第7期

小红和阿蓝

靳　以

细纱间里的几万只飞转的锭子像哨子一样尖叫着，分不出个点子来地响成一片。车间里迷迷蒙蒙，不知道是喷雾还是飞舞的细花绒，简直像漫天大雾。到处是飞花；屋梁、通风设备、车架、车肚……放在架上的粗纱也沾了一层花绒，像一只只蹲伏着的长毛兔；电线和铁架上的飞花就像无可奈何挂下来的白胡子。机器声音隆隆地响着，人的声音一点也听不见了，好在工作忙了，也顾不上说什么。要说话只有抱着膀子，把嘴贴着耳朵大声说，几个人在一起，就像团团围簇的一朵大花。平时稳稳当当的小红，鼻尖也沁出汗珠来，两只手迅速地一拨，一扯，一绕，一捻；接好了头。跟着是打擦板、拉白花、换粗纱……她还是能有条有理做了这件又做那件；只是本来就不好说话的小嘴闭得更紧了，两条腿不断地前后移动，眼睫毛上沾的飞花也来不及抹一把。工作帽没有盖住的头发，沾满了雪白的花衣。和她共了半条弄堂的阿蓝真忙坏了，本来她的心里还记住些路数，可是断头一多她就慌得忘了，她忙这头又忙那头，做了这件又做那件，满头满脸都是汗珠。本来就有点翘的嘴，现在是大张着喘气；钻到鼻子里的飞花，害得她要打喷嚏又打不出，眼睛涨满了泪。就这样，有时候好容易把一台车的纱头接好，另外一台车的纱头差不多又坍光了。她气得两脚直跳，恨不得什么都不管坐在地上哭一场！恰巧吃饭的时间到了，铃声响过之后车子慢慢停下来，阿蓝抹了一把脸上的汗，又在工作裙上擦了擦手，匆匆忙忙躲在弄堂里接起头来。

小红悄悄地走过来，像往常一样拉她一齐到饭厅去吃饭；阿蓝赖着不肯去，咕咕哝哝地说："我不去吃，台也坍光了，还有脸吃饭！"

小红笑笑说："不吃饭怎么行，越是生活难做越要吃得饱饱的，没有力气干活更不来事！"

"原来的车速还没有加稳，一下子又加上去，把人都要做死了！这种生活真要人的命！"

"这也说不上要命的事。走吧，走吧，回头再说。咱们是团员，天塌下来也得顶住！吃好饭，我帮你一齐接。"

小红总算连拉带扯把她拖走了。她们都是一九四七年进来的养成工，过去受过同样的苦，共同在敌人的枪刺前钻出钻进；解放以后就在一个班里挡车，都是第一工区，有一条弄堂还各占了一半；宿舍里睡的又是上下铺，一天到晚在一起，亲生姊妹也难得像她们这样好法。可是论脾气和性情来说，却又大大相反：一个是沉沉静静，不多言不多语，不慌不忙，手脚却挺快；一个是什么话也藏不住，心直口快，说话不走肠子，说过可也就算了。工作起来也很利落，就是拿不准，有时好，有时坏，连她自己也说不出一个名堂来。问起她来，她自己也会说："冷热病呗，像发疟子似的！"如果和她说："那么你不会冷的时候加点热，热的时候撤点火？"她就把嘴一嘟，什么话也说不出来了。就是因为常常一冷一热，进进退退，就好像一直在原地踏步，看不出什么显著的变化来。但是在紧要关头，不管心里存在着多么大的难处，表面上她还算能挺得住。

当夏天第一次加车速的时候，阿蓝看到绒辊转得快，车子的声音高，接头时一把没有抓住锭子，手指就热炙火燎的。她知道这是车速增加了，她就红头涨脸地向小红说：

“一声不响就把车速加快了，怎么也不先说一声？”

小红赶紧就着她的耳朵说：“不要吵，咱们怎么能带头吵？听听群众有什么意见，好好反映上去。不但要自己没有问题，还要帮助解决问题。不要忘记咱们是团员，是党的助手，就是要在这紧要关头发挥作用。”

全车间的人声嗡嗡，都被机器运转的声音盖住了；人人忙得满头大汗，有人就说：

“这哪里是细纱间，简直变成弹花间了！”

还有的说：“这可怎么办？跑得来上气不接下气，还是赶不过来。再生两双手脚倒好！”

她们还没有来得及去反映，吃饭的时候车间党总支书记刘金妹就在饭厅里向群众检讨。在解放以前，刘金妹和许多老工人共过患难，风里雨里，处处顶在前头，解放以后，她脱产担任了车间的党的领导工作，一天二十四小时，倒有十六小时和同志们在车间里。工人们都喜欢她，她也关心每个工人，每个工人都感觉到她的心贴着自己的心，不仅有关工作上的事愿意和她谈，就是个人思想上，甚至于一些琐碎的个人私事也高兴向她倾诉。工人们一看见她那黑红的脸膛，略有一些沙哑而非常亲切的嗓音，就深切地感觉到她是自己人，她说的话正是自己心里要说的话。她向大家说在这第二个五年计划的头一年，也是毛主席说的苦战三年的第一年，全国的工农业生产都坐上了火箭，飞跃前进。今年的棉花要堆成了山，质量好不必说了，产量也许要争个世界第一。农民弟兄把棉花摘下来给了我们，我们就该纺好纱，织好布，让全国五万万农民弟兄都穿上新衣服。我们要吞得进，也要吐得出；我们只有在原有的设备之下，吞进农民给我们送来的棉花，经过我们的手纺纱织布，这是一件艰巨而光荣的任务，正该好好地让同志们讨论，大家想办法；可是我们只被“艰巨”吓住了，忘记那伟大的“光荣”，没有好好和同志们商量，也没有很好地帮助解决困难，不声不响地把车速加了上去，使同志们莫名其妙感觉到生活难做。这是我的工作上的疏忽——实在说是错误。情况就是这样，同志们有什么意见都可以发表，如果大家都觉得生活实在做不下去，只要你们完全同意，还可以考虑把车速退回去。

刘金妹把话说完，两手一敞，好像把整个的心都掏出来了，听候大家的意见。经过短时间的冷场，四面八方都有人发表意见：

“加了哪还能退？我们又不是孱头！我们只能向前，绝不能向后转！”

“我们不能忘记工农联盟，咱们到农村去访问的时候不是说过了吗，他们生产多少棉花，我们就要纺出多少纱，织出多少布！全国工农业都在快马加鞭，飞奔向前，我们哪能像小脚女人走路？走痛了，还要坐下来，怨天恨地，那可丑死人了！”

有人说：“速度可以加，领导要拿出办法来：怎样减少断头？怎样把白花稳定下来？怎样减少跳筒管，不要只让我们挡车工受苦，请技术员和保全工跟着我们运转，随时帮助我们解决问题。”

也有人怀疑这样加车速是否合算，尤其是断头多，来不及接；白花不是像过去只有几两，现在是一大口袋一大口袋向外掏，老年工人看到这些雪白的花衣，就不由自主地说出来：“真罪过呵，多么好的棉花，看看都肉痛！”

“一点也不错，这样不是增产，简直是浪费，糟蹋农民兄弟千辛万苦生产的棉花！”

也不知道是谁躲在人背后放出这样的冷箭。

“谁要给国家造成浪费？谁不肉痛？谁还想故意糟蹋棉花？别人能加快车速，为什么我们不能？只要有两只手，就没有办不到的事！”

那些话实在使阿蓝忍不住了，她闻出来气味有点不大对头，她就冲头冲脑把心里的话一口气冒出来。接着是一阵掌声，说明群众批准了加车速，而且有决心不落在别人的后边。

论道理阿蓝也明白，可是每次加车速，她还是手忙脚乱，心情烦躁，说不出个名堂来。在这个问题上，她从前的朋友技术员小梁和她说岔了，最后还是把他们引到两条道路上去。

小梁是纺织专科毕业的学生出身，说话细声细气的，好像黄梅天的糖块，甜得让人腻烦。第一次加快车速的时候，阿蓝曾经和他坦白地露出自己的心情；可是他不但不帮助她，反倒火上浇油。他明白地表示对于加快车速根本不赞成，他好像憋了一肚子气："纺织工业生产提不了好高，产量高，质量就靠不住，成本也要增加，工人更吃不消！你看，连你也哇哇叫起来了，就应该及时照老规矩办事！"

他理直气壮地说出这一番话，好像他是替工人抱不平；可是阿蓝不领他这份情谊，她一肚子气，忍不住大声向他叫：

"谁哇哇叫？人家是要你想点办法，帮助找窍门，谁要你泼冷水？算了，咱们不谈了，有本事你贴大字报，把你那些鬼心思挖出来让大家看看！"

她把手一甩跑了，心里想："他和我们总归不是一路的。"可是他碰上机会还像苍蝇一样粘过来，好像蛮关心地问她：

"怎么样，生活难做吧？"

"没有啥——"她连头也不抬，闷声地回答着。

"今后还要加，看你怎么样！"小梁好像出气似的咬牙切齿地说。

"那我也不怕，我是团员，我就愿意接受这个考验。"

"又不是对敌斗争，有什么好考验的？"小梁两肩一缩，两只眼睛一翻，鼻子还不屑似的哼了一声。阿蓝真气坏了；可是她还努力捺住性子，教训他两句：

"战争时期在战场上考验，现在，我在细纱机前受考验。"阿蓝一个字也没有忘记把话全说出来，其实这是小红和她说过的话，这句话启发了她，每当她工作困难的时候就想起这句话来。她还以为可以同样启发小梁；可是小梁像鬼迷了窍，他的脑子长了霉，他捧定狗尿苔当鲜蘑，是非香臭不分！

"要开花也要结果，敢想敢做也要有现实性。你如果做不下来，我可以帮你打慢车。”

“这是什么话！”阿蓝简直忍耐不住了，眼睛瞪得大大地喊了一声，“别人能做我就能做！你忘了，我是一个团员，我是站在纺纱机前十年的老工人。我有十个指头，就能征服断头；我有共产主义觉悟，天大的困难也挡不住我！”

她斩钉截铁地把这些话都说出来，她的信心和勇气十分高涨，不知在什么时候，小梁就像影子一样溜掉了。

最近这次车速增加，阿蓝还是有些招架不住，尽管她心里记得小红的话：要活做，要掌握机器和断头的规律，要人管机器。可是手脚一忙她又忘个干净，她和机器拼命，结果是让机器把她管住了。小梁又像股阴风似的在耳边吹了一句：“四百转！”她连眼也不抬，顶住他的话：“一千转也不怕！”可是在心里，她偷偷盘算了一下：罗拉四百转，锭子就是两千多转！怪不得她的左手掌和手指都磨出了老茧；照这样下去，手皮都要磨出火星来！她正在怜惜地捧着自己的手掌，一抬头，小红已经不见了。她也赶紧站起身来，赶到车间去，正看到小红为她的车子接头。

“我就猜到你给我接头来了。也许是我这两部车子难弄，一加车速就坍光！”

“你看这样好不好，咱俩换换车子，好在是一个工区，同志们不会有意见。”

“好吧，就怕不是车子问题，是我这个人的问题。”

车子再开起来的时候，她们换了弄堂。小红走了两三个巡回，才把头一个一个接好。她发现飘头和跳筒管就抢接，免得影响大；她一进弄堂就望到底，出了弄堂又向后头全面地看一眼。虽然忙了些，可是她还算掌握得住弄堂的情况。阿蓝可不是这样，她手忙脚乱，跑来跑去，见头不放；可是头差不多又坍光了。

她们遇见的时候，阿蓝哭丧着脸说：“你看，又都糟了！”小红就心平气和地对她说：“不要紧，咱们再换回来好了。不要没有信心，也不要忙乱，劲头还是要使得对。断头多也不怕，只要你接得住，慢慢它就会减少下来。”

阿蓝就是在这方面差，你不能说她被困难吓倒，就是想不出个好办法，不仅把自己的工作情绪搅乱了，就是生活也弄得乱七八糟。自从车速加快以后，操作时间照旧，工余的时间却挤走了不少。下班洗澡开会以外，代替体育运动和文娱活动的就是睡觉；连业校的复习也不经常做了，“2”分像一只顽皮的鹅似的不断地朝她伸过头来。上课的时候，书本上的字也飞速运转，不久就转成朦胧一片。让老师叫醒怪不好意思的。在党团员小组会上，尽管开头她总是噘着嘴什么也不说，过不多久她就把心里的话都吐出来，热烈地期待着同志们的帮助。她记得支部书记说的：“怎么会没有困难？困难本来就是为了我们能克服它而存在的。高速挡车就和打仗一样，怕不得。你愈怕，敌人愈要打你；不怕才能征服断头。在我们的工作中，高速就是总路线的灵魂。我们是特殊材料做成的人，不但要自己做得好，还要帮助其他同志们；尤其是老工人。我们要发扬共产主义精神，互相帮助，共同提高。小红，你来说说你的经验。”

小红在人群中说话总是那么不好意思，声音低得像蚊子叫：

“我有什么可说的，还是照往常一样，不过跑得快点。”

“小纱断头多，跑得快些，两条弄堂至多不到四分钟。中纱大纱就可以慢些，中纱多做清洁工作，大纱做好小纱时断头多的准备工作，像剥清皮辊、罗拉、钢丝圈上的花衣，换好粗纱，串好头……”

“是啊，这就是新的工作法了。接头的时间可以缩短，巡回还是要坚持。看到断头不要忙乱，就像遇上敌人一样，一个一个地消灭它！可是也不要和断头顶牛，要动脑筋，先把影响大的接好，比如，笛管和绒辊两头的纱要是断了不接，白花就会塞满，会影响其他的部分。飘头更要紧，一个抓不住，就会把一排都飘断。现在我们的车速才有四百转，今年要达到五百转以上，二厂的同志还提出了六百转，向我们挑战，同志们，我们能不能做到？”

大家异口同声地叫了一声，“能！”

阿蓝也随着大家叫了一声，可是一听六百转，偷偷地吐了吐舌头。可是她想到谁都有两只手，别人能做为什么自己不能做？她的脸上就又闪着笑容。她恳切地向支书提出要求：“加快车速要说明白，免得有时晕头转向，突然觉得生活难做，弄不清个道理。——再有，生活做得便当了，车速就不能再退回来。”

“不是车速退回来，是咱们车间大皮带过些时候就松下来。咱们的电气工人正在给咱们造小马达，要是今年都能换上就好了，还可以解决些清洁问题。”

会开完了，阿蓝兴高采烈地拉着小红回宿舍去。走在路上，小红忽然想起来问：“这些天小梁怎么不来了？”

“我和他算了，到紧要关头就看出来他和咱们不是一条心。想不出好办法来，打打气也是好的；可是他总是说丧气话，拉后腿。他的眼睛长在脑后，总是向后看，和我们的方向不同。”阿蓝说着，一脚把路边的一块小石子踢得好远。“我早听你的话也就好了，我太不冷静，工作没有路道，对人对事都看不准！你听，你听，这是黄宝妹在唱！”

阿蓝听见广播器传出来的戏曲，就在路旁停下脚，全神贯注地听起来。

“你真强，连黄宝妹唱也听得出！”小红在一旁称赞她。

“不是我强，是黄宝妹强；她不但会唱，还会拍电影。那个电影一上来就说劳动模范也得好好向别人虚心学习，这话真有道理。她什么都行，说上调搞工作就搞工作，下放挡车也没二话，说全组消灭白点就做到。她真是：政治思想好，工作好，同志关系好，家庭生活也好，学习也好，什么都来事。我真欢喜她，我敢说谁见了她都欢喜！要是能把电影搞来放一放那可真好，对咱们的帮助一定很大。”

“我们要全面地向她学习，”小红加了一句，“遇到困难也不回头，向工作里钻，做一个生产和工作的多面手！”

“是呵，我也一直这样想，碰上困难就发毛，生活做得没头没脑，我真生自己的气！”

“找得出自己的缺点就好办，缺什么，补什么，天下没有难得住咱们毛泽东时代青年工人的事！”

“小红姊姊，你以后多帮助我，随时提醒我，我要是再发牛脾气，你就狠狠地批评我，好不好？”

阿蓝天真地斜着头等待她的回答，小红笑了笑说：“我的缺点也不少，怕说话，不善于和群众打交道，缺乏青年人的朝气……让我们以后互相多帮助好了。”

吃过晚饭，大家很早就睡了。整个的宿舍安排得好，都是同班的工人，作息时间相同，谁也不会打扰谁。好像才睡下去不多时候，小红觉得脸上凉阴阴的；张开眼一看，原来是窗子没有关，外边飘进雨水来。她赶紧跳下床，把窗子关好，把桌上的水擦干。雨很大，风也不小，闪电一忽一忽地照得满屋子通亮。她看见阿蓝在上铺睡得很好，火闪亮的时候看到她的嘴在微微翕动，好像在说话的样子，身上的被单早已被她踢到脚下去。小红轻轻地把被单给她盖好，自己又躺到床上。可是她一想不对，风雨大，车间的气温变化大，温湿度难以掌握，断头一定更多。她想到这里，再也睡不稳，霍地就从床上跳起来，把衣服匆忙穿好，抓起门后的一把雨伞就跑出去。她一跑出宿舍的大门，大风雨就像要把她顶回来；她用了全身的力量冲到外边去，大雨点简直要把雨伞打穿了。地上像小河一样淌着水，路灯的光也飘摇不定。小红的觉没有睡足，撑着把伞顶着千斤力的风，她的身子也有点摇摆。忽然一股斜风，把雨伞整个吹翻了顶，大雨没头没脑地淋下来，浑身上下都湿透了。她把破伞一丢，倒觉得轻快，拔起脚就向厂里跑。守门的警卫员躲在小房里，还来不及看她的工作证，她早已跑进了车间。三步两步跨到箱子间，打开自己的衣箱，脱下湿衣服，擦干了身子，换上了工作服，她跑到细纱机旁，就像回到了自己的家，甲班挡车工李珍弟看见她就说：“这么早就来接班，还不到三点钟，你大概是起冒失了，看错时间？”

小红笑了笑，一面不断地赶着接头，一面说：“我还来晚了，再早些来更好些。”

“可不是，车速加快了，今天晚上断头又特别多，两只手可真忙不过来！——你明天还要当早班，不睡觉怎么可以？身子又单薄，搞病了可不是事！”

“年轻力壮的怕什么？你的生活难做还不同我自己的一样？这是咱们共同的工作，分不得你我。”

“小红，你想得好，我从来也没有想到这一层。”

“你有家，又有孩子拖累，比不得我们一身无牵挂。”

“怎么没有牵挂，半夜还不忘记工作，赶来帮助别人，这不算牵挂吗？——不过我们的牵挂最大不过是那个家，你牵挂的是咱们大家的事。”

事实上，深夜赶到车间里来的还不只是小红一个人，还有一些不当班的同志也赶到车间里来。有的是中班完了没有走，有的是半夜赶了来，总支书记和车间主任看样子是一天一夜也没有离开车间，甚至连医务室的同志半夜也背了药箱下车间。只是没有看到党委书记和厂长的影子，小红觉得有点奇怪。自从他们搬到厂里来住，日日夜夜都看得到他们；哪里有问题，哪里有困难，哪里就找得到他们。偏巧这个大风雨的夜晚，车间里倒看不见他们的影子。

这晚上，小红工作得很起劲，李珍弟再三劝她去休息她都没有听。她觉得眼睛很清亮，手指灵活，腰腿也不酸，巡回跑得快。因为两个人挡车，四只手抓断头，生活再难做也比一个人便当得多。清洁工作也做得很仔细，机器的声音像进行曲，催得人的脚步慢不下来，却把时间很快地催跑了。——小红抬头一看，红煦煦的太阳已经从屋顶上的玻璃窗钻了进来，夜间的大雷雨早已无影无踪了，一个新鲜的早晨不知不觉地降临了。睡了一夜好觉能消除疲劳；愉快地工作了一夜，使人的精神饱满昂扬。她一点不觉得疲倦，正像引来了无尽精力的泉源，不断地汩汩地流着。正在这时候，沾了一身泥水的阿蓝跑进车间里来，她一看到小红就像找到亲人似的大声叫：“我早就算定你独个儿加班来了。”

“呵呀，你怎么弄得一身泥水？”

“你还不知道，半夜里来了和黄浦江高潮战斗的号召，宿舍里的人差不多都参加了。想不到昨天晚上是一年里最大的潮汛，苏州河的水都上了岸。我爬下床来一看，你早已无影无踪了。我拔脚就跑，我想你一定先去了；可是这一夜也没有看到你的影子。党委书记和厂长和我们一道干了一夜，我们不但加强了后门、仓库和厂房的门，还把全厂的阴沟全堵死了。要不的话，前面倒防守得好，不提防从后边进来，那不是白干了吗？到处都没有看到你，我估计你一定在车间。我真算猜对了，来的时候你为什么不叫我一声？你让我好找呵！”

“我看你睡得怪好的，我就没有喊你。这样也好，你这一夜干得比我还好！”

“好倒不见得，劲头不小就是了。走吧，我们先去洗洗脸，赶紧吃早饭，好不误接早班。”

“你们慢点不要紧，都干了大半夜，要好好休息一下，还有一班的工作等着你们呢。”

“不要紧，越干劲头越大，兴致越高；干三天三夜也算不得什么。”

阿蓝很兴奋，说了以后就拉小红跑出车间。就有那么巧，这么好的早晨，单单碰上了头发梳得光溜溜，穿了一件雪白衬衫的小梁，不慌不忙地迎面走过来了。他睡了一夜好觉，准时从蚊帐里钻出来，准时吃饭，准时上班，一切都照着他的常规办事。看见她们，他照旧挂出一副似笑不笑的脸容，可是她两个把头一扭，连正眼也没有看他一眼，朝另外一条路跑去了。

原载《人民文学》1958年第11期

林中火光

李云德

一

勘察队来到了岳铃山下，在部落边上等着蒙巴老头派向导来。

岳铃山很雄伟，山峰青虚虚地耸立在云霄，山顶上的岳铃湖流出的水，从百尺悬崖上直泻下来，好像扯着一条宽幅白布，到山谷成了一条溪流，哗哗叫着顺部落前流过。鄂伦春族的房屋别有风味，都是那样矮趴趴的，玲珑美观，在一所大房子的屋顶上飘着一面三角红旗。

队员们都好奇地望着这美丽的景色。练习生方玉惠望得更加入神，他急着想看看向导是什么样的人。鄂伦春人在他的脑子里很神奇，他们过去生长在森林里，靠打猎吃兽肉生活，一定是强悍高大，也一定很粗野。他很想问问站在身边的副队长焦志山，见焦志山穿着军大衣，背着一支卡宾枪，满脸风尘仆仆，正用望远镜入神地望着岳铃山上的岳铃湖，他想了想没有吱声。

不大的工夫，一条狗从部落里跑出来，满嘴巴银须的蒙巴老头，背着猎枪，腋下夹着三纹琴跟在狗的后面。他后面跟着一个人，那人身材细小，穿着长袍，头戴皮帽，腰间挂着猎袋和短刀。方玉惠知道是向导来了，可是走到近前，见他生着一张清秀白净的脸，一双温柔的眼睛羞怯地回避着人的眼光，把右手放在胸前，深深地向人们鞠了一躬，这时，两条粗辫子垂到胸前来。

啊，是个姑娘，方玉惠差一点没叫起来。

蒙巴老头介绍道："莎娜，见过焦队长！"

姑娘温柔地重新向焦志山鞠了一躬。

焦志山疑惑地问："这是？"

"这是我的女儿蒙莎娜。"蒙巴老头得意地望望女儿，说："她就是你们的向导，她会领你们穿过老林到金枣山去的。"

勘察队员们谁也没吱声，方玉惠瞧瞧焦志山，焦志山眉间皱起一道皱纹，上下打量蒙莎娜，蒙莎娜静静地一笑，低下头去。蒙巴老头看出了人们的眼光，说：

"你们放心吧，她是在金枣山那一带老林里长大的，托毛主席老人家恩典，萨满佛爷的保佑，在头几年才定居在这里的，她对那一带非常熟悉。再说现在已交九月啦，部落里青壮年在前几天都进老林里去打猎去了，部落里只剩下女人、孩子和一些不中用的老头子，谁能领你们去呢，就得是她啦。"

"是的，就得是我！"蒙莎娜接过来说，她，瞧瞧勘察队员们又瞧瞧阿爹。蒙巴老头眯眼笑起来，摸着胡须骄傲地说："对，她是蒙巴老头的女儿，老蒙巴可是鄂伦春族的头等猎人哪！"

方玉惠怎的也没有看出来她有能力当向导，他想象中的鄂伦春族姑娘也不是这样的，觉得鄂伦春族姑娘也应该是强悍和粗野的，可是蒙莎娜身材很窈窕，举止又是那样温柔和文静……

蒙巴老头又指指猎狗说："还有黑克，来，黑克！向客人们鞠躬！"

猎狗很膘壮，模样挺凶，浑身墨黑没有一点杂毛，两只耳头尖尖的，脖子上的毛很厚，嘴巴尖又长。它听主人吩咐，把两条前腿跪在地上，眼瞅着人，亲热地摆着尾巴。

蒙巴老头微笑着说：“你们放心，有我的女儿和我的黑克，保险把你们送到。”

“好吧，谢谢你老人家！”

焦志山热烈地握了握蒙巴老头的手，队员们鼓掌表示欢迎。蒙巴老头高兴了，满脸堆笑，直向人们点头，蒙莎娜微笑地瞧着人们，感谢人们对她的信任。

蒙巴老头从肩上取下猎枪，交给女儿说：“拿着阿爹的猎枪，老林里的野兽看见老蒙巴的枪，它们会吓跑的。”他又在腰中取出牛角号，交给女儿说：“把牛角号拿着，遇事好和咱们人联系！”他又去抓住黑克的耳头，说：“黑克，去，跟你女主人进山去！”蒙莎娜向黑克招招手，黑克顺从地走到她的跟前，卧在她的脚边，望着老主人摆尾巴。

傍晌了，太阳温暖地照在人们的脸上，一阵轻飘飘的微风，从山顶沙沙地掠过来，轻轻地翻起了人的衣襟。蒙莎娜向阿爹鞠了一躬，领头走去。蒙巴老头弹奏起三弦琴，一边弹，一边抖动着银须，唱起低沉的动人的鄂伦春族民歌，他在为女儿祝福，为勘察队员们祝福。

二

勘察队已经在原始森林中走了两天一夜，在这两天一夜中，方玉惠深深地服了蒙莎娜。她始终走在队伍的前头，爬起山来谁也追不上她，她经常第一个爬上了山顶，站在高峰上，顺风吹起牛角号，号声随着山应传延到远方，冲破了寂静的山林。她内行地指挥着牵马的人爬山，遇见了湍急的溪水，她就第一个跳进水里领头走过去，一路上欢欢喜喜地唱着山歌。方玉惠两脚都起了水泡，火烧火燎地痛，可是他看看前面的蒙莎娜，就咬咬牙，一声不响地跟着前进。

这是第二天夜晚，勘察队员们在一块林间空地，燃起了篝火。

篝火烧得很旺，在温暖的篝火周围，人们散坐着，白工程师已经睡着了，焦志山坐在人们的后边，望着借火光绣猎袋的蒙莎娜。这样的女孩子他在军队里是见过的，但是蒙莎娜却与众不同，她对森林是那样熟悉，又机灵又能干。方玉惠挨蒙莎娜身边坐着，一边不断添着柴火，保持着蒙莎娜用的光亮，一边滔滔不绝地讲勘察测量知识。他和蒙莎娜的关系分外密切，蒙莎娜曾亲手给他挑过脚上的泡，把自己的头发扯下来给他串在水泡上，让水顺头发流出来。方玉惠爱跟蒙莎娜讲勘察测量知识，虽然惹得白工程师发笑，蒙莎娜越听越爱听，催着叫他讲下去。现在，蒙莎娜听着，不时望着被火光照亮了的森林，心里想：这森林真大，深山真多呀！不知地下埋有多少没有发现的宝藏，她觉得能跟勘察队去勘察宝藏，从内心感到幸福，她禁不住赞叹地说：

"你们的学问真大呀！"

"这没有什么，任何人都可以学会的！"方玉惠说。

"像我也能吗？"

"能！"方玉惠肯定地说，抬头望望焦志山。

焦志山接过来说："是能学会的，你的学问也很大，在这样的森林里，我们都得跟你学习呢！你将来在我们队当勘察队员吧，我们很需要你这样一个人。"

"对，你这回就留下吧，好吗？"

蒙莎娜听人夸奖她，脸上泛起一层红晕，抬头望望焦志山，瞧瞧他们是不是认真说的。

人们大部分都睡着了，白工程师打起了鼾声，黑克卧在蒙莎娜脚边，卷曲着身子在养神。蒙莎娜还继续绣着猎袋，袋上用五彩花线配搭得非常漂亮，被火光一照，彩色鲜艳惹人赞美。方玉惠注意到她绣的猎袋和她身上的不一样，这分明是给男人绣的；这个男人是她的什么人呢？她为啥这样急着绣它呢？蒙莎娜发现方玉惠望她手中的猎袋，以为他猜到了什么，脸色一红，把猎袋藏到身后边去了。

最后，方玉惠也睡着了，只剩下焦志山和蒙莎娜两人没睡，焦志山给每一个睡着的人盖好毯子，向蒙莎娜说：

“蒙莎娜，你去睡吧！”

“你呢？”

“我看火堆和放哨。”

蒙莎娜望着焦志山：焦志山一脸倦相，眼睛满布红丝。她很尊敬这位队长，他太好了，好像他活着就是为了别人似的，对他人的一切都体贴入微，可是却不注意自己。她觉得自己应该替换他一下，请他好好休息，说：

“你睡吧，你昨天晚上就一宿没睡了！我看火堆，放哨是用不着的，黑克是最好的警戒哨，它比哪一个都会看守得更严。”

他们两人互相推让了一阵，谁也没有睡。焦志山到林子里弄了好多柴火回来，坐在火堆旁。蒙莎娜继续绣猎袋，一边绣着一边低低地哼着歌子，她扎完最后一针，抬头一看，焦志山坐在那里睡着了。蒙莎娜走过去，轻轻地给他扯扯大衣领子，盖上脖子和耳朵。

夜深了，森林里一团漆黑，寂静得一点声音都没有，人们在睡梦中发出的鼾声伴和着柴火燃烧的噼啪声，轻轻地在森林里荡漾着。蒙莎娜有很深的感触，过去自己是在森林里长大的，过着贫困和文化落后的生活，毛主席给鄂伦春族带来了新生活，也带来新的知识，过去自己很熟悉大山和森林，没想到这里埋藏着无数宝藏，自己随着这些人来开山取宝啦！她想着焦志山叫她留下来当勘察队员的话，品味着是否是真的，想到自己能当个勘察员，幸福得心胸直跳……突然，黑克跳起来竖着耳头倾听什么，她仔细一听，远处传来群狼嗥声，越来越近，黑克对着狼嗥那边叫了一声，蒙莎娜拍它一下，叫它不要叫。她不放心地领着狗四外察看，狼群好像受了惊动，叫声很快地跑远了，最后消失在老林深处。忽然，在林中深处发现一线红光，她疑惑起来，这是什么光呢？是磷火吗？磷火发绿，这是火红色的呀？于是，她爬到一棵大树上，一看，那是一堆篝火。

蒙莎娜立刻高兴起来，她想：深夜里在森林中燃火过夜的不会是别人，只有鄂伦春猎人才这样，凭她的眼力，看这篝火离这里也不过三四里地。她想去看看他们，这两天来她有些想家，怕阿爹惦念，要是可能的话，请他们给阿爹带个信去。她下树后，轻轻地叫起了方玉惠。说："方同志，请你看一下篝火，我要去看看我们的同族人去。"

方玉惠一边搓着眼睛，一边问："你们同族人在哪里？"

"在那！"蒙莎娜指指有火光的方向。方玉惠看了一阵，看见了一线火光，问："你怎么知道那是你们同族人？"

"我方才到树上看过，那是一堆篝火，这时候在森林里过夜，还会有谁呢，那就是我们同族的那些猎人了。"

"那倒不见得，我们也不是猎人啊！"

方玉惠要叫醒焦志山，蒙莎娜百般制止他不要叫，她说焦队长实在疲乏了，自己去去就来，请方玉惠照顾一下火堆。方玉惠觉得这姑娘太任性，在深夜里怎么能单独在森林里跑呀！他望望蒙莎娜，蒙莎娜已经背起了猎枪，挂着牛角号，那一双亮亮的大眸子，正在瞧着自己，好像埋怨说：你这个人怎么这样不爽快呀！他犹豫了一阵，把自己的手电交给她，嘱咐她快一点回来。

三

篝火很旺，火堆边的树丛似乎是活的，在闪烁的火光里微微颤抖、摇摆。

方玉惠注视着林中火光，火光越来越亮。他从内心对蒙莎娜称赞：这姑娘有多么勇敢呀！她突然出现在火堆前，那些鄂伦春人准会大吃一惊，看她那文静和清秀的样子，真不能想象到她这样勇敢……时间很长了，蒙莎娜该到了，忽然，火光一下子熄灭了，森林变成一团黑暗。

"啊！"方玉惠惊叫了一声。焦志山惊醒了，方玉惠赶紧跑到他的跟前，就把方才的事情告诉了焦志山，焦志山听完吃了一惊，斥责地说："真乱弹琴！蒙莎娜要去你为啥不叫醒我！"

人们都醒了，当知道了发生的事情后，都吃惊地沉默地站着。

森林寂静得可怕，远处狼群又在嗥叫。焦志山紧皱着眉头，眼盯盯注视着黑洞洞的森林，问题很严重，蒙莎娜去到那里，火为啥熄了呢？她为什么到现在还没有回来呢？她领着猎狗也不会迷失方向？有事为什么不鸣枪呢？想必是她遇见了坏人啦，那么这坏人是什么人呢？……他见人们都很紧张，镇静地向人们扫了一眼，安慰地说："不要怕，她会回来的，要不我们也会把她找回来的！"

他们熄灭了火，四外放起了哨。不久，森林从漆黑变成了昏暗，气候更加寒冷，天就要亮了。勘察队开始出发，因为不知道路，又怕受敌人袭击，只好整个队伍一起走。焦志山领着四个人在头前搜索，带领着人们向林中走去。

走了一个多小时的工夫，天就大亮了。这时，发现树林已没有那样稠密，好像快接近森林边缘似的，每个人都带着一种欢乐而又紧张的心情，加快了脚步向林外扑去。刚走到森林的边沿上，发现这是一个很大的林中空地。焦志山一眼发现了三堆残火，他心中一动，命令其他人在树后掩护，自己向三堆残火走去。

他走到灰堆跟前，发现三堆灰成三角形，火堆是匆忙毁灭的，烧焦了的残枝散在灰堆的周围。他明白了：这不是鄂伦春人，看来好像是匪特在给飞机指示空投目标燃的火。他顿时紧张起来：勘察队尽是些学生出身的技术员，武器只有一支卡宾枪和一支步枪，此外有五支猎枪，森林又不熟悉，很难对付呀！他沉默了一阵，命令道："往后传，其他人停止前进！"

"往后传，其他人停止前进！"

人们小声地往后传过去，后边的人停止了。焦志山他们四个人，借着深草的掩护，分头进行搜索。在搜索中，不断发现踩歪了的深草和倒垂的藤条被弄断，有的地方简直是踩出了一条道，看样子这些人是多次来这里的。他们跟踪着脚印追了一气，脚印进入老林了。

四

傍晚，蒙巴老头正在家中吃晚饭，突然黑克跳进来，到老主人跟前就竖起前身，亲热地扑在他的身上。蒙巴老头握住它的两腿，这时，发现狗嘴里叼个什么东西，取下来一看，原来是一只银镯。

蒙巴老头吃了一惊，急忙拿到窗前细看，啊！这是女儿蒙莎娜带的银镯！脑子里轰的一声，上前抱住黑克，手颤抖着，抚摸着汗淋淋的猎狗，嚷：

"黑克，黑克呀！你的女主人呢？她为什么把镯子叫你叼回来？女主人到哪去啦？勘察队发生了什么事情啦？……你说，你说呀！"

黑克跟随蒙巴老头已经有七八年了，从小蒙巴老头就训练它，把它训练得听主人的使唤，叫它干什么就能干什么，不管是野兽和人藏在什么地方，它顺着踪迹就能找着，可是究竟是个畜生，不管蒙巴老头怎样嚷叫，黑克也没有什么表示，只是望着老主人，一个劲地摆尾巴。

"这到底是怎么一回事呢？难道勘察队发生了事情，蒙莎娜办不了来求援？那么为什么只叼回来一个镯子呢？要不是蒙莎娜自己发生了什么事？这，这……"蒙巴老头踢了黑克一脚，到萨满佛像前，虔诚地鞠躬说："佛爷，你说话呀，你告诉我这究竟是怎么回事？我的蒙莎娜出了什么事啦！……"

蒙巴老头抓抓胸口，挠挠斑白的头发，焦急地在地上来回走。他一辈子就这么个独生女儿，老婆早已去世了，只是父女俩相依为命地过日子。多么好的女儿啊：上山能打猎，下地能耕田，绣起花来，在部落里谁不夸奖……正在一筹莫展的时候，忽然看见墙角挂一个牛角号，他过去取下号，奔出门外。

号声响了，冲破了部落里的宁静。号声又急又紧，全部落的人都吃了一惊，这样晚了吹紧急号声，一定发生了大事，老头子们，姑娘们，妇女和孩子们都奔跑出来。不多时，人们都集中在蒙巴老头跟前。蒙巴老头高举起镯子说：

“这是莎娜的镯子，是黑克从老林里叼回来的，可能是勘察队发生了什么事？也许莎娜遇见什么事啦！大家说怎么办吧？”

人们一阵议论纷纷，谁也猜不透是怎回事，大家主张进老林去看看，又决定派人到青龙岗去告诉泰勒等猎人们到金枣山去，假若勘察队遇见敌人，好有力量营救。不大的工夫，蒙巴老头带领着五名年青的妇女，扛着猎枪，连夜进山里去了。

第二天傍晚，黑克把人们领到一座山前。山并不高，山上巉岩垒立，十分险峻，漫山布着原始森林，树叠着树，叶遮着叶，又密又深。他们跟着黑克往山上爬，正爬着，蒙巴老头看见树林深处有个山洞，他心情一动，急忙往后摆摆手，叫那几个人停下。他跟着狗，借着深草的掩护，弯着腰，机警地急速地接近了洞子；洞子里没有一点动静，蒙巴老头躲在岩石后，指指黑克。黑克进洞汪汪叫，蒙巴老头看洞子里没有反应，也提枪进入洞子。

洞子很宽大，可以容纳下几十个人，地上铺着厚厚一层干草，角落上堆着吃净了肉的兽骨头，地上散乱地有些小纸片，从一切迹象看来，洞子里是住过人的，骨头是新近吃的，骨头上的筋还没有干巴，黑克在洞里洞外不停地汪汪叫。

蒙巴老头呆立在那里，惊奇地望着这一切，这是什么人在这里住过的呢？这和莎娜有什么关系？为什么黑克把人领到这里，它还在洞里洞外叫？姑娘们都上来了，她们到处察看，忽然泰霞在岩石边的乱草里发现一个牛角号，她赶紧拿起来，嚷：

“咱们人的牛角号！”

“牛角号！”

人们惊讶地围拢过来。蒙巴老头过去拿过来细看，看着看着眼泪淌了出来，他认出了这是自己交给女儿的那只牛角号。它怎么会落在这里呢？女儿一定发生事啦！他看完，急忙跑到洞口，对着山谷喊：

“蒙莎娜！”

“蒙——莎——娜！”山应回响着。

姑娘们齐声喊：“蒙——莎——娜！你——在——哪——儿？我——们——来——啦！”

山谷里发出同样的声音：“蒙——莎——娜！你——在——哪——儿？我——们——来——啦！”

蒙巴老头他们叫了一阵，只有山应回答他们，几个人失望地站在山崖上，呆呆地望着老林。天晚了，森林雾茫茫的，风卷动着树梢发出唔唔的啸声。上哪儿去找呢？蒙巴老头对着牛角号，抖动着银色的胡须，止不住地流下泪来了。

泰霞姑娘扶着蒙巴老头说：“老爹，你不要急，我们一定能找到她的！”

姑娘们齐声说：“对，我们一定要找到她，要不就不出林子！”

“好啊，你们都是鄂伦春的好姑娘，我们一定追下去，豁出我老命不要，也要追个水落石出！”蒙巴老头擦擦眼泪，扯着猎狗的耳头，指点着地说：“黑克，你的女主人不在这个洞子里，不知哪去了，你顺着他们走的脚印把我们引去吧！”

黑克顺从地四外闻嗅一阵，脊背的毛竖了起来，狂咬了一阵，顺着踩歪了蒿草的踪迹，一边闻嗅一边走。人们跟着猎狗，向森林中追踪下去了。

五

蒙莎娜到底哪去了呢？

那天晚上，空投在森林里的蒋匪武装特务，所谓游击总司令葛豪辉，带领他的部下在那里燃火准备迎接无希望的空投，蒙莎娜突然出现，把他们吓破了胆。他们抓住了蒙莎娜，匆忙地熄灭了火，逼着她在森林里绕了半夜，到天蒙蒙亮时，把她带到一个山洞里。

洞子里很灰暗，一股潮湿的泥土气扑鼻。蒙莎娜站在地当中，见三个匪贼端着刺刀，满脸杀气地围着她站着，大胖子葛豪辉坐在箱子上，手中提着盒子枪，虚肿的脸膛，满嘴巴胡髭，一双凶狠的眼睛瞪着很吓人。这些人都如狼似虎地瞧着她，只有黑克亲切地站在她的身边，眼盯盯望着匪徒，好像匪徒一动它的女主人，就会扑上去。她瞅着这情形，鼻子有些发酸。

葛豪辉问："你叫什么名字？"

"蒙莎娜！"

"鄂伦春族人吗？"

"是的。"

"你们不是定居了吗？啊！你为啥来到森林里，你们一块的有多少人？"

蒙莎娜没有回答，低下头来，黑黑的发辫垂在胸前。她经过半夜来的折磨，镇静了些，她知道匪贼不能轻饶她，可是匪徒问这个干什么呢？他们要是知道了勘察队会不会去进攻呢？她为勘察队担心，他们不熟悉森林，往哪儿走呢？焦队长呀，你们要多加小心啊！……

"说呀！你们一块的有多少人？"

葛豪辉不耐烦地咆哮，黑克竖起双耳，哼哼叫着向葛豪辉龇牙，蒙莎娜用腿撞撞它叫它不要叫。

"你说呀，野人！"

匪徒们凶狠地嚷："快说，你这野婊子！"

蒙莎娜一甩辫子抬起头，瞪着亮亮的大眼睛，愤怒地瞧着匪徒。她不准匪徒侮辱她的民族，野人两字非常刺耳，多少年来经常听阿爹说：汉官拿鄂伦春人不当人，管鄂伦春人叫野人，把他们和野兽一样看待，这个字眼过去没有亲身听到，现在这些万恶的匪贼当面叫了，就是这些黑心肠的人和鄂伦春族作对，她恨极了他们，恨不得扑过去，掐住他们的喉咙。

"他妈的，一个野婊子还这样！"葛豪辉"叭"地拍一下箱子，拿起了盒子枪，气势汹汹地嚷："快说！不说我枪毙你！"

"慢着，葛司令，不要吓着这位好姑娘！"一个穿长袍的匪贼走过来，这人蜡黄色的脸膛，高鼻子，一双溜溜转的眼睛，狡猾地奸笑着，给蒙莎娜解开手铐说："你不要怕，好好回答葛司令的问话，老老实实告诉我们，我们放你回去，另外还有赏，如果不痛快说，你可要吃亏呀！"

"金参谋长说得对！"葛胖子冷冷地说："你要把情况老老实实告诉我们，马上就放你，另外给你钱！"他拿出一沓票子向蒙莎娜炫耀。

蒙莎娜眼睛里闪着光，愤愤地望着匪徒。

匪徒一阵软一阵硬，一句话也没有从蒙莎娜嘴里逼出来，葛胖子冒火了，满嘴巴胡髭的脸充满杀气，一边咆哮一边要打蒙莎娜，这时，黑克脊背的毛竖了起来，对着葛胖子汪汪叫。葛脾子向站着的匪徒嚷：

"都站在那里干什么，还不把这条狗给挑死！"

三个匪徒端着刺刀向黑克扑来，蒙莎娜扑过去拦住了匪徒，厉声地嚷："不要杀我的狗，我说，我把一切都告诉你们！"趁匪徒一停的工夫，她从手腕上摘下银镯，"当"的一声扔在黑克跟前，用手一指，嚷："黑克，叼回家去！回家去！"

黑克叼起镯子就跑。

金平嚷："快追，挑死它，不能让它跑掉！"

葛胖子一脚把蒙莎娜踢倒，她翻身坐起来，嚷："黑克！回家去，给家中送信吧！快跑呀！"

葛胖子像凶神一样，用皮带没头没脑地打她，她一边挣扎一边扯着嗓子嚷：

"黑——克！回——家——去！快——跑——呀！"

匪徒开枪了，蒙莎娜不顾一切地站起来，见黑克飞快地进入了森林深处。葛胖子用盒子枪"砰"地往她头上砸下来，她眼前一黑，扑通摔倒在地上，晕过去了。

当时，匪特就匆忙地搬了家。

六

蒙巴老头他们追踪到半夜，遇见了焦志山他们。焦志山带领四人正在那里燃火取暖，他见到蒙巴老头他们又惊又喜，上前亲热地拉住老头的手，问：

“蒙巴老头，你们怎么来啦？”

蒙巴老头反问：“蒙莎娜呢？”

焦志山没有吱声，人们你望望我，我望望他，谁也不愿意把不幸的消息告诉蒙巴老头，蒙巴老头明白了，惊慌地察看每个人的脸色。这时，方玉惠慢慢地走到老人跟前，才说了个“蒙莎娜”就扑在老人胸前哭了。蒙巴老头更加慌乱了，用颤抖的手，颤颤巍巍地抚摸方玉惠的头，低声说：“孩子，不要难过，告诉我吧！”

方玉惠把那天晚上的经过告诉了老人，蒙巴老头就把猎狗叼着银镯回家和在山洞子里得到蒙莎娜的牛角号的经过告诉了大家。焦志山听完陷入沉思中：现在更进一步证实了，蒙莎娜是落在匪特手中。看来敌人是胆怯的，他们已经转移了，他们转移到哪里去了呢？他们的意图是什么呢？要是敌人知道了是勘察队，是不是会来袭击呢？……他想着接过银镯和牛角号察看，一边看一边安慰蒙巴老头说：

“你老不要担心，看来敌人是不会杀害蒙莎娜的，不管敌人怎样狡猾，我们能找到她！”

蒙巴老头感激地望着勘察员们：焦志山风尘仆仆的脸上很憔悴，一双红丝丝的眼睛，正对着蒙莎娜的东西沉思，方玉惠脸上还有泪痕，人们都是心情沉重，都在为他的女儿焦急。他望着焦志山他们，无限感激地在心里说：“这些人多么好啊！毛主席呀，毛主席！老蒙巴在森林中为你祝福啦！”他望了一阵，安慰众人说：

“你们不要着急，有了我老蒙巴，有了我的黑克，我们会很快找到蒙莎娜的！头回黑克在几棵大树边转了好长一阵，可能在那里你们的脚印和坏人的脚印碰在一起，才把我们带到这里来的，现在顺原道走回去，重新跟踪就不难找到他们！”

“对！”焦志山点点头，把镯子和号交给蒙巴老头，说：“你们来得正好，我们正发愁呢！现在派几个人回队部，防止敌人去袭击，留下六个人跟踪搜索！”

“焦队长！”泰霞走上前说：“金枣山离这里不远，队部是否先到金枣山去，我们在家走时，已经派人到青龙岗给我们那些猎人送信，叫他们到金枣山去。”

“好，就这样办！”

火熄了，林中一片黑暗，人们分头摸黑走下去了。

七

葛胖子带着蒙莎娜绕了一天，又在一个阴湿的山洞里安顿下来。

天气很阴沉，雾气在森林中滚着，阵阵冷风吹进洞子，洞里阴森森的。蜡黄脸金平躺在干草上，不断地唉声叹气。葛胖子发疯地在地上来回走着。

他们这伙匪徒是在半年前被空投在森林里的，因为和外边联系不上，隐在老林深处不敢见人，食物吃完了，就靠打野兽填肚子。前不久，他们用电台向台湾请求供应食物，台湾答应想办法给他们送，因此他们每天晚上在那里燃火，准备迎接空投，可是已经等了十多个晚上，也不见飞机来，前天晚上碰见了蒙莎娜，这一来把他们吓昏了，怀疑是解放军来剿灭他们来啦。

葛胖子满嘴巴胡髭的脸上阴阴沉沉，一个劲地来回走。他脑子里很纷乱又很恐慌，极力想从蒙莎娜身上推敲出什么线索，可是蒙莎娜没有供给一点情况。这样一个姑娘为啥走进老林里来？她是随什么人来的呢？……他深深叹了一口气，心里有些惨然：不容易啊！说五〇二号要和我们联系，又是四〇三号给我们带来活动费，可是一个个不是死掉就被关进监狱里，只有我葛豪辉还带着这帮人活到现在，而现在又处在危险中。他正想着，忽然三个匪徒匆忙地闯进洞子。

“报告司令，奉命侦查回来，发现有一伙勘察队在离这里十多里地的山上安下帐篷。根据帐篷数量看来，人员不过三十来人，帐篷边插着测量标杆，杆上拴着红旗，有三匹马拴在树上，看来是驮东西用的，情况就是这样，报告完毕，请司令吩咐！”

葛胖子一动，问：“有没有军人保护？”

“没有发现！”

“有多少枪支？”

“没有侦查清楚，但估计不会多！”

“根据是什么？”

“我们怕惊动他们，伏在远处用望远镜观察所见，帐篷里出来进去的人都是便装，都不像军人的样子，还有个戴眼镜的老头，没有看见有人带武器出来。”

“还有什么？”

“别的一无所见！”

“好，先去休息，听候命令！”

“是！”三个匪徒举手行礼，转身走去。

“这回明白了，那个野姑娘一定是随勘察队来的！”葛脾子高兴地跳起来，嚷：“幸运，买卖来了！这真是天赐的机会，绝不能错过，我们马上就去抬溜子（袭击），该我葛豪辉施展本领啦！”他从腰间拔出二十响的盒子枪，扳开机头，做出射击的姿态。

金平晃晃头说：“要慎重，千万不可妄动！”

“参谋长的意见如何？”葛胖子对金平犹豫很不以为然。

金平连连地说：“要慎重！要慎重！”

“不，不能犹豫！要尽快出击！因为消灭了勘察队就直接破坏了共党的建设，对台湾有话可说了，另外能劫获一批粮食，解决我们眼前的困难，这是主要的，我们一定要夺取他们的粮食！”他走到金平跟前说：“我要提醒你注意，这一带我们绝对待不下去了，我们要一口把勘察队吃掉，然后赶紧往远处转移，重新开辟地区！”

“葛司令的计划我非常敬佩！”金平奉承地点点头说，“不过慎重为妙，我们还要仔细侦察，再审问一下野姑娘，从她的口中再证实一下！”他走到洞口，喊：“来人哪，把野姑娘带上来！”

匪徒把蒙着眼睛的蒙莎娜推进洞子。

八

天气越阴越沉，森林里雾腾腾的，林木不停息地呼啸。焦志山和蒙巴老头他们，跟在黑克的后面，急急地跟踪搜索。夜深了，黑克把他们领到一座山前。

山峰很险峻，黑巍巍的望也望不到山巅。焦志山警惕起来，分派两人一组，拉开距离，分着丛生的灌木，跟着黑克向上爬。黑克爬着爬着，忽然汪汪叫起来。焦志山紧跟过去，见黑克对着山洞叫，他贴在洞子边，枪口逼着洞口，喊：

“什么人，举着手出来！”

“快出来，我们要放炸药啦！”

洞子里没有回声，只听见里边好像有人哼哧哼哧气喘，叫了一阵，只听气喘声越来越大，焦志山很惊讶，指指黑克让它进去。黑克跳进去了，焦志山用手电闪了几闪，不见枪声打出，随后也冲进去。他打开手电一看，见地上有一个人，手脚都被绑着，嘴堵着布，蒙着眼睛，蓬乱着头发，脸上又是血又是泥，额上汗水淋淋的，他仔细地一看，不禁失声叫道：

“蒙莎娜！”

蒙巴老头跌跌撞撞跑进来，见着了女儿，又悲又喜，叫了一声“蒙莎娜！”上前抱住女儿的头，抖动着银须，眼泪唰唰地流下来。

焦志山搜查了整个洞子，发现了一捆美式卡宾枪，一箱子短枪，两箱子弹菊，一架电台，还有一些文件。这一切都明白了，他赶紧熄灭了手电，问：“蒙莎娜，匪特都到哪儿去了？”

“晚上我被拉进洞子里，我听见嘁嘁喳喳说话和摆弄枪声，完了就都走了。”

“他们有多少人？”

“共有六七个人，有个大胖子可凶啦！”

“他们走了多长时间？”

“很长时间啦！”

焦志山的大而深的眼睛，闪着一道强烈的光，凝望着洞外黑压压森林沉思。片刻，把手猛地在空中一劈，说：“匪特很可能去袭击勘察队，我们每个人都换上卡宾枪和带上一支短枪，蒙巴老头和小方留下照看蒙莎娜，也是在这里埋伏，如果敌人逃回来，你们依靠洞子的有利地形，消灭他们！其余的跟我走，立刻跑步回金枣山！”

“对！”蒙巴老头咬着牙说：“我豁出老命不要也和这些豹子拼啦！”

森林里夜雾滚滚，焦志山带领着队员，跑步奔向金枣山。

九

“呯！”一声枪响震动了森林，勘察队岗哨发现了敌人，仗打响了。

篝火熄了，黑压压的山上，枪声像暴雨似的哗哗响，弹火在漆黑的夜空中交错，映成一片火光。匪特欺山上枪少，叫喊着，骂着，一面射击着，径朝勘察队冲来，没经过战斗的勘察员们慌乱了，鄂伦春姑娘吹起了求援号。

“注意，上边有野人！”金平嚷。

葛胖子挥着盒子枪嚷：“加强火力！猛打！”

敌人摸不清山上有多少鄂伦春人，停止了前进，火力更猛烈了，两挺机枪吐着一道道火舌，子弹像雨点似的向勘察队泼来，叫声越来越凶，敌人打算在精神上给山上的人威胁，然后来一个猛冲。就在这时候，左侧山脚的森林里，响起了牛角号，那是泰勒他们来了。

山上和树林里的号声呼应着，激昂长啸使人胆寒。这号声是鄂伦春人在森林里联络的工具，这声音在本族内起一种团结对敌的作用，不管是在什么时间，不管男女，不管在森林哪方和做什么紧要事，不管认不认识，不管平常有什么隔阂，闻听号声立即奔向出事的地点，参加到自己的队伍中来。

敌人企图夺取粮食，不顾森林的号声，更猛烈地向山上扑来。在林中奔跑的焦志山，远远地听见枪声，怕勘察队受损失，为了减轻敌人向山上进攻，离很远就命令一边跑一边射击，鄂伦春妇女一边跑一边吹起牛角号。由青龙岗来的鄂伦春猎人急急奔跑着，泰勒跑在众人的头里，他恨不得一下把敌人都打死，好救出蒙莎娜来。

三股号声在山谷中荡漾着，和猛烈的枪声、风卷森林的呼啸声交织在一起，雄壮地渐渐向敌人包围过来。敌人慌乱了，他们认为受到了埋伏，特别是听见连发的卡宾枪声，更加发慌；他们打死了受重伤的同伙，丢下了机枪，交错掩护着向森林深处撤退。

“打呀！不让匪贼跑掉呀！”

“追——呀！”

人们呼喊着，一边向林里射击，一边奔跑追赶。不多时，泰勒他们二十多名猎人和焦志山他们会合了。泰勒不由分说地问：

“蒙莎娜有没有信？”

“找到了！”泰霞分开众人上前说：“蒙莎娜还在匪贼的洞子里，蒙巴老头也在那，这伙匪贼就是抓蒙莎娜的匪贼，泰勒，快追呀！要打死这些狼心贼！”

泰勒闻听，对匪贼跑的方向打了一枪，向猎狗一指，十多条猎狗向林里追去。他拔出腰刀，喊：“阿哥们，追呀！”撒腿随着狗群的后边追去。……

蒙巴老头他们眼睛盯着枪响的方向，听着激烈的枪声，枪声一阵紧似一阵，他们的心也随着一阵比一阵紧张。不久，枪声渐渐稀了，慢慢地沉静下来，这种沉静，更加可怕。蒙巴老头像狩猎似的机警地望着洞外，突然发现有脚步声，他心中一动，悄声向两个年青人说："我不开枪，你们也不要开枪。"他举着猎枪，屏住呼吸，那双久经锻炼的眼睛紧紧盯着；黑暗中出现了人影，敌人呼哧呼哧往上爬，他心里说："不要忙，再近点，再近点！"看看来到近前"砰"地一枪打去，一个匪徒应声倒下。

匪贼一愣神的工夫，方玉惠和蒙莎娜对敌人开火了，又有两个匪贼应声倒下，剩下的敌人转身就往回跑，黑克一纵身跳了出去。

"跑不了啦，拿命来吧！"

蒙巴老头一边喊一边追出去，黑克咬住金平不放，蒙巴老头追上前就用枪托砸，金平晃了一下，扑向蒙巴老头。这时，蒙莎娜不知哪来的力气，闪地跳出洞子来帮助阿爹。跑在前边的葛胖子回身帮助金平，方玉惠也跑过来，葛胖子正想向方玉惠下毒手，森林里叫喊着追来，他心慌了，转身又跑，突然，十多条猎狗，像围住虎豹似的把他围在当中，他绝望地怪叫一声，抡枪就往外冲，猎狗一同扑向他，他正在和猎狗挣扎的时候，泰勒随后赶来，大叫一声，举起腰刀向葛胖子砍去，葛胖子像个打倒的泥像似的，咕隆一声摔倒。

"泰勒！"

蒙莎娜惊喜地嚷着向泰勒扑过来。

十

战斗结束后，人们燃起了几堆篝火，唱着，舞着，快乐地庆祝胜利。

篝火燃得很炽烈，红红的火光跳跃着。篝火的周围，围满了勘察员和弹奏乐器的猎人，琴声和笛声悠扬，姑娘们欢乐地舞着，她们的乌油发亮的发辫，随着舞步的跳动，在背后左右飘摆起来，衣襟被风吹得忽忽闪动，也扇动篝火忽忽跳跃。

姑娘们正在边跳边唱，一个年轻的猎手飞快地走进场子中心，把姑娘们冲散了，他一边舞一边唱：

高高的山上白云飘，
密密的松林随风叫。
猎人奔跑在森林里，
追完野鹿打虎豹，
单身的猎人疲乏了，
美丽的姑娘呀，
谁能为他放放哨！……

他刚唱完，泰霞就飘着身子，用手遮住半个脸，走进场子，接着唱下去：

亮亮的月姐儿在树梢，
红红的篝火忽忽笑。
姑娘立在篝火旁，
手持猎枪来放哨。
勇敢的猎人哥呀，
我虽然不美丽，
我可能保护你睡好觉！……

人们更兴奋了，随着歌声的起伏，一边拍手一边喝彩。这时有人发现泰勒和蒙莎娜不在场，喊："泰勒！蒙莎娜！该你们的啦！"

泰勒和蒙莎娜由树后转过来，蒙莎娜害羞地低着头，急急跑到姑娘群里。泰勒满面红光，高兴得鼻子眼睛都在笑。方玉惠发现泰勒背着的美丽猎袋，正是蒙莎娜绣的那个猎袋。他上下打量一遍泰勒，黝黑的脸膛，脸颊上，密密的茸毛还没有长成络腮胡子，一双经过风吹雨打锻炼的亮眼睛，腰中挂着腰刀，那高大魁梧的体格，满身是劲的真使他羡慕。他觉得，这才是他想象中的鄂伦春人，蒙莎娜真有眼光，泰勒是鄂伦春族百里挑一的小伙子啊！

泰勒上场跳起舞来。蒙莎娜把阿爹叫到一边，低声地商量些什么，商量完爷俩来到焦志山跟前，蒙莎娜不安地低低声音说：

“焦队长，我留下当勘察员行吗？”

焦志山没料到她真的要留下，一时感到很茫然，见他们爷俩眼盯盯地望着他，蒙莎娜乌黑的大眼睛里，闪着一道强烈的光，好像说：“你答应了吧，我会做好一切的。”焦志山觉得这不仅是工作需要，也是个政治任务，应该培养鄂伦春族勘察员。他和白工程师交换了一下意见，郑重地说：“好，我答应你的要求，祝贺你成为第一个鄂伦春族的勘察员！”

“啊！”蒙莎娜幸福得脸色鲜红，蒙巴老头双手合在胸前，深深地向焦志山鞠了一躬，转身由一个猎人手里拿过三弦琴，抖动着银须，一边弹一边唱，他的歌声和琴声压倒一切。

琴声在森林里回旋震荡着，泰勒和蒙莎娜轻飘飘地舞起来。

1958年7月

原载李云德《林中火光》，辽宁出版社，1958年12月版

渴

韶　华

——一个记者在水库拦洪的日子里来采访。几天之后，他问一位转业军人："建设和打仗哪一个更紧张？"转业军人想了一下回答："这，这很难说！"

"渴，渴，渴！喉咙里简直要烧起来了。得马上弄点水喝，哪怕是一口也好。"我一面往办公室走，一面这样想着。

我在拦河大坝上，值了一夜班，好厉害的一夜暴雨哟！虽然穿着雨衣，可是从脖子里流进去的水，仍然把周身衣服弄得透湿了。现在已是黎明，暴雨变成了细雨，映着东方云缝中的白光，像漫天飞丝似的。

我急急忙忙地走回办公室。通信员小李看见我进去，马上站起来说：

"刚才运输工区、电工科、安全科——好几个地方都来了电话，说……"

我来不及听他的报告，走到办公桌前拿起了暖壶一晃，是空的。

我说：

“小李，先弄点开水喝，回来再报告。水现在对于我比什么都重要！”

小李提着暖壶走出去了。我把雨衣脱下来，挂在衣架上，把透湿的上衣也脱下来晾在椅背上。把灌在雨靴里的沙土、小石子也倒了倒，小李就提着暖壶回来了。

小李一面往茶碗里倒水，我一面向他说：

“你多倒几碗凉着！”

于是，他倒了两碗。我又说：

“你再倒几碗！”

他又倒了两碗，仍没有满足我的要求。我说：

“干脆，你把茶碗都倒上好了！凉冷了，我要一饮而尽！要知道，解了渴我还得马上回工地去呀！”

小李笑了笑，把所有的七八只茶碗都倒上了。这一堆冒着热气的茶碗，像一个香烟缥缈的香炉。我端起其中一只，喝了一口，但马上吐了出来。嘴里大概烫出泡来了。小李一定是偷偷地笑我了。不然，他为什么把身子转过去呢？

我耐心地坐在那里看着这些蒸汽腾腾的茶碗，疲劳迅速地从脚跟爬上头顶，眼皮也不觉打起架来，往椅子上一歪就迷糊过去了。

大约过了一两分钟的工夫，电话铃把我吵醒了。小李是善于体察人意的。他知道，应该让我睡一会儿。可是，他捏着电话听筒，不得不用愧疚的眼光向我说：

“局长，防汛指挥部！”

我站起来走过去接了听筒，是老许打来的。他说：“接上游电台报告，截至今天早晨六时为止，上游降雨量一百九十五公厘！现在，铁背山河床的洪水流量每秒钟是两千八百立方公尺！流速每秒二点八公尺！”

它果然来了。而且第一次就这样来势汹涌。按照这个速度，八小时之后，它就要开始攻击我们的拦河大坝了。我这样想，又接着问：“今天的天气预报呢？”老许回答说：“上午有雷阵雨，晚上还有暴雨！”我说：“马上给上游各电台回一个电报，从现在起，要他们两个小时报告一次降雨量和流量！”他答应了。

我放下电话，回头就往坝上跑。刚出门，发现外面仍然下着雨，才想起忘穿雨衣了。赶忙回头穿上雨衣，刚要跨出房门，与运输工区麻主任碰了个满怀。他没有穿雨衣，浑身被淋得像个水母鸡似的。眼睛里泛起的血丝表明他今夜也没有睡觉。他说：“局长，有事情报告！”

我虽然站了下来，但仍然准备随时跨出房门，说：“报告吧，简单点！”

他说：“六号采沙场从一号支线到七号支线，全被积水淹没了。有一百二十多辆矿车隔在积水的线路上出不来，铁路北干线有的地方的地基已经下沉，一时不能通车！”

我问：“你们准备怎么办？”

他说：“我们准备把支线线路挖开几个缺口，把沙场的积水排出去，不然，泡久了线路会塌陷的！北干线下沉的地方，马上……”

电话铃又响了，小李拿着听筒说：“局长！……”

我说：“叫他等一等！”

老麻报告了他们的办法之后，我说：“对，你们的办法很好！应该立刻排除支线积水，维修干线线路。争取雨一住，马上开始运输！要知道，拦河大坝上的沙料……”

小李又拿着耳机说：“局长，电话！”

我说：“你叫他等一等，等一等嘛！”

小李说：“电工科，有紧急事情报告，他们已经来过三次电话了！”

我有些烦躁起来（近几天繁忙的工作很容易使人烦躁的），说：“紧急也得等一等，现在哪有不紧急的事！”

我向老麻刚刚说完自己的意见，从外面拥进来一堆人，为头的是安全科长老裕。他们一进屋，办公室马上显得狭窄起来，嘁嘁喳喳的说话声，也充满了整个房间。雨衣上流下来的水，靴子上的泥泞，简直要在办公室的地下和泥了。老裕一进来劈头就说："昨晚发生一个人身事故——火车碰了人，一个工友的两条腿被轧断了！"

这真是个惊人的消息！我忙问："怎么搞的？人呢？性命有没有危险？"

老裕说："那工友已经送市立医院去了。跟去了二十多个工人，准备输血！一个小时后，就会打电话来。"接着他说明了出事的地点、时间和简单经过。

唉！唉！出了事故，伤了人，现场不准动，得通知市劳动、监察、司法、交通等部门共同在现场调查出事原因！生产就得停止！唉！偏偏在这时候出事故！我烦躁地想。

我讲了自己的意见，把他们打发走了，才来接电工科打来的电话。电话中说：靠河旁边的高压输电线路的电柱被水冲歪了。他请示要求拆除。我说：不行，雨一停马上开始送电，怎么能拆除呢？他说：歪得很厉害，不拆除不行！我坚持说：歪得厉害也不能拆除！马上恢复维护，争取雨一停就输电！他勉强地执行去了。

我放下电话，正要出门，又回头去端会议桌上的水碗！水碗全空了，是刚才被大伙喝空的。小李又倒了几碗，但我等不及，转身往外就走。我得赶紧回到拦河大坝上。但一转身，电话又响了。我不能等待了。待在这里再来三两批人，又会耽搁下来。我告诉小李："不管是谁，不管什么事，有事叫他到拦河大坝上找我！"

我跑出办公室，直奔拦河大坝。刚才东方天边出现了一线光明的希望，现在整个天空又被阴云笼罩了。雨也下得更大了。大地上，大坑小坑都积满了黄色的泥汤，像各种形状的大小镜子——要是清澈一些能捧起来喝几口就好了。离河岸很远的地方，就听见了激怒的洪流的咆哮，好像几十架喷气式飞机反复地从低空飞过似的。这时正是上午八点钟，换班的劳动大军，成四路纵队，向拦河大坝上走去，把整个公路都挤满了。有几辆载重汽车夹在队伍中间，拼命地按着喇叭，但无法从中间开过去。

经过下游一条小支流的木板桥，我走上横跨河道的一号大桥。浑浊的洪流从桥下面奔腾旋转地向下游流去。站在桥上看来，它翻滚，呼叫着，像整个大地都液化了似的。大桥又好像一节巨大的横架在河上的火车，疾速地向前奔驰，大地疯狂地后退，其速度不觉使人头晕目眩。我急忙从桥上通过去，经过筑坝工区门前，跑上拦河大坝。

我们这座三百多公尺宽，一千多公尺长的拦河大坝，已经修到差不多相当于十五层楼那样高了。当初——今年春天，我们站在河岸的高山上，看着深深的峡谷，简直有些眼晕。怎么设想三四个月之后它能够与高山比肩呢？可是，我们做到了这一点。现在，站在拦河坝上往上游一看，真是一片汪洋！这是人造湖泊啊！过去这山鹰飞翔的地方，今后海鸥也要来展翅了。我们只为凶猛的洪水留下一条小路，使它驯顺地服从我们的意志。那就是南山下面开凿出来的由闸门控制的输水道。现在，竖在北山的巨大标语“让高山低头，让大河让路”仍然在风雨中屹立着。每次看到这条标语，我就觉得我们是顶天立地的巨人。

在拦河大坝上，上万人的施工，仍然在紧张进行。机械的声响和劳动的呼喊，混合着暴风雨。……暴风雨啊！无论你来得多么厉害，我们都必须不放过一秒钟时间的施工，把拦河大坝升高，使它上升的速度超过库内水位上涨的速度。否则，如果让洪水漫坝而过，大坝溃决，存在库内十几亿立方米的水，以排山倒海之势，汹涌而下，那么下游的城市、村庄……不能！无论如何不能作这样的设想。

我跑下大坝，站在水边，在这里遇见防汛指挥部观察水位的一个值班员。我问：“库水位上涨的速度怎么样？”

他回答说：“一个小时之前还在一一七·三公尺的海拔高程，现在是一一七·八高程了！”

好家伙！一个小时上涨了五十公分！现在，浑浊的巨浪，一个接着一个地向坝坡上拍打，好像千万头凶猛的野兽想极力冲破牢笼一样！

我急忙回到大坝顶上，在这里遇见了工区汪主任。他打着一把雨伞，光着脚，裤筒一直挽到大腿根。我说："好！我正要找你。现在库水位每小时上涨五十公分，如果上游第二个每秒钟三千立方公尺的洪峰泻下来，水位还会很快地升高。要准备抢险！草袋子怎么样？"

他回答说，五万条草袋子已经准备好了。我接着说："那几条运石头的船拨给你们使用，随时在上游打捞漂浮物，不要使这些东西通过输水道！"

正在这时，通信员小李从大坝下面，气喘吁吁地跑上来，说："局长！市电业局来电话，请你马上去接，他们说有紧要事情！我告诉他说你在坝上，他们就把电话挂到筑坝工区了。"

"紧要事情，什么紧要事情？"

"他们没有说，只说有紧要事情马上联系！"

唉，偏偏紧要事情都积在一起！市电业局有什么事？一定是关于电源的问题。我正要向工区走。忽然电线杆子上的广播喇叭响起来了："邹局长注意，邹局长注意！请你马上到南干线输水道出口大桥，请你马上到南干线输水道出口大桥！现在，有几排桥桩已经被洪水冲动了，南干线火车交通中断。请你马上去决定措施，请你马上去决定措施！"

北干线路基有些地方已经开始下沉，南干线运输如果再一中断，沙料来源就完全断绝了。这怎么得了？我二话没说，急忙向那里跑去。通信员在后面喊道："局长，电业局的电话怎么办？"

我说："叫他们先搁下，等一等我给他们去电话！"

通信员说："知道啦！"回头就跑下了拦河大坝。

我心想：要有分身术就好了。但又招呼住他说：

"还有，你给我倒几碗开水凉着，快把人渴死了！"

他说："好的！"接着他的身影就在雨雾中消失了。

我急忙跑到输水道出口的南干线大桥上，好多人已经先到那里了。党委书记、主任工程师、交通工程队队长等。那里的情况十分紧张，因为上游库水位越高，输水道里的水压力越大，水流也越急。虽然经过输水道出口消能塘消耗了急流的一部分能量，但是它仍以万马奔腾之势汹涌而下。当它通过这座桥下的时候，由于受到一排排桥桩的阻力，简直已不是水流，而是从天而降的瀑布。那白色的浪涛，像激怒、翻滚、沸腾的云朵。它使人感觉到，仿佛这水是有生命、有情感的东西。这一条大河，像一条巨龙似的（据传说它是一条白龙所变）已经被我们制服，被我们牢牢地锁在水库里了。可是它不甘心，仍然拼命地狂怒地反抗、挣扎，企图拼出一条道路，施展它吞没田野、村庄、城市的威力。现在，水流已经把桥基冲刷坏了，一排排巨大的桥桩，开始颤颤欲动。站在桥上觉得天摇地转，好像随时激流可以把它掀掉，携带着它奔向下游。桥两端的地基，不时崩裂、塌陷。巨大的泥块，发着沉雷般的声响，投入激流，随后就被洪水溶化，变做混浊的泥浆流走了。

我跑到那里和大家打了招呼，问交通工程队队长："桥基被冲刷的情形怎样？你们准备怎么办？"

他回答说："现在等着局长和主任工程师决定措施！桥基被冲刷的情况……我们本想用大竹竿往水下插，看看现在水有多深，可是水流太急，插不进去！"

我说："要马上了解一下桥基的情况！竹竿太轻，插不进去，用铁轨，马上！"

大家同意了这个意见。于是，命令四五个工人抬来一条铁轨，慢慢地从桥上竖下去。可是，当铁轨的下部刚刚接触水面，一经水流冲击，铁轨便猛烈地倾斜了。工人们的身子挣扎摇晃起来，几乎要被打进水里去了，但是他们仍然支持着。我急忙喊道："危险！放手！快放手！"于是，他们一齐放了手，那根铁轨像一支射出去的箭，在水面上前进了几公尺之远，转眼就被卷入狂浪不见了。

接着，一个工人提出了个办法：用一根重型钢轨，拴着绳子，大家从四面扯紧，再依靠着桥桩的阻力，慢慢把铁轨竖到下面去。大家同意了这个办法，铁轨被抬来了。拴上了绳子之后，四个人紧紧地从四面拉着，另三四个人稳稳地扶好，开始慢慢地把铁轨沉向激流。大家的眼睛，紧紧地盯着这根下放的钢轨。它在水中颤抖着，但由于四面的拉力和桥桩的阻力，仍然慢慢地沉下去。一直到这根十公尺长的钢轨伸到水中一半的时候，才觉得够到了底。大家又慢慢地把钢轨从水中拔出来，可是，它的下部已经被激流冲成了个三十度的弯弓。看来，桥下的基础已经被掏去两公尺多深了。如果不加保护，用不了多长时间，这座大桥就会被激流掀走，那么，整个交通线路就会陷于瘫痪状态，想恢复，没有二十天和个把月的时间是不可能的。这怎么能行呢？

大家商量的结果，决定从桥上往下边抛石头；用巨大的石块，把桥基护上，然后进行桥桩加固，争取尽快地通车。于是，劳动力马上调来了。八个人一组，抬着一公尺直径的大石头向桥下抛去。这些大石头，一抛下去，发出一声沉雷的巨响，就无影无踪了。不多时，在桥下游三四十公尺的地方，水流泛起一簇更大的白花，很显然，它们被冲到那里去了。水流——这是多么汹涌的力量啊！但是，应当继续抛，多抛，大量地抛！一直把桥桩基础护起来为止！

这时，通信员从工区办公室又跑来了，说电业局的电话又来了，说他们等不及了，要我马上去接。我向党委书记老章说："走吧！咱们一起去接电话，看看什么紧要事情，好一起做决定！"于是，章书记和我一道向工区办公室走来。主任工程师老栗仍然在桥上盯着指导抛石工作。

在桥上的时候，我差不多完全把渴的事情忘记了，只是觉得说话困难，嘴角干得似乎要爆裂似的。可是，离开了"战场"，便觉得喉咙里又烧起来了。我一走进工区办公室，还没有接起电话，就问通信员小李说：

“水呢？刚才我不是叫你凉几碗开水吗？”

通信员抱歉地回答说：

“开水房地势很洼，现在灌满了雨水，里面都可以撑船了。刚把茶炉抬出来，找不到干的引火柴，现在还没有点着火呢！”

“糟糕，糟糕！哪有比这更糟糕的事呀！”我想。接着又埋怨地说：

“唉，唉，你们早干什么来着！工地上可以没有开水喝吗？”接着，我拿起桌子上的电话听筒。对方虽然没通姓名，但一讲话，我就听出是电业局老吴，我们是很熟的朋友。可是，他只讲了一句话，我就火了，说：“什么？明天你们要停电？这不是要我们的好看吗？不对，我说老吴，这不单是要我们的好看，你是和下游的人民过不去！先说下，一停电，我们的大部分机器就不能转动，拦不上洪水，大坝溃决了，可要先淹你们的发电厂，你们厂的地势在全市最洼！”

他笑着说，叫我先不要急躁，因为昨夜的大暴雷，把高压输电路打坏了！雨一停就要修理！只停两次电，每次十五分钟。……

我说：“十五分钟也不行！要修理也不能明天修理，总要维持几天，等我们渡过了这场洪水！”他说：“如果再来了雷雨，电路受到更严重的损坏，那么停电就不是三十分钟了。况且，停电的事，不只是牵扯你们一个单位，现在其他的几个厂矿已经同意了！”我说：“可是全市的单位只有我们要拦洪！”

正当我们在电话中僵下来的时候，从房外进来几个穿雨衣的人。雨水从他们的身上哗哗流下。原来是市委陈书记、市委钟市长等。我马上向电话中说：“正好，市委书记和市长都来了，我们请示一下，再和你们商量！”就把电话放下了。我又向来人说：“怎么现在来了呀？下这么大的雨！”

陈书记笑笑说：“现在不正是来的时候吗？”接着大家脱了雨衣，拉几张木板凳坐下来。

章书记问："路上好走吗？"

钟市长说："公路桥坏了，汽车不能通行，坐火车来的！"

接着，我把昨今两日的降雨量，库水位上涨情况及工作情况汇报了。市委书记说：

"怎么样？能把洪水堵住吗？现在全市工厂、机关、学校、部队都准备好了，你们什么时候需要，随时都可以出动！"

我用眼睛看看章书记，请他回答。他沉思了一刻说："现在还不需要，必要时，我们这几万人的身子卧在大坝上，也得把洪水堵住！"

章书记的话是表示决心。我完全同意。现在还不需要全市兴师动众。我说："请全市人民放心，无论多么困难，我们会把洪水堵住的！"

接着大家谈了停电的事，决定停电推迟三十六小时，大家的意见一致了。我即刻打电话通知了电业局。

接着，市负责同志们穿上雨衣，要到拦河大坝和输水道出口大桥上去巡视一下，我也就跟着。章书记说："老邹，你回去休息一下吧！由我陪着，你已经两天两夜没有合眼了！回去吃点东西，睡一觉！你不要不放心，坝上有我们呢！"

我说："现在是什么时候？我怎么能回去呀？"

陈书记听到我两天两夜没睡觉，回过身来对我说："回去，回去，这怎么能行呢？现在拼上命，以后就不工作了吗？"

钟市长也插言笑着说："老邹，回去吧，你看，这是党的决定呀！吃点东西，休息一下……"

我考虑了一下，说："好吧——其实，吃不吃东西，睡不睡觉都在其次，我想回去喝口水！"

章书记仍不放心，笑着对通信员小李说："给你个任务，你跟局长回去，看着他，不准局长乱跑，保证他喝水、吃饭、睡觉！"

小李是个转业军人，他立正，笑着用部队的惯用语说："保证完成！”

我不再说什么了。他们走出去。一直等他们的身影没入雨雾中，我才和通信员往回走去。

我们在大雨中走着，天空在不时闪着电光，沉雷像在头顶上一个个爆炸的炮弹。也许是风太大了，也许是我几夜没睡觉的缘故，我的头晕晕沉沉，两只腿也像踩在棉花上一样没有根底。通信员便和我挽着臂膀，迎着风雨向前走！雨点像小石子，打得抬不起头来。

过了跨河大桥，前边就是那座支流的小木板桥。这条小河，平时是没有水的。现在河槽中也灌满了汹涌的泥浆。我早晨从这里经过的时候，小桥还完整无损，现在，已经被激流冲得根木皆无了。几个工人临时跨河架了一根钢绳，来往行人双手抓住钢绳，下身没入水中，徒涉而过。通信员首先从激流中趟过去，我跟着也抓住钢绳下了水。激动的流水拼命地冲激着，我的下半身像是拴了一匹要飞奔的马。我下死劲地抓住钢绳，两只手倒换着向前移动。可是在眼看要靠岸的时候，我一松手，一个浪头就把我盖住了。我一心慌，鼻子、嘴、眼睛、耳朵全灌满了水，呛得脑袋里像忽然装进一把辣椒面。我什么思想也没有，在水底下只是两只手拼命地抓摸，企图捞到一个可以使我漂浮起来的东西。不多时，我觉得两只脚踩到了一个什么东西，我的头也就露出了水面，原来是小李救了我。

小李把我推到岸上，我发现，激流已经把我冲走了三四十公尺远了。小李摸了一把脸上的水，问：“你不会水吗？”我说：“不会！”他说：“我一看你掉进去了！就着急起来，可是没有慌。我有经验，掉进水里的人，你千万不可从上面去扶他，因为他会拼命地抱你的脖子，抓你的胳膊，把你牢牢抓住，使你动不得。那样，两个人就全完了！我看你掉进去后，憋了一口气，一个猛扎到水底下，双手顶着你的两只脚就泅出来了！”

我喘了一口气，咳嗽了几下，说：“多亏你的好水性，不然，我就完了。”

他问："喝了几口水吗？"

我笑了笑不好意思地说："没有，走，回家吧！"

回到宿舍，我脱下雨衣，在一张凳子上坐下来。小李提着一把壶就打开水去了。宿舍里乱七八糟，写字台上落满灰尘，好多天没沾它的边了。床上的被子也乱堆着。那还是两天以前半夜间被电话招呼到工地上，没有叠被就走的，现在还原样堆在那里，我换下来湿衣服，就在床上胡乱地躺下来了。

不多时，通信员打来了开水，倒了几碗凉着，他说了一句："我告诉伙房做饭去！"又走出去了。

在工地上的时候，好像无论什么地方，哪怕是稀泥地，只要躺下来就可以睡个香觉的。疲劳像一只无形的恶魔，时刻笼罩着全身。可是，现在回到家里，却怎么也合不上眼。心里老是在想：库水位上涨到什么高程了？大坝临时用草袋子墙，能不能比水位升高得快？南干线大桥抛石不知怎样了？六号沙场支线排水工作又是如何了？……好多好多事情都使人担心、忧虑！忽然，大坝溃决了，洪水像万马奔腾，汹涌而下，下游美丽的城市、田野全成了一片汪洋大海，千万个村庄的房子只露出屋脊，人们爬在树顶上啼哭喊叫，无数妇女和儿童的尸体，漂浮着，漂浮着……这虽然只是一幅幻想的图画，可是我突然感到自己喘不过气来了，一个千万斤重的东西压在了自己的身上。……正在这时，窗外喇叭筒的扩音广播，打断了我的思路：

"全体职工同志注意啦，全体职工同志注意啦！防汛指挥部紧急通知，防汛指挥部紧急通知！现在，库水位已经上涨到一二三·五公尺高程了，离大坝高程只差一公尺半了！水势仍以每小时五十公分的速度继续上涨。根据天气预报，今天夜间还有大雷雨。我们的拦河大坝，已经面临着最严重的关头了！我们决战的时刻到来了！因此，全体职工同志，应该马上按照组织，到大坝上来抢险……"

我没有听完广播，立即穿上雨衣，套上水靴，跑了出去，在门口正和通信员碰了个满怀。他忙问："局长，上哪儿去？"

我说：“到大坝上去，你没听广播吗！”

他说：“水，水，你还没喝水呢！”

我说：“还喝什么水，刚才在河里我已经喝饱了！”说着就跑出去了。

这时，已是夜晚，整个工地上的百万盏电灯，在暴风雨中闪耀着光芒！天上的沉雷、闪电和地面的机器马达，应和着劳动的呼喊。……

1957年8月31日

原载韶华《沸腾的山谷》，春风文艺出版社，1959年3月版

我的师傅和他的师兄弟

丰 村

我跟工段长走出木模仓库似的工段办公室，向黑漠漠的庞大的车间走去。

工段长手里抓着我的行政介绍信，大步大步踏实地走着，仿佛自语似的对我说：

“翻砂这活可不简单哪，方秀芸！没有好翻砂工，可不会有好机器呢。”他望着我，安详地笑了笑。那眼神和笑容使我觉得慈爱而自豪。“你立志做个翻砂工，可是个有出息的姑娘。”

他不等我答话，领前走进了长廊似的铁皮天棚里去了。我随他穿过冲天炉的配料场地，走向车间大门时，他突然站住，横身拦住了我。他从脸上拿下大黑边眼镜，没头没脑地问我：

“你知道你师傅是谁呀？”

他的动作使我感到惊奇和有趣，我笑着说：

“车间主任对我说是郑太良老师傅。”

“不，不是老师傅，是个小伙子！”他自豪地坦然笑着，瞅着我，又说：“是个青年突击手，五级翻砂工，一个好小伙子！”他掩饰不住他内心的满足和高兴。他大步走着，又回过头来说："这小伙子不简单，每月超额工时就是两百多！"

我的师傅是个青年突击手，这使我很兴奋。我急于想看看他是个什么样的人，是个什么样的突击手。我紧紧跟上工段长，走进车间里。

车间大而紧张热烈。翻砂师傅散满在车间的场地。冷泵声一处压一处，嗒嗒嗒地响成了一片。行车的警铃不住轻快地叮当响着，吊动着砂箱，灵巧地滑来滚去。我和工段长沿着砂模的弄道，迎着冷泵的急响，从外模场地走向垸芯场地。

"喏，做滚筒大垸芯的，就是你的师傅郑太良。"工段长站住对我说。我期望一眼看到我的师傅，但那里蹲着干活的却是两个人：一个穿着紫红色的短袖大反领球衫，一绺头发从头上塌到了前额，我无法看清他的脸。另一个穿的是工装裤，背带下面的汗衫，已经污黑。他埋着脸，一头短发好像冒着汗气。我猜断不下哪一个是我的师傅。这时，工段长大踏步走过去，声音朗然地喊道：

"郑太良！把艺徒给你送来啦！"

那个留着短发穿工装裤的师傅，慢吞吞地从垸芯上抬起了他的脸。他的圆圆的脸上，沾着一层热汗，闪耀着水光。一双乌黑的眼睛疑惑地瞅着我，那目光好像闪光的刀子似的掠过我的脸，使我感到隐隐的寒冷和畏惧。我拘谨地站在他的身边，等待他的吩咐。但是，他为难似的瞅住工段长，上嘴唇上的一层绒须颤动了一阵，就又埋下脸去，醉心地工作着，再也没有理睬我。

工段长看见我的尴尬的样子，温和而安详地笑着。

"我给你介绍小林师傅！"工段长安慰我似的说。"小林师傅是你师傅的师兄弟和好朋友。"

仿佛感到有趣而一直默默微笑的、穿紫红球衫的那位年轻师傅，认真地霍然站起来，黑黑的脸上一对稚气的眼睛，坦率地直望住我，热情地笑着，说：

“欢迎我们的新兵！”他要伸手给我，但他发现他的手上沾满了砂泥，就又缩了回去。他歉然地笑了笑，又说：“你看，学翻砂，就要跟砂泥打交道！”

“我会学会的。”我自信地说。小林师傅的热情使我感到轻松和欢喜。

我的话好像使我的师傅吃了一惊，他估量地望了我一眼。我觉察到他眼睛里那种期望和善意。可是，他站起身来，把工具塞进工装裤的后口袋里，一声不响地走开了。

“艺徒交给你啦，郑太良！”工段长瞅住他说。“你要好好培养她！”

“你把她放下就是。”我师傅说。他走进烘模炉旁边的小房里去了。

“我师傅怎么是这么个人哪？”我暗暗地想。我心里觉得对他有点担心和害怕了。

工段长刚刚走去，我的师傅又回到场地来了。原来他是去拿大洋钉的。他把一木匣子大洋钉放在自己的脚边，沉默而敏捷地在坭芯上插起洋钉来。

我看我可以有活干了。我走过去，说：

“师傅！插洋钉我也可以搞呀。”

我的师傅瞅着我，像责备又像好笑，他终于说：

“你穿这身衣服能干活？”

我脸上一阵发烧。我穿这条裙子是多么不合时宜！我不能不深深埋怨我的妈妈，是她硬要我穿一条新裙子来上工的呵！可是，眼前我怎么办呢？我声辩说：

“我不怕弄脏哩！”

我的师傅默默地摇了摇头，似乎没有工夫理睬我了。他严肃地扣着眉，闷声不响地只顾插洋钉。

小林师傅稚气地笑着，有趣地望了我一眼，说：

“学翻砂可不像学跳舞，穿裙子可不来事哩。”

我红着脸，抓起了我的草提篮，真想把我预备的衣服掏出来给他看看。而这时，小林师傅却忍不住哈哈笑了。他说：

“你不知道在哪里换衣服？”他直率地望住我，又说，“有更衣间，有马桶间，有洗澡间，哪里不能换衣服呀？”

“叫她先站着看看吧。”我师傅害羞似的埋着头说。

“站着看，也该换掉衣服哩！”小林师傅固执地说。

我简直不敢看他们了，我急忙转身向外走去。当我刚走出两步，我听到我的师傅在说：

“你怎么和女艺徒开玩笑？”他严肃地责备小林师傅了。

“这怎么算开玩笑？”小林师傅大声反驳说，“你对她不理不睬，又算是什么态度？”

“我怕她不会是一把手！”我的师傅说。“我怕她会是我的一个包袱！”

小林师傅爽朗地哈哈大笑了。他说：

“是你的包袱？她会是你的什么包袱？我看哪，不是金包袱，就是银包袱！不信，你走着瞧！”

这些话，像是鞭子在抽我，我感到全身热辣辣的难熬。我简直不敢再听他们的谈话了，我慌慌张张地三步两步奔出车间去。

“跟这么两个小伙子学技术，会有我的苦头吃哩！”我自言自语，心里实在有些纳闷了。

第二天，我很早就到了车间。那时，三班老师傅已经完全把铸件送到清理工段，翻砂场地也整理得清清爽爽的了，昏暗的车间大而空旷。我孤单地茫然地站在场地上，不知道该做什么。我正感到无聊时，小林师傅扛着坭芯木模，唱着小调，自得其乐地走到车间里来。

“小林师傅，你好早呀！”我迎上去叫着。

他像个姑娘似的突然红了脸，吃惊地望住我，羞涩地笑着，说：

“是小方？你怎么来得这么早？”

“早什么？你不是也来了？”我笑着说，接住木模，帮他放在场地上。“我可不知道该做什么哩！”

“有干劲，什么都没问题。”小林师傅兴奋地说，自豪地望住我。“咱们做好准备工作，马上就干！”

我和小林师傅抬来了木模垫板，放好了木模。因为辅助工还没有上班，我们抬了一箩筐碎焦炭，还必须去抬砂坭，不然，就不能动手做活。

“怎么样，小方？抬砂坭行不行？”小林师傅直率地盯住我问。

小林师傅的坦率使我感到高兴。我没有干过抬砂坭的活，也不知道一箩砂坭有多重。我说：

“吓，抬砂坭还不行！”

“好，没有说的啦。”小林师傅快活地叫着。“叫小郑看看你这个金包袱吧。”

这倒使我不好意思了。我一声没响跟他走到了拌砂间，抬了一箩砂坭。箩筐虽然是靠近小林师傅的一头，但我还是觉得吃架不住。我的两腿发抖，脚步错乱。我的肩膀也被压得仿佛要裂开似的。我的脸发胀，眼睛几乎要冒出火花来。我咬着牙，摇晃着身子向车间走着。正在此刻，我的师傅走进铁皮天棚，他骇然站住，生气地喊叫了：

“你们干什么？快放下！”

“我们先干啦，”小林师傅说，听那声音是欢喜而自得的，“小方的干劲可不小呵！”

我师傅一声没响，生气地跑过来，从我身后一膀子接过杠子，顺手把我拉到一边去，责备我说：

“看把你累的，你不想干活啦？”

他们把砂坭抬到场地，我师傅抽出杠子远远地丢开，斗气似的直盯住小林师傅，说：

“你是想压坏她？她能干这种活？”

“这不是干得蛮好？”小林师傅反驳说，冷冷地笑着。“艺徒不锻炼还行？”

“锻炼也要慢慢来，”我师傅说，嘴唇上的一层绒须颤动着，“一下子搞垮可不行！”

他们两个互不相让地你一句、我一句争论着，随着动手干起活来。我对师傅那种爱护我的心意，感到兴奋。我抢步走过去，抓住大铁锹准备装砂了。可是，我师傅一步跨到我面前，按住了铁锹的把手，说：

“你先不要干这个，小方。”

小林师傅的稚气的眼睛瞅住他，忍不住讽刺说：

“你叫她站着看？”

我师傅仿佛没有听见小林师傅的话，他没有理睬他。

“你去学做小坭芯，小方。”我师傅温和地轻声对我说。“你跟我来吧。”

我师傅带我走到烘模炉那边的小坭芯的工作场地。他给我搬来一块铁垫板，又交给我两块活像小盒子一样的坭芯木模。然后，他把砂坭箩筐拉到我的身边，告诉了我用砂和做法。

“要细心！咹！”我师傅说。他的乌黑的眼睛安静地笑了。“你好好做吧。”

我感激地望住他，默默点了点头。这时，我觉得我师傅是个细心而温和的人了。

他转身奔到送风机前，把风头扭向我，就走开了。

我动也没动地蹲在那里，认真做了半天。像小酒瓶那样大小的坭芯，已经摆满在我的面前。我满心希望我的师傅来看一看，给这些坭芯鉴定一下，但是，他好像忘记了我似的，始终没有来。直到中午敲过下班钟，大家都闹闹哄哄地跑出车间去吃饭时，小林师傅才走过来，望着我做的坭芯有趣地笑着，说：

“做得不坏！第一次能做成就不坏！”

我心里高兴得默默地笑着，没有答话。

“走，小方！咱们吃饭去。”小林师傅快活地说。

我一转身，我的师傅正站在我的身边。他默默微笑着，看来他也是满意的。他的一双乌黑的眼睛，不住打量着那一片坭芯，好像说：“挺不错！倒像是坭芯的样子！”然后，他蹲下身去，抓起一个坭芯，欣赏似的托在手心里。

我兴奋地瞅住我师傅，他的满意该是我多大的高兴呵！但是，他忽然疑惑地皱了皱眉毛，把托在手里的坭芯用力捏了一下。

“太硬啦！”他生气地说。他捏碎了手里的坭芯，又抓起了一个。“坭芯不透气不行！”他气恼似的一把接一把，连连抓碎了好多坭芯。然后，他严厉地瞪住我，又说：“这种坭芯没有用。”

我心里很难过。我呆呆地不知所措地望住我的师傅。

“你为什么不早告诉她呀？”小林师傅不满地责问他。

“光告诉她还不行！”工段长说，不知道他是什么时候站在我们身边的。他责备似的长长叹了一口气，又说：“做师傅的要做给艺徒看，你们从前是怎么学会的？”他一步走到我身边，拉我蹲下去。又说：“你看我，方秀芸！我给你做一个。”

我的师傅一腿跪在砂坭上，手里抓着一个坭芯，发愣似的瞅住工段长，动也没动。

小林师傅闪动着稚气的眼睛，有趣地笑着，按住我师傅的膀子，也蹲了下来。他说：

“老将做得没话说，可就是太慢了！”

工段长一时没有答话。他一板一眼地做着，那动作清爽、准确而踏实。

“你们可是有名的快手！”他终于自语似的说，“可是，你们没有教她。”

我师傅唰一下红了脸，他羞愧得简直不敢抬头了。

那天落班以后，我师傅赶到厂门外，把两本关于造型技术的入门书塞到我手里。他腼腆地笑着，对我说：

“你看看这个吧，小方！你会学成个好翻砂手的。”

“师傅！”我说，话没落音，他转身跑去了。我望住他的宽阔的背影，心里兴奋而激动。我喃喃地自语说：“我师傅倒是一个有趣的好人！”

这以后，我学做的生活就是各种各样的小坭芯。大约在两个星期之后，我的师傅又叫我去帮他做生活了。那时，他和小林师傅合作的大滚筒坭芯的任务已经完成，小林师傅也调去做别的生活了。我师傅开始做的是一批鼓风机的滚子坭芯，这是支援“钢帅”的生活，要求异常紧迫，计划是六天完成。我跟我师傅做了四天，第五天完成这批生活的任务，看来是有把握而轻松的了。那天上午，我很兴奋。我对我师傅说：

“新定额叫咱们突破了！六天的活，五天就干完了。”

我师傅苦笑了一下，遗憾地摇了摇头，好像叹息似的说：

“今天完不成了！下午我要去团委参加个会哩。”

这种滚子坭芯我已经做了四天半了，我觉得在操作上和工序上也完全了解了。因此，我有把握地说：

“你去开会吧，师傅！我能够完成！”

我的话好像使他吃惊，又使他高兴。他默默地出奇地笑着，乌黑的眼睛直视着我，仿佛要从我眼睛里证实我的话是否可靠似的。

“你能完成，就好了。”他终于疑惑地说。

“我试试看吧。”我说。我简直不敢再说那种肯定的话了。

这句话使他听来是那么刺耳似的，他紧紧皱着眉头审视着我，斩钉截铁地说：

“说完成，就一定要完成！生产可不能说空话。”

“你放心，师傅！我不会……”我喃喃地说。

他那生着一层浓密的绒须的嘴唇，满足地无声地笑了。一双乌黑的眼睛快活地闪动着，信任地望住我，说：

“行，小方！可还要保证质量。”

我默默不语，点了点头。

下午，我的心情非常紧张：我怕完不成任务，又怕不合质量要求，我全身的汗水一阵一阵地冒着，嘴唇也觉得干得要命，但我手不停歇地做着。这中间，小林师傅来看过我两次，第一次他给我领来一瓶冷冻汽水，并且指点我起了模。后来一次，他完全是高兴的了。他的黑黑的脸，天真地笑着，说：

“小方呀！你可真像个两级工啦！今天落班以后，咱们去看踢足球去！”

我没有答话。我埋着头，不停手地做着。我觉得我是在极力掩饰着我内心的那种胜利的愉快。并且，我希望我能在我师傅回到车间之前，完全把生活做好，使他像小林师傅一样的满意和高兴。

我兴奋地做着活，汗水如连珠似的滴在坭芯上。我狠狠地摆了摆头，想把汗水甩掉。就在这瞬间，我仿佛看见站在我面前的两只脚，已经不是小林师傅，而是我师傅的了。我抬起脸来，我师傅是那样满足地微笑着，关切地瞅着我。

“师傅！你看，我快要完成啦！”我说。我的口气，带有那种胜利的喜悦和自豪。

“看你热的，快歇一会。”他说。他感到燥热似的，一手抓下帽子，握在手里。然后，他转身走到我做好的滚子坭芯那儿，像个严厉的父亲看着不争气的孩子似的，显得那样厌恶而气恼。他用脚踢着坭芯垫板，生气难耐地说：

“方秀芸！这是你做的坭芯？”

我的心跳着，紧张地望住我师傅，没有讲出话来。

“这坭芯是怎么修的？坑坑洼洼！”他好像是越来越气了，“你看，这是怎么搞的？”他指着坭芯上修补的那一处，怒火中烧了！他气愤地一脚把那个坭芯踢烂了。“翻砂工做出这种坭芯可丢脸！”

我被吓得愣住了。心里一阵委屈，我的眼泪，像两股泉水似的涌出来。

小林师傅一步蹿过来，两手抓住我师傅的膀子，喊着：

“你这是做啥呀，小郑？滚子坭芯是五级工的活，可不是艺徒的活！”

我师傅摔开他的手，说：

“不论谁的活，都要做好！”

“你说得倒漂亮！”小林师傅冷笑着说，“咱们进厂一个月，能做出这样的坭芯来？”

我师傅愣了一下，带着气恼，转身走出车间去了。

小林师傅愤愤地瞅着他，然后对我说：

“我帮你干，小方！咱们完成它！”

我和小林师傅蹲在场地上，开始重做滚子坭芯了。小林师傅责怪我的师傅，但同时，他又不住称赞他做活认真，要求严格。他说：“这一点，我可比不上他哩！”正说着，我师傅闷声不响地走回场地来，他蹲在小林师傅的身边，说：

“你走，小林！你落班还要去踢球呵！”

小林师傅热切地望住他，说：

“你们能完成？”

“能完成！”我师傅自信地说。

“那好！”小林师傅快活地说，跳起来，走开了。

我师傅埋头干着活，半天没有说话，也没有看我。我感觉到他是那样的不安，沉默好像就是他对自己的深刻的责备。

“我这个人性子急，好事也叫我干坏了。”他终于自语着说，歉然地望了我一眼。“批评批评吧，小方！”

“不，师傅！”我说，我也感到不安了。“是我没有做好。”

他感慨地摇摇头，自嘲似的笑了笑，说：

“你敢独立操作，就不坏呀！小方！生活不合要求，可该我负责哩。”

“我太粗心了。”我说。

他固执地摇着头，没有再说话。

下班钟敲过之后，小林师傅神情轻松地提着网袋（网袋里装着他的球衣和球鞋），步态悠闲地走来了。他自得地甩动着网袋，对我说：

“走吧，小方！跟我看踢球去！”

“任务还没有完成呵！”我说。

“叫他一个人干！”小林师傅说，“他能搞坏，还不能做好？”

“你走你的！”我师傅说，看也没有工夫看他似的。“你们开不了球，我就会赶到。”

“你是快手，有干劲！”小林师傅赌气似的嘲讽说。他丢开手里的网袋，决然蹲下身来。又说，“咱们一起搞完它！”

“踢球可不能放弃，小林！”我师傅认真地说，“你不去会影响咱们的成绩。”

“生产要紧！”小林师傅固执地说。

我看着这两个年轻的师傅，深深觉得有趣而感动。他们争吵时，是那么互不相让；而他们的亲切和密切，又使你觉得是心贴着心。他们是那样的天真而纯洁。

这一天，小林师傅果然耽误了踢球。我们做好滚子坭芯走出车间时，我师傅一把拦住小林师傅，兴致勃勃地说：

“怎么样，小林？咱们现在跑去，还可以看看结果。”

小林师傅遗憾地苦笑着，说：

“算啦！帮我写个检讨去吧。”

“写什么检讨？”我惶惑地问。

小林师傅有趣地瞅住我，说：

“给厂足球队写检讨呗。不然要停止参加比赛，可就要我的命啦！”

第二天中午上班时，小林师傅快活得像个孩子似的，跑到我师傅的工作场地，稚气的眼睛鬼灵灵地闪动着，说：

“被狠狠批评了一顿！”他高兴地笑着，望了我一眼，又说，“明天赛冠军，你们可要去助威呵！”

“忘不了！”我师傅说。那口气也是兴奋愉快的。

这场冠军赛，是区的年度冠军选拔赛，是一场紧张精彩的球赛。我和我师傅在开赛之前就到了工人球场，坐在中线外边的草地上。看来，我师傅是个足球迷，并且还是个足球评论家。从开球那瞬间起，我师傅就在不断地议论；有时，又是那样忘情地大呼大叫。特别是在争夺险球的那些时候，他会激动地跳起来，和他在车间里，完全是两个人了。小林师傅是个出色的中锋，球场上的骁将。我看得出，我师傅因此也觉得自豪。小林师傅得球时，我师父总是忍不住用胳膊碰着我，说：“你看，小林得球了！你看那一脚，真像是匈牙利的球员！”我师傅还对我说，“小林这家伙应该去读体育学院，可是他不愿意放弃这个翻砂工。这家伙，真可惜！”说话之间，小林师傅得到了右边球，一脚踢向左边锋，球像箭似的飞到左边锋的脚下，左边锋冲进球门区外，一脚踢进了对方的球门。我师傅双脚跳起来，兴奋地大叫了：

“好小伙子！真出色！”

但是，球赛将临结束时，我师傅可着实生气了。那时，记分牌上是一比一，而时间大约只有一分钟了。小林师傅得到了中线球，带球猛闯对方的球门。我师傅紧张地喊叫着：“传左边锋！”停停又喊：“踢给右边锋！”而小林师傅不管不顾，闯过了对方球员的拦截，突破了对方的包围，直闯到球门区外，举脚猛射，球像野兔似的，窜进了对方的球网。

“好呵！咱们胜利了！”我兴奋地鼓着掌跳着脚。

“这不算胜利，小方！不要鼓掌！”我师傅说。他感到发躁似的，把帽子推到后脑，生气地自语说：“简直是个人蛮干！”

他说着，转身就要离开球场。我赶上去，问他：

“不等小林师傅了？”

“叫他自己走好了！”他气恼地说。“咱们不等他。”

我和我师傅跟着议论纷纷的人群走去。我们刚走出工人球场的大门，小林师傅抱着衣服，流着一身汗水，兴奋愉快地追上来。他擦着汗，心满意足地笑着，说：

“最后这个球，怎么样？”

我师傅不满地瞅住他，气嘟嘟地说：

“不是什么好球！”

“一球决胜负，怎么不是好球？”小林师傅天真地笑着说。

“没有技术，算什么好球？”我师傅生气似的站住说。“你们总结时，我还想批评批评哩。”

“哪个怕你批评？”小林师傅也认真起来了。“做错了，不怕批评！做对了，更不怕批评！”

他们的争论越来越激烈尖锐了。我很担心他们的友谊会由于一些无谓的争论而受到损伤。所以，我说：

“踢球又不是生产，老争论它干什么？”

他们两个的惊奇的目光，一下子集中到我身上来了。我发觉他们两个师兄弟，在这一瞬间又一致起来了。我心里感到一阵高兴。我说：

“快走吧，我还要回家哩。”

“急什么？我们送你去。”小林师傅说，他好像一会儿就把他们的争论忘得干干净净的了。

“看你像什么样子？”我师傅严肃地说。“还不快穿好衣服？”

“那你先帮我拿住它！”小林师傅稚气地笑着说，一下子把他的衣服扔到我师傅的怀里去了。

“你们两个真像小孩子呵！”我打趣地说。

“什么小孩子？”小林师傅认真地望住我说。“你可不要弄错了！我们中间有原则哩！”

他的话，连我师傅也忍不住笑了。

我觉得我是越来越喜欢我师傅和小林师傅了。他们那种割不断打不烂的深厚友谊，他们那种崇高无比的工作精神与是非分明的态度，和他们那种截然不同的明朗朗的性格，哪一点不使我深深感动而又十分喜欢呢！特别是经过了两个人的绳鼓坭芯竞赛，我心里更是觉得感动了。

那是在六月下旬，我们车间必须为“上钢”生产二十只大绳鼓。这个东西大，技术要求高，而且过去没有做过。工段长决定把这个活交给我师傅和小林师傅合作。那天落班时，工段长把我们叫到他的办公室，从脸上拿下他的大黑边眼镜，信任地瞅着他们两个，说：

“有一批重头活，小伙子，决定给你们两个合作！”

小林师傅爽朗地笑着，说：

“发下来就是，有什么大不了的？”

“不，小伙子！这活不要说你没做过，我也没做过。”工段长实心实意地说。他从办公桌上拿起工票交给小林师傅又说：“要按时完成任务，必须是最先进的定额。”

工段长的话刚刚落音，小林师傅便哈哈笑了起来。

“师傅哇，你也变成老保守啦！”小林师傅笑着说。

“八小时的定额还保守？”工段长吃惊地瞅住他说。“这是目前上海最先进的定额呵！”

我师傅拿住工票，也默默发笑了。他说：

“这定额，是保守了一点。”

“那你们讲，定多少？”工段长说。

“咱们搞个真正的先进定额！”小林师傅说。“咱们定它五小时。”

工段长吃惊地张着两眼，狠狠地摇了摇头。

“压缩两个工时准能行。”我师傅说。

“我看松了！”小林师傅反对说。我担心他们又会发生一场争吵了。

“松和紧现在都难说。”工段长说。“你们去商量商量，统一一下再说吧。”

“走吧，小林！”我师傅说。“咱们去俱乐部，算算细账。”

小林师傅顿时像个孩子似的，不满地白了我师傅一眼，板着脸，转身就向外走去了。

我们走出厂大门，拐向俱乐部去时，小林师傅突然站住了。他断然地说：

“还要计算什么呀？五个工时准够！”

“这没有根据。”我师傅心平气和地说。

“什么都要找根据，还能大跃进？”小林师傅生气说。

“没有根据，又怎么大跃进？”我师傅也激动起来了。

“算啦！”小林师傅气急败坏地大叫着。“我看你也变成个保守分子啦！”

“你胡说！”我师傅不能忍受地暴叫了。

“咱们分开干！咱们各干各的！”小林师傅决然地喊着。

“我不会求你！”我师傅也气恼了。

“那咱们就赛赛看！”小林师傅傲气地说。

“怕不了你！”我师傅激动地喊着。

两个人大吵了一阵，各自东西地跑开了。

第二天上班，两个人仍然像是冤家对头似的，谁也不理睬谁了。

这叫我感到不安而可怕。“总有一天，他们的友谊会吵翻的。”我心里想。我跑去告诉了工段长。

工段长安详地笑了笑，温存地望住我，说：

“这两个小伙子呀，你不用担心，姑娘！他们会好的。”

工段长的话肯定而带有自信。但我心里却觉得疑惑而沉重。我默默跑回车间去，动手帮助我师傅做活了。

我师傅心事重重的样子，深深地望我一眼，慢悠悠地说：

“小方呀，你看小林会不会落后？”

我没有弄清楚我师傅这话的意思，我呆憨地笑着，没有回答他。

“小林很有志气呀，小方！”我师傅认真地瞅住我又说。“你要去帮帮他，不然，他可真要落后了。”

我高兴地笑着，向我师傅点了点头。我觉得我师傅的眼睛，像黑宝石一样美丽动人。我快活地抓起我的工具箱，快步走到小林师傅的场地去。

“你来帮我呀？”小林师傅惊奇地瞪住我问。

“我帮不上手？”我打趣地说。

他那一双稚气的眼睛，好像是要生气了。他责备地瞪着我，说：

“你怎么变糊涂了？”他不准我辩解似的，接着又严肃地说：“你不知道你师傅是个突击手？他怎么能落后？”

“你们都不会落后。”我笑着说。

小林师傅对我赌着气，不说话了。

他拼命地干着活。黑黑的脸紧绷着，那神情有些生气，也有些紧张，还隐隐显露着一种不安。我注意到，他不住担心地望着我师傅。后来，他终于停了手，对我说：

“你冲砂，小方！把四周冲硬些。”他跳下垫板，又说：“我去看看小郑去！”

他跑到我师傅的工作场地，好像斗气似的，两手卡腰站在那里。我很担心他们又会发生无谓的冲突和争吵，我想奔过去，把小林师傅拉回来。但是，小林师傅却一步跨上垫板，和我师傅顶头干起活来了。

我内心激动地笑着。这两个小伙子的像两颗晶亮的宝石似的性格，使我深深感动而爱慕。我无限感叹地摇了摇头。

“工段长真是把他们两个摸透了。”我高兴地喃喃说，加劲地冲着砂。

他们那个坭芯起模以后，我师傅一巴掌就把小林师傅推了回来。小林师傅显得兴奋而又愉快，他两手在裤子上擦了擦，飞步跳上垫板来，说：

“小方！咱们赶上他！”

我有趣地笑着。我说：

“你们哪，不是在竞赛，而是在合作了。”

小林师傅稚气的眼睛瞅住我，说：

“这还不是一样？”他开朗地笑着，又说：“这不都是为了咱们的社会主义大跃进！”

“那就用不着老是争吵了。”我说。

“你呀，小方！”小林师傅直率地笑着，快活地说：“两个小伙子，还能像两个棉花球？”

我们准备起模时，我师傅默默笑着，已经站在我们的场地上了。他迎着我的惊奇的眼睛，向我摆了摆手，说：

“小方！你去干那个，这里交给我。”

“怎么？你怕我们赶不上你？”小林师傅说，似乎又要生气的样子。“我们会赶上！我们不会落在你后边！”

我师傅上嘴唇的一层浓密的绒须颤动着，亲切而自豪地默默地微笑了。

“好！咱们看看谁先完成！”我说。我快步跑开了。

“行车！起模！”我师傅似乎是冲着我的背喊了。

下午落班时，工段长走到场地来。他细心地察看着坭芯，问了问实做工时，快活地望住两个年轻的师傅，满意地笑着，说：

“这批活的定额，按实做五个半小时定啦？”

我师傅腼腆地笑着，瞅了瞅小林师傅，说：

“不。我们还要在操作上想想点子。”

“对呀！要压到四个小时！”小林师傅说，一面自信地笑着。“我们要月底干完，向‘七一’献礼呵！”

我师傅自豪地点着头，默默笑着。他那双乌黑闪亮的眼睛，和嘴唇上的一层浓密的绒须，显得那样美丽而动人。

“好小伙子！”工段长激动地叫着。“随你们去干吧！”

“是呵！”我心里说，我给深深感动了。“有这样的小伙子，就能翻天覆地！”

三十号上午，我们做好了最后一个绳鼓坭芯。我们像父母打扮自己的儿女那样，反复给它涂着炭灰水，一个硕大的坭芯，仿佛是黑磁做的，闪着乌亮的光彩。小林师傅显得那样高兴而豪迈，几乎整个车间都能听到他的朗朗的说笑声。我的师傅却一如往常，他的笑是那么默默无声，他的高兴也仿佛是紧紧藏在心里。

“起来，小方！咱们报喜去！”小林师傅兴奋快活地叫着。

“报什么喜哟！”我师傅说。“咱们又没有什么大创造。”

“向党献礼嘛，这是咱们翻砂工的骄傲！”小林师傅说。

“是呵！”我说。“我搞锣鼓去。”

我真正感觉到做一个翻砂工的自豪了。我心里充满着欢喜，兴奋地跑出车间，直向俱乐部奔去。

1959 年 2 月于上海

原载《人民文学》1959 年第 4 期

特殊性格的人

胡万春

一

钢厂的码头上总是夜以继日喧喧闹闹的。

我来到码头上的时候，轻烟样的晨雾还笼罩在黄浦江的江面上；远远望去，穿梭似的行驶着的驳船，显得很模糊，只有一点一点的黑影子在移动。驳船上的轮机声，随着清新的晨风播送过来。码头上的吊车，在“吐吐吐”地吼叫，钢臂在淡淡的晨雾中晃动。在生铁、焦炭堆得像小山似的场地上，机车头拖着运料车尖叫着，从我身旁开过。

太阳升起来了，晨雾散了，江面上和场地上的景象，渐渐地清晰起来。在远处的地平线上，显出了钢厂的雄伟的面貌。离三号码头最近的是新建的大型转炉炼钢车间，六支粗大的黑烟囱，五只黑色的塔形的化铁炉，庞然耸立在蓝色的天空中。今天是我第一天上班，看到这座车间，我就想到，我这次被分配到厂里来，责任不小，因为我将要负责这座转炉车间的运轮工作。我知道，这是一座年产六十万吨的转炉车间，它每天要炼出一千六七百吨钢，要吞噬二千多吨原材料——生铁、焦炭、石灰、矽铁、锰铁等，还得吐出近百吨的渣子。一想到这些，我的心情就沉重了，因为这座车间的运输任务有四千多吨哪！我这样想着，观察了一下从大型转炉车间通到码头上来的汽车干道，和错综复杂的小型轻便轨道，就不知不觉地走到了四号码头，在一部大吊车的旁边站住了。

这时，我无意中看见码头上带船缆用的大木桩，我觉得这只木桩非常眼熟。哦，我想起来了。看到这只木桩使我想起在今年夏天的一件事，我因为下厂来了解情况，偶然在这只大木桩的旁边遇见过一位很奇怪的“画家”……

我还认得，那是在一个星期日的下午，码头上不像平常那么喧闹。这天，太阳就像是一只火盘子似的，晒得人的皮肤隐隐作痛。我路过四号码头旁边，在老远，我就看见一个赤膊的彪形大汉，坐在大木桩上作画。也许是由于好奇心，我就走到这位“画家”跟前来。走近以后，我发觉他的身体是多么强壮呀！我以为，只有举重运动员才会有那么结实的身体。他光着上身，有着宽大而滚圆的肩膀，熊似的背脊，粗腰身上围着一条扛棒工人通常用的蓝布做的垫肩布。我看见他那棕色的皮肤好像在烈日下冒油了。奇怪的是，这位“画家”一点也没有感觉到太阳灼人，一门心思的，一手拿着调色板，一手拿着画笔，在一幅很大的画纸上画着水彩画。他的注意力那么集中，似乎全身心都沉浸在他的作品中了。我站在他的背后，他连头也没有回过来，趁这机会，我欣赏了他的作品。啊！他画得多么好呀！他不仅画出了黄浦江畔繁忙而喧闹的场面，同时也画出了黄浦江上优美的景色，特别是他画的江水中的吊车的倒影，颜色配得真好，又逼真又有诗意。我禁不住啧啧连声地惊叹起来……

这一来，我惊动了这位“画家”，他突然扭过头来。他的脸是那么粗犷、壮实，还有两条浓黑的眉毛。这是一张棕色的脸，但他的两颊和下巴却又是青色的。我想，这哪里像一张“画家”的脸呀？要是他不刮脸的话，准像个黑旋风李逵。可是我发觉，他那一双尖锐的眼睛，逼人地瞧着我，而且还有点讨厌的神色。我连忙知趣地避开他的眼光，不作声了。

再抬眼一看，他好像看出了我的意思，有一丝笑影，在他的脸上闪现，接着，他的严肃的询问的眼色，好像在问我："你看，画得还美吧？"

我这才从紧张的气氛中松过气来，就鼓起勇气问："请问，你是……是哪儿来的？"

他的嗓门多么洪亮呀，他说："我？我是这儿工作的！"他说得很随便，说完就回过头，不再理我了。

我这才注意到在他的两肩上面，有两块像馒头似的隆起来的肌肉，很明显，这是码头工人或扛棒工人所特有的劳动标记。从这个标记上，我估计，这个人至少已做过二十年以上的工了……

他不再和我说话了。为了不影响他的描画，我就悄悄地离开了他。但是，在我的脑海中，两块像馒头似的肌肉，和一幅优美的水彩画，始终放不到一起。真的，我有些糊涂了。

这已经是四个月以前的事了，现在想起来，仍然是令人费解的。我这样想着，又看了一眼大木桩，就向着转炉车间走去。

到了转炉车间的办公室，方厂长就向我交代了一下车间的运输工作，讲了一些情况，作了一些指示，最后他说："这是一个很艰巨的工作，困难很多，我相信你是能够担负起这个责任，把工作搞好的。"就这样，我开始工作了。

二

那天下午，漫天黑云，下起雨来了。

在"稀里哗啦"的雨中，场地上始终是那么沸沸腾腾的，运输任务紧张，人忙得简直喘不过气来。蛛网似的轻便轨道，在雨中闪着光；干道上的泥浆水，由于汽车轮子日夜不停地碾压，不住地泛着白泡沫。在这儿，机车头的尖叫声、汽车的引擎声、吊车的“吐吐”声、行车的“呜呜”声、人们推着渣包车的吆喝声，以及在泥泞的路上“噗嚓噗嚓”的脚步声，形成了一股难以形容的轰鸣。

整整十个小时了，我没有离开过场地。

我拖着笨重的工作鞋，在泥泞的路上走着，泥浆水从我的鞋口里喷出来。为了调度原料、车辆，我的腿也跑酸了，雨衣也忘记在联络站里了。雨水顺着我的脸颊往下流，流到我的背脊上、胸脯上，一直流到我的腿上。

正在这时，我突然听到有人在叫我。

车间调度员来到了我的跟前，焦急地说：

“这……这怎么办呢？渣包运不出，路基坍了！”

我力持镇静，一拍他的肩说：“走吧！”

当我和调度员小崔走到离化铁炉不远的轻便轨道旁时，立刻被热烘烘的人群包围住了。

我发觉小型轨道的路基已经深深地陷了下去，枕木完全埋进泥土里了。我的脚踏在路基上，就像踏在橡皮上似的，脚一踏就陷了下去，脚提起来又会弹上来。十多吨重的渣包车在这小型轨道上滚动，怎么负载得起呢？因此，不仅小型轨道完全弯曲了，而且这部负载着十多吨重的渣包车也翻了身。看了这情况，我的心也缩紧了。

几十双的眼睛注视着我，希望我做出决定。一时之间，人声嗡嗡，都说怎么办呢？

我大声说：“马上叫起重工来，搬开渣包车。”

由于这条运输线被切断，不到十五分钟，马上有两列运料车被阻住了去路，四十几节运料车皮像接龙似的在那儿等着，机车头像黄牛叹气似的喘息着。

这时，在人群中猛地窜出一个穿着黑色雨衣的大汉来，我一看，啊！原来就是那个奇怪的“画家”。他向机车头司机一挥手：“你们等什么？往回走，朝东边绕道走！”司机好像恍然大悟，连忙扭头爬上机车，“吐吐吐”地把机车开走了。

起重工人来了后，这位奇怪的“画家”双手托了一根像电线木似的大方木，插到渣包车的下面。我想，他的臂力真大呀！只见他用肩膀扛着大方木，大叫一声：“嗨！”渣包车的一边居然让他抬了起来，他屏住气喝道：“快把钢锭填进去！”起重工人听从他的吩咐，把钢锭往里推。他放下木头，招招手，我和起重工人一起用手把木头往下揿，他就在我的旁边，看见他一脸的毛胡子，半边脸差不多全是黑的。他一声吼叫，几乎震破我的耳膜了。大家用力一揿，渣包车被顶了起来，填进了钢管。这样一来，渣包车就移动了。

黑雨衣在我眼前一晃，他走了。

我正想叫他，但他早就搭上了大卡车，“呼——”地一下，黑雨衣“啪——啪——”地飘动着，消失在雨中。

到了晚上九点钟，这条线路才算修好。

但不到两个小时，又有两处路基出了毛病，一列机车和一部渣包车全都翻了身。运渣的一条线路，全线都阻塞了。渣包运不出来，车间里的渣包堆积如山。这样下去，要不了四天，转炉炼钢车间由于不能把渣包运出来，就会“胀死”，整个车间的生产就会停下来。已经是十一月份了，全国为了完成一千零七十万吨钢，都在苦战，难道我们竟然使一个炼钢车间停产？怎么办呢？

深夜一点钟，风雨越来越大。

方厂长通知我，马上召开一次紧急会议。我走进车间办公室，不住地打喷嚏，雨水从我身上流下来，地板上一大摊水。我脱下湿衣，在炉子上烘烤着，到换衣室换了干的衣服。我坐在炉子旁，心里再也不能平静了。我知道，曾经有过两个运输副主任担任过我的工作，都因为不能胜任而调动了工作，看来我将是第三个不能胜任的人了。我觉得脸上一阵燥热，又羞愧又难受。开会的人都来了，最后方厂长也走了进来。我觉得十几双尖锐的眼光向我射来，我甚至不敢正眼看大家。我听到了方厂长的声音：

“好吧！我们开始谈吧！”

我已经准备好挨批评了，所以在汇报情况的时候，夹带着自我检查，讲话也结结巴巴的。

“不，这不能怪你，这工作确实难哪！”

真没有想到，方厂长居然这么说。呵！我真想拥抱他一下，他是多么地了解我的工作呀！

方厂长长着灰白的头发，方方的脸，他待人接物看起来很温和，实际上是非常严厉的。他说：“如果我们的转炉车间因为运输问题造成停产，同志！这是犯罪！”他加强了语气，连缺少睡眠的眼睛也更红了。

所有的人都震动了一下，深深地感到肩上的责任是多么沉重呵。大家讨论了，谈了半个小时，最后还是决定彻底翻修线路，加固路基，把小型轨道改成中型的。方厂长问我：“三天里边能修好吗？”

我刚想开口，车间主任说话了：“不行！”

方厂长一摔手：“好，那么四天吧！”

我振作了一下，说：“可以。”

方厂长瞧着我，说：“你刚来了一个星期，情况还不熟悉，困难可不少哪！说吧，有什么要求？”

我想了一下：“最好配一个得力的干部，来担任运输副主任！”

“嗯！对！”方厂长点头，“事在人为，人最重要。”他站起来，走了两步，忽然问；“可是派谁呢？”

大家沉默了，都想不出来。

车间主任说了：“人倒有一个，只怕李副厂长那边不放。”

“是不是供销科长王刚？”

“对！对，就是他！”

“哦！就是那个‘合金钢’呀？他行，准能行，办事干脆，有魄力。上次矽铁紧张，车间里眼看要断粮了，我去找他，想不到他一拍胸说：‘没问题，明天送到！’我想呀，这家伙一定搞错了，我说：‘是矽铁，贵重的合金，可不是生铁呀！’想不到他拉开破罐似的大嗓门呵呵地笑了，说什么‘操蛋的，你当我洋盘呀？’当夜，他派出十一个干部，在全市就像捉麻雀似的去找矽铁，嗨！说也怪，第二天一早，他就叫人送矽铁来，足足有半吨。你们猜，他看到我以后怎么样？还很惭愧地说：‘操蛋的，对不起！就这么一点儿！’不到三天，就从哈尔滨用飞机运来三百箱矽铁……”

“哈哈……这家伙，可真厉害！”

“你们还不知道呢，他还很会做群众工作呢。那还是前年冬天的事，三号码头正在修桩头，从外面雇来一批临时工人。天冷，大家都不肯下水去工作，坐在岸边烤火。你猜他怎么着？他看见以后，一句话也不说，就叫人去打二斤白酒来，还买来一包猪头肉。买来以后，他就和大家一起烤火，把猪头肉放在中间，每个人面前倒上酒，哈哈地笑着说：‘来！来！大家干一杯！’于是一边吃酒，一边大谈社会主义、共产主义；谈到末了，他把衣服一脱，扑通一声跳到水里修起桩头来了。他向岸上招着手，笑着说：‘都下来，下来，吃了酒一点也不冷了，为了社会主义可不能光喝酒不干活呀！’大家这才恍然大悟，搞了老半天，原来他还是为了工作呀！于是扑通扑通，全都跳下水去工作了起来，岸上连一个人也没留……”

大家又失声大笑起来，我也笑了。

“不到三个小时，桩头就修好了。他跳到岸上，揩了揩身体，然后笑嘻嘻地说：‘操蛋的！可真有点冷！’”

这一回，连方厂长也呵呵地笑了。

过了一会儿，方厂长的眉头又皱紧了，说：“好是好，就是怕要不来，人家李厂长那边供应、运输工作也很紧张，杀鸡取蛋总不是办法！”

这一下子，我可急了。

车间主任说：“如果他肯来的话，不要全个，就是来半个也解决问题了。方厂长，要是李厂长真的不放，那么就要王刚每天下午来工作半天总行吧？”

方厂长沉思了一下，说：“好吧！”

三

第二天早晨，方厂长对我说："交道总算打成了，但是他只能来工作四天……"我说："那也好！"

我吃好早饭，从饭厅里出来，迎面又碰见了那个"画家"……

他笑着看了我一眼，问："喂！好面熟呀？"

我点头说："对，你是画水彩画的，对吗？"

"哈哈……"他放声地大笑起来，笑声是那么洪亮，那么开朗，说："我也认识你，你是个欣赏家！"

这一回轮到我笑了起来。

小崔从饭厅里出来，我一把拖住他，问："喂！小崔，等会儿供销科长来了，告诉我一下，我……"

不知怎的，小崔俏皮地瞧着那个奇怪的"画家"，两个人相对地笑了起来。我被弄得莫名其妙，小崔说："你呀，真是有眼不识泰山，站在你面前的就是王科长！"

这一下，我可给窘住了。

王刚握住了我的手，说："画水彩画的，王刚！"

我也报了自己的名字。瞧着他一脸乌黑的毛胡子，身上披着黑雨衣，心里想：

"他可真像黑旋风李逵呀！"我和他站在一起，他着实比我高出一个头。他说着一口北京话，干脆，利索。我问他："你是北京人吗？"

"北京待过几天，我是烟台人！"

因为雨又大了起来，我和他走进车间办公室。在办公室里，我把最近的一些工作情况向他作了介绍，他很认真地听着。他是一个反应很快的人，随着各种情况，他的脸上立刻会表现出自己的态度。

这时，方厂长走了进来，看见了王刚，就说："老王呀，怎么样？任务很艰巨吧？"

王刚笑了一下："没什么，厂长！"

“你可别太轻松呀！”方厂长挂好雨衣，站到他面前说，“如果四天里边不把运渣的一条轨道修好，车间就会停止生产的哪！老王！到时候，我可找你算账呀！”

王刚呵呵地笑着，耸动着肩胛，说：“厂长！要不了四天，四天太多了，三天嘛，还差不多！”

我惊跳起来：“什么！你说什么？”

方厂长宽厚地微笑着，不住地点头。

我摇着头，叫道：“老王！你这是开玩笑？”

王刚把我的身子揿了下来，俏皮地说：“放心！放心！我负责嘛！”接着又像雷鸣似的大笑起来。

让他这么一来，我的脸热辣辣起来，着实有些生气了。这不是捣蛋嘛！人家起码要半个月才能完成的活，已经压缩成四天了，他连情况也不了解，就说三天！这不是成心拆我的台脚、开我的玩笑吗？

方厂长瞧着我的脸，好像识透了我的心事，说：“对！这才像敢想敢说的人。好吧，你们两个人顶好分一分工，一个管原材料运输，一个管渣包运输，老王，你就负责渣包的运输工作吧！修轨道、路基的责任，就落在你的身上啰！你们看呢？”方厂长征求我的意见，

我尴尬地说：“分工不分家，我看，以老王为主，我为副，咱们两个并肩作战，共同负责吧！”

方厂长连忙说：“对，我同意。”

王刚一扭头，板刷似的毛胡子在黑油布的雨衣上一摩擦，发出了沙沙的响声。

他说：“好，就这样吧！”他站了起来，“我还没吃早饭呢，对不起，我去填填肚子。”说完闪身就走了。

看到他这副俏皮、悠闲的样子，我的心里真是烦躁极了，心里想，牛皮吹出去了，往后怎么办？

方厂长看了看我的神态，点上了一支烟，说：“放心吧，他是一个有斤两的人。我了解他。一九四八年的时候，还是我介绍他入党的

呢。我告诉你，他是决不开空头支票的。在昨天夜里两点钟，我和李厂长通过电话后，他就到场地上来检查运输轨道和路基了。他是非常细心的人，恐怕他昨夜一夜没睡觉呢！这会儿，对于运输道，他掌握的情况怕比你我还要清楚，也许他已经熟悉了每一个道钉呢。如果他不掌握情况，不经过计算，今天他绝不会轻易说出三天这个期限的。懂了吗，嗯？”

我无可奈何地点了点头，想：厂长既然这么了解他，看样子是有些“苗头”的。于是说：“好，我懂了。”

到了八九点钟的时候，毛毛雨仍下个不住。我就和王刚一起重新检查了线路。的确，他掌握的情况甚至比我详细。一路上，我觉得他好像老是在沉思，他这一神态，跟他以前刚毅的性格是多么不同呀。检查完了后，他到了联络站就打电话，我就听着，看他是怎么工作的。

“喂！供销科吗？对！我问你，现在十四部卡车在装什么？哦！装焦炭……”他眯缝着眼，好像老是在沉思，“什么？到明天下午四点才能装完？好，我告诉你，从现在起，全部改装生铁。什么？这是为运输科做工作？不，是为了集体……喂！这十四部卡车没有得到我的同意，不准改装别的东西，也不准随便调作他用。”他放下电话，在小本子上记着：“大卡车十四部。”

我奇怪地问：“什么？你还要去帮助运输科运生铁呀？”（从码头运到场地的原材料，是由运输科负责的。车间运输主任负责的是从场地把原材料运进车间，直至炉子跟前。）

他笑着说：“俗话说，都是一个锅里吃饭的，何必分彼此呢？”说完，他合上本子，站起来说：“好，我们到道岔修理站去一次。”他又披上了黑雨衣，走到了外面。

我和他一起走着的时候，他忽然问我：“上次第 × 钢厂借去的二十四个修轨道工人都回来了吗？”我被他问住了，因为像这一些情况，我还未曾了解呢。

他仍沉思着："一个将军没有兵，也不了解自己手中有些什么兵，怎么打仗呢？"他很诚恳地这么说。

我感觉脸上热辣辣的，心里暗暗责怪自己，已经来了一个星期了，连这些情况都未摸透，岂不糟糕！

到了道岔修理站，他就像每天都到这儿来的样子，脱下雨衣一挂，和那儿的工人一边老张老李地开几句玩笑，一边拖过一张长凳坐了下来，倒两杯热茶，我一杯，他自己一杯，跷起脚，就像在茶馆店里似的喝起茶来。

我可急了，连忙说："老王，你……"

他把手按了按，说："休息一下吧，谈谈……"

我赌气地一摔手，好吧，看你怎么样？

说也奇怪，这儿每一个工人都了解他，他也了解这儿每一个人。甚至有一个工人的孩子生了天疱疮，他也了解得清清楚楚，还那么说："我介绍你一种药，这种药一搽，包你的孩子会好。"于是就把药名，买的地方都详细地告诉了他。真想不到，就这么随便地谈天，我和他一样，不知不觉中对这儿的工作情况通盘地了解了。重要的是，中型轨道的弯道、道岔，他们都已准备好了。这一些我连一点影子也不知道，如果不了解，我们再临时去准备，既造成浪费，而且也完不成任务。等到一壶茶喝光，他就拿起电话来，打到第 × 钢厂去了，他说："你们的情况，我都了解，明天中午，你们全部回来吧！什么？那儿还要工作？不要紧，那儿可以放一下，你们一定要回来。"他放下电话，就摸出本子，记上："修道工人二十四个。"

我也摸出本子，记上了同样的数字。

从道岔修理站出来，已经是中午十二点了。这一下，我可实在捺不住了，非常严肃地对他说："老王呀！一共只有三天时间，今天已经半天过去了，这样下去怎么得了？"

他却呵呵地笑了起来，笑得那么快乐。

我想："哼！你还笑得出来，真见鬼！"

他俏皮地对我说："你的账算得不对，还有三个夜里呢，三天加三夜，这就是六天，我的老兄！"

这时，我们已经来到了场地上了。有二百多名大学生，正在冒雨搬废铁。他走了过去，和他们的队长谈了起来，谈着谈着，他忽然伸手去摸摸人家里边的衣服，挺认真地说："啊哟！雨不小呢，看，衣服也湿了！"

那个队长挺感动："不要紧，不要紧！"

王刚就拉起大嗓门叫起劳动组织员来，劳动组织员还当出了什么事了，跑过来问："怎么啦？怎么啦？"

"这堆废铁今天不搬也没有关系吧？"

"是的，不急。"

"好吧，这一批人全部归在我们的名下，没有得到我俩的同意，无论谁也不得动用。"王刚立刻肯定地说。

"那怎么行？这必须通过……"

"那当然！"王刚指了指他自己的鼻子说，"我总可以算一个副主任吧？怎么样？还要看一看厂长的命令吗？"

劳动组织员窘了："这……对不起，我不知道你是运输科副主任！"

"好吧！这儿有多少位同学？"

队长说："二百二十三名。"

"好，你得负责，少了一个我就找你。"王刚用尖锐的眼光瞧着劳动组织员，问："怎么样？"

"当然，当然！"

王刚马上对队长说："今天，你们都去休息吧！好好地休息一下。看！雨还在下。去通知大家吧！"他拍了一下队长的肩，又补充了一句："去通知吧！"

队长推了下被雨丝淋模糊了的眼镜，迟疑了一下，说："我们是来劳动锻炼的，苦一些没啥，不必休息了。"

王刚像爆炸似的笑了起来："操蛋的，还是休息吧！"

我连忙插上来说："老王！我们的工作这么紧张，是不是今天下午就开始动工修路基吧！"

"不，应该休息，我们不能只关心工作，不关心人！"王刚转身对队长说："我告诉你，重大的工作还在后面呢，这对大家都是一个考验哪！今天就去休息吧！到了明天，你们就明白了，这操蛋的活可不好干哪！"

队长想了想，就奔了过去大声地通知了。

我看他这样，心里又急又气，说："老王，你在今天不打算动工了？那么我们只有两天两夜了。"

"不，三天三夜。"

"你这是什么账？"

"休息也就是工作。"他仍旧温和地说，"今天虽然没有动工，但是实际上等于动工了。放心吧，老兄！"

我跺了一下脚："你叫我怎么放心得下？"

他却又摸出本子，记上了："大学生二百二十三名。"我也记上了。他拍着我的肩，说："明天咱们再谈计划。"

我惊呆了："什么？明天？"

他点了点头："对！明天，今天你和我都得休息一下。"他搭着我的肩，说："好吧！我们还是去吃中饭吧！"

说实话，我的心里着实是忐忑不安，一边吃饭，一边想着心思。转炉车间里堆积似山的渣包，好像老是在我的眼前映现。在三天里边，不要说翻修轨道和路基，就是把这些渣包运出来，也是够费事的了。再说，要运这些渣包，至少得用三只机车头来拖，前天，我和运输科长去商量，想向他借三只机车头，想不到运输科长一口拒绝，说："我们自管自还不行呢！"我说："你不能光管自己！"他笑着说："我可不是'寿头'！"可我们除了运料用的机车头，连一只都没有，向机车修配厂定制的三部，要一个星期后才能来。这许多问题，就像火烧眉毛似的，而我这个战友——奇怪的"画家"，居然还"笃定泰山”……唉！怎么办？

王刚打量了我一眼，问：“你在想什么？”

我焦躁不安地说：“我们起码得有三只机车头，可目前，连一只也没有，运输科长又是本位主义，不肯借给我们，你想想看，我们拿什么来拖渣包？”

“嗯！”他放下饭碗，想了想忽然说：“运输科长必须批评，不过，我会想一个紧急办法来解决的……”他刚想把情况告诉我，有一个人把他的话打断了。

我们吃好饭，他就要我和他一起到场地上去调查生铁。这更使我弄糊涂了，咱们缺的是机车头，又不是生铁。他说：“放心！生铁跟机车头是一码子事！”唉！见鬼！自己事不管，反去管生铁，还派汽车帮运输科去运生铁，我总算是服了他了。整个下午，我和他淋着雨，就在场地上跑着。浑身上下湿淋淋，人冻得直打喷嚏，可他简直不当一回事。场地非常大，我们记下每一堆生铁的吨数，并确定可用的与不可用的。到了晚上，他要我拨算盘，把场地上生铁的总数加起来。计算下来，场地上共有可用的生铁一千九百四十六吨。他就记在小本子上，心满意足地笑了。

我心里气闷得不想说话。

王刚笑嘻嘻的，就像一个小孩子似的顽皮，对我说：“好，我们三部机车头已经到手了，到手了，操蛋的！”

我用手拍着本子，问：“你在说什么呢？”

“哈……哈……没关系，操蛋的！”他站起来，眉毛一挑，说：“好吧！今晚上咱们两个都好好休息一下，喂！你睡在哪儿？睡得好不好？”

“我……我不想睡，也睡不着！”

王刚认真起来：“睡吧！明天很忙。要是车间里睡不好，你睡到我的画室里来吧，第五幢八号，好，再见！”说完，他一披雨衣，扬长而去……

四

雨夜，夜空中有一抹红光一闪一闪的，转炉车间铁水奔流，钢水滚滚，一切都是沸沸腾腾的，喧喧闹闹的。

风管就像发怒了的雄狮，彻夜不停地吼叫着。

我在发软的、坍陷了的路基上走着，心里就像有猫爪子在抓，老是摆脱不开一个念头："只有两天两夜了！"小型轨道被渣包车压得弯曲的部分，就像水蛇似的躺在路基上，在黑暗中湿漉漉地闪着光……

如果把转炉炼钢车间比作心脏，那么运输线就是血管。如果血管阻塞了，心脏就会停止跳动。

车间里在放渣了，一片红光射过来。

我看见了墙上的红布横幅："为钢而战，分秒必争！""为超额完成一九五八年一千零七十万吨钢而奋斗！"一看见这些醒目的大字，我简直冒出了一股冷汗！

方厂长的声音在我的耳边又响了起来："如果我们的转炉车间因为运输问题而造成停产，同志！这是犯罪！"

我来到了车间办公室，温暖的火炉子还生着，我泡了一杯茶，靠在椅子上，呆怔怔地沉思起来。我想到了王刚，我好像看见了他那棕色的熊似的背脊，我好像看到了他肩上的两个隆起的肌肉，我好像看到了他画的优美的黄浦江，我好像看到了他那乌黑的毛胡子，我听到了他那洪亮的笑声，我也听到了他那一句"操蛋的"……所有这一切交织在一起，变成一团，在我的眼前旋转着，打着滚，我的脑子里被弄得乱糟糟，简直理不出一个头绪来了。我又有些怀疑这位奇怪的"画家"，在艰巨的任务面前，他真的能毫不畏惧地担当起来吗？

"怎么样？在想心思呀？"

我被这突然来的一句问话，惊醒了过来。

方厂长站在我的面前，异常关切地瞧着我，他那一头白灰灰的头发，引起了我莫大的尊敬。我好像已经碰见了唯一的亲人，我把今天白天的工作情况，和我自己的想法，全盘托出，告诉了方厂长，他仔细地听完了我的报告。

他感慨地说："你要相信他呀！我的年轻人！"

我没作声，只是点了点头。

"这也难怪你，你还不了解他。"方厂长的眼睛里布满了红丝，显然，这也是少睡的缘故，但他的精神还是很抖擞。他倒了一杯茶，说："好吧！咱们休息一会儿吧！"

我忽然说："他这个人很奇怪！"

"他就是这种脾气嘛！厂里的人曾经替他取了个外号，叫'合金钢'，的确，他的脾气就像是合金钢似的，成分中既有软的铝，也有硬的钢。"方厂长喝了口茶，于是缓慢地说开了。"钢是从炼钢炉里炼出来的，人是在生活中磨炼出来的。在他十岁的时候，就帮着父亲打铁了。他的父亲是一个老铁匠，性格也很火爆。但他从小就很喜欢描图，比方画房子呀、鸟呀、花呀、草呀，邻居也说他聪明，将来准能成个画家。他父亲在邻人的鼓励下，就省得几个苦命钱，让他上了学，可只念了三年书，就念不下去了。于是他就踏进了社会，做洗衣工、脚夫、锯木工，以及火车站上的搬运工。他由于脾气暴，不善于吹牛拍马奉承别人，讨厌一切丑恶的东西，因此在哪儿也做不长，最多只有做一年，就和雇主闹翻，卷铺盖滚蛋了。一九四五年，他已经二十六岁了，流浪到北京，在颐和园做过几天园丁。这时期，他画了好多的画。他说：'我这一辈子，一定要画世界上最美好的东西。'但在颐和园他又和人家闹翻了，肚子是需要填饱的，他就做起单帮来了……"

我心里想："这个人倒很刚直。"

方厂长停顿了一下，点上了一支烟，又说："有一次，他从蚌埠带了两箩鸡到上海来，搭的是四等'垃圾车'的车顶。那是在寒冬腊月，气候非常冷。火车一开，坐在车顶上是够受的。车顶是弓形的，他双手抓住了两箩鸡，还用一根绳子串牢鸡箩，扎在裤带上。于是，他就在车顶上打起瞌睡来了。

“忽然，他听到有人乱呼乱叫起来，说：‘着火了！’他惊醒了过来，一看，见自己的背上在冒烟。车顶上的同行都哄笑起来，原来火车头里喷出来的火花子落在他的破呢大衣上，他的背上有一块烧起来了。他霍地惊跳起来，哧的一声，扎在裤带上的鸡箩绳子断了，他的手只顾忙着去拍背上的火，想不到两箩鸡向着车顶的两边滑了下去。他刚想去抓住两箩鸡，鸡箩早已掉在洋桥上，滚到了河里。刚巧是火车过桥下坡，车子一摇晃，他双手像风车似的转了几下，就连人从车顶上滚了下来。……

“幸亏火车开得较慢，他一直滚到了长满野草的沟里，没有受什么伤。他就爬了起来，沿着轨道走着。这是在京沪线的丹阳站和奔牛站的交界处，前无村后无店，身上分文不置，他就在野草沟里睡了下来，就把破呢大衣连头盖在身上。他的大衣的背上，刚才被烧穿了一个碗口般大的洞，他就从这个洞里，看到了天上的星群。他说：‘操蛋的，多好看呀！要是我能把这美丽的星星画下来，那多好呀！总有一天，我会画出好多美好的东西来的。’”

方厂长说到这儿，沉思着。

玻璃窗上被车间里的红光染红了。鼓风机的咆哮声轰响着，一阵轻一阵重地传到这儿来，车间里正紧张呢。

方厂长又说：“他的确是一个特别的人，正直、粗鲁、豪爽，一顿饭他要吃三大碗。但他的内心里，是很丰富的，按照艺术家们的说法，具有……具有什么美的理想。后来，他就流落在上海，当了码头工人。自从他当了码头工人以后，他觉得这是他最合得来的地方了，十二年来，他一直没有离开码头工人的队伍，创作了几百幅描写码头工人的水彩画、木刻、炭画。在业余时间，他还进了画室学习画油画，也画了一些油画。他入党的时候，也是在当码头工人。从一九四八年到现在，他已有十年党龄了。受了党的教育以后，他认识到了共产主义是人类最美好的理想，他决心为这个理想斗争到底。他参加了对资本家和反动派的斗争，当了工会的委员。一九五五年起，他当了供销科长了。他今年四十岁了，做工的时间差不多有十八年，他是一个工人。”

我感动地说：“对，是一个工人！”

方厂长感到疲倦了，说：“好，咱们应该睡觉了，怎么样？你睡在车间里吗？”“我到王刚家去，他说他家里很静。”

我拿起雨衣，走出了车间办公室。

雨还在下着，淋在脸上冷冰冰的。

走在路上的时候，我感到对王刚这个人更清楚了。原来像乱麻似的一个团，现在好像都理出头绪了。但是一想到当前艰巨的任务，我的心又不能平静了……

五

我来到王刚家里的时候，王刚已经睡了。

房间里有两张小铁床，墙的四周挂满了五六十幅大大小小的画。他自己创作的大多数是水彩画、炭画、木刻，只有一小部分是油画，题材大部分是钢铁厂的风景画，以及码头工人、炼钢工人的人物画和肖像画。看了这些画，简直使我沉浸在美的境界中了。从他创作的作品中，可以很自然地看出王刚豪放的性格和美的幻想。

这时，王刚睡得很甜，他还有着弯弯的孩子般的嘴，挺拔的刚毅的鼻子，这是我以前所没有仔细看出来的。他的呼吸很深，可以想到他宽阔的胸脯里有两叶大肺，我没敢吵醒他，悄悄地脱了衣服，就在他旁边床上睡下了。

我一倒下去就睡着了，迷迷糊糊的也不知睡了多久，突然他房里的电话铃尖利地响了起来。我大概是太疲劳了，好像电话已经响了很久，始终没有人去接。我正想坐起来，看见对面小铁床上王刚已经坐在床沿上，两只脚正在找寻鞋子。我看见他跌跌撞撞地走了过去，他刚走到电话机旁，真没有想到，电话铃一下子不响了，我看见他伸出去拿电话听筒的手停在半空中，老半天都没有放下来。但电话铃说什么也不再响了，他灰心地把手放了下来，大手掌啪的一声打在壮实的大腿上。他又停了会儿，慢慢地走了回来，坐在床沿上。我看见他好像在沉思，索性抽起烟来。

我忍不住了，就悄声说："老王，睡吧！"

他自言自语地："奇怪，这是哪里打来的电话？"

我自顾自地睡了，可是在朦胧中，老是听见我对面小铁床在"咯吱咯吱"地响。我在暗中张开眼来，看见他那边有香烟火光在一亮一亮的。我奇怪了，又问：

"老王，你怎么不睡呀？"

王刚苦恼地说："嗯！我睡不着……这是哪里打来的电话呢？该死！不知道码头上驳船的缆绳有没有检查，你听，外面是不是在起风了？嗯！你听！"

我听了听，外面除了滴滴答答的雨声，可以说一点儿风也没有，我说："别胡思乱想了，睡吧！"

他烦躁起来，粗暴地说："不！"

我看见他拉亮了电灯，穿上鞋子，又走到电话机旁边。他思索了一下，就拿起电话听筒，说："喂！接码头！"

电话里"咯笃咯笃"地响，是呀，在"大跃进"中，整夜都有人接线的，总机的接线姑娘正忙得很呢。

"喂！是呀，我是王刚，你是小金吗？喂！我问你，码头上都检查了吗？浪大不大？噢！不大。那么缆绳也都检查了？嗯！嗯！都没有问题……喂！刚才有人打电话给我吗？什么？没有……没有……好，再见！"

他无可奈何地放下电话，又走了回来。

我觉得眼皮很重，迷迷糊糊又要睡着了。忽然，又来了一阵沙沙的鞋底摩擦声，我又惊醒了过来。

他又在电话机旁，轻声说："操蛋的！"

我惊奇地问："老王，你怎么啦？"

"你说，转炉车间的渣包是不是临时会出问题？"

我说："在这两天里边不会出问题的。"

"操蛋的！"他拿起电话听筒："喂！接转炉车间。"过了会儿："喂！你是谁？哦！刚才有谁打电话给我吗？没有？好，渣包积压怎么样？暂时没问题，好，就这样。"

他又拖拖沓沓地回到床沿上坐下。

这一回，我可真的睡着了。大概过了很久很久，我被一声吼叫声惊醒了过来："真是操蛋的！"我睁眼一看，见他又站在电话机旁边，刚刚重重地把电话听筒挂上。

我责怪起来："老王，你发疯啦？"

"操蛋……三个科，七个车间，我都打电话去了，他们都说没有给我打过电话，都说没问题，操蛋的……"

我说："既然没问题，那就睡吧！"

这一次，他才算回到了床上，靠了下来。

第二天天亮，我起身的时候，他早已坐在床上了。我走过去，看见他的眼睛红红的，就关切地问："怎么？老王，你一夜没睡觉呀？"

"唉！我总担心厂里的事，这只电话没接到，我想得很多，想想东想想西，天就亮了。"他振作了一下说。

我忽然想到了什么，受到了很大的震动。一个人没有接到电话，这本来是一件很普通的事，也许是别人打错了，可居然能使他一夜没睡，这是怎么样的一个人呀？我激动起来，有一股热流直冲到我的心里，我被感动了。

说真的，我不知道怎么样来形容这件事才好，我只能用我母亲的一件事来形容它。我从前有过一个弟弟，他每天夜里都是和我母亲一头睡的。有一天，弟弟让姨母抱去睡了，这一夜，我母亲老是在半夜里惊醒过来，伸手往床里摸索着，想知道一下孩子有没有把被头踢开，被头是不是盖好。可是她每次伸手往床里摸索时，每次都摸了个空，一夜到天亮，她心里老是像丢了什么似的，终于，她一夜都没睡，第二天眼睛也是红红的。这是一种爱，最深最入骨的伟大的爱。王刚对于工厂的爱，是不是能同这个爱来比较呢？亲爱的同志，一个人对待工厂，能做到这样，这是多么的不容易呀！总之，通过这件事，我好像看到王刚对待党的事业的一颗赤诚的心了。

到现在我才知道，方厂长所以会把这么重大的任务放在王刚身上，而且很放心，充分地信任他，是有其道理的了。也是直到现在，我才真正地相信，和王刚这样的人在一起工作，即使只有两天时间了，任务肯定是能胜利完成的。不知怎么的，我的信心一下子鼓足了。

六

我和王刚洗过脸，一同走到转炉车间，迎面碰见了方厂长。

方厂长问我："昨夜十一点钟的时候，我打电话给你，怎么没有人接呀？"

我连忙问："有什么事吗？"

方厂长说："我想问问你，老王是不是休息了。"

"啊哟！"我这才惊呼起来，"这只电话原来是你打的，昨夜老王因为没接到这只电话，失眠了一夜呢！"

王刚一摔手："我真是操蛋的！"

我打了王刚一拳，说："苦了你啦！"

三个人都失声大笑起来……

上午，我和王刚仍然在场地上了解生铁情况，又重新把每一堆生铁的吨数核对了一下，补充了一些昨夜我们用十四部卡车新运到的生铁，计算了一下，总共有二千八百吨可用的生铁。

我说："老王，这工作跟我们的机车头有什么关系呢？我们缺三只机车头，又不是缺生铁。"

他说："有关系，等会儿你就明白了。"

我暗自计算了一下，留下来只有一天半和两夜的时间了，心里急是急，可没有像以前那么恐慌了。我倒要看一看王刚的葫芦里究竟卖的是什么药？

我们刚走到车间办公室，配料员、调度员一下子把我们包围了，七嘴八舌地说："王科长！明天是高产日，咱们车间两天里边起码要用二千六百吨料，可运输科说，场地上一共才只有一千六百多吨，这怎么办？你是供销科长，不能不管呀！"

王刚不经意地说："操蛋的，谁不给你们料呀？你们要三千吨我也给你们，生铁都在驳船上。"

配料员说："那为什么不运到场地上来呢？"

"咦！你们怎么这么笨？"王刚的眉毛一挑，说，"从驳船上运输到场地上这条运输线是运输科负责的，你们找的应该是运输科长，不是我供销科长，我只管'供'，不管'运'。"

于是，王刚向我使了个眼色，坐了下来。

配料员、调度员、联络站工作人员，噼噼啪啪地打电话给运输科长，一下子打过去七只电话。可想而知，那边的运输科长一定被弄得心急如火，不知所措。

王刚微笑着对我说："好，你看着吧！不到十分钟，运输科长就要打电话给我了，机车头也有了。"

果然，电话铃"的铃铃"地响了起来。

王刚拿起电话："喂！是呀！运输科长，有何贵干？呵！场地上只有一千六百多吨生铁，怎么办？什么？运输起来也来不及？告诉你，你的工作太不深入了，我正要贴你的大字报呢！好，好，关于场地上的生铁问题，我帮你解决，我保证场地上有二千八百吨料，不过，你得给我三只机车头……什么？等一等？好！"

我听到电话听筒笃的一声。

"他是一个很精明和厉害的人！"王刚趁机对我说，"这一回，他准是在向科员了解场地上究竟有多少料，可是，从他们的账面上来看，的确只有一千六百多吨。但是我们昨夜帮他们运来的一千多吨，他还没了解呢！”

电话听筒里又响起了声音：“喂！”

王刚就俏皮地问：“你问过了吗？场地上是不是只有一千六百多吨？哈哈……没有错吧？好，那么三只机车头就一定给我了？当然，我保证场地上有二千八百吨！”

电话挂下了，我这才恍然大悟。

当我们走到场地上时，三只机车头已经开来了。

我俩在联络站，商量了一下计划。

本子上已经有这些数字：

“大卡车十四部，修轨道工人二十四个，大学生二百二十三名，机车头三部。一切备件都已齐全。”

在上午十点钟的时候，他通过党总支书记，召开了一次运输工段的党团员大会。在大会上，我谈了一下全面的情况。他就做起动员报告来，他讲了一个故事：是《钢铁是怎样炼成的》一书中关于保尔修铁路的一段。他说话干脆有力，富有感情，没多久，引起了会场上人们的激动。最后他问：“我们每一个党团员，是不是应该向保尔学习？”

全场轰的一声：“向保尔学习！”

他报告完的时候，大家热烈地鼓掌。

散会后，王刚埋着头在写一张条子。

我看了一眼，问：“你在写什么？”

他说：“写给运输科长的！”他把写好的条子给我看。

条子上写着：“……第一，我要老实地告诉你，场地上已有生铁二千八百吨，我已帮你们科运了一千多吨，根本用不到急于运输。关于这一情况，你为什么直到今天还不了解呢？第二，你的‘只进不出’的工作作风，实质上是本位主义思想在作怪。关于你的这些思想，我还得在党小组会上提出，让我们的思想来一次见面吧！可能我的做法不妥当，你也可以批评。在党内，思想斗争是经常的，不间断的，大概你一定会欢迎我的态度吧！”

我幽默地说："你的做法真是一举两得，既完成了任务，又批评教育了人。你真厉害呀，嗯？"

他哈哈地笑起来，说："操蛋的，这算得啥？"他把条子交给调度员小崔，说："把这带给运输科长！"

这时，运输工段里的人都进来了，二十四个修轨道的工人也来了。他们叽叽喳喳地提出了好多困难，有的说："箩筐都坏了，等会儿修轨道时起码得增加二十只！"

有的说："扛棒还缺三根……"

"需要两部平板车，否则没法运土……"

这个那个提出了好多问题。有好几个人都是抱着"反正不会马上都解决"的态度说的。而王刚一条一条地都记在本子上，等到记下了二十多条，大家都说完了，他反而问："怎么？没有了吗？提呀！不提不是成'洋盘'了？"

有人双手一摊："真的没了！"

王刚霍地站了起来，说："我还当什么天大的事，原来都是一些小问题。"

大家都目瞪口呆起来，他是怎么的了？别是开玩笑？可以看出，这些问题也不是什么小问题。

王刚笑了起来："好，马上解决，现在马上开条子，大家提出的缺少工具，都去领来！"

人们一下子怔住了，怎么解决问题还有这么快的呀？过了一会儿，大家明白了，这是真的，于是高兴地拍起手来。

王刚马上开好条子，签了个字，但他忽然严肃地说："工段长注意，工具领来是便当，保管可麻烦。你们必须马上把交接班制度搞起来，工具少了一件，我就找你们！"

工段长笑着摇了摇头："真棘手！"

王刚大声叫道："下午两点，在场地集合。三点钟一到，我们修轨道的战斗任务就开始了……"

下午两点钟的时候，雨哗哗地大了起来。运输工人、修轨道工人、二百二十三个大学生，全都冒雨站在场地上。黑雨衣在人群中飞来飞去，是那么活跃。

“同志们！”一声吼叫。

喧哗的人声顷刻静了下来，近三百个人变得鸦雀无声。突然，黑雨衣飞到一堆钢锭上，就像是一尊塑像。黑胡子上滴着水珠子，眼睛里闪着光，王刚说话了：

“我们战斗开始啦！为了超额完成一千零七十万吨钢，为了社会主义，为了共产主义，同志们！投入战斗吧！”

王刚把洋镐举了起来，就像战士举起了枪。

“同志们！我们必须在一天一夜里翻修好运渣包的轨道和路基，不获全胜，决不收兵！同志们！有没有信心？”

全场三百来个人齐声发出雷鸣似的呼声：

“我们有信心！我们有决心！”

黑雨衣一下子从王刚的肩上滑下来，王刚把洋镐一举，“呼”地一下跳到路基上，举起洋镐工作起来。

三百来个人好像已经忘记了天上的大雨，热血沸腾了，轰地一下散开，立刻在全线展开了一场激烈的战斗。洋镐、铁锹飞舞，泥土变豆腐，碎石变尘土，共产党员们，共青团员们，大学生，工人群众，个个生龙活虎。

大雨倾盆地下，水声夹杂着劳动号子声、洋镐声、铁锹声，形成了一股万马奔腾的巨响……

就这样，在大雨中战斗了一夜，到了第二天的傍晚，三只机车头拖着渣包已经在翻修好的轨道上奔驰了，十四部卡车已经调了过来，从车间里把渣包拖出来运向厂外去了……

夜里十二点钟，在车间办公室召开总结会议，人声嗡嗡，喧闹异常，充满着胜利的愉快的笑声。

王刚的眼睛像红枣似的放着光，黑胡子上还在滴着水，可是从他的脸上，可以看出兴奋与激动。

有人称赞王刚的工作，还带着尊敬的口吻。

“说这话的人是‘傻瓜’，操蛋的！”王刚抹了一下黑胡子，悄声地对我说，“轨道又不是你和我修好的，是他们自己修好的，是群众修好的，这关我什么事？我个人能修好这条轨道吗？真是操蛋的！拆穿西洋镜来说，我只有这点儿法宝，第一，依靠党的领导，依靠组织，第二，依靠群众。你看，就这么点儿法宝！”

我说：“通过这次工作，我的收获很大，体会也不少。老王，你呢？有没有收获？”

“有！在昨天这样的劳动场面中，我体会到了什么叫作自觉劳动，什么叫作共产主义的劳动态度。”他沉思了一下，一拍我的肩说，“我在想，真的到了共产主义，劳动的味道究竟怎么样了呢？那也许更美吧？嗯？”

我点了点头，说：“一定更美了！”

“这是一个主题，一……个主……题……”他似乎太疲劳了，眼睛失去了光彩，说话含糊了，“我……我想创作……创作……一幅画……画……这多好……好……操蛋的……”他说了一两声“操蛋的”以后，头慢慢地低下来，一下子把头撞倒在写字台的玻璃板上，很快就睡着了，响起了轻微的鼾声。

大家悄声地说：“出去！出去，我们到外面去开会，让他睡一会儿吧！他实在疲劳了，出去，把门带上！”

大家轻手轻脚地出了办公室。我轻轻地反手带上了门……

1959年4月18日

原载《文艺月报》1959年第6期

家庭问题

胡万春

一

杜师傅是个五十五岁的老钳工，生活过得很俭朴。他头上的那顶罗宋帽，戴得连绒毛都磨光了，还不舍得买一顶新的。天气转冷以后，他看见大儿子福新光着绒球似的平顶头，耳朵冻得红红的，就要福新先去买一顶帽子。福新哪里肯依？一定要爹先买，说他不冷。杜师傅想自己去替儿子买，可是车间里正要技术改造和设备更新，下班回来忙于描双层地辊的图纸，一直没有空。直到今天厂礼拜天，他才算抽出空来。吃过午饭，他走到百货商店，在买帽子的柜台边徘徊着。新式的帽子有的是，无奈福新生性笃实，是一个连刮胡子也不积极的人，时髦的帽子是不会喜欢的。而且有几次福新出差到农村去，特地向爹借罗宋帽戴，还说这种帽子暖和，可以将耳朵包住的。杜师傅想："福新终究还只三十三岁，戴罗宋帽是太老气了。"最后，他选中了一种带护耳的制服呢帽子，就根据自己帽子的尺寸号数买了下来。没想到他买好帽子刚走到马路上，就闯了祸，有一个行人撞了他一下，噗的一声，帽子恰巧掉在阴沟旁边的水洼子里，他连忙拾起帽子，帽子已沾上了污泥，心里很懊恼，只得用手帕揩抹着。正在这时，他看见自己的大儿子福新正好从马路对面往这边走来。

福新还是和上班时一样，穿着一套棉的旧列宁装，双手束在袖管里，缩着脖子，耳朵照例是冻得红红的。所不同的是，这时他腋下还挟着一卷图纸。

杜师傅站在阶沿上，等儿子走近了，就问："福新！你将我的图纸拿到啥地方去？"

福新刹住了脚，见是爹，就说："爹！你这份图纸，我总觉得你计算还不够准确，画得也太简单。我想帮你找徐工程师合计合计……我这就到他家里去。"

"哦！当心一点，可别将图纸弄丢了。"

"爹！你放心。"福新非常明白这份图纸的价值，他知道，这个技术措施的成功，就意味着头道轧钢机全盘机械化，至少可节约十二个劳动力。

杜师傅见儿子这样，心里也就踏实了。就带着歉意地说："福新，天气冷了，爹刚才替你买了一顶帽子，只是……只是它让爹给弄脏了。"

"爹！这没关系，来！让我戴着试试。"

福新笑嘻嘻地接过帽子，往头上一戴，唉！谁知这顶帽子，就像一只钢精锅子顶在他头上似的，怎么也戴不下。没法子，他只得苦着脸将帽子还给了他爹。

"这怎么会呢？你戴我的罗宋帽不是正好吗？"

杜师傅脱下自己头上的罗宋帽一看，忽然明白了。罗宋帽是有伸缩性的，而且它是被自己戴松了的，难怪号数相同的新帽子要比它小得多了，没有别的办法，只有到百货商店去换一顶大的。杜师傅和福新一起重新回到百货商店，向售货员说明了来意。售货员很为难，说是帽子已经弄脏，无法卖给别的顾客，不能换了。福新见爹有点难受，就出了个主意。他说弟弟福民的头比自己小，这顶帽子留给弟弟戴，自己再买一顶新的。杜师傅默默地点了点头，只得再替福新买了一顶。福新不愿使爹感到扫兴，戴上新帽子，显得特别高兴。但是等福新走了后，杜师傅还是很不开心，就像他在生产上出了什么事故似的。

回到家里，杜师傅看见老伴正在自来水龙头下洗河鲫鱼，看样子是刚从代销站买来的。桌板上还摆着几样配好了的时鲜菜，就像过年似的。杜师傅好不奇怪，问："福民娘！你这是做啥？有客人来啦？"

"看你这老昏头的，福民大考已经结束，刚才回家来啦！"福民娘埋怨着说。

杜师傅欣喜地说："这么说，他毕业了？"

"我看你呀，根本没把儿子的事摆在心上。"

"这算啥话？你瞧，我这顶帽子正好当他的毕业礼品。"杜师傅这么说着，朝房里一看，只见地上放着一堆行李，没一个人。"福民呢？到哪去啦？"

福民娘头也没抬说："剃头去了。"

"哦！那很快就能回来的。"

"他还要去做衣服哩！"

"唉！你又给他钱了。"

福民娘噘了噘嘴，杜师傅也就不作声了。做爹娘的总是关心自己子女的冷暖肚饥的。福民已经十九岁，中等技术学校毕了业，学的又是冶金机械，做爹娘的哪有不高兴的？给儿子做件把衣服又算得了什么？可是杜师傅总有一种不安的感觉，好像福民身上缺少的并不是衣服之类的东西。是什么？他又说不清楚。杜师傅走到房间里，暖和的阳光晒在行李卷上，散发着一种热被窝里才有的气味。他将行李搬在旁边，看看无事可做，就往面盆里倒了水，细细地洗刷起刚才被自己弄脏的那顶帽子来了。刷干净后，他又用熨斗烫干、烫平，然后才将帽子挂在墙上的衣钩上，弄舒齐，他点上一支烟，坐在藤椅上歇息。他眼睛瞧着墙上的帽子，心里忽然想："做爹娘的这么关心自己的子女，做子女的对爹娘的这一番苦心是否能体会到呢？”正在这时，他听见外面的门“砰——”的一声响，还有人在叽叽咕咕地说话。接着传来的是一阵脚步声，和“嘘——嘘——”的口哨声。杜师傅皱了皱眉，心里想：“一定是福民回来了。”脚步声越来越近，终于在房门口停住了。

杜师傅一抬头，就看见福民站在门口。

这小伙子，浑身上下简直有点光照逼人。刚剃好的青年式头发，油光水滑。他穿着长毛绒翻领夹克衫和咖啡色西装裤，手里拿着个大纸包，端正的脸上带着笑。

他走前几步，亲热地叫了声：“爹！”

然而杜师傅却有一种陌生的感觉。

二

吃晚饭时，杜师傅一家人团聚了。

杜师傅坐在上首，右边是大儿子福新，左边是小儿子福民，下首是抱着孩子的媳妇秀英。福民娘照例是端菜、盛汤的忙着。饭桌上充满着愉快的气氛。秀英往福民碗里夹上一块烤肉，随口问他分配在哪个厂工作。

福民说：“嫂嫂！这可是个‘爱克司’呢。”

他娘迷惑地问：“……‘爱克司’是啥？”

秀英笑着说：“妈！这是个未知数。”

“咳！有学问的人说的话，我听不懂。”

秀英又说：“妈！这是代数里的。”

“别说了，啥个‘味之素’‘蛋素’的！”

这一下，一家人哄地笑了起来。

杜师傅没有笑，只是缓缓地喝着酒。他不喜欢福民那种略带书生气的、卖弄的言谈。饭后，他泡上一杯茶，仍坐在他那张藤椅上。等福民坐下后，杜师傅打量着儿子问：“福民！将来到了工厂里，你打算做啥工作？”

“技术员嘛！”福民毫不犹豫地回答。

“你就没想到当一个工人吗？”

“爹！我是个中技生……”

杜师傅看到福民脸上自傲的神色，深感小儿子不知天高地厚。对于杜师傅一家来说，福民的确可算是“秀才”了。杜师傅自己也好，大儿子福新也好，肚子里都是没有“几滴墨水”的。难道有了“几滴墨水”的人就值得这么自傲了吗？而使杜师傅不入眼的是，他发现福民还有轻视哥哥的情绪。是的，福新粗鲁、文化低，不懂得三角、几何，这能怪他吗？回想起来，只怪福新比福民早生了十四年。福民八九岁就背着书包上学了，而他哥哥像他那样的年纪，却已经在经受生活的熬煎了。小不伶仃的福新，还只有十一岁，就跟着自己到一家机器厂去当学徒。常常这样，福新在厂里挨了老板娘的打，手肿得像馒头，眼睛哭得红红的，也不敢在自己面前讲一声苦。做爹的看在眼里岂有不心痛的？让福新上学念书有什不好？可是福新是生活在旧社会，没那份福气。杜师傅想到这里，放下手中的茶杯，感慨地说：“是呀！福民，你是一个有文化的人了。”

福民瞧着爹的脸说：“爹！你不喜欢我当技术员？”

“不，我很喜欢！只是你懂得还太少。”

福民娘听见了这一席话，乐呵呵地说：“做爹娘的，哪有不‘望子成龙’的？你爹这是在为你高兴哩！”

福民听她这么说，也就嘻嘻地笑了。

这时候，秀英要看看小叔买来了什么衣裳。她拆开大纸包，却原来是一扎丝绵和一块绸料子，连声说这绸料子好。福民娘特地戴上了眼镜，拿着绸料子到灯光下去看。福新是个说话不多的“闷葫芦”，大概为了凑兴，他也接过绸料子来看。可是他那双手，粗得就像锉刀似的，一摸绸料子，直是沙沙响，居然将料子上的一根丝也钩拉了出来。福民看了直是皱眉，有点不高兴。秀英一把从福新手里抢过绸料子，笑了笑说："你可别把绸料子给弄破啦！"暗地里向福新使了个眼色。福新有点不知所措，扫兴地站了一会，就抱着孩子去睡觉了。秀英将绸料子包好，帮妈做了些事，也到隔壁去了。

这一切，杜师傅看在眼里，心里真不知是什么味道。他为土头土脑、粗里粗气的福新难过，甚至寄予更多的同情。他觉得自己的心，似乎和福新靠得更近一些。

房间里很静，五斗橱上的时钟突然敲了起来。

福民说："八点了！爹，我去睡啦。"

杜师傅没作声，忽然看到挂在墙上的那顶帽子了。福民刚走到门口，杜师傅说："爹替你买了顶帽子哩！"福民高兴地回过身来，脸上有一种感到意外的神情。杜师傅从墙上拿下帽子，掸了掸，就递给了儿子福民。

福民接过帽子，翻下护耳看着。杜师傅原以为福民拿到这顶帽子也会喜欢的，事实恰恰相反，福民显得很冷淡，竟毫不在意地将帽子往椅子上一放。这一下，杜师傅可不高兴了。他带着委曲求全的口吻说："福民！这帽子……"

"爹！"福民勉强笑着说："我梳头的，有油，还是不戴帽子的好……再说，这顶帽子也太俗气了。"说完，还抬起他那只白皙皙的手，理了理头上光滑的头发。

听儿子这么说，杜师傅就像挨了一记鞭子似的痛苦，他的自尊心受到了损害。他控制着自己的激动，垂下了两只青筋直暴的大手，简直说不出话来。接着，他听见房门响了一声，福民已经走了出去。房间里空落落的，他的眼睛直盯盯地注视着椅子上的帽子。那顶帽子，似乎没讨人欢喜，看来也有点忧伤的样子；护耳耷拉着，两根带子没精打采地垂挂在那里……杜师傅深深地叹了口气，站起身子，从椅子上拿起帽子抚摸着。然而当他将帽子放进五斗橱抽屉时，终于气愤得连手也微微地颤抖了。

他讷讷地说："这就是我的儿子……儿子……"

这是他万万想不到的，自己所喜欢的小儿子，居然会如此样子。几年以来，福民进学校住读以后，自己了解他的太少了。福民很少回家，回家来了，也缺少机会了解他。总是因为厂里工作忙、忙、忙，把一切都放过了。他记得，学校里也曾经来过信，说是福民不愿参加劳动。唉！这居然会没引起自己的注意。他不免后悔起来了。这种感觉是他从未有过的，那就是做爹娘的责任感。

现在，杜师傅明白了。自己过去常常朦朦胧胧地意识到的东西，忽然之间明朗了起来。他懂了，福民身上所缺少的，就是大儿子福新所具有的一个工人的朴实。

房门咯笃一声，他老伴悄悄地走了进来。

“我说他爹！”福民娘喜悠悠地说，“你不觉得吗？福民这孩子，可比他哥哥有肚才哩！人也聪明……”

听老伴这么说，就像一根针刺在杜师傅的心上。

“别说啦！这样下去，你‘望子成龙’会落空的。”

福民娘惊愕地瞧着杜师傅，有点莫名其妙。她不安地说：“老头子呀！到底出了啥个事啦？”

杜师傅摇了摇头，再也不想说话了。

三

一天下午，杜师傅在钳工间里召开了一个检修组会议，研究双层地辊的加工问题。在厂里，杜师傅是很受人尊敬的。他既是检修工段长，又是党的分支书记，因此当他说话的时候，大家的态度都很认真。分工完毕，大家都向杜师傅要图纸。可是图纸问题还没有解决。

福新说：“图纸只有一张总的，零件图纸还没有画出来。车间技术组描起来至少得两星期，人手少嘛！”

“哎！听说今天人事科又给技术组添了一个人。”

杜师傅问：“是实习技术员吗？”

正在这时，车间主任老王走了进来，他背后还跟着一个年轻人。

老王对杜师傅说："来！介绍一下，这位青年同志是到技术组来工作的。"杜师傅朝那青年一看，不觉怔了一下，这不是自己的小儿子福民吗？

福民脸上挂着笑，叫了声，"爹！"

杜师傅应了一声，"嗯！"他拉了老王一下，示意到外面去，自己有话要说。他和老王走出钳工间，福新就和弟弟说起话来，问他怎么会分配到这儿来工作的，福民快乐地说："这连我也感到意外……是今天早晨才接到学校里来的通知的。"他们正说着，杜师傅又回到钳工间来了。他走到儿子跟前，态度很严厉，说："福新！你去给弟弟领一套工作服来，他在这里工作了。"

福新呆了一下问，"爹！这是怎么回事？"

"这不用你管，去吧！去吧！"等福新一走，杜师傅对福民说："我不同意你去坐写字间，已经向车间主任说过了。他同意我的看法，认为你首先应该学会做一个工人。"

周围几个老师傅听了这话，也显得目瞪口呆。

有人劝说起来："杜师傅！你这又何必呢？"

"唉！你们是不晓得的，这叫'清官难断家务事'。"

原先挺快乐的福民，脸色骤然变了。他无论如何也不会想到，自己的亲爹，居然会拆起儿子的台脚来。他激动地拉着衣角、咬着嘴唇，简直像是要哭出来的样子。几个老师傅见此尴尬局面，都悄悄走了出去。杜师傅在一根长凳上坐下来说："福民！别怪你爹，你爹是为你好。"这个打击对福民来说，实在是太大了。福民由委屈到难受、伤心，最后他再也忍不住，眼泪开始在他眼角里滚动了。

过了一歇，杜师傅温和地说："今后，你哥哥就是你师傅，你要好好跟他学。车间里有些图纸，你也可以学着画。嗯？另外，你还会干一些什么？"

福民勉强说："在学校里，学过车、钳、刨的。"

"实习吗？做过多久？"杜师傅问。

“八个星期。”福民低着头说。

“哦！这是不能算数的，只要看你一双手就知道了。”杜师傅看见儿子连忙将一双手伸进口袋，就说：“没关系，干它几年，你这双手就会好看的。你就做钳工的活吧。”

“有啥法子呢？”福民想。他知道爹的脾气，如果爹已决定了，要想改变简直是不可能的。除非自己扔下这里的活不做，但在家里爹也不会放过自己的。因此等福新领来了工作服，他就勉勉强强地换上了。

杜师傅觉得他换上工作服后，看起来仿佛顺眼一些了。只是那张白皙皙的脸和那双缺少干活的手，仍使他感到刺眼。作为工段长，他分派给福民将一堆洋板铁风割口削平、削光。他叮嘱说：“你别轻视这些毛坯生活，它们可都是用在双层地辊上的哩！”

福民将洋板铁夹在老虎钳上，左手捏凿子，右手捏榔头，啪啪地试了两下。可是他的榔头怎么也不敢甩开来，只离凿子半尺光景，就敲了下去。只见凿子一滑一滑，一点力道都没有，根本削不掉一块铁皮皮。杜师傅看见他捏榔头的样子，连连摇头。哪有将榔头柄捏得这么短的？这还有什么劲？他叫福新做一个样子给他看。福新拿起榔头、凿子，啪啪啪地几下，只见榔头记记甩过肩，记记敲在凿子上，真是削铁如泥。完了，福新又将榔头、凿子交给福民。这一次，福民也将榔头柄捏得长长的了，他想敲得像哥哥一样漂亮，一举手甩榔头过肩，对准左手捏着的凿子使劲敲下去。搭一声，榔头在凿子屁股上一滑，结结实实地敲在左手的手背上了。他“唷”地叫了一声，痛得左手就像裂开似的，连忙放下榔头，抚摸着左手哼哼着。

“敲痛啦？不要紧，你爹和你哥哥都经过这种练习的。”杜师傅在不远处的工字铁上量尺寸，低着头，眼睛透过老花眼镜的上面往这边看。“敲痛了，再来！不要怕。”

福民低头看着手，手背上出现了一块青的。他现在才明白，在学校里的时候，自己并没有学会干这些活。等到手上的痛苦减少一些了，他又拿起榔头、凿子，小心地敲了起来。唉！他越是怕敲痛手，榔头越是不听使唤，时时一滑一滑地敲到手背上。他真想扔下榔头不干了。

福新过来关切地说："福民！你要坚持到底。"

"我……我干不了。"福民嘴里终于迸出这话来。

杜师傅直起腰身说："你就不怕害臊？"

福民慢慢地低下头，不再作声了。

好不容易挨到下班，福民的手背又红又肿，手掌心也起了水泡。回到家里，福民娘看了，心痛得不得了。她替儿子用纱布包好手，气得连晚饭也不想吃。临睡前，她关好房门，就抽抽噎噎地哭了。她责问杜师傅："你这昏老头子！儿子当了技术员，有啥不好的？你瞧瞧福民那双手，让你折磨成这样……你就一点也不心痛呀？"

杜师傅只顾喝茶、抽烟，就是不说话。

"你说，你说……福民究竟有啥个过错了？"福民娘越说越恼火，偏要杜师傅说出道理来。"天下哪有像你这样做爹的？不想儿子'成龙'，倒要儿子'成虫'……"

"唉！这多难听，你要我怎么办呢？"

"明天你跟车间主任说去，让他……"

"这办不到！"杜师傅实在忍不住了，"砰——"地拍了下桌子，站了起来。"你想错啦！老太婆。儿子不是我们的私有财产，他是国家的……你想想，像我们这样过来的人，怎么能将自己的儿子培养成'大少爷''小开'？"

这时候，福民娘只得"收篷转舵"了。多少年啦，老夫妻俩像这样的争吵真是很少有过的。最后，自然还是福民娘哭了。她退一步说："就算这样，你也该拣一样……轻便的工作让他做……"杜师傅没理她，让她去嘀咕。就这样，房间里的气氛由激烈到沉默，后来就各管各睡了。这一夜，他们都想得很多，谁也没睡好，直到半夜里，杜师傅在朦胧中还听到脚后的老伴在唉声叹气……

四

人们的生活习惯，往往是环境所养成的。

十九岁的福民，终究已不是小毛孩了。在检修工段里，渐渐地养成了他干活的习惯。他的手变得粗糙了，他的太长的头发也稍许剪短一些了（因为长头发老是要拖下来，影响工作时的视线）。但是，他那长期形成的自傲心理，常常使他不得平静。从前在家里，他只觉得哥哥没文化、粗里粗气，一双手就像两把锉刀，从来都没把他放在眼里。现在在厂里，他哥哥简直是一个不可缺少的人物，居然会受到大家的尊重。全工段的人，除了他爹，都把福新叫作“小杜师傅”。可是他福民呢？唉！学校里学的那一些，怎么也显不出他的能力来。他觉得，自己在检修工段里是个无足轻重的、不起眼的人物，机器设备上发生了什么问题，谁也想不到来找他。每当他想起这些的时候，他就会暗自伤心起来。他真想有个机会显露一下自己。哪怕一次也好。可惜，他从未有过这样的机会，有啥法子呢？

双层地辊的设备，已进入了紧张的制造阶段。他只能加工一些小零件，在技术上是那么无能为力。最近几天，他回家老是在房里写呀描的，谁也不知道他干什么。即使这样，杜师傅一家人都觉得福民有点变了。

一天下午，杜师傅在计算双层地辊的材料的时候，发觉还缺少两只三角皮带盘的材料。福民自告奋勇地对爹说：“爹！我来画图纸，叫翻砂间去翻两只新的。”

“年轻人！‘当家要俭，做事要勤’，不能乱花钱。”

福民有点委屈：“那怎么办呢？”

福新说：“我们到各个角落去找废旧材料去。”

“对！这才像话。”杜师傅朝两个儿子看了看，说：“这样吧，今天下午你们两个人分头去找，听你们好消息。”

就这样，兄弟两人走出钳工间，分头去找了。天气晴朗，西北风却很寒冷，福新将帽子的护耳翻了下来，顿时觉得暖和了。他心里想："爹买东西总是那么实惠。"他沿着厂道往右拐，风沙很大，堆料场地上显得迷迷茫茫的。可是他转了一个多小时，翻了三四个废料堆，连一只残破的皮带盘也没找到。他忽然想到，这几天全厂都在搞新设备，废料堆已被很多人翻过，就是有皮带盘也被找光了。怎么办呢？没法子，他就向着转炉车间走去。鼓风房旁边，是转炉车间的钳工间。他走到门口，往里一看，里面一个人也没有，只见钳桌下面有两只旧的皮带盘。

"好哟！原来这里还有两只'宝贝'在哩！"

福新走进钳工间，从胸袋里拿出钢皮尺，量了量两只皮带盘的尺寸，说也巧，大小正好，就像是为双层地辊的设备而特制的。他心里高兴得几乎要欢呼出来。他连忙拉过一根草绳，正要往皮带盘轴心里穿时，他的手忽然停住了。欢乐的情绪也顷刻在他的脸上消失了。

"不，不能拿走。"他在心里暗说着"要是这是无用的东西，他们就不会放在钳工间里……也许他们也在搞技术措施，特地找来备用的。我怎么能光顾自己，不管别人呢？拿走了他们的皮带盘，他们怎么办呢？不，不能……"

当啷一声，两只皮带盘重新又睡倒在地上。

福新惋惜地看着皮带盘，毅然地走出了钳工间。西北风就像小刀子似的刮着他的脸，他向综合车间奔去了。

就在这个时候，福民却从另一边往这边奔来，他的耳朵早已冻得血红，一边奔，一边用双手捂着耳朵。他暗暗责怪着自己："耳朵呀耳朵，当初不听爹的话，不戴他的帽子，现在自找苦吃。"此刻，唯一能抵消这后悔的苦恼的，就是能找到两只皮带盘，要是能找到，那该多好！不仅是爹和哥哥，也许所有的老师傅都会改变对自己的看法！证明他福民可不是个无能的人。可是……唉！他已跑遍了所有的废料场地，啥也没有。他这么想着，顷刻听到了一阵风管的咆哮声。仔细一看，原来已走到转炉车间的钳工间门口了。自然，钳工间里仍然没有一个人。

“唷！老天爷！这里不是有两只皮带盘吗？”

福民一看到钳桌边的皮带盘，简直要跳将起来。他像猴子似的敏捷，一跳就进了钳工间。和他哥哥一样，他用钢皮尺量了量皮带盘的尺寸，还有什么可说的？太好了。旁边有一根草绳，好像这两只皮带盘是专等他福民来拿走的。他将草绳穿进皮带盘的轴心，扎得牢牢的，前一只后一只地往肩上一背，拔脚就跑。说也怪，他连寒冷的西北风吹在耳朵上也不在乎了。走到半路上，他的脑子里忽然闪过了一丝想法。

“奇怪！天下竟会有这么好事……不，也许这皮带盘是他们要用的吧？”福民到底还是有脑子的人。

但是另一个福民又说：“这也说不定，作兴他们本来就用不着这皮带盘，是藏在那里备而不用的‘囤积货’！”

前一个有脑子的福民又出来辩驳了：“万一他们真的要用呢，这不是影响他们的生产了吗？”

后一个福民还是不服帖：“管他娘的，拿了再说。”

于是，一路上两个福民始终在他的脑子里打架，充满了矛盾和斗争。唉！这两只皮带盘也实在讨人喜欢了。瞧一瞧，就舍不得再放下的。他想，这时候他哥哥福新怕还在场地上转呢。一种微妙的胜利者的欢悦，开始抓住他的心了。他仿佛已看到爹赞许的脸色了，也看到哥哥垂头丧气的样子了。还有什么比这个更值得高兴的呢！

一个推渣包车的工人看到了他，随便问：

“喂！年轻人，这皮带盘哪里找来的呀？”

福民头也不回地说：“就在那边……”

鬼才知道，那边究竟是什么地方。

回到轧钢车间的钳工间，福民刚一跨进门，就见爹坐在工字铁上抽烟。福民说：“爹！你看，这是啥？”杜师傅看见两只皮带盘，眼睛也突地一亮。他不等儿子放下来，就忙用钢皮尺量了量皮带盘的尺寸。杜师傅帮福民拿下皮带盘，称赞着说："福民！这一下双层地辊的材料可齐了。"

福民问："爹！哥哥呢？他回来过吗？"

"没有！他有点呆头呆脑，找东西怕是你行！"

福民听他爹这么称赞自己，不觉脸上一红，心里有些忐忑起来。不知怎么的，现在当他获得了自己所希望得到的东西后，反而有些后悔。杜师傅穿好衣服，拍了拍他的背，说："走！不要等他了，我们先回家吧！"但是福民的脚步不再是轻松的了，心情沉重地和爹一起走着。

天已经黑了，厂区上空万盏灯火也都亮了。

五

饭桌上已放着热气腾腾的饭菜，散发着诱人的香味。杜师傅脱下棉袄，挂在椅子背上，搓了搓手，准备吃饭了。五斗橱上的时钟当地敲了一下，秀英说："六点半了，福新怎么还不回来？"杜师傅说他有事，就会回来的。他心里高兴，接过孩子来逗着玩。老伴问："要喝一点吗？"

"当然要！"杜师傅笑着说，"他们也可喝一点。"

福民在对面灶间里洗脸，满脸都是肥皂。

过了一会，房门外响起了一阵沉重的脚步声。大家一听就知道，这是福新回来了。果然，脸带倦色的福新走了进来。一坐下，他就说："爹！这玩意儿可真难找，我一直找到综合车间的制钉工段，总算发现了几只不用的旧皮带盘。我讨了来，只是尺寸大一些，要光一刀才好用。"

杜师傅乐呵呵地说，"害你白辛苦了一遭，你可别有意见呀，告诉你，你弟弟已找到更好的了，尺寸一点不差。"

"哦？这有啥意见，再好也没有啦！"

等福新和福民洗过脸，一家人就依次在饭桌边坐下。福民娘烫热了黄酒，递给杜师傅。杜师傅要替儿子斟酒，福新倒了一点，福民摇了摇头不想喝。饭桌上又重新出现了过去常有的欢乐气氛，大家都有说有笑的。这对福民娘来说，却是莫大的安慰。福新不时称赞弟弟，福民红着脸，默不作声。杜师傅以为小儿子变得老实了。

吃好饭，福民几次想向爹说话，可怎么也不敢启口。到后来，他索性回到房里，房门一关，去描呀写呀，搞他的事情去了。福民娘看在眼里，走到杜师傅跟前说："老头子呀！依我看，你对福民太'那个'了吧？"

"嗯，你不晓得，人呀！就像铁，不炼不成钢。"

正在这时，外面有人敲门。秀英跑去开门，只见厂里车间主任老王走了进来。杜师傅要他坐下歇息，老王点了下头，说："杜师傅！刚才转炉车间主任打电话来，说他们车间的钳工间里有两只皮带盘让人拿走了……据一个推渣包车的工人说，好像是我们钳工间里的人拿的……这件事，他们可有意见哩！他们说我们光顾自己，不管兄弟车间，影响了他们的技术措施……我们到底拿过吗？"

一听这些话，杜师傅就像遭了雷打似的，气得脸都发白了，谁会干这种事呢？没有错，一定是自己的小儿子福民。他强自控制着自己，说："老王，我会查清楚的。"

"好吧！你也别生气，我还有事，先走一步啦。"

老王一走，杜师傅就怒气冲冲地喊："福民！"

福民听到喊声，就晓得出了事了。他怯生生地走到爹的房里，低着头，一声不响。杜师傅跨到他面前，严厉地问："我问你，你这两只皮带盘是从哪里拿来的？"

"转炉车间的钳工间里。"福民低声回答。

杜师傅又追问一句："你不知道他们要用吗？"

福民不响，他知道这件事反正自己错了。

"你说呀！你为啥要拿他们的皮带盘？"

福民还是不响，他不知怎么说才好。

杜师傅一跺脚说："你给我滚！我不要你这样的儿子。"他见福民不动，更来了火，从椅子上拿起棉袄，就往儿子头上打。福新见了，马上拖爹，秀英劝小叔。福民抱着头，一直向门外逃去。杜师傅追到门口，"砰——"地关上门，打雷似的朝门外说："滚！你永远也别回来！"

福新好不容易才将爹拉进房里，杜师傅还是余怒未息。福民娘坐在一边，一个劲地揩眼泪。杜师傅看了她一眼，心肠又软了下来。他叹了口气："老太婆呀！你看见啦？他变得多么自私？他不是'龙'，快变成'虫'啦！"

福民娘噙着泪说："谁知他会……他会……"

"唉！你早就该明白了……"

"爹！你这样看福民，我是有意见的。"福新悄声地说，"你没有了解弟弟最近的情况，他在变好……"

"有意见！你就光知道有意见。"

但是，当杜师傅瞧着大儿子那张忠厚、老实的脸时，就默不作声了。他的心里，开始出现了迷茫的感觉。福新拉了拉爹，说："爹！来，你到福民的房里去看看。"杜师傅拍了下腿，就随儿子走到对面房里。一张小小的桌子上，台灯开着，摊满了一张一张的图纸，杜师傅拿来一看，不是别的，是双层地辊的零件图。他数了数，一共有十二张，差不多画齐了。这时，他的心里一阵激动，双手无力地垂下了。是呀，他感到自己没有真正懂得儿子的心。

福新说："他开始要求上进，可惜他的思想走到歧路上去了。爹！你的打和骂，是不对的，我有意见。"

杜师傅敲了敲自己的头，有点后悔。

"我们应该诱导他，使他的思想步伐也回到正路上来。"

"福新！你是对的。"杜师傅难受地说，"这一次，你的意见爹完全接受，爹向你……向你作检讨。"

他们重新回到原来的房间里，发现福民娘不在了。过了一歇，听见房门外有叽叽咕咕的说话声，和轻轻的脚步声。杜师傅想，大概是老伴将福民劝回家来了。福新走了后，福民娘回进房来。她说："老头子呀！你是对的……你火气这样大，我可不答应……你真不知道，福民这孩子，他心里可难受着哩！"说罢，她又揩起眼泪来了。

这一夜，杜师傅也好，福民娘也好，一家人全都想得很多。有什么办法呢？在我们这样的大时代，在我们这样幸福的新社会，为了扫清前进道路上的垃圾，人们为什么不需要仔细地去思索生活呢？一切美好的东西，并不是无代价的。杜师傅一家经过这一个不眠之夜，带来的将是新的跨步。天亮了，灿烂的阳光又照进窗户里来了。

吃过早饭，大家照例要忙着到厂里去上班。杜师傅坐在窗边吸烟，在等待着什么。当他看见福民在门口走过时，他喊了声："福民！"小儿子走了进来，眼睛有点浮肿，耳朵冻得红红的。杜师傅看了，不免有些心痛。他一声不响地走到五斗橱边，拉开抽屉，拿出来一顶早就该给儿子的帽子，递给了福民。他亲切地说："福民！别生你爹的气，爹也是为你好呀！往后你要记住，无论做什么事，不要光想着自己，应该多想想别人，多想想大家。……你看你的耳朵，冻得这么红，快将帽子戴上吧！"福民双手抚摸着帽子，听到爹这些句句说在心里的话，连心也激动得发抖了。他拉下帽子的护耳，含着晶莹的泪花，轻轻地戴在头上。可是他的心里，却感到无比的温暖……

"爹！我走啦！"福民深情地说。

"嗯！你们先走吧。"杜师傅微笑着说。

两个儿子走了后，杜师傅和福民娘一起站在窗前看，他们看见，两个儿子戴着同样的帽子，步伐轻捷地向远处走去。杜师傅对老伴笑着说："我也该走啦！"

这时，时钟当当地敲了起来……

一九六三年三月十八日写完

原载《上海文学》1963 年第 4 期

包身工和她的后代

周嘉俊

二十二年前，夏衍同志在他的报告文学作品“包身工”中，对奴隶般的包身工的生活做了真实的描写。

芦柴棒、小福子……她们那样的包身工，被榨完了最后一滴血汗，悲惨地死了。但是，命根子硬的人还有，她们带着顽强的韧性，熬过多灾多难的漫漫长夜，获得了解放。现在，她们和自己后代一起，过着从前梦想不到的幸福生活。

这里，你看这一对：

戴凤英，她是个四十岁出头的中年妇女，身体长得又胖又结实，面色红润，戴着两只闪闪发光的金耳环，她在二十多年前就是一个包身工。旁边站的是她女儿阿芬，在卡其布的外套下，露出印花的短袄。

今天，阿芬第一天到妈妈做工的国棉十二厂去上班。为了这件事，她高兴得一夜没有睡好。灿烂的阳光迎面照着她，叮叮当当的电车铃声，水门汀墙里传来的锭子“沙沙”声，变压器的“嗡嗡”声，都为她奏出欢乐的乐曲。

做妈妈的当然十分高兴，但是涌上心头的回忆，常常使她收敛了脸上的笑容。

“日子越过越好啦！”阿芬妈自言自语地说着。她，又想起了那曾经折磨她整个童年和青年的苦难时代。

一

二十七年前。

一艘四层的长江航班轮船在上海十六铺码头靠岸了，被称为“猪仔馆”的四等舱里，走出一个穿着对襟浅哔叽短衫，胸前垂着金链子的中年人，他吆五喝六地催赶着十几个十四五岁的乡下姑娘往岸上走。其中有一个特别瘦小、短发下露出两只银耳环的姑娘，睁着惊奇的眼睛，看着这个陌生的城市——上海。她就是戴凤英，那时才十四岁，站在她身旁的是她同村的翠女。

这个挂金链子的李老板，是大康纱厂（现在国棉十二厂）的包工头。他打听到乡下闹灾荒了，从乡下招来了这批人。李老板生就一张能说会道的嘴：“上海是天堂，只要你去，嘿！吃的油，穿的绸，我们是同乡，哼，同乡同乡，就要有福同享嘛！”

就这样，凤英落进了陷阱。

进了大康纱厂，第一天，那摩温（工头）叫她小姑娘，第二天就叫她“猪猡”和“野人”，第三天，她就尝到拳头的滋味了。

空气中充满了棉絮，不上一分钟，眼睫毛上就挂满了白丝；空气的湿度总在85%以上，快到饱和点了。热天，车间里的温度最低也有105°。汗下如雨，纱碰到了汗，粘住了，断头接二连三地增加，逼迫着你得赶紧地接。头昏沉沉的，像顶着千斤重担，常常有人晕倒，人晕倒了，那摩温是丝毫也不怜惜的，一阵子乱踢，倒下的人一声不响了，大家才能把她拖出去，让她躺在水门汀上，再浇上一铅桶冷水，让她醒来。

凤英看着心都寒了。

倒下的人当中，多数是被称为“猪猡”和“野人”的包身工。浇水不管用，就用铜板刮痧。借不到一个刮痧的铜板的时候，她们就用一块铁片，蘸着水，在脊背上刮，刮出紫红色的长条，渗出鲜红的血，人也就苏醒了。

有一次，凤英踏在车脚上换纱锭，不料，昏昏沉沉地躺在转轴齿轮上了，裤子撕破了，肉被咬掉了，鲜血直流……“猪猡，机器都给你弄脏啦！”那摩温跑过来一顿巴掌和皮鞭，她咬紧牙，只好眼泪往肚里咽。

大康纱厂里总共才四五千工人，包身工不下三千人。血在飞溅，泪在奔流。这些被侮辱被损害的人，尝尽了人间地狱似的奴役生活。

下班了，她们回到睡的屋子里去，这里没有床，地上是阴湿而肮脏的水门汀，四面不通风，充满了汗腥臭。开饭了，端上来的是一铅桶馊粥，放些盐，丢几瓣菜皮，美其名为“咸酸粥”。很多人累得吃不下东西，横躺在破席子上睡了，就是在睡梦中，有人还凄惨绝望地说着梦话，忘不了白天被包工头毒打的遭遇，哼叫着：“喔唷，痛死我了！”“不要打啦，我下次不啦！”……

冬天，屋外寒风凛冽，破席子上冰冷，四个人合盖一床薄棉被，她们的生活没有热，也没有光，天黑赶着出去，天黑赶着回来。在这样的折磨下，翠女的脸色白得像张纸，小小的年纪患月经病了，半夜里直叫肚子疼；凤英显得更加瘦小了，单薄的衣衫上，露出骨头的棱角，常出冷汗，发热……

时日久了，有一天，翠女突然倒在车间里死啦。像她这样的事，在当时本来多的是，在包身工中间，不少人不到三年就死了，死了，老板买几块板钉上，写封信给乡下，等她父母看了女儿的死尸，然后加盖。老板们自问是无愧于心的！“你交给我一个人，我还你一个人！”父母们听了不敢多一句话，老板的后面是东洋大班、巡捕房、封建流氓势力，他们的靠山硬啊！

翠女死了，绝望的悲哀攫住了凤英的心，她要告诉给乡下的亲人，她冒着毒打的危险，兑掉了银耳环，胆怯地来到了拆字摊面前。“写什么呢？”戴眼镜的拆字先生问她。

她不知所措地愣住了：“啊，你说我很苦，老板打我，老板娘骂我，我，我想回来……”但是想起了家中贫困的情景，她又急忙改口：“不，不，替我说，这里很好，有吃，有穿，老板待我……”

信寄掉了，银耳环兑得的八个铜板也用光了。但是，就在这个时候，被老板发现了，拎住头发，拖回家去，一顿毒打，一顿臭骂，最后，叫她跪在破碗底上。沿着碗底，地上出现了一个圆圆的血印。……

那苦难的地狱般的岁月是多么漫长，多么难熬啊！

二

苦难总有到头的一天，像平地一声雷，人民解放军在上海插上了解放的红旗。

解放了，凤英已经是快四十岁的人了。她好像从一个鬼魅世界走进了另一个光明灿烂的世界。新的、幸福的生活改变了她的命运。她享有了人的一切权利，人的尊严，过着人的生活。而生活又是多么迅速地在越变越美好啊！

一个晴朗的午后，她下班了，手里拎着一只草织提篮，从车间出来，习惯地要去排队，经过弯曲的栏杆出厂回家，可是当她走到那个地方，却不见有一个人排队，再一看，被磨光了的栏杆已经拆掉啦，凤英有些茫茫然，张目四望，花花绿绿的标语纸上，写着：“工厂取消抄身制，工人当家作主人。”当然，她那时还不识得字，但是大门口外却传来了一阵阵“啪啪啪”的鞭炮声。

正在这个时候，一个小姐妹奔过来，大声地高兴地对她说：“凤英姐，取消抄身制啦！”

“真的取消抄身制啦？”凤英重复了一句，就在这个时候，那个小姐妹又挽着她的手臂，昂首阔步地走出了厂门口。这时候，凤英才明白过来，于是，她在门口站住了，泪珠儿扑簌簌地落下来，二十多年啦，她每天总是小心翼翼地通过这条弯弯曲曲的栏杆，忍受了即使是老年女工也感到羞怯的全身搜查，可是今天情况变啦，变啦！

她想着想着，忽然又迈开步子朝厂里走去，然后，又慢慢地走出来，仿佛每走一步路，都使她感到幸福和愉快，平时不大多讲话的她，今天竟然变得这样富于感情，年轻起来。

她来回走了几次，一个警卫同志奇怪了，和气地问她："凤嫂子，怎么不回家？"

"我在厂里做了二十多年工，今天还是头一遭这样出厂啦！我要多走几遍，行吗？"她高兴地说。

"行啊，行啊，只要你高兴，你怎么走都行啊！"警卫员怕她误会，连忙解释。

这天，她高兴得睡不着觉，睡在床上好像还听到厂门口在放鞭炮。

说也奇怪，第二天一进厂，厂依旧还是这般模样，但她的眼光里觉得一切都变了，变得陌生了。这天，她来得很早，她从这个车间走到那个车间；从这条过道走到那条小路，她拾起了掉在地上的一缕回丝，捡起了一颗小小的螺丝钉，她帮助姐妹放准了漏油罐……她嘴里喃喃地说："啊，不能浪费，你看你看，好好的钉子啊，作孽，谁把它丢了的？……这像主人翁么？"她把"主人翁"三个字讲得特别重，特别慢，她感到这三个字像冰糖一样甜滋滋的。

离她接班还有不少时间，她又拿着揩布在机器上拭抹起来。

过去，她做生活在车子旁边累得打瞌睡，被那摩温的皮鞭抽醒的时候，她恨过机器，指着机器，她骂过："要是世界上没有你多好！"她暗暗地用扳头捶过机器，拆下过螺丝帽。可是今天，她仔细地擦着机器的每一个零件，仿佛一个母亲在为心爱的孩子打扮。她感到了：工厂是我的，我是工厂的！

"当家作主啦，真的当家作主啦！"凤英近来特别喜欢在亲戚朋友面前提到这句话，她感到新鲜和自豪。

但是，她感到新鲜的事竟是这么多。

那摩温没有了。她平时所熟悉的姊妹们，当上了厂长、科长，有的还调去当上了区长，她们仍像姊妹样地关心她。

就连和她同过患难的宝珍姊，也被提拔为车间的副主任了。

她自己呢？也被选上了生产小组长。第一天被选上的时候，凤英显得有些为难，可这早被新当上车间副主任的丁宝珍看出来了。她亲切地鼓励她："大胆地干起来吧，我们做了工厂的主人，就得争口气，把工厂管好。"停忽儿，她又开玩笑地说："你结婚以后，不就自己管了一个小家了吗？你那时候，是怎么管的？"这句话把凤英说得笑起来了。

在旧社会被人看不起的女工，现在居然管起几千人的大工厂来了，这活生生的事实，在那时的纺织厂中，是推动生产的一股最强的动力。凤英从那时候开始，她的生产干劲更足了。没到上班的时候，就赶到厂里来了，下班了，还不肯离开。丁宝珍一天对她说："你这样不行啊，家里事情也该料理料理！"哪知这句话惹起她的火来了，很不高兴地说："这儿不是我的家吗？"

傍晚，姊妹们都到新建的淋浴室去洗澡了，凤英照例召开了骨干会议。工会小组长红宝子说："王大姐的生产总是跟不上大家，影响我们小组成绩，应该开会批评。"她这么一说，在座的几个人就说开了，意见还是一个：就是要开会批评王大姐。坐在旁边的凤英却在思索。等大家说得差不多了，她缓缓地说："生产慢我们应该帮助她快，光批评有用吗？缠脚老婆婆她不是不愿意走快，她是走不快呀！我们帮她把脚放了就走得快啦！王大姐恐怕也不是存心做得慢吧！"这一番话，句句有道理，大伙儿也都同意了。

第二天，凤英和王大姐一谈，果然如此。王大姐急切地说："凤英，我真急死了，眼看你们赶上去，我呢？还是老牛拖破车，落在最后面。"凤英听了，觉得自己把问题看清楚了，高兴地说："不要急，有困难一道解决。”从此，一下班，她就和王大姐两个人，坐在弄堂里，研究起怎样把并线并得又好又快的事儿来了，一个星期以后，王大姐果然赶上来了，大家对她的意见也没了。一个组里，姊妹们相处得融融乐乐的，就像个和睦友爱的大家庭一般。

春天，当穿着夹衣还感到有些寒意的时候，有一个姊妹来对她说：“凤嫂子，装冷风啦！”

这消息，像春风一样传遍了全厂。

没有多久，全厂装上了27套冷风装置，开了9只洋井，108只排气风扇，它们的效力都在1万立方公尺（每小时）风量以上。在车间的屋顶上，喷着地下水。

天渐渐地热了，柏油马路冒出亮晶晶的油泡，室外是一百多度的高温。在这个时候，车间里却仍是春天。

“喂，大嫂子，你看这里多凉快啊！”凤英边接着头，边向对面的那个工人说。

“过去车间是棺材、蒸笼，现在哪，年年月月都像春二三月！”凤英见那位大嫂没听见，又自言自语地说。

车间里出现了奇迹，夏天干活不淌汗了。她也工作得更勤快了。跑起巡回来像燕子穿梁。产量的进度线，像箭一样朝上飞，一天，值班的人走来说：“凤英姐，你的产量数上第一啦，怎么样，替姊妹介绍介绍经验吧！”她怀着兴奋的心情这么做了。

小组的产量高了，她还得到了奖励，感到劳动是一种愉快的享受。

三

1953年，凤英怀孕了。她的心里充满了喜悦。她多么盼望孩子早点出世，看看这美好的时代呀。

怀孕四个月了，厂医看她的肚子异样的大，就送她到纺织医院去，经过检查，医生高兴地对她说："恭喜你，是个双胞胎！"

"真的？"她又欢喜又害怕。

几个月以后，她挺着大肚子去医院。医生关心地说："大嫂子，你就要养啦，嗨，你还走出来，危险哪！"

"危险？"她解放前是从来没有想到过的，解放前多少个姊妹，为了怕敲碎饭碗，哪个不是到临产才停工啊？

"不，我还没有足月呢！"

"你是双胞胎，不足月就会养的，今天就开始住院吧！"医生开始劝说。

"这是我们的后代哪，啊，你是纱厂女工吧，你想想过去我们怕生小孩，该养了还做，落在弄堂里的可不少哪。现在可不同了，小孩一落地也就开始享福啦。"

湖色的窗帘，白色的床单，医院的产房，一切都很安静，只有这位老女工的心，还是那么激动：党啊！是你给了我们这样的生活，是你，在无比地体贴关心着我们啊！

阿芬，是她在解放前生的，那时，临产期越近，预告她挨饿的日子快要来到，她拖到见红，才奔回家去。没有一个帮手，没有一口热汤，家里连把剪刀都没有，只好闭着眼，狠着心，用手指掐断了滑黏的脐带……

现在，完全不一样了，分娩了，她一胎生了两个男孩。

工会送来了奶粉、小孩用品，居民委员会为他们预订了八个月的鲜牛奶，每天一磅。你看，祖国对于孩子，是关怀得多么周到。

孩子，解放前的纱厂女工们都叫他们为"讨债鬼"，他们因为缺乏营养而多病，做母亲的也因为他们而停工失业，但是母亲总是喜欢孩子的，只要孩子能过人的日子，凤英愿意受尽一切的苦难和不幸。然而，现在她却和她的后代，享受着同样幸福的生活，真正的人的生活。

就说阿芬吧，她进厂后就派到铜丝车上去了。培养她的是见过毛主席的劳动模范刘姑娘。

阿芬像一枝幼嫩的芽，在阳光下成长，没有忧愁，没有失业、挨饿的威胁。

在光线充足的业余学校的课堂里，她回答着老师的问题。不管你做夜班、中班或是日班，学校都安排了适当的时间，给你读书。

“妈，今天我们到大世界去玩吧！”星期天，她常跟着爸爸妈妈，带着小弟弟去“大世界”。也有的时候，她独自去玩，反正图书馆的门开着，俱乐部的锣鼓响着，电影院的放映机转着……让你休息好，精神饱满地去迎接又一个劳动日。

也许是疏忽吧，一天，她的棉卷突然绞到车子的“斩刀”上去了，因此打坏了车子的零件。

第二天，妈妈凤英一下班就拉着阿芬往第一工房走。她气愤愤的，好像受了谁的侮辱。她们穿过了一排排工房的走廊里，在一间普通的工房里停下了，这就是二十几年前包身工们的“巢”。

凤英本来想给女儿谈谈过去的苦日子，但这间房子除了外壳没有变，什么痕迹也没有遗留下来。屋里清清爽爽，住进了新的主人，弄堂里没有一只苍蝇，以前的坟堆也变成宽大的球场，悠扬的歌声从各个窗口里传出来。

阿芬明白了母亲的心意，她本来想辩驳一下：那天的事故和天气潮湿有关，不能全怪她。但是，她觉得辩解也是多余的了。

凤英的气却没有平下来。她怨女儿不听党的话，不知娘的心。她想着自己的一切，想起了过去，想起了今天，想着自己的生活：爱人和她都在工厂幸福地做工，全家每月收入230多元，她戴上了金耳环，女儿的裤子是呢的，手表是新的，家里装的煤气炉，供她们日夜使用……

“没良心的孩子！”凤英责备起她来。

女儿哭了，然后，认错地说：“妈，我以后小心是啦！”

这时，锭子的“沙沙”声，变压器的“嗡嗡”声，有轨电车的“叮当”声……变得更加热闹，合奏出一支欢乐的交响乐。

灿烂的阳光，照着杨树浦路，照着凤英那双闪闪发光的金耳环，照着母女俩前进的道路。

原载《中国工人》1959年第16期

信　号

阿　凤

每逢跑车进站出站的时候，便看见那红色、绿色、橙黄色的信号，看见那高高的三面是窗子的信号楼。色灯信号的灯光，红的像一团炽烈的火焰，绿的像一汪清凉碧绿的春水。白天，它在强烈的阳光下，荧荧闪亮，夜晚，它与天上的明月繁星争辉。不管在春季的黄风中，还是在夏季的骤雨里，秋天的晨昏，冬天的长夜，它总是固执地投射着光芒，顽强地来回变换。这时，我便不由得想到信号楼上那个老信号工人，以后熟识了，管他叫张叔的。

我是先跟张叔的儿子文俊认识，后认识张叔的。不过现在只能看到张叔，见不到文俊了。

文俊原先也在铁路的机务段，那时我们干一行，都是抡锹把的，在火车头上烧火，当副司机。

认得张叔也有几年了，记得那是在伟大的抗美援朝运动开始以后，跟文俊一块签名申请到朝鲜去的时候。

说起来那情景真是恍如昨日，我奇怪为什么直到现在，那一天的印象还是这般鲜明。

运转室放了一张桌子，上面放着笔墨，铺了一张签名纸。那是张粉红色的虎皮宣。起初签名的人还消消停停，后来人越来越多，争先恐后地挤成一团。签完名的人，满怀的激情像汹涌奔腾的潮水，由不得在一块谈论一阵。运转室，热烈得像锅水在翻花，人声简直要把房顶子抬起来。这时忽听得支部书记兴奋的一声吆喝：

“来呀！并桌子！”

这时大家七手八脚地又抬过一张桌子，争着签名的人，闪开身子叫把桌子并好，又拿来一套笔墨纸砚，签名的人才比较有秩序了。我记得张文俊签完名把笔递给我，我接过笔来饱饱地沾了墨，便用劲写上自己的名字。一个名字，就是一个力量，一个决心呵！

我俩也谈起来，平时我跟他不太熟，可是那时我们像是格外亲密起来，也不知哪儿来的那么些话。

后来，我们一块离开运转室，一块离段回家。那时已是傍晚，暮色已经苍茫了，电灯还没有亮，风停了，烟囱冒出来的烟，不再让风打得七零八碎了。在通向段门口的煤渣路上，我们遇到了张叔。他身体又胖，穿的棉制服又厚些，简直把人穿圆了。文俊先看到的，低声说：“我父亲找我来了。”说着他就迎上去说话。

看他父子俩说话那样子，像是不避人，我也凑上去，打量了张叔一眼，看他已有五十多岁的年纪了。可能大半生在露天里工作，风吹日晒，所以显得面容更老。

这时听张叔说：“你们段上签名了吗？”

“签了。”

“你签了吗？”

文俊迟顿了一下，眼光在他父亲的脸上转了个圈子，像是想从脸上的神情，看看老人的心思。

张叔却没有儿子这些鬼心眼。他说：“我在站上已经签了名，你没签就去签吧，我怕你还要找我商量哩。”

文俊这时像是心花大放，轻快地说：“我也签了。”

张叔刚要转身走开，文俊又赶上去问："我妈呢？"

"你妈……我到家跟她说。"

他深情地望了儿子一眼，便走开了。

过了些天，文俊被批准去朝鲜。他们那批援朝职工走的那天，我们都到车站上去欢送。记得那天站台上热闹极了，挤满了欢送的人们，快开车的时候，文俊匆匆跑到我们欢送队伍跟前，交给我一张纸条。说："回头交给我们司机长，人多，找不到他们啦。"

我忙着答应："好，好。"又见他急忙到欢送的家属那边，把他胸前的大红花摘下来，给张婶挂在胸前。张婶笑嘻嘻的，很欢喜地看着自己的儿子，嘴里喃喃地不知说些什么。张叔也在欢送的家属里边，他站在张婶旁边，两眼紧盯着文俊，不说什么话。只是看见文俊制服肩膀上沾上一些浮土，他用他那大手掌给掸干净了。他带着几分欣赏地望着文俊那年轻俊秀的脸，那宽宽的肩膀和细长的腰身。这仿佛使他做父亲的很高兴，甚至脸上露出几分矜持来。

我偷空儿看了看文俊交给的纸条，上面写着：

"司机长：

机车下部烟管可能有几根堵了，洗炉时别忘通一通。——张文俊。"

在站台上依依话别、用手帕擦着眼睛、挥舞着帽子或手帕……这些情况，在跑车的乘务员说来，是见惯的事，不易动心的。这次，也许站台上热情的场面，容易使人激动吧，我也像变得爱动感情了。文俊那张纸条握在手里，仿佛一颗火热的心在我手上跳动。这颗心是多么热爱祖国、热爱人民铁路事业呀！恰好这时有个同志领着呼口号，我也就豁着嗓子喊起来，让胀满胸膛的激情喷放出来吧。

我仍然留在段里跑车，当然对工作比以前认真多了。

逢年遇节，工会组织慰问队，慰问赴朝职工家属，我也参加过几次，也到张叔家去过两趟。这时才知道，他家很简单，张叔老两口子跟前，就是一儿一女，文俊，还有他那出嫁了的姐姐。他姐姐在京山线一个大站工作，是个电话员。

文俊把生命献给了抗美援朝。

这不幸的消息传到段里以后，段里人事部门派了个同志到他家送信。工会叫我也跟去。那时我们机车入厂大修，我有些空暇，帮着工会做些宣传工作。当时我乍一听到这事，真是觉得浑身发凉，像是一下子掉在冰窖里。

一路上，我想着文俊生前的模样。他挎着帆布兜子到运转室出勤的时候，跑车时在车站会车、我们互相挥挥手的时候，一块学习浇油的时候，还有那次运转室签名、站台欢送、从那张纸条到他的音容笑貌，一一跳进我的眼里，我的心里还说哩，人都没有了，还想这些干吗，可是心里越往下压，那些情景却越鲜明起来，扩张起来，顽强涌现，不能忘怀了。

快到他家了，那位人事干部对我说："到他家可不能进门就说，要沉住气，慢慢说。"

我"嗯——"了一声，表示知道。我盘算到他家怎样说，先说什么，后说什么，张叔在家怎样说，只张婶在家怎样说，想来想去，也想不出个既能说出真相，又能不使家属过分悲痛的好办法。从段里到他家的路，不远也不近，但今天显得走走便走到了。

到他家门口，情绪更紧张起来，我使劲克制着自己。他家住伙院，我也知道他家住哪几间屋子，可是到院里却迈不开步子，脚步迟顿了。人事干部以为我也不知道他们住哪间屋子呢，便弯腰向院里的孩子打听："张家在哪屋住？"

孩子小手一指："那屋。"

这时，张叔他们大概隔着窗户看见我们来了，也就迎出来，一听我们找他，便往屋里让。

屋里拾掇得很干净，大概一来他老两口子手脚勤快，二来也没孩子摆弄。一明两暗的屋子，甭问，上首那间他们住，下首那间文俊住。里间屋门都敞着，我探头看了看文俊住的那间，床上铺着花床单，桌子上放着书跟几本旧杂志，摆设得跟有人住着一样，衣柜跟书桌，像是新添的。

张婶看我往里屋探头，便说："进去看看吧。"

到了里屋，她说："衣柜、书桌，都是新置的。你知道，文俊一下班，就爱钻到书本里，要不同院的怎么管他叫'书呆子'哪！早想给他添个书桌，有了书桌、衣柜，回头再添个双人床，再买两把椅子，钱富裕些再置两床新棉被。文俊的旧被子他带走了。……"

张叔笑着拦她："行了，行了。"

"行什么！你光知道上班百忙，家里的事不管。他搞对象光知道遛马路、逛公园，难道结了婚在公园里住？"

"行了，行了，八字还没一撇哩。"

张婶指着墙上镜子里一张姑娘的相片说："这就是。"

我点点头，望了一眼，心上好不难过。慌忙转过身去，再也不忍细看。更不忍面对着张婶那微笑的脸。

张叔环顾了一下屋里的东西，说："年轻的人，要紧的是思想好，学本领。家具、摆设，都没什么好说。"

张婶冲口而出："没什么好说？你娶亲翻趟子身，不就是那旧枕木打的那八仙桌，自己钉的那两个破箱子——现在盛煤球儿的。"

老两口子像是吵吵惯了。张叔对他这碎嘴爱絮叨的老伴，像也无可奈何，对我俩说："咱们外屋坐，喝碗茶。"

我俩心里正在焦急，盘算着怎样把文俊的消息说出来，也不愿在这屋久坐。张婶也跟出来，给我们倒了茶，便往她那里屋去了。

人事干部说："我们是为文俊的事来的。"

"文俊的事？他出了事？"

张叔的脸色、语声陡然变了，像水突然结了冰。人在朝鲜，是谁都知道出了事意味着什么。

我慌忙说："他受了伤，住了医院。"

说完看张叔的脸色平稳了一些，我却抬不起头来，端着茶碗装作吹气儿，但手抖得厉害。张婶也从里屋出来了，紧着问："伤了哪儿？重不重？"

人事干部比我沉得住气，他慢慢地往下说："他们夜里跑车，遇见了敌机，敌机投照明弹、扫射……"

说开了头，便好说了。我俩委婉地说到文俊受伤，流血过多，伤的地方又是致命处，不好医治，慢慢引到文俊牺牲了。

张婶像是惊呆了，脸上茫茫然没有表情，眼睛直直的，仿佛眼睛看的不是这里，而是千里之外的朝鲜。接着她又将信将疑地问了两句，我们回答得很肯定。这一来她才像确信了，用手帕掩着脸，低声地哭泣起来。我们的嗓子也像哽住了，眼泪忍不住在眼眶里打滚，噙也噙不住。

张叔没掉泪，他的眼泪真悭吝呵。只是说话的语声有些嘶哑低沉。他看我们这样，反而用话安慰我们。我们擦了擦泪，张叔又详详细细问起文俊牺牲的经过来，我们也不能说得很详细，只是尽其所知回答罢了。

屋里一阵沉默，只有张婶的悲泣声。张叔站着，像钉在那里，一动也不动。他望了望张婶，也不去拦她。张婶咒骂一会美国鬼子，哭一会儿子：

"孩子呀！我那苦命的孩子呀！"

她哭一声，像扎我的心一下，我再也忍不住了，便到张婶跟前，劝她说："你别伤心啦，文俊牺牲了，还有我们哩。你放心，这笔账不算完，要给文俊报仇。"

张叔没说什么，他默默无言地走过去，关上文俊的屋门。

我忘记了那天是怎样离开张叔的家。只是走在马路上，才觉出自己的脚在走路，才察觉这天的天气竟是这样晴朗。这条马路也相比过去整洁多了。街上的行人很多，大人、孩子，都是那么无愁无虑地走着路，间或飘散出一阵笑语声。人们意识到这是幸福吗？幸福的花朵呵，多少鲜血才能浇灌你开得长年不败？

回到段里，我找到运转支部书记，再次请求批准去朝鲜。不光是我，段上的职工写下报仇决心书的多着哩。

过了几天，我又到张叔家去过一次，那是分局的领导干部到张叔家去慰问，工会叫我先去送个信儿。

到他家一说，张叔连连地说："局长他们那样忙，还是工作要紧……"张婶先是眼圈一红，像是心酸了，接着就手忙脚乱地收拾起屋子来。我看她慌得扫帚不是扫帚、簸箕不是簸箕的，便帮她拾掇。看文俊那间屋子，锁着门、挂着窗帘，隔着窗帘缝儿，看到屋里的东西，还是原封不动地摆着。

局长他们那天坐汽车来的，几辆汽车在胡同口一摆，招惹得里三层外三层的孩子大人挤到门口看。

局长他们进了屋，分局政治处主任第一句话就告诉张叔说："张文俊同志生前申请入党，现在分党委追认他为中共正式党员了。"张叔一听，激动得不知说什么好，紧紧握住政治处主任的手，半天才放开。

局长他们慰问了一番，告诉要开追悼大会。临走，看见墙上插着的一朵大红纸花，刚想说话，这时张婶赶上前说："这还是文俊临走给我戴上的呢。"

大红花下缀着的红绸条，写着"光荣"两个字。局长指着这两个字说："张文俊同志把这两个字看得比生命还重要。他给你带来了光荣，你有这样的好儿子也是光荣的。"

送走了局长他们，张叔百感交集的心情，像是久久没有平息。他说："文俊当了党员，这事我可要牢牢记住呢。"又感叹地告诉我："旧社会，死个做工的，还不是臭块地吗！"

日子过得很快。工人新村的宿舍盖好以后，我家搬到新村来住。看房子那天，意外地碰见张叔。他也是来看房子的。他家也搬到新村来住，我们竟住在一排，一个院子里。

他说搬家的原因是：两口人住三间房，未免浪费，同院有一家住得很挤，便让给那家住了。再加上张婶也不愿在那院里长住下去，想换个新地方，免得触景伤情，惹动心思，便搬到新村来。后来又知道，依着文俊他姐姐的意思，想让张叔要求调工作跟她住在一起，张叔不同意。

后来，我们两家走动得很近乎，张叔下得一手好象棋，闲时我常陪他走两盘。学习新信号规程那些天，信号是他老本行，他要学，我是乘务员，也要学。在家里我们也常常讨论起来。我家孩子多，张婶又热心肠，有事烦她给看看孩子，没有推脱过。孩子跟她熟了，叫奶奶叫得怪亲热的。

日子长了，看他老两口子想儿子的心情，像是淡了些。偶尔，张婶看见年岁和文俊相仿佛的青年，跟着年轻的妻子、活泼的小孩子，一家大小出门或从外面回来时，她便不禁一阵子呆呆出神。张叔却很少提文俊的事，张婶说："他那人，从来不当着人掉泪的。难过起来，夜里枕头便湿一片。"我知道张叔是一个久经风浪的人，他把自己的悲痛藏在心里。他那吝啬而流出来的眼泪，是不会减轻他的悲痛的。

过了些日子，他们那信号楼来了几个学习生，站上让张叔带徒弟。这样，他也常常谈起教徒弟的事。从他的话里，知道他教徒弟很细心，也很严格。学习生跟他一块当夜班的时候，他一夜不合眼。上级照顾学习生年轻，怕熬不了夜，准许他们夜里睡两钟头的觉，可是他却告诉他们白天睡足，夜里不睡，他说要养成这习惯。越是风雪交加的冬夜，他越带着学习生出去清扫道岔，提着信号灯接车。仿佛他一点也不怜惜他们，他常说："不摔打摔打，他们的翅膀总是软的。"

有一次在夏天的下午，我在调车机车上替班，在调车场上摘挂车辆的时候，看见张叔领着几个年轻人，在线路中间走，张叔还指手画脚的。我拉响了一声汽笛，让他们注意。近前一看，他们的脸都晒得很红。我想起张叔这天不是歇班吗，便在车上大声问："你没歇？"

他也大声说："歇，领他们看看。"

后来机车上水的时候，连接员跟我说起张叔来，夸他是个好师傅。跟他学，学得又快又实在。班上业务忙，他歇班也到站上来，领着学习生看道岔、记号码、熟悉线路……

他说到末了，笑着说："这老头子，对徒弟可说是一百一了。有回食堂卖给他徒弟的菜不太新鲜，他疑惑是剩下的，竟跟人家吵起来。……简直是，有点护犊子。"

护犊子，怎么会蹦出这么个词儿呀。我不禁觉得好笑。

有一天，他拿回四个弹弓子来，说："真是孩子，哪有上班还带弹弓子的！"

张婶说："还许是打麻雀的哩。"

"哪里，我就没看见一只麻雀。"

我在旁边心说管得好宽呀，谁碰上这样的师傅可够呛的。

又过两天，他一下班就气愤愤地，翘起他憨厚的嘴唇。一问，原来是跟徒弟生气了，事情说来不大，他干活时，叫徒弟倒碗水，徒弟拿壶一倒，空了，就放下不管，也懒得下楼去提水。他说："两好换一好，心换心，年轻人哪能这样惜力呀！"

可是，等吃完晚饭时，他的气就消了。又说："他年轻不懂事，应该耐心跟他说，不该生闷气。"他又后悔自己爱生气了。

这个惹他生气的徒弟，还有那个被没收弹弓子的徒弟，后来我也都见过了，那是他领他们到家来吃饭那天。

那天，他两个徒弟来了，张叔也把我叫到他屋里陪着说话。张婶一个人准备饭，又洗菜又切肉的忙不过来，把我老婆也叫了去帮忙。我看那两个年轻人，像是第一次在别人家做客，显得怪拘束的。

后来他俩看见文俊的相片，我把文俊的事说了说，他俩还不知道张叔有这么个儿子呢，听了后显得很动容，对张叔像又多了二分敬慕。

那两个徒弟不会喝酒，一人喝了一小盅脸就红得像关公了，我还能陪张叔几杯。张叔喝得有几分醉意了，他的眼睛有些浑浊，但眼光却充满了抚爱。对他俩说："我绝不偏心，我怎么看我的儿子，也怎么看你们。"话说得直些，我怕他俩年轻脸薄，用话岔开了。

酒足饭饱，又喝了茶，他俩才告辞走了。他俩有一个还拿了条棉被来，托张婶叫家属洗衣组给拆洗一下，张婶答应了。

过了两天，我看张婶自己把那棉被拆洗了。对我说："拆拆洗洗、粗针大线的活，捎带手就干了。"

张叔在旁笑了笑说："你做，他俩就不给钱了。"

张婶白了他一眼，没说什么。张叔过来摸了摸棉花说："这么薄的一条被子，过冬行吗？"

张婶说："告诉他买斤半棉花，再絮上一层吧。"

张叔想了想说："那又得花钱。把我的旧棉制服拆一件，把棉花弹弹絮上吧。"

这老两口子叙家常，叫我听了很动情。我真想跟张叔的徒弟说，你盖上这条干净柔软加厚了的棉被时，你会想到这是一个老大娘，抱着大盆那么用力搓洗，又在灯下一下一下地絮上棉花吗？你会想到这条棉被的温暖里，也保留着一个老工人的体温和他的深情厚谊吗？

过了些天，有天他家来了个亲戚，是路过本市特地下车来看望他的。那天该张叔下夜班，早晨回家的。谁知左等右等也不见影儿。我恰好歇班在家，张婶叫我打个电话或骑车子去找一趟。

电话不好打，我骑着车子到站上去。到站上一打听，原来有个新闻记者访问他，在工会谈话哩。这时才知道，因为他工作好、教徒弟成绩也好，本季度评上了先进生产者。我满心替他高兴，心想他瞒得好紧，在家就没听他吐过口风。

赶到了工会，正碰上他在门外跟那记者同志握手告别。那记者是个年轻小伙子。

我们一道骑车子回新村，半道上祝贺他，他却说起记者访问的事。他笑着说："人家还一个劲地问我教好徒弟心里是怎么想的呢。我只是说为国家培养新人呗。新建铁路这么多，用的人多着哪。"

他接着悄悄地说："有个心思，我却不好意思跟人家说。你想，文俊牺牲了，他姐姐是出了门子的人，你张婶比我小几岁，也五十出头了，不能生养了。这我不是成了老绝户吗？其实，我可不把自己看成老绝户，我教的徒弟，我嘴上不说，心里全把他们当儿子那么看，当儿子那么疼。文俊没有了，叫他们替文俊工作吧，接着文俊工作吧。跟年轻的生同志说，怕人家笑话我倚老卖老哩。"

"呵——"我的心陡然热起来，原来他有这么一段心事。

我不由想到文俊。文俊呵，你是工人阶级的优秀子弟，是伟大的中国共产党和我们伟大的领袖毛主席所教养出来的中国人民的好儿子。你死得光荣，和志愿军每一个英雄烈士一样的光荣。你的父亲也为你感到光荣。可你也应该为你的父亲感到骄傲，你长眠在那多山多水、三千里锦绣江山的兄弟国家里，老人家并没有忘记你，他用工作纪念着你。在培养新人这事上，他也很好完成党和人民交给他的任务。

这个普普通通的老信号工人，他在信号楼上值班，扳动着握柄，操纵着信号，指示着列车或车辆，从这股或那股轨道开进开出，调车机车也听从它繁忙地奔跑。说起来，我感觉到他本身何尝不是一个信号呢，一个使这信号楼发出一种光彩的信号，一个提醒我们继承烈士的遗志、不屈不挠地保卫党和人民的事业的信号，一个使我们振奋、在共产党和毛主席的领导下在社会主义的轨道上飞速前进的信号！

1957年5—10月

原载阿凤《在岗位上》，作家出版社，1959年9月版

战斗的里程

肖 木

昨天晚上，党的八届八中全会文件公布了！真是平地一声雷，铁路机务段里立即沸腾了起来。工人们放下手锤，拿起鼓棒，扛着大红保证书，敲锣打鼓地掀起了挑战应战的热潮。就在这当儿，全铁路局有名的先进司机刘百能跑车回来了。他带着一身油腻，顾不得洗换，就跑进了党委书记办公室，再三要求，趁第二天休息去到落后的机班里“添乘”，来推动竞赛高潮。党委书记批准了这个老党员的请求。

今天，刘百能要到胡大海机班去“添乘”，那是全段最落后的一个机班，可这个班里的司机倒是个经验很丰富的老司机。

早晨，司机胡大海和司炉周虎根一前一后向龙头房走来。

周虎根拉开腿着着实实地跨了几大步，想和他师傅走个并肩，说几句话。这一来，挂在他腰间的背包、饭盒、水壶，都哐啷哐啷地摇晃起来，那样子实在好笑。

“胡师傅，今天百能大车要上咱们班上来啦！”

“他爱来就来吧！”司机胡大海冷冷地说了一句。他在想着心事，没有回头看看徒弟，还是按照自己的步子不紧不慢地走着；但是他跨两步，顶上小周跑三步还足足有余。

“嗯，那太好啦。胡师傅，要是咱们小组也能像百能大车他们那样，月月挂个红旗……”

“你懂什么！——快躲开！躲开！”胡大海只轻轻一抓，就差点儿把小周抱起，拉过来放在自己背后。小周吃惊地伸伸舌头，眼看着一个火车头从身旁擦过，吼叫着向龙头房外头开去。

这时他们才发觉，今天龙头房显得特别有神气：高高的厂房，墙上拉着两幅大红布，上写：“坚决响应党的号召，为在年内提前完成五年计划主要指标而努力奋斗！”“学先进，赶先进，掀起全面大跃进！”台台机车都像是等待出征的战士，精神抖擞，热气腾腾。它们的主人，有的在车身上一遍又一遍地洗呀擦呀，有的在车身上挂彩球、贴标语……

胡大海和周虎根在值班室里报到后，来到了自己的机车旁。

徒弟看看师傅，又望望天色，还是有话想说。

“5300 吨，真够劲！天气这么好，又有百能大车来指导，胡师傅，这第一炮一定能打响！”

师傅没有马上回答，他从自己的饭盒里摸出两个馒头，递给小周一个，自己咬了一口说：

“大家都在跃进，我们总不能老落后！今天，你得把吃奶的力气也使出来！——他来？他来了又怎么样！老实说，要不是摊上这台老爷机车，凭什么我要向人家学习？……”

“胡师傅你听：谁在车底下？”小周忽然听出一种什么声音。

“嗒嗒！”果然，车底下有人在用小榔头检查机件。胡大海也听到了，而且，也看到在细心地检查车子的人，正是刘百能。周虎根不禁“啊”了一声，他在替师傅担心：刚才那些话，给百能大车听到了怎么办？胡大海却毫不在意，反而提高嗓门说：“听到了又怎么样！”

“说得对，车子是不太好哇！”随着这声音，车底下钻出了一个和胡大海几乎一模一样的，魁梧的黑大汉，他上衣塞在裤里，皮带扣得紧紧的，个子虽然高大，但长得又结实又匀称。

“百能大车，你早来了？”小周说这句话的意思是想把话头引开去。百能大车没有回答，却说：“小伙子！来一点。”他伸手接过了小周递过来的水壶，美美地喝了一大口，抹了抹像板刷一样的胡髭，“嗨嗨嗨”地笑了一阵说：

“真是‘屋漏偏逢连夜雨’，今天还有七级大风呢！”

“大风？”小周着慌了，胡大海也有点震惊。

“唔，可能还有八级。——我刚才去看了气象预报。不过，我们了解它，是为了要制服它，可不是拿来吓唬自己。只要我们及早准备，还怕它不成！”

面前的两个人都没有回答，小周倒觉得这话很新鲜，自己师傅出车，从来没有这样去调查过，而这位百能大车的确有点不同，倒是个精细人，他不仅仔细地检查了机车，还要把机车在路上会碰到些什么事，都调查出来。小周暗暗竖了竖大拇指。小周还从来没有经历过拉着 5300 吨又遇上七级大风的那种惊险场面，有点兴奋，也有些紧张。胡大海呢，现在更加抱怨自己这部老爷车，可他又不愿意在刘百能面前说不争气的话，只在肚里翻腾。

“从现在起，我们是同一条船的人了，”刘百能诚恳地说，“来，我们坐下来商量一下……”

小周赶紧先坐下来，他觉得这又是新鲜的。

两个钟头以后，这一趟长长的超轴列车，在铁路线上飞奔着。

司机胡大海吐去了叼在嘴上的烟蒂，袖子一撩，狠狠地把汽门拉大了一档。

“注意：开汽啦！”刘百能在旁边习惯地关照了一句。

“开汽啦！”司炉周虎根按照规定制度，拖长声音快乐地回答着，又接连投进了三大锹煤。熊熊的炉火，照着他兴奋的紫铜色的脸庞，看来，今天他特别卖劲。

可胡大海听得不舒服了。他本想当着百能大车面露他一手，好证明他的二十年火车饭，也不是闭着眼睛吃的。但不知怎么搞的，竟忘了执行“呼唤应答”制度——唉，这大概是平常马虎的缘故。其实又何必这么认真呢？但他不甘心保持沉默，于是短促而严厉地吐出了两个字：“开汽！”随着又把汽门放大了一点。这一来，火车头像一匹着了鞭的骏马，撒开四蹄，泼剌剌地向前奔腾起来。

周虎根烧了一阵火，看看汽压表上的红针稳定了，抹把汗，探头向司机窗外瞭望，招来了扑面的风沙。那风因为夹杂着烟囱里卷出来的煤屑，打在脸上，热辣辣的，可是风吹得挺凉快；更得意的是，他的蓬松的头发，经风一刮，都吹向脑后，显得十分神气！他胸脯挺了挺，吸了口带着稻花香味儿的空气，浑身感到舒畅。他差点叫起来：“啊，做一个机车乘务员多有意思呀！”然而他没有说，只是让自己的激情、笑声藏在肚里，准备慢慢地吸吮它。回过头，只见百能大车抱了几个大煤块，不慌不忙地从拖在机车后面的煤水车上跳下，又不慌不忙地把大煤块堆好。然后两手一叉腰，兴奋地说：

“好家伙！——虎根你猜，咱们拉的这一车都是些什么货？”

“刚才你看到啦？”小周对这个问题很感兴趣。

“唔，看到啦。等会儿你上煤水车去扒煤也可以往后瞧瞧。都是一些大家伙，木箱子都像小平房那么一座座的。……”

“我知道，装的准是大机器，支援包钢的。”小周急不可待地说。

“可不是！上海机器厂工人早已说过：你们等着吧，够你们火车装的！现在果然越来越多了。”刘百能说着，又警惕地叫道：“注意，弯道！”他对这段铁路线是这样的熟悉，只要听到轮子不同的滚动音响，嗅到山林或是田野吹来的各种不同的气流，即使闭上眼睛，也能正确地判断火车正在什么区段行进、将要向哪里开去。

胡大海肚里还有点儿闷气。他想：你倒好，这么重一副担子，不担一斤半两，站在一旁，高兴时指手画脚说一通，要不，就跟这个小鬼扯山海经，还说什么一条船上的人哩！他狠狠地把吊在头顶的铁环一拉，“呜……！呜……！”汽笛发出了一阵吼声，震得两旁的山峰也似乎摇晃起来。随着，他又对周虎根发出了命令：

“烧！”

“是！”小周向手心吐了口唾沫，左一锹右一锹地大翻起来，一面喃喃地唱着：“再来一锹：给‘大家伙’！”“为了‘大家伙’，再来一锹！”……

百能大车根据这时候的铁路线情况，迅速地察看了一下汽门、手把，汽表、水表，水泵、火床，又探头望了望天色。这时，太阳有些朦胧，浮云急速地游动着：风暴要来了！

列车嗖的一下穿过了一个小站，小站上投进来的路签袋里，卷着一张小纸条，是铁路局调度所发来的一个命令，上面写着：

××次列车司机：你们的超长超重列车，将遇到八级大风，必须按计划在五十分钟内到达中间站，没有绝对把握，可以要求待避，不然，就会打乱整个列车运行图！

刘百能看完，猛地抬起头来，严峻的眼光紧紧盯着胡大海。胡大海摸出了火车司机特有的一个雪亮的大挂表，时间还有四十八分半，他沉思了一下，牙关一咬，立即坚决地说：

“冲！”

“对，冲！”刘百能低沉地然而有力地说。马上，他从口袋里掏出一个日记本，撕下一页，写道：

绝对保证，正点到达！

当值司机胡、刘。

随即把它折成一个小方块，塞进路签袋，准备丢给前方站，转达调度所。

“好，干个痛快！”小周用毛巾揩了揩额上的汗珠，快乐地说。

“对，为了赶英国，为了‘大家伙’，痛痛快快地干他一场！”百能大车拍拍小周的肩膀，又伸手指指前方说：“眼前这段线路地势很有利，我们应该抓紧时机，用大块煤把汽烧足，速度加快；估计一刻钟以后，越过三号桥。穿过青山坳那个地方，就是千分之七的上坡道，又会遇到大风，那时我们拿出全部力量；来个‘高速闯坡’，不怕不成！”刘百能面对小周说着，可是声音放得老高，好让胡大海听见。

小周瞪着眼睛听着，简直像在听一场激烈战斗的部署。胡大海心里也着实佩服这个分析，他刚点头表示同意，百能大车就抢过小周手中的煤锹说：

“小伙子，你去瞭望；好好地把精神养足，我来烧几下。”说着，就把预先准备好的大煤块，小心地锹进炉门去压住火床四角，然后左右开弓，前三锹后三锹，紧三锹慢三锹地挥舞起来。一时间火头旺盛，光焰闪闪；仿佛他手里拿的不是一把铁锹，而是一张网，一把撒去，全面铺开，立即引起缕缕红色的火光，火头立即高出三寸来。

小周几乎看呆了。现在他知道了，为什么百能大车他们那个机班月月能够省煤，原来就是这样爱惜每一块煤，使每一粒煤粉都发挥最大的燃烧功效。百能大车似乎也有意把各种烧法的要领明显地做出来，好让小周看清楚。

胡大海此刻两手紧握着汽门和手把，心里不免有些激动。如果说这是为了一场紧张的战斗已经开始，还不如说因为看到了百能大车头上圆滚滚的汗珠。开始，他听了百能大车要上车来指导的消息后，心想：说得好听，先进帮助后进，还不是来出出风头，摆摆架子！现在，全铁路局有名的先进司机竟不声不响地做起他的助手来了，可自己为什么还拉扯那么些龌龊的思想呢？……

他摸出挂表一看，时间已过去了六分钟。窗外风声越来越响，他盘算着列车所走的路程，迅速做出决定，又把汽门放大了几档。

“弯道，注意！”小周在左面窗口叫道。

“注意啦！”胡大海大声地回答，声音有些沙哑。小周听出来了，连忙倒了杯凉开水送过来。胡大海刚喝了一口，又推给小周，用嘴巴对百能大车呶了呶。小周没有接，会意地点点头，又去另外倒了一杯。百能大车二话没说，接过来咕咚咕咚一口气都倒进肚里，抹抹嘴巴说：

“好家伙！这回也是‘水满汽足’啦！”弯下腰，又大干起来。

这时间，列车已进入了青山坳。迎面刮来的卷地狂风，跟长跑而来的火车头展开了搏斗，一阵风灌进了山谷，发出了阵阵雷鸣，像是在一旁助威。天上的浮云更是急速地游动着，好似在那里调兵遣将，偶尔也带来几点稀疏的但是足有半两重的大雨点，噼噼啪啪地打在司机棚顶上。

火车还是不顾一切地朝前猛冲，向坡顶冲去。

小周坚决要求上了阵，他学着百能大车的样子，正锹反锹地干得劲头十足，嘴里还喃喃地唱着：“为了赶英国，为了‘大家伙’！”到后来手头越来越沉，有些头重脚轻，但心里还是这么默默地念着。

百能大车戴上了风镜，探头窗外，集中眼神，捕捉着任何可能发生的情况；时而又回过头来，和胡大海用简短的口吻或手势来说明一下应该采取的措施。

风越刮越有劲了，列车已接近坡顶。现在是搏斗最紧张的关头，每秒钟都可能发生停车的危险。突然，列车速度慢了下来。百能大车、胡大海四只眼睛同时盯向汽压表上的红针，汽压还相当高，于是马上把汽门拉到最后一档。机车猛然一阵扭动，只听得一连串“轰隆隆”的声音，轮子只打空转转，可是列车并没有前进。

“撒沙！”百能大车说着，急忙钻出了司机棚。胡大海正要去开动沙管风阀，忽然想起这台机车撒沙器的毛病一直没有修好，要用时，只得由人去敲管子，让沙子漏下去。这一想，胡大海顿时急出了一身汗。正在这时候，他一抬头看见百能大车大步地在一尺来宽的蹬脚板上走着。机车在开动，这是多危险的一个地方呀！万一失了脚……胡大海马上明白他是去干什么的。但奇怪的是他今天刚来，这个毛病他怎么会知道呢？……

胡大海没有再想下去。他只是紧握着汽门、手把，两眼凝视着前方，让自己的面部去承当迷眼的风沙、发烫的大雨点，同时还有从侧旁射来的灼热的阳光。这个好强的硬汉子第一次这么激动，也第一次深切地感到只有团结在同一的信念下，各人才能发挥他们自己难以估量的力量！

滚烫的车轮，粘着百能大车敲下来的砂子，终于闯上了坡顶，眼前是笔直而黑亮的两条线，一泻千里！——跑过车的人都知道，这时该有多么痛快！

作为一个战胜者，怎能不叫人高兴呢？但现在还不是尽情表露的时候。胡大海内心感到轻松同时又沉重。他用钦佩而又带点儿审视的眼光，看了看和自己年岁相仿、外形也差不多的百能大车，发现自己确实比他少了一些东西。小周正在用水管冲洗两条毛巾，好让两个师傅舒舒服服地擦把汗。百能大车一直望着远方，现在回过头来说：

"老胡，咱们再赶一下，争取提前两分钟到达！"

"好，让调度所对我们重新估计个行情吧！"胡大海响亮地回答了一声，豁啦一下脱去了已经汗水淋淋的工作服，光着一件汗背心，用力地拉了一下汽笛。看到这个情景，百能大车心里也十分高兴。他俯身拣起了胡大海的工作服，从口袋里取出了那个火车大挂表，再把衣服折叠好，放在一旁；然后把挂表放在胡大海面前。胡大海的眼光在表面上停留了好一会。那表的秒针灵活地、嗒嗒地走着，声音那么清脆，即使在车轮的轰鸣中，也似乎还能真切地听到。

列车在胜利的道路上继续飞奔！

1959 年 8 月 3 日夜

原载《上海文学》1959 年第 10 期

龙飞凤舞

万国儒

一

这是一对年青夫妻的故事。丈夫叫程荣，是一个机器厂的工人，妻子叫佩兰，是几年前由乡下来的家庭妇女。

程荣在生产上是把好手，经常得奖状，他把那红红绿绿的奖状贴在墙上，当妻子的瞅着比画儿还好看。也许是受到男人的事迹吸引，也许是内心的要求，佩兰渴望着参加劳动。可她对丈夫说了，丈夫只是笑笑，很少能说些满足她的话。

在这一点上，丈夫对妻子的理解是不够的。照他想，妻子要求参加劳动，多半是出于好新鲜，她不可能具备一个工人的理想和抱负，无非是参加工作能够自己赚些钱，目的也许是一件花布褂子和一双时兴的皮鞋。但他竟忘记了，集体劳动的熔炉，会改变人的一切。

佩兰终于参加工作了：在一家制绒布的工厂当工人。第一天，就给了她无限的希望和欢乐。回家，她向丈夫说："我也是一个工人了！"她的工作很简单，是用针线织补布上的破洞。男人听了还是笑，他说："这叫什么工人呀？织织补补，和在家里拆拆洗洗有什么分别！"

妻子听了很扫兴，她说："那是在工厂，就是拿针动线也是工人，你尽给人泄气！"

晚上，佩兰睡在床上，想："看，他就是这么瞧不起人，明天能让我干干让他吃惊的活就好了！"

二

佩兰参加工作半年多了。在程荣眼里，妻子尽管自己夸耀成了工人，但也没有多大改变，只是，他觉得妻子稍稍通达了一些；过去，有些话妻子是听不懂的，而且他也不愿意说，现在，可以说到一起了。他能把墙上的奖状逐一说出来历，使妻子听着很入神。可是，他总认为，无论如何还不能拿一个正式工人衡量她。

然而这一天，他忽然感到妻子有些异样，从神情到行动都有些不寻常：每天，她回家很晚，看着是那么劳累不堪，回家，连句话也不说，倒头便睡。这使他奇怪起来，不知道妻子在厂里做了什么事情。于是，有时到半夜他想把妻子叫醒，可是，叫醒是那么困难。她哼了一声又翻身睡着了，再叫连哼也不哼了，这就更使他摸不着头脑。

这天，他下了班，就绕道到妻子的工厂去了。他想到那里看个究竟。

天色很晚了，工厂的人都下了班。工厂很小，没有什么传达手续，他进去，站在一间大屋子外边。屋里亮着灯，隔着玻璃他望见妻子在里面，身边还站着一个年青的男人。一下子他怔住了，他不明白那是干什么事情。只见妻子跟着那个男人身后转，像是在追赶，两人都在跑，那跑的姿势又和一般不同，都是一只手向外舒伸，上身不动，迈着小碎步，就像戏台上跑场的那样。他一看就火了，心里想："吓，原来是在学唱戏呢！怪不得每天回家那么晚，那么累，而且，还瞒着我！"

他憋住火，不吱声，许许多多从来没有的想法在心里闪动。

屋里的人，还像走马灯似的转。很大一会子，才停止了，女人和那个年青人说笑着走出来。他赶紧把身子隐住，也不打招呼，跟在女人的身后，一直跟到家。

到家他就沉着脸问女人："你每天为什么回来这么晚？"

"我有事。"妻子劳累地躺在床上说。

"有什么事情呀？看累成这个样子！"

"这个还保密！"女人见他盯问紧了，笑着说，"到时候，我会告诉你的。"

"你不告诉我也知道了，"他依旧沉着脸说，"我方才到你厂子去了，我都看见了，你在学唱戏，正在学练习跑场，是演王少安赶船那一出吧？可是，跑的应当是男角儿才对！"

"你不要瞎猜想。"妻子说，"我哪有心思学那个？我是……咳，到时候再告诉你吧！"说着，佩兰就倒头睡着了。

他生了一宿闷气，心乱了一宿。傍明做了个梦，梦见妻子跟在那个男人身后转。"咳，这里要出事了！"醒了，他这么想。

三

第二天他又到妻子那个工厂去了。他不反对妻子学唱戏，但他总觉着她的经历还浅，他实在不放心。他想到厂子里详细询问个明白。

今天，他来得早了，人们都还没下班，一群妇女坐在院里补绒，他问一个四十多岁的妇女："同志，我问问，佩兰在这里吗？"

"你找佩兰呀？"那妇女打量着他，"你是她什么人啊？"

"是她爱人。"他说。

"啊，听佩兰说过，你也是那道号上的人！"那妇女没头没脑地说，"不过，现在你不能小瞧她了，佩兰是我们的榜样，走，你来看看她在干什么！"

这个妇女说话是这么没根没蔓，把他闹迷糊了。

她把他领到一间大屋子外边，站在玻璃窗下，她向屋里一指说：“来，你看看那是谁。”

屋里，有很多人在来回奔跑。地上扯起一匹匹长长的绒布。他还是第一次见到这个场面：绒布长长扯起来，两头在木架上绷紧，人，就像穿梭一样，奔跑在这布行中间，每人手里拿着一把特制的小刀，贴在布面上刺割绒路；人跑得是非常快、稳当、利落，那跑起的姿势，他像在哪里见过。

可是，他很快在二十多个飞跑的男人中，找到佩兰了，她也像男人们一样飞步在布行中间，她跑得是那么轻盈、迅速，绺绺头发贴在红晕的脸上，脸上流满汗水，但神情是激奋的。于是，一下子他想到昨晚的事情，心里就发起热来。

“你看见过吗？这叫割绒。”站在他身边的妇女，见他发怔笑着说，“干这个活，可不是简单事，一天光跑路，就等于从天津到北京的路程。过去，男人们都小看我们妇女，说骡马上不了阵，女的割不了绒，可你家佩兰就不听，她就能上阵，你看，她跑得有多稳多快，快把男人们丢到后边去了！”

“她是逞能！”他小声说，“她干了多少日子了？”

“今天是正式开始，可她学了快半个多月了，每天下班不走，跟别人学跑趟，把鞋底子磨烂了几双，当时有人劝她，说，‘算了吧，不要累得回家上不去炕。’她咬着牙说：‘宁可上不去炕，也要学会了，不然，家里外头都没人瞧得起！’真有志气，你看她终于给我们妇女露脸了！”

他听着再没吱声，屋里人们的劳动把他吸引住了。

一会，下班铃响了，身边的妇女蹦跳进屋子里。听到屋里一片说笑和祝贺声，他走出院子，蹲在门口上，掏出烟卷。像嘴里喷吐出的烟圈，那些人们奔跑的身影在他脑子里盘旋。

过一会，佩兰走出来了。她说：“你来干什么呀？还是担心我学戏！”

“不是，我是来接你。”他站了起来，上下打量着妻子。佩兰的小褂都让汗水湿透了，说话还有些气喘。他说：“我看见你了，你跑得真快！”

“不管跑快跳慢，反正没让别人丢下！”佩兰兴奋地大声说。

小两口一路回家了，佩兰今天走路特别快。这时候，在丈夫眼里妻子变得高大起来，走起路来，有个正式工人的冲劲。可是，留在他脑子里的，还不只是妻子的兴奋神采，更多的是人们那奔跑的劳累情形。

四

在佩兰想来，她现在的工作应当受到丈夫的夸奖，最低，他也得把自己当个正式工人看待了。可是，当他向丈夫滔滔不绝地讲完学习割绒的经过，和已取得的成绩，很出乎她意料，男人只是淡淡地说：“那活太累呀！”

这真使她生气：“哼，干这个活说累，拿针动线又瞧不起，难道就是造机器的才算工人？”

可是，使她更生气的，还是那天，男人向她说了这些话：

“告诉我，教给你割绒的那个人叫什么呀？”丈夫下了班，突然问她。

“叫李子正，李师傅，你问他干什么呀？”

“了解了解，”丈夫说，“我想找他谈谈。”

“谈什么呀？”

“谈事吧，这不能告诉你。明天，你领我找他去吧，你和他还熟！”

这一说．她像一下子明白了丈夫的用意，联想到过去赖她学戏的事情，她很快想到丈夫对自己有不好的看法，顿时又委屈又生气，偷偷哭了半宿。她真想不到爱人会这样看待她。

第二天，她便领着爱人到厂子去了，见了那个李师傅的面就火里火气地说："这是李师傅，你敞开了解吧！"说完，就跑到一边抹眼泪去了。

可是，爱人和李师傅谈了很久，回来什么也没对她说，她憋着气，故意不问，看他能了解个什么出来。

从和李师傅见了面，不知为什么，爱人一下班就跑了去，两个人比比画画，不知到底在"了解"什么，回家来，他就伏在桌子上出神，有时拿出笔来画一些什么，她闷着头不看也不问，从心里生着他的气。

一晃十多天过去了。他每天还是到厂子去，"了解"，回家什么也不说，她终于憋不住了。这天，程荣回来了，又伏在桌子上画什么，她走过去绷着脸问："十多天了，你还没了解好。"

"了解什么呀？"丈夫像忘了这些。

"我知道你了解什么？你不是说要向李师傅了解了解吗！"

"你问这个呀？"丈夫一下子笑起来，"都了解好了，明天你去问李师傅去吧！这回你算享福了！"丈夫的神情，一时使她摸不着头脑，"脚正不怕鞋歪，你们男的没有好心眼！"从丈夫的脸色上，她知道一切误会已经没有了，可她还生他的多心气，就不问下文上床睡了。

第二天上班，刚一进大门口，李师傅就拦住她："告诉你一件大喜事，自动割绒机设计成功了！"

"什么自动割绒机呀？"她问。

"就是机器自动割绒，有了机器，就不用人力割绒了，机器一开，布就跟着转，人只是坐在一边看着，又轻神，又多出活，再不用一天从天津跑到北京了！"

她一听高兴得把什么事都忘了，便赶紧问："这是谁，这么有能耐设计出来的？"

"是一个外厂的人，看咱们人力割绒太累，帮助设计的。"

"外厂的人，叫什么呀？"

"怎么你还不知道，就是每天晚上找我的那个人呀，高高的个，瘦瘦的，鼓鼻梁，大眼睛，人家花费了不少心血呢！”李师傅故意打笑她。

“啊，是他呀！”她像大梦初醒一样，想到昨晚丈夫说的话。

……

过了些天，在这个以人力割绒的小工厂里，一架自动割绒机器正式试验成功了，它代替了人们繁重的体力劳动，而比人力又提高了五倍产量。

佩兰是第一个坐在上面操纵机器的。爱开玩笑的人走过来问：“哎，佩兰，这台机器是谁设计的？”

“我们那口子！”她骄傲地说。

在她家那个贴满奖状的墙上，又多了一张粉红色的奖状，而这张奖状不仅贴在墙上，也贴在佩兰的心上了。

1959，9，20深夜时改完

原载《新港》1959年第10期

欢乐的离别

万国儒

厂子里搞起机械化运动，俺就调到指挥部里当统计员，专门统计各车间机械化的进度。俺师傅老冯头当了业余加工场的场长，在业余时间领着保全工们打制各种改进的机件。那天，师傅对俺说：“小李子，你在统计的时候，要不断给我提个醒，全厂的手工活咱们包了，不‘化’完就不收兵，可甭让一件手工操作漏过去呀！”

厂子的机械化运动，就像冬天燎荒似的，一点就扑扑拉拉着开了。指挥部门口刚停下报捷的锣鼓，就又响起报喜的鞭炮；俺当统计员的可忙坏了，报表刚填上全厂机械生产程度百分之七十,一个小时后就又变了，只好重新做。因此，给俺师傅提醒的事，早忘记得干干净净。可这天，俺却发现了一个问题，就是俺师傅——这个一天忙着给别的工序机械化的老保全工，他自己却没“化”，他那把大铁锤还没扔掉，这真叫人好笑。俺想到俺们的党委书记，也是这样，他这些天光训别人不理发，胡子拉碴，可他自己的头发却长得可以编成小辫儿。俺们厂子净出这些新鲜事。俺正这么想着，外边的锣鼓又响起来了，听鼓声俺知道这是师傅来报捷了，因为他打的鼓与别人不同，鼓声脆而尖，让人心里火辣辣地动。俺想，就这个机会给他提醒提醒吧！

书记他们早站在院里了。大鼓一住，俺师傅就从人堆里站出来。师傅今年五十出外，可身子骨棒得很，说话大嗓门，比铜喇叭还响。他报捷了。但他报捷跟别人不一样，不是按着报捷牌子念，而是粗声粗气地喊："书记你听着！"下面就比比画画说事了。报捷都是喜事，不是发明创造，就是提高生产，经他一说，往往说得人掉眼泪。就拿前天自动装罐创造成功说吧，他来报捷，说着说着他自己声音先变了，大伙眼圈也红起来了。因为他讲起精炼工人韩师傅解放以前的事来了。

在俺们染布厂，精炼工人是在一个大铁罐里干活的，这大罐有二丈多高，一丈多粗，就像一个放大几千倍的奶粉瓶子似的，人就是下到罐底装布。罐里边又闷又热，就是冬天人们光着膀子干活，还大汗如雨。解放前，韩师傅跟一个叫三虎的师兄弟一天在罐里装布，那是一个夏天的夜里，资本家为了给国民党的军队染布做军装，强迫工人加班加点。天是那么热，罐里连气也喘不过来，人们饿着肚子已经干了十二个小时了。一罐布装完，韩师傅爬上来跑到院子里喘气去了，而那个叫三虎的工人却昏倒在罐里了。监工的来了。他没找别人，一边骂着人们磨洋工，一边就哐当一下子把大铁盖给盖上了，接着开了气门，放进火矸水。等韩师傅来了，找三虎不见，打开罐，只见一堆白骨在矸水里滚动。一个工人就这样活活地给煮死了。可是万恶的资本家，却把这个事故推在韩师傅身上，把他关进牢狱，一直到解放以后他才回到厂里来。

这个叫人流泪的故事，是韩师傅告诉给俺冯师傅的。听了这故事，他整整两夜没睡觉，跟韩师傅一起，研究成一台自动装罐机。这个机器再不用人到罐里装布了，人只消坐在一边掌握电钮就行了。

当时，俺师傅将这个经过讲完，对书记说："如果三虎还活着，让他用用这个自动装罐机该多好呀！"说着，他就扑啦扑啦流下眼泪！

现在，俺师傅又报捷来了，但这次不是单项报捷，是总的。大鼓一住，他照例说："书记你听着！"接着他以业余加工场场长的身份宣布：经过近一个月的奋战，全厂手工生产基本机械化了，只剩下清洁工的扫帚和厨房大师傅的菜刀还没扔掉。他说，保证在两天内也给"化"了。像每次一样，书记对俺师傅鼓励一番，但是，最后说："老冯头，我对你有点意见，你光给别人'化'了，而你那大铁锤还没扔掉呢！"

这一说，俺见俺师傅的脸一下就红了，用拳头一擂脑袋，"嘿！"了一声，二话没说就跑了。大伙都笑了。书记也笑了，书记对俺说："你说，你师傅怎么没想到他那大铁锤呢？"我想了想说："恐怕，俺师傅还舍不得呢！"

说起俺师傅的大铁锤，可有个来历呢。那柄铁锤，是槐木杆的，它究竟使用了多少年，换过多少个锤头，俺不知道。俺只知道，那杆儿被烟熏油渍和汗水的浸染，变成了像墨一样的颜色，光滑得像玻璃棒似的。在端顶，手攥的那一节，磨出来深深三道手指印儿。它是师傅的宝贝，轻易是不让人摸一摸的。

记得，那是大前年，俺到厂里跟师傅学徒，开始学锻工，抡锤打铁。开头，俺对于这个可不愿意呢，心想，这有嘛出息呀，一天叮叮当当光抡锤！因此，干活不带劲，开情绪，有一回抡锤砸了空，差点把锤杆折了。这一下，俺师傅可火了，狠狠训了俺一顿，就是那天晚上，围着一炉将熄的炉火，他抚弄着那大锤，讲起他学徒的经过。

俺师傅是打十四岁上就跟大锤做伴的。他说，那时候他还没锤把高，小胳膊比锤把粗点有限，可是有嘛办法呀？为了一天吃两顿米糊糊活下去，爸爸妈妈就送他到一个老铁匠炉上当徒弟。从那，大锤就是他的伴，破庙就是他的家，背着绊带拉着吱吱扭扭的独轮小车，走遍天涯海角。

师傅的师傅，是一个孤独而严厉的人，师傅学徒除去抡大锤、拉风箱、做饭，还要给他的师傅缝缝补补，他那头上总是鼓着挨打后肿起来的疙瘩。大锤是那么沉重，虎口震得流血，胳膊肿得抬不起来，可是，他也不敢向着师傅流一滴眼泪。有时，他偷偷地想：干嘛我要抡这累死人的大锤呢？他想偷偷跑掉，扔掉那沉重的大锤。但是，离开大锤，靠什么吃饭呀？

后来，师傅的师傅死了，给师傅留下来的唯一东西，就是一把大锤。他扛着这把大锤，就到别的铁匠炉上帮锤去了。在这把大锤上，他曾经寄托过希望，他的希望很简单：不要像死去的师傅那样，打一辈子铁，落个孤独一辈子，最后还是摸着锤把死去；他应当有个家，过个温饱的日子。然而，在那个时代这点希望也是那么渺茫。他帮了这家的锤，又帮了那家的锤，风火炉边三十年，依然是光棍一条，伴随他的还是师傅的师傅留下来的那把大铁锤，过的还是住破庙、走天涯的流浪生活。解放了，师傅有了固定工作，他到厂子里当了保全工人。师傅说：就是从那之后，他才像抓住那把锤那么结实，抓住了生活，抓住了希望。

但是，一个人的劳动，如果在过去仅仅是为了个人的温饱，那么解放以后，俺师傅懂得了劳动的更大意义。俺师傅说，同样是那柄铁锤，现在抡起来就特别轻，有一种莫名其妙的力量在帮助自己，那锤击的叮当声，锤下溅起的火花，再不是对旧时代愤恨的发泄，而是对新时代有节奏的赞歌。师傅说：他爱这把大锤，情愿抡到死，不离开它！当然，最后这几句话，是他见俺被他过去的遭遇感动得转泪珠的时候才说的。

师傅就是这么一个人。他爱他那把大锤，和大锤有一种奇妙的感情，因为那大锤记录着他将近一生的生活！所以俺想，师傅之所以没想到扔掉大锤，是有着这么多的原因的。

这天晚上，也就是全厂决定庆祝机械化胜利的头天晚上，俺到保全部去了，想找师傅谈谈天。可是，快到门口俺才想起来，今天是放假的日子，从搞机械化以来，大伙都自动不休假了，现在“化”得差不多了，是给大伙补的假。但俺还是扒着门向里望了望。嘿，屋里亮着灯，俺师傅独个坐在地上，怀里抱着大铁锤，正在锤把上刻画什么！俺一瞅心里就动了，悄悄走到他背后一看，原来他在锤把上用錾子刻字呢！刻好了的，有“冯金德”三个字，下面正要刻的是“欢乐的离别”五个字。俺一看就乐了，便喊：“师傅你干什么呢？”这一喊把师傅吓了一跳，他赶紧推开大锤，笑着站起来说：“跟大锤告别呢！”说着他一指前面两根竖起来的工字铁：“看，这玩意儿代替大锤了！”俺细一看，原来是一台土制的夹板锤，俺心里这个乐呀，便问：“多久搞出来的？”“刚搞成。真想不到，抡了四十年的大锤，今天把它放下了！”师傅说着开了电钮，那锤就一上一下，清脆而有力的声音，随着锤的自动上下响了起来。俺偷看了一下师傅的脸，师傅两眼眯缝着，有两滴亮亮的东西流下来，可是那脸是兴奋的，说不出有多少欢乐和激动。

一九六〇年一月十日

原载《人民文学》1960 年第 3 期

第一课

唐克新

下班前，车间主任给大家下了个通知：今晚一律不准加班，放工后全体去听新来的党委书记做报告。

下班不到半小时，车间里人都走得空空的了。可是，在准备间保全部的更衣室里，却还有一个人没走。他在自言自语着什么，一面还做着手势，就像一个没经验的演员，在背诵着那些又长又别扭的台词一样。

“同学们，今天，我们职工红专大学开始上课了，”他操着半生不熟的普通话，“我讲的是‘准备’部分的保全保养问题。在这方面，本人也懂得不多——”

说到这里，他突然停顿下来，摇着头说：“嗨！怎么这样啰唆！又是‘我’，又是‘本人’……”他咳嗽一声，清清嗓子，又接着说下去：“在这方面，我也懂得不多，实在才疏学浅……”

他觉得这后面一句太知识分子气了，但又想不出更好的话来代替。于是又去照照镜子。贴在墙上的那块镜子里，立刻出现了个圆脸小伙子。一对乌黑骨碌的眼睛，两条一字儿并排的眉毛，小鼻子下面是两片丰满的嘴唇，它的周围还长着一圈软茸茸的黄毛。看着看着，他心里有点泄气，觉得镜子里的那张脸，无论如何也不像个做老师的脸。

他觉得自己是个普普通通、平平常常的人，简直太平常了。在他的短短的生命历史中，既没有什么荣誉，更没有什么丰功伟绩。他父亲原来也是这个厂里的老工人，解放前两年，在一次机械事故中死了，就丢下了他和他那双目失明的母亲。当时他才十二岁，娘儿俩都是没有生活能力的人，幸亏父亲厂里的老弟兄们想着许多办法，才让他进本厂当了一名小加油工。从此以后，他就一天到晚提了一把油壶，穿着一身油污发亮的衣服，从这部车肚钻到那部车肚里，“小加油”三字就成了他的姓名。解放后，他被调到了平车队。推广速成识字法扫除文盲时，他成了速成识字班的第一批学员，又成了第一批被摘掉文盲帽子的工人，后来他继续念了高小和初中，他真像一个睁了眼的盲人，一下子被这个眼花缭乱的美丽世界迷住了，他还从来不知道世界上竟还有这么多美好、有趣的东西！他常常想：“为什么我以前就不知道这些呢？”所以他什么都喜欢，什么都想学。初中毕业后，他又考进了业余中等技术专科学校，成了一名中专生，技术上也成了个六级老师傅。可是，这一切都是在平平常常中过去的，在他不知不觉中过去的。一直到现在，他总觉得自己还是个“小加油”，做梦也没有想到今天竟会有人叫他当职工红专大学的业余教师。所以当学校的教务主任来聘请他时，他还以为人家是在跟自己开玩笑呢！后来，人家郑重其事地拿出了那张红色的聘请书，他这才真正相信。

“小吴——啊哟，你这个家伙，到现在还没打扮好？大会马上要开始了。”

一个声音突然打断了小吴的沉思。一听这声音，他就知道是自己的下手小金，所以头也不转一下地说：

“你倒会说风凉话，我急也急煞了，六点一刻还要去上课，真是半分钟的准备时间也没有。”

“别说鬼话！每天空下来就在这里装模作样。”小金学着他的样子说：“‘同学们，今天，我们……’这不是准备，难道是发神经病？”

这两人可是一对儿，老师傅们说，他俩在一起要是没声音，那太阳准会打西边出。但他们却从不翻脸，而且还比谁都要好，可是这回小吴却没有理会他，他锁上衣箱门，转身就走了出去。小金却还盯在后面努着嘴逗他说：

“哎哟哟，刚当上个‘算命先生’，还没上课呢，就摆起豆腐架子来了！”

其实，小吴也不是好惹的，不过他近来却变得老实了。他觉得，当了教师要是再不严肃些，那学生怎么肯听他的话呢？

当小吴和小金跨进会场时，会议已经开始了。会场里一片寂静，只有报告人的声音在响着。不知怎的，那个声音一下子就把小吴吸引住了。他觉得这声音很好听，很熟悉，还没来得及思索，举目向台上一看，不觉大吃一惊。他还不相信地用手揉了揉眼睛，再向台上看去，不错，一点也不错。他一时竟像个木头人似的呆在那里了。

“哎哟，小吴，这不是你的好朋友老储吗？”小金竟旁若无人地大叫起来。

立时，四周投来了很多责备的眼光，他们却一点没注意到，有人从小金背后伸过来一只手，狠狠地拉了拉他的衣角说：

“喂！你们自己不守秩序，还要妨碍别人！”

他们这才急忙就近找了个位子坐了下来。

“台上这人是谁？”小吴还不放心地问旁边的人。

“新来的党委书记。”那人全神贯注地望着台上。

“他叫什么名字？”

“储平。”

“怎么，一点不错吧？”小金像打赌得了胜似的说。

怎么会错呢？这还是眼前才发生的事情。

那是两星期前，人事科给各车间分派了一批科室下放干部，小吴的平车小队也分配到一名，就跟小吴学干活。这人四十光景，瘦瘦的个子，说话带着一口北方口音。他那长脸上虽然锐骨四起，却使人感到很和善，他那灵巧的手什么活儿一教就会，而且什么事不等人开口就去做掉了。一开头小吴就喜欢上了他，不几天两人就成了好朋友。开头他叫小吴“老吴”，这个称呼引起了人们的嬉笑，后来他就改叫“吴师傅”。从技术来说，小吴早就称得起个师傅了，可是过去从没人这样称呼过他，听起来总还感到有点儿别扭。后来小吴对他说：“你就叫我小吴好了。”老储说：“那不成，按道理我该叫你师傅。”小吴急了，说：“啊哟，你这人哪儿来那么多‘道理’。”以后，老储只好叫他小吴。

老储觉得小吴这人既精灵，又直爽，技术的熟练，那就不用说了。平时在生产中他的小办法顶多，别的不说，就连他的油壶、工具箱也与别人的不同，使起来既方便又省力。老储常夸他是个小发明家。他却说这些都是弄着玩的。这正是一九五八年的秋天，大跃进浪潮汹涌澎湃，纺织两部的车速在一个月内，都先后跃上去了，这给夹在中间的准备间带来了很大的压力。准备间筒子车的速度原来就比较快，装备又不合理一些，就老是跃不上去，活活把织部的喉咙堵住了，扯着布机间的后腿，使整个布厂都跃不上去。大家横开会竖研究，做了许多试验和改进，却总是不能从根本上解决问题。有一次，老储问小吴：“难道就真的没办法了吗？”

小吴狠狠地说：“怎么会没办法。要我说，干脆把这些短命筒子车统统拆掉，不用它！”

“不用怎么办？”

“革掉它一道工序嘛。”

老储凭自己的简单想法，觉得准备间一道道的工序的确有点重复，就信以为真，高兴地说：“这倒是个办法。哎，你怎么不提出来？”

不料小吴却苦笑着说：“你这个人真太老实了，别人说什么你都相信。我这是说说怪话的，要真能取消，还用我这‘小加油’来说？”

他还告诉老储，有一次，他在一个总工程师召开的座谈会上也提过这个问题，可是，一下子就被人家顶回来了。人家说：这个问题在百年前创造这些机器的人就动过脑筋了，就是不行！后来有些人就逗他：“小吴，你怎么晚出世了一百年？”

老储听了这话，还是鼓励他说：“一百年前的人怎能和一百年后的人相比呢？而且工程师也不见得样样都比别人强，他们说不行也不见得就真的没办法了，他们也要向我们工人学习。”

“那是要他们学习我们工人阶级的思想。”小吴说。

“技术上、生产上、管理上……也都要向我们工人学习，不光是工程师，而且厂长、科长、车间主任都要向我们工人学习……”

“这是说说的。”小吴仍有些不同意老储的解释，“拿我来说，你要我告诉你一部车上有多少油眼，哪些零件派些啥用场……我倒能闭着眼告诉你。可是别的我什么也说不出……”

“照你刚才那么说，你就是专家。”老储高兴地说。

小吴不禁哈哈大笑起来，他带着善意地讽刺说：

“专家——哈哈，要是你当了厂长，就会请我当总工程师了，是不是？”

“那我可不能保险。”老储也笑着说，“第一，厂长是无权任命总工程师的；第二，都当了工程师，难道叫我这个厂长一个人去做工人？其实，你除了所负责任与工程师、厂长不同，还有什么不同？”

“‘有什么不同’，全厂生产的大事靠你和我能解决吗？”小吴不以为然地说，“还得靠厂长、工程师……”

“不对！”一个洪亮的声音突然打断了小吴的思路，这个声音好像正是和他争论的，把他吓了一跳。他抬起头看了看台上，党委书记正在热烈地讲着：

“同志们，这就是迷信思想。主要靠谁？靠群众，靠我们全体七千多职工我们不光能解决小问题，也要解决大问题，不但要革一两样技术的‘新’，还要革整个工业技术的‘命’，因为我们是解放了的中国人民，我们不仅是掌握了政权的主人，还将是文化、科学和一切技术的主人……”

“说得真好！”小吴心里说。这些话以前他似乎也对自己说过，虽然说法不一样，但意思是一样的，可是怎么自己就没记住呢？

“你听到吗？刚才党委书记提到你了！”小金高兴地推了小吴一把说。

“他怎么说的？”小吴急切地问。

“他没有说你的名字。他说他拜了个很好的师傅，不但学到了技术，还明白了许多道理。”

“他还说什么？”

“他还说：每个人心里都埋藏着无数‘原子’，只要设法把它的‘核子’击破，就能爆发出伟大的能量来。”

“他还说什么？”小吴像小孩似的一个劲地往下问。

小金正要继续往下说，会场里却忽然哗啦啦地响起了一阵掌声。散会了。人群像放了闸门的水一样，向着四面门口拥出去。他们也只得顺着人流拥出会场去……

小吴从教务室拿了讲义和点名簿出来，已经打上课铃了。虽然那位帮助他备课的教务主任一次又一次地鼓励他说：“别怕，你从小就钻在机器肚里，和机器朝夕相处十几年，你熟悉它们就像熟悉你自己的手脚耳目；而且你又上了业余中等技术学校，既有丰富的实际经验，又有文化理论基础，同学们又都是自己厂里的……”可是仍然没有用。不知是由于激动呢，还是由于心慌，他的心里就像有几十只青蛙在活蹦乱跳，甚至手也有些抖起来。

课堂里，同学们都已坐得整整齐齐。他跨进课堂，不知是谁喊了声“起立”，大家整整齐齐给他行了个礼。他真窘得不知怎么好，他目光向屋里扫了一下，但除了坐在第一排的小金，别的谁也没看清。

“不要太慌张，开头，可以尽量慢一点……”他想起了教务主任的话，略停了停，镇定了一下，就翻开点名簿来点名。点着点着，他突然怔住了。

“储——平。”

“到。”

小吴的目光向应声的方向找去，果然是他：党委书记。在他旁边，还有厂工会主席、人事科长和党委其他一些干部。

“半小时前，我还和几千人一起坐在那里听他的报告；半小时后，他却成了我的学生！”

这个思想像暴风雨夜晚的闪电一样，在他脑海里闪了一下，他还来不及抓住它、思索它，但这一闪却在刹那间照亮了他的眼睛，使他看到了面前的广阔世界和自己的身影。顿时，他浑身的血液像大海里的波涛一样沸腾起来，原来准备好的那一套“开场白”，不知被冲到何处去了。这时，他倒反而不慌张了。他激动得声音有些颤抖地说：

“同志们，不用我自己介绍，你们都会认识我这个‘小加油’的，不错，那是过去的事了，我像一条狗一样，整天钻在车肚里，睡在马路上，在那时，什么都没我的份，我没进过一次学校大门，没念过一天书，连马路上我也不能和别人一样自由自在地走……今天，我不但成了个中专生，而且还站到这个讲坛上来给别人讲课，坐在这里的有我的同伴，有党委书记、工会主席，他们都是我的领导，也是我的好同志……”

他越说越激动，热泪不由簌簌地滚了下来。课堂里鸦雀无声，大家被他的话感动了，都用赞许的目光看着他。他的目光又移到后面的座位上，看到党委书记正在对他笑，好像在鼓励他说：“说下去，你说得好。”

这一课讲的是准备部分的一般原理。课是上得很成功的，他自己也没有意想到，他竟会那样纯熟、流畅地一口气把这一课讲完。

最后十分钟是提问。

第一个站起来的是党委书记。

“筒、经加工的性质有点相同，那为什么不可以跳掉筒子，用小管纱直接做经纱？”

又是这个问题。小吴的脸一下子红了。他想过这个问题：跳掉筒子车，用小管纱直接做经纱的关键是接头和张力问题不能解决，但是掌握了政权的二十世纪的中国工人，用二十世纪的科学成就难道还不能解决这个问题吗？不是可以用电子管、半导体……这些来自动控制断头吗？

“能，我们一定能跳过这一道。”小吴斩钉截铁地说。

下了课，小吴从教室里出来。他一下子觉得自己是个大人了，觉得有许多事情要认真地去做。

“小吴同志，跳筒子问题什么时候可以研究？”老储赶上来说。今天他却在“小吴”后面加上了“同志”两字。

“明天就动手。”小吴毫不思考地说。

“还得成立个小组吧？我也算上一个。”

“以后你还来？”小吴似乎有点意外地问。

老储笑着说：“怎么不来？才上了第一课呢！”

两人边说边向男工宿舍走去……

1959.12.7 初稿，12.28 二稿

原载《萌芽》1960 年第 2 期

沙桂英

唐克新

一

秋天的早晨，太阳从东方升起来，把那耸天矗立的大烟囱，连成一片的锯齿形厂房，宽坦平直的厂内马路和那整洁明亮的办公大楼，全都照得金黄灿灿的一片。一年到头，除了阴雨气候，天天都是如此，但是人们总是会感到特别新鲜，使人愉快，真忍不住要纵声歌唱。好歌是不会辜负这样的大好时光的，那高架在电线杆上的高音喇叭正在播送着一支欢乐的乐曲，人们已经熟透了这支乐曲，但每每听到它那轻快的节奏，明朗而热烈的音调，总是会在内心荡漾起愉快的波浪，似乎感觉到了生活的列车正在风驰电掣地奔腾向前。上工的人们，就踏着这样轻快的节拍进入工厂，开始这一天的劳动。

一进工厂大门，横跨马路的鲜红大横幅映入人们的眼帘，上面贴着雪白的大字：

学习沙桂英，赶上沙桂英，超过沙桂英！

这是昨天晚上才换过的新横幅，名字也是人们第一次见到的。不过，这个名字近来却已经成了全厂六千多名职工注意的中心。她以连续十个月不出次布的优异成绩跨进了先进行列，并且站到了这个行列的顶峰，成为全厂工人所追逐的目标。在那装饰得琳琅满目的光荣榜上，她的照片和本厂的三个著名劳动模范并列在一起。自从这张照片加上去后，这个光荣榜前的人突然增多起来，这些人里面，自然也有不少年轻的小伙子。他们议论着她的生产成绩，打听着她的身世来历，自然也免不了要品评她的年龄容貌。

“看来她很年轻哩。”一个生着两条倒挂眉的小伙子说。

“而且也很漂亮，是么？”另一个小伙子也打趣说。

“是哪个车间的？以前怎么没见到过？”倒挂眉又问。

“她的照片下面不是都写着吗？可见你只是看照片的。”

倒挂眉的脸忽然红了起来。但他还是忍不住地要问：

“你们谁认识她？”

“怎么啦，你想去招女婿么？”

这时，背后又有一个小伙子插上来说：

“招女婿么？我看你们谁也吃不消她！”

大家回头一看，都叫了起来：

“小陈，她不是你们四织车间的么？你认识她吗？”

“当然认识。”叫小陈的小伙子以一种骄傲的口气回答说。他的个子虽然长得不小，但鼓鼓的两腮上却带着一股稚气，一看便知是个大孩子。他对那倒挂眉看了一眼又说：

“别说你，连我们余师傅也不与她争长论短呢！”

“你又要吹了。”倒挂眉反驳说，“余师傅连厂长都要当面开销，还怕她么？”

“我也没说怕她呀。”小陈辩解道，“不过你与她斗是没好处的，她可会抓小辫子。”

“那又怎么样？余师傅是保全部的平车队长，她是运转班的一个普通挡车女工，她能管到谁？”

“好，你不信——”说到这里，小陈无可奈何地顿住了，回头看了看，似乎想找个证明人来帮助自己一下，却没有找到。正在这时，忽见马路对面有个穿灰呢短大衣的人在走过来，小陈像得了救似的忙对大家说：

“你们看，那不是邵顺宝来了！你们不信可以问他。他就是沙桂英工区的副工长，他自己也怕沙桂英哩！”

这时，邵顺宝已走了过来，见他们都在对自己指指点点，便问道：“你们做什么？”

“我们在谈你工区里的这个小姑娘哩。”倒挂眉指着沙桂英的照片说，“看来，明年她是稳定当上劳动模范了。”

“听说她很厉害哩，而且你也怕她哩，是吗？”另一个小伙子心急地问道。

邵顺宝高高的身材，白白长长的脸，看来像个书生。他听了这些话，有点不高兴地说：“你们这些人真不好，什么事情都要开玩笑！这又是谁嚼的舌头？”

“喏，这是你们车间里的人自己说的。”倒挂眉指着小陈说。

邵顺宝转身对小陈不满地看了一眼说：“我知道又是你这小家伙！”

可是小陈并不怕他，反而顽皮地说道：

“我说得不对么？你难道不怕她么？”

“哈哈哈！”大家齐声笑了起来。

邵顺宝无可奈何，知道再说下去自己也不会得到好处，就说了声：“你这小鬼，真是吃饱饭没事做！”说完，就想走了。可是小陈还是不放他，说：

“你算老鬼了么？二十八岁还没对象呢。”

“你是打算给他介绍一个么？”

“人家是副工长，哪里用我介绍！”小陈俏皮地说着，又向邵顺宝道：“我说呀，你光在心里急没用，还得主动、勇敢一点，要不然，可要成个‘王老五’了。”

“哈哈哈！”又是一阵哄笑。接着便齐唱起来：“王老五呀，王老五，你白白活了三十五，衣裳破了没人补……”

邵顺宝没有再理睬他们，只顾自己闷着头向车间走去。不知他究竟是真生气了呢，还是另有心事？

二

说起邵顺宝的心事，这可就复杂了。

邵顺宝原来是保全部的平车工，进厂时是在余师傅手下学的生活，算起来还是小陈的老师兄。一九五二年分三班时，他才调到运转班做修机工，一年多后又当了副工长。到现在已有四五年了，在这个班的八个工区中，也算得资格最老的副工长了。他所领导的工区，一般地说还算不错的，据说领导曾考虑过提拔他当值班长，后来不知为什么终于没有提拔。对这一点，邵顺宝自然有点委屈，后来也就想开了，因为他对自己有充分的信心，他相信自己的能力和修养，能够把自己这个工区领导得出类拔萃。对于这一点，看来是没有人对他怀疑的。你看，现在这个连续十个月不出次布的先进人物不就出现在他的工区里么？这样拔尖的人物在全厂又能有几个呢？美中不足的是全班最落后的成绩也出现在他的工区里。原来，他工区里有个叫新嫂子的女工（大家都从不叫她的名字），她一个人出的次布就占全工区的四分之一，可是邵顺宝却又不能说她，一说她就会和你顶起来。这人是个出名的炮仗脾气，不管对什么人，她是什么话都说得出来的。

“我是没本事挡这些车。你自己当时要充大亨，把这些老爷车接收下来，却又没本事把它修好……”

有一次，邵顺宝说一声“你怎么出这么多次布”，她就大发起脾气来。邵顺宝怕她说出更多不好听的话来，连忙打招呼道：“别吵了，别吵了吧，我也不过问问你嘛……”

真的，对于新嫂子的那些车，邵顺宝是有苦说不出的。那是一些有名的老爷车，一年多前重新划分工区时，没一个工区愿意要这些车。当时，邵顺宝正在委屈之余，他想表现一下自己的能力，就在谁也不要之后，慷慨地把这些车接收了过来。接过来才发现自己是失策了，这些老爷车根本就无法修好，要是搞不好，反而失笑于人，显出自己的无能为力，所以，就决定干脆不去动它。后来他说了许多好话，才把这些车子派给了新嫂子。她是这个工区挡车工龄最长的女工，对于这种老式车比较熟。自然，新嫂子接收这些车子之后，也并非毫无怨言，只因为副工长平时对她特别尊重，时常当着大家的面说：这种车子只有新嫂子能挡，所以计划要求也不能和别人一样。这么一来，新嫂子也就觉得无话可说了。邵顺宝也知道，新嫂子的次布是出得多了，即使是老爷车，也不至于出这么多。但是，为了不让新嫂子把这件事嚷开来影响工区的声誉和威信，他觉得也只能这么做。况且，一个工区有那么多挡车工，只要每人抓紧一点也就把她带过去了。谁知，后来新嫂子的次布却越来越多，多得简直令人吃惊，特别是最近车间里的生产任务改变以后，质量要求更高了，而新嫂子的这个问题也就变得更加突出了。许多挡车工的眼光都集中到新嫂子身上，大家知道，虽然车子不好，但如果平时收拾得干净，操作法上抓得紧，也不至于出这么多的次布。可是因为副工长不敢说，别人自然也就不肯说了。要是别人一说她，她不是和人家顶起来，就是冲着人家说："你别光说别人，到我车上来试试看！"调车对于织布女工来说，好比骑士换生马一样，即使换的是好马，也会因不熟悉脾气而一时驾驭不了，终于在赛马场上败下阵来的。何况新嫂子挡的又是出名的老爷车。

这天下班后，邵顺宝又召开了个工区会议。

"这个月我们工区的质量计划已经非常危险了，大家讨论讨论吧，这样下去怎么办。"副工长忧心忡忡地对大家说。

有的人低头看着自己的脚尖，有人看着自己的手指，有人看着墙角，谁也没有开口。

"再这样下去，这个月的计划就全部垮台了！"副工长又加重了语气说。

没有人开口，也没有人打算开口。

“你们都不开口，这次布难道是我出的么？”邵顺宝的耐性最好，终于也忍不住了。

人们的目光终于慢慢开始移动了，最后集中到新嫂子的身上。

新嫂子，一个三十七八岁的中年女工，胖胖的身材，黑黑的脸，闷声不响地坐在角落里。最近，她自己也觉得次布多得说不过去。她也知道别人对自己有意见，她自己也恨自己，恨老爷机器，怨当初不应把这事答应下来。自然也有点怨邵顺宝，他是副工长，兼负修机的责任，就丢开过去那件事不论，他也是有责任的，可是新嫂子也知道自己是个没主意的人，只要邵顺宝对她两句好话一说，她也就什么办法都没有了。所以她的心里常常是一团乱麻，不知究竟怎么办才好。这样，她的脾气就更加暴躁，动不动就会和人家顶起来。现在工区里一开会，她总觉得是专门为她而开的，所以总是一个人拉长着脸，闷声不响地坐在一个角落里。大家看到她这副样子，自然也都不敢去说她了。

“新嫂子，你先谈谈吧。”邵顺宝看到大家的目光，觉得实在挨不过去了，只得小心翼翼地对她说。

“我有啥说头？坏布我出得顶多，我是害人精，我不要挡车，你把我调下来相帮好了！”她虎着脸气嘟嘟地说。

“唉，你别发火嘛。”副工长赔笑地说，“我们大家一道来研究研究看，究竟是啥道理。”

“啥道理？人倒霉，挡的车子也倒霉！”新嫂子翻着眼珠说，“我要是有本事研究，早就把这些老爷车修好了。”

最后一句话，一下子就把副工长的嘴堵起来了。一时间，小组会竟僵住了。

沉默，难堪的沉默……

“新嫂子，你这态度就不对！”

一个声音终于打破了这个沉闷的会场。声音虽然是温和的，但在这样沉闷的会场里，人们却觉得它就像一个霹雳一样。大家的目光一齐向发出这个声音的地方射去，落到一个二十多岁的小姑娘身上。她有着一张白净而丰满的脸，高高挑起的两条又长又黑的眉毛，头上一左一右地扎着两根短辫子，丰满的胸前围着一只雪白的饭单，被她那件浅蓝色的衬衫一衬，就像蓝天上的白云，显得格外明朗。她就是最近轰动全厂的沙桂英。

“我什么不对？出坏布我自己就欢喜么？我自己也恨死自己了……”新嫂子翻着白眼盯住沙桂英说。

“有啥困难你也可以谈嘛，光恨有啥用？你出的次布要占全工区四分之一，人家一说你就和人家顶山头，老是这样下去怎么办？”

没等沙桂英说完，新嫂子就截住她说：“你倒教教我看，怎么办，我挡车倒挡勿来了！”但她忽然又转了话锋道：“老实说，不是那些老爷车，我要是落在别人后头人也不做了！我开始挡车时，别人还穿开裆裤呢！”

新嫂子越说越来气，越气就越要说，像黄河决口似的，一发而不可收拾。真的，她在这个工区里没受到过这样不被尊重的待遇。

其实，沙桂英对新嫂子并没有任何成见，也没任何恶感，——她对任何人都是这样。相反，平时她倒有点同情新嫂子。虽然，她并不知道新嫂子那些老爷车的来历（因为那时她还没有到这个工区），但她总觉得对于新嫂子的次布多，邵顺宝也应该负一部分责任——对她的帮助不够。所以，平时别人在背后议论新嫂子时，她倒为她解释两句，有时也当面批评邵顺宝。可是她却不能理解，为什么新嫂子自己对邵顺宝却没一句话，有时虽然也顶他几句，却半句也不在正理上。今天给新嫂子这么一顶，沙桂英倒也有点火起来了。

“要是你平时操作法执行得认真，把车子收拾得勤，车子再老爷，也不会出这么多次布。就是好的车子，也要靠人收拾的。”沙桂英也毫不退让地说。

“新嫂子，桂英的话很对，车子总是要人去挡的……”

有几个人也开口了。她们似乎一半是支持沙桂英，一半是在劝解。

“我也有嘴说别人，谁有本事到我车上试试！”新嫂子终于把最后一着王牌掼出来了。

副工长一看苗头不好，已经到了危险的边缘，忙用手从背后拉拉沙桂英的衣角，暗示她不要再顶下去，可是已经太晚了。

“不要搅！”沙桂英不顾一切地、讨厌地拨开副工长的手，又对新嫂子说：

“我跟你调车好了。”

“你说话要算数！”

“算数！”

“好——！”新嫂子像突然抓住了一只飞鸟似的，忙又说：“好，明天你就到我车上来！”

“马上就来！”

“好——”新嫂子终于再也无话可说了。

最后这个形势的急速发展，全部时间还不到两分钟，想为她们和解的人还只刚意识到事情的严重性质，生米却已成了熟饭，谁也没来得及插进片言只语。

三

像突然发生了一件严重事故一样，整个工厂的人都以不安的心情纷纷议论起沙桂英和新嫂子调车的事来。这是很自然的，因为沙桂英已经成了全厂瞩目的人了，在她的后面，有几千人在跟随着，追逐着，她的一举一动，一进一退，每一点成败得失，都将对这许许多多人发生影响。一个人处于这样的地位，他对自己的一举一动，是不能没有种种考虑的。沙桂英的这一行动不但出乎大家的意料，也大大出乎新嫂子的意料。新嫂子是知道这个小姑娘的厉害的。她今年不过二十有一，从进厂学挡车到现在，才不过四年多时间，能够获得这样的成绩，的确不容易。可是，新嫂子也觉得她有点骄傲，平时什么人她都要冲，谁说的话她都要扳。不过新嫂子万万没有料到她会出头和自己干起来。她很知道一个织布挡车工的每一点成绩是得之多么不易：一个人要管二三十台布机，每台布机上有几千根头纹，每只梭子一分钟要在那几千根头纹里穿二三百个来回，每班要用掉几十箩的纱，织出成千公尺的细布，在这成千公尺的布面上，不能放过芝麻大一个疵点……这样的劳动，不仅要求一个挡车工不停地用她的两腿奔跑，用她的双手抚摸，用她的双目察看，还要求她用脑子随时分析情况，用耳朵谛听每一秒钟所发生的动静，甚至要用每一根神经去感觉眼睛和耳朵所达不到的境界。只要思想稍一分散，一个蚂蚁似的疵点就会从她手下偷偷溜过。有时这一切都做得妥妥帖帖了，如果气候忽然来个变化，刮一阵风下几天雨，来一股寒流或到一股热潮，往往就会把一个挡车工的正常工作搅乱，甚至一发而不可收拾！十个月，整整三百天不出一匹次布，这是容易的吗？看来沙桂英并不珍惜这一点。现在她调了车，而且是老爷车，这后果她又考虑到了没有呢？还有那厂门口的大横幅标语，光荣榜上的大幅照片，人们的赞扬和敬慕，她又想到了没有呢？更使新嫂子不能理解的是，在正式调车的那天，她居然还拉着新嫂子到她的车子说：

“新嫂子，这几部车，我开给你看一下，有几个地方你要注意，不然它们会捣你的蛋的……”

她说着，就开起车来，还像以前作操做表演介绍经验一样。新嫂子真是又好气又好笑，但不理她也不好，只好对她说：

“知道，我都知道……”

至于她究竟说了些什么，她压根儿就没有去听她的。后来，她大概也感觉到了，只好很失望地走开了。

对于沙桂英和新嫂子调车的后果是凶是吉，别人如果还有怀疑的话，那么，邵顺宝是毫无怀疑的，他的结论只有一个字：凶。这件事对他来说，是太伤脑筋了。自从生产任务改变以来，他的这个工区的实际生产成绩一直处在中游水平，幸好有了个沙桂英，可以抵消掉他一大半的不景气，虽然他的工区的成绩并不好，但沙桂英这样的人毕竟是别的工区所没有的。可是现在眼看这一张王牌也要失去了，那么他还能以什么东西去和人家比呢？他决心要挽回这个局势。虽然他明知道这是不大可能的了，但他还是要试一试，就像俗话说的那样："把死马当活马医"。

四

在所有的家庭里，沙桂英的家庭大概要算最简单了，一共只两口人：她和她的妈妈。沙大妈五十多岁年纪了，跟女儿完全相反，嘴碎而健谈，却有一股天下少有的好脾气。从表面上看，她是这个家庭里唯一的长辈，但实际上，自从男人死后，她就没有一样不是听从女儿的。今天是星期天，一早起来，女儿就要她把屋里的凳子椅子杯盘箩子一齐搬到灶披间去，还要把墙上的照相镜框统统摘下来。起先沙大妈不肯，女儿就自己动手。沙大妈怕她粗手粗脚地打碎，只好帮她搬，一面却嘀嘀咕咕地煮起糯米稀饭来：

"我的老天爷！你就让我来吧，你是存心要把它们送进垃圾桶才甘心！我算是觅到了你这么个独个头宝贝，还有啥说头！"

她一面说，一面像抢回被人夺去的东西似的，从女儿手里把东西抢过去。女儿什么也不说，只是抿着她那好看的嘴角笑着。

"哎呀！你就不能轻一点吗？你究竟要干什么？啊？究竟要干什么？你怎么不说？再不说，我就把你赶出去！"尽管她这样说，可是却还是手忙脚乱地帮女儿搬着。

"今天下午我们女子乒乓队要在厂里比赛呢，上午我要练练手腕。"

"啊哟天呀！我还以为是什么天大的事情哩。你不会给我到厂里去练吗？"

"这么远的路，天又下雨，你不看见吗？"

东西搬好后，在靠壁处放上一张方桌，她就大显起身手来。

“嘀——咯——笃——嘀——咯——笃……”

那只小巧的乒乓球像个活东西，一会从桌上飞到墙上，一会从墙上跳到桌上；一会从这面墙上擦过去，一会又从那面墙上弹回来……沙桂英手执球板，正击反击，上击下击，翻身回头……灵活得像只麻雀似的。正当她练得来劲的时候，忽然听到沙大妈在灶披间里叫了起来：

“啊呀！邵同志，你今天怎么会冒雨到我们家来？真是贵客！”

沙大妈说着，邵顺宝已经进了屋，一见沙桂英那样子，他一时竟呆住了。这时，沙桂英一伸手，接住了向她面前飞来的球，呼地旋转身来用一对水晶似的眼睛盯住邵顺宝，那神情似乎在问：

“你有什么事？”

邵顺宝只见她穿着一件紧身的黑色运动衫，裸着两只雪白而丰满的膀子，由于激烈的运动，她的胸脯还在一起一伏地喘着气。一时间，他倒连一句开场白也想不出来了。

“啊哟！今天一清早我的左眼皮就在扑扑地跳了。人家说：左跳喜，右跳气，果真来了个客人！”

还是沙大妈打开了这个局面。她一面说，一面就忙着端凳子、抹桌子、拿被子……

“今天你不去俱乐部了吗？”邵顺宝在沙大妈端来的凳子上坐下来问。

“上午不去，下午去。”沙桂英说着，随手拿过一件衬衣披到身上。

“这几天俱乐部真热闹，他们已经为国庆节排练节目了，真高兴。”邵顺宝不无一点讽刺意味地说。

“怎么，你有啥不高兴？”沙桂英看了他一眼问。

邵顺宝一时倒找不出话来回答了。屋里的空气一时竟有点沉闷起来。沙大妈见了这场面，心里倒有点过意不去，就忙插上来说：

“你这丫头，说话总是生生愣愣的。跟自己娘没关系，跟别人也能这样吗？”她又转向邵顺宝道：“邵同志，你可别计她小人的过。我这丫头是独养囡，爷又死得早，都叫我惯坏了，样样由着她……你也对她没办法，她说要向东，你就说那里有千头猛虎也阻挡不了她！脾气就是这样犟，跟她爷老子活脱活似。不过，你看她面上凶，心却顶善……”

“妈妈！你光说些没意思话。”女儿不满地说。

“什么有意思没意思，我不说，人家邵同志不动你气吗？你爷老子不也是吃了他那脾气的亏吗？要不然，他不是今天还在世吗……”大妈说着，竟擦起眼泪来。

“没关系，大妈，”邵顺宝忙安慰她说，“在厂里我们也是自己人，都弄惯了……”

“是呀，大家晓得脾气就好，不然人家就要动气。”沙大妈又絮絮叨叨地说起来，“人家都说她麻利，可是在家里她连一锅饭也烧不熟，能干个啥？”

“听说你们还要选她当劳动模范，”沙大妈又说，“我说趁早别。这样的人也能吗？……”

沙大妈嘴上这么说，心里却更着急。前些日子，邻居们都说她女儿要当劳动模范了。大家都向她祝贺，用羡慕的眼光看着她，说她好福气。不必说，沙大妈的心里十分高兴，人也分外地有精神了。真是“人逢喜事精神爽”，可是，昨天隔壁的阿红来告诉她说桂英跟别人调了车。调车有多大的利害关系？这沙大妈不懂，但听阿红的口气，似乎这会使她当不成劳动模范。阿红和桂英在一个车间，想来是不会错的了。这可给沙大妈心上压上块石头。昨天她曾问过女儿，可是女儿不肯对她说，反而没阿红那样着急。这真把沙大妈弄糊涂了。现在，她再也不能错过机会，一定要问问明白。

“不过，听说她前天和别人调了车，劳动模范又不能当了……”

“妈——妈！”女儿实在有点忍不住了。

沙大妈一看女儿真不高兴了，也就不再往下说了。

“是啊，大妈，我就为这事来跟桂英商量的呢。”邵顺宝觉得这是他说话的好时机了。

沙大妈一听这话，就顺水推舟地说：“好，那你们谈吧，我还有点事呢……”

在这方面，沙大妈是有经验的，以前丈夫在世时也常有人到家里来谈论什么事情，他们谈得很热烈，却又很小心，总是生怕被人听了去似的，起先，沙大妈很想听听，可是每当这个时候，丈夫就托故把她差开去。沙大妈并不是个多疑多虑的人，她觉得男人们有男人们的事，所以并不生气，后来就成了一种习惯，有人来和丈夫谈话，她就主动走开了。现在跟着女儿，她还保持着这种习惯，一听是谈工作，她就借故走出去了。这一回不同的是沙大妈虽然离开了他们，却并没到外面去，所以仍然能够听到他们的谈话内容。

“这件事情，你怎么也不考虑考虑就贸然决定了？”

沙大妈走后，邵顺宝用一种严肃的、公事公办的口气对沙桂英说。

“什么？”沙桂英不明白地问。她那两颗晶莹闪亮的眸子直射着邵顺宝的脸。

“我是说你跟新嫂子调车的事……”

她的眼睛还是直对着他的脸。不解，还是不解。

“那你说怎么样？”她笑着问。

邵顺宝赶忙把自己的主意端出来：

“我们觉得，你应该放掉新嫂子的那些车，仍旧调回你自己的车……这不用你说话，完全可以由领导出面……”

“调给谁？”

“反正不再给新嫂子就可以了……”

“你自说自话！”她猛站起来说，“亏你想得出！”

“这有啥要紧，可以先把你的工作调一下，然后把那些车派给旁人就行了。”

“我不同意！我反对！”她大声反对说。

一下子碰僵了。邵顺宝有点后悔，觉得自己太心急了，应该先给她摆几句大道理，然后再把自己的主张拿出来，她就不能不考虑考虑了。现在再这样做恐怕也没用了，但他还是要试试。

“同志啊，你要考虑考虑，现在全厂同志的眼睛都在看着你，党要你带动更多人前进，这可不是你个人的问题！”

果然，沙桂英没有话说了。因为她的确没有考虑到这一点。

邵顺宝觉得这记打中了，就又进一步说道：

“你再想想看，你已经连续十个月不出次布了，这个成绩是容易得来的吗？你和新嫂子调了车，以后也能保证不出次布吗？”

“我又不是神仙，能变戏法吗？”

“那你怎么就随随便便和人家调车呢？你的脾气也太任性了……”

“啊呀，你烦死了！像个老太婆一样。”她厌烦地说，“车是我挡的，又不要你挡！”

“这要让我去向车间主任汇报了再说。要他批准了才算数呢。”

“过去每个人调车都是经过车间主任批准的吗？”她不服气地说。

“对你，情况可不一样……”

她低头想了一会，突然又抬起头来用锋利的目光直逼着邵顺宝的脸说：

“你去汇报好了，领导上要不同意，我就不挡车！”

这一着倒是邵顺宝万没有想到的。但是他也再想不出来别的办法了，因为前面那些话都是他自己顺口说出来的，认起真来，并无根据可找，就只好又软下来说：

“你这个人呀，就是这脾气，为一句话就弄得这样！你不是不知道，新嫂子这个人跟她有啥顶头，让她两句不就过去了吗？”

“根本不是什么新嫂子老嫂子。”沙桂英还是毫无半点软化地说，“你说，你是为了什么？还是好好看看你自己吧！也放开来让别人看看。”

“唉，你这个人——真是——”邵顺宝终于说不下去了。

“桂英啊，人家是为你好，你怎能这样对待人家呢？”邵顺宝走后，沙大妈对女儿说。

“妈妈，你别管这些事……”女儿不愿意地说。

“你厂里的事我不懂，可是人总不能不识好歹。人家巴望你当上劳动模范他有啥好处？光荣的还不是你。”

“谢谢！我不要当那种劳动模范！”女儿厌弃地说。

“啊呀！你这囡越来越不像话了，哪能说出这种话来！”

沙大妈实在奇怪，女儿今天的思想怎么变得连她这样的老太婆也不如了？竟认为劳动模范也不光荣了，真是昏话！同时，她也觉得对不起邵顺宝。在她看来，他是个老成、耐性的年轻人，特别是他对女儿那样的关心，使她十分感动，心里很过意不去。

五

织布车间里，成千台的布机在飞速地运转着，隆隆的马达声，噼啪的打梭声，各种机器物件的摩擦和碰击声，汇成了一股惊心动魄的巨大轰响，织布女工们却在这样的轰响中轻快地穿梭巡回着，准确而灵活地操作着，冷静而沉着地处理着各种各样复杂的工作。在那上面，是错综复杂的各种风道和水道管子，在这些管道下面，挂着许多写着红绿标语的小木板。这样的小木板，要算沙桂英车子的周围最多，文字也特别来得触目：

同志，你出了多少次布？不要麻痹自满呀！

同志，你的生产是在前进还是在后退？

警报！本工区的次布已达到 ×× 只了，希望你不要松劲！

……

这些小木板虽然天天都是由工区宣传干事写的、挂的，但内容却全是邵顺宝的创作。自从那天到沙桂英家劝说失效后，他再也想不出用什么办法来促使沙桂英回心转意，恰恰就在这个星期里，沙桂英破天荒地出了一只次布，第二个星期又出了一只。邵顺宝所预料的可怕后果终于成了事实。外面厂大门口的横幅换了别的内容，光荣榜上的大照片变成了小照片，但邵顺宝这个工区的生产成绩却还是老样子，实际情况却比以前好转了，因为新嫂子的次布的确比过去大大减少。不过无论如何，邵顺宝总觉得太丧气，他的工区去了个尖，只落得了一个中游，再也拿不出什么盖罩别人的成绩了，就像一滴甘露落入了大海，一点也分不出什么了。唯一的，他还是希望沙桂英能够回头，同时也的确对她有点生气，所以就有意想用些办法来刺激刺激她，反正现在她是不会再像过去那样凶了。可是，使邵顺宝失望的是，沙桂英对这些标语竟没有一点特殊的反应。不知是她根本没看见呢，还是看了并没有领会？好像邵顺宝所想的那些问题，她都毫不在乎似的。

标语口号不行吗？小组会来！一开小组会副工长就说：

“这个月的产质量计划都有危险，希望大家抓紧些，可不要松劲……”

“谁松劲了？”新嫂子插上来说，“我们嘴是说不出来，手是不马虎的。”

“是呀，新嫂子过去一月出十几只坏布，现在只出五六只，真是大有进步！”副工长表扬道。

“可是也有些同志现在反而出得多了。”副工长又说，“不管怎样，退步总不好。我们总要保住计划……”

真伤脑筋，沙桂英还是没什么特别的反应。唉，这个人对她还真没办法呢！

这些情形别人自然也都看出来了。可是沙桂英却毫无反应，这真使那些对她抱着满腔热望的人有点灰心。

“唉，桂英怎么竟变得这样没脾气了呢？”

“自己出了坏布，还硬得起来吗？”

“我看她也‘横竖横’了。真是‘虱多不痒债多不愁’。”

“最近俱乐部里也看不到她了……”

“当然啦，她还好意思唱啊跳的吗？”

的确，近来下班后是不大容易见到沙桂英出现在俱乐部了，只有沙桂英的好朋友阿红知道，她每天下班后在做什么。

“阿红姐，那右面一排六部车过去常出边疵吗？”沙桂英问。

“是的，经常出，我真恨死了！”

沙桂英似乎很高兴地在自己的小本本上记下了些什么，又问：

“一二〇三和一二一一……那几部车，你布面上常发现小破洞吗？”

“是的……”

“这些开关为啥这样紧？”

“我不知道。”阿红摇摇头说。

“让我来看……”

沙桂英说着，就伏下身向车肚里钻了进去。

“开车。”沙桂英在车肚下面叫道。

阿红见她躺在车肚里，不敢开，只是催她出来。

“碰不着我，你开好了。”沙桂英又说。

“我不……”

没等阿红说完，沙桂英用脚一蹬开关，车子一下子就转动了起来。阿红忙拍着胸口对她埋怨地说：

“你这个冒失鬼，差一点把人吓死！”

沙桂英钻在车肚里却高兴地说：

“嗨！这可给我看清楚了，原来是刹车问题……”

过了一会，沙桂英又出现在工务室里。

“你把平车周期表和前年、去年的大平车记录借我看一下，好吗？”她向一位年轻的女办事员要求道。

“你要它做什么？”女办事员奇怪地问。

“你只管给我好了……”

“那不行，”女办事员有意逗她说，“你不说出用处来，我就不借。”

“我要了解一下我那些车子……”沙桂英只好无可奈何地对女办事员解释说。

“噢！——你是真下决心要征服那些老爷车了！”女办事员半开玩笑半认真地说。

她从女办事员手里接过两个厚厚的本子，就坐到里面的一个角落里翻起来。她看得那样专心着意，那样入神，她的神情是那样安详，那样宽怀自若，她那丰满的白脸是那样美丽。她似乎完全入迷了……

沙桂英越是笃定，副工长邵顺宝就越是烦躁。他什么办法都用过了，都毫无作用，一点也刺激不了她，好比企图用小石头去掀起大海的波浪，一点没有效果。最后，副工长只有一个办法，他决定面对面地和她谈。

这天，邵顺宝抽个空来到沙桂英的车上，见她正在处理一台“大关车”。

“昨天你那只坏布去看过了吗？”

“看过了。”她头也不抬地用穿扣娘穿着头，两只手一跳一拉地灵活极了，好看极了。

“还有救吗？”

“不行，超过分数了。”

“只超过一分。”副工长表示自己完全知道这件事，同时也为了表示自己对她的关心，又说：“等会你到整理间和她们商量商量，可能还可以救。”

“我是不去！”沙桂英好似受了侮辱一样带着点愠怒的口气说，“靠这种‘鸭尿臭’的扯皮，总归弄勿好了。”

啊呀！她的嘴还是这样硬！看来她心里还是毫无悔改之意。这一下，副工长不得不向前逼近了。

“你这个月坏布共出几只了？”

“三只。”

比新嫂子以前少得多，和本工区的人比，三只也不算多，这方面还是攻不进。

“产量怎么样？”其实，这些副工长全都知道的。

“比上个月低了。”

“低多少？”

“平均一码一点二班台。”

记得这么细！真不含糊。不过，这个数字却是个可击之点。

“唉，这样下去怎么办……”

“什么‘怎么办’？”沙桂英忽然抬起头来，用锐利的目光射着副工长的脸说。

“我是说，人家说闲话呢……”不知怎的，邵顺宝一接触到她那锐利的目光，就什么决心都下不下了。

“说‘盐’话又怎么样？我又不是神仙！”

她终于把头全部穿好，准备开车了。

“那你为啥要跟人家调车？”副工长终于趁机攻上来了。

“我难道没有完成计划吗？”

计划是完成了的，这无可非议。她的口气也有点软了。所以副工长还是继续乘胜前进。

“我看你还是……”

“躲开！”她大叫一声，左手猛一推开关，车子“哗啦”一声飞旋起来，倒把副工长吓了一跳，把他那下半截话也吓进喉管去了。

“你怎么这样莽撞？也不先打几下慢车。”副工长责备地说。

“你来试试看，”沙桂英把副工长一把拉过来说，“这些开关全都呆得要命，弄不好就要跳梭、轧梭。”

“这是开关弹簧质量不好，我已调过几回了，没有用。”副工长突然由进攻转为防御了。

“什么‘弹簧不好’，全是瞎话三千！”沙桂英反驳道：“是刹车重垂太重了，二十八部车统统不合标准！我看你从来就没校验过。”

“可——能——是……”

副工长一面含糊其词地说着，就蹲下身看刹车重垂去。在观察人这方面，沙桂英是个粗心的姑娘，要不然，她就会看到副工长的那张关公似的红脸的。

“还有那台一〇〇六号车老是打双纱。”她对他说。

“我马上去看……”他答应着。

“还有一二一〇、一〇一〇、一二〇八……边撑全都咬边。”她像背书一样念道。

“我就去……”他完全顺从地应着。不这样又有啥办法呢？因为她报出的这一桩桩一件件都是铁实铁实的，都是准确无误地属于他职责范围内的事。他竟像战场上的一名俘虏一样，毫无半点反抗能力了。

“还有一二〇三和一二一一……那几台车全要换刺毛辊芯子。”

“我马上——”他忽然想到这不是自己职责范围的事，忙解释说：“这是要保全部换的，我们没有这个备货。不过，按他们的规定要写单子去批，至少一星期才能来调……”

“什么‘鬼定神定’，吃过饭我就去叫他们来换！”她大不以为然地说，“这全是去年平的车，‘照规定’就不应该坏刺毛辊芯子！”

六

近来，新嫂子忽然变得愤愤不平起来。这件事情她越来越想不通，越来越不能忍受：为什么当她挡那些老爷车的时候，副工长邵顺宝连看也不大到这些车上来看，有时新嫂子去叫他，他就差个副手来摸一下，如果新嫂子逼得他厉害了，他才自己来，东扳扳西敲敲地摸一阵，最后用扳头把红牌子（叫修车的信号）“啪”一下敲倒，说：“好了，开车吧。”也不知是真是假，天晓得他究竟搞了些什么名堂！现在这些老爷车调到沙桂英手里去了，他却对这些车表现得那样积极，跑得那样勤。在工作时间，除了干部们开会或车间主任、工长等找他，他几乎整天都蹲在那些车脚旁边，有时还加班加点地搞，甚至在吃饭的时候，只要沙桂英去一叫，他就会放下饭碗来不迭地答应说："我马上就来，就来……"然后就呼啦呼啦地狼吞虎咽起来，好像恨不得用个漏斗倒下去……新嫂子觉得，与其说邵顺宝对那些老爷车积极，倒不如说他是在对沙桂英积极。新嫂子又想到当初把那些老爷车分派给她时，邵顺宝是如何给她说好话，后来又如何对她表示尊重，却不认真给自己修车，这样看来，他这些全都是敷衍人的。她真想找邵顺宝闹一场，又一想事情已经过去了，再闹也无益，也就作罢了。但是，对邵顺宝的这口气却总是不容易消掉的。所以一有机会，她就要用话敲打他几句。

"我可不是好户头，不过就是年纪大了一点，你就这样欺侮我吗？"

有一次在邵顺宝的面前，新嫂子借着别人和她开玩笑的由头这样说。

"啊哟，三十几岁就卖老了，也不怕人笑歪嘴吗？"和她开玩笑的那个女工戏谑地说。

新嫂子并不理会别人的玩笑，却只顾自己说道：

"你能跟人家小姑娘比吗？人家生活难做了，会有人巴巴结结去修车，你会有吗？"

谁都听得出新嫂子的这些话是指的谁，所以大家都哄笑起来。

副工长邵顺宝听了这些话，明知这是在当着和尚骂贼秃，也只好打落牙齿往肚里咽。他能说什么呢？这些天来，他真让那些老爷车压苦了，想动弹一下都不行。每天一上班，除了班干部例行的碰头会或其他要紧的事情，几乎成天被揿在这些老爷车上，有时还得加班加点。这些难道都是他自己愿意的吗？但不愿意又有啥办法呢？把柄一件件的都抓在人家手里，都是确确实实的。现在，他只要沙桂英不再大声嚷开去就感到十分幸运了。可是他的这种处境有谁会知道呢？又怎么能够对别人解释呢？真是两面吃挟当！

最要命的还是这几天，邵顺宝觉得自己简直像跌进了一个万丈深渊似的。有几台车他反反复复地修了有十几次，可是沙桂英还是不满意。这真使他走投无路了！

这天上午，他又对那几台毛病最多的车进行了第十三次修改，这天他整整地钻在那些车肚里一上午，决心把它们彻底搞好，不再让她挑出一点毛病来。搞好后，他大大地松了口气，对她说道：

“你再看看吧，还有什么毛病没有。”

沙桂英钻进车肚去看了看，忽然又钻出来问副工长道：

“我叫你加装一只活络弯头，你怎么没装？”

“我的天！她还不满意！”邵顺宝在心里说。

“怎么，不行吗？”沙桂英又追问道。

“行是行——”副工长为难地说，“不过这样不是也蛮好了吗？你说还有啥毛病呢？”

“现在是蛮好了，不装活络弯头老毛病还会发的。”她解释说：“要制就彻底把它制死，永世不让它翻身！而且现在这样拉起来也太重，早上阿红就对我说她拉不动……”

“她的道理是无法反驳的……”邵顺宝在心里说，“但那个活络弯头装起来可不容易！”

“那活络弯头不容易搞准确，一时弄不好反而要影响你的生产质量……”邵顺宝对她解释说。

“嗨！你这人就是只顾眼前！”沙桂英不以为然地说，“你只管装，我能掌握住的！”

有啥办法呢？邵顺宝只好重新做第十四次的修改。

“吃饭辰光到了，你去吃了饭再搞吧。”沙桂英对他说。

“用不着，我先把它拆下来再说……”他有点赌气地说。

“那么我给你带来吧。”

等邵顺宝把那些零件拆下来时，沙桂英也吃好饭回来了。

“喂，你出来吃了再干吧。”沙桂英一手拿着几个馒头，一手拿一只盛着小菜的白搪瓷杯，蹲下身子对车肚里的邵顺宝叫道。

邵顺宝从车肚里钻出来，就去接她手里的馒头。

“要死了！你这个人怎么一点不讲卫生！”她缩回那只拿馒头的手，皱着眉头说，“把手揩一揩。”

他顺从地俯身从地上拾起一块油揩布揩了揩手。

“啊呀！那块揩布比你的手还黑！”她说着，跨前一步，挺了挺胸，又用嘴示意胸前的饭单口袋道：“这里有块绢头，你拿去揩一揩吧。”

好像有一股电流通过了邵顺宝的全身，他一时间竟像个木偶似的呆住了。

“你怎么了？真见鬼！”她不满地催促他道。

于是，他才怯怯地，怕烫了手似的从她胸前的饭单口袋里抽出一条雪白的绢头来……

七

这几天，新嫂子对沙桂英又有了新的发现。她发现认真给沙桂英修车的除了副工长，还有工区里别的检修工、上轴工、加油工……甚至连保全部那些“捣蛋鬼”小男工也都时常围住她的车子团团转。好像她那些老爷车忽然都变成了吸铁石，把那些生铁熟铁、螺丝洋钉，一股脑儿全都吸了过去，结果他们就围住这些车团团转，而那个小鬼丫头却像一个赶鸭人似的赶着他们，指挥着他们，吆喝着他们……这真把新嫂子越弄越糊涂了。说小伙子都是爱沙桂英的年轻貌美还情有可通，可这里面也有老头子，甚至像平车队长余进生那样的老头子，这又该作何解释呢？不过，这个闷葫芦不久就打开了。

有一天中午，新嫂子从食堂吃好午饭回到车间来，刚一进车间大门，就有人告诉她：

“快去看，沙桂英和那‘独角牛’斗起来了！”

“是余师傅的大徒弟瑞昌吗？”新嫂子问。

“不是他，还有第二个‘独角牛’吗？”

“这小鬼丫头要爬上天了！”新嫂子在心里说，“瑞昌是余师傅的大徒弟，这不是‘老虎头上拍苍蝇’吗！”

当新嫂子赶到，那里早围了一大堆人，一时挤也挤不进。

“什么事？”新嫂子问旁边一个女工。

“前天余进生平车队平了她一台车，刚完工，邵顺宝都签字收下来了，她却不答应。”那女工告诉新嫂子说。

“她不答应？真热昏！”新嫂子不以为然地说。

“是呀，这种平车的事挡车工也管得了吗？可她非要管有啥办法？”那女工也附和着新嫂子说，“她对邵顺宝说：‘你收了，这车你去挡，我不挡！’你想，她当着瑞昌面这样说，不是全没把人家放在眼里吗？瑞昌是什么人？能受得住她这一套吗？”

“你凭什么？你有什么权……”包围圈里忽然传出一个男人粗大的声音说。新嫂子忙用劲挤进了圈子，只见里面有许多人在闹哄哄地嚷嚷着，但嚷些什么她全没听清。只见邵顺宝尴尬地站在那里，瑞昌铁青着脸，小陈和另外一些小伙子在叽叽喳喳谈些什么。

“我问你，到底有没有检查过？”沙桂英两颗闪闪发光的眼睛直逼着邵顺宝问。

“唉，就是这些地方嘛……”邵顺宝含糊其词地说。

“不，我要你说：查了——没有。”

“这是副工长的职务，不是你的……”瑞昌冲着头，好像一头准备角斗的牛。但没等他说完，突然从后面伸出一只大手把他拨在一边，接着就在瑞昌的地位上，出现了一个五十来岁的老工人。这时，场子上一下子静了下来，连人们的呼吸声音也听得出来了。

“好了，余师傅来了……”有人轻声地说。

“这有啥争头？”余师傅平静地、好像什么事也没发生似的对瑞昌说：“人家不相信，你让人家检查就是了。”

“好，那么现在就请你领头检查好了。”瑞昌像忽然得了将令似的对沙桂英说。

这时，全场人的脸色突然起了变化，这变化是各种各样的：有的吃惊地瞪大着眼睛，有的现出高兴的微笑，有的惶恐不安。而新嫂子却在心里想："这一下看你怎么办！你有本事检验大平车吗？"

"用不着再检查了……"沙桂英也平平静静地说。她脸上的表情泰然自若。这时，新嫂子才发现她的白脸上涂着两块乌黑的油斑，像京戏里的小花脸一样。

"那不行！这是工作，不是跟你开玩笑！"瑞昌用冷峻的、带着点得意的目光扫了周围的人一眼说，"第一平车队向来不要人徇情，这个名誉我是不担的！"

"对，要缩回可没这么便宜。"新嫂子在心里说，"这是你自找的。吃不了你兜着走。"

"来，请你快领头检查吧。"瑞昌又把工具袋往沙桂英面前一放，催促着说。

一时，场子上又嗡嗡地闹起来。

沙桂英像个大理石雕像似的站着一动也不动，只是满不在乎地看了看工具袋，还是平平静静地说：

"你们自己去看好了，有毛病的地方，我统统用粉笔做上记号了。"

一刹那，现场上的空气像凝结了似的，人们几乎连呼吸也屏息住了。一分钟后，突然又"嗡"地闹起来：

"她是怎么检查的？"

"你看不见吗？她脸上还有黑油斑呢，看来她早查过了。"

"那她是啥时候查的，人家怎么会一点不知道？"

"大概是他们去吃饭的时候……"

"那她饭也没吃……"

"啊呀！她还真的能……"好像疾驶着的汽车来了个急转弯，新嫂子的脑子似乎猛翻了个筋斗，一时竟觉得有点懵懵懂懂的了。

这时，余师傅和他的几个徒弟一起查看了沙桂英用粉笔做的那些记号，一共十四处，全在车肚部分，果然处处都有些毛病，虽然有些在往常是不算什么毛病的。

“瑞昌！你们搞的是什么名堂？！”查完车肚，余师傅满腔怒火地对瑞昌大声呵斥道。

“你扣我分好了！”瑞昌挨了余师傅的责备，恼羞成怒地把怨气发泄到邵顺宝头上。

邵顺宝尴尬地、用哀求的目光看了看沙桂英，似乎在问她：“你看怎么样？”又似乎在对她说：“就这样算了吧，别再顶下去了……”

“那不行！要返修。”沙桂英决然地对瑞昌说。

“你凭什么？”瑞昌毫不示弱，“那十四个地方算什么毛病？就算，大不了扣我十四分，还得给我打个乙等乙级，没权要我返工！”

“那么上等甲级应该是多少分？”她问瑞昌。

“九十六分以上……”邵顺宝抢着回答说。

“好！”沙桂英突然用闪闪发亮的眼睛逼视着瑞昌说：“你们马上写一张大字报送到党总支去，声明你们国庆节写的那张保证书作废，我就不要你们返修。”

瑞昌的喉管里好像突然落下了个软木塞头似的，一下子再也响不出了。于是，人们又纷纷议论起来。大家都还记得，国庆节前第一平车队的确敲锣打鼓地给车间党总支送了一张保证书，后来这张保证书还张挂在车间光荣榜上，那上面好像有这样一条：

保证大平车上等甲级品达到百分之百……

“瑞昌，你还在那里争什么？怕吃饱了饭没处消化吗！”

余师傅真的发火了，而他是千年难得发火的。

“小陈！把工具箱推来，车肚部分全部返工！”余师傅又大声对小陈说。

可是那个倔头倔脑的瑞昌却一点不辨话音、不看眼色，却定要问道：

“她不是只画了十四处吗？怎么要全部返工？”

这可给余师傅火上浇油：

“什么十四二十八！你是今朝第一天来当学徒的吗？”

“全部返工，辰光来得及吗？”

“来不及，做到明朝天亮也要做好！”

接着，大家就乒乒乓乓地干起来，从这些金属碰击的声音里可以听出，每个人肚子里都闷着一肚子气，一时没地方出，就变成了工作中过剩的动力。更使人气愤的是，沙桂英自己下班后却还要来看着他们工作。

“怎么？你还要监督我们做好吗？”余师傅真想这样问她一下。可是又一想，自己的女儿都比她大了，这样也显得自己太孩子气了，所以就只装没看见，并不去睬她。本来，余师傅做事向来是以仔细认真出名的，不想这次失在一个毛丫头手里。这究竟是怎么回事呢？原来，瑞昌是与邵顺宝同班师兄弟，现在是余师傅的二号队员（副队长），对于他的技术，余师傅是觉得完全可以放心的。今天，自己要去厂部开会，就把这结束工作交给了瑞昌。但车平好后他还是回来看了一下，还问邵顺宝检查有没有发现问题。邵顺宝却是一口“没问题”，于是余师傅也就拣重要的地方看看就算了。不想却出了这样的毛病。现在想起来，邵顺宝恐怕就没有好好检查。但他又不好责怪，邵顺宝也是自己的徒弟，现在却隔了个部门，又是甲方和乙方的关系……这件事情对他来说，自然也是个很有益的教训，但一想到刚才那样的落场势，他心里又有些恼火。这时，正要用一只套筒扳头，一时怎么也找不着，便对小陈叫道：

“小陈！四只套筒怎么一只也不见了？你们这些小鬼，生活越做越不像了，连工具也管不好了。”

小陈慌乱地到处寻找起来。这时，沙桂英也一声不响地在地上找寻着。

“喏，这不是吗？”她终于在车肚横档下面找到了一把套筒，忙送到余师傅手里。

余师傅看也没对她看一眼，接过套筒又干起来，心里想道：“看来她不像来监督的，倒像来道歉的。大概心里也有点不过意呢！”

以后，余师傅便一面工作，一面常用眼睛注意她。只见她一会儿给这个送工具，一会儿帮那个擦零件，完全像个顺从的小徒弟，后来还悄声地问小陈道：

“你们真的要做到明朝天亮吗？”

“起码要到下半夜两三点钟……”小陈嘟着嘴说。

“那么，不能到别的队叫几个人来帮帮忙吗？”

小陈摇摇头什么也没说。

这时，余师傅的心像一块冰块忽然投入了烈火熊熊的锅炉里，一下子全溶解了。他微笑地摇头自语道：

“看她那样凶，到底还是个小囡家……”

八

最近，人们都觉得副工长邵顺宝变了。他常常面带笑容，精神抖擞，工作也积极认真了，不管谁叫他修车，一叫就到，而且十分认真，修好后还笑嘻嘻地对人家说：“你看看，要不好，我等一会再来。”

邵顺宝本人也感到自己的感情近来起了很大变化。他现在的心情和儿时每逢过年差不多，觉得前面有无限的快乐和幸福在迎接着他，使他精神振奋，兴高采烈，每天早晨看到那红彤彤的太阳，也觉得分外新鲜，分外明亮和温暖。他觉得自己现在不是二十八岁的人，而是变成了一个十六七岁的大孩子，什么东西都使他感到有趣、亲切、可爱。比如对于沙桂英的那些老爷车，以前是使他最害怕、最头痛的，现在变得亲切可爱了。过去他是被迫地跑到这些老爷车上来的，现在这些老爷车都产生出一股强大的吸引力，使他成天都不想离开。这种情形一般的人看不透，那些敏感的小伙子们却闻出味道来了。于是，他们纷纷议论起来：

“嗨，邵顺宝这小子可真走运了！”那个“独角牛”瑞昌大为不服地说。

“真是人不可貌相，他还有这份厚福！”另一个小伙子说。

“她怎么会跟邵顺宝……真叫我想不通！”

“你吃啥隔壁醋，是她主动找他的，还有啥闲话……”小陈也插上来说。

“这就更叫人想不通……”

这些议论虽然都有股酸溜溜的味道，甚至还带着些不平，但这对邵顺宝的帮助却是太大了。起先，他是不敢做这样的设想的，觉得那是非分之想，是不可能的。但当这些舆论出现后，却大大地壮了他的胆子。他觉得，女孩子再厉害，在丈夫面前她们总还是女人。这样的女孩子他也见到过不少了：她们在外面简直像个女皇，可是一到丈夫身边，却就变成了个温柔顺从的小羊。邵顺宝自己也觉得并不刚强，但他却不喜欢那种软弱无能，对男人唯命是从的女人。他喜欢那种能说能干有主意的女孩子，他宁可做一个唯命是从的丈夫。当然，那些性子过于刚烈的他也不喜欢，那会使他受不了的。除此之外，容貌自然也是少不得的条件之一。这大概也就是他直到现在还没有对象的缘故吧？不过，近两年来他心里越来越急了，现在已经是二十八岁的年纪了呀！平时在遇上什么不如意时，他也给自己譬解譬解，觉得自己的生活也没什么不满意的了。小时候，父亲摆小菜摊养活一家，总算巴巴结结让他念书念到初中毕业。解放初期，进厂学了保全工。由于自己的努力，现在已在夜校读完了高中，并且当了副工长。凭他这样的能力，今后一个值班长或工长之类的职位是毫无问题的。如果还有什么不足的话，那就是自己直到现在还没有成家，连个对象也没有。现在有了这样好的机会，他岂能让它白白放过？对沙桂英，起先他觉得她不过是个大炮，后来又觉得她凶得厉害，简直使他有点害怕，但是她却又凶得有道理，继而还觉得她刚里有柔，她刚得使人害怕，却又柔得叫人可爱……他觉得，沙桂英各方面都符合自己的要求：漂亮，能干，也有文化，而且不是一个无所作为、默默无闻的普通女工。再想想自己，也觉得没哪一点配不上她。现在，他做着种种幸福的联想和回忆，想到这些天她时常给他把饭菜带到车间里来，他为了修理和改进这些机器而加班时，她总是陪着他，帮他递工具、擦零件或找材料，不论他加班加到多晚，她总是不肯早离开车间一分钟……他越想越肯定，觉得这一切都是无可置疑的。甚至他还到厂工会劳保委员处去了两次，要他给自己分配一间房子……不过，他总觉得心还是悬在半空中，时时都有可能掉下来，摔得粉碎。他觉得应该赶快向她表示，只有在得到她明白肯定的答复之后，才能使这颗悬在半空里的心安放下来。可是这对他来说是多么困难，需要多么大的勇气啊！

这一天，是这个星期的最后一个中班。下了班，已经是晚上十点多钟，邵顺宝和沙桂英，以及本工区别的一些女工，一起向厂大门走去。她们一路走一路轻松愉快地有说有笑，热闹得很。她们一年三百六十五日天天如此，也不知道哪来的这许多笑料。只有邵顺宝的内心在进行着一场紧张剧烈的思想斗争。他已经下了三天的决心，可是每天到了那紧要关头都把机会白白放过去了。今天是最后一个中班了，如果今天再错过去，又要熬过两个星期。做早班的放工时间是下午两点多钟，路上的人太多了，自然是不方便的；做夜班的放工时间是在次日早晨六点多钟，那更不合适，再也没比做中班放工后这个时间更适合的了。何况这又是个星期六的晚上……他这样想着，已经走出了工厂大门。离厂门几十步路，就是一个公共汽车站，沙桂英就是在那个站上乘公共汽车的。这时，有几个人已经在互相道别、各分东西了。邵顺宝别转头一看，远处正有一辆公共汽车在驶过来，不消一分钟就要到站。这时，沙桂英和阿红等几个人都加快脚步向站上奔起来。半分钟也不能再迟疑了，邵顺宝鼓足了最大勇气，才终于从嘴里挤出一句话来：

“桂英你等等好吗？”

“嗯？”正向前面奔去的沙桂英猛然刹住脚，回头用惊奇的眼睛看着他。

“我想，跟你，说几句话……”邵顺宝讷讷地说。

“嘻嘻，你这个人多滑稽！”她明白是怎么回事，便好笑起来说，“你为啥不早点说？”

她说完，忽然又回过头去，对正在向汽车站奔去的阿红大声叫道：

“阿红姐，你先走吧，我要跟他说几句话呢。你给我妈说一声。”

“啊呀，我的天！你怎么能这样大声张扬！”邵顺宝在心里叫苦道。但他又十分满意，觉得她并不在人面前隐瞒她与自己的行动，这说明她对自己是十分肯定了，她刚才不是还埋怨自己“为啥不早说”吗？

“嘿！你怎么有话不说？”

她见他呆呆地站着不动，有点不耐烦地说。

邵顺宝这才从沉思中惊醒过来，一时竟慌了手脚。

“我们走着说，好吗？”他说。

“你这人真糊涂，我和你根本不是一个方向。”她向他指出道。

“我送送你……”

邵顺宝鼓足勇气说出了这一句，心里却猛然咚咚地乱跳起来，脸也似乎有点热辣辣的。好在现在已经更深人静，马路上除了两排枝茂叶盛的梧桐树在窃窃私语，再也见不到什么人，即使偶有一二行人，谁又会在这柔弱的路灯光下看到他的红脸呢？

“现在又对她说什么呢？”邵顺宝焦急地想道。

“你妈近来身体好吗？”他终于想出一句话来问道。

“蛮好。”

又是沉默，两个人的四只脚踏在水泥马路上，发出“嚓嚓”的声音，显得格外地清楚，好像使劲地催促邵顺宝：“说，说！”

“那几部装了活络弯头的车都好做吗？”他终于又找到了一句。现在要找出一句话来说是多么困难啊！

“当然好多了，不信你问问阿红看。”一提起这件事，沙桂英显然来了劲头。“我看，以后索性把上面的盖板也换掉，倒看它会怎么样！怎么，不行吗？你用不着怕，这种车子都老掉了牙，你不敢动它也要跟你捣蛋，你砍掉它只脚，它倒能生出个好手来……”

邵顺宝是为了找句话说说，不料引出她那么大的劲头来，现在他想刹也刹不住了。不过，邵顺宝却觉得十分甜蜜，因为，自从沙桂英来到这个工区，从来没有对他说过这样多的话，而且是这样的随便，这样的热烈。

他们谈着讲着，已经不知不觉地踏进了工人新村区了。深秋的夜晚，月亮分外明亮，照着一片一眼望不到头的绿化的工人新村。在他们面前，出现了一条静静的小河，河面波平如镜，水中星斗闪烁，历历可数。河那边，远处乌蓝的天底下，展现出一片稀稀密密的星火，它们与天上的星星互相辉映，又似乎在频频眨眼，互相招呼。忽然，不知从什么方向，也不知从多远的地方，飞来了一阵急促的火车奔跑声，它划破幽静的夜空，掠过那无数排整齐的屋面，掠过那片泛着银光的湖面和它旁边那丛黑幢幢的树林，又深深地埋入乌蓝的夜空。于是，一切又都恢复到原来的寂静，这时，还可以听到从老远老远的市区传来的一两声轻微的汽车鸣笛声……

“啊呀，都快到我的家了！”沙桂英忽然用有点激动的声音对邵顺宝说：“你看，这里的夜有多好！五六年前，这里还是一片田野，现在却成了一座工人城了。我在这里住了快四年了，对这里的夜从来也没看够过……”

“啊，真好。”邵顺宝也跟着她说，“要是我们都能永远住在这里就更美了。”

“永远住在这里。你这是什么意思？”她不同意地说，“难道这就是我们的目的吗？我可不！听说在北方我们新建了一个完全新式装备的大纺织联合企业，我真想去。可是长到这样大我还没坐过火车……”

“要坐火车还不方便吗……”

“不，我并不想毫无意思地坐这第一次。”

“……”邵顺宝觉得又说不下去了。

“啊呀！我都快到家了，你的话还没和我说呢！”她突然想起来道。

邵顺宝的心又猛烈地跳了起来，这时他恨不得返身就逃走。现在前无头后无尾，怎么能够冒里冒失地突然把那句话说出来呢?

“咦！你是怎么了？”她见他只是不响，又奇怪地问。

形势已经逼得邵顺宝毫无回旋余地了，现在，他只想马上摆脱被动，脱阵逃跑了。

“你，对我有啥意见吗？”他舌头一滑，讲了这么句话，好像有人在指挥他的舌头似的。

沙桂英先是觉得有点奇怪，但她略一思索就说道：

“我对你的意见都在上月的团支部会上说了：你要好好看看自己，别怕被人家看见。要补充，我再说一点：你这人是个胆小鬼，可是什么都想讨便宜，抄近路……”她说着，伸手看看表，忽然惊叫起来道：“啊呀！十二点了，你快回头跑吧！下礼拜再说吧。”

……

九

自从沙桂英和新嫂子调车以来，人们感到，在四织车间许多事情起了变化：副工长邵顺宝的工作变得积极认真了，保全部的那些“小捣蛋”对于运转班的挡车女工，也不再那样调皮了，连平车的验收制度也改成由挡车工和副工长共同检查验收了。而二工区的人们还多了两个变化，一是开起小组会来不再那样沉闷；二是新嫂子的脾气也不再那样暴躁了。不过，她的次布却又增多，她真恨死自己了！为什么在别人手里好好的机器，到自己手里就变得难做了呢?真像被鬼钉住了似的！过去，别人说她对自己的机器管得不勤，收拾得不清洁，批评她不肯学习别人的经验，她总是想不通的。她总是想：“我挡车都挡了十几年了，那些小姑娘还能有啥新花样搞出来?”现在，她渐渐地对自己的想法有些怀疑了，觉得别人的话也不是毫无道理的。特别是上次亲眼见到沙桂英和余进生那场争论，她对沙桂英的看法的确大有改变了。她觉得这小姑娘身上似乎有一股奇特的力量，她不但能驾驭那些机器，而且驾驭了那些人，好像她是《西游记》中的唐僧，会念紧箍咒似的。现在，她倒很想能和她谈谈，听听她究竟有什么法宝，又是怎样学得了那套本领的。可是自己又不好意思开口。真是越想越烦恼。

“新嫂子，你最近的坏布哪能又多起来了？”

有一次工区会议上，有人这样问新嫂子道。

“是呀，你谈谈看，工作上究竟有啥困难，有啥问题，谈出来大家一道帮你研究研究。”

“我看，你执行工作法上恐怕有些问题……”

大家的话完全是好意，可是新嫂子听来却完全不同，她觉得自己好像是受审者，别人都在审问她。但她并不怨别人，而是怨恨自己。因此，不由得伤心地哭起来了。

“我不要挡车，我不配挡车！”她饮泣着说，“把我调下来扫地好了……”

“新嫂子，你怎么还是这样的脾气呢？有话大家好好谈嘛……”

“是呀，以前你说车子不好，现在难道还不好吗？”

“现在桂英做你的那些车，次布不是比你少得多吗？”

一时，人们都纷纷议论起这件事情来。提到沙桂英，大家才想起来，她今天怎么反而一句话不说了呢？

“新嫂子掌握工作法是有些问题的。”沙桂英终于说话了，“不过，我那些车子当中，有几台的确也是很难掌握的……”

这一下，人们都以惊奇的眼光看着沙桂英了，谁也料不到她竟会说出这几句话来。

“比如，一三一〇号容易出‘跳花’，上轴时，你要关照上轴工不要把棕头吊得太紧，‘踏脚转子’要多做清洁，多加油，还有一五〇一……”

会场上一下子静下来了，人们像在听说书一样屏息静心地听她详细地介绍着。新嫂子也揩掉眼泪，用感激的目光看着她。

“你要摸熟机器的脾气，灵活地掌握工作法……说也说不清，等一会我领你去看……”

这些情况，调车的时候沙桂英都是给新嫂子讲过的，可是那时新嫂子根本就没有听她的。现在看到这种情形，她倒对新嫂子同情起来。开完小组会，沙桂英真的拉着新嫂子一起到车上表演起来。她先是一台车一台车地讲解，一会儿车前，一会儿车后，一会儿上，一会儿下，有时甚至钻到车肚里。新嫂子也跟她一同上、下、前、后以至钻进车肚。介绍完毕，沙桂英就表演起操作来。她戴上雪白的饭单和工作帽，在一排排整齐的车弄里巡回。她两脚踏着细密而轻盈的步子，速而不急，忙而不乱，犹如一阵卷地春风无声地掠过草面；她双臂柔软地向上下左右张开，敏捷地抚摸着雪白的布面，像一只春燕在轻捷地飞翔，那翘着两根短辫子的头，不断地左顾右盼，右盼左顾……而新嫂子，就像一个害羞的孩子一样，怯怯地、隔着一定距离跟着她，只有当她停下步来接头时，她才犹豫地走到她身边去，认真而仔细地看着她。人们除了惊叹和赞美，还为一种更强烈的东西所感动，然而，人们却说不清这是因为新嫂子的虚心学习呢，还是因为沙桂英的无私帮助。在车间里，谁不知道新嫂子是个脾气暴躁而又不够虚心的人。过去，对于车间里组织的任何人的操作表演或经验介绍之类活动，她向来不放在心上，她虽然也同大家一道参加，但当别人在做表演或经验介绍时，她不是心不在焉地别转头去看墙上的宣传画，就是和旁人在后面扯闲话。人们还是第一次见她这样认真来看别人的操作表演，而且是这样一位年轻小姑娘的表演……

十

和邵顺宝进行了那场谈话后，又是一星期过去了。这天沙桂英开始做第一个夜班，不知道为什么，这一夜邵顺宝一次也没到沙桂英车上来。起先，沙桂英以为他没来上班，也许是请病假了，但交班以后她却在车间门口碰见了他。不知为什么，他一见她就把头低了下去，而且很快就避开去了。

沙桂英走进女工更衣室，打开自己的更衣箱拿出衣服来换，忽然听到扑通一声，似乎有一样什么东西掉到地上。她俯下身去一看，原来是一封信，再拾起来一看，上面还写着自己的名字，拆开来一看，竟使她大吃一惊！

“啊呀，要死了！”

她惶恐地捏着那封信，不知怎么办才好。她万万想不到邵顺宝会给她写这样封信。现在，她才明白为什么这一夜邵顺宝没到车上来，为什么要躲避自己的目光。现在，她简直觉得自己闯下了大祸，害了什么人似的。

正在这时，阿红闯了进来。

“桂英呀，把你的穿扣娘借我用一用好吗？我那只坏掉了。”

沙桂英只是惶恐地捏着那封信，并没有听到阿红和她说些什么。

阿红一看她那神态，也吃了一惊，以为出了什么事。不是吗？这样一个大胆泼辣的姑娘，什么事情竟把她急成这样子呢？

“你手里拿的什么？”阿红注意到了她手中的信，走上去问。

“啊呀，要死了！我怎么办呢，阿红姐？”

她说着，把手中的信向阿红送了过去。此时她什么也没有考虑，只是希望有人来帮她出个主意。

阿红看完信，忽然咯咯地笑起来说：

“你这小鬼头，倒会不声不响地干！真看你不出。”

“赤佬干了！”沙桂英着急地说，“你还笑我！”又转而对阿红恳求道：“怎么办呢？”

“怎么办？问你自己。”阿红说，“你喜欢他吗？”

她呼啷啷地摇了半天头说：“不，我不喜欢。”

“大概是把你吓昏了！看你平时倒挺厉害。”阿红以一个饱经风霜的长者的口气说，“很简单，你喜欢他，就去对他说：‘你的信收着了……’不喜欢，就把信还给他，再教训他一顿，要不他还会来缠你的，男人就是这样……”她忽然想起了自己的正经事，忙叫道：“快把穿扣娘给我，我要去做生活了！”

有些女孩子到了这样的年龄，即便还没有自己的恋人，但在她的脑子里就会渐渐孕育出一个自己的“理想人物”来。这个“理想人物”有时虽然很抽象，但却是她们的理想，她们的爱好和志趣的反映，自然也是她们用来衡量自己对象的标尺。沙桂英的头脑里却还没有这个东西，她还从来没有想到过这些问题。现在，邵顺宝的这封信却逼得她不得不开始考虑这些问题了。对邵顺宝这个人，起先她颇有些反感，特别是他对待她和新嫂子调车这件事的态度，那样地激怒过她，觉得他侮辱了自己。后来，她又觉得他是那样的软弱，因此又觉得他有点可怜。近来，她觉得他有了很大变化，她对他的印象自然也不那样反感了，但是却从未考虑过喜欢不喜欢他，更没有想到把他和自己连在一起……

这天夜班回到家里，沙桂英翻来覆去地一整天都没有睡好。这可急坏了沙大妈。她知道平时女儿是个碰到枕头就打鼾的孩子，今天为什么睡不着呢？莫非在厂里发生了什么事？她一次次地问女儿，可总是得不到一点实情。她想起前些日子女儿和人家调车的事，又想起邵顺宝到家里来的一场争论，心里越想越不放心，下午抽空到阿红那里去一问，才知道原来是这么回事。

“这鬼丫头，真是人大不随娘了，这种事情对老娘也瞒得这样紧！”沙大妈又高兴又有点埋怨女儿。

“阿囡啊，这种事情你怎么也要瞒着娘呢？”回到家里，沙大妈坐到女儿的床边上爱抚地说。

沙桂英像叫什么东西咬了一口似的一骨碌跳了起来，狠狠地问母亲道：“你怎么知道的？是谁对你说的？”

“是我自己打听来的。就算有人告诉我，这有啥不好呢？”

“根本没有这因头，根本不可能！你别到处又哇哇叫。”女儿气呼呼地说。

“为啥不可能？人家邵同志待你多好，你还要挑个什么样的？”沙大妈也有点生气了。

“妈妈，你告诉我，人，难道只要保住自己就算个好人了吗？”沙桂英忽然看着母亲的眼睛问道。

这个题目，一下子把沙大妈给问住了。她忽然想起，这句话老男人在世时也问过自己，那是在一次罢工斗争中，她劝阻他不要冒生命危险去参加和反动派谈判时他才说的。

“唉，你们父女俩真是一模一样，你的脾气比你老子还要古怪。”沙大妈嘴上虽这么说，可是心里却完全相信女儿了，她相信她是不会错的。

给妈妈这么一说，沙桂英忽然想起了自己故世的父亲，在她的脑海里立时出现了一个高大的身影。那是一个真正的人，一个顶天立地的男子汉，不屈不挠的共产党员。解放前因为他在工人中有威信，反动派千方百计地收买他，收买不成，又威逼、陷害他。在一次大罢工中，他为了掩护许多同志，自己挺身而出参加了与反动派的谈判会，并当场揭穿了反动派想欺骗工人、分裂罢工队伍的阴谋。被捕入狱后，被反动派在监狱里活活地折磨死了，但他宁死不屈，从来只知道毫不含糊地对敌人说一个“不”字。父亲死时她还不很懂事，但是直到现在，他的形象在她的记忆里一点也没有褪色……

现在她又想起邵顺宝这个人来，觉得虽然天天在一起工作，但对他的印象却是模模糊糊。她在心里对自己说：

“不，不，这根本不可能……明天，我要把信还给他。”

……

当邵顺宝拿到沙桂英退回的那封信后，简直像当头被击了一个闷雷。现在他再走到这些机器旁边，觉得这些机器再也不像过去那样富有诗意和幻想。不久前，这些机器曾以那样巨大的力量吸引着他，使他感到快乐和幸福，现在机器依然，那不可捉摸的幸福到哪里去了呢？不错，这些老爷机器的情况也有了很大的改变，现在她掌握着它们，生产又恢复到她以前那样的水平了。看来，她是十分幸福的。这一切，是谁改变的呢？是他吗？他觉得没有权利承受这个。因为开始他是被逼着来与这些机器做伴的，后来也有过些主动，但也不是自己真正的自觉，而是由于她。那么，这一切应该说是她改变的，这个功绩应该属于她。那么他为什么不能掌握和改变这一切呢？他是副工长，有的是权力、技术，还有许许多多她所没有的条件，而她却是自己工区的女工，为什么许多她能够掌握和办到的事情，自己却办不到呢？她究竟多了什么，自己又究竟少的是什么呢？他又想起她对自己说的那句话："应该好好看看自己，也别怕被人家看见。"可是，那时他并没有认真考虑过这句话，现在这句话才引起了他的深思。再想起过去自己的种种表现，觉得简直是做了一场大梦……

沙桂英怎么也没有想到，她的这个举动竟会引起对方这样大的变化。她的心里越来越感到不安起来。她看到他那垂头丧气的样子和那木头似的脸，觉得他很可怜，觉得自己不应该照阿红说的那样粗暴地对待他。

"我并不喜欢他，但不应该毁坏他，而是应该帮助他……"

近来，她总是这样对自己说。可是一时却又想不出什么办法。晚上她甚至不能安睡。她从床上起来，走到书架前想去拿本书看看。这时脑子里忽然亮了一下：

"书，他也需要书……"

她几乎高兴得笑出声来，忙从书架上找了两本书，一本是《钢铁是怎样炼成的》，一本是《不死的王孝和》，拿到自己的床上，放在枕头边，就脱衣躺了下去……

第二天中班一吃好夜饭，她就拿着那两本书去找邵顺宝。他正在新嫂子的车上帮新嫂子处理一台大关车，一见她来，他的头立刻就低了下去。

"你要看书吗？"她走到他身边低声问道。

“……”

“我借给你两本书好吗？”她把书放在他面前说：“这是两本很好的书，你应当好好看看。书是能够帮助人看清自己的。”

他抬头对她看了一眼，然而却并没有看清，他觉得她是那样的高大，就像一座陡然巍立在他面前的摩天大厦，他必须把头昂得很高很高才能见到顶端。然而现在他却没有力量充分支起他那磨盘样沉重的脑袋。

她用同情的、可怜见的目光盯视着他的脸。忽然，发现他的眼睛渐渐明亮起来，而且觉得立刻就会有什么东西落下来……

十一

第二年春天，工厂里开始评选上一年度的劳动模范和先进生产者了。这一年，全厂七千多工人，共选出了四名市级劳动模范候选人，沙桂英也是其中之一。但是相比之下，她的生产成绩最差。当时也有不少人为她说话。他们认为，沙桂英要不是与新嫂子调车，那她的成绩至少不会比其余三个候选人差。也有人说，沙桂英和新嫂子调车，是先进帮助落后的行动，可以算作一项先进事迹。有人则认为这有些牵强，因为当时她和新嫂子吵了架，后来一度关系搞得相当紧张。再说，评模总要以实际生产成绩为主……真是众说纷纭，莫衷一是。最后，评模委员会决定去找沙桂英本人谈一次话。

“当时你和新嫂子调车心里是怎么想的？”评模委员问。

沙桂英觉得问得很滑稽，两只闪闪发亮的眼珠对那人看了半天，才说：

“我什么也没想。”

“不会吧……”

“真的什么也没想。”沙桂英说，“我批评她，她要和我调车，就调了。”

“当时你是不是为了帮助新嫂子？”

“我没有想到这个。”

“你再想想看……”评模委员们还是想追问下去。

这一来，可把沙桂英逼得不耐烦起来。

“啊呀！我说没有没有！有也全忘了，啥人做一点事都记下来吗？”

以后，她就再也不肯响了。这时，在一边看热闹的阿红可忍不住了，走到她身边悄悄对她说：

“啊呀，你这傻姑娘，这真是评劳动模范的呀！你这样说还能评得上吗？”

可是，沙桂英却把小辫子一甩满不在乎地说：

“我根本没想要当劳动模范。”

她们的话给站在旁边的小陈听到了，他笑阿红说：

“真是皇帝不急倒急煞了太监，你是多管闲事，她要是想到要当劳动模范，怕也不敢这样做了。”

“唉，傻瓜，傻瓜，真是个大傻瓜！”阿红着急地跺着脚说。

“你跺脚有啥用？把地跺穿也白费。”小陈又笑她说，“她不讲的话，你就是用钻探机也钻不出来，她要说的话，你把泰山搬来也挡不住。要不然她倒不叫傻桂英了！”

这一年沙桂英还是没评上劳动模范，而她的大幅照片仍然一个月又一个月地和那几个著名的劳动模范并列在一起，她的名字仍然被高高挂在那大红横幅上，而且不久还越出了工厂，登上了本市的报纸……

一九六一年十一月十一日晨三时半初稿
一九六二年一月二十八日晨二时五改定稿

原载《上海文学》1962年第2期

“力争上游”

张士敏

出差一年多，一回到局里，我就往码头上跑，我要去看看那个粗壮的黑汉子。离开上海前，我在码头上劳动过几个月，这个人给我的印象太深了。

码头上，钢锭、铁块、粮食包子、煤炭，堆得像小山一样。各式各样车辆，就在这些小山之间穿梭奔忙。忽然我看见一台大吊车旁边，围了很多工人。这台大吊车可不一般，长长的铁臂下面，挂了一个比八仙桌还要大的铁架。铁架下面悬着几十只马蹄形的“铁罐子”。那长铁臂伸到大货轮上时，只听得喀啷啷一阵响，那些铁罐子下面已经沾满了生铁块，我毛估估，有三四吨叫它吸住了，好厉害的家伙！

这不是机器搬铁吗？我快活得差点叫出声来。旁边几个工人也纷纷说：“好家伙，这一下就够咱俩手搬上半天啊！”

我问他们，才知道这机器叫“电磁吸铁机”，下午就要正式试车。

“同志，请告诉我这是谁搞出来的？”我扳住前面一个工人的肩膀，再也无法克制自己的激动，我期待着他说出那人的名字。

他被我这突兀而鲁莽的举动弄愣了，但并没有生气，笑着说：“你连这个都不知道？是铁疙瘩。”随即又补充一句：“咱们码头工人！”

“嗬！铁疙瘩，真的是他！”我的手把那工人抓得更紧了，眼睛睁得更大了。这下他生了气，不满地说：

“怎么，你不相信？”

“不，我相信；铁疙瘩，我认识他！”我心里还有一句没说出来的话，“现在我就是去找他呀！”

那工人把我打量一眼，他倒好像不相信我认识铁疙瘩似的。

我眼前浮起铁疙瘩结实粗壮的身体，那闪闪发光的眼神，那浓黑的双眉。我沉浸在回忆里……

一九五八年十一月底，全市夺钢大战进入高潮，到处都响着一个声音：钢！钢！钢！三军未发，粮草先行，为了让钢帅吃足吃饱，运送生铁和其他物资的船舶，一昼夜间进港数增加了一倍。远洋巨轮、长江驳子、内河木帆船，大大小小形形色色，一齐拥进黄浦江。宽阔的黄浦江，顿时显得又拥挤又狭小。

码头边的船还没卸完货物，外档的船已经等急了，一声声汽笛对码头工人催着：“快！快！”

上海港快要堵塞了，情况很紧张。

港口党委发出战斗号召：决不让元帅粮草在码头上多耽误一分钟！党委书记带头，所有的机关干部都奔赴战斗最前线——各个码头装卸区。

当夜，我来到汇宁码头。灯火亮得像白昼，人声鼎沸，机器轰鸣。以前我虽然时常到这里来，可没有现在这样紧张。我只觉得头晕眼花，两耳嗡嗡作响。我随时提防着那些穿梭一样开得飞快的卡车、拖头、电平车，手脚不知往哪儿搁才好。

在一艘长江铁驳上，几十个穿着汗衫和小褂子的工人正在“激战”。江面上冷风飕飕，工人们却挥汗如雨。“社会主义好！社会主义好！”高昂的乐曲旋律，伴着雄壮的号子声、铁块钝重的碰击声，震耳欲聋。在这惊心动魄的场面上，我发现一个更引人注目的镜头：别人都是两手搬一块铁，有个工人却一手拿一块，人家嘴里都在吭唷吭唷打着号子，他却一声也不哼，就是一个劲儿地猛打猛冲。

我真看呆了。这时“嘟——嘟”一阵尖锐的喇叭响，我吃惊地回过头，老天，一辆拖头停在我身边，轮子距离我的脚不到一公寸！我身子一闪，刚想赞扬司机技术的高明，驾驶室里飞出一个姑娘的尖嗓音：“喂，你不要命了吗？人家急得气都喘不出来，你还站着卖呆！”她说得我有点不好意思，但我舍不得似的又看了那工人一眼。

“干劲真足呵！”我从心里发出一声赞美。随即戴上麻布手套，跳上船也干起来了。

每一块铁有三十多公斤重，搬第一第二块，我觉得很轻松，赶上第五块，我就汗如雨淋，上气不接下气，腰也直不起来了。我想：不过十来分钟，怎么好意思休息呢？决不能做脓包！我咬着牙，搬着搬着……当我直起腰想站立起来的时候，突然眼前一阵黑，一个踉跄摔倒了。幸好是向前扑的，没伤着，但左手那只厚厚的手套已被铁块带出去，碰在铁堆上砸得稀烂，手指上也被削去了一块皮。

这时，我心里说不出的难受，连耳根都发烧，幸好灯光昏暗，人家看不出来。

“到码头上去歇一会吧！”有个老工人这么说。

这句话正说到我心里，刚转过身，突然像打闪雷一样，一个粗重的声音向我说：“慢着！”我一看，哦，正是一手拿一块铁的那个工人。他叉开两腿，像座小山似的立在我面前，嘴巴像风箱一样，呼哧呼哧地喘气。脸上的汗水，像小溪那样流着。

我惊愕地瞅着他，不知他要干啥。

他跨前一步，拿起我受伤的手看了看，说：“小意思。”说着撩起肩上一块蓝色新搭肩布，“刺啦”一声撕下一条，把我擦伤的手指包扎了。

我完全被这直率而突兀的举动惊住了。

“顶得住吗？”他嘘了口气，大声地问。

“行！”我倔强地说，当然是咬牙说出来的。

“对，能顶得住就行，现在少一个人就少一双手，懂得吗？”

我为难地看看那只被砸烂的手套，心里嘀咕：“没有手套怎么行呢？……”“给！”还没等我弄清楚是怎么回事，他的两只手套已经塞在我手里了。

“你——你呢？”

“别管我，快干吧！”他弯下腰，伸出两只手，仍然一只手拎一块……

这一切，就像一阵风暴一样，来得猛，去得快。我看着他，想说什么，却又没说出来。一股力量冲击着我，我忘记手指疼痛，转身又勇猛地投入了战斗。

一船生铁，很快就卸完了。趁出档的空隙，我们跳上码头去喝水。

他舀起一大碗水，一口气喝干了，又舀满一碗。水沿着嘴角流到颈脖上，一直流到冒着热气的胸脯上。喝完了水，他长长地出一口气，他确实累了。

趁着从库房屋角射来的灯光，我才把他看清楚：码头工人特有的粗壮结实的身坯，透过薄汗衫，可以看见一块块疙疙瘩瘩的肌肉；由于长期扛活，背有点驼；宽阔的前额上，三条皱纹明晰得就像用力刻出来的；乌黑的浓眉，犀利的眼神，使我觉得他这人粗中有细。我忽然想起两句出名的码头工人歌谣：“左手举起万吨钢，右手提起千吨粮。”我想，这样的人即使叫他去搬一座山，他也不会说个“难”字。

他把空碗递给我，我刚要去接，伸在半途的手停住了。我看到的是一双什么样的手呵！五个手指前端连指甲都被切去一截，掌心和手背上布满斑斑驳驳的伤疤。

他发现我的神情，只淡淡一笑，不经意地说：

“这是十几年前的老伤疤啦！瞧，一块铁，咔嚓一下，就弄成这样了。那辰光哪有啥劳动保护！”我想起他刚才把手套塞给我，自己光着手搬铁块的情景，我忘记了喝水，没有一个字眼能描绘我这时的感情。

“看样子，你不是咱们码头上的，是机关来的？”他亲切地扶住我的肩膀端详了一会，脸上漾起一种不好意思的微笑说，“只怪我这个‘官僚主义’，刚才我还一点不知道，这可不比其他活儿，让你一直干着，身体挺得住吗？”

“行，我行！”我觉得我的脸红了，但有一种异样的幸福和高兴，我问他：“同志，你贵姓？”

“张春发，不过咱们码头上可没有叫得这样正规，大伙都管我叫‘铁疙瘩’。”

这时，外档那艘铁驳已靠好码头。“上！”他手一挥，打冲锋似的奔了过去。

“铁疙瘩！”我自言自语念着这个名字。

下班了。我全身每根骨头，都像被铁块砸碎了一样，酸痛无力；回到家，连衣服也没脱就躺下了，一直睡到第二天天亮。赶到码头，铁疙瘩早就在那儿干开了。

“来得好早哇！”我说。他微笑着点点头，两手不停地在搬着。

旁边一个青工忽然激动地说：“他骗人，他根本没离开码头呀！”

“铁……”不知为什么我总不习惯喊他“铁疙瘩”，喊了一半连忙又改口：“老张，当心自己的身体，就真是钢打铁铸的也给磨坏了，何况是肉做的。”

他好像没听到，半晌才回答说：

“小陈，别婆婆妈妈的了，现在是什么时候呵！”我正想说话，背后一只温暖的大手落在我肩上，我一看是支书老彭，老彭看了一眼铁疙瘩，对我说：“是呵，小伙子，你还不了解他这个人。”接着老彭又拉开嗓门：“春发，昨晚你又骗了我，这可不行！”

真奇怪，这黑大汉给彭书记这么一说，竟像孩子犯了错误似的，扭过头去一句话也不说。可是停了一停，他又红着脸，一个大步挨到老彭身边说：“港湾里挤满了船，你把我捆在床上，我也睡不着呀，我要多干活！”

“多干活就只有猛干这条路吗？前天你不是跟我谈过要动动脑子吗？那就快点动吧！……春发，咱们不能光做猛张飞，还得学学诸葛亮呢！”老彭说完，撂下肩上的棉袄，跳进船舱干活去了。

铁疙瘩看着老彭的背影，一刹那，好像连脖子都羞得红了，最后他举起巴掌，像是责怪自己过去的做法，又像是下决心似的把脑袋打得啪啪响。

中午吃过饭，我走过201号仓库，从那寂静的库房里传出一阵鼾声。我很奇怪，走进去一看，黄麻包子上睡着一些工人，靠窗口的一堆包上直挺挺地躺着一个人，正是他！那鼾声也同他说话一样粗重、响亮，一声声的隔三间房子都能听得到。听着他这响亮的鼾声，我沉浸在一种幸福里。

窗门没关严，一丝飒飒的冷风由隙缝里钻进来。他身上只盖一件薄棉袄，我忙把窗子关紧，脱下身上的棉袄，给他盖上。他醒了，像战士那样警惕，他一翻身就坐了起来，发现是我，亲热地笑了一笑。

“暧，都怪我，真对不起！”我真想将自己骂一顿，为什么不小心些呢，睡眠对他来说，太可贵了。他抬头看看墙上的大钟，舒服地伸了个懒腰说：

“四个钟头了，正好，你不来我也该醒了。”

“你咋不回家？”我好奇地问。

“家？”他用手画了个圆圈，“这不是我的家吗？”我知道他说着玩，也开玩笑地说：“我是说的那个家，你白天黑夜不回去，她怕要找你算账啦。”

“不会不会，咱们是并肩作战！”他双眉一挑，幸福地笑起来。

我没弄懂他的意思，他拉我到门口，指着前面码头上一群妇女义务劳动大军说：

“就是那个穿小碎花夹袄的。是竞赛对手呢！”

“你叫她也来搬铁块？”我吃惊地说。

“现在是什么时候？你没听党委书记做报告：要动员一切力量支援装卸吗？嘿，老阿弟，别瞧她是个女的，你还不是她的对手呢。”

看着他幸福的脸，我脑海里忽然闪过一个想法：他这样的人绝不会有个软弱的老婆。

正说着，那位大嫂提着一只饭盒子走了进来，和铁疙瘩年岁差不多，三十出头，秀气，干练。

“这是我的老婆，”他说。

“睡够了吧？”她打开饭盒，把四个热气腾腾的白面馒头送到他手里。

“嗬，你这后勤工作做得不错哇！”

她含情一笑。

“庆贞，今天指标多少？”

“二十二吨半。刚才听老彭说，今天全区要超额一万吨，我也再加两吨半。”她汗涔涔的脸上，泛起一层羞涩的红晕。

“得劲儿！”他虎地一口就吞下半只馒头。

“不能慢点吃？”她爱怜地说。

铁疙瘩看了庆贞一眼，又一口把剩下的馒头吞掉，挑战似的说：“这么说来，你今天的指标是二十五吨，要压住咱？……嘿，你可稳住点儿，咱们赛着瞧吧！”说到这里，他眼珠一转，又作补充说，“我要告诉你，光靠猛干不行，还得动动脑子，咱们不能只做猛张飞，还得学学诸葛亮！”

“嗬，”庆贞白了他一眼说，“说别人倒有一套，自己干起来什么也忘啦！”

“大嫂，你应该给他说说，他一干起活来就不要命。”我插了一句。

“他呀！”庆贞又瞅了丈夫一眼，嘴角边掠起一丝从心底里发出的微笑，“犟得像头牛……”

“瞧你说的，一根毛竹还能变三变呢，咱就不能学点巧！”铁疙瘩大声争辩，脸色绯红，好像很生气。

“好呗，你能翻江倒海，咱也能大海行船；你能快马加鞭，咱也不会坐在家里……不过，老彭说过，干啥事情都得向大伙讨教讨教，一个人一辈子也钻不出名堂来！”庆贞理理头发，一口气说着。

“得啦，你少说几句，谁也不会把你当哑巴卖了。”铁疙瘩打断老婆的话头像是不服气似的嚷嚷说，“咱们哥儿有的是聪明脑子，只要党说一句话，上天入地咱们全能办到！”

“好呗！咱们也有脑袋也有手，赛赛吧！……别忘了，我今天的指标是二十五吨！嗯？”庆贞接过饭盒，微笑地挥了挥膀子走了。

我和铁疙瘩也来到码头边。我没弄懂他俩说的话，但似乎懂了其中的意思。我想，“如果每个人都像他们两口子这样工作，别说搬几百万吨生铁，就是把喜马拉雅山装来，我们也搬得了。”

“哈哈……”他忽然一阵笑。我惊愕地回过头，只见他凝望着滚滚的江水，眼睛深处有一层光辉。在我的印象里，他这人的特点就是干脆、明朗、爽快，像这样含蓄，还是第一次。

我说：“你笑什么？”没有回答，他想得入了迷啦！

“小陈，你比咱懂得多，你说以后咋办？”他忽然没头没脑地问。

“什么以后？”我不明白。

“生产任务呗！”

我沉吟了一下说：“刚才你不是听见了广播吗？我们已经战胜了港口堵塞，1070万吨指标就要完成，以后还担什么心！”

“你怎么这样说呢？”不知怎么他突然生气了，眉毛结成一个疙瘩。我吃惊地看着他。

“我问你，你说明年、后年、大后年……我们要生产多少钢？”他像先生考学生，两只炯炯有神的眼睛瞅着我，我觉得这个人真不可理解。

“国务院还没公布，谁能知道？不过，大跃进嘛，明年的指标总要比今年高。”

“要高得多！”他高兴地叫起来。瞧他那神气，好像他也参加了订计划似的。

“两吨生铁一吨钢，老阿弟，你算算这笔账吧。现在已经忙得连气也透不过来了，到那时，”他举起那两只手，“咱们还只靠这对老家伙蛮干吗？……”

我睁大眼睛瞅着他，不知怎样回答才好。

“我不怕用力气，可是，咱们要搞架机器……嗯，咱还得听听庆贞说的，一个人钻不出名堂，得找大伙凑个主意。”他凝视着黄浦江，像是对我说，又像是自言自语。

呵，明白了，我完全明白了。

我觉得生活就像这黄浦江汹涌的波涛，有人不但跑得快，跑得猛，而且能透过今天看到明天。

“喂，小陈，快上！”猛地一个粗壮的声音把我唤醒了，我抬起头，他站在一条巨轮的船头上，对我招手。

一九五八年的日历只剩下最后几张了，新的一年即将来临。

就在这个欢乐的日子里，却碰到一场意料不到的事。

夜里，千灯万火，把黄浦江变成一条金色的支流，夜晚的黄浦江似乎比白天更喧闹更繁忙。这时忽然降了雾，就好像从空中撒下一团“白纱”，两岸高大的建筑物、船的轮廓都模糊不清，“白纱”越来越厚，越来越浓，最后空中灯火也消失了，真是伸手不见五指，浓雾吞没了黄浦江。大小船只上所有能发出声音的东西：雾钟、汽笛、喇叭，甚至面盆都一齐敲响起来，但不久一切又归于寂静。

中兴号、和平号、长江铁驳，无数急电像雪片一样飞到调度室，不是报告停止装卸，就是报告被迫停航。

市轮渡也被迫停驶，黄浦江瘫痪了。

遇到这样大雾，在过去大家早已回家休息，可是现在，人们都意识到目前是分秒必争的时刻，应该赶快想办法解决，人们都纷纷来到支部办公室。

老彭正在想对策，突然响起一阵尖锐的电话铃声。他拿起听筒，猛地像触了电一样站起来。听完了，他对着听筒愣愣地看了看，然后沉重地放下了。人们都一齐围上去。

“钢铁厂来的电话，和平八十号的生铁再过三小时不送去，就要停炉了！”

老彭打开航道图，钢铁厂距离和平八十号停靠的浮筒，有二十几里。雾太大，八十号不能开动。

人们三三两两在议论，铁疙瘩急得像热锅上蚂蚁，出去又进来，进来又出去。每个人的心都像绷紧的弦。最后老彭微笑着打破了沉默：

“打仗就是这样，越到最后胜利关头，越有危险！咱们有这么多诸葛亮，难道还攻不下这个碉堡？”

“有啦！”一个像春雷般的声音，使所有的眼睛都转到同一个方向，啊，是铁疙瘩！他站在门口，手里提着一面报喜用的铜锣，拉开响亮的嗓门说：

“我们用驳船把铁块送到岸上来，只要一靠岸我们就有办法了。”

对，这是个好主意。陆上，雾比江面上稀，但问题马上来了，有人问：

“驳船怎么知道哪里是岸？不是同样看不清吗？”

他没有回答，举起棒槌重重地在锣上敲了一记，“当！”的一下，大家马上明白了他的意思。

“对！对！就用这面锣！”几个小伙子乐得跳起来，有个老工人拉住铁疙瘩担忧地说：

“铁疙瘩，这……这太冒险啦！”

“阿四哥，要革命，就得经受一点风险，这是为钢而战！彭书记你点头吧！”

“就这样干，这办法好！”彭书记说，“赶快通知调度室跟和平八十号联系，让他们拉起雾钟来。”

大家争着要跟铁疙瘩一起去，彭书记指定了几个人，然后紧握住铁疙瘩的手，好像有很多话想说。

“我是一个共产党员！”他轻轻地说。

这时我怎么也抑制不住心头的激动，今天我更了解他这个人了。

“小心，到时候要稳住点儿。”彭书记再一次握了握他的手。

我一下抱住他说：“我是一个共青团员！”

他把铜锣交给我……

走到屋外，雾很浓重，四周是黑乎乎的一片。码头上灯火朦胧，人影晃动，大部分装卸都暂时停止了。卡车、拖车不住地响着喇叭，万分小心地行驶着。

为了给我们助威，播音室一遍一遍地播送着《社会主义好》和《为钢而战》的战歌，在这寂静的夜里，听起来是多么振奋人心呵！

他挑选了七八个精壮的小伙子，摸着黑，登上驳船，其余的人都严阵以待地守在岸边，准备接应。

江心和平八十号的雾钟敲响了，一阵紧似一阵，似乎在大声喧嚷着：“我在这儿，我在这儿！”

“小陈！”我听到他在喊我。

“有！”我精神抖擞地回答。

“你这个‘方向’可要敲得响一些，一分钟也不能停，晓得吗？”

“知道！”我大声回答。

“走！”他大吼一声，使劲把船撑离码头，很快船和人就被浓雾吞没了。

这样大的雾天，用这种方法进行装卸，是历史上没有的事，岸上人们一个个都屏住呼吸，睁大眼睛，好像要把那黑暗看穿似的。

也许由于过分紧张，一阵寒风吹来，我打了个寒战。“沉着点！”

我命令自己，举起棒槌用力敲着，敲着。后来我才知道一只新锣竟然给我敲裂了。当时我的心真是挂在喉头：不会撞到其他船吧？铁疙瘩会出危险吗？……我站在岸上，望着浓雾，各种可怕的幻想在我脑海里闪过。忽然，一阵响亮的号子声，船桨拨水声传过来了，谢天谢地，第一船生铁终于安全到达了。

“哈哈，这才够劲儿呢！准保钢帅不饿肚子。”我又听见他那高昂的笑声。

同志们一阵欣喜，很快地把铁块搬上码头，装上卡车。

接着第二船，第三船……我看不清他的脸，只听见那坚定的粗重的吼声：“小心，小心，”“快！快！再加一把劲哟！”

“能有一架机器，那我们就少吃许多苦头了。”我听到他轻声地说。这时，他看见我正好挨在他身边，就说：“唔，小陈，手酸不酸，吃得消吗？”

“吃得消，完全吃得消！”不知怎的，我的眼睛润湿了。

“那就使点劲儿敲吧！敲得响些，再响些！”

我用手，不，我用我的全身，用我的心，敲着，敲着！

又不知运来了几船，老彭带来了胜利的喜讯：由于我们英勇地战斗，炼钢炉没有停一分钟。

落潮了，雾也稀了。湍急的水流哗哗地响着，小船不安地颠簸着。

船头上一个工人搬起一块铁块，船一晃荡，脚未立稳，连人带铁块一起翻落在江里。说时迟那时快，只见一个黑影像猛虎一般跳起来。“扑通”一声，溅起一阵阵高高的水花。

“谁？”一个思想在我的脑海里闪电般划过。

“铁疙瘩跳下江救人了……”有人尖声叫了起来。

驳船上的人，很快看见江面上出现一个黑黝黝的人影，是落水的那个工人，原来是给铁块砸晕过去了，大半个身子都浮在水面上，是铁疙瘩在水下面托着他。

“快！……快！……”他喘息着，声音微弱得几乎听不见。

人们七手八脚地把失去知觉的工人救上船，还没来得及拉他，这时极度的疲劳和江水彻骨的寒冷使他抬手的力气都没有了。手一松，只轻轻地嗯了一声，一个浪头就将他吞没了。

“啊！”人群骚动了。

“啊！”我手里的铜锣也跌落了。

“注意，注意，不要乱，赶快抢救！”是彭书记的声音，人们镇定下来，纷纷设法进行抢救。

老彭脱下棉袄就要下水。闻讯赶来抢救的医生一把拉住他：

“彭书记，你自己在发烧。”

“放开我！”他吼叫起来，平时他从不曾对人家大声说过话，医生一听，吓得缩回了手。

“春发，春发！”突然一个女人在尖声叫喊，是他爱人庆贞。今晚在浓雾下突击，妇女义务劳动大队也留下一个小队，庆贞也在里面。显然，这消息太突然了，她嘴角紧咬着，好像在嚼着什么坚硬的东西。我心底升起一阵痛楚，想上前安慰她几句，忽然她头一昂，大声地叫着说：

“他不会，他不会出毛病！”

整个码头都行动起来了，探照灯光透过薄雾，穿过黑暗，在江面上扫射搜索。无数驳船和舢板冒着危险出动了，江面上响着人们的呼叫声。

我和彭书记、庆贞乘着一只划子，三个人都是水淋淋的，西北风吹在身上像刀子一样尖利，但这一切我都忘记了，只有一个信念：一定要找到他！

他在哪儿呢？我们搜遍了附近的码头和江面，什么也没有。东方出现了一条白茫茫的光，雾完全消散了，天快亮了。

“老张，老张，春发师傅！”我再也克制不住自己的感情，放声哭起来。老彭早已冻得受不住了，但他两眼望着前方，一声也不响。

“小陈，沉住气！”老彭说。

庆贞双手抱着膝盖，坐在船头，不动，也不说一句话。

“是他，是他，一定是他……”她忽然大叫，手指着前面码头。我们像触了电一样，我用力划了两桨。

在一座腐朽的浮动式的木码头下面，他双臂紧紧地抱着一根木柱，两脚埋在污泥里。

我们跳下水，赶快把他抱了起来。

黎明，朝阳驱散了雾，黄浦江又现出原来的面貌。

彭书记把铁疙瘩安置在自己办公室里。医生给他包扎了几处外伤，吃了些药，喝了一碗姜汤，他很快就苏醒了。一下子又变成原来的铁疙瘩，挥了挥胳膊，起身就想走。老彭一把将他按住了：“支部决定，你今天一天不许出这房门。”

他服从地笑了。

庆贞拿来一些点心，坐在他身边。半晌，她站起来，笑着说：“听党的话，不许乱动。”

中午，我们都来看望他。他面前桌上堆满了几十张别人没法看懂的图案：方的、圆的、斜的，乱七八糟。旁边还放着几块碎铁。

我看着他，看着那些图样，我明白了，这不是他在搞机器吗？他红着脸对彭书记说：

“彭书记，你说咱这大老粗能行吗？”

老彭紧瞅着他的脸严肃地说：“只要依靠党，依靠群众，一定行。”

我再一次端详他的脸，心里不禁一阵难受，我要到外地去，我们就要分别了。

我拿出日记本，请他题几个字做纪念。

他摇着手说啥也不写。

“哪怕写一个字也行！”我执拗地说。我下决心非叫他写不行，他无可奈何地摇着头。这时他的视线落在对面墙壁“鼓足干劲，力争上游”那张大红纸标语上。

“有了，有了。”他兴奋地捉住我的手臂，把日记本拿过去。

照着那“力争上游”四个字，他像女人绣花一样，一笔一笔地描着，足足花了几十分钟。

“嗳，没文化实在不行，”他叹了口气，忽然坚定地看着我说：“小陈，我给你下个保证，一年以后你再来，我不但给你签字，还要给你写文章！”

现在我看看日记本上“力争上游”四个字，把本子合上了。抬起头，几个工人早就走散了。吸铁机像个力大无穷的巨人，伸出长臂，上下飞舞，吸起几千斤铁块，轻轻地放在卡车里。

找他，找他，去找他！我多么想立即看到他呀！

我来到原来那个生产小组里，一问，他早已调走了。偌大一个码头，到哪儿去找？我忽然想起彭书记，找到彭书记不是就行了吗？

彭书记忙得不得了。他指点我来到电工间，笑着说：

“哈哈，铁疙瘩真有意思，你去看看吧！”

房间里到处堆放着电池、电线、电子管等。他和五六个工人正在聚精会神地研究什么，他手里拿着一副电烙铁。

“老张！”

“啊！是你……”

我随手拿起桌上几本厚厚的书，只见上面写着《电子学》《无线电远距离操纵问题》等。

“真不简单，这不成了专家啦吗？现在又搞啥名堂呢？”

他脸上又浮起那种不好意思的笑，说道：“现在到处在搞机械化吗，你说今后咋办？我们想搞个无线电远距离控制机！”

“好极了！”我说。

窗外激起一阵“哗——哗”的响声，我回过头，涨潮了，黄色的江水，一浪逐一浪，一浪比一浪急，一浪更比一浪高……

原载《上海文学》1960年第8期

最有办法的人

马识途

“你真是一个最有办法的人！”601 工地材料科的老王科长喜不自禁地拍了一下材料员莫达志的肩头，兴奋地说。

的确，在老王科长看来，莫达志是他的科里最能干最有办法的人。特别是这一次出差，任务完成得真是太漂亮了。工地因为二十吨六圆小钢筋弄不到手，有停工待料的危险，老王科长正在着急的时候，莫达志跑回来向他汇报说：“抓到了！”怎不叫他喜出望外呢?

莫达志听到科长的表扬，已经不是一次两次了。他在材料科里的得意外号“有办法”，也是在科长的口头审定之下才合法化起来的。但是今天他特别高兴，因为他的上级异乎寻常地对他亲热。当那只大而软和的手落到他的肩上时，他感觉全身都要融化了。他感激王科长对他的赏识，他简直想一揖到地，对老王科长说：“卑职愿效犬马之劳，以报科座知遇之恩。”但是他并没有这样说。因为他知道新社会有一套新的交际词儿，不能像旧社会打恭作揖，口称老兄，搞乱了套，于是他强压住自己的得意神色，装出十分恭顺的样子回答：

“哪里，哪里，这都是党的领导。”

“好吧，你也辛苦了，去休息吧。”老王科长关切地说。

“哪里说得上辛苦二字，为人民服务嘛。”

莫达志从材料科里走出来，昂首阔步，自命不凡而又装作很有礼貌的样子和每一个会到的同事打招呼。他觉得他一下子就变成这个工地的显要人物了。真的，要不是他莫达志有办法，抓到材料，这个上千人的工程，不早就停摆了吗？他觉得他很有理由到街上小酒馆里去自我慰劳一番，他为这二十吨小钢筋确实够辛苦的了。

他在小酒馆里自斟自饮，暗自思量：从科长拍他的肩头的分量看来，这一次他立的汗马功劳不小，他有理由期待着比金钱更有价值的东西。而且他这次回来，顺路在乡下抓了一点小礼物，送给了科长，并且准备把另两份送给工地党委冯书记和许主任，难道一点良好反应都没有吗？他觉得在他的人生途程上，又看到了新的光明前景。

真的，莫达志自从“五反”运动后转到国营建筑公司工作以来，从来没有像这一年来这样心情舒畅。

莫达志在解放前是一个“华屋建筑公司”的经理。既然号称建筑公司，想必是盖着大洋楼，挂着大招牌，有高明的工程师和成百技工的企业吧。其实不然！莫达志的全部产业就是他父亲传给他的一个磨得发白了的黑色旧皮包。他的整个公司就装在这个旧皮包里。他每天就是抱着他的“公司”，拿着印有“华屋建筑公司”的名片，出入于大公馆小衙门，承揽建筑工程，然后转包给大把头、二把头，从中渔利。但是在旧社会要建立这样一个皮包公司也并不是容易的事。莫达志的这个小小皮包公司也还是经过他的父亲和他两代人的艰苦奋斗，给主管衙门的官儿说过不少好话，送过不少包袱，才立起这块招牌来的。就是这样，在那个乌七八糟社会里，还经常有被别人打倒、踏在脚下的危险。莫达志在解放前，就很受几家有靠山的同行排挤，到后来几乎弄到负债累累、风雨飘摇的绝境。他正在走投无路的时候，忽然解放了，他的那些有来头的债主跑得无影无踪，于是他也糊里糊涂地被解放了。

特别使莫达志惊异的是他的公司在解放后反而走运了。他一连包了几个半大不小的工程，他的公司吃得胖了起来，以致他的皮包容不下了。于是他租上几间街房，把门面装修成立体形的假洋房子，挂上体面的“华屋建筑公司”的大牌子，在内部也装修出两间接待室，摆设一套从拍卖行里买来的旧沙发和一架永远收不到声音的收音机。他在他自己的身上也投了一点资，搞了点“基本建设”，看上去再不像夹着皮包满街乱窜的跑街，面颇有点像个经理的模样儿了。他在包工的过程中，偷点工，减点料，都是照同行的常规办事，至于有时候察言观色送点小礼给来接洽包工的干部，也是做生意的人情之常。总之一切都进行得很顺利，他在银行的存款开始增加起来。他扪心自想，这都是新民主主义社会给予他的好处，也为了表示衷心拥护新民主主义，特别积极地参加工商联合会的学习。在学习会上他真心诚意地喊：“新民主主义万岁！”

他正在得意地喊口号的时候，忽然晴天霹雳，民主改革开始了，他赖以生财的几个封建把头被工人打倒了，他的公司的墙脚被挖掉了。惊魂未定，“五反”运动又开始了。还算好，他到底从他的父亲传给他的处世哲学里获得教益，“出门看天色，进门看脸色”，他赶快把包过的工程做得太不像样的地方，作了一些修补工作。使他在“五反”运动中争取到一个半违法户的帽子。但是等他把赃退得差不多的时候，他又只剩下他的那个祖传旧皮包了。这时国营建筑公司建立起来了。莫达志实在想不出别的什么生财之道，工作组的同志又一再劝他老老实实去靠自己诚实的劳动过日子，他只好同意到国营建筑公司去工作。因为他懂得建筑材料，被派到601工地当一名材料员。

当材料员收入稳定，日子本来很好过，可是莫达志却并不安逸。他感觉在国营企业中干材料工作，不过是编报计划，拿着材料调拨单、提货单、发货单、转账单之类的纸条子到这个机关那个工厂办办手续罢了。这样照章办事，简单无味，根本没有他发挥积极性和创造性的机会。你说把铜筋换点铜管，或者少拿点木材多拿点水泥吧，不行，照计划办事，打酱油的钱不准打醋。就是这样，既不讲交情，也不卖面子，更没有后门可钻，硬是一点办法也没有。

他答应到国营建筑公司做一名小小材料员，曾有过一番打算。他是准备东山再起，大干一场的。他想，不怕不识货，只怕货比货，和你们这些土包子材料科长和胎毛未干的材料员比试比试看吧。我莫达志可不是一个马马虎虎的人，干建筑这一行也不是三年两载了，你们要用秤好好把我称称，才晓得我的分量哩。但是出乎他的意料，干了五六年，竟然默默无闻，毫无建树，从他的父亲那里继承下来又经过半辈子发扬光大的呼风唤雨的本事，竟然毫无施展余地。他感觉有些灰心丧气，对工商联一个老同行说："唉，什么社会主义计划经济！一点味道都没有。根本不叫你使出本事来。"他的老同行同情地说："是呀，老兄这条蛟龙也给困住了。"

是的，他感觉他好像是一条蛟龙困在泥塘里，动弹不得了。但是还要和同科的几条小泥鳅成天鬼混呢。他看他们一天到晚那样紧张地干得津津有味，十分可笑。他暗地说："泥鳅，泥鳅，你们何曾得见大江大海、惊涛骇浪呢？你们等着风云际会的日子，看我的吧！"

果然莫达志等到了他认为是风云际会的日子了。

这才不过是这一年来的事情。因为基本建设工程多起来了，各部门各工地的建筑材料不很宽裕，这就特别需要互通有无，调剂使用，于是大兴协作之风，经常举行物资交流会，解决了材料上的一些困难。但是在莫达志这一类留用材料员看来，却是另外一回事。既然可以实行材料交换，这就是他们梦想的老规矩又吃得开了，又"自由"起来了。果然，经常喝茶碰头的地方，现在变得热闹得多了。有些旧社会来的"材料油子"，在那里斗耳朵，争斤论两，甚至还用老规矩摸起袖筒子来了。莫达志想，这不是"茶桌上玩日月，袖筒里转乾坤"的好日子眼见又回来了吗？

可是莫达志并不急急忙忙下手去搞协作，他不是没有经验的毛头小子，他要看一看风色。并且根据他过去半辈子的经验，他知道在这种场合里要占上风，不是急于去抛什么，抓什么，首先要做的是摸透行情。不仅要知道自己有什么“硬东西”，比如钢材、木材、水泥、机电器材，更要紧是摸透别人的底，知道他有什么多余的东西，最迫切要找的是什么东西。不仅摸透一家的底，还要摸透许多家的底。至于自己的底呢，只能叫人家摸得半透不透的，知道有东西，但是不很清楚。至于自己迫切需要什么东西，那是致命之处，必须封锁起来，不能叫人摸到了。有了这样一些“行情”，莫达志认为，他就可以自由自在地拉来扯去，买空卖空，随心所欲了。

莫达志并没有费很大力气，就把“行情”摸透了，因为这些来搞协作的看来大都是一些老实人，一问就露底。而且世界上似乎真有那么一种共产主义协作精神似的，和这些人打交道很好办，真正互相支持，克己让人。也好，你讲你的共产主义风格吧，我莫达志呢，抓到实实在在的材料再说。所以莫达志总以有利于自己的条件交换到自己需要的材料。只有碰到极少数在旧堂子里混过的老材料油子，才吞吞吐吐不肯露底，在交换时也不那么痛快，甚至有些扯皮了。不过莫达志始终没有遇到和他旗鼓相当的“硬火”，不免还有几分寂寞之感呢。

一般搞协作的只要交换到自己需要的材料就满意而归了。莫达志却不那样简单。他有一条老经验：“不怕缺东西，只怕没东西”，不管是冷货热货，只要抓到手，就不怕没有用武之地。要是找对了口子，还可以“傲”起来，以奇货自居，强迫人家拿更优厚的条件来交换哩。

有一回莫达志就抓回来一批冷背材料，一批次等油毛毡。材料科的其他同志都大不以为然，认为他采购回来的油毛毡质量不好，数量又太多，够 601 工地用三五年还有余，岂不积压了物资吗？莫达志笑一笑，心里说：“哼，等着看吧。”果然，一到七八月，油毛毡缺货，莫达志的这批冷货就成为热货了，找上门来搞协作的人多起来。科里的同事问他为什么有先见之明，他才说出他的生意经：春天工程才开工，不到房屋断水时候，大家当然不抓油毛毡。可是到了秋天，房屋断水的多起来了，又是雨季，老房屋难免要补漏，油毛毡就吃得开了。他最后总结地说："老弟，生意场中的老皇历，'逢贱莫赶，逢贵莫懒'还用得着哩！"大家听了不以为然，但是也不能不说他心里有板眼，连老王科长听到了，也不禁暗自说："这家伙真有办法！"

莫达志并不满足于目前这种材料协作，他还做了一些独创性的发展：首先他从材料交换的协作发展到材料生产的"协作"。他在市场倒腾来倒腾去，自然而然就有了积累，小小地积攒了一些材料。但是他暂时还没有报账，他找到过去相熟的几个老朋友，鼓励他们利用业余时间搞点"业余"，开个"地下工厂"。专门给601工地加工，原材料由莫达志负责。大家都觉得近来似乎"自由"一些了，真的就动手干起来。一个完全自由的小工厂就不声不响地在一个资本家的公馆里诞生了。莫达志并不是一个糊涂人，他早为自己留了退路。他和老王科长打过招呼的："现在很多零件买不到，大工厂加工困难，所以拿点材料到小作坊去加加工。"老王科长回答："只要按时按质交货就行，在哪里加工都一样。"莫达志含糊其词地没有说出是什么小作坊，老王科长也想不到要过问这个，反正现在都是社会主义企业嘛。

莫达志还把"协作"发展到生活资料方面去。有一次，他到朱泊镇去提运木材，他发觉乡下的猪肉、鸡鸭、鸡蛋和蔬菜，比建筑工地的要便宜得多，于是他就动起脑筋来了。一打听，正好一个人民公社修养猪场差点木材，他就打起支援农业的招牌，私自拿了一点木材去换了一些吃的东西，托运木材的汽车拉回工地，交给管理员。管理员称赞他有办法，当然他也本着公私兼顾的原则，给自己家里弄回去不少吃的。

莫达志在材料科的声望一天天提高了。科里无论缺什么材料，只要给莫达志说一声："莫达志，你去协作一下吧。"莫达志毫不迟疑地回答："行，有办法。"果然不出十天半月，他总要凑凑合合地弄一点回来。他的一句口头禅"有办法"，在科里也就自然而然成为他的光荣外号了。

十二月快来了，工地工程进入了完成全年任务的紧张阶段，不巧得很，工地差了二十吨六圆小钢筋，影响工程的顺利进行。甚至材料科的王牌莫达志出去搞了几天协作，也毫无眉目。但是莫达志并不灰心，他明白在这节骨眼上，正是立功表现的好机会。于是自告奋勇要到重庆去试一试。重庆是大城市，办法多些。恰好在那里有一批电器材料要提货，回来还可以在朱泊镇提一批木材。老王科长就同意他出发了。

莫达志到了重庆。这是他很熟悉的地方，解放以前他曾经在这里创立过“英雄”的业绩。现在他在大街上走着，回想当年在材料投机市场中翻江倒海的声势，还有余味。他一面走着，一面想着，不知怎么的，他的脚就把他带到较场口来了。这一带的大小巷子，茶楼酒肆，都是当年鏖战激烈的地方。他怀着吊古战场的情绪，在这些大街小巷转了一圈。眼前又浮现出人头钻挤、如醉如狂的景象。忽然一声汽车鸣叫把好景驱散了，他看见满街挂着人民公社的这个加工厂，那个服务站的牌子。他不禁长叹一声，就离开了。

莫达志凭着久经锻炼的鼻子，一下就嗅出材料协作交流会在什么地方。他在那里面转了一圈，大半是一些年轻后生在兴高采烈地研究协作支援办法，听来乏味。忽然，在茶座的角落里他发现了一个老熟人，也可以说是过去的老对头。这人名叫吴天柱，以前在这里建筑界也算有能耐的角色，现在却无精打采地坐在那里，再也看不到当年的英豪气概了。他走到吴天柱的面前，吴天柱吃惊地跳了起来，说：

“啊呀，老兄，怎么在这里看到你，别来无恙乎？”

“天柱兄，托福托福，我也想不到在这里碰到你。”

他们坐下谈起来。原来两人情况都差不多，在解放之初都走过一阵红运，后来又一样到国营建筑公司去为人民服务，做材料员了。相同的命运使两个过去的仇敌相顾黯然一笑，变得亲近起来了。

当莫达志诉说了活动二十吨六圆小钢筋的难处以后，吴天柱连表同情地说："老兄，这一台子戏吹不得台啰。兄弟一定帮忙。"

吴天柱在这里也算得一只地老鼠，到处都钻通了。莫达志看见吴天柱连呷了几口茶，皱了几回眉头，又开始抓他那秃头上几根稀疏的头发，莫达志觉得大有希望了。他过去和这人打交道就知道，只要他用手抓一阵他那几根稀疏的头发，他就会抓出一个好主意来。现在吴天柱的眼睛开始发光，脸上露出笑容，他一定是想出办法来了。果然他和莫达志抖了一下耳朵，莫达志笑了起来。

他们立刻起身到铁路货场去了。吴天柱带着莫达志在如山的材料堆里转过来转过去，终于走到一堆小钢筋面前。从放的地方很偏僻，钢筋上生了不少锈的情况，吴天柱他们估摸这一定是哪一个大工地的材料，因为家大业大，放在这里，被哪一位管材料的同行忘怀了。也许在一两个月之内，这堆钢筋不会被发现的。莫达志听了不禁勃勃动心，主意拿定，和吴天柱附耳低言："看来这个风险不大，是干得的。"

两个朋友到茶馆研究了一阵。最后，莫达志采取了一些"必要的措施"，他拿着被他"改造"过了的提货单，大模大样地到货场办公室去办理提取钢筋和发车的手续。由于一切必需的文件齐全，手续办妥，这一批小钢筋便顺从莫达志的意旨，上了车，旅行到601工地材料库里去了。

"踏破铁鞋无觅处，得来全不费功夫"，莫达志为自己的奇遇而高兴。为了酬答吴天柱的帮忙，也为了庆贺自己走运，他约了吴天柱，吴天柱又去约了几个过去的熟人，到一个饭馆去吃喝。大家一面大吃大喝，一面交流了在新社会过日子的经验。都以为什么都好，就是有些不自由。莫达志的一个过去的酒肉朋友大发议论，他认为最不自由的是现在社会不准玩姑娘了，也不能随便使唤人了。一个社会要是没有可以玩的姑娘，要是没有专门打恭作揖的人，就太没有味道了。在快散席的时候，那个朋友提醒莫达志，他过去在这里一度相好的姑娘还在，虽然徐娘半老，风韵犹存。莫达志正在酒酣耳热的时候，这一句话引起他的莫大兴趣。散席后他就约这个朋友和他一起上街去备办了一份相当丰厚的礼物，到那个老相好家里去。可是，天黑的时候，他垂头丧气地提着礼物回到旅馆来了。酒已全醒，感觉十分懊悔，没有摸清底细，不该贸然行事，碰了一鼻子灰，挨了一顿好骂。

莫达志回工地前到朱泊镇去提木材，想起上一次支援农业的事了。他忽然灵机一动，何不弄点吃的回去？自己享受一下，同时还可以孝敬一下上级呢！这也是一种必要的投资呀！他又到了那个乡镇，那里的猪肉、鸡和鸡蛋还是那样可口而便宜，而且现在还有时令鲜果，黄澄澄的橘柑，香气袭人。他买了五只鸡，三百个鸡蛋，四筐子橘柑。

他把这些东西带回去后，暂时囤在他的家里，他留下了两只鸡，一百个蛋和一筐子橘柑，作为“改善”自己生活之用。其余平均配成三份。当他去汇报抓到小钢筋，老王科长对他颇有好感了，他才选择一个适当的晚上，提了一份礼物悄悄地到王科长家里去。老王科长一见面就问他：“这是从哪里搞来的？”莫达志说：“回来的时候，顺路在乡下买的，一点小意思。”老王科长皱了一下眉头，莫达志连忙解释：“科长不要多心，我这不是年节送礼！我知道新社会不讲究这一套。我买成多少钱，你给我多少钱就是了。你要不收，我才不好办呢，我不光给你买了，还给冯书记、许主任各代买了一份，他们也真是太辛苦了。应该滋补滋补。”老王科长被莫达志的一张利嘴搞得有点“盛情难却”，显得十分为难了。最后，他总算一五一十地付了现钱，把东西收下了。

莫达志给老王科长送礼成功，并不使他十分高兴。这个科长是个老实疙瘩，心思简单，捉弄他并不要什么本事，要使工地党委冯书记和许主任能够不声不响地上钩，才真要做一番手脚哩。

许主任是病了，正住疗养院，还好想办法一些。唯独冯书记不好办，绝不能亲自贸然去送礼。一想起冯书记的面孔，就觉着这人不简单。眉宇之间，看着他莫达志，总好像在说：“哼，少捣些鬼吧，我早就看出来了。”

莫达志想到这里，背脊骨凉得像一根冰棍了。怎么办呢？莫达志也学吴天柱那样在头皮上搔了一阵，可是并不灵验，什么办法也没有搔出来。但是莫达志到底是有办法的人，他费了两个不眠的夜晚，终于想出一个“绝”的办法来。这办法是先和他家保姆搭上交情。早就听说他家保姆想要几个新鲜鸡蛋孵小鸡，何不送她几个鸡蛋呢。就说是顺路给她代买的。再趁冯书记两口儿不在家的时候，把礼物悄悄提去；交给保姆，就说是管理科分配给冯书记的。待冯书记付了钱，东西吃进肚里，晓得是我私下为他尽的一份孝敬之心，谅他也不敢发作起来，说不定还不声不响地在公差安排上给我一些便宜呢。常言说：“吃了人嘴软，拿了人手软”，我就不信共产党的心不是肉做的。莫达志想到这里自鸣得意起来。他又到小酒馆去喝几两，一面慰劳自己，一面也是为了壮一下胆子。他怀里揣几个鸡蛋“顺路”去看望冯书记家保姆，果然不费吹灰之力赢得了保姆的好感。然后按照计划又把礼物提去交给了保姆，保姆笑而纳之。看来第一着棋成功了。

第二天没有发生什么事情。风平浪静。莫达志走进办公室去，他的同事们笑脸相迎。他路过党委办公室的门口，碰见了冯书记，书记向他点头微笑。或许书记已经吃了送去的东西。或许老王科长正要建议分派非他不能完成的新差事哩。现在，莫达志反为自己清早起床时的惴惴不安，暗自好笑起来。

第三天早晨，莫达志上班去，他心高气盛，步趾昂扬。在去工地的路上主动和每个相识的人笑嘻嘻地打招呼，他觉得自己一下子变成了这个工地的显要人物了。今天他伏在几案上，显得比平日更加虔诚、谦恭，埋头清理着材料的登记表册。尽管摆出了这副正经的神气，还是难以抑制心里喜滋滋的滋味。莫达志正在得意扬扬的时光，小通讯员走过来了，说是老王科长“有请”。

走进老王科长的办公室，莫达志看见一个外地来的同志，拿着介绍信，正在同老王科长接头，说是要谈一个问题。只见他带着几分不满意的神色说：

“我们在重庆货场的二十吨小钢筋，被你们工地的材料员装车装跑了。我们红星农具厂好不容易才找龙江机器厂借给我们这点钢筋，这是为了生产支援春耕的农具用的，任务很紧，却被你们运跑了，请你们马上退给我们。这种乱抓乱拉的作风，很有问题。”

老王科长简直莫名其妙。莫达志不是说搞协作搞来的吗？为什么是红星农具厂的呢？他问莫达志：“这是怎么一回事？”

莫达志当然知道这是怎么一回事，他满以为拖过这一月，明年一季度分配的钢筋到手，他就可以不声不响地在重庆物归原处了。但他没有想到现在就发作了。莫达志只好硬着头皮站起来对来的同志说：

“是这样的，同志，你请坐吧，坐下来慢慢说。”莫达志把来的同志安排坐下，给倒了开水，他才很沉着地解释：“这件事情嘛，嗯，可能是我们搞错了。货场的钢筋很多，我们的钢筋不知道压在哪里去了，所以嘛，嗯，就装错了车了。至于这钢筋是不是你们的，这还要到现场去查对一下，才能明白。”莫达志一面说着，一面用眼神瞟老王科长，给他递点子，好似说：“你一定要顺着我说的说，不然二十吨钢筋就飞了，那就完不成任务了。”

老王科长现在才明白原来是这么一回事。他看莫达志到了这种时刻，还想当面扯谎，存心抵赖，觉得很生气。他实在忍不住了，问莫达志：“我们在车站货场根本就没有小钢筋，这从哪里错起？”

莫达志万没有想到老王科长这样不识好歹，在背后杀了他一枪，揭了老底，弄得脸上红一块白一块的，一句话也说不上来。

老王科长当面向人家道了歉，把他安定下来，然后表示要向党委冯书记请示。这一下使得莫达志大为紧张起来。

事有凑巧，快下班的时候，小通讯员送来党委冯书记的一张条子，要他下班后到他家里去，条子上写着：“把你送来的那些东西拿回去，谢谢你对党委书记的关心。”

莫达志正在为钢筋的事不得开交，谁知送礼的事又吹台了。他不知道为什么冯书记知道是他送的礼，为什么过了三天才发作。他当然不知道冯书记前天一整天都在工地忙着，晚上也没有回家，昨天回家看到院子里有一只大红公鸡，问保姆哪里来的，才知道是莫达志送来的。他知道这里面有文章，登时叫党委办公室调查，才把莫达志给冯书记、许主任和老王科长送礼的情况弄清楚了。

莫达志不得不到冯书记家里去，当然他是瞅准了冯书记去工地以后才溜进去的。保姆把礼退给他。那只该死的公鸡竟然不想走了，从他的手里飞起，还扬扬得意地站在院子里望着他，好似说：“你奈我何？！”他费了好大劲才把公鸡捉住。他提着大筐小篮，抱着公鸡回家去，才一进屋，就发现许主任和老王科长都已经派人退回给他们的一份“礼物”了。他看见那两只母鸡亲热地来欢迎公鸡，公鸡想从莫达志手里挣脱。莫达志却待松手，说时迟那时快，左手的拇指已吃公鸡痛啄一口。莫达志生气地把公鸡的头狠狠地敲了两下，丢在地上。公鸡虽然受了无妄之灾，但还是发出咯咯咯的欢叫声，很满意于和几天不见面的伴侣又亲近了。

冯书记召集了工地党委扩大会，决定把非法搞来的钢筋一公斤不留地退给人家，并且派人亲自送到工厂去，向他们道歉，赔偿损失。关于工地缺少钢筋造成的窝工问题，决定发动全体职工想办法解决。

小钢筋的问题因为发动工人提出合理化建议，节省使用，又从仓库里清出一些，加以红星农具厂发扬共产主义协作精神，主动地把断了料的那一部分借给 601 工地，材料问题便算顺利地解决了。601 工地的年度计划也超额完成了。

在年终总结工作，休整队伍的时候，莫达志在材料科搞的一些鬼办法被揭露出来了。同时还接到重庆来的检举信，检举他在重庆花天酒地的腐朽生活和企图调戏街道工厂女工的丑行。在会议上，莫达志少不得痛哭流涕，捶胸顿足，做了一番自我批判。而只有回到家里，他才开始了真正地自我检查。他关起屋门，四肢朝天地躺在床上，不住地敲着自己的脑门说：“好比赌红宝，连东西南北方都还没有摸清，就下大注，哪能不输光呢！”

莫达志依旧留在材料科工作，不过现在只让他做内勤，而不让他出去使唤他那一套办法了。

从此，莫达志就变成一个最没有办法的人了。

原载《人民文学》1961 年第 9 期

彩霞万里

凤 章

一

我们的小组长，姓杨，名玉梅，为了顺口，大家都习惯把个“玉”字省略掉，叫她杨梅。组内大块头阿姨还叫她小杨梅。其实，她并不小，三十四岁了，已经是三个孩子的妈妈，只是个子小一些吧。人生得很俊俏，不管穿上什么白的、红的、蓝的、紫的、花的衣服，都显得秀里秀气的，那么合身、好看。她平常话不多，有许多话，似乎用她温静的微笑、顽强而端正的小鼻子，和那双闪亮的大眼睛代讲了。

厂里生产的绸缎织物，品种很多。什么美丽绸、珊瑚绸呀、丁香缎、金玉缎呀、织锦被面呀，等等，光听听名字就知道这些生产品够漂亮的了。对这些织物全会织的，我们小组里只有杨梅和大块头阿姨。每逢机上换新的织物，杨梅总要花不少上班前下班后的业余时间，教别人练习操作。她乐于帮人，很认真、很细心、不喊累，只有她那顽强而端正的小鼻子上，常常闪耀着几颗细细的亮晶晶的汗珠。和小组同志相处得也很好。啥人啥脾气，啥人啥性子，她是落地桃子熟透啦。有一次，小鬼张爱珍，突然在小组会上不大作声了，闭着嘴，老是要发笑，就像有人用鸡毛在她颈子里撩痒一样。碰到啥事情啦？我们问她，她摇摇头："没啥，没啥呀！"可是，还是一副被人在颈子里撩痒的神情。这时，杨梅笑眯眯的，用肩膀碰了小鬼一下，在她的身边轻轻说："接到信啦？嗯？"小鬼连耳根也红了："是……嗯……信，他当了先进……"声音轻得像蚊子哼，下面"工作者"三个字，竟化成"扑哧"一声笑出来，大家也哄笑起来。——是小鬼接到上海男朋友的信了。这小鬼有个怪事，碰到欢喜事，反而不大说话，碰到不顺心的事，话多得要用箩子装，而且说得像翻水泡泡一样快，弄不好，还要和人斗一阵嘴。最先摸到小鬼这脾气的，就是小组长杨梅。所以小鬼什么事都喜欢找她谈。还有大块头阿姨，对什么事兴趣都很高，说起话来喜欢拍打着巴掌。有一次，开小组会，大家并不觉得她和平常有啥两样，散了会，杨梅私下说，今天大块头阿姨连一个巴掌也没有拍，恐怕有啥心事。晚上到她家一走，果然是老夫老妻在早上吵了架，到晚还翘着嘴巴不说话哩。杨梅当场做了调解人，说说老头子，劝劝老阿姨，直到九十点钟才回家。第二天，小组会上，大块头阿姨的巴掌拍得比平常响，比平常多！

难怪大块头阿姨说："我就喜欢小杨梅！"

二

谁知，杨梅竟忽然说，她准备请求离开我们这个组了。这是她亲口对我说的，甚至还给我看了她给车间支部的报告。

说实在话，我们怎舍得她离开呢？可是听了她的话，我不由很激动，挽留她的话一个字也不好意思说出来。当时我却说过一句蠢话，直到现在还觉得脸在发烧哩！

还是我把当时的情况说一说吧！

我家和杨梅的家，住在一条巷子里。我家住在巷头，她家住在巷尾，上班去，不是她喊我，就是我喊她，两个人同伴走路热闹些。通常总是她喊我的时候多，我常睡觉睡过头。这天，天蒙蒙亮，我听到有人用两个指头弹我家靠路边的百叶窗子，发出细雨打芭蕉似的声音。我知道是她，是杨梅来了。我忙打开窗，只见她含笑站在窗口，问我："你早起啦，睡得阿足？"我点点头，回身看看我的明明与毛毛，两个小家伙睡得呼啦呼啦的，我拎起饭盒、草包，踮起脚尖，到我婆婆床前招呼一声，就和她一起向厂里走去。

这时候，天越来越亮了，不过小巷里仍然很静很静的，只有那抱着竹枝扫帚的清洁员在沙沙地扫街；偶然，也有一辆倒马桶的粪车在小巷里隆隆驰过，才打破这清晨的宁静。

我从心眼里佩服我们的组长。她有三个孩子，顶小的才不过两岁，爱人在上海，家事全靠她安排。可是，她一直是那么不慌不忙、干净利落的。我问她夜晚怎么安排孩子的，她说，这靠她娘帮助。她娘带两个大的睡，她带一个小的睡。她笑笑说："这有什么，我又没有吃奶的孩子！"不过，我记得，她就是在有孩子吃奶的时候，也是那么一副干净相呀！我又问，你都起得那么早，睡得阿足？她说，怎么不足？上早班，她总坚持早睡，第二天起得早，又有精神，又不会迟到。说着说着，我们已穿过两条巷，到了石子马路了，眼前一亮，觉得精神也振作了一些。她接着充满感情地说："我就喜欢早晨！"

我们本来并排走，她忽然落后了，我扭头一看，原来她停了脚步，一下神采飞扬，眼睛那么亮，俊俏的脸红红的，仿佛被什么迷住了。她举着手指着前面，快活地说：

"大姐，你看，多好看呀！"

我顺着她的手向东看去，呵，是早霞。真的，多漂亮呀！在马路尽头的天边，紫的、红的、粉红的、金黄的云彩，一片片，一团团，交错着，拥簇着，发出五彩豪光。连石子马路，马路两旁耸立的大叶子梧桐树，都涂上了一层红色、金色的光彩。

杨梅这刻已不像平常那么矜持、沉静了，倒像个调皮的孩子。

“大姐，你看像不像？这紫颜色的，是一簇紫玫瑰；红颜色的，是一串串耀眼的红玛瑙；粉红的是六月里的荷花；黄的是白云镶上了金边……”

“像，亏你想得出，你简直是一个作诗的人！”我佩服她比喻得好。经她这么一说，我感到早霞更漂亮了。怪怪有几天大早，走到马路上，她就放慢了脚步，她是注意这个呵！

“你说，大姐，这整个一片彩霞，看上去总的像什么？”想不到她的情绪这么高，她本来穿的一件淡蓝褂子，也给彩霞染红了。她这情绪，这衣衫和这灿烂的清晨，简直融为一体了。

“像什么？像……”好的比喻都被她说了，这整个一片，我更说不上像什么。“这是早霞，就像早霞嘛！”

杨梅咯咯地笑了。

“我说它像九霞缎，就是第二小组生产的九霞缎。”

她比得真好！九霞缎是我们厂里最近新添的品种，是厂的历史上从来没有织过的品种。它的图案的美丽，色彩光泽的动人，其他漂亮的织物都不能和它相比。厂里有人把它说成孔雀开屏那样好看，有人把它说成凤凰展翅那样迷人。这些比喻虽好，现在看，真的，却不如说它像这清晨的朝霞最确当。我挽着她的手，边跑边笑道：

“杨梅，这天上也有像我们这样一批织绸的挡车工吧？”

“有，七仙女。”杨梅又笑起来。不过，笑容马上又收敛了，却微微皱起了眉头。“九霞缎漂亮是漂亮，想起它的质量，就叫人不舒服。她们第二小组为它伤煞脑筋。”

“是呀，九霞缎的正品率只有百分之四十，真难织！”我想起，她们第二小组的人马，全是能适应织各种织物的好手，小组长汪正英在技术上和杨梅一样，是数一数二的尖子，可是次货还是一匹匹地出来。

“难是难织。大姐，你记得那次厂长谈九霞缎吗？他说，织九霞缎的原料是最最好的原料，九霞缎的规格要求也是很高很高的。这种绸子，要配得上做天上最漂亮的仙女和地上最美丽的姑娘的跳舞衣裙。可是，现在能符合这种要求的，一百匹中只有四十匹。大姐，那么好的原料，我看见变成那么多的次货，心都发麻了。”

我也叹口气。我说：“我还看到她们组里的小莲芳为了质量哭过哩！把这个关攻下来可不大容易，听说厂长、车间主任都在想法，还要加强第二小组的技术力量……”

杨梅忽然紧拉着我的手，低声说：

“大姐，告诉你，我想要求调到第二小组去。”

我惊讶地停下脚步。可是杨梅却又和平常那么一样矜持和沉静了。闪亮的大眼，顽强而端正的小鼻子，展示着她的话是很认真的。大概我脸上露出过不信的神情，她又说道：“我想过好几天了，我还打了报告。不过大姐，你先别在小组里广播，等批准了再告诉大家。”

她给我看了给支部的报告。

我激动了，我的血朝上涌，心直跳，她是要求到最棘手最困难的地方去呀！我说不出任何挽留她的话。可是，不知怎的，我忽然想到另一件事上去。我们小组的丁香缎，正品率达百分之九十九，产量日日超，小组里每个人都月月得奖。要是到第二小组去，因为九霞缎产质量低，不但没有奖，而且工资也比我们少。两项一加，要少拿多少钱呵！这样行吗？我想着想着，真见鬼，我竟把这样一句蠢话也说出了，我说：

“这样每月的钱，你要少拿四分之一！”

杨梅轻轻地笑道：

“你怎么想这个？大姐！我们就是为了钱？”

我从没有感到她那温静的笑会发出这样大的力量，一下我的脸烫了，就像火球似的炙人……幸亏太阳已出，阳光盖住我的羞愧，而且我们也已到厂了。

三

我没有给杨梅广播。可也想不到这么快，支部在我们当天下班的时候，就批准她的要求了。在收工会上，车间主任特地到我们小组来宣布这件事，他又说，第二小组正迫切需要技术力量，所以确定杨梅第二天就到第二小组去。

我还有点思想准备，小组其他同志却都怔住了。小鬼张爱珍两眼瞪得大大的；边开会边结毛线的朱阿凤不由停住手上的生活；而大块头阿姨的嘴动了动，想讲什么，终于没有讲出来。的确，讲什么好呢？谁不知道第二小组正处于最艰难的阶段呀。会上静得发闷，我知道大家心里都很激动。还是杨梅静悄悄地笑了，说道："我又不调到厂外去，还在一个车间里，你们做啥这样呀！"我说："是呀，我提个意见，杨梅同志走后，我们一定要把生产搞得更好，保持先进。"一向和杨梅随便惯了，这是我近来第一次在她的名字下加上同志两字，而且我讲得那么郑重。大块头阿姨忽然拍打着巴掌道："对，还要突破百分之九十九！"我知道她指的是我们现在达到的指标。小鬼张爱珍说："还有，大家心齐、团结。"结绒线的朱阿凤插嘴道："你老是要和人吵嘴！"小鬼一副认真的样子："我再不和你们吵嘴了！"大家哄笑起来，连车间主任也忍不住哈哈笑了。

小组会又像平常一样热闹起来。这时，我忍不住悄悄去看墙壁上挂的生产成绩图表。一张，是我们小组的，每个人的名字下面，产质量的红箭头也都是老长老长的，其中有一条最长，那是杨梅。再看另一张，是第二小组的，每个人名字下面的红箭头，都像小狗尾巴那么短秃秃的，就连她们小组长汪正英的质量成绩，正品率也不过达百分之五十，因此她的红箭头比我们组随便哪个都短上一大截。看情况，这叫人伤脑筋的九霞缎确实是棘手。我真担心，杨梅的红箭头，以后会不会变成秃尾巴。

果然，三天一过，就见了分晓。杨梅名下的红箭头陡然短了一大截。原来她到第二小组的头三天中，几乎每天都有一匹次货，而且产量也没有完成，和第二小组的同志一样了。我心里很急。自从她调组以后，我们又不在一个班次。我们上班，她已下班了；她上班，我们还在休息，平常碰不到头。于是，我就注意她们每天的生产成绩图表。又是五天过去，情况仍不见好，杨梅的红箭头又短了一些，真糟！可我也没有办法帮助她。有两次，我们上班了好久，她们第二小组的人早下班了。我却看到她仍伏在九霞缎的机子上，把一根根比头发丝细得多的断丝接起来。她又打断头啦。可是她很沉静，一点不慌乱，只有那端正的小鼻子上冒着晶莹的汗珠，显出一股顽强的劲儿。又一次，我在饭堂碰到了她。我似乎感到她那俊俏的脸瘦了些，眼睛也大了些。我说："杨梅，我都为你们急坏了，究竟怎样啦？"她还是那么温静地笑道："大姐，急有什么用！"我从她的闪亮的眼睛里看到了坚毅和自信。

我还是每天注意第二小组的生产图表，这几乎成了我上班前的习惯了。可是，我发现，原来我们小组里好多同志都和我一样。大块头阿姨和小鬼张爱珍更是突出。看到杨梅的红箭头长了些，就当着好新闻那样传告；箭头短一些，就要噘起嘴巴。开始，注意还只是集中在杨梅身上，慢慢地，我们这种热烈而迫切的注意就扩展到整个第二小组了。"好呀，今天第二小组只有一个人的红箭头短了。""九霞缎昨天没有出次货！""不好，今天出了三匹！""好消息，有五个人的红箭头都长了。"上班前，大家在生产图表前都要这样热烈地惊喜、慨叹一番。第二小组生产的好坏，后来甚至可以从大块头阿姨和小鬼张爱珍的情绪上测量出来。要是大块头阿姨这天说话没有拍打着巴掌，不是因为和老头子吵了嘴，而是为了九霞缎出了次货；要是小鬼这天脸上出现了鸡毛在颈子里撩痒的那种神情，不是因为接到男朋友的信，而是第二小组同志的红箭头都长了一节。九霞缎就像一块不大的吸铁石吸铁屑一样，把我们的心，不知不觉地强烈地吸过去。

四

我们的巴望没有白费，九霞缎的质量在好转，第二小组同志的红箭头都增长一些，虽然这种增长还不能算稳定，但大家都喜滋滋的。

我不由想到杨梅，好久没有和她一起了，这一段时间不知她忙得怎样？她们是怎样让九霞缎慢慢好起来的。这天厂礼拜，很想看看她。反正她家离我家只有几步路。

杨梅家里，一向是清清爽爽、静静悄悄的。每次我去，都见她娘，那个五十岁的健壮的老太，戴着副老花眼镜，在纳鞋底。天井里，两只大母鸡，不是环着一条腿打瞌睡，就是踱着方步咕咕地寻食。五岁的一个孩子白天到托儿所去了，两个小的在悄悄地玩积木。给人一种恬静静、安适适的感觉。现在情况大不同了。一进门，听到孩子在哭，堂屋里乱糟糟的，堆着一堆老高的脏衣服，天井里，鸡屎东一撮西一块的。杨梅的娘，一副和人作气的样子，面孔板得像要落雨的阴天。看见我，倒是和悦地招呼我坐。问起杨梅，她不满意地说："出去了，一早就出去了，连厂礼拜都不肯在家。跟一个大面孔的老师傅，还有一个烫发的女同志出去了。"

我知道，那男的是车间主任，女的是第二小组组长汪正英。肯定他们又是研究九霞缎质量去了。

"说是找老师傅取啥个经去了。"她生气地说。"这一二十天来，她不得安生，有辰光饭也没有心思吃。研究呀，攻啥个关呀，回来又是翻书呀，翻了书又把桌子板凳弄得乒乓响呀！"我不由诧异地问道："为啥把桌子板凳弄得乒乓响？"杨梅娘扁了扁嘴："把桌子板凳当绸机啦！"说着向桌子上又努努嘴："桌上都是她的书，不晓得她从哪里弄来这许多！"

桌上果然有不少书。什么《织绸操作法》《提花织物研究》《怎样消灭疵点》《电力绸机原理》，等等。她竟连保全部门的书都研究起来了。有的书是厂里图书室的，有的书看得出是新买的。这时，杨梅那么温静、顽强而又俊俏的面孔，一下就显现在我的眼里。我们每天只看她们生产图表上红箭头长呀短呀的，谁知这红箭头的每一分变化，她们，杨梅和第二小组的同志，下了多大的苦心，花了多大的代价呀！

我晓得杨梅和她娘的感情一向很好，家庭安排得也很好，老太怎么对女儿生这么大的气？而且，她也该懂得女儿目前的工作多紧张呀！我和老太谈了一阵心底才有了数目。原来老太很不满意杨梅这次自动要求调组，特别听到，调了组没有奖金，工资还要减少，意见就很大；她不明白杨梅为啥要这样做。再加上这些天来，杨梅早出迟归，就大大生气了。她现在故意拿女儿看相，家务事也掼下来一概不管了。目的是逼杨梅回到原来的小组里。这样苦也少吃，钱也多拿。老太是为女儿着想。

可是老太呵，你还不懂得，也没有看到你女儿那种天高、海阔的胸膛呵！她的心眼里能藏整整一座泰山哩！

我想想，这多天来，杨梅真不容易呵！厂里、家里，九霞缎质量，与娘的纠纷……

我对老太劝解了好一阵，又讲道理，又打比喻，直到中午才走。

到家，我的心却还丢在杨梅的家里。我为杨梅担心。九霞缎质量的提高，这两天是关头，杨梅够紧张了，何况家里又弄得这么乱……

下午三点多钟，我又到杨梅家里去了。我想，要是杨梅没回来，我就多给她娘做些工作。

这次进门，我不禁惊讶了。上午那种乱糟糟的情况，完全不见了，又像平常那么清爽而安静。天井是新扫过的，老母鸡在踱方步子。啊，杨梅在家，坐在矮木盆边洗衣裳哩。旁边一竹篮的衣裳已经洗好，两个小家伙骑在板凳上，嘴里嘟嘟嘟地“开火车”，却没有看见老太。

杨梅已晓得我早上来过。她说，上午她是同车间主任、小组长汪正英访问几个退休的老织绸工去的，向他们讨教九霞缎的疵点问题。

她又说，这多天来，跟许多老师傅学到不少东西。她说得那样快活，好像小孩子拿到了他最喜爱的玩具。“提高九霞缎质量我们越来越有信心啦！”说着，温静地笑着，仿佛家里根本没有发生什么事。

我担心地提起她和母亲的关系。

她笑道：“闹了好几天别扭了，还不是为了我调组。她想逼逼我，要我要求调回来，有奖金，多拿钱，你说我总不能丢下九霞缎吧？”我说：“我上午也和她谈了好一阵，她说这还不是为了你，到底年纪大了，她人呢？”杨梅说：“掼了纱帽，到我姐姐家去了，还声明不帮助我带孩子了，除非我能听她的话……”我吃了一惊，忙说：“这怎么办？”想不到老太这么固执。杨梅竟轻飘飘地笑道：“大姐，我比你放心，不到三个钟点，她老人家准定回来，她平常一时一刻也离不开两个小孙子呀，这不过故意将将我的军。”我呵了一声也笑了。不过我说，人虽回来，她的思想疙瘩还是没有解开呀，还要和你别扭的。杨梅说：“只要我们的九霞缎质量最近能像丁香缎一样高，她的疙瘩不自然而然地解开啦！”我猛然领会了她的意思。只听她又说：“九霞缎的质量关，我们这两天一定要攻下来。”她说得坚毅而自信。

我扫了屋里一眼，我佩服杨梅这双手勤快，一下就把家里收拾得那么清爽整洁。杨梅衣服已洗好，盆水倒掉，又热烈地和我谈起这两天她们攻质量关的情况来。我听得有兴趣极了，天快晚都不觉得。这时，忽听得天井里母鸡把翅膀舞得扑扑响，有人喊：“天夜了，还不晓得叫鸡上窝。”我扭头一看，原来是杨梅的娘回来了。

我不由和杨梅会心一笑。

五

这以后，我们对第二小组的成绩更为关心，她们的红箭头，近一个星期来，像春天雨后竹笋一样，天天一大节一大节飞快地增长。最长的是杨梅，再就是小组长汪正英……几乎没有一个人的红箭头向后缩短。

九霞缎的正品率猛跳到八十九、九十三、九十五、九十六、九十八，有两天竟到九十九……

小鬼张爱珍开心得整天嘴巴包不住牙齿。大块头阿姨拍打着巴掌说："快要超过我们丁香缎啦，我们不能麻痹呀！"

每个人身上都鼓着一股劲，这股劲急待迸发出来。

在一次收工会上，车间主任对我们宣布了一个不寻常的消息：下月起，我们这个小组也要生产九霞缎了。大家高兴得摩拳擦掌。真怪，要在二十多天前宣布这消息，不谈别人，我恐怕就要吓慌了。现在没有一个人胆寒。大家虽然晓得，开始织这个棘手的九霞缎的时候，产质量可能会下降，可能会碰到许多从未见过的困难，可是，杨梅和第二小组的同志们不是在这不平的道路上大步走过来了吗？

我不禁想起杨梅那温静的微笑……

一天，我该上早班。天蒙蒙亮，我又听到有人用两个指头弹我家靠路口的百叶窗子，发出细雨打芭蕉似的声音。我习惯地知道，是她，是杨梅。我高兴地急忙打开窗子，她像往常一样含笑站在窗口。我奇怪地说："你不是做中班，为啥这么早就起来？"她说，上午车间里总结九霞缎操作经验，她准备早点去。末了又说："我们好久没有一起上班了，一起走吧！"我笑了。

天越来越亮，小巷里仍是很静很静的。我们一下穿过两条小巷，就到了石子马路上。

在东边，马路尽头的天边，又是一片鲜艳灿烂五彩缤纷的早霞，好看极啦！呵，这不是早霞，这是美丽的九霞缎，这是千千万万匹九霞缎，这是能够给天上最漂亮的仙女和地上最美丽的姑娘做跳舞衣裙的九霞缎……仿佛现在有谁在天边把它抖撒下来，一泻万里，不是吗？清晨的微风，把它吹得轻轻飘动哩。

杨梅走到我前面去了。见我放慢了脚步，扭头笑道：

"你也欢喜早晨！"

“欢喜！”

杨梅挽着我的手，一边跑一边轻轻对我说：

“大姐，我们组下月不是也要织九霞缎吗？车间领导同意把我调回来啦！”

“真的？”我高兴地一把抱住了她，又惊又喜。她不好意思地说：“大姐，你看你，还像个小孩子！”我问：“是领导上调的？”她说：“是我要求的！”

我是多高兴呵，下月我们第一次织那个漂亮而又棘手的九霞缎，多需要杨梅这样的熟手帮助呵！可是，我一下又怔住了。又是她自己要求调的呀！我想到第二小组，她们九霞缎的质量是百分之九十九，产量日日超，下月，她们全组还不稳稳地得奖；由于产量高，工资也多了。而我们下月改织九霞缎，都是生手，还要过质量关，产质量都可能很低，得奖是不可能的了，由于产量低，工资还会少一些。可是杨梅在这个时候又要求回来了，这是怎么回事？我猛然想到了什么，不禁呆呆地看着她。她穿了一件紫红色的小褂，俊俏的脸被彩霞映得红红的，端正的小鼻子，显出一股顽强的劲道……

杨梅轻轻地笑道：

“大姐，你这样看我做啥？”

我说：“我在看漂亮的彩霞！”

1961.12.13

原载《雨花》1962年第2期

在厂史以外

舒　群

这半年来，在党委的领导下，我和职工们集体写了一部我们工厂的厂史。当中有一篇《模范共青团员》，是位青年工人以全厂有名的模范人物寇金童的模范事迹撰述的传记；即使作为文学，它也是一种成功的创作。我读过之后，受到极大的感动和启发；而从记忆中，不断地出现寇金童动人的声容，美好的形象。于是，在厂史以外，我又录下这一篇文字——近乎一种个人的印象记。

差不多在两年以前，在“大跃进”的大干和夜战以后，开始转进劳逸结合的第一个秋天，我作为一个副厂长，由炼铁工厂被调到这个合金工厂来。

我来时，恰巧已近秋天的雨季——防汛之期。在市防汛指挥部的部署下，各基层单位都在采取各自相宜的防汛措施；而合金工厂由于一面临山，一面靠河，处于山洪暴发、河水决堤的双重威胁下，已在组织抢救队。就在这种紧张的空气中，我走上了新的生疏的工作岗位。工厂离我原来的住址——炼铁工厂房产管理所所属的宿舍，还有十里路。路上，公共汽车时有时无，交通十分不便，而我又不会骑自行车，现学吧，当然也来不及。因此，每天上下班，我是多靠步行，早去而晚归的。

星期六，我下班的时候，天黑了。因为是阴天，比往时显得更黑。我像是顶着黑幕，蒙着眼睛摸回来似的。真别扭，我好容易摸到家，电灯又坏了。为了这个缘故，一家人提早睡了觉；我呢，点起蜡烛起草工作报告。一支蜡烛燃尽了，一份工作报告却没有写完。再无法可想，我也只好睡了。

偏巧，第二天是星期天，在这个例假日，我从房产管理所再找不到值班的任何工种的工人，当然也找不到电工。我已经摸黑度过一个夜，难道我还要摸黑度过第二个夜吗?

不。我得向合金工厂求援。但值日同志在电话里说，厂内电工本来少，在班的抽不出来，休班的也难找——劳逸结合嘛。他最后答应我再想想办法，但不敢保证。

等着，等着，等到黄昏，我没有等到消息。我想，完了。于是，全家动手找蜡头吧。

正是这时候，我忽然听到有人敲门，杂着询问的声音。

“舒厂长家吗？”

“是的。”

我应了一声，开了门以后，在我面前出现一个陌生的年轻人。他紧紧地闭着嘴，默默地不作声；无形中，他带着一股沉闷的气息，把我困惑了。如果不是刚才听过他说话的声音，我也许会误认他是一个哑子。但他有一副笑脸，一种谦逊的模样，使我感到他是一个可以亲近的人。

他脚下拖着一双长筒的胶皮靴子，靴上糊满泥巴；这明显得很，他是从泥泞的山路上跋涉而来的。他身上穿着一套蓝色的劳动服，胸前透出白色的“合金”两字；他肩头背着一个绿色的工具袋，从口缝之间闪出灯泡的光亮，完全无疑，他是厂里派来给我修理电灯的电工。

顿时，我觉得有一股欢跃的热流，涌上心头，便开口打破我与他之间的沉默。我问：

“你是电工吧？”

“不是的。”

“你不是厂里派来的吗？”

“不是的。”

糟。我冒失了，弄错了。我大失所望了。

“那你是来干什么的？”

“舒厂长，我是来给你修理电灯的。”

听吧，他不是电工，不是派来的，而是来给我修理电灯的。真有趣。不，真有意思。他，是个有意思的人。我急忙把他让进屋来，倒要尽快地听听有意思的故事。

原来他快要结婚了，正忙着利用这个星期日在给自己新房安装电灯，听说值日同志到处在为我找电工，于是，他来了，自动地来了。

他的性子腼腆，不大会说话。虽然，他话说得很简单，却非常感动人的，想想看，撂下自己的新房不管，却去替别人修电灯！况且一来一去，二十里。是雨天的泥泞的二十里呵。

“同志，你名字？”我问他。

“寇金童。”

我初到合金工厂，还不认识寇金童。但我早已知道寇金童这个名字——新产品试制车间的技工，老工程师姜禹人的高徒，在试制中，有过惊人的发明和创造，以致成为全厂有名的模范人物，而出席过全市、全省、全国的一些会议。我一来，就听说党委书记朱大明正在考虑他提出入党的请求，厂长齐通又在建议提升他为技术员。此外，有关他的婚事，我听到得更多些。人们传说，他的未婚妻是市中心化验室的又红又专的女技术员，省短期技术研究班的优秀的学员，貌美、情热、才高、质贵，以及怎样跟他并肩、散步、挽手、谈心；总之，是非常可爱的年轻的姑娘。

面孔清瘦，脸色稍黄。在活泼的神色间，浮动着青春的热情。在灵活的眼光里，闪烁着天赋的聪慧。唯有他两片闭着的嘴唇，显得格外严紧、死板，仿佛保险箱，对不上钥匙，是打不开的。

现在，他就是这样的。当我悄悄地打量他的时候，他只是默默地在解工具袋。看来，他之所以那般的默默然，仿佛是要咬紧牙，使上劲，才能把它解开似的。

“你不是电工，哪来的手艺呢？”

“我不是试制过新产品钨丝吗？”

是的，钨丝是电气器材的重要材料之一。试制它，需要有电的知识。

“工具袋呢？”

“从隔壁一个电工大嫂手里借的。”

他从工具袋里掏出一些电工使用的工具，还有一条保险丝。

“保险丝呢？”

“是公家的，电工经常的备品。”

掏着，掏着，他又从工具袋里掏出来两个灯泡，但他是一个一个地、轻轻地放在桌上的。为什么这样小心翼翼地爱护这种东西呢？因为它是此地目前市场暂时的奇缺之物，即使带上旧灯泡兑换，也是不易购得的。所以说它是现时的珍品之一。

“灯泡也是公家的吗？”

“不是的，是我的。不是的，是她的。”

这是说，是他的未婚妻的。这是说，未婚夫妻的关系，是要严谨的，认真的；即使东西的所有权，都不可以含混呢。那么，带她的灯泡来干什么？路上难走，万一摔碎了呢？她该多难受呵。这是我的心里话，并没有说出口。因为他已经检查电灯线路去了。

经过一番检查之后，他在电表上换上一节保险丝，但他拉了几拉开关，灯泡始终没有亮。等到他把他带来的、他所说的他的未婚妻的灯泡换上，一拉开关，亮了。

这一亮，如同他给我这个黑暗的家引进阳光，安上太阳了。恍惚间，我觉得即使它碎了，也会是亮的；因为它发出来的光，是辉煌的光、不熄的光。这一亮，不仅照亮我的眼睛，而且照亮我的心——我完全明白，由于大量雨水顺着线路的浸湿而把原有的灯泡都弄坏了；我完全明白，他为什么要带来那两个宝贝东西。而且，这是她的，不是他的；或者正确一点说，这是她与他的新房的。但他把它给了我，我怎么能安心呢？

“舒厂长，你安心吧，她在省里还是能想办法的。”

这是他头一次自己先开口的，像是保险箱忽然自动打开了似的。

这个惯于缄口的人，从来不随便说话；但他一说出话来，便不能随便改口。我理解这种人的性格，最吝啬自己的语言，也最珍贵自己的语言；这种语言有着不可侵犯的尊严。

我怎么可以侵犯它的尊严呢？让他走吧。

我送他到门外以后，忽然发现在路灯下竖着一个人影，一个拿着雨伞的年轻的姑娘。她穿的毛衣是藕灰色的，裤子是藕荷色的；这两种颜色配在一块，引起我一种强烈的反应。只借着路灯光，一下还看不清她的眉眼，但她的脸型和神情却给我留下一种秀丽而妩媚的印象。当她与他打招呼的时候，我出于本能地意识到她原来就是他的未婚妻，意识到她是在等他——不是跟他同来的，就是他约她来的。不管怎样吧，我终归由于感激他而感到对她难于弥补的遗憾，以致我情不自禁地走到她的跟前，表示歉意。

“对不起你……我影响了你们办喜事的准备……”

她把辫子一甩，打量着我，使我觉着疑惑。

“你不是他的未婚妻吗？”

她摇着头，摇着辫子，摇着半个身子。她难为情了。

奇怪，这是姑娘的羞怯，未婚妻的暧昧之情呢？还是我冒失了，弄错了呢？

第二天，我一上班，正好碰上工会主席包玉山和团委书记邢良，便问起昨晚那个难解的问题；但他们没有什么肯定的回答，只是异口同声地说："寇金童是有妹妹的。"

那么，我看见的，也许是他的妹妹？是的，一定是他的妹妹。那么，是我冒失了，弄错了。唉。

在遗憾中，我又感觉惭愧了。我希望有一天见到她，向她道歉赔礼；但在最近，这个机缘是无望的。因为防汛工作，一天比一天紧张了。

为了这，全厂党政工团负责同志已经值了两天夜班，今天开始进入第三夜。

雨不停地下着，下着，而且越下越大，大得已经分不开点点滴滴。一眼看去，只见从天到地，无数细流，一片瀑布，倾盆而下。仅仅黄昏片刻的工夫，已使厂外一片汪洋，厂内成了孤岛。

在市防汛指挥部的指挥下，党委召开一个临时紧急会议，动员全体职工疏通沟渠，修筑堤坝，进行一切防止水灾的措施。同时，为了预防山洪暴发、河水决堤的意外，所有负责同志都分了工：齐通和朱大明负责指挥全面安全生产，特别是反射炉；包玉山负责保护仓库，主要是危险仓库；邢良负责保管档案；我负责迁移家属，首先是沿河一带的宿舍；而后各自带上抢救队，分别行动起来。

天色漆黑，狂风怒吼，大雨四射横飞。在几处高坡临时架设的探照灯的光柱，分别地照着人们活动的场所和行进的道路。

我带着抢救队蹚水走着。队里的人们，我差不多都是生疏的，只熟识队长寇金童一个人。

在强烈的探照灯光里，我可以清楚地看着他。一顶水淋淋的草帽，帽檐不住地滴着水。一套透湿的巴在身上的劳动服，在褶皱之间不住地淌着水。蹚着水的又灌满了水的胶皮靴子，沿着靴口不住地溢着水。他这样地走在雨里，仿佛是泡在水里似的。显然，这是因为队里的雨衣不足分配，而作为队长的他，便带头让给别人穿了。单凭这一点，就足以使我相信他会很好地完成任务。但他的身体会不会闹病呢?

“小寇，你受得住吗?”

“舒厂长，放心吧。我是最喜欢淋浴的。”

他这个不爱说话的青年，在这冒着风雨的艰难的路上，反倒风趣起来，而且逗得大家一阵好笑。

路不远，是一笑走过的。我们一出厂，就看见黑暗之中的家属宿舍的盏盏灯火。这是说，她们都在清醒地警惕着。

而且，我们一进她们的宿舍，就看见要捆的都捆好，要包的都包好了。在寇金童的一声命令下，她们立刻搬动起来。

当然，也有少数的几家，被人视为盲目的乐天派，闭着灯，睡了大觉。可是，在抢救队督促的呼喊声中，她们也赶紧动作起来。

在检查中，我看到家家的灯都亮了，都在搬着东西。最后，我只发现一家的门窗黑着，静悄悄地没有一点声音。我敲着窗子，敲了许久，屋里没有亮，也没有人应声。我急了，没办法的办法，便用脚踢起门来。

这之间，我忽然听到隔壁的女人声音。

“别踢了，这家没人。”

“这家怎么没人?”

“他要成家，还没有成呢。”

“他是谁?”

“寇金童。”

于是，我撞开锁着的门，冲进去了。在漏雨的暗室里，我拿电筒找到电灯的开关，而后用手一扳，不见灯亮。再一扳，还不见灯亮。最后，我用电筒照了照，原来是厨房和卧室的两盏灯，都没有灯泡。灯泡呢?

在仓促中，我用电筒一晃，闪出来新的绿床单，新的红被子，沉浸在棚顶的滴水之下。这是一间新房。新人呢?

“河水涨起来了，快搬呀！”

我听到寇金童在什么地方的呼喊——一种由于呼喊过度而嘶哑的声音。但我要呼喊，他也许听不到；即使听到了，他也不会来。因为我知道他的脾气了，他怎么会因私而忘公呢。现在，我只能去叫两个队员，想法把他准备的新婚的东西，抢救出去。我一奔出门，便放开嗓门大叫起来。

“抢救队员，来两个。我是舒厂长。”

“来了，来了，舒厂长。”

果然，是二重的回声。随着，在呼呼的哗哗的风雨声中，从窗门的灯光下，飘来两个队员影子。我正在高兴——新房可以得到抢救了。可是，他俩一到，不让我吩咐，便把我抓住不放了。

“你们这是什么意思？”

“这是队长的命令。”

“我是厂长呀。”

“队长说过，你——厂长在这个时候也得听他的命令。”

他俩再不容我说话，拉着我就往高坡奔逃。我挣脱不开，唯有服从队长的“命令”。这时候，我又听到那种由于呼喊过度而嘶哑的声音。

“河决堤了，快搬呀。”

在沉重的夜色里，遁形的河岸上，滚滚水头，涛涛响来了。电线杆子被冲倒了。宿舍的电灯灭了。

在人们一阵阵喧哗声中，我依然听到那种由于呼喊过度而嘶哑的声音。

“河水来了，快逃，可别忘了拧灯泡呀。”

果然，事后工会调查，人们重要的东西都抢救出来，连灯泡也拧出来了。唯有寇金童新房里全部东西都损失了，剩下的，只有他这个人；差一点，连他这个人也没剩下呵。现在，他穿的用的，除了职工捐助的以外，都是厂方救济的。但在工会印发的职工损失登记表上，他却什么也没有填。

为了这个，我曾经找过包玉山。我说："他为什么不填呢？"他说："他说那些新东西都是女方的，不能算是他的。"我说："真的吗？"他说："真的，连灯泡都是人家新买的。昨天人家托人又给他捎来两个。"我说："又给他捎来两个？可惜迟了。"他说："不迟，不迟。从我家里给他挤一间屋，也要给他办喜事。"

从这位工会主席的口气里，可以听出，人们是关心他的，爱他的。

当然，更爱他的，是她。但她怎么爱他呢，她爱他那吊眼梢、吊眼梢上挂着的英俊的标致吗？她爱他那宽额头、宽额头上显露着的才华的光彩吗？她爱他那开朗的胸怀，那崇高的心灵，尤其是胸怀内面、心灵深处埋着的甘甜而美好的根苗吗？

至于他怎样爱她，爱她什么；那只有他自己知道。我想问问他，但问这个干吗，何况是在这个时候。

这个时候，大家都在忙于水灾善后工作，忙于恢复生产的工作。大约前后三四天的工夫吧，经过全体职工的努力，全厂基本上恢复了原有的面貌。党委决定，在重新开始生产之前，放假一天，休息休息。

早晨。多日来，第一日出现一个响晴天。一片蓝天，上升一轮火红的太阳。人们在这露天之下秋凉之中，闲逛着，享受着温暖的阳光，舒展着肢体。应该说，这是最好的休息。

正当这样休息的时候，我忽然发现寇金童一晃的影子。我定睛一看，他在向路口的邮箱走去。我便急走几步，赶上了他。

"小寇，上哪去？"

他，还是他那个习惯：什么他都舍得，包括他的幸福的时刻，他的珍重的东西，甚至他的宝贵的生命；而他却舍不得多说一句话。

在沉默中，他把手里的信给我一看，好像孩子把手里的糖果给我一显那样，嘴里多么甜蜜。把信投入信箱里以后，他又用手拨弄几下箱口，千万别让信卡在那个口上；随着，他再低头瞧了瞧箱底，万一底下有个缝，那可是了不得的。最后，认为那信不会有什么问题的时候，他才安心了。

我约他一同散散步，我们便在厂内信步走去。

“那信是寄给你的未婚妻的吗？”

“是。”

“她在省里学习吗？”

“是。”

“你们常见面吗？”

我们走到与第五职工医院相通的便门口。他去看一个参加试制半导体而中毒的工人，很快就回来了。

“一个星期天见一面。”

“来去坐几个钟头火车？”

“四个钟头。”

“是你去看她，还是她来看你？”

“两个人轮着看。”

“这个星期天，该轮到谁了呢？”

我们走到临时收容受灾职工家属的大食堂。孩子们、妇女们在门口晒太阳。他想到从医院带来的那个口信，告诉了那里的一个大嫂，也很快就回来了。

“她。”

“她会来吗？”

“她一定来。”

“她很爱你，是吗？”

“是。”

“你呢？”

“也是。”

“能不能告诉我，你怎么爱她？爱她什么？”

我们在下高坡，走到围有铁蒺藜而与全厂隔离的、新产品试制车间的侧面。他向我一示意，就顺着铁蒺藜围跑开，追前边走着的一个人去了。

一路看来，他似乎不是个休息的、闲逛闲谈的，而类乎是个假期值日的流动哨。一会儿那里他要去，一会儿这里他又要跑，仿佛是比平时在工作岗位上更忙似的。

那个被寇金童追上的人，停下来，转过身，我看见他的一头白发，一脸皱纹，一副庄重的老相，原来是姜禹人——寇金童最敬重的老师，老工程师。

他二人站在那里谈着。我从远处也可以察觉寇金童比姜禹人谈得多得多，长河一般，滔滔不绝呢。在这点上，与他沉默寡言的性格，完全不相调协。但我根据前次他为了紧急抢救而过度呼喊的印象，可以理解，这是由于他好学而好说的。不然，怎么能够设想，他那么快地已由普通工升为技工，而又将由技工升为技术员呢？

我赶上去，想欣赏一下他这难得健谈的谈锋。可是，我还离得远，看他忽然跑开去，拐过铁蒺藜围不见影了。

姜禹人发现我，为了礼貌，向我走来。我们在高坡底下相遇，停下来了。

“小寇又请教你什么？”

“反正是有关半导体的问题呗。”

“他怎么又跑掉了？”

“他说好像听到什么声音了，要到车间去一下。”

站在高坡的底下，我们依然可以穿过这面铁蒺藜围，穿过院心，清楚地看见那面铁蒺藜围中间的大门，看见寇金童急走进去了。

不知是怎么的，是他步子乱些，还是他神气慌些，引起我一种预感。究竟是什么样的预感，我一时也说不准确，反正它是有点不快的。姜禹人是不是有同感，我不知道，反正我们是不约而同开步走起的。

我们刚刚走到高坡的尽头，看见寇金童转回来。这是他跟我一路去去来来的第三次。

前两次回来，他是用轻松的脚步走回来的；并且保持着去时的情绪，继续回答了我问的；这中间，仿佛我们的谈话是不会间断似的。但这次回来，他是用错乱的小跑跑回来的。他不仅没有回答我问的，而且连回答我的意思根本也没有了。

现在的他，已经不是修理电灯的他，不是抢救家属的他，不是过去任何时候的他了。仅仅片刻的工夫，怎么他在额上、在眉间现出了那样多的皱纹呢？难道他的岁数不是按照年月、是按照分秒而递增的吗？是的，他老了，怒了，惊了；一句话，他变了。如果不是他遭遇着或是预感着什么惨变，那么他是不会这般变脸的。但他还是一言未发，仿佛只有这一点，他还是他。

姜禹人站在一旁，犹如观察什么物理现象，有点近乎冷眼旁观的样子。但我耐不住了。

“发生了什么问题？”

“有几个积极分子已经自己干上活了。”

“什么活？”

“试制单晶硅——半导体。”

姜禹人一吓，有些紧张起来。这表示，这件事是非同小可的。随着，他进一步向我解释，什么物质性能，什么化学反应，什么半导体的试制过程；但在我听来，依旧茫然。一个初来的外行人，一下子怎么弄得清这许多呢。我向他请教：

“请你说明，问题的严重性。”

“简单说，干这个活，有毒气，容易发生中毒事故。舒厂长，我刚才去看过的那个病人，就是因为这种事故中毒的。”

寇金童说时，声音带着轻微的颤抖，使我感到他内心的惊悸的跳动。同时，在姜禹人的脸上，也浮起震恐的神色：

“舒厂长下命令，停止他们试制。”

不管姜禹人建议，是不是由于怕发生事故，还是为了尊重他，也不管新产品试制车间是不是由我主管，反正事不宜迟，我立刻表示同意了。

于是，寇金童撒腿就跑，抢先传达我的命令去了。我看着他那股冲锋似的跑劲，那种急于救难似的英姿，不由得肃然起敬。

我与姜禹人一同在后赶去，但我要迁就他一贯的方步，所以都走得缓慢。当走到铁蒺藜围拐角的时候，我们突然听到新产品试制车间传出的呼救的声音。于是我们跑起来。这时候，我才知道这位老人还善于赛跑呢。刚跑不久，他就把我甩在后面了。跑进大门口，我发现院里倒着两个人，接着再看见寇金童从车间里背出来一个人。他把那个人撂在地上以后，又跑进车间去，但再没见他出来了。

等到我们跑近车间门口的时候，我更明白了。

在一片含有毒质的呛鼻的气味中，在许多试验瓶罐之间，寇金童扑倒在地上，有个大块头压在他的背上；显然，这是在他第四次，也是最后一次背人的时候，支持不住了，倒了。他的两只手掌还用力地按着地——显示着他要挣扎着起来，要冲出去的姿势；但他的胳膊肘是弯曲的，他的肢体不给他做主了，软了，起不来了。

姜禹人抢了先，比我先进去一步。他抓住大块头的双手，猛地一拉，就拉走了。

我呢，伸手接住寇金童的腰，拖拖拉拉地把他抱出来，我轻轻地放下，让他尽可能舒展地躺在地上。

他躺着，闭着嘴，闭着眼睛，但，脸色是圣洁的，神态是庄严的。

我瞟过寇金童一眼而后，忽然想到可敬的老工程师——姜禹人，怎么不见了呢？我寻视一下，发觉他也倒下了。我正想问他，怎么倒了呢？话还未出口，我只觉得头一迷糊，就什么也不知道了。

当我清醒的时候，我才知道自己是躺在医院里的。迎着玻璃窗透入的晨光，我才意识到自己昏迷一夜了。

精明能干的齐通，站在我的床旁。为了安慰我，告诉我说，这一夜是他们几位负责同志轮换地看护过我的，现在恰好轮到他。

“老工程师呢？”

“他在家里，已经好了。”

因为他比我懂得科学的道理。当抢救的时候，他是闭着嘴，憋着气的。所以他比我中毒轻。

“中毒的同志们呢？”

“医生们还在抢救，保证没有生命危险。”

“寇金童呢？”

齐通把头一躲，躲出去了。

不久，朱大明来了。他为人正派、诚恳，是有党性有威信的书记。我看样子，是齐通把他唤来的。我便把齐通没有回答的问题，问了他。他窘了。他面孔抽搐起来，现出一种痉挛的状态。

“他……他是个好青年，是个模范共青团员。并且，市委已经追认他为中共正式党员……”

“追认”两个字，足以说明他的命运了。

“别人都没有生命危险，为什么他……”

“因为他没有戴防毒口罩，而且时间久了……”

他再说不下去了，转过脸去了。我不知道他哭没有哭，但我的眼睛湿了，脸湿了。

晚上，邢良来了。他作为团委书记，是最爱护模范团员的。所以寇金童的不幸遭遇，给他的打击最重。我怕触痛他的伤口，不想谈这个事，但有关寇金童的一件后事，我是要嘱咐他的。

“你要把他的遗物好好地保存起来。”

“除了两个灯泡，他还有什么遗物呢？”

“不管他有什么遗物，都要交给他的家属。”

“他的家属都不在这里。他的妹妹已调到南方去了。”

“那你就交给他的未婚妻。”

过两天，我出院以后，听说寇金童的未婚妻果然来了。可惜，这么一位值得尊敬的女同志，我竟没有见上这一面。总算好，当我到后山坟前向寇金童悼祭的时候，看见她送的一抱鲜花。但在花边发亮的是什么东西呢？我低下头去，仔细地看了看，原来是一些碎玻璃片，是两个铜灯尾巴，是一对碎了的……可是，在阳光里，依然在发光，在交辉，并与全厂的炉焰和电火，遥遥相映。

第二年，全厂响应党委的号召——化悲痛为力量；以寇金童命名的班组，又掀起了新的生产竞赛的高潮。清明节那天，齐通上北京了，朱大明参加市委扩大会去了，我和包玉山、邢良给寇金童扫墓去。我远远地看见坟前站着一个女同志。从藕灰色的毛衣和藕荷色的裤子上，慢慢地辨认眉眼、脸型和神态，终于认出了她是去年在我门前见过一面的寇金童的妹妹。于是，我急走几步，抢先走过去。我以一种遗憾、惭愧，特别是同情相混合的情绪，跟她握了手。

“你这位妹妹来了，还是从南方来的……”

她把悲痛的脸一变，避开我，使我感到格外诧异。

“怎么，你不是他的妹妹吗？”

她摇着头，不像那次摇头那样，摇着辫子，摇着半个身子。而且她哭了。

幸而邢良和包玉山赶到，把我拉到一边，跟我悄悄地说了。

“寇金童是有妹妹的。但这是他的未婚妻。”

在这上，当初，我本来没有错；后来，我反而错了；现在，我当然又错了。但这让我对谁说呢？

夜里，我睡不着。因为，灯亮着，而且永远、永远地……

一九六二年七月六日

原载《人民文学》1962年第9期

少织了一朵大红花

白　朗

一

地毯厂新收的这批学员，除了十八岁的李庆林年龄大些，一般的都是十六七岁的小青年，最小的就数冯又文和陈桂珍了，他俩一个十四,一个十五。冯又文精瘦瘦的，性急好动，走路带小跑，机灵得像个猴子。刚进厂那天，还装了一会儿小大人，一个钟头不到，就装不下去了，这也摸摸，那也动动，拿起“砸活”的铁耙子掂了掂叫道:“我的妈呀，好耙地啦!”看见“平活”的剪子也把舌头一伸说:“这家伙准有一尺长，我这小干巴手可怎么拿法?”吃午饭的时候，他操起一把“砍头儿”的刀就切咸菜，嘴里还念念有词地说:“好快呀，我家的菜刀也比这大不了多少呢。”常子华师傅一把将刀夺过去气汹汹地说:

“别乱抓挠，这刀只准做活使唤，以后可不兴乱来!”

冯又文眨巴眨巴又黑又亮的小圆眼睛，一赌气，把切碎的咸菜全拨拉到地上，心想:“这个师傅比我爹还蝎虎，要是不听话，他准敢打屁股，得小心点！”

陈桂珍呢，不单年龄小，文化也比别人低，她刚念完四年小学就退学了。她矮墩墩的个儿，体格蛮结实，刚满十五岁的女孩子，该是个头儿还没长足吧，她要是再长高一寸二寸的，准就没人说她“笨粗粗”的了，也许还要夸她俊呢。她棕色的皮肤，乌黑的头发，圆乎乎的脸上长着两道黑黑的长眉毛，一双单眼皮的眼睛，不算大，可是那眼神刚毅中透露着善良，温柔中还含着点忧郁。她一天说不上三句话，总是闷着头干活，别人说笑她不搭腔，别人打闹她不抬头，一眼看上去，谁也得承认这是个老实不过、淳厚无比的好姑娘；偏偏有些师傅就是不喜欢她，他们嫌她笨，嫌她蔫儿，嫌她矮小不顶用，常子华师傅甚至埋怨领导没眼光，收这样成不了器的“废品”。

要单是从形式上片面看问题，也真是。陈桂珍和她的同期同学同一天进厂，连一个小时也不晚，可是别人都是每天上机台学技术，好多人都会“干活”了，只有她还在打闲杂。偶尔被好心的师傅安排到机台上，还没等“栓头儿”的手指头运用灵活，就又有杂七杂八的任务找上来了。不是王师傅喊：“小陈，来，给我劈点花线！”就是赵师傅叫：“小陈，去，弄点煤，别让炉子灭了！”一会儿是一号机台的张三要她去领细纬，两会儿又是二号机台的李四叫她缠个线团儿……认真地算一算，她进厂快三个月了，真正学操作的机会顶多过不了二十回。因此，她连织地毯的最基本的工序“栓头儿”还栓不熟练呢，更不要说织花、平活了。为什么专门让她打闲杂呢？她想不通！就是想通了一星半点，她也不吐露一个字，照例是哪儿叫着哪儿去，一不偷懒，二不要滑，绝对服从分配。

冯又文也是常被分配做杂活的一个，不过远没有小陈经常，他嘀咕得紧，争取得欢哪。有一回，他一边缠毛线一边跟小陈说：

“陈姐，你说，咱不都是一样的学徒吗？为啥绑钉子叫咱们当副工，在学校念书可是一律平等呵，陈姐，咱就不好去问问厂长？”

“别瞎说，是咱文化低呀！”小陈苦笑着说。

“我比哪个低呀，我也是堂堂的高小毕业生嘛！再说，我看学这玩意儿文化高点低点也差不到哪儿去……”

“学徒就是这样子呵，我妈妈老嘱咐我……”

“是嘛，学徒就是这样子嘛！”一号机台后面的常师傅一下就把小陈的话拦腰截断，他一边说一边慢悠悠地背着手走过来，似笑非笑地接着说：“这是如今的新社会啦，事事都新得走了样；你们去问问老手艺人，早些年哪行的学徒不得先给师娘倒三年尿盆才能学上手艺呀……自然喽，新社会不讲究这个，可缠线团的活你就不应份干？这不是学手艺是干啥哩？偏你……”

小陈脸红红的一声也不响，她第一次停下手里的活儿盯着自己的脚尖出神。小冯可不是让人的，常师傅是车间里的“管事的”，小冯正是对他有意见呢。他特别听不惯常师傅一说到“新社会”就刺啦嘎唧的味道。不等常师傅的话说完，他也照样地把话头拦腰截断质问道：

“那，你为啥不派别人干哪？那，副工又是干啥的哩！”

常师傅被质问得接不上茬儿了，他转移目标地夺过小冯手里的线团用指头尖点点划划地批评道：

“就看你缠的这个线团吧，三圆四不圆的，你还觉着你挺行呢，这要在早先哪，不一个耳刮子扇过去才怪呢！”

“你扇，你扇吧！”小冯把脸蛋送给常师傅，倒把常师傅吓愣了，“常师傅你别老拿旧曲当新词儿，要是缠线团也得三年满徒，我倒情愿给常师娘去倒尿盆，也不在这车间鬼混。”小冯越说越来气，他把常师傅手里的线团抢回来往地上一撂，就坐到一边喘粗气去了。

“呵——喝喝！”常师傅张大嘴巴长长地惊叹了一声说：“好个伶牙俐齿，看你人小心可不小呵，这新社会的学徒倒反天干啦！”他把胸脯挺了挺就大踏步走出车间。小冯斜愣着他的背影嘟哝着：

“人小，人小咋的，人小就不是人啦？不服咱就到毛主席那儿去评评理！”

正在二号机台做活的于师傅压根儿就没想参与这场小纠纷，可是事情偏偏发生在他眼皮底下，看看小冯那双气得像要冒火的小圆眼睛，觉得非压一压这调皮鬼的火气不可了，要是任着他的性子闹下去，不但对学员的影响不好，也有碍常师傅的威信。虽说他跟常师傅向来就冰火不同炉，但他绝不能在学员面前说常师傅一个不字，要说话，就只有派小冯的不是。于是他把脸一绷，严肃地说：

“冯又文，你可太不像话啦，怎么可以跟师傅这样耍态度呢？你忘了支书在会上讲的话啦：‘尊师爱徒嘛’！”

“那咋能忘哩！可他常师傅不爱徒，我冯又文就不尊师，来而不往非礼也！”小冯晃着脑袋忽然转了一句文，把自己也逗笑了，他噗哧一声，好像满肚子的气已经泄了大半。于师傅心想：“到底还是个毛孩子。”

“去吧，去吧，快去干活，下回可不兴再这样捣蛋呵，听见没有？”

“是我要捣蛋咋的？”小冯顽皮地又把两眼瞪圆说：“是常师傅派我的呵，可他还嫌我这蛋捣得不圆呢！”他走过去拾起那个在地上躺了半天的毛线团掂量来掂量去的。小陈提醒他说：

“快干活吧，你看你误了多少工啦！”

“忙个啥劲儿，保证完成任务得啦呗！”说着，两只手就像风车似的嗖嗖地缠起毛线来，嘴里还自言自语：“不圆，不圆，看你敢不圆，我叫你圆你就得圆！”

二

为了适应“大跃进”的形势，迎接日益繁重的生产任务，这个因陋就简的地毯厂，也必须逐渐走上正规化才行。最近厂的党政领导研究出一系列新的措施，除了委派一名车间主任而外，最主要的一项是加强对新学员的培养，再停留在以前那种无人负责的自流状态，是无法使学员的技术迅速提高的。

今天，车间主任召集了全厂的六位老师傅开了个会，研究的结果，决定采取“专人包教”的带徒弟办法；紧接着就讨论学员的分配。头一个发言的是常子华师傅，逢到这种场合，他总是捷足先登，唯恐后人的。他表示挺随和地说：

“我主张自报公议。……谁也别挑别拣，就按眼面前的标准行事。比方说吧，最近我在一号机台上做活，今后一号机台上的两个新学员就算归我，我保证把他们教好！”

“哦嗬！”年轻的车间主任齐子良对常师傅的话反应最敏，他把嗬字的尾音挑得老高，冲着常子华挤了挤眼睛说：“常师傅真不傻，先捡大个的挑！”

“这是啥话，大啦小啦的，又不是分骒子马；那你说咋分？”常师傅虽然善于假镇静，可是被齐师傅揭穿了心思，到底不是滋味，他那张蜡黄色的脸也微微地红了。

“我认为强弱搭配，才公平合理。”齐师傅说。

“都是新学员，谁强谁弱，你测验过吗？”

老师傅们都知道常子华难缠，有的不爱惹他，也有人当真怕他，就都顺水推舟地表示没有意见。车间主任只好暂时把李庆林、张桂花的名字记在常子华的名下。但声明：如果不合理，分配完再个别调整。常子华眉飞色舞地瞟了瞟齐师傅，那眼中像在说：“群众”都赞成我的主意，你车间主任还有啥咒念？你们共产党不就是“相信群众”吗？

几位师傅按照同样的方式提的名都没有遇到异议，现在只有于师傅还没开口了。他和常子华恰恰相反，逢到这种场合，他从来都是宁肯后人的。齐师傅笑望着他问道：

“怎么样，老于师傅，你老收谁做你老的高徒呀？”

于师傅刚想说：“剩下的就归我。”常师傅却又抢先发言：

“那还用说？陈桂珍跟冯又文呗，再没别人了。”

可不，只剩下这两名学员没有师傅了，到这时几位师傅才想起来。可是车间主任早就心中有数，他本想等于师傅说出名字以后，由其他师傅提出调整意见，没想到常子华一发言，又没人讲话了。他知道，于师傅绝不会要求调整的，他做车间主任的只好替他说话了。他极力控制住内心的激动，故意把声调放低放慢地说：

“这可不对头呵，剩下的两个小嘎，都交给于师傅，大伙说这公平吗？咱这是纯粹手工业行当，用力气的地方多着哩。”他环视了一圈，最后把眼光落到常子华脸上说：“我提议调整，不然就打乱重分！”

“这不是找麻烦吗？用力气的时候，谁还不能互助互助，人家于师傅都……”常子华看见几位师傅在说悄悄话，感觉车间主任的提议可能得到支持；他尽管害怕调整到自己头上，也再不便露骨地反对，只能早点动脑筋准备好下一步棋的走法，免得被人将了军时措手不及。果然，他没有估计错，性格爽直的车间主任马上胸有成竹地提出了具体主张：他建议把常子华提名的两个学员跟于师傅的对调一个；因为谁都知道，李庆林无论是年龄、文化或学技术的成绩，都是新学员中突出的一个；张桂花身高体壮，心灵手巧，也是大家公认的好学员。平心而论，齐师傅的主张再合理也没有了，个个师傅都说不出二话来。当事人的于师傅一直不动声色地坐在那里捋胡子，心里明镜似的。反对调整的只有常子华自己。他的理由是，陈桂珍笨得像头牛，根本就不是学这行手艺的材料，他压根儿就不同意收这样的学员。

至于冯又文哪，他一想起那天和他顶嘴的事就恨得牙痒痒的，特别是当他把状告到支书那儿去的时候，支书不但没有处分冯又文，反而派了他常子华一顿不是：说他思想落后，观点太旧等等。这口气他一直憋到今天，而齐子良竟然主张把这个小流氓分给他做门徒，别说闹过别扭，就是没闹过，他也不干哪！那么个嘴尖舌快的干巴猴子，一没力气，二没技术，操心怄气不说，到节骨眼，上不了光荣榜，还不得跟着他背黑锅？

他心里这么想，嘴可不这么说，只一个劲地没理找理穷蘑菇，他了解齐师傅向来不听邪，硬碰硬不会收到好效果，只好来软的。他用争取同情的口吻对大伙说：

“冯又文调皮是调皮，倒挺精明，可是张桂花那么大的个子，和他在一块做活，也没法垫板哪！”

“那好说，个矮的屁股底下垫厚点不就得啦！”不知是哪个师傅嘀咕了一句。

车间主任再也压不住火了，他激动地大声说：

“老实的你说太笨，精明的你又嫌小，不笨不小的当然最理想，可是处理问题总该有个全局观点，你就好意思把困难都推给别人，把方便都留给自己吗？”

常子华蜡黄色的脸由红转青了，他心里在骂：“狗日的齐子良，莫非老于头子是你干爹？”但他还是故作镇静地走出了最后一步棋。他从座位上站起来说：

“说句心里话吧，主任，我姓常的一不想把困难推给别人，二不想把方便留给自己。我就是反对收留不合适的学员，咱这么丁点个小厂子，不个保个还中？我早就建议领导叫那两个小嘎退厂，今天嘛，还是这个意见，这不是全局观点是什么呀！……”

这时候，于师傅忽然也站起来，挥了下气得发抖的手说：

“齐师傅，我说两句，俗话说，强扭的瓜不甜。认师傅、收徒弟不是小事一桩。真也怪，我跟常师傅的眼光就是两路，我就偏偏稀罕那两个小嘎子，常师傅不收嘛，都归我。我向同志们保证，我老于多咱也不说半句怪话！这叫自愿！让人家孩子退厂，那可不像话，我坚决不同意！以后教扁啦教圆啦我一个人负全责，主任，就这么办吧。”

于师傅从来也没在会上说过这么多的话。大伙都熟悉他的脾气，他不轻易表示态度，一旦表示了，就说明绝不改变。他把话说完就离开会场，这个戏也就算撤台了。

常师傅对这样的结局，确实感到难为情，他低着头走回车间，心里却充满了胜利的喜悦，幸灾乐祸地想：“你这个专收废品的老于头子，逞什么能？等着看你的哈哈笑吧！”

三

干惯了杂活的小陈，乍坐上机台正式学技术，还有点不安生呢，她的精神时刻都在准备着为大家服务，有好几回，一听有人喊副工，她撂下工具就要站起身，不是小冯把她按住，她当真又代替副工去了。

过去做杂活她没有怨言，现在学技术她也不显得格外喜欢，她的活还是那么多，虽然她长了一双灵巧的小手，学习的进度却很慢，还不时被自己的刀子划破手指尖。

常师傅仗着他的两个大学员技术上有基础，就不像于师傅似的老守在机台旁边。他逍遥自在地一会儿坐下喝杯茶，一会儿出去抽支烟。他最爱背着手到于师傅的小组参观，偏偏小陈一发觉她身后有人在看，心里就慌，做活的手再也不听使唤，动作就更慢了。小冯跟小陈正相反，这小家伙急性火燎的，干什么都像一阵风，在新学员当中要讲做活快，再也没有比他更快的了。常师傅一来参观，他更来了劲，只听见刀砍毛线的嚓嚓声，却看不清线头是怎样拴到经上去的，他过纬、砸耙子就跟机器一样快，唰唰一溜烟、荒毛剪得比撕布还麻溜。

常师傅心里好笑：“一个慢慢吞吞，一个毛毛愣愣，再加上个老而无用，这个小组真够瞧的！”当着面，他却皮笑肉不笑地说：

“不错呀，老于师傅，你真有两下子，这两个小嘎在你的领导之下出息得多快呵！”

“师傅领进门，修行在个人哪！”于师傅知道常子华最会口是心非，也带搭不理地敷衍几句，“老的老，小的小，凑合着教吧！”

于师傅活了六十岁，做了大半辈子地毯工，苦没少吃，气没少受，像常子华这类二不流的手艺人他见得多啦。这种人哪行吃香干哪行，投机倒把样样来，新社会堵塞了他来钱的路，总抱怨今不如昔；

这种人技术平平，却瞧不起别人，在老技工当中他自报第一，动不动就对着外行竖大拇指："讲技术嘛，哼，可不是吹牛……"去年经过民主评定，给常子华评个五级工，他从心里感到委屈；这回没有委他当车间主任，他也挺不服气，他不敢公开反对，只能对着他的学员宣传："这新社会嘛，就是老的值钱，在党的吃香；别看老于头子比我高一级，那是领导上照顾他的老，要来真个的，他往哪摆！再说齐子良吧，斗大的字认不了一车，他要不是党员哪，车间主任还能轮到他头上？"

念过一年初中的李庆林本来就自命不凡，碰见常子华这样一个师傅常在耳边吹邪风，天长日久，不知不觉就滋长了自满情绪，从思想到作风，处处学着师傅的样，连背着手晃来晃去的姿态也学得惟妙惟肖。他们师徒二人经常把于师傅小组当谈话资料，品头论脚，说长道短，于师傅眼花，耳可不聋，偶尔听见几句也装没听见。他一向与人无争，只知道埋头苦干，什么名呀，利呀，他想也不想，如果不是大家不同意，他真自愿降下一级，何苦惹得常子华心怀妒忌！分配学员的事，于师傅又何尝不是从团结的愿望出发呢？要说他就特别喜欢小陈和小冯，也不是真的。常子华笑他老，他一点儿也不生气，他知道自己确实是老了，特别是织地毯这样特种工艺，眼力第一，整天戴副老花镜和青年人一样竞赛、突击、闹夜战，眼睛到底吃不消。可是他觉得自己的筋骨还硬朗，教教徒弟还绰绰有余，他真愿意把剩余的精力全部放在培养下一代的身上呵！因此，去年厂子派人到外地去学习，他也没肯放弃机会。学习回来，他逢人便说："真是做到老学到老呵，人家的技术革新就是有学问，想不到我这个老徒弟也拜了师学了艺啦！"

他喜滋滋地告诉小陈和小冯说：

"你们猜我的师傅多大岁数？人家才三十挂点零，技术真棒！你们算赶上了好时候，我要不拜过师，教你们的本钱可没这么多呵，我那全是老一套……"

听了师傅发自肺腑的话，小陈心里着实感动；调皮鬼小冯半信半疑地问：

“才三十多岁呵，都够做你老的儿子了，你老是真心拜他为师吗？”

“这孩子，说的啥话，能者为师嘛！就像我和你冯又文吧，讲织地毯，我是你的师傅，讲学文化，我就得拜你为师喽！”

小冯顽皮地挤挤眼，想了想，通了：

“于师傅，这就叫尊师对不对？往后我们一定学你老的样！陈姐，你说是吧？”

小陈赞成地点点头，温静地笑笑。

“那就在凭你们吧。”于师傅想了一下又趁机叮咛说：“不光是对我一个人，对别的师傅也一样，像你跟常师傅那种态度就不对，要不改就算不了好学员！”

小冯嗯了一声，使劲点点头，表示他有改过的决心。

于师傅对这两个未成年的孩子是严师，又似慈母，他从来不会长篇大套地讲道理，但他的一言一行却给了他们不少教育和感染。他善于发扬小陈小冯的长处，也能够针对他们的缺点谆谆教诲。别人都说小陈笨，于师傅却喜欢她干活细致，喜欢她忠厚温静；小冯呢，干活毛毛躁躁，调皮捣蛋是有名的，于师傅却喜欢他志高胆大，喜欢他爽直无私。他以慈母之心关怀他们，爱护他们，甚至照顾他们的私生活。比如小陈的寡母常年生病，即使病重时也不肯叫女儿误工；小陈抛下卧床呻吟的母亲来上班，嘴里不说，做活时却很难把精神集中，砍手、出岔子多半在这种时候。于师傅找到了规律，一看小陈的情绪不高，就知道一定又是她母亲病重了，追问证实后，便叫自己的老伴去照顾病人，让小陈安心。小冯肠胃不好，自己却不肯注意，于师傅便经常监督着他，严禁他吃凉馍喝冷水，甚至有时把饭盒替他放在炉子上。在技术方面，他对他们寄予着无限希望，要求得也极为严格，绝不允许他们马虎塞责，弄虚作假，哪怕一个头织错了或是织得不够标准也要返工，他常常把着手帮助小冯纠正毛病，提高技术。小陈做活在质量上没有问题，她是慢工巧匠；小冯开头可受不了，嫌麻烦，他认为这么大的一条毯子有个一星半点的小毛病谁又看得出来？

“这是工人的良心呵，”于师傅给小冯解释说，“咱们又不是给资本家干活，偷工掺假那是旧社会的事儿；你今天这儿一点小毛病，明天那儿一点小毛病，合起来不就是个大毛病了？要想在技术上拔尖，单凭快不行，质量才是根本呵！”

小冯心强好胜，决心做个新中国的模范工人，让自己织的地毯达到出口水平，好出国留洋换机器。由于于师傅不断启发教育，他逐渐成熟起来，把贪多图快的毛病就改正了。他能够和小陈在互相帮助、取长补短之下很好地合作，小陈慢慢也掌握了窍门，操作的速度大大提高了。外出了不到两个月的车间主任齐师傅一回来，不禁大为惊奇，他疑惑地问：

“我看小陈和小冯的技术不下于李庆林呵，那块活都是他俩自个做的吗？”

“你去问大伙吧，我伸过手没有？”

“真怪呵，你那个小调皮怎也变老实了，该不是有什么病了吧？”

“唔，这小家伙的病好啦，他钻进技术里去啦！”于师傅捻着颏下的一绺花白胡子，笑容可掬地向车间主任汇报了小陈和小冯的情况，他为他的徒弟自豪呢。

四

半年以后。

这一年的夏天特别热，热得人头昏脑涨，热得人身上总像淋过小雨。织地毯的工人一天到晚跟毛线耳鬓厮磨，更热得发黏，汗湿的皮肤上一沾上羊毛，擦也擦不掉，特别在平活的时候，像灰尘一样的毛屑，专门往鼻子尖上飞，痒酥酥、黏糊糊的，像有无数小虫在爬。可是车间里却没有人喊热，更没有人想出去吹吹风，透透气。竞赛已经进入了高潮，人们一心想着完成任务，生理上的反应变迟钝了。车间里，除了“沙沙沙”和谐的刀剪声跟“嘭嘭嘭”庄重的耙子声的合奏而外，再也听不见笑语喧哗，每逢突击任务的时候，人人都变成遵守劳动纪律的模范了。

于师傅坐在小陈小冯中间，虽然戴副老花镜，做起活来倒还是老手旧胳膊，爽急麻利快。他的背后地上放着一盆冷水，水里泡着一条雪白的毛巾，脸盆旁边还有一只装冷开水的铁壶和一个搪瓷茶缸。于师傅自己既不揩汗也不惯喝冷水，这都是他为他的徒弟准备的。他总是忙里偷闲，一会儿给小陈拧个湿毛巾揩揩汗，两会儿给小冯倒杯凉开水解解热，他左右逢迎，活计可一刀也落不下。小陈小冯忙得头不抬眼不睁，汗水一个劲地往外冒，可气人呢！小冯奇怪地问于师傅：

“火燎燎的天，你老咋不出汗呢？”

于师傅笑眯眯地说：

“心静自生凉嘀！你们那汗我看有一半是急出来的。”

“可不是呗！”小陈努了努干嘴唇，觉得师傅的话有道理。小冯也不否认。他发愁地说：

“不急能行吗？头一回竞赛，要是咱这小组完不成任务，更该落埋怨了……”小冯一想起那天李庆林挑战时的冷言冷语和他那股得意的劲儿，就像挨了打、受了侮辱一样不舒服，事情过去两个多月了，但在他的印象中永远像发生在昨天。那是两个车间的新学员组提出友谊竞赛的那天中午，常师傅和他的徒弟李庆林一边吃饭一边发牢骚。

“人家二车间的三个小组多整齐，哪像咱这车间高的高，低的低，看吧，非输给人家不可！”李庆林气昂昂地说。

“谁说不是呢，倒霉就倒霉在……”常师傅看见于师傅从窗外走过，就把话吞回了半截。接着又说：“我压根儿就反对车间跟车间竞赛，要赛就自找对象一对一，可这新社会呵，什么都得服从多数……”

“不，常师傅，咱可不能吃这个亏！”李庆林更激动了，“我敢说，咱小组全厂数第一，技术顶孬的张桂花也比得上老学员了，要叫咱跟老学员组赛赛还差不离！”

“对，说得对，这是实话，可你有啥法子呵，这就叫‘党的决定，群众批准’哪！”常师傅向来就是这样宠着他的徒弟。

“我不管他谁决定谁批准，这竞赛反正我不参加，我请病假！”他心想：输赢还是小事，要是做了乌龟，往后满徒转正都受影响，他还想争取评个二级工呢。原来他想的不是集体荣誉，而是个人利益，这私心他对谁也没讲。

小陈和小冯早就吃完饭，一个在磨刀，一个在修理剪子，常、李二人的谈话，他们全听见了。很明显，李庆林那样毫无顾忌地大声大气，本也是故意说给他们听的。听了那些带刺的话，别说火性子的小冯，连从不动气的小陈也把嘴噘起来了：为什么自己老是被常师傅他们看不起呢？要不是生产时间到了，小冯非去和他们争个里表不可！就从那一刻起，两个人就下定决心：为了集体的荣誉，在竞赛期间，一定全力以赴，保证质量，节约原料，按期完成任务。

第二天上班以前，他们就写成了一份共同遵守的公约交给于师傅。小冯正要念给于师傅听，李庆林忽然背着手一摇一摆地走过来开门见山地说：

“于师傅，咱们来个小组与小组的竞赛吧，我代表我们小组来向你们挑战，咋样，敢应战吗？”

还没等于师傅答话，小冯一蹦好高大声说：

“应战！啥叫不敢？你别门缝里看人！提条件吧！”

小陈看见李庆林那股压人的神气，竟也例外激动地说：

“什么条件，快说吧！”她忽然觉着不该自作主张，用胳膊肘拐了小冯一下，征求于师傅的意见说：“于师傅，可以应战吧？”

于师傅笑眯眯地点点头，接过了李庆林的挑战书。挑战最中心的一个内容是：如果哪个小组的质量不合标准，或到时完不了工，因而使车间与车间的竞赛失败，那么他就要承担全部的失败责任，与其他小组无关。

同样的挑战书，另个小组也接受了一份。小组之间竞赛就这样开始了。

李庆林认定自己准能戴上大红花，时不时地离开机台到处溜达，故意表示自己毫不紧张；常师傅老是美不滋地在喉咙里吱吱扭扭哼小曲，那股沾沾自喜的劲儿，连他的徒弟张桂花都觉得恶心。

小冯的干劲比以前更高更足，活儿做得又细又快，连不声不响的小陈也暗暗跟对手较上劲了。竞赛到了最后阶段，小陈为了节省精力，连家也不回了，宿舍没有铺位，张桂花就让她挤在自己的床上。张桂花心眼儿不偏，人也正派，她像大姐姐一样关心着小陈。在小组里她是个外撇秧，从来不参与常、李二人的议论，干活也是顶呱呱的。

差两天竞赛就该结束了。一车间三个小组的生产速度不相上下，齐师傅悄悄用尺量了量，于师傅小组比另外两个小组还多做了二寸活呢。

二车间整个速度都要慢一些，看来非认输不可了！

哪承想，就在这紧要关头，一车间竟发生了一件不愉快的事情：常师傅为了庆祝四十五岁的生日，同时预祝即将到来的胜利，这天下班后约李庆林到家去共饮喜酒。真是酒逢知己千杯少呵，两个人畅饮通宵，竟至烂醉如泥，第二天谁也没能上班。张桂花再生两只手，也做不了三个人的活儿嘛，看来非认输不可了！

第三天——九月二十九日早晨，师徒二人带着残醉脚步蹒跚地赶到厂子，两张脸都煞煞白，就像两颗霜打的茄秧似的耷拉着脑袋，往日的锋芒一点也不见了。这顿酒可把他们折磨得不轻，这顿酒可误了大事，肯定输给那两个小组了，和二车间竞赛失败的责任想推也休想推掉了。

他们走进车间的时候，看见小冯正扛着织好的毯子颠呀颠地往楼上跑，想不到这个小干巴猴子竟有这么大的潜力，今天要是把这条毯子放上自己的肩头，非压个趴虎不可。师徒二人互相交换了一下眼色，连忙跑到二车间去看，幸喜他们还差一天的活儿，两个人稍稍松了一口气，跟二车间的竞赛看来还有一缕希望。假如今天三个人鼓鼓劲，再想法偷偷打点夜班，也许还不至于落在对方的后边。两颗心突突猛跳一个点，怀着从未有过的负疚心情三脚两步就赶到自己的机台前边。呵！师徒二人同时愣住了。

正蹲在地上卷毯子的张桂花，用埋怨的眼光扫了他们一下；一句话也没说，李庆林憋不住地问：

“怎么回事，是你一个人打夜班突击的吗？”

“一个人？我又不是机器！”张桂花看着李庆林一转眼又得意忘形起来，更来气，她有意敲打他两句：“严禁加班加点，不是你和常师傅自个规定的竞赛条件吗？”

可不是吗，这一条规定还得特别严格呢，车间竞赛同样也有这一条呵。同时领导上为了保证大家的健康，防止万一，不但在下班后车间的门加上双锁，连灯泡也一齐拧掉。李庆林想了想，加班的确是不可能的。

“那么，是……”

“你呀，绝对想不出……”

常师傅看张桂花还在捉迷藏，又拿出做师傅的威风翻起脸追问道：

“这也不是，那也不是，到底咋回事呀？是有人帮了一手？”

张桂花点点头。

“谁？”师徒二人同声追问，像审判官逼供似的。

“还是你们自个儿猜吧，看看这几寸活不就知道了？”

常师傅蹲下去，仔仔细细地检查了一番，这几寸活做得确实是无可挑剔。他恍然大悟：支援他们的原来是齐师傅啊，除了他，别人没有这么好、这么快的技术，除了他，别的师傅也没有支援人的时间啊。

这时，小冯气喘吁吁地跑了来，他是来背张桂花卷的那条地毯的，但看见常师傅他们在那儿，就对张桂花挤挤眼说：

“张姐，你可得守信用呵，不守我就罚你拿鼻子喝水，听见了吗？”说着就缩脖吐舌地蹦跳着走了。

张桂花忍住笑没有答言。李庆林瞪着小冯的背影嘟嘟囔囔说：

“这个小流氓，跟咱比个平局，该他神气啦！”

“平局？那可说不定，评完质量才算数哪！”常师傅撇着下嘴唇傲气凌人地反驳着。

张桂花气得忽地站起来，指着那最后的几寸活说：

“质量吗？跟这一模一样，比咱的只高不低！”

师徒二人不以为然地撇着嘴、摇着头，张桂花一气就对小冯失了信，告诉他们，支援他们的正是他们的竞赛对手：小陈和小冯。

原来于师傅小组的活，二十七日下班时就接近完工了。第二天早晨常师娘给常、李师徒来请假，这女人毫不隐讳地大骂李庆林，说他把常师傅给灌醉了，害得她给他们扫了一夜的脏东西。小陈一听先就着了急，她跟小冯说：

“他们那条毯子还差好几寸呢，万一常师傅和李哥三两天好不了，不就糟了吗？”

“咱俩去帮张姐吧！”小冯一眨巴眼就想出了主意，可是脑子一转马上又否定了自己的话：“不，不，我才不帮常师傅呢，有空我不好歇一会？他老熊我，这回该我看他挨熊啦！谁让他们喝醉的。”

“别那样，小冯，于师傅跟咱说什么来着……”

“我非得帮他咋的？我不帮他，就是毛主席也说不出我不对呀，战是他们挑的，他们输了，堵堵他们的嘴也好呵！”

小陈说不服小冯，把脸也气红了，话也例外地多起来：

“你这人可真不带劲，又自私，又记仇，一点不以厂为家，于师傅白嘱咐你了，你不帮拉倒，我自个儿去……”

“别，别，陈姐，我去。可你得把冤我的话收回去，要不收呵，连你我也不叫去，我就有这权！”其实小冯说不去原就不是真的，他的第一句才是他的决心呢。于是两个人便向于师傅请示批准。

于师傅非常赞许两个小家伙的大公无私，情愿一个人突击剩下的活。不过小冯还有个条件；要求张桂花别说活是他和小陈帮着做的，他害怕常师傅和李庆林对他们的质量挑剔。张桂花同意了。

小陈和小冯愉快地坐在常、李二人的位子上，什么挑战呵，竞赛呵，全忘得一干二净，脑子里只剩下完成任务的一个念头了。因为明天如果全厂有一个小组交不上活，竞赛是小事，整个厂子“十一”完成任务的计划就落空了。当他们看见于师傅把自己小组的活做完，马上跑到另一小组去支援时，他们的干劲更高了。他们唯恐质量不够好，甚至比平常操作更细心、更加工，还时不时地让张桂花检查，不怪常师傅误认是齐师傅帮做的了。

九月三十日中午，车间主任宣布竞赛结果：二车间迟半天交活，质量合格。一车间提前一天完成任务；但常师傅那块活质量有问题。两相抵消，竞赛胜负不分。

李庆林听到这，悄悄和常师傅咬耳朵：

“跟咱没关系，问题准是出在小冯他们帮做的……”

“怪呀！我怎么没看出来呢？”常师傅也轻声说。师徒二人因为前一天都有了自责的心情，否则早公开叫出来了。

“常师傅小组那条毯子正中间，”车间主任又严肃地宣布说，“正中间，按照原图案整整地少织了一朵大红花，为什么一直没有发现？请常师傅追究责任，检查事故发生的原因……”

常师傅两眼圆睁，怒视着他一向宠爱的高徒。

李庆林用双手捂住脸，惭愧得再也抬不起头来了。

一九六二年八月

原载《鸭绿江》1962年第10期

部长下棋

陈国凯

老天爷的脸，说变就变，刚才还好端端的，突然乌云密布，狂风骤起，眼看大雨就要倾盆而下。我待在这中途露天候车处，连雨伞都没带一把，正不知如何是好，突然“喳”的一声，一辆载重卡车在我跟前停下了，一个“胡腮佬”从驾驶室探出头来：“去化肥厂的吗？走吧！看大雨就要卷来了！”我急忙把行李卷拖上车，和一个三角脸司机靠坐在一起。

“市郊车隔半小时才开一次，不知道吧？新来的？”“胡腮佬”转着方向盘问。

“嗯，才从学校毕业出来。”

“学哪门的？”

“中文。”

“啊，是个‘秀才’呢！”“胡腮佬”司机眉毛一扬，高兴地说，“秀才老弟，到了厂子得多写两篇好文章呀！看，前面烟囱最高的就是我们化肥厂，美极了！要不认为我‘好大喜功’的话，我可以告诉你，我们干得很不坏，四个月完成了半年的工作量。用诗人们的话来说，就是我们‘创造了英雄的业绩！’老李，是吧？”他十分风趣地笑着。

“又吹啦！”三角脸司机笑着瞅了他一眼。

“一点也不是吹——我以中华人民共和国公民的尊严担保，如果不信，老弟，试试看，保证你不上三天就爱上这厂子，可惜我不是诗人、画家，要不，我真得好好描他几笔……”说到这里，我们都忍不住笑了。

“倒像个公共汽车上的宣传员呢！”我心里想。看着他这副热劲儿，不由得仔细把他打量一下：他身材十分魁梧，半敞开胸，露出毛茸茸的胸脯，耳大，口方，像刷子般的浓眉下嵌着一对炯炯有神的大眼，瞳孔似乎特别大而黑，加上那向上竖起的短发和钢刷般的络腮胡子，给人一种相当粗犷英武的感觉。他身穿旧粗布工作服，工作服的口袋特别大，口袋里还装了一副象棋。我想，他准是个棋迷。

化肥厂果然规模宏大，简直像个小城镇，汽车驶进厂区，就像走进了机声轰鸣的海洋。辽阔的天空，浮动着乳白色淡淡的烟云，有时轻风过处，缥缈天际。高大的厂房，一排排，一座座，鳞次栉比；巍峨的铁塔，凌空跃起的管道，如龙盘虎踞，很有气派，壮观极了。大门口生产统计牌正标明生产飞跃的情况。

我被分配在厂党委宣传部工作。来到宣传部，部里的人都不在，只有女干事徐志莘在埋头不知写什么，面前还堆了沓刚打印好的文件。

志莘热情地给我介绍了宣传部的情况，甚至连干事们的性格特征都谈到了。谈到宣传部部长余奕行时，她笑道：“人们叫他‘杂工部长’，是个棋迷。一下班，大口袋里装上象棋，哪里老工人多就往哪里跑，人家干部中午都要小休一会，养养神，可他不兴这一套，任你干得怎样累，只要弈上两盘棋，他又精神奕奕了……”

我心想，这人倒奇。

午饭用过，还不见老余回来，志莘说：“我带你找他去。”我们穿过办公大楼的长廊，来到车间大工棚休息室里，只见有的工人斜靠在新锯开的木料上小憩，有的打扑克，老工人大都在下象棋。我在人群中发现了“胡腮佬”司机，正和一位瘦小的、眼角有块小疤的老工人下棋。我正待上前招呼，志莘却指着他对我说：“这就是余部长。”

我愕然：“他不是司机么？”

志莘笑了：“你不知他的底细，他整天跟工人混在一起，心眼又鬼灵，现在差不多厂里的技术活他都能沾一手。平日，他坐在驾驶室里，是司机；拿起扳手，是机械工人；走进控制操作室是化学工人；肩上红布一搭，是搬运工人……这就是他被人叫作‘杂工部长’的由来。”

听着听着，我心里不禁油然而起敬意。老余下棋十分入迷，两道浓眉吊在一起，敞着胸，一条腿盘架在条凳上。

“老余！”志莘叫了一声。老余连头也没抬，向后摆了摆手，一会才问：“有要紧的事吗？要不，最好待会儿，看，兵临城下了，局势十分危急！”志莘看到这样，也就不吱声了。事实上，她也是个棋迷，早被棋局吸引住，当“参谋”去了。我围上去，果然局势对他十分不利，护驾的“象”“士”已被吃得精光，一群过河小卒正协力围攻这“光棍司令”。

虽然大难临头，他倒笃定泰山，沉着应战。不知道什么“神机妙算”，在一片车马炮的叫声中，他居然反败为胜，“背水”一战，“重炮”入“中宫”，“将”起“军”来了。局势危急，老工人的黑脸变得更瘦小了，来“马”道上，又布满“刀山”，真是寸步难行。

“我的老兄！要不是你当初‘眼底无人’，错失一子，怎有今天！”老余笑着敲了敲棋子。

“胜败兵家常事。怎的，又扣大帽子了！”对方笑着，搔了搔头皮。

“怎么？这顶帽子戴得不合适？”老余还在漫不经心地开玩笑。

“你们干部给戴的帽子，我这老百姓敢说不合适？反正这顶帽子我已经戴过一次了。”对方笑了笑，调回了两只“车”保驾。

“谁给戴的？”老余认真起来。

“谁给戴的？……唉！话，反正是你们干部说了算！”对方飞出一只炮。

“为什么？”老余停了走棋，问。

“干部里有好有差，哪能都像你……算了，不说了！说得不对又讨人嫌！”

“你老兄一向爽脆，怎的吞吞吐吐起来！”

“将军！”老工人的注意力已集中到棋盘上去了，出其不意，出“车”一将，但是老余已心不在焉，还在刚才的问题上打圈圈。老工人笑道：“你这号人就是怪，啥事都要打破砂锅问到底。走棋吧，这事，有时间再和你磨，要不，我杀棋了。”老余这才小心翼翼地调兵遣将干起来。

“看到没有？”志莘后来对我说，“就是这副棋盘子，把老工人心里话都掏出来了。人们说他是顺风耳，千里眼，全厂近万人，大小事儿都瞒不过他，就拿刚才这刘师傅来说吧，平日，三榔头也敲不出一句话来，看，现在……”

临近上班，棋局才结束，老余抬起头来，看见我，听了介绍，高兴地说：“好极了，刚才在车上我就盘算着如何把你弄到手，想不到自己跑上门来了，应该给干部科长记上这一功。”说着，毛茸茸的大手伸来，就像老虎钳似的把我夹住了。他仔细端详着我的手，风趣地笑道：“不过，老弟，这双手太白太嫩了，得好好磨炼磨炼。有人说我们搞宣传工作的人‘头脑复杂，四肢简单’，我听了心里就有气，老弟，你千万不要往这道道上走。我说：手上茧儿越厚，宣传工作就越深入，越细致。”

他问了我一些简单情况后，便问我喜欢哪种文体活动。惭愧，业余时间我除了和书本打打交道外，其他活动都不感兴趣。老余听了，却惋惜地说：“老弟，搞宣传的人，连下棋都不会，这是个损失呀！我建议，从明儿起，你学学下棋，打打篮球，要培养起兴趣，这对你今后工作会有好处。要不，我俩订个‘师徒合同’，怎样？”这真是意想不到的妙论，见面第一天，正经的还没谈，倒叫人学下象棋，打篮球，我不禁笑了起来。

“没什么好笑的。不信，老弟，你以后会明白的。”他嘱咐了志莘几句，叫她下午带我到各车间跑跑，熟识熟识，如果有什么要紧的事，就到磷肥车间找他。志莘说：“今晨你不是说下午到机械车间去么？”他眉头一皱说：“刚才老刘师傅给了我一个闷葫芦，得剖开看看。”说完，噔噔噔走了。

“他就是这样的人，”志莘望着他魁梧的背影说，“心里藏不住一粒芝麻籽儿，十分敏感，一发现线索就追，他常常对我们说：‘一个企业的党委，就像航行在大海中的舵手，真正的舵手，不光在大风大浪中能跟大海搏斗，最要紧的是在风平浪静的时候，也能发现远处的暗礁……’”

临近下班，老余才回来，开了个碰头会，除了志莘继续搞月度思想汇报外，其余干事统统下车间去摸在贯彻厂长责任制中干部思想的反应。把原来安排的劳动竞赛摸底暂放一下。

这几天，老余他们似乎特别忙，找人谈话，看党支部的工作计划，工作小结。他还和党委书记、厂长到磷肥车间跑了几趟，回来，又在开什么会议。有一次我听见他从书记室传出激烈的声音：“我不认为这仅仅是工作方法问题，事实上这是对工作毫无责任心的懒汉思想，特别是在党员干部中，绝不应该容许这种思想存在……”他似乎是在批评什么人。

尽管这几天忙是忙，但是一下班，他还是装起象棋往工棚里跑。我到过他家，一厅两房，家具倒十分简陋朴素，连他夫妻睡的床也是硬木板，没有垫里，但是，厅堂中却布置得很风雅。厅堂中放了两张红漆圆台，装潢得十分漂亮，四脚镂花，光洁的台面还铺上一层洁白的网花桌布，酸枝木的小靠凳玲珑美观；还有一副茶具，是石湾陶瓷，花纹款式都十分漂亮。厅堂上挂了几幅古画，花瓶里插了几枝生意盎然的万年青，还有一簇刚出水的荷花，窗下几株修竹，清风吹来，萧萧瑟瑟的竹叶声中夹着一股荷花的幽香。真想不到，这位满脸胡子的粗佬，倒有这样的雅兴。后来，我才知道这就是他布置起来的棋室，每晚，许多老工人都不请自来，座无虚席。

三天过去了，这天，老余叫我参加党委扩大会议。

党委书记、厂长、科长、支部书记、车间主任都来了，把会议室挤得满满的。一会儿，门开处，走进一个老工人，原来就是那天跟老余下棋的刘师傅，他一看都是科级干部，以为走错了门，正要返身，早被老余叫住。他挪了个位，老工人便坐在党委书记身边。

“开什么会？”

“党委扩大会。”

“我又不是党员，叫我来干啥？”

“等会儿你就知道了。你老弟还是个主角呢！”老余笑着递过一支烟。

“听说大嫂昨夜心痛又发作，今儿怎样了？”老余问。

“今儿好些了，唉！她还不是这个老样子，三日晴两日雨，旧社会熬出来的病根根，一下子也治不了。”刘师傅叹了口气。

党委王书记放下手中的笔记本，掉过头来：“我看明儿转到省医院去根治根治，也省得你三心挂两头的，留下个病根根，总不是好。”

刘师傅嗯嗯着。

会议一开始，党委书记就向刘师傅提出个问题：“刘师傅，你不是提了个建烟囱的合理化建议么？你把建议的内容和车间主任怎样拒绝你建议的情况说一说。”

这好像将了刘师傅一军，这个老工人，下了班就迷上个棋盘子，连小组会上也很少发言，如今竟要当着党委书记和一群科级干部面前来批评车间主任，这真是个难题。他犹豫起来了。

“又是你吹出去的！”他掉过头低声向老余说。

“不是吹！”老余笑道，“谁不对就该‘将谁的军’，说吧，你是对的！”说着用手捅了捅他。

也许是被老余一捅心里畅得多，也许是大家热切的眼光使他不得不说，他扭扭头颈说开了。

原来是这样一回事：磷肥车间新建了一个中型试验车间，李工程师设计了一个钢架砌铅的烟囱，前几天厂长批下来，拨了两万元安装费，刘师傅一听，心头好不纳闷，凭他几十年工作的经验，这条烟囱只要用十几条瓦筒驳接起来就顶用了，车间仓库现存放着许多废旧瓦筒，用起来，一文投资也不用，为什么不用这些呢？他便跑去找车间主任，谁知车间主任一听，双手一摊说："刘师傅，你这个建议好是好，不过，厂长的命令已下来，你知道厂长的命令是应该绝对服从的，你们小组昨天不是刚学习过工厂企业管理条例么？"（说到这里，大家都禁不住笑了起来）碰了这个钉子，刘师傅已经够闷气了，可是车间有些干部还背地里扣他顶帽子，说他凭自己有套技术，就"眼底无人"，连工程师的设计都反对，听了这话，刘师傅气炸了，他对自己赌咒，再也不提什么劳什子建议了。后来，他把这事一直闷在心里，一直也没跟人说过，谁知在下棋时漏了几句，便被这"杂工部长"盘了出来……

厂长、党委书记都严厉地批评了这种不重视工人建议的官僚主义态度和对工作不负责任的作风，并决定采用刘师傅的建议。

我满以为老余一定会在会上激烈地发言，谁知会议从始至终，他却一言不发，只是用短指甲小心翼翼地夹下巴上那几条"好出风头"的胡须。

会散了，刘师傅对老余说："都是你，我叫你不要去招惹是非，看，你竟把这事闹到党委会来了。"

老余笑道："招来的什么'是'，惹来的什么'非'，你不都看到了，难道对这个会你还有意见？"

"有啥意见，这个会使我心里豁朗多了。"

"不再是，'唉！话，反正是你们干部说了算'了吧？"

"去你的！"刘师傅笑着捅了老余一拳，走了。走了一会，老余突然像想起了什么重大事情地大声把他叫回来：

“喂！告诉你个好消息；昨天有个朋友从京里来，给我捎来了一包‘龙井’，准备今晚开市。”

“我就知道少不了我一份，今晚咱们准备大战他三百回合。”刘师傅高兴地走了。

饭后，老余对我说：“小丁，厂党委决定要发一个通报，这个任务就交给你，你根据党委会的精神，下午再到磷肥车间去具体了解一下，起草一份批评的通报，要深刻些，尖锐些。”

我想了想，说：“会上批评了，还要通报，是不是太严厉了，再说，人家大大小小是个领导，会不会影响他的威信？”

他笑了：“老弟，你还脱不了这个学生腔，共产党就是在批评跌跤中滚大的——这一点你还不知道？就正因为他是领导，才应该批评得尖锐些。再说，这种思想在某些干部中也颇有市场，我们干部中不是还有这样一种人吗？他们口口声声贯彻党的政策，执行政策，可是他们在‘贯彻、执行’的时候，不是通过自己的脑子，而是靠一张嘴巴，既不虚心听取群众意见，更不根据车间的具体情况办事。就譬如这件事吧，要是车间领导稍虚心听听群众意见，稍有点事业心，动动脑子，也不会闹出这糟糕事来。这些人表面上好像是忠实执行党的政策，其实是十足的思想懒汉，如果不严肃清除这些坏思想、坏作风，就是有一点点，也会给党的事业带来损害……”

听了这话，我心里不禁一怔：这是多么尖锐的分析，平日十分风趣、爱开玩笑的“杂工部长”，突然变得严厉起来。

可是，过不了几秒钟，他眉头舒展了，还是那副乐天派的样儿，把象棋放进口袋，笑着叮咛：“秀才老弟，听说你们学文学的人想象力都十分丰富，是个好事。不过，千万别把批评的通报也加点什么浪漫主义。搞党委部门的工作，说一是一，说二是二，一点也不能儿戏，如果写小说，那又当别论了。”说完，噔噔噔走了出去。

中午，天气闷热，我睡不着觉，便信步往工棚休息室走来，只见在一群油香汗污的工人群里，这位粗手粗脚的宣传部部长又和一个“黑旋风”似的老工人下起棋来，还是那个老样子：袒露着毛茸茸的胸脯，两道浓眉吊在一起，一只脚踩在矮脚条凳上。

“你不睡中午觉吗？”他看见了我，问。

“我倒想看看下棋！”我突然对下棋很感兴趣。

“好！你就坐在这做我的参谋吧！”话音未落，对面“黑旋风”突然大喝一声：“将军！”原来，对方出其不意，“暗度陈仓”，炮入“中宫”将了起来。

“参谋，你说现在怎么办？”老余掉过头来问我。

我建议出“车”保驾，他沉思了一会说：“出‘车’不是上策，这只能应暂时之急，对整个棋局不起什么作用。而且，你看，对方这只‘马’正在这里虎视眈眈，如果出‘车’，他撤炮一‘脱将’，这条‘车’便落入敌人手中了……下棋也和做工作一样，不能光看到眼前，要看到全局的利益。李师傅，你说是吧？……”

“黑旋风”一听，哈哈笑了起来：“老弟！不要转弯抹角给我上政治课了，那二百坛硫酸，我已让给磷肥车间了，不是我不给，其实……唉，说什么好呢！你昨晚下棋时和我谈起这事，当时还想不通，回去脑子抖一抖，他妈的，果然是有那点儿本位主义……”

老余笑了起来：“我何曾给你上什么政治课呢！老兄，你也太多心了。”

谈笑声中，楚河汉界边又厮杀起来。我感到：部长虽然看来是个粗佬，但他每走一步棋都是那么稳重扎实，又是那么明智……

一九六二年

原载《羊城晚报》1962年

荣获“《羊城晚报》1962年文学创作一等奖”

路 考

张天民

一

你记得《红绸舞》演员手里的那条红绸吧？盘旋缠绕，上下翻飞，九曲十八弯地飘舞，那就像我们长白山中的公路。卡车驰行在公路上，一眨眼，一块路标：“傍山险路！”一眨眼又一块路标：“连续转弯！”接着像“慢行！”“危险！”“鸣笛！”诸如此类吓人的词句和惊叹号接踵而来，总是让你提心吊胆！

汽车司机助手小梁够紧张的了。

只有云雾，只有云雾显得那么悠闲自在，沿着山谷飘浮着，爬上高山，在那两山之间的高高的蓝天上蒸腾起来，时刻变幻着奇妙的形象。被云雾洗刷过的红叶，就如同沾着露珠的红玛瑙，闪闪发光。从车上望去，山坡上仿佛飞行过一团团流火，燃烧着、燃烧着……而这火一样的红色，被柞树、白桦、松树的金黄、雪白、翠绿颜色一衬托，整个秋山就成了个五彩缤纷的世界。

对什么都有兴趣的小梁，这会儿几乎成了个色盲，他什么也没看见。

他在被考！

司机的行话管这叫“路考”。一个助手通过了“钻杆”考试，交通规则考试之后，再通过“路考”，就可以领到驾驶员执照（他们叫作“票”），就有权开车了。

小伙子二十一岁，中等个子，长脸尖下颏，一头蓬乱的头发被一顶油污的灰布帽子扣着，两眼圆瞪，鼻尖有汗，嘴巴紧闭，嘴角有块油污。他是县运输公司里一个精明强干的学徒。从小就以能追上汽车、爬上去“让它捎个脚儿”出名，也曾为偷偷地坐在马车后尾巴上挨过赶车老板儿的鞭子。在学徒期间好钻好问，平日闲暇的时候，爱看书，摸到什么看什么。因为弄到一本针灸的书，学会了针灸。居然就有几个司机躺在炕上，让“梁大夫”把二寸来长的大针扎满膝盖，一动不动，直到小梁打完几把扑克牌起下针来。

这次考试，小梁是最有把握的一个，开车熟练，遇到点一般的故障也能“鼓捣”一气，一本司机手册背得滚瓜烂熟，在考试人面前对答如流。所以人们说：“小梁考票，手拿把掐！”可是，今天他却紧张得要命，这其中有点特殊情况，抽个冷子瞥一眼坐在身旁的主考，对了，就因为今天这位“主考大人”，是他亲爹！

“主考大人”五十多岁，粗粗胖胖，此时正襟危坐，严肃异常。他是县交通科的监理，司机中的权威人物，平日的工作是代表国家负责监督交通运输部门，考核驾驶人员，检查车辆及安全措施等等。这个权威，只要去研究研究，就有权吊销驾驶员的执照呢！你看够不够厉害？现在，他又是专署在本县考票时被指定的主考之一。他年轻的时候，当过赶大车的老板儿，后来又当了几年司机的学徒，解放后，当过十年的汽车队长，司机们全都佩服他。“有一回，”人们讲道，“老梁那工夫当队长，在屋里填耗油表报，他告诉司机打着车，检查检查。司机们就在院子里发动了车。老梁一边填表，一边喊道：‘三号车！加速油路有病，你查查是不是堵着了？’司机一检查，果然就是，看老梁那耳朵尖不尖？”

今天，老梁穿了一身被压得皱皱巴巴的新衣服，一顶新帽子像单摆浮搁似的架在脑袋上。

这会儿坐在驾驶室里，父子俩却全然不像父子！一个紧张得脸上出油；一个皱着眉、板着脸，使劲儿想着出个难题。一连串的难题都被儿子应付过来了，老头子却没有流露出一丝一毫的欣慰和赞赏的神情。

老梁想：老梁啊老梁，一世英名可别栽在考儿子这件事情上：你得检查自己存不存私心。常言道：“是亲三分向，是火热起炕。”可不能让外人说出这样的闲话。所以他几次三番地表示今天不能当这个主考，可是人们却偏偏在这一点上表示他们的信任，非要他干不可。小梁呢？也不是没有顾虑，他也怕有人说长道短。因此在头一天晚上睡不着觉的时候，他找爸爸商量，提出来要爸爸严格考他，父子俩很容易地达成协议。这样一来不要紧，无形中就把考试水准提高了，“路考”的时间也几倍地延长起来。

小梁能不能合格，能不能拿到“票”还在两可之间，可爸爸又说过：“考不上耳刮子见！”

“考不上耳刮子见！”小梁想起这句话就提心吊胆，眼前五彩缤纷的山景活像一个旋转的万花筒。这个快乐的人，平时不大费劲儿就做好一切事情的小伙子，这时候，眼睛放在公路上，手放在方向盘上，脚放在油门上，耳朵却吊在爸爸的嘴边上。

“加速！”猛不防地老梁就出了题。

不敢迟疑，小梁踩动油门挂上四挡。

“还得快！”老梁又命令说。

五挡。汽车以每小时 45 公里的速度前进。

“前边有障碍物。”

吱的一声，小梁来了个急刹车。不再转动的轮胎在路面上滑行十来米。车停下了。

“要是在冬天呢？”老梁问。

“不能用手闸。”

“为啥？”

“路面有冰，车速太快，急刹车，车打横，掉沟里去了。”

“……”老头子没言声，儿子说对了。他转脸望望窗外，公路左边傍山，右边临水。山涧的两岸全是立陡立陡的石壁，红叶丛下是一道碧蓝碧蓝的流水，水声如同虎啸牛吼。老梁抬眼向前望望，就要到了红叶岭的最高峰。红叶岭！一到了这个地方，老梁的心中就出现了一幕惊心动魄的回忆。

那是老梁年轻的时候，他给城里一个富户当车老板儿，常常赶着七个头的大车过这架岭。前边七条狼（牲口）后边一只虎（车），高山大坡，一放四十里地。当时，老梁赶着车爬到岭上，抱着一丈来长的大鞭，望望前边的路，跟车的在车轴上绑上“福绳”，把绳子的一头背在背上，看一眼老梁：准备好了。老梁就抖起精神，倒吸一口凉气，吆喝一声，车就往岭下滑去。车轴转了几圈，被“福绳”缠紧了，车速就慢了下来。有一回，正放着岭，“福绳”折了，把跟车的摔倒在车后，大车却在坡岭上急速地滚动起来，越滚越快，老梁一看事情不好，但他逃不开，前边有牲口挡道，后边有车轮追赶，旁边又是直上直下的石壁，没办法，他只得跟着跑。大车呼呼隆隆地往山下滚，辕马吃不住劲，也就撒开四蹄飞奔。老梁怕辕马跑到前套的牲口前面，怕几匹牲口和几挂套搅在一起，于是，就拼命鞭打前头的牲口。就在这紧急的关头，老梁被石头绊倒在地，一头栽到辕马的前蹄下面，他心想：完了！可这时，辕马一低头，一口咬着老梁的衣服，叼起他来，继续奔跑！直到车在拐弯的地方挂在树桩子上，停了下来，辕马才把他放在地下。逐渐清醒过来的老梁，爬出来，摸摸后背，后背上还有马嘴喷出的湿气和唾沫，他明白过来，趴在地上给辕马磕了三个头，喂了它几块自己吃的干粮，从此，他就洗手不干这个行当了。

他当了个学开车的学徒。那时候，全县唯一的一辆汽车是烧木炭的，老梁这个学徒一到上岭的时候就不能坐车，他抱着一块“掩木”，拿着一把炉钩子跟在车后，车轱辘转一圈两圈就没劲儿了，他要赶忙打上“掩木”，省得车再从岭上倒退下来，然后，他掏掏炉子，使火烧旺，憋足气，再向上爬一圈两圈。四十里上岭，老梁就这样一步一步地走四十里，像是一步一磕头地朝山拜佛的人那样……

这就是红叶岭上留下的记忆！怪不得老梁坐在车上沉思，好像忘记他是在考司机了。

“爹，走吗？”儿子问道。

“啊……啊……”老梁清醒了一下，看了儿子一眼。小梁把车开动了。

车子大声吼着，用足了力气在爬坡。

“挂几挡？”老梁问。

“一挡。”儿子回答。

“嗯？”老梁看着儿子，似乎对这个回答还不太满足。

“一挡劲儿最大，速度最慢。”小梁一边转动着方向盘，一边回答。

老梁不言声了，他转过头，望着前面的公路。太阳爬上山顶了，金色的阳光照射在公路上，照射在绿色的车头上。抬头看看红叶，每一片叶子都变成半透明，于是更显得红光耀眼。一只山鹰，平展着双翅，在山谷里盘旋。在平原上，这只山鹰该是飞得老高老高了，然而此刻，它却在人们脚下飞旋。

“当个司机，应该像它似的。”老梁自言自语地说。

“啥？”

“鹰。”

儿子望他一眼，似乎不明白。

“飞得高，飞得稳，在节骨眼上，唰的一下子扎下去，又快又准。”老梁解释说。

从儿子的眼睛中他觉察到儿子明白了，就不再说下去。

“绿水桥。”小梁说，眼睛望着前面。

一个转弯，眼前出现了那座奇异的悬崖。悬崖全是由黑色石板一层一层组成的，像一只兀立在头顶上的老鹰。它的巨大的头部伸出来，压在桥上。头顶上，孤零零地长着一棵枫树，像是一片火红的羽毛。

车子就要开上桥了，悬崖的巨大黑影罩在公路上，车身上。

“停车，”老梁命令说，“我下去撒泡尿。”

小梁的右脚本能地离开油门，踩在刹车踏板上，刚刚要踩下去，他突然收回，又去踩油门。

老梁的犀利的眼光向那只脚一瞥道。

“站下，我憋不住了！”老头子急赤白脸地喊。

小梁看看爸爸的脸色，心里犹疑了一下，该不该停车？但他还是给了油，车子开上桥面。

“你要憋死你爹怎么的！”老头子跺着脚喊道。

小梁还是不理这一套，他把车开到桥的另一头。不知怎的，老头子的新帽子掉下去了，他正在大声叫喊：“帽子！我的帽了！”

小梁看都不看他，继续地走了十几米，他才停下车。

“怎么搞的，嗯？你耳朵不好使？”老头子不马上下车，却这样质问着。

“在桥十五米以内不许停车，喊也没用。”小梁镇静地答道，眼里闪烁着机智的光芒。

“……”老头子又不言语了。又坐了一小会儿，他才推开车门，站到路旁向车后喊，“下一个，王得宝！”喊完才去拾帽子。

卡车上坐着十几个被考的青年人。那个被点名的王得宝爬下来，小梁也离开了驾驶室。

“怎么样？”王得宝问小梁。

“够劲儿！”小梁抹了抹鼻尖的汗，爬到卡车车厢上，待考的人都围上他，问长问短。

“好家伙！真替你捏一把汗呢！”一个大嗓门说。

车开动了，山坡上的红叶伸出手臂从小梁的头上划过，小梁扯下一枝，插在车厢的一角上，山风吹拂着红叶沙沙地响……

二

刁钻古怪的主考到底没难倒小梁，三门考试全部合格！

在这个青年人面前已经注定了这一辈子的前程，那就是：像飘带一样的山中公路，漫长，遥远……一会是爬上山巅，直上青天，身旁是浮来浮去的云雾，眼前是波涛一样起伏的山峦；一会是深深的幽谷，不见天日，溪水变成深黑色，奔腾去远，冲击到石头上的浪花如同滚动的小羊羔……他一个人背上负着四吨的重载，人参、鹿茸、山葡萄和粮食，或者是工业品、日用百货。农民在等待着他，他们用山里人粗大的手抚摸着他车头的厂标，问道：“是解放牌吗？”“是解放牌。”“国产的？”“是国产的。”人们都以尊敬的眼光看着他这个有手艺的人，他发动车了……汗和风，喇叭和车灯，飞飞飞，像山鹰一样的矫健……

保证这一切能够实现的就是那个拼一身汗才搞到手的小红本，那个“票”——“中华人民共和国汽车机动车驾驶员执照”。他把这个宝贝用红绸子包起来，藏在贴胸脯的上衣口袋里。

这几天他浑身轻松，焦急地等待调度员的命令，“小梁出车！”“小梁出车！”一听到这句话，就像鸟儿听到开笼子门的声音一样，“特楞”一下他就飞了。他还爱打替班，有的司机稍感不适准有小梁上门，拐弯抹角或是直截了当地说他替人家出车（这要看具体对象而定）。他不累，不困，还爱跟熟人打个哈哈，走起道儿来都带弹性。总之，他正处在人生的青春焕发时期，在这个时期里，人们看不起困难，充满了必胜的信心，也就是在这个时期里，人们有时会越出生活的轨道。

既然成了有执照的司机，那就得像个司机的样子。因此，发了工资他马上跑到商店，买了一副黑眼镜戴起来。吹着口哨，“吃”的一声把车开跑了。从此，小梁的喇叭就从县城东头响到西头，像救火车似的穿过人群马群车群，小梁也真有点扭秧歌的本领，方向盘打得飞转，左扭右扭，结果他闪开了一切障碍，从人旁马旁车旁飞快擦过。因此，小梁就有了外号，有人叫他“拼命三郎”，有人叫他“云里飞”，也有叫他“梁大胆儿”的，众说纷纭，莫衷一是。

不久，他又成了“猎人”了。别人用枪打猎，他却用汽车打猎。这话怎么说？因为他有一次在山上用汽车轧死了一只狍子。那天，是在深夜，小梁的车突然开到一只狍子跟前，狍子被车灯照得晕头转向，就在灯亮里飞跑，它不敢钻进旁边的无边的黑夜里。小梁开足马力，紧追紧追，最后真的被他轧倒了。运输公司的人们不知道详情，以为是偶然撞死的，也就没人说他不对，大家快快乐乐地吃了一顿狍子肉。逮着这个甜头，小梁更加得意，每次出车总想捞点野味回来。又有一回，他在路上遇到了一只野猪。如法炮制，给它一个穷追猛撵，他也不想想，大白天，野猪怎么会总沿着公路跑？再说，野猪能跑得比汽车慢吗？等到轧死了，他才知道，原来这是山村农民跑丢了的一只家猪。他无可奈何地把死猪扔在车上，到了前边的一个山村里，找到了猪的主人，赔了人家几十块钱才算了事。这事，小梁没敢告诉父亲，却到公司领导那里“坦白交代”了一番，挨了一顿狠批。

老梁多少听到一些风声。有一天，他到运输公司，经理给他谈了安全生产情况，吞吞吐吐地提到小梁的表现。老头子一声不吭地走了。第二天，在老梁与小梁之间、监理与司机之间，就爆炸了一个炸弹。

那天，老梁没什么事，就赶了一辆大车给县委各机关送柴火。赶起大车，老梁是轻车熟路。他又使出了当年的本事，车到门口，先打三鞭，一鞭马前，一鞭马后，一鞭在中间，三鞭都要脆生，还不能打着牲口毛留下鞭痕。当年，大粮户雇车老板就是看这顶门三鞭。

老梁拉一车柴火从城外回到城里，他抱着大鞭倚在柴火堆上，任牲口悠闲自在地走着。突然，车后响起连声的喇叭，听声音大概是他那个“拼命三郎”了。这使他想起经理谈过的情况，不由得怒从中来，他就故意装没听见，不拢住牲口让路。

汽车一点也没减速，还是响着它那救火车似的喇叭，风驰电掣般地从柴火车旁开过。到了大车前头，汽车才减了速，驾驶室的门开了，从里边探出一个头来，黑眼镜朝着老梁，一声喝喊：

“找死啊，你？”

老梁抬起头，看着那个司机。他的心猛然一缩，这句话像一把刀子直戳到他的心上，好小子！你能耐！

汽车停住了，小梁跳下车，愣呆呆地站在车旁：“爹，是您，我不知道……”

老梁吆喝住牲口，大车停在汽车旁，他把大鞭往车辕上一插，怒目看着小梁。

小梁讷讷地说：“爹，我不知道是您……”

“要是别人你就骂对了？嗬，检讨深刻！”老头子冷嘲地说。

小梁绕过牲口，来到爸爸这边：“您别气……别人……也不……”

老梁歪着脑袋看着儿子，怎么这么不顺眼？啊，对了！黑眼镜！他呼地伸出手，扯下儿子的眼镜，叭地摔到地上：“这玩意儿叫你看不清！”

猛烈的阳光照得小梁睁不开眼，他用手捂着眼睛，难为情地说：“爹……我……”

“你？你有种！”

“……”小梁被噎得说不出话。

“把执照给我！”老梁伸出一只手来。

“爹，您不能……不能吊销……”小梁被吓得脸都变色了。

“把执照给我，听见没有？”老梁继续威严地说。

“我不给！”小梁反抗着。

“你……你敢！”老梁急得都结巴了，他往前冲了一步，好像要伸手抢似的。小梁忙用右手捂着上衣口袋，往后倒退了一步。但是他看看爸爸冒火的两眼，喘着粗气的鼻孔，他怕了，才不甘心地慢慢拿出红绸子包着的执照。

老梁一把夺过执照，打开红绸，掏出钢笔，又掀起衣角，从挂在腰带上的小皮盒子里拿出自己的名章，噗噗地往图章上吹了几口气，放在车辕上。小梁看出来：大概不是吊销执照，而是要记“违章记录”，多少放了点儿心，忙上前用衣袖抹抹车辕，又仔细地吹掉车辕上的浮土，才闪在一旁，让爸爸把打开的执照放在上面。

果然，老梁翻到“违章记录”那一页上，弓着腰，举着笔，瞪着洁白的格子纸思考。怎么记呢？儿子到底违了什么章？他一没有撞伤人，二没有碰坏车，问题比这要复杂，他不是一个自己所希望那样的真正司机，他翘尾巴，他不知天高地厚……问题在这儿，可是这是不好往“违章记录”上写的。何况，上记录的事还需要和运输公司领导上研究研究呢。于是老梁使劲地甩甩钢笔，再甩甩钢笔，又举起钢笔迎着亮儿看看笔尖上沾没沾什么小毛毛。就在他这一抬头的工夫，他发现周围有几个人在看热闹，难道，我这是要猴子吗？围着看！围着看！

他想了一下，收起钢笔，装好图章，揣起执照，向看热闹的小孩说：“散散，散散！”抄起大鞭，拢拢牲口。

小梁还不知道怎么是好，一个小孩把摔碎了的黑眼镜递给他，他不敢要。

老头子抱着大鞭，冲儿子说：“还不走！”

小梁似乎还不明白，依然站在那里不动。

老头子一只手一捺，纵身一跳，跨上车辕，看看前面想要吆喝牲口，但他又突然回过头来，没头没脑地教训儿子说：

“你觉着领到执照（他一拍口袋）就算路考合格，完事大吉？早呢！一辈子！司机的路考是一辈子的事！你还不合格呢！吁——”

他竟“吁哦”地吆喝着牲口走了。

三

虽说是到了春三月，长白山区还是很冷，满山满岭都是一整个冬天的积雪，洁白、坚硬，似乎在故意蔑视着春天的莅临。在红叶岭的最危险地段，养路工仍然天天在刨冰推雪。只是在天气特别晴和的正午，在朝阳的公路上，冰雪融化了一些，路面上水汪汪的，就像玻璃上面又抹了一层油，更加滑了。到了晚上，水又重新结冻，第二天早上如果再有霜，就更糟了，这霜就好比滑石粉，撒在路上使汽车的防滑链都失去作用。

汽车运输，这山区的生命线，并没有停止，反而由于春天的到来更加繁忙了。运送调换来的良种和各种农具不说，客运也很紧张，农民都愿意在春耕开始以前赶集进城，串亲访友。

自从上次批评了小梁以后，老梁再也没听到人们的非议，对于儿子的工作，老头子比较放心了。他能不能成为自己所希望的那样的司机：能不能成为一个真正的司机？老梁想过，问过自己，觉得也许有门儿，只要今后他别出事，别捅出个大娄子……

脚上长疮他偏往脚上踩！有一天，老梁从水电工地汽车队回来，刚到班上，就传来了电话：红叶岭坡下出了事故，4 号车撞了山，一人受伤，已经抬到岭下公社卫生所！运输公司的汽车队长早已下去到出事地点了，他托人打电话给梁监理，打电话的人就说了队长告诉他的这几句话，再详细的情况不知道。

老梁飞快地跑到公司，开起一辆卡车，直奔岭下公社。一路上，他心慌意乱，4 号车，是他儿子和另一个司机开的，今天，又是儿子的班儿，事故，准是出在他身上！受伤的是谁？也许是儿子，也许是被撞伤的农民！车又撞了山，可能翻到沟里，那个出事地点，正是沿着山涧的大坡，不出事还捏一把汗呢，出了事就小不了！凶多吉少！凶多吉少！受伤的是儿子当然不妙，要是公社的农民就更糟！说不定老梁还要扛着行李送儿子去蹲法院呢！那对他这个老司机、老汽车队长、老监理可就够好瞧的了！唉！这孩子，天生的毛愣性子，给了板凳就敢往天上爬的人物，早就该看到这一点，叫他转个行。可是现在晚了！出事故了！他被儿子这些天的“表面现象”迷惑住了！这是不是私心？就因为他是自己的亲儿子，“是亲三分向”？自己总想把儿子教育成一个真正的司机，把这块生铁打成块材料，是不是错了？

话说回来，虽然老梁在表面上不喜欢儿子，总是看他不顺眼，瞪着两眼挑刺儿，然而在内心深处，他却顽强地欣赏儿子的某些性格，他觉得儿子跟他自己年轻的时候有些相像。他摆弄过十几年牲口，有一条极重要的经验，叫作“宁养龙，不养熊”。就是说最调皮捣蛋爱尥蹶子的牲口，是条龙，打出来就真能顶用，在上坡上坎的节骨眼上它给你出把力气；那种蔫蔫乎乎，自己抬不起自己的眼皮的那些老骡子老马，倒是听话，可就是没多大力气，那是熊蛋。养儿子也是这样——他这个儿子是条龙，弄顺了套就真能往前拉，半道上有个坑坑洼洼的也误不住车。对了，他正是这样一个有前途的生马驹子！所以，老梁对儿子寄托着很高的希望。也许，是他错了。

这样想着，九点多钟，老梁的车爬上了红叶岭的大坡。眼前，是一座顶天的大岭，公路闪着白光，像一条冰河从岭后山顶流下来，一边是直上直下的石壁，一边是深深的山谷。在坡下边，一条大车道从一座春笋似的孤山后面爬过来，横穿公路。小梁的4号车就瘫痪在孤山下面，隔断了公路。老梁跳下车，奔到4号车前，看看，车的水箱撞瘪了，一只膀子（前车轮上面的叶子板）也已经撞得坑坑洼洼，深绿色的漆已经剥落，后轮已经到了路边，如果不是有大石头卡着前轮，车就会整个翻下去，落进深沟，粉身碎骨。老梁看到这点，不由得吸了一口凉气。

老梁又从后面转到前面，再看看车头，水箱漏出来的水冰冻在地上，一摊摊的油洒在山脚下的路面上。他被一个闪光的小东西所吸引，仔细看看是被撞掉了的厂标。他拾起厂标，看看上面的图案，装在口袋里。这厂标又使他想起调皮捣蛋的儿子。老梁知道，这是他偷的。4号车是第一汽车制造厂的零件，由他们自己装配的，没有厂标。儿子就从不用的坏车头上偷来这个，把它装在自己的车上，使车更完美、更神气。老梁很理解一个司机对于自己的车的感情，就采取了睁一只眼闭一只眼的政策。想不到今天，他竟然把车撞成这样：头破血流，修好了也得留下一脸麻子。而这一点，正是汽车司机的大忌讳，走到哪里，对面来车的司机一看这部车的膀子掉了漆，修补过，人家就会露出鄙夷的神情说："那车出过事故！"这对一个司机的荣誉感是个多大的损伤啊！儿子，不争气的儿子啊！

这是什么？血！血！老梁猛然弯下腰，捡起一块玻璃片，上面有血，显然，受伤的是司机，是儿子！他扔下玻璃片，从大车道上奔公社跑去。

公社的卫生所是一个大四合院，前五间后五间大草房，全被粉刷得白光耀眼。老梁跨进门去，迎面碰上了一位穿白罩衫的姑娘。老梁一见穿白衣服的一律称为"大夫"，他问"大夫"谁受伤，姑娘说是小梁，口气挺亲切，好像和小梁是熟朋友似的。

老头子一听，脸就变了色，不知道如何是好，他愣在那里了。

姑娘忙说："不要紧，就是手脚碰伤了，不重，您别着急。"

老梁又细细地问了两遍，知道伤不很重，才放了点儿心。他想了想，决定不去看他，先要处理事故去。于是他问明白汽车队长在和公社的人谈话以后，扭身就离开了卫生所。

"老大爷，您是他……"姑娘追着他问道。

"他爹！"老头子在门外回过头来说。

"那您不先看看他？"姑娘提醒他说。

老梁没回答，扭身又要走。

"您应该看看他！"姑娘说，眼睛死瞪了那不近人情的老头子一眼。

老梁看着白衣姑娘，这个小丫头有一张圆圆胖胖的脸，挺大的眼睛，眼睛里刚才是一种不满的神色，这会儿，又变换成一种近乎祈求的神情。不管是祈求或是不满，都是不可抗拒的，老梁心一软，转身回来了。

五间大草房隔成一间间小白房子，小房门外，留下一条通道，成了走廊，姑娘在前引导，老梁在后面跟着。走着走着，姑娘突如其来地回过头来说："他挺坚强的！"说时，嫣然一笑，脸上立刻泛出红晕，就忙回过头向前走。

"什么意思，这大夫……"老梁想着，这时他才仔细地看看姑娘的后影，以另一种眼光看这后影，忽然，他微微笑了。他老梁可不是个死官僚主义呢！别看他平时对儿子的私事不闻不问，可他全知道。有一个姑娘，在某公社，和儿子交上了朋友。儿子的车每次路过都在这家门口加水，到时候，准有一个姑娘提一桶水站在门前，问儿子吃没吃饭，儿子回答一声，接过水桶倒进水箱……即使是在深夜，儿子的车晚了点，车灯的光柱里也准有那个提水桶的姑娘。

老梁想到这些，又看了姑娘一眼，对了，根据时间地点推测，那提水桶的姑娘就是这位"大夫"！毫无疑问，毫无疑问！

来到一个门口，姑娘开开门。他走进去，一眼看到儿子一只胳臂上的绷带，一种心疼儿子的情感，猛然出现。

小梁和那白衣姑娘交换了一个眼色，姑娘向小梁一耸鼻子退出去了。老梁坐在椅子上。

小梁欠起上身，叫了一声"爹"，然后，一只手费力地从枕头下掏出红绸子小包，拿出执照，说："您把这个拿去吧，我毁了车，出了……"

"还有谁受伤？"

"大概就我……"

老头子掀起被子看看儿子的手和脚，问："重吗？"

儿子摇摇头，还是把执照递给他。老梁还没有接，执照已被塞到手里了。

“你说说，也许不能怪你，”老头子说。心里有一线希望，希望事故还有着客观原因。

“都怪我。”儿子低声说。

“是不是机件事故？”

“是责任事故，怪我。处分我吧，车……”

“撞成那样！真丢人！”老头子接着说。他心里已经不再有幻想，事情很糟，对于儿子的司机生活有严重影响，国家的财产受了很大损失，是要处分，照理应该吊销执照。沉默了一会儿，他看看手里的执照，把它装在自己的口袋里。想到该去找汽车队长，他站了起来。

“转个行！”老梁自言自语说。

“什么？”儿子问道。

“你干不了这个！”他大声说，语音里带着气愤，迈步要出门去。

“不，爹！那不行！我从头来！过几年还考票！”儿子着急地挥起一只手。

“你……”老梁在门口，回过头，声音颤抖，“好你死牛筋！”

“吵吵啥，吵吵啥？啊，老梁头！”说着进来了裹着老羊皮大氅的汽车队长。由于这个大个子大嗓子的人来，屋子都显得狭小了。他奔到小梁床头，扯开嗓子说：“好小子！有种！”说着一拍小梁肩膀，小梁的伤处被震，疼得直咬牙。

老梁不明白地望着队长。

“怎么着，监理？还不知道吗？”队长转过身来说。

“什么知道不知道！你倒开心！”老梁不快地说。

“来，你坐下，听我报告！”汽车队长一把拉过老梁，把他搽在椅子上。

于是队长讲起他调查出来的“肇事经过”。

小梁拉一车原木，足有四吨重，从红叶岭上下来。昨夜有霜，早晨的道路十分滑，他刹车，但不能狠刹，只得就着山势滑行，车速十分快。在孤山前头，他鸣了笛，这时，公社的几辆马爬犁从孤山后面冲来，他们接来几十名下放干部，敲锣打鼓地飞奔，过公路时，没有听见汽车的鸣笛声，头一辆二一辆爬犁上了公路，小梁的卡车也到了跟前，眼看爬犁就要和卡车碰在一起，在这千钧一发的时刻，小梁猛打方向盘，车身一扭，就奔山崖撞去！不待爬犁上的人看清，爬犁已经通过公路，汽车已经撞到山上，砰然一声巨响！

震荡使小梁昏迷，玻璃破碎使他受了伤，但就在那一瞬间，汽车又被山弹回去，车身倒退到公路的另一边，冰滑雪碎，后轮已经在往山沟里滑了。小梁猛刹着车，但也不起什么作用。车后轮还在下陷。爬犁上的人一声呐喊“跳！快！”小梁这时已经跳下车来，一把把棉布大衣塞在前轮后面，他自己也倒在车下了。人们奔过来，推着车，拖出小梁，又搬几块大石头把车掩着，然后，套上马拉，才防止了汽车掉下去。

昏迷了的小梁被人抬上爬犁，拉到公社。一路上，他喊叫着：“车！救车！完了！车掉下去了！”人们告诉他，他依然喊叫着……

队长讲完，摸摸小梁的脑袋说：“十几个人！明白吗？！十几个人的身家性命！”

小梁听着，这个故事好像是自己的，又好像发生在别人身上。一会儿，他才问：“那……车？”

“万幸！车保住了！”队长说。

“你这孩子！”老梁看着儿子说。这句话包含着许多意思，是慈爱，是赞赏，也似乎在说：瞧你刚才说的那些话多吓人！

小梁不大自然地笑笑，那眼睛在说：好我那老爹，刚才我可不是要故意吓你！交还执照，那是我争取主动，省得你先伸手向我要呢……

“你找当事人了？问过了？”老梁再次叮问队长。队长看他那狐疑的样子，不回答，仰脸大笑。

老梁慢慢吞吞地掏出小梁的执照，把它又重新包了包递给儿子。

“怎么样？执照都收了！有你的，老监理！”队长笑着说。

老梁不看他，把执照交到儿子的手里，让他拿好。小梁拿着红色执照，高兴极了，好像是和久别的老朋友又重逢了似的，心里说，你再也跑不了啦！

老梁看着儿子，又不放心起来，忙说："孩子，路考……"

"路考？怎么还……"队长不胜惊讶。

"路考可还不能算考完！"老梁说。

小梁立刻明白，看着爹说："一辈子！"

队长莫名其妙，大叫大嚷地说："讲什么黑话？啊！什么黑话？"

一九六二年十二月，北京

原载《人民文学》1963年第3期

地质锤

张天民

序

在揭批“四人帮”的第三战役中，一〇一地质大队党委充分发动群众，批判“四人帮”的反动思想体系，澄清路线是非，落实党的知识分子政策。经过大量的调查核实工作，推翻了“四人帮”爪牙制造的冤案，为女技术员刘春桃同志平了反，恢复了名誉。

刘春桃，江苏无锡人，一九四〇年生，某地质学院毕业。就因为她父亲是地质界的前辈，解放前曾经在南京地质调查所工作过，无端地被认定是老牌国民党。又由于他到过游击区搞地质调查，又被怀疑为日本特务。刘春桃本人也就成了出身不好的“修正主义苗子”。她和工程师石竹青就成了一〇一队党委书记宋致远这个“走资派”“招降纳叛”“网罗牛鬼蛇神”的证明。国民党兵痞出身的“四人帮”的爪牙李某——伟大群众运动中泛起的沉渣——为了要她的口供，多次严刑拷打她，残酷折磨她。冬夜，把她绑在大树上，往她身上泼水，使她冻成冰棍，这叫“冷静头脑”；而后又把她拖回屋内，架火烤她，使得她皮焦肉烂，汗水流干，叫作“热情帮助”。刘春桃同志宁死不屈，不肯诬陷好人，坚持认为“文化大革命”前的地质战线不是什么“黑线统治”，坚持认为十七年中学校培养的学生绝大多数是革命知识分子，做过许多有益的工作。又被打成“翻案复辟的急先锋”。劳动改造多年，身心受到严重摧残。直至今天还住在医院里。她多年积累的资料、工作笔记、论文初稿甚至衣物已荡然无存，只是留下了几本日记。

这几本日记当年曾被打砸抢分子李某抄走，想从中捞到一点刘春桃的“罪证”材料，但他们一无所获，就被扔进一个木箱里，与酒瓶子、面包渣、“首长讲话”和小报传单为伴，为老鼠做粮。后来，李某把那木箱弄到自己家里打碗柜，日记就被扔到装引火废纸的大筐里。最近，才由李某交回来。已经残破不全。

前几天，我到医院探望刘春桃，发现了这几本放在床头柜上的日记，征得她的同意，取回读了一遍，一股青春气息迎面扑来，使我又回忆起我跟她们一起爬山找矿的生活，想起我们这一代人年轻的时候。……摒弃大量的读书心得、工作过程和生活琐事，我从中理出一条线索，构成这篇故事，经日记作者本人过目，现予以发表，依照惯例，冠以题名：

《地质锤》。

日记之一

1963 年 2 月 17 日记于梨树沟

新生活开始了。

早晨，我睁开眼。结满冰霜的窗子透进来耀眼的白光，屋的中央大汽油桶做成的火炉已经熄火，屋里冷极了，我躺在温暖的被窝里不愿意起来，想偷会儿懒，回忆回忆刚才做到半截儿的梦。我梦见还是在家里，跟弟弟吵架，他把我正看的一本小说偷走了。正吵着，住医院的妈妈回来了，奇怪，她还穿着病人的白大褂。妈妈批评了我，要我让着弟弟，受宠的弟弟做着鬼脸跑了，我抓起扫炕笤帚要砸他，妈妈拦住我，坐在我身边，愁眉不展地说："孩子，妈正住院，你还走？"我说："好妈妈，我知道你需要照顾，可是，出发的日子定了，同学们一块到工作岗位去报到，我怎么能一开始就请假？好在家里有弟弟、哥哥、嫂子，还有叔叔、婶婶，我走问题也不大。妈妈原谅我，祖国在召唤，我还是得走。"妈妈凄然一笑，说："你们这个年纪的孩子，都有一股傻劲儿，傻得可爱。"就这样我扛着妈妈亲手做的死沉死沉的大行李卷离开了家。……梦里的家是多么温暖呀！

我正在甜格盈盈地回忆着梦，门开了，呼地吹进来一股凛冽的风，又笨又重的大头鞋咯吱咯吱响，大队工程师石竹青来了。她比我大几岁，身板比我壮，粗硬的短发，黛黑的面孔，说话的声音是女中音。咚咚！她把两个鼓鼓囊囊的地质背包撂在地上，说：

"还偷懒！快起！爬山去。"

爬山还不好说？我一跃从床上下来，呀！冻得骨头缝都疼。我穿着衣服，石竹青从口袋里掏出一个崭新的罗盘和一只放大镜，这是地质队员的武器，像战士的枪。

我边穿衣服边问："地质锤呢？"

"那还能忘了领？"石竹青说，弯下腰从背包里拿出一把全新的地质锤，钢锤槐木把，挺可手的，我真喜爱它。我要用它敲遍千山万谷，探寻宝藏。

我穿好衣服，洗了把脸，收拾起罗盘、放大镜、地质锤这三件宝，准备跟石竹青去爬山。

"来，背上背包。"石竹青说。

我们俩同时弯下腰，一人拎一个背包。石竹青拎那个大的，我拎小一点的。背包死沉死沉的，我掀开一看，里面装了满满的一包石头——河谷卵石。我奇怪地问：

"不是爬山去吗？背这没用的石头干啥？"

"地质队员爬山从来也没空过手。"石竹青说。

“可那是工作的时候。现在，是去玩。这不是找别扭吗？”我说。

“是呀，找别扭。”石竹青背起背包，和我边往外走，边说，“不等别扭来找咱们，咱们先找它去！地质员上山要背标本，这是个硬功夫，要练的。冬天不背，春天一出队就吃不住劲儿了。你没见，咱们这儿的人，开会、出门都要背着背包去。”

啊，原来如此，这是为了一个伟大的目标。好吧，就背着这沉甸甸的一包石头，爬山。没啥了不起，石竹青那包要比我的沉呢！这样，我们俩就向对面的山坡奔去，大头鞋踩在雪地上，咯吱咯吱好响。

山很陡，满山积雪。一条弯曲的小道通向山顶，小道上的雪又黑又硬，结成了冰。这大概是石竹青她们踩出来的吧？我把背包往腰后一推，大弓着腰，向山上爬去。石竹青在我前面，她不走小道，而是在小道边上松软的积雪里走，踩出一个个深深的雪窝子，我踩着她的脚印走。不一会儿，我就呼呼喘气，拉起风箱来啦，汗珠子也冒了出来，浑身发热，脸通红。我往上爬着，碰到小树抓小树，遇到荆条拉荆条，而那背包越来越沉，帆布背带竟然像刀子似的直往肉里杀。抬头看看竹青，她背伏青天头拱地，小牛犊子似的噌噌往前奔，也不等等我。

好容易爬到山顶，我扔下那要命的背包，一屁股坐在雪地上，不行啦，我的心怦怦跳，头上的血管似乎要爆裂。石竹青一回头发现了我这样，走过来一把把我薅起来。

“干嘛干嘛？”我瞪着她说。

“想得病？”她反问道。

“什么病？”

“出一身汗，受凉受潮，最容易得关节炎。”她说。

“关节炎？地质工作者的职业病，有什么了不起？”我跟她吵嚷，甚至是为得这种职业病自豪。

“咳！你呀！你不知道病的滋味！……”石竹青感叹地说。接着，她非常细致地把得这种病的痛苦描述了一番。

最初，我以为她这是吓唬我，后来，我逐渐发现，她讲的是切身体验。我心想，工程师大概患有严重的关节炎。想到这里，我不由得感动起来，正是她，昨晚上把一张狍子皮从自己的床下抻出来，给我铺上，使我越睡越暖和。正是她，今早又背了沉重的大背包，踏雪开路，带我爬山，苦练这双地质腿。为了证实我的猜测，我问她。

“你有这种病？”

她站在山顶，眺望着勘探矿区，嗯了一声。

“什么时候得的？”我问。

“几年以前，到这里踏勘的时候。那时候，这里还是一片没有人烟的地方。”石竹青指指山下，然后，像是在思索，又像是在问我，说，“你说，不值得吗？”

我顺着她指点的方向，望着沸腾的矿区，炊烟袅袅，人来人往。包了塔衣的钻机轰隆运转，团团蒸汽从钻塔下喷出来。国家急需的六七二矿勘探工程正在进行，已经到手的是××万吨储量，今年就要交出最终报告。紧追在地质部门的身后，矿产公司筹备处上来了，大堆大堆的建筑材料已经运到，开春就要破土动工。随着开山打巷道的第一声炮响，一座宝库就要敞开大门。数年后，这里将是一座热闹的城镇。

以我们些许的牺牲，换来祖国的兴旺，我深知这是值得的。

石竹青望着群山，望着那朦胧的远方，以她那宽厚的女中音，朗朗说道：“地质锤是人手的延长，放大镜是人眼的扩大。倾斜的地层像一本大书，一种岩层是它的一页。我读这本大书，衣服磨烂了，手指磨出血，望眼欲穿的是两个字：富强。”

这话是那样亲切，那样有力，那样熟悉。这是父亲的话，我在他的一本遗著里看到过。父亲过早地失踪了，他的著述也不多，刊行的也很少，然而，她怎么知道？

“你……你讲的是谁的话？”我声音颤抖地问。

“一位地质学家。”石竹青说，“他的材料留下得很少，只是在省局资料室里保存了几份。我可以肯定他在这一带活动过。他的认识曾经给了我们很重要的启发。”

“他，他叫什么名字？”

“刘曼峤。”

“啊！他是我父亲！”

石竹青吃惊地看看我，一把抓住我的手，大声地问道：“刘先生还活着？他在哪儿？”

“他年年春天出发，秋天回来。在一九四二年那个春天，他又走了，从此再没有音信。”我不由自主地难过起来，眼里噙着泪水。

“啊！……”石竹青沉默了。

过了一会儿，我俩默默地下山。默默地吃早饭。饭后，我开始了今生的第一个工作日：熟悉资料。糟糕，头一天上班我精神就不集中，说不清为什么，我总有一个预感，说不定我要在这里发现父亲的行踪……

日记之二

1963 年 4 月 18 日记于不大远村

春天来了，满树的梨花开满沟谷，远远望去就如同一团团雪。今天，我们来到不大远村“拉道王”老大爷家里。这个村名可真怪，“不大远”，实际上离哪儿都很远，离我们地质大队所在地梨树沟算近的，可也有四十多公里。我们足足走了七个钟头。起这个名好像是为了安慰行路人似的：“往前走吧，不大远了。”“拉道王”呢？人名和村名同样的怪。开头，我竟不知道这几个字该怎样写。可他是个好老头，须发斑白，筋骨结实，精力旺盛，走起路来双腿很有弹性，绝不像想象中的一般老人。他待我们很好，见到我们就如同“堡垒户”的老贫农见到了八路军，也像是老父亲迎接久未回家的亲生儿女。他让我们普查组的三个人同他睡一铺土炕，竹青和我睡炕头，山地工人大孟和老头睡炕梢，天没黑就一个劲地张罗我们歇着。我们想给他挑水、扫院子，他就是不让，拿起扁担抢扁担，拿起扫帚他抢扫帚。要帮忙，除非等他不在家。竹青来过这里，认识这位老人，她告诉我，别看老头就一个人过日子，可从来不求人，繁杂的家务事并不能妨碍他到队里干活，为乡亲们跑腿，操办全村的红白喜事。这真是一个有趣的人，就是不明白他为什么有这么一个奇怪的名字。

日记之三

1963 年 4 月 19 日记于不大远村

今天我犯了一个错误。

我们普查组的任务是作不大远地区的普查填图，重点是寻找重晶石脉里的铜矿。竹青说，确定这个任务与父亲留下的只有几页纸的资料有直接关系，他认为在这个广大区域内，“有多种矿物存焉”，“铜矿化点多见”。但是，他究竟到过哪里，在哪里见到过矿化现象，没有具体记述。可能的原因是，他的工作还没有做完，在他那种孤立无援的情况下，也不可能做得更细致。

跑了一天路线，下午四点多了，我们下山，准备回家。这座山很高，很陡，海拔一千六百米，坡度三十九度。一漫坡尽是风化的岩石碎块，踩上它就如同脚底板安了滚珠，哧溜一滑，哧溜一滑，站不住，迈一步滑半米。两条腿简直不知怎么使劲才好，酸疼得叫人哭不得笑不得。我正活受罪，只听竹青喊一声：“坐滑梯啦！”就势一蹲，锤把倒拄，哧哧地滑下山去，活像坐冰车的顽童。我和大孟也如法炮制，连滚带滑地溜下来。下了山，我就一心奔回“拉道王”家，准备饱餐一顿，大睡一场。烦人的风化石山坡，我再不想见到你啦！

就在这个时候，走在后面的竹青大喊了一声，吓我一跳，她不是碰上狗熊啦？猛回头看，竹青举着一块石头，叫：

“重晶石！”

啊！有矿化现象吗？我心里立刻想到这个问题，向她奔去。心怦怦跳了，脑子被那蓝色绿色的铜矿化弄得昏眩起来。

大孟也大步流星地过来，我们看着重晶石，这是一块转石，从脉上风化掉以后由于水土流失带到山下的。转石也好，它是重晶石脉的游动哨，说明山上有脉。

竹青看看我们，问：“怎么办？”

“还用问？”大孟说，“追，别让它跑了！”

有意思，石头还能跑吗？可大孟这话表达了我们急切的心情。

“对，不追今晚上睡不着觉！”石竹青说着立刻返身上山。

希望在前头，我也不觉得太累了，跟着竹青、大孟二次上山。在一棵大青杨附近找到了重晶石脉的天然露头，可惜，你一锤我一锤地把露头敲个稀烂，也没见到一点点绿色——没有矿化。

天黑以后，我们才下山回走。走着走着，石竹青突然跟我说：

“小刘，注意到了没有？这条路线……”

啊！对了！这条路线是我上午跑过的。当时，大孟和竹青从另外两条路线上的山。转石和露头都在我这条路线上出现，应该我发现它们。可是，山这么大，岩石这么多，我可只有两只眼，还能把每块石头都检查了？所以我说：

“哪跑得过来呀！”

“可是，露头上有你的鞋印呢！”石竹青说。

“大青杨上刻着字呢！”大孟也说。

同志们不客气地揭露了我！可不是，我蹬着露头，用地质锤刃在树干上打了三个大字：刘春桃，为的是留个纪念，使后人知道我刘某人曾来过此处。我知道错了，但还嘴硬，我说：

“露头上长着青苔哩，再说，我又不熟悉岩石……”

明知不对，还强词夺理，看，我是多么爱面子！

“是真的吗？”石竹青不饶人，不肯放过我。就在那一瞬间，我看见她瞥了一眼大孟，大孟也看看她，似乎是他俩用目光开了一个小会。开完小会，她才接着说：“真的不认识重晶石，那也该挨打！我们是地质员。何况，你认识。”

我垂下眼帘，感觉到脸都红了。

石竹青又说："上山，不是运动会，比谁先到终点。更不是要叫人知道，我曾经到此一游。我们的前辈刘曼峤走过多少地方，哪里刻着他的名儿？但是后人怀念他，敬重他，因为他为了民族的富强，一个人默默地工作，认真地读地层这本大书。"

竹青的话，像是一锤一锤地打在我的心坎上。我想起了家里保存着的父亲的相片，那方盘大脸，那许久未刮的胡子，那智慧的、慈祥的眼睛，那洗得发白的蓝布长衫，都给我留下不可磨灭的印象。但是，对于他的精神，他的品格，我这个亲生女儿却不如石竹青理解得深刻。在某种意义上，石竹青更像是他的后代，他们精神世界相通。

日记之四

7 月 18 日追记于云栖洞中

由"拉道王"做向导，我们每天早出晚归踏勘云栖山，作一比五万比例尺填图。中途要过蝲蛄河，这是一条急湍的山溪。河上有一座简易桥，是由两根圆木杆并排做成的。走上去颤巍巍，每次都是石竹青拉着我的手走过。

昨天，发生了不幸的事：我们被困在云栖山里了。

我们工作的地方断断续续下了一天小雨，原以为不要紧的，顶着雨衣工作。哪知，上游雨水很大，山洪暴发，蝲蛄河道加宽，流量流速猛增，两根木杆桥早被洪水冲走。

天近黄昏，我们站在河边发呆。凭我们几个人的力量和手中的工具，马上架桥是没有可能了，游水过去？别说是我，连大孟也不敢。怎么办？

"一个人背一棵大树，打小宿儿吧！"大孟咧着厚厚的嘴唇说。说完，看石竹青一眼，好像是又用眼睛开了一个小会。

石竹青兴致勃勃，看看"拉道王"，看看我，说：

“对呀，走！找个好地方去！天大的房子地大的炕，小刘，你愿意睡炕头，还是炕梢？”

我看着“拉道王”说：“我服从老房东的分配。”

“拉道王”却没有跟着我们凑热闹，也许是他想到事情的严重性，也许是感到他自己的肩头责任重大，这一阵，他一直是若有所思，长寿眉下那双炯炯有神的小眼睛眨动着，时而望望天，时而望望山。忽然，他伸出了手，说：

“给我一只手灯。”

石竹青把手电筒给了他。他理理肩膀上挎着的一盘绳子，紧了紧蓑衣带，又摸摸插在腰带上的斧子，说：

“你们就在这儿找地方歇着，我去摸摸底，我寻思着这里不远有个山洞。”

“山洞？那可太好了！”石竹青说，“咱们一块去找！”

“不用。我找着了再来领你们。跑了一天的山，累了。何必再跟我跑冤枉道？”“拉道王”说。

“那我跟你去吧？”大孟说。

“你也不用。剩她们俩，该害怕了。你留在这儿护着她们。她们是找宝的人，她们也是咱们国家的宝。”“拉道王”对大孟说。说完，瞄瞄方向，走了。

我们看着老人的背影，身材削瘦，稍稍驼背，两条有点弯曲的爬山腿矫健地迈动着，一双大鞋踩着山石，如同山猫的爪子紧紧地抓住石头。俄顷，他顺山坡消失在黄昏雨色里。刚才他那几句朴实的话，深深地印在我心里。我们固然是累了，可他，岁数相当于大孟、竹青和我三个人岁数的总和，他还能不累吗？说我们找宝人本身就是国家的宝，这其中包含着多么深的爱护和多么大的期望啊！对这位有着奇怪名字的老人，一种崇敬的心情在我心里油然而生了。

大孟领我们在附近找到一块大石头，石头边上有四棵粗大的松树，他指挥着我们，很快地架起一个小篷，篷顶上搭了我们三个人的雨衣，竹青说，我们这里是“云栖宾馆”。好一个“云栖宾馆”，带澡堂子的，不时地往脖子里滴水。

我们各自搂着自己的背包，怕打湿了珍贵的图件和记录本，背靠背坐在大石头上，欣赏着这深山夜雨的景色。天渐黑，雨水打着去秋的满地落叶，激起一股股凉森森的腐殖质气味，偶尔一声空隆隆巨响，哪里有一株朽树倒了。水声，四周全是水声，雨打密林，山河咆哮。偶尔传来一声两声无家可归的野兽的哀鸣，我的心怦怦跳了。

“老头儿会不会出事？”我问。

“不会。”大孟说。

“他有经验，在山里过了一辈子了。”石竹青说。

“‘拉道王’，真怪，他为什么叫这么个名儿？”我问。

“这里边有个故事哩。”石竹青说。

我真想知道这个故事，可是大孟和石竹青谁也没讲，一会儿，石竹青轻声地唱起来了，还是她那宽厚的女中音，在山林中，在夜雨里，她的声音显得特别深沉和漂亮。她唱道：

山莫忘，水莫忘，
莫忘当年“拉道王”，
他为红军当向导，
走遍九沟十八岗。……

这支歌很长，叙述了“拉道王”一生的故事。大意是说，从前，这一带山里有一个采药的老头，姓王，是个老山林通，本事很大。他能爬绝壁，上悬崖，走山过水。他认识山林中各种生物。他能从足足和气味辨别出有什么野兽从这里经过，经过了多长时间和大概的去向，辨出它们是老是小，是单个还是成群。抗日战争初期，这一带出现了中国共产党领导的游击队。老王头就给游击队跑交通、送情报、当向导。一次，他被日本兵和汉奸队抓到了，敌人强迫他带路进山去袭击游击队。老头同意了，就把敌人的大队人马引进深山老林，这地方是谁也不敢进的迷魂阵，山重水复，树木狼林，危崖险道，方向莫辨。当时，正赶上下大雪，大雪把人迹覆盖，把沟谷填平。老头领着敌人在山里转圈子，把敌人转得人困马乏，晕头涨脑，最后，老头跳崖牺牲，敌人也损失惨重，大部分冻饿而死。

这是一个动人心魄的故事，那老头是我们民族气节的精灵，但是，听完我却发现了一个矛盾，故事中的“拉道王”跳崖而死，生活中的“拉道王”却在我们身边，此时正为我们去寻找避雨的山洞。我把这个矛盾揭露出来，要问个究竟。

石竹青笑了，说：“这山区有好几个‘拉道王’。咱们老房东是另一个。老‘拉道王’牺牲以后，他的故事就传开了，咱们的这位房东，当年还年轻，就给游击队跑起交通、当起向导来了。他也姓王，所以人们也管他叫‘拉道王’，久而久之，他的真实姓名，只是记在户口本上，不大为人所知了。”

弄清了“拉道王”的来龙去脉，我眼前又浮动起老头去找山洞时的背影。这个平平常常的人，这个默默无闻的人，他是抗日游击队的向导，又是我们地质队员的向导，他不但给我指引着进山的路，也给我指引着生活的道路。老人的身影在我眼前顿时高大了起来。望望夜雨中黑洞洞的四周，我突然觉得这里的山山岭岭都更加可爱。肚中饥，身上冷，夜难熬，但这又算什么！

如墨的夜色中，如墨的树影后，不时地有手电光闪亮，是“拉道王”回来了。我们大声喊着他，急忙打开手电给他打信号。过了一阵，他走近了。告诉我们山洞到底找到了。我们商量一下，离得远，夜路难行，在小篷里已经待了半宿，再挺一会天就亮了，我们疲惫不堪，决定明天再去山洞。我们把“拉道王”紧紧围着，为他阻挡一点山风，让他休息一会。不大工夫，老头抱膝睡着了。我用手电照照，发现他脚面碰破，膝盖处也洇着血迹……

日记之五

7 月 19 日云栖洞

今日天放晴。但是蝲蛄河仍然是波浪奔腾，水还没退，我们回不去。早晨，决定转移到云栖洞。为了路不白跑，我们三个人分成三路，相距不远，跑路线。大家互相照应着前进，“拉道王”在前面，边引路，边摘采野果，为我们准备充饥的东西。

在一棵山梨树下，我揪了几个生梨蛋子，咬一口，木头渣子似的。但是我还是把它当了早点，吃过后，果然觉得增添不少力气。我又揪了一些装进地质背包，然后寻找露头，打标本，作记录。

“拉道王”走一程，歇一会，在前面引导着我们。有时他“噢喝”“噢喝”地喊两声，挨个叫着我们的名字，我们挨个回答他。有时他用木棒子咚咚地敲树干，叫我们循声而去。竹青和我打标本，地质锤发出“丁丁”的响声。大孟扛着他的短镐，跟在我们后面，他有时采蘑菇，有时打标本，主要的任务是保卫我们后方的安全，防备我们迷路、掉队。

我这条路线靠近河岸，沿河上溯。走了将近三个小时，没有什么重大的收获，岩性没有变化，也没有重要的地质现象，地层的产状也差不多。这一路真使人失望。我感到饥饿难熬，可是再不想吃那生梨蛋子，由于没有什么重要发现，疲惫又不可遏止地向我袭来，心虚气短，腿肚子打战，拖起沉重的脚向前走，每一步都十分艰难。我真想找个地方趴下，可是又不敢，一趴下就难以再爬起来。正在这时候，河岸边的一丛柳毛子根下，有一块石头出现，它有点蓝色绿色斑点，我看看它，怕是看花了眼，揉揉眼睛再看，它多么像是含铜的矿石——孔雀石啊！我突然紧张起来，心似乎是要跳出胸口，不顾柳毛子碰脸，几步奔过去，用地质锤拨拨它，一把抓到了手。同时，失声地喊道：

“孔雀石！竹青……”

还没喊完，脚底下一软，我踩着的土层经雨水的冲刷，底下已经悬空，经我这么一踩，垮塌下去了。我掉进河里，扑通一声，溅起了大片水花。泥土落进河水，河水立即浑浊起来，我感到脚已经踩着坚硬的河底石头，知道没有没顶，生命尚无危险，看看手中，孔雀石没有丢掉，高兴极了，站在浑浊的河水里，我用肉眼鉴定孔雀石的大概品位。啊，多漂亮的标本，它像孔雀尾巴那样斑斓。

“孔雀石在哪儿？小刘！刘春桃！……”石竹青喊叫着，向河岸奔过来。

“在这儿！在这儿！”我举着矿石给她看。

你看傻不傻，石竹青两眼直勾勾地看着矿石，一步跨到河水里，大抬腿吧嗒吧嗒地向我走来，踩起的水花溅上头发。到我跟前，接过孔雀石左看右看，一只手下意识地摸地质锤，我这时才想起锤子，刚才还在手中，此时不知是掉在岸上还是掉在河里了。竹青用自己的锤子敲开石头，查看斩鲜断面。看了一阵，连声喊好，跟着就抱住了我，我们俩在河水中蹦跳起来。

“快上来！傻丫头们！”大孟跑过来，在岸上叫着，伸手要拉我们。他脸色很紧张，我们不听他的，他显得很生气，大声叫道：“漩涡！再过去一步就是漩涡！”

石竹青我俩扭头看看，离我们不远处，河水打着旋，浪头转着圈子扎入河底，又翻上来，顺流而下。确实危险，那里有个深坑，人进去有灭顶之灾。竹青脸色也紧张了，一把拉着我，小心地顺河岸上来。我挣扎着，喊道：

“我的地质锤！让我摸一摸！”

“不行！”大孟声色俱厉地喊着，一把把我们俩拉上岸，差点拽我们一个筋斗。

我在岸上又寻找一番，没有，证明地质锤确实掉在河里，但是大孟和竹青说什么也不让我再下水。我丢失了我的重要武器，只好等回队再领。

我们在岸上拧拧裤腿，控控登山鞋里的水，把孔雀石收起，就向前追索。发现的矿石，仍然是转石，肯定是从山上被雨水冲下来的，顺着山势，我们就能找到原生矿。大孟为了让我们多跑多看，干脆夺过我们俩的背包，由他一个人背上，迈动粗壮的双腿，晃晃悠悠地跟着我们。我由于失去了地质锤，就拿过大孟的小镐，临时作打石头之用。

重晶石、孔雀石的转石陆续有所发现，从孔雀石看来，矿的品位较富，有可能找到铜矿点。我们逐步在接近目标，希望在心中燃烧，偶尔与石竹青的眼光相遇，她那双眼睛里闪着异样的光辉，像火焰？是欢乐？还是别的什么，哎，我真形容不出。

疲惫已飞到九霄云外，两条腿也轻快起来。雨后初晴，山林里蒸腾着暑热，我们没感觉，是不是有风，也不知道。眼珠子瞪出眼眶来了，我盯着每一块石头。看着这块，瞄着那块，眼睛不够使。

跟踪着转石的踪迹，追索到了一个沟岔，这里面是亘古的荒莽，野生动植物的自由王国，长着密密麻麻的灌木丛，人迹不到。榛柴、山丁、荆条、酸枣样样都有，它们用密集的枝丫、尖利的刺，组成密集的封锁网。

雨后的阳光甚好，蝮蛇在石头上、朽木上晒太阳，听到我们的脚步声，有的蠕动着走了，有的置之不理。一侧沟坡全是由砾岩组成，缝缝洞洞很多，不少的缝洞里都有蛇在向外看，吐着芯子。我吓死了，脊梁骨发麻，手冰凉，抓住大孟的胳臂不放。石竹青呢，这个死家伙，她倒显得很是欢快，用地质锤咚咚地敲倒树，向蛇洞抛石头，大叫着。这一来，打破了蛇世界的宁静，蛇纷纷钻洞去了，也有惊慌过度的，猛地蹿起来，箭一样地擦草尖飞过，落入另一片草中。一条小小的虎斑游蛇，胆量超群，仰起脖子，露出野鸡羽毛一般的红黑斑点，左右摆动着盯着我们。石竹青看着它，说：

“哼！今天没工夫收拾你！还不快跑！等我有闲空，抓你们解馋！”

天！这北方长大的女孩子竟敢吃蛇，真难以想象！

大孟看我害怕，就走到我前面，用树枝抽打草丛，真是“打草惊蛇”。我跟在他后面，定点观察地质现象，描述，记录。

就这样，我们在这从来没人走过的沟岔里，踏出它有史以来的第一条路。荆棘把衣服剐破了，手背上、脸蛋上都剐出口子，流了血，我们认真地读着地层这本大书，望眼欲穿的是铜矿脉，是社会主义祖国的富强。

走尽沟岔，就爬上了一座高山。山顶上，“拉道王”在等我们。老人家有点生气了，说我们不吃不喝，看起石头没个完，十几里地走了好几个钟头等。又看到我和竹青裤腿上沾着泥水，鞋成了两个大泥疙瘩，他更着急，问我们到哪里发疯去了。我们不答复他，只是笑着捧出孔雀石让他看，告诉他这就是铜矿的信号。他这才高兴起来，才不再唠叨我们。

高山上有一个光秃秃的石峰，那里有一个黑洞洞的洞口。“拉道王”说，这就是我们的新家，几天回不去，就要在这里住几天。洞里有他采集的大堆野果，我们饿不死，有这天然屏障，刮风下雨也不怕了。

我们向洞口走着，突然，一条重晶石脉出现在我们眼前，石脉上，这里一块，那里一块的矿化现象非常引人注意，矿石表面的铜经过氧化，发出奇彩，湛蓝，翠绿，如天女散花，如孔雀开屏，绚烂夺目。这就是原生矿的所在，这就是我们日盼夜梦的东西！顾不得歇口气，顾不得喝口水壶里的水，顾不得收拾收拾山洞新家，我们又忙起来。大孟按石竹青指定的地点，抡起小镐挖探槽，目的是让矿脉尽可能多地裸露出来。“拉道王”帮助他干。我和石竹青追索矿脉的走向，量长度、厚度、产状。目估品位是相当富的，我们打了各种各样有代表性的标本，贴上标签编上号。人，真是奇怪的生物，为了他们的理想，竟可以创造奇迹。疲惫、饥饿的我们，此时竟毫无感觉，矿石就是我们的粮食、阳光和空气，就是强心剂，就是营养品，有了它，我们精神抖擞，力气无穷，不可战胜！

当我们的工作可以暂告一段落时，我和石竹青背着、抱着大块大块的标本回到山洞跟前，“拉道王”正坐在那里歇气，满头是汗，眼睛深沉地望着云雾蒸腾的远方群山。我们把标本堆在老人跟前，叫过大孟也来一块休息，石竹青一块一块地拿起标本，给老人看，给他讲，并且预言，这里是一座大有希望的铜矿点。大量的调查勘探工作将围绕这座山进行。

在这欢乐的气氛中，使人诧异的是，“拉道王”手捧一块矿石，眼泪在眼眶里打转，他哭了！高山顶上立即鸦雀无声，谁也不知道这是怎么一回事。我们屏声静气地望着他，想着办法安慰他，猜度着各种各样的原因。“拉道王”一直摇头，过了许久才说：

“我想到了一个人。一个大个子，方盘大脸，长着络腮胡子的人。他是个南方人，口音很怪，我们听不大懂。那年他到村里来，乡亲们都说是找宝的南蛮子。……”

我听着，心紧缩了起来，他说的是不是父亲？很像，但我又不敢相信，世界上哪有那么多巧事？

“他要找个伴，给他拉道。”“拉道王”接着说，“人们闹不清他要干什么，会不会是汉奸特务？谁也不跟他去。他找到了我，我拿这里是‘拉锯’地带吓唬他，说日本鬼子常进山讨伐，在山里碰上中国人，不问青红皂白就杀。可他不怕，还给我讲道理，说，我们中国人受人欺侮，就是因为工业落后，他找矿是为了救国。看样子他是真信这个的。我又说，八路武工队也在山里，这一带是进边区的大门口，八路也会疑心你。他还是不怕，他说，他遇到过八路军，那都是些好人，懂得道理。我正没法办的时候，忽然送来一封信，是县里赵政委捎来的，告诉我，可以带他进山，有机会，赵政委还想见见他。这就没什么可说的了，我就领他进了山。背着他买的粮食，来到这个山洞。

“他就像你们一样，敲石头，看山势，眼睛直勾勾的，真像是看得入地三尺。累得要死，可他还是很乐和，我真疑心他有什么疯病。有一天，赵政委真的来了，他们俩在山洞里说了半天话。我跟赵政委的警卫员在外头放哨，不知道说了些什么。可赵政委走后，我看这位先生更乐和了，总是念叨着有希望，中国有希望。还说，他干的这些事，将来有大用场。他回去以后，要把他的文章托人送到在重庆的周恩来副主席那里。将来有用。

“可是没几天，就遇上了大灾大难。那天，我照往常一样，下山去弄水、挖野菜，快晌午的时候，正要往回走，猛古丁地看见讨伐队爬上了山头，包围了洞口。洞口有一缕烟，我心想，先生准是在烧水做饭，这缕烟把讨伐队引来了，事情火烧眉毛，我得想法子救他，拼命往山上跑。我正跑，大概是他也知道敌人来了，只见他冲出洞口，跑到外头往石头底下塞什么东西似的，后来我找过几回，什么也没找到。这且不管它。我看那些坏蛋看见了他，端枪向他围过去，我急了，就大喊大叫起来，想把敌人引到我这里，可是离得太远，山上听不见。一声枪响，他倒下了！敌人，有日本鬼子也有中国人，用脚蹬他，翻了几转，他的尸体就跌进山涧去了。我浑身瘫软，一屁股坐在树底下，没有眼泪，也不知道赶快躲开，人都木了。完了，完了！他是一个好人啊！可落得个这样的下场！我想到应该托人打信告诉他的家里人，可是又不知道他家住在什么地方，只相处几天，没想到要问，以为往后的日子还长呢！……”

老人泪流满面，用拳头捶打大腿，后悔莫及。我抓住老人的胳臂，使劲摇晃着他，让他快点回答我。

“他叫什么名字，你总该知道吧？”

“叫刘……啊，还是你的同宗哩，叫刘曼峤。”

啊！父亲！亲爱的父亲！我找到了你的行踪，找到了你的伙伴，然而你，你竟是这样悲惨地死去了。隔着满眼的泪水，我又看到了你的面容，那许久未刮的胡子，那智慧的、慈祥的眼睛……你站在远方的群峰之上，你站在缭绕的白云中，你向我笑着，笑着，像是感到欣慰……啊，父亲！

“孩子，你……你怎么了？怎么呆了？”“拉道王”问我。

“她就是刘曼峤先生的亲生闺女！”石竹青大声地告诉老人。

“啊！是有点像！眼睛……”老人吃惊地看着我，仔细地打量着我，嘟囔着说。痛苦的神色从他那双炯炯的眼睛里逐渐消散，一丝欢欣的光芒闪烁出来，像太阳的光线穿透层云。他一把抓住了我，说：“好孩子！是像你爸爸！他也可以放心了……”

正这时，山下密林中传来几声枪响，叭咕！叭咕！子弹呼啸着射向天空。我们起初都怔住了，很快就明白过来，大概是有人来了，来寻找被困在云栖山里的我们。

“怎么办？”我问，“怎么跟他们联络，告诉他们我们在这里？”

“有办法！”大孟站了起来，走到陡峭的山坡前，用力地推一块大石头。推不动，他又叫石竹青去帮忙。

两人晃动着石头，把它推下山坡。石头轰隆隆响着，砸着坡下的其他石头，引起连锁反应，好多石头滚下山，发出雷鸣般的响声。

我明白了，这真是个好办法，就也和“拉道王”一起走过去，往山下推石头。越推越起劲，石头接连滚下坡，轰隆降，嘎啦啦，山崩地裂，烟尘滚滚，群山发出回声，传到遥远的地方。

这石头滚动的声响，通知了山下的人我们在这里。隔了一会儿，树丛中有测量三角旗在晃动了，又过了一会儿，我们看到了人影。从走路的姿态判断，为首的是队党委书记宋致远，他身后跟着一些队里的干部、工人，还有些农民。他们来接应我们了。

“来！鸣放最后一声礼炮！”石竹青喊道。

我们起劲地推动石头，石竹青干脆搬起一块石头，但是，她没顾得使劲扔下去，就又撂在地上，两眼直盯着地下，跟着就蹲了下去，从地上捡起一个生了锈、裹着泥土的东西。她把这东西在石头上磕打两下，又蹭几蹭。原来这是一把地质锤，木把已经朽烂，还剩半截，锤上刻着一个“峤”字。毫无疑问，这是父亲的地质锤，是他的遗物！

石竹青把锤子递到我手上。我抚摸着这珍贵的遗物，心里默默地想：

地质锤是人手的延长，我握着它，好像是紧握着父亲的手，这温暖的手，有力的手，将会拉着我攀登一座又一座的高峰！

一九七八年八月

原载《长春》1978年10月号

荣获吉林省文学奖

车间主任

刘彦林

九月八日

新来的车间主任

上午，车间召开工段长会议。支部书记指着坐在他身旁的一位陌生人，对大家说："先介绍一下：这是新来的车间主任——"

"吴群。"新主任微笑着站起来，点着头自我介绍道。随即热情地和大家一一握手。好家伙！他的手劲真重，捏得我的手麻酥酥的。我打量了一下这位新上级，看年纪约莫三十五六岁，中等身材，长方脸，浓黑的眉毛下，一双炯炯闪光的大眼，当我和他握手对望时，只觉得那眼光好似两把无形的剑，直钻人心。他面前的桌上，放着一大堆信件，看来，在开会之前，他已在这里翻阅很久了。

新主任一直没有说话，手托着下巴，专注地听着每个人发言，不时地在小本子上写点什么。到会议快要结束的时候，新主任站起来，微笑着向大家点了下头："我说两句。"于是，已经站起来准备走的人，又都坐下来，把眼光一齐投向新来的主任。

主任指着桌上的那些信件，说道："厂部转来的这一堆人民来信，听书记说大家都已传阅过了。那么，信中的问题大家一定也都清楚。"他略顿了顿，两道剑似的目光挨个地扫了一眼所有的人。接着说："为什么咱们车间包装的药品，质量总不能令人满意？错装、漏装、混批等大小事故就不能断根吗？"他那浓黑的眉毛跳动了两下，又指了指桌上的信："咱们大伙儿来想想办法。人民在期望着我们提高包装质量。我们得想法消灭一切大小事故！我的话完了。"

回工段的路上，想着主任最后的话，不觉心里自语道："好家伙！这主任一来，就把这件最棘手的老问题抓上了。不过，你主任恐怕把这事儿看得太简单了！每天车间要包装几十批成品，而每批又都是数以万计的，谁能担保不出一点点差错呢！老虎还有个打盹的时候呢！"

九月九日

漏装事故

没想到为了两小瓶漏装的成品，竟挨了主任一顿训！

上午，我正在工段办公室审查各班组送来的增产节约计划，三组组长老王走进来，说："工段长，808 批成品包装完了。"说着将入库报告单递给我。随后又指着手里的两瓶成品说："多出了两瓶。"我看了看入库报告单，一切都合乎要求，便拧开钢笔，准备签字。忽然，背后传来一个陌生的声音：

"怎么，就这样交库吗？"

我吃了一惊。挨到纸面的笔尖不由得停住了。回头向门口一看，新来的车间主任吴群已经走了进来。我连忙站起，一时不知该说什么。主任径直走到老王面前，拿过那两瓶成品看了看，语气十分认真地问道：

"怎么还会多出来？"

我心想："这主任可真说风就是雨，昨天才在会上提出质量问题，今天就来亲自抓了。每批几万瓶，差个三瓶两瓶还不只是个鸡毛蒜皮？也用得着这么大惊小怪！”我见老王眨了两下眼皮，求救似的看着我，我便对主任说：“可能是哪一箱漏装了。这也……”话还未说完，见主任脸一沉，浓眉紧蹙，两道剑似的目光直刺刺地望着我，便赶忙将已到嘴边的“难免”两个字咽回肚里，不由得低下了头。

“明知有漏洞，为什么要交库出厂？”主任的声调十分严厉！天哪，没料到这点小事竟使主任动了这样大的肝火！这叫我怎么回答他呢？我想看看主任脸上的气候，刚一抬眼皮，却正碰着了那两把无形的剑，大概他一直就是这样盯着我的，如果说昨天见面握手时他脸上的气候可称春天的话，那么现在便完全是数九寒冬了，冷冰冰的，让人看着禁不住要打战。“怎么办？”我心里越紧张，越慌乱，越不知该说什么。脸像挨着火盆似的发烫，额头湿乎乎的，用手一摸，抓了一把汗。好一会，我总算想出了一个解围的办法，避开他的问话。请示道：

“主任，这批成品怎么处理？”

“你是工段长嘛，你想想看，怎么处理才合适？”没想到主任又反过来将了我一军，不过，那语气缓和多了，两道剑似的目光也柔和了许多。我的心里稍稍安定了一些。想了想，除了返工，还能有什么别的办法呢！可这样一来，今天的产量指标恐怕就泡汤了。我狠了狠心，把牙一咬，抓起桌上的入库报告单，递给一直呆站在旁边的老王，对他说：“全部返工！一定要把漏装的地方找到、补上。”我用眼光请示主任，他点了下头，随又补上一句：“要把责任查清楚。谁漏装的，为什么会漏装？查出后立即告诉我。”说完转身出去了。我的心这才扑通一声掉进了心窝里。独自个嘀咕道：“好家伙，这位主任可真了不得！”

下午，老王跑来对我说：“查出来了，是周金才在六十六号箱内漏装了两瓶。”我赶忙把这情况报告给主任，并把这位使我伤脑筋的周金才也捎带着介绍了介绍。主任听罢，只皱了皱浓眉，没有说什么。我心里话：“消灭事故，说起来可容易！眼下这位‘事故大王’，看你主任怎奈何得了他？”

九月十四日

周金才事件

一个意想不到的奇迹，使我十分震惊！我怀疑自己的眼睛出了毛病，可是仔细再看，三组的生产报表上清清楚楚地写着，周金才连续三天质量达到百分之百，并超额完成了产量指标。

提起这位周金才，叫人不得不摇头。三十八九的年纪了，工龄有了十好几年，在旧社会也没少受了苦，如今生活又过得蛮舒坦，理应好好干活才对。可他呢，总是马马虎虎，大问题不出，小事故不断。小组会上从不吭声，任你把意见提上几箩头，过后他还是外甥打灯笼——照舅（旧）。我几次找他谈话，批评他，结果也都等于鸭子背上浇水。自从上次他出了那两瓶漏装事故后，第二天，不知为啥，我见主任到他们小组去参加劳动了。这以后，周金才竟渐渐变得活跃起来，不再像以前那样闷声不响了。有好几次，我见主任和他在一起干活，有说有笑。工人们说："主任和老周交上朋友了。"可是，这位新来的主任究竟用什么办法和这个一贯对干部敬而远之的周金才贴上了心的？到今天我才算知道了一点。

就是在周金才出了那两瓶漏装事故后的第二天傍晚，周金才正在家里闷头坐着，听到有脚步声，一抬头，见车间主任微笑着站在门口。他一边迎上去往屋里让，一边心里却在犯嘀咕："八成是要挨训了！"于是，把头一低，只等着新主任开口。

主任挨近他身边坐下，开门见山，十分诚恳地说："周师傅，我是车间主任，只想着和大伙儿拧在一块，把咱们的车间工作做好！"略停了停，接着又说："我先把我对你的看法说出来，如果不对，你批评我；如果对，你也不用急忙检讨，以后好好干就行了……"

这样倾心吐肠的话，使这个平时对干部一向不大理睬的周金才，也不能不动心了。他不由抬起头来，看了主任一眼，见那长方形脸上，表情虽很严肃，却使他感到真诚而亲切。

主任已从对方的表情上看出了他心里的变化。于是，他翻出了周金才的身世根底（多么叫人惊奇！仅仅一天多的时间，他对周金才过去的一切竟了解得如此详细），他一桩一桩讲着周金才在旧社会所受的苦难，当讲到周金才的母亲得了重病因无钱医治而惨死的情形时，周金才双手捂住脸抽泣起来了。

主任突然把话头一转，语气深重地说道：

"周师傅，你是一个老工人，有技术，有经验。在旧社会，咱们这伙穷兄弟，没有少吃了苦。如今这国家、这工厂都成了咱们大伙儿自己的，只要想想过去过的那苦日子，我相信你一定能够成为一个出色的工人！"

周金才停止了抽泣，抬起泪痕满面的脸，望着主任，嘴唇抖动了几次，却没有说出一句话来。

第二天下午，他们组长老王请了病假，恰巧小组刚好接受了包装一批出口产品的任务，质量要求很严格。要是在以往，这样的活是轮不到周金才名下的；但这次主任不仅同意周金才参加包装，并且用商量的口气对我说："让周师傅暂时代理组长，你看行吧？"老实说，我心里是想不大通的：这个错漏大王连自身都很难保，怎么还能领导得了大伙儿？可是见主任对周金才很有信心，我便点了下头。主任把周金才叫来，对他说：

"周师傅，今天下午你们小组任务很重，老王又不在，你就把组长的担子挑起来，带领大伙儿完成这项任务，你看怎么样？"

主任的话虽是这样简短而平常，但我却看见这位老工人受到了强烈的震动！他望着主任那充满信任的眼光，眼眶里渐渐闪现出晶莹的泪花。他一句话没说，只重重地点了下头，转身走了。主任看着他远去的背影，对我说："你放心，他会干得很好的。"果然，这天下午他们小组出色地完成了任务。

关于主任和周金才的"朋友关系"，我就只知道这么一点点。

在今天下午的车间职工大会上，主任代表车间党政工团，正式提出了一个响亮的号召："一年内不出任何大小事故！"要各工段、班组充分讨论能不能做到。要是在几天以前，这样的口号我是不敢相信会实现的；但眼下，由于"周金才事件"的教育，使我不得不认真考虑一番了。不过，说实话，我心里是不踏实的。

九月十九日

遍地开花

仅仅几天工夫，车间里发生了很大变化，到处呈现着一种热烈的生气勃勃的景象。

自从主任在职工大会上提出"一年内不出任何大小事故"的号召以后，各工段、班组接连着进行了热烈讨论。那是在大前天，主任来参加我们工段的讨论会。本来就人多嘴杂，加上主任又一再说："大家随便扯扯，有啥说啥。"人们便争抢着发言，有的说"可以做到"，也有的说"小错难免"，争论得很是热烈。我几次想站起来制止一下，可是看看主任，他却坐在那里一动不动，脸上挂着微笑，似乎对眼前的这番"盛况"十分满意。浓眉下那一双炯炯闪光的大眼，一忽儿瞧瞧这个，一忽儿瞧瞧那个，专注地听着各种议论。这时，在一片嘈杂声中，有人低低地说了一句："我干了六七年包装活了，也没出过一次事故，一年还有啥不行？"他这句话大部分人都未听清，可是，我发现主任的脸上突然闪现出异样的光彩，一对大眼喜悦地连眨了几下，犹如获得了什么珍宝一样。他连忙靠近我，指着刚才说这句话的那个工人，问："几组的？叫什么名字？"我告诉他是四组的李清忠，主任立即掏出小本子记了下来。

隔天，我见主任到四组去跟班劳动了，并且是和李清忠在一起干活。这位老师傅本来是只知闷头干活，很少张口的；可是却经不住主任左提右问启发，两人很快便谈得火热起来。我发现主任在听老师傅讲话时十分专心。一忽儿思索，一忽儿点头，之后，又学着老师傅的样子专心操作起来，还不时地问："对吗？""是这样吧？"

一连两天，我见主任不但和李清忠在一起干活，甚至连上下班都像约好似的走在一起，比比画画地谈论着什么。

昨天，一件大事轰动了全车间：主任帮助李清忠总结出了一套“三勤、三到、三检查”的先进操作法。并且亲自带着老师傅到各工段、班组去传经，老师傅做操作表演，主任在一旁详细地讲解。工人们边看边学，先进操作法很快便在全车间遍地开花。这个活样板，给全体工人上了一堂最生动的课，那些当初像我一样觉得“事故难免”的人，不得不在事实面前认输了。

今天一上班，就见车间走廊里挂满了层层叠叠的大字报，人对人、组对组，互相挑战应战，展开了火热的竞赛。一个提高质量、消灭事故的群众运动，在全车间轰轰烈烈地开展起来了。

回想着这十来天的变化，我感到在这位新来的车间主任——吴群身上，发散着一种夺目的光辉！究竟是什么东西在闪光？这，我得好好地想一想……

原载《火花》1963年第5期

迎冰曲

萧育轩

一

大自然像是有意给我一次考验，刚到供电所，就下起了鹅毛大雪。这真是给我这个新任所长的下马威。顿时，我感到这副担子，不那么好担当了。

这天，虽然是星期天，但我急于接交工作，一放下早饭碗，就准备去找原任所长鲁炳炎。招待所的同志告诉我，鲁所长自从前几年把家眷送到浏阳老家后，一直就以办公室为家。于是，我便踏着毛茸茸的白雪，根据招待所同志的指点，径直朝鲁所长办公室走去。

北风呼叫着，灰蒙蒙的天空，有时掠过一只山鹰；四周重重叠叠的山峦，白皑皑的，像把把银剑，直插云霄。一条高压线路，从两峰之间穿过来，蜿蜒起伏，又向高峰冲上去。铝线上，结了一层晶莹透亮的冰圈，像一条银色的长龙，飞舞翻腾。这在别人看来，也许是一幅壮丽的美景吧。但是，此刻，我的心情只感到沉重极了。因为这出奇的冰冻，弄得不好，就会把一根完整的电线拉断，使整个输电线陷于瘫痪，影响对多少厂矿、企业和人民公社的正常供电。一想到这里，我皱起了眉头，心想自己年轻，工作经验少，向来在平地工作，现在，突然要来领导这么一副大班子，在崇山峻岭、气候如此恶劣的情况下工作，我能担当起这样的重任吗？

我就这样带着许多问号和沉重的心情，终于找到了供电所办公室。只见一个身材高大的老头，披着一件褪色的黄军棉大衣，威武武地站在办公桌边，左脚踏在靠背椅上，正在打电话。他见我进来，头一扬，用眼睛招呼我坐下来。我没坐，却不禁走近前去，仔细瞧了瞧他。他有一张黧黑的方块脸，浓黑的眉毛下，闪动着一双炯炯有神的眼睛。两鬓已经斑白，满脸络腮胡子。脸上皱纹麻密，还有几处伤疤。腿上，触目地绑扎着一副灰色的绑腿，紧密而严实。他这种严谨的军人打扮，给了我一种威严的感觉。我望着他，觉得有些面熟，但怎么也想不起究竟在哪儿见过他。对了！报纸和水利电力厅工会的群英谱上，不是登过他的照片吗？对！这就是鲁炳炎同志，一位受全厅职工尊敬的老红军，即将向我交班的供电所老所长。我望着他，心里油然产生一种钦敬的心情。这时，他紧捏着听筒，听着听着，脸色虎地变了，用他那洪亮的嗓门，高声地叫道：

“怎么？冰层到了五十公厘，好家伙！你搞得不错呀！”他对着话筒，带些恼怒地说。“别拉客观了，你是人呀，人呀！乱弹琴！你给我在十分钟之内把冰块融掉！”他把拳头捏得咯咯作响，停了一会，又补充了一句：“去布置吧！注意安全。”

他放下电话筒，便低着头在房子里急剧地转动起来，像一头被困的狮子。转了一阵之后，连忙扭开收音机，迅速地寻找着波长。

“本台气象预报……”

他一脚踏在凳子上，一手托着下巴，拧紧眉头听着。

“西伯利亚的冷空气，向我国袭来，在未来十二小时之内，寒潮侵入我省。据气象台预计，这次寒潮来势猛烈，经过时间较长，大约三天左右。希望各农村人民公社，各有关工厂企业采取措施，注意防冻……”

他听完，猛然抓起耳机，大声说：

“我要虎王岭……喂！给我接虎王岭巡线站！……虎王岭巡线站吗？……你是小赵吧！别啰唆！你这寡妇喉咙我还听不出来？快告诉我你们的天气测量结果。”他忙抽出钢笔，左肩微微耸起，夹住耳机，腾出双手来，在笔记本上记录着，他记完气温、风力、风速，最后，他询问着说：“还有什么特别情况吗？……怎么？小彭摔坏了腿？还有呢？……噢，要注意安全。”

这时，我走拢去，叫唤了一声：

“鲁所长！”

他猛地抬起头来，疑惑地望着我。一会，他像记起了我这个人似的，用刚才打电话的腔调询问着我说：

“喂！小伙子，哪里来的呀？有什么事吗？”他坐下来，朝我和蔼地笑了笑。

“我是省厅来的……”

“噢，欢迎！欢迎！省厅派来检查工作的，是不是？不过，有话在先，检查完了可不能光说几句奉承话，屁股一拍就走了。干工作还能没有缺点？我们就希望厅里来的同志多提批评意见！”他顿了顿，又咧嘴笑道：“不过，你别看我刚才熊他们，这班小伙子干劲可足啦！巡线站，戒视哨，都设在荒山野岭，几十里没有人烟的山窝窝里。他们一年看不上两场电影，和老婆孩子见不上三次面，可他们从来没有抱怨过。不是吹牛，我们这里有了这班铁汉，安全生产是保定了！”说到工人，他脸上泛起了兴奋的红云。

这时电话机又急促地响起来。“你看，准是好消息来了！”

他说着，看了一下表，愉快地对我眨眨眼，顺手把耳机放到耳边。果然，他听着听着，眉头松展了，爽朗地笑起来，大声说道：

“小赵！好样的！融掉了就好。……对……对，是这样，我早就知道你这‘穿山甲’是有办法的。……对，还得沉着，千万注意安全。”

他放下耳机，感慨地对我说：“在厅里，你们说老鲁这个好那个长！什么成绩都算到我头上来了。可你亲眼看看，‘穿山甲’他们才算是真正的英雄好汉哪！”

他自嘲自弄地说着，仿佛他说的不是自己，而是品评另外一个同志。

看来，他不知道他的工作已有调动，也许根本没有料想过这件事情吧。我觉得是把调令和介绍信交给他的时候了，便没有多说话，只默默地把调令和介绍信递向他手中。他接过这些信件，忙戴起老花眼镜看了起来。看着看着，脸色渐渐起了变化，那只长满粗茧的大手掌，也似乎有点颤巍巍地抖索。在省厅，厅长曾向我说过，这位老红军，自从全国解放后，放下枪杆，就来到这山区栽电杆了。尽管他年已六十出头，而且满身病痛，但仍十多年如一日，一直待在这崇山峻岭中。近年来，厅里考虑到他的年龄和健康情况，曾几次和他商量，调他到省城去工作，可他生气地一口拒绝了。这次，厅里不能不下点狠心，事先没有征求他的个人意见，就动用了调令。

他对着省厅的信件，默然许久，才慢慢地站起来，步向窗前，把窗门打开。窗外，北风发着凌厉的啸声，卷着雪片，向他身上扑来，他却似乎全不在意，一动不动地站在那里，目光定定地望着白雪在漫天飞舞。我想，这时他的心情一定是很难过的，真想能给他一点什么安慰就好了，可一时又不知说什么好。

好久，才听到他轻声地、断断续续地说：“我们……明天……再谈吧……”

我迟疑地离开了办公室。

二

第二天，天刚麻麻亮，正是我睡得香甜的时候，有人推醒了我。

“小林，起来！”

一听声音我知道这是鲁所长。他揭开我的被子，在我的屁股上拍了一巴掌。我睁开惺忪的眼睛，看见他站在床前。我连忙爬起来，问道：

“鲁所长，有事吗？”

“今天到虎王岭去！那儿情况紧张。”他洒脱地笑了笑，“顺便给你这位新任所长介绍一下情况。”他满眼布满了红丝，颧骨凸起，一夜之间似乎比昨天瘦多了。

“看我干什么？”他瞟了我一眼，毫不掩饰地说。“不瞒你，昨晚我脑子闹了一通宵情绪。”说完咧开嘴又大声笑起来，接着又催促我：

“起来吧！扒两口饭，我们就走。”

我吃完饭，草草收拾一下，鲁所长已经把一辆黄色吉普车开到门口了。我钻上车，只见车内放着一大堆乱七八糟的东西。其中有书报，也有最新出版的电影连环画；还有一大沓信件。我很奇怪，去巡视线路，要用这些干吗？于是便问：

“鲁所长，你带这些书报做什么？”

“这是流动图书馆，”他眯着眼笑着说，“让大家人在深山也知道世界大事。再说，他们三个一伙，五个一群，地区太分散，也没法给他们放放电影，这些电影画报多少总可以让他们过过瘾呀。”

我点点头，暗自钦佩他想得周到。他把车子开到家属宿舍区又停下来，一边按着喇叭，一边把头探向车门外，叫着说：

“老彭！老彭！”

随着喊声，从一家房子里奔出一个老工人。他一见鲁所长，就笑着问：

“老鲁，又到虎王岭去？”

“是呀。你给你们家‘小罗成’搭点东西吧？”

一会，老工人递上一个大包，并对老鲁嘱咐着说：

“你叫他安心工作吧！家里挺好的，不用他记挂。他要是丢了我的老脸，你就给我揪他那小子！”

老鲁乐呵呵地笑着说："你看你！老伙计，你老糊涂了！我们外线工人，还有一个是脓包的？"

老工人眯着眼笑着说："那也说不定！我家里的那个，从小就没受过苦，要您多开导他呀……"

我们和老工人挥手告别。吉普车就在山区狭窄而坎坷的简易公路上奔驰起来。一会儿，就把我这个习惯在省城里的柏油马路上乘坐公共汽车的人，颠簸得头昏眼花。我盼着，好容易车子才在一个小镇上停下来。老鲁走下车，诙谐地说：

"柏油大马路走完了。我到墟场上去遛一遛，你在车上休息一会儿，我们就要爬山了。"说罢，他离开车子，就慢慢消失在熙熙攘攘的人群中了。

听着老鲁的话，望着前面的奇峰怪岭、陡壁悬岩的山峰，我的心不觉惊悸起来。我的乖乖，"柏油马路"都是这个样，前面的山路，又将是一条怎样的路呢？过了不久，老鲁满头大汗地从人群中钻出来。他怀里抱着一大堆牙膏牙刷一类的日用品和几张狗皮膏药，一手还提着一只铁锅，十分艰难地上了车。

"鲁所长，你买这些东西，是想去开一个百货公司吧？"望着他两手抱的这一大堆东西，我不解地问。

"我们的小伙子，成天与风雪打交道，日晒雨淋，一个个都成黑张飞了。就连本来洁白的牙齿，也咬皮线咬黑了。拿这些东西，叫他们洗一洗，刷一刷，将来送他们当电影演员去！"说着，他风趣地笑起来，我也被他逗笑了。顿时，我觉得这位可敬的老红军，心地真像一个无底的湖，宽广而深远。

吉普车在崇山峻岭中爬行着。有时，顺着"之"字拐，盘山而上。望着峭壁无底的深涧，我的心怦怦直跳，暗暗地捏了一把汗；有时，它又沿着"之"字拐，向望不见的山脚滑下去，我心里空空的，像是从天空往下掉。下了山，又是傍山险路，但是吉普车却像一匹久经征战的战马，毫不畏缩地在插满"！"号路标的山路上驰骋自如。

我常常忍不住偏过头来望望身旁这位使人感到神奇的司机——鲁所长，他那古铜色的手，紧握着方向盘，平静的脸上，隐隐挂着一丝笑容。我终于心安了，把生命放在这样的老司机手中，当然是万无一失的了。

他一边开着车，一边还十分从容而又仔细地对我介绍着线路情况，那么谙熟和欢乐，如数家珍。他对线路简直了如指掌，隔老远，就可以指出杆号；不用检查，就告诉我哪根电杆木什么时候该换了，或者说拉线不安全，要重新拔过。

我们一边说着话，他忽然把车子停下来，招呼着路边一个胡子花白、牙齿已脱的山里人，拉他坐到车里，嘘寒问暖，亲热得不得了。他戏谑地叫着老人的诨名，他们互相开着玩笑，然后，他一本正经地问农业生产情况。山里人完全无拘无束地和他谈起一切，还向他报告着护线情况。

把山里老人送到一个岔路口以后，他和我谈到山区，无限感慨地说：

"这山里的群众可真是好呀！一直保持着根据地的革命优良传统。我们的线路，分布在荒无人烟的山窝窝里，不是他们呀，我们别想安安然然地把电送出去。"看来，他对这山区真是太熟悉了，就像鱼在水中。山区的一草一木，他几乎都能说出一个动人的故事，流露出无限深情，就像人们谈到自己亲爱的故乡那样。

"鲁所长，你大概过去到过这里吧？"我问。

他沉默一会儿，低声说："不光是到过，还在这里打过游击。长征的时候，我们是后卫部队，在虎王岭阻击过白匪的追击。"

吉普车绕过一个小山峦，突然一座仰望不见山顶的大山，像猛虎似的向我们迎面扑来。

"虎王岭到了！"老鲁急骤地按着喇叭，高兴极了。

"啊！好一座险恶的山峰！"我心里不由得叫了一声。只见山峰被白雪覆盖，宛如一只白毛茸茸的老虎，虎视眈眈地俯瞰着群山。一条高压输电线，像猛虎嘴边的银须，从山脚下直挺挺地向山顶冲去。

车子在一幢红砖瓦屋的巡线站停下来。很快，门口便跳出几个小伙子，他们叫嚷着，冲到车门口，热情地抢着和老鲁握手。眼尖手快地，急忙去翻弄书报、连环画和信件。老鲁和这班生龙活虎的小伙子嬉笑着，拍拍这个的肩胛，拉拉那个的手，那种亲密无间的情形，就像遇见自己青年时代的同辈朋友一般。老鲁对他们宣布了我是新来的所长，他们有礼貌地跟我握手问好。也许是刚来的缘故吧，我在他们中间，总有一种陌生和疏远的感觉。

三

我们进到屋里，那个诨名叫“穿山甲”的年轻站长对我们说，昨晚到现在，短短的十几个钟头就融了七次冰，而且，每次融冰都要停止送电几十分钟，超过了规定时间。冰块融不掉，还难免出现电线拉断的事故。照这样下去，我们的输电任务和安全生产便无法保证。

这时，我翻了翻气候记录，不禁惊得目瞪口呆了。我把记录本推到老鲁面前，指着说：“鲁所长，山上的最低气温到了零下二十度，超过了这儿的历史纪录呀！”

他听着，看了我一眼，十分严肃地说：

“志愿军在朝鲜的时候，零下四十度，还打败了美国鬼子。我们在零下二十度就连电线都保护不了啦？”

我不作声了。他说罢拿起耳机，向供电所值班人员吩咐几句，就重新打起绑腿来，一边对我和“穿山甲”说：

“现在的问题不是零下二十度，主要的是我们有没有信心和勇气！要把冰冻当成美国鬼子打。”停了停，他又命令道：“你们两个去检查一下与山上的通讯联系，有没有备用电话机？设法带一部去。”

“穿山甲”的劲被鼓起来了，他把我带到办公室，与山上试通了一次话，情况很好。“穿山甲”说，没有备用电话机，只有一部检查线路的皮包电话机，不宜带去。这时，我脑子里只想着情况的紧急，随便地答了一句：“没有就算了，反正通话情况很好嘛！”我们出来后，只见老鲁已经打好了绑腿，背了一个背包，匆忙地对“穿山甲”说：

“‘穿山甲’，你守在这儿，我上去检查情况；要随时注意向我汇报，啊？”说罢，提着铁镐就走。

“所长！风雪这么大，山这么高，你的身体又这么不好，你不能上去！”“穿山甲”猛然拉住了他，大声阻止着说。

老鲁不满地说：“小赵同志，你少嚷嚷好吧！快站到你自己的岗位上去！”

这时，小伙子们闻讯赶来，都叫嚷着挡住了门。老鲁大声责备道：

“你们这是干什么？还有没有组织纪律？”

小伙子们猛然静了下来，“穿山甲”不满地嘟囔着说：

“要去我去！”

老鲁大声问：

“外线工人的纪律是什么？”

“服从命令听指挥！”小伙子们齐声回答。但是，他们刚一说完，就知道自己说走了嘴，互相对视一眼，只得自动让开了道。老鲁径直地大踏步走了。

我草草地收拾一下，也紧跟着追了上去。老鲁见我来了，打量我一眼，迟疑了一下，高兴地咧着嘴说：

“好的！所长同志，跟我上！”

山路难，难于上青天！崎岖的羊肠小道，曲曲折折地盘山而上。我们像爬楼梯似的，一步一顿，十分艰难地向山顶爬去。愈往高处走，树林愈密。古树参天，雪球累累。风，呼啸着，把树枝上挂的银条儿和雪球吹落下来，打得我们鼻青脸肿，火辣辣的痛。然而老鲁精神抖擞，使我想起当年红军过草地、爬雪山的威风。他在前面领着路，我在后面紧紧跟，我们就这样在原始森林内穿行着。路，崎岖曲折，像是永远没有尽头似的。

突然，密林深处，传来了一阵汪汪的犬吠声。老鲁高兴地说：

“听！阿虎来迎接我们了！”

老鲁的话刚落音，一只熊一样的黑狗，如箭般地从树林里向我们蹿来。它叫唤着，扑到老鲁的身边挨着老鲁，直甩尾巴。老鲁爱抚地摸着它的头，亲热地问：

“阿虎，好样的，还记得我！啊？壮了，长得漂亮多了！你家老郑头呢？”

“来了！”

随着老鲁的问话声，密林深处响起了一个洪亮的回答声，震得山峰嗡嗡作响。话音未落，一个白胡垂胸的老猎人，头披一顶红色的风帽，肩背一杆乌亮的猎枪，从树林里跳出来，出人不意地闪在我们面前。正当我惊疑不定间，老鲁放开猎犬，两步跨向前去，拦腰抱住了老猎人。

“老伙计！好久没有看见你了，生活过得好吧？”老鲁大声问，激动的脸上，焕发着红晕。

老猎人激动得胡须抖颤，紧紧地抓着老鲁的手，仰天大声说：

“雁鹅飞走了，大雪下起了，我想老鲁该来了！老伙计！你要是还不来呀，我就没法向老伴交代了！”

“啊，哈哈——我不是来了吗？”

两人爽朗地大笑着，笑声压过风声，长久地在山峰回旋着。突然，老鲁收住笑声，严肃地询问他管辖的线路情况。老猎人详详细细地把线路情况报告完了之后，两人眨眨眼，不约而同地又爽朗地笑起来。

老鲁告诉我，这郑老头就是闻名全省的义务护线模范。难怪他们的感情是这样亲密和深厚了。老鲁把手中的铁锅送给他后，老猎人感激地说：

“老鲁，我随便一说，你倒记在心上了。走！用这新锅子炒野味吃去！”

四

我们告别猎人之家，爬到了海拔二千米的高山上。守哨棚是用树条搭成的小木屋，为了避风，它搭在一株几人合围的古枫下面。当我们叩门进去，里面一个老头和一个小伙子，急忙跳起来，吃惊地瞪着我们这两个黑夜来临的不速之客。

老鲁一进门，摔下背包，便吩咐我与山下联系，他自己亮着手电跑出去了。不一会，他披着满身白雪回来，由他那拧紧的眉头看来，他检查融冰戒视线的情况是不大乐观的。果然，他一进门，就拿起耳机，命令山下即刻进行融冰。接着他就宣布：原来是半个钟头检查一次融冰戒视线，现在改为十五分钟一次。并把我们四人排了班次，催促我和老成头先睡觉。

北风凛冽，刮起了海啸似的山涛。高山上透骨的寒冷，把我的睡意消除得一干二净。虽然我裹着一床很厚的棉被，床前又燃着一堆熊熊的火，但都不能驱除寒气，仿佛躺在冰窟里一样。然而，跟我在一起的老成头却发出了均匀而甜蜜的鼾声。外面，大风刮得更猛烈了，山峰上，不时地传来枯树被吹倒的巨响。就连这间守哨棚，也在大风中摇曳着，吱吱作响了。也许是我第一次领略这高山上的暴风雪之夜吧，心里怦怦直跳，想着输电线的安全，我更睡不着了。

我借着雪光，从门框里向外望去，只见老鲁披着棉衣，不安地踱着步；一会打电话，命令山下融冰；一会把值班的小伙子拍醒，叫他到外面去检查。门外还时时传来他那急骤而极力压低的咳嗽声。不知什么时候，我终于沉入了梦乡。也不知过了多久，一阵压过风声的斥责声又把我惊醒了。仔细一听，原来是老鲁在呵斥着小伙子：

“……你干什么去了？啊？腿疼就要了你的命？现在冰层到了五十公厘，你知道不？……要是出了事故……”

啊，五十公厘！电线随时有拉断的危险了，我和旁边的老成不约而同地从床上跳下来，奔到门外，只见老鲁正一只脚跪在小伙子跟前，一边小心翼翼地给他膝上敷药。

原来小伙子嫌十五分钟检查一次戒视线太麻烦，加上外边北风冷刺刺的，自己的腿跌伤了，走路不方便，没有认真进行检查，只向老鲁汇报了一个揣测的冻冰数字。这引起了老鲁的怀疑，便亲自跑去检查了一次，发现冰层到了五十公厘，老鲁十分生气，所以大声呵斥小伙子。

老鲁给小伙子包扎完毕，立即跑到电话机前打电话。一下两下，没有摇通，他焦急地猛摇起来，声嘶力竭地大声呼唤。正在这时，我们的房顶上，突然发出了一声爆裂的巨响，是头顶上树枝折断的声音，我们都惊呆了，老鲁摔下听筒，一手拉着吓呆了的小伙子，一边对我们大喊："快走！"

说时迟，那时快，我们刚跑出几丈远，房子就被刮断的古枫打个粉碎。顿时，树木纷飞，雪花喷射，如山崩地裂似的响声，在山谷中长久地回荡着。

原来的小木房不见了，变成了一座山峰似的雪堆。一切都被雪堆埋没了，我们无法与山下取得联系了，眼看着冰层加厚，线路即将被冰冻断裂。我们不马上设法取暖，几小时之后，也要冻成僵人了。望着这堆雪峰，我心里冰冷冷的，一筹莫展。我焦虑地问老鲁：

"老鲁，怎么办？"

老鲁很镇静，神色自若地轻轻捅了我一下，耳语似的说：

"要镇静！"

说罢，他朝小伙子走去，大声问：

"小彭，你不是喜欢诗吗？现在我朗诵一首给你听。"接着，他放声高诵：

红军不怕远征难，

万水千山只等闲。

……

这是毛主席的一首诗，他朗诵得高亢而豪放，诗声律韵，像万马奔腾的战场，像排山倒海的山涛海啸，听着，就使人陡然增加了无限的力量和希望。我们三人，紧紧地围着老鲁，仰望着他那魁梧而高大的身形，觉得耳边风小了，雪停了，身心温暖了。突然，老鲁大声说：

“没有什么了不起的！走！到‘藏军洞’去！先保住我们自己再说。”

他用残存的一根胶皮电线，把我们连成一串，他自己领着头，踏着坚定而豪迈的步伐，向着迎面扑来的风雪走去。我仿佛看见他那黄色军棉大衣，黄灿灿的，闪闪发光，照亮了我们前进的道路。

五

我们终于爬到了悬岩下的山洞。一到洞里，老鲁脱下了棉大衣，披在身体比较瘦弱的老成头身上，然后就命令我们手舞足蹈地蹦跳着，他说这样就不会使手足冻僵。这时要有火柴，烧一堆篝火，那该是一次多么幸福的享受呀！然而比篝火更可以煨热我们的心的，是老鲁向我们讲起来了“藏军洞”的光荣历史。

他说，红军二万五千里长征的时候，为了阻止敌人的追击，他们后卫部队的一个连，据守在地势凶险的虎王岭。一连人，抗住了整整一师白匪军，激烈地打了三天三夜。后来，由于弹尽粮绝，被白匪军攻上来了。然而他们也完成了阻击任务。这时，一连人只剩下他和老杨了。两人掩埋了战友的尸体，砸碎了枪支，就躲藏在这山洞里。敌人开始搜查了，把虎王岭围得水泄不通。七天七夜，他俩没有吃一粒米，喝一口水。正在这十分危急的时候，一条猎犬发现了他们。当天晚上，一个中年猎人冒着生命的危险，由这条猎犬领路，把饭送到了山洞里。这就是老郑头和他的猎犬阿鹰。后来，敌人搜山更紧了，老郑头不能上山了，阿鹰就代替了老郑，把饭包灵巧而勇敢地送到山洞……解放后，这里的人们为了纪念红军，就给这山洞取名叫藏军洞。

这时，我才明白老鲁为什么对这山里的人们的感情是如此深厚了。难怪他和老郑头的关系那样亲密，原来他们是出生入死的老战友。

“听！阿虎来了！”

突然，老鲁停住脚，侧耳谛听，高兴地说。

我们不约而同地停止了蹦跳，仔细听起来，真的，在呼呼的风声中，隐隐约约地夹杂一两声汪汪的犬吠声。果然，不一会，阿虎气喘吁吁地叫着，奔进山洞，一下扑到老鲁的胸前。紧跟着洞口又出现了一个雪人，这是老郑头。他是听到古枫断裂的巨响才找来的。老鲁激动得很，他一蹿奔过去，紧紧与老郑头拥抱在一起！

这时，老成头在洞外抱来了一大捆枯枝树叶，老郑头打燃了火镰，于是，一堆熊熊大火就烧起来了。老郑头又从腰间解下竹筒酒壶，向我们轮番灌着酒，驱除身上的寒气。老鲁暖了一下身体，就走出洞外了。

不一会，老鲁回来了。他瘦削而苍白的脸上，罩着一层阴云。从他脸上的神色，我感到情况一定是十分严重了。果不出所料，老鲁沉重地说道：

“冰层到了一百公厘，如果不在两小时之内设法把冰块融掉，电线就会拉断！”随即他又决断地说：“走！我们到哨棚去看看，一定要想办法与山下取得联系。”

大家急忙离开篝火，毫不迟疑地向哨棚摸去。

我们来到哨棚，在篝火的映照下，用手扒开雪块，搬开断枝碎片，寻找着电话机，以便赶紧与山下取得联系，抢救线路！电话机扒出来了，可是它与桌子一起，被打得粉碎。希望破灭了，我们不自觉地停住手，望着老鲁发愣。老鲁大声鼓舞着我们说：

“别泄气！林所长带了一只备用电话机。把他的提包扒出来就有办法！”

他的话像晴天霹雳，震得我头昏眼花了。望着他们充满希望的眼睛，我低下了头，无力地说：“别扒了，我没带。”

“怎么？你没带？”老鲁虎地脸色变了，他一步跳到我的跟前，狠狠地盯着我，声音变得沙哑了。“你为什么不带？……乱弹琴！”看来，他用了最大力量克制了自己的恼怒，没有指责我，只是喃喃地说：

“年轻，太没经验了。……这怪我……上山时，检查一次就好了。”

“与大风雪打交道，什么都要想呀！”他又补充了一句，语气缓和多了。

“鲁所长！我下山去！”我站起来，抢过他手中的电筒，向山下走去。

“你干什么？”他身子一跳，拦住了我的去路，“莽里莽撞！这么大的风雪，你不要命了？”

“就是死，我也要与山下取得联系！”

“你是飞毛腿，能在两个小时之内赶回来？”

啊！这倒是我没去想的。那么怎么办呢？难道看着出大事故吗？这时，就连阿虎，仿佛也知人意似的，不安地甩着尾巴，缠着老鲁转。突然，老鲁的目光停在它的身上，接着说道：

“有办法！让阿虎给我们当次通讯员。小林，快写封信，把我们山上的处境告诉山下。”

这倒是一个绝妙的主意！我听了，高兴得喘不过气来。我立即写了一封信。顿时，大家都欢腾起来。老郑头把信捆在阿虎的颈上，拍着它的头说：

“阿虎，到山下巡线站去跑一趟，快去快来！”

阿虎理解似的甩着尾巴，如箭出弦似的，向漆黑的夜幕中冲去……

六

黎明时节，暴风雪停止了。东方露出了乳白色的晨曦。群山静寂，山腰间缠绕着云雾。阵阵雄鸡的啼叫送上了山顶。这时，才看清输电线，结着水桶大的冰层，重重地成弧形垂下来，最低点，人一伸手，就可以碰到。老鲁两手抓着树枝，咬着牙，两眼火辣辣地瞪着线路，看样子，要是电可以接触，他真恨不得用树条把冰块敲掉！

这难以忍受的窒息时间，幸好很快就结束了。在这种时候，为了抢救线路，我真担心他会干出难以意料的事情来。

阿虎回来了！它气喘吁吁地倒在老鲁的脚边，舌头伸得长长的，好像再没有气力缩进去了。老鲁急忙从它身上解下一部皮包电话机，交给老成安装接线去了。我也在它颈上，解下一张纸条条。

老郑头把阿虎紧紧地抱在怀中，从怀中取出一块食物，塞到它的口内。这时，我想到了阿鹰。真巧，这次又是老郑头和他的猎犬解救了我们。

与山下的联系通了。老鲁抓着耳机，忙命令“穿山甲”与调度室联系，停电融冰。然后瞪着眼睛紧紧地注视着线路。我盯着手表。融冰的时间到了！从山峰向下俯瞰，只见这条银色的长龙，浑身热气腾腾，融下来的冰块，掉在山谷深涧，发出了轰轰隆隆的巨响。输电线的弧度减少了，渐渐弹起来。我们的心，也渐渐轻松了。

老鲁却紧蹙着眉头，向虎口跑去。他的担心，传给了我们。我们也跟着他跑去。

果然，穿过虎口的输电线，仍然闪着银光。冰层结得太厚了，电流无法融掉它。老鲁的眼睛发红了，他恨恨地说：

“他妈的，我上去敲掉它！”

这是一个没有办法的办法。但是，输电线是从悬崖拉过来，要敲是无法敲掉的。唯一的办法是爬上电杆去。然而，恰恰在这时，北风又猛烈地刮起来，人都站不住，怎么能爬上杆去呢？况且，电杆上也结着冰层，滑溜溜的，一不小心，就会有摔下去的危险。下面是万丈深涧，人一摔下去，就会粉身碎骨。我看他这样的做法实在太冒险，走到他跟前说：

“老鲁，你考虑过没有？这是冒险行为！”

他听了，火冒三丈，恼怒地瞪着我咆哮道：

“什么叫冒险？你，你……乱弹琴！……停几天电，出个大事故，这就不叫冒险！”老鲁平素非常注意安全的，这时尽管我们反对，他却置之不顾，显得异常固执和坚决。

“可是这是自然灾害，自然灾害！”

“可是我们是人呀！”

“这样的自然灾害，现在人力还不能挽回。”

“那么你说怎么办？”

“为了使用户早有准备，即刻通知他们，然后命令停止输电！”这是我早已想好的办法。

“啊！”他吃惊地看着我，好像不认识，“停电？我可连想都没想！”

“要去我去，你身体不灵活。”这时，我没有勇气再坚持了，只好想了一个折中方案。

“你爬过这样的电杆吗？”

“没有。”我老实地承认了。在城市的工作中，我甚至没有见到过有冰的电线。

“这才叫冒险呢！”他似笑非笑地说。

这时，老成和小彭嚷起来，争着要去。老鲁环视了一眼，斩钉截铁地说：

“别啰唆了！老成有病，小彭腿疼，你们谁也不能去。”

我们还想争执，老鲁不容分说，拿起脚扣和竹竿等需用的装备，说了句“这是命令”，就迎着刮来的北风走了。

没有办法，我们只得呆立着，紧张地注视着他。

虎口就是风口，大风从这狭窄的口子内挤过来，卷起了沙石，扬起了枯枝败叶。只见他艰难地走到电杆下，系上安全带，套上脚扣，一边刮掉冰层，一边向杆上爬去。这时，风更紧了，刮得电杆剧烈地摆动起来，像醉汉，摇摇欲倒。我的心几乎跳出了喉管，再也没有犹豫，不顾一切地向电杆冲去。小彭和老成也都跟着我来了，我们三人一边跑着一边伸出双手，好像他掉下来，我们可以接着他似的。

老鲁沉着而老练地向上爬着，他巧妙地背着风向，让风把他的身子紧紧地贴在电杆上。终于，经过二十多分钟的搏斗，他攀上了杆顶，慢慢向电线伸出竹竿。电线剧烈地摇摆起来，把冰块甩掉了，像甩掉瘟疫一样。山谷间，长空中，响起了冰块的跌落声。严寒给线路造成的巨大威胁被战胜了。

七

冰冻过去了。我和鲁所长就要离开这令人难忘的山巅，下山回所了。早晨，吃完饭，当我把一切准备就绪之后，发现这间临时用冰块砌起来的守哨棚里，只留下了我自己。我走出门来，信步向山林内寻去。在一棵参天的古柏下面，我发现了他们。老成和小彭，蹲在老鲁的膝前，聚精会神地听老鲁说话。我不便打扰他们，便在他们不远的地方停下来。这时，听见老鲁说：

“老伙计，你看你！外线工人是风雪锻炼出来的汉子，个人的感情算得了什么！”停了停，又语重心长地说：“老成，你是老工人，与电线杆子打了几十年交道，实际经验很丰富，要多多帮助你们的林所长，共同搞好所里的工作。啊？”说着他站起来，又拍拍小彭的肩膀，大声说：“小彭，好好工作吧！你们年轻人有这样好的身体，这样好的机会，参加社会主义建设，是一种难得的幸福。”

听了他们的谈话，我脑子里沸腾开了。是的，我们该把老一辈的接力棒接过来了。这是我们年轻人的一种幸福。当然，要挑一副担子，肩膀是不会轻松的。这时，我想起了我的新职务。党的信任，老红军的荣誉，社会主义的建设……这副担子是沉重的，然而也是光荣的。但是，有这样坚强勇猛、勤劳多智的工人群众，有这样好的山区人民，有老红军移交来的这么雄厚的家底，我还有什么可畏惧的呢？先前，我还感到工作无从下手，现在，老鲁给我留下了十分珍贵的示范！使我懂得了应该怎样工作。先前，我想走马上任，把职务马上接过来，现在，我多么希望老鲁能留在我的身边啊！

天高，云淡，金灿灿的阳光，和银晃晃的白雪相映，发出一种刺人的光辉。我望着他高大而魁梧的身影，想得很多，有很多话想说，可是不知从何说起……我觉得我现在才看清楚他，这是一个高大的共产党员，革命意志永不衰退的革命者，顶天立地的英雄汉。

一九六三年五月十五日深夜于鲤电

一九六三年八月六日凌晨三点改毕

（作者是湖南一个电厂的检修工人）

原载《人民文学》1964 年第 3 期

巡线工

刘安琪

一

十月间，我从技工学校毕业出来，被分配到供电局工作。局里的专业很多，有安装、有巡线、有检修、有试验等。人事科里的同志问我的志愿时，我思谋巡线这玩意儿蛮有意思，成天爬岭涉河，游山逛景，攀在高高的铁塔上，骑着电线，腾云驾雾，多威风、多美气、多富于诗意呀！脑袋一热，就挑上了“巡线工”。不久，我和旁的几个同学到了保线站。王站长拿出一沓“师徒合同”对我们说：“小伙子们，拜师吧！”我想，这可是件大事啦，常言道“师高弟子强”，一定得拜个叫得响的名师。我就问站长，“我的师傅是谁呵？”

“是全国劳模，三十年工龄的王牌巡线工——远近驰名的谷志坚师傅，外号叫火神爷！”站长兴致勃勃地说：“不过，他挑徒弟可苛刻哇，一般他都看不上眼！”我听了不禁又喜又忧，喜的是摊上这么个呱呱叫的师傅；忧的是担心他相不中。

在站里学习操作规程的一个多月里，我差不多每夜都在梦中描绘着他高大魁梧的形象，我是多么想早点见到他呵！天从人愿，快到春节时，谷师傅从边远的山沟回站里来了。可是“见面不如闻名”，当我和他乍见面时，心里不禁一怔：原来他是个矮个子，腿有点儿瘸，说话结结巴巴的，和我想象的那个谷师傅一点儿也不相同。

“他，就是我师傅？赫赫有名的八级技工？”我疑惑起来。

“嗯，长得倒是块好料哇，讨过媳妇没有？”乍见面，他就眯着眼打量我。

“甭担心，还没对上象哩！”站长抢着替我回答。

“嗯！”他说：“年轻人，干这行得学吃苦哇！你听人唱过没有：有女莫嫁巡线郎，一年四季守空房，有朝一日回家转，捎回不少破衣裳。为了这，咱过去带了个娶了媳妇的徒弟，没等满师，就脚板擦油——溜了！”

“啐，我才不是那号脓包哩！男儿志在四方，为了社会主义建设，啥苦咱都吃得了！”我像受了侮辱似的大声回答。

谷师傅听了，猛一拍我的肩膀，挑起两道浓眉：“中！有出息，咱收了！听说你也要回家，咱爷俩上火车慢慢聊！”说完，他一挥手出门去了。

“小伙子，福分不浅，被选中了！”站长乐呵呵地冲我说。我摸着师傅刚才拍过的肩膀，觉着隐隐作痛，心想：看不出来，好大的手劲呐！

这天是腊月二十八，离春节只有两天了，我急得坐卧不安，心像插上了翅膀，成天催着师傅动身。可他，总跟替班的刘师傅唠叨个没完，翻来覆去地交代工作，把人都听腻了。直到离开车一个来钟头，我才把他拖走了。

上车我就迷迷瞪瞪地睡着了。

“快，起来，小李！”不知睡了多久，师傅突然把我从梦中喊醒。

“到站啦？”我揉着蒙眬的睡眼问。

“不，执行任务！”没等我问明白，他拖着我就走。下车一看，原来到了河北境内的一个小站。

“师傅，执行啥——啥任务哇？”望着寒风凛冽的雪原，我真丈二和尚——摸不着头脑。

“往后走，跟我来！”他扛起背包，猛一挥手说：“刚才在车上看见有座基铁塔出了毛病，去检修一下！”我一听就烦了，心想：这老头子真怪，这不是狗咬耗子多管闲事吗？咋管起外省的事来了。我不耐烦地说：“师傅，这归咱们管吗？”

“咱们是国家的巡线工，发现缺陷就得管！”他一本正经地回答，语气十分坚决。我没法，只好跟着他走了。路上积雪盈尺，坡度又陡，走起来踉踉跄跄的，非常费劲。车上看着不远，走着可就远了，足足赶了五六里地，才到了塔位。高压输电线在朔风的拨弄下，发出铮铮锵锵的响声。

谷师傅将大提包往下一扔说：“小李，你看看有啥毛病？”我擦了把额上的汗珠抬头一看，说：“地线驰度下垂！”

他听了未置可否，用耳朵贴住塔身倾听了半晌，果断地说：“螺丝松动了！”我屏住呼吸照样侧耳听了听，除电流的嗡嗡声外，没有捕捉到其他异音。禁不住心里想：瞧他神的，一颗螺丝松了还听得见？

“小李，登过高吗？”

“登过！”

“你爬上去瞧瞧，把螺丝拧紧。要是跑了线，就会出大乱子呀！”说罢，他从提包里拿出安全带和工具。

“好！”我正想在他面前露两手哩，碰上这个好机会怎能放过，立即拴上腰绳，操起工具，纵身就往上爬。

“注意安全呐，脚板踩稳！”他不停地叮嘱。

“没事！”我满不在乎地搭着腔。

爬呀，爬呀，五米、十米、十五米……爬到二十米高度时，腿肚子就打起哆嗦来。我下意识地往地上一看，哎哟！天旋地转，眼迸金星，铁塔仿佛刷刷地往一边直倒，我顿时感到脊梁骨凉津津的，双手死命地抱住塔身，闭紧双眼，两条腿像棉花一样发软。在技校实习时，我最高只爬过十六米的洋灰杆，上这么高的铁塔，还是生平头一回呵！

“甭慌，沉住气，别往下看，一直往上爬！”谷师傅镇定的声音在我耳边回响。我定了定神，按照他的指点，壮起胆来往上爬，一口气攀到瓷瓶串下。我小心翼翼地套好安全带，骑在横担上仔细一看，没有发现什么毛病。

“没有松动的螺丝哇！”我用手圈着嘴大声说。

“再看看上边！”师傅大声冲我喊。

我仰脸往上细瞅，果然，在地线支座上，有两个节点螺丝帽脱扣了。我赶紧抽出管钳子来用劲拧紧，心想：“当真名不虚传呵……”

当我紧完螺丝回到地上，谷师傅迎上来替我解开腰绳，说：“步法还不熟练，胆太小，今后得练硬功夫哇！”这下子，我可不敢小瞧他了。

“要当个真正的巡线工，不简单呐！”我们坐下啃干粮的时候，师傅打开了话匣子，精神矍铄地说：“首先，要摸透线路的脾气，掌握杆塔的弱点，知道事故的规律。对塔上的每个螺丝、零件，都要像自己十个指头那样熟悉！”

“刚才您咋知道螺丝松了哩？”我好奇地问。

“嗨，说穿了也没啥奇的，就靠功夫深哇！一个巡线工，必须眼尖，耳灵，手勤。多看，多听，多琢磨，经验多了，就会摸出缺陷的特征来。像你常和娘一起，不用见面，只要听见她咳嗽、走路，就准猜出是她！”

从他娓娓动听的谈话里，我透过他平凡的外表，看到了一颗多么聪慧机智的心哪！他在我的眼前，再不是一个窝窝囊囊的老头子了。

二

过完元宵节，我恋恋不舍地辞别了故乡，乘车返回草原。路过北京时，我特地下车去探望谷师傅，打算结伴同行。谁知扑了个空，师娘歉然地说："老头子急得像个猴，初一安生了一天，初二就坐不住啦，初三就去排队买车票。不知中了啥邪，没等破五，就急急忙忙地'颠'啦！"

我本来打算要在北京美美地玩它几天，可听了师娘这番话，心头像燃起了一堆火，再也待不住了，连夜搭车赶回包头。

谷师傅住的巡线站，是一个非常偏僻荒凉的地方。我背着行李卷从保线站出发，走过三十里沙漠，穿过十五里林区，翻过七八道山岭，累得浑身大汗，气喘吁吁，直到太阳落坡的时分，才赶到了目的地。

站址是一个破旧的龙王庙，坐落在怪石嶙峋的半山腰上，背后是一道打山巅流下来的小溪，前面是长满香蒿和骆驼刺的戈壁滩。这地方居高临下，站得高望得远，一眼能瞅见二十里线路，是巡线的好地势。

我走到门前，发现不知是哪个调皮鬼在门上用小刀刻了三个大字"火神庙"。门是虚掩着的，屋里没人，陈设十分简陋，两张床板，一盘土炕，一个旧双屉桌，三条长凳。套间是厨房，除　个铁锅之外，堆满了各种工具。被煤烟熏黑的墙上空荡荡的，只贴了一幅毛主席像和一份日历。桌上放着《巡线日志》《缺陷登记簿》和一些书籍。

我早就饥肠辘辘了，很想弄点吃的，翻了半天，只从碗柜里找出两个窝窝头和一盆咸菜来。

"谁？是小李子吗？"我正啃着冻得像冰疙瘩似的窝头，师傅突然回来了。我迎出去一看，见他背着一大捆柴火。

"背这个干啥？不是有煤吗？"我问。

"嘿，巡线顺便，拣点干草树枝烧炕！"他笑呵呵地回答。

当晚，我拿出从家捎来的腊肉，同师傅吃了个丰盛的夜餐，聊了很久才睡。

站里就我们俩，前不靠村后不挨店，生活寂寞而清苦。每天早晨，师傅做饭我烧水。到了七点钟左右，按照计划上排的进度，确定线段，带着脚扣、钳子、望远镜等工具，迎着曙光开始沿线巡查，差不多每天都要徒步跑三四十里。开头几个月，生活过得紧张有趣，白天，谷师傅手把手教我技术，我很快学到了巡线检修的手艺，像接线啦，缠把啦，观测啦，登空啦，都掌握得差不多了。晚间，映着月色，围着篝火，他又给我讲猎熊、打鹿和草原的古老传说，有趣极了。当我第一次独自巡线成功时，我是多么得意呀！谷师傅更是乐得合不拢嘴，专程跑到十里外的供销社打回半斤白干，到鸟害区猎回二十多只肥肥的沙鸡，拿到庙里炒得香喷喷的，和我对斟畅饮，谈到深夜。

巡线这工作，平凡而单调，整天守着一根电杆三条线转，没到一年光景，我就腻烦了。可谷师傅呢，总是那样一本正经，忙忙碌碌的。一年三百六十天，不管刮风下雨，不管线路有没问题，一定要一根杆一根杆地反复巡视，丝毫不觉得麻烦。我心想：瞧他那婆婆妈妈的劲儿，真是自找苦吃。

“师傅，您也太死心眼啦！线路又不是纸扎的，不刮风下雨就出不了问题，何必天天去伺候哩，搞得整天不得休息！”有次我再也憋不住了。

“不成！常言说，不怕一万，就怕万一,万一出了岔子，那损失就大啦！停一秒钟电，工厂就少给国家生产很多财富哇！”他严肃地说：“干我们这行工作，一丝儿也不能含糊，肩上的担子重哇！”我听了很不以为然，心想：“哪有那么凑巧的事，我巡了一年多了，还没见过啥事故哩！真是天下本无事，庸人自扰之。”不管他怎么费心劳神，我可不白使那份劲。师傅见我巡线马虎，对我就抠紧了，每天巡线归来，他都要戴上花镜，一字一句地检查我的《巡线日志》。有次，我在日志上记了这样一段话：“矿区支线二十七号木杆，好像有腐朽情况。”他看了后，立即将眼镜一摘，把我叫到跟前，严肃地追问：“到底腐朽没有？嗯？检查没有？有没有空洞？嗯？……”他打破砂锅问到底，猛攻一个点，弄得我张口结舌，支支吾吾半天没说清楚。

“年轻人，这不成！军中无戏言，干事得实打实，不能走过场！”说完，天虽然快黑了，他还坚持要去复查一遍。我犟不过他，只好陪他走了二十多里山路，赶到了现场。他仔细观察了杆基周围的沼泽，发现了灰绿色的霉菌，然后用手锤敲击杆身，听到有噎噎的空洞声。他沉吟了一会，又从腰带上抽出把锥子来，用力朝杆身扎进去，果然中间空朽了。

“啧！腐蚀得厉害呀！今晚就得向保线站汇报，建议换掉！”他直起腰来，斩钉截铁地说。

我像作弊的学生被老师查出一样，感到一阵耳热，羞愧地低着头没吭声。

“干工作最要紧的是责任心，不要耍奸取巧，咱们是工人阶级！”师傅回到站里，唠唠叨叨数说了半宿，可我一点没听进去。打这以后，我表面上虽然认真了，做啥事都尽量不让师傅抓住“小辫”，可心里愈来愈不乐意干这个“买卖”了，多腻味呀！春天要踏着冰凉的泥水巡线；夏天要钻入漫人的青纱帐里劳作；秋天到庄稼收割后，要躲闪着脚下尖尖的茬子走路；冬天要冒着凛冽的风雪在没有道路的荒野上巡视……整天在“与世隔绝”的山沟里默默无闻地劳动，看不到电影、听不见音乐、买不到如意的东西，简直单调乏味极了。我觉得干这行太没出息，干不出惊天动地的大事来，很想转到安装工程队去，搞施工总比这样的日子有意思得多。因此，我瞒着师傅悄悄给局人事科去了几封信，坚决要求调动。平时值勤，人在心不在，当一天和尚撞一天钟。

有天晚上，轮到我值夜班，吃了饭后，我拾着马灯出外值勤了。当时正是数九寒天，气候冷得邪乎，白毛旋风猖狂地刮着，吹在脸上像尖刀子割一样痛。我踩着吧嗒吧嗒的冰屑，缩着脖子走了两趟后，看看没啥问题，就找了个避风的山洼地，将老羊皮袄往身上一裹，就呼呼地打起瞌睡来。约莫三更时分，猛然被一阵震撼山川的粗犷吼声叫醒，立即坐起一听，原来是谷师傅洪钟般的声音。

“小——李——子！小李——”

“嗯！咋——咋啦？我——在——这！”一种不祥的预感袭击着我，赶忙晃着马灯奔过去。

“出——出漏子啦——”他呼哧呼哧地喘着说，“刚才保线站来电话，电厂跳闸了，已经停电两分钟！”在灯光映照下，我见他青筋暴起，眼都红了。

“哦——”我脑袋轰地大了。

“快，愣啥！沿着杆塔朝东巡！”说罢，他猛一挥手，我晕头转向跟着他跑。地上结着冰，路滑得要命，天又黑得伸手不见掌，常常摔跤。他跌跌撞撞，连爬带滚地紧往前冲。每到一根杆塔下，他就用手电筒晃照着，捕捉事故的苗子。追哇，跑哇，虽是隆冬天气，我们浑身都被热汗泡胀了，眼毛结满霜花。这样昏天黑地地跑了四十多基杆塔，还没检出缺陷来，我心里有些动摇了，累得上气不接下气地说：“兴许是——是其他线——线段的事故吧，我们出——出不了——”可师傅不理茬儿，还一个劲往前飞奔。

“看！导线掉在滚轴上了！”我正犹豫间，他猝然停住脚，用手电筒指着前方呐喊。我顺着电筒的光柱望去，果然，在二百米外的档距内，导线挣脱释放线夹，掉在滚轴上，还像蛇一样地上下舞动。

“快，去拿紧线器！”他厉声吩咐我，说罢，独自扑向前去，寒风撕开他的皮袄，像一只苍鹰扬着坚强的巨翅。当我扛着双钩紧线器，跌跌撞撞地赶到塔位时，师傅早已爬上电杆，吃力地攥起铝线，拼命往线架上拉。

“快，递我紧线器！”他唰地抛下小绳。我赶忙将紧线器拴上，他拉上绳子，麻利地操作起来，我站在地上，听见他急促粗大的呼吸，电杆被震得吱吱摇晃。

“快，通知电厂，合闸吧！”他朝我猛挥手。

当我打完电话回来的时候，他已经下地来了。我激动地紧紧握住他的双手，觉着湿乎乎的，借灯光一看：妈呀！是血，红殷殷的血。他身上除披一件老羊皮袄外，只穿了一件衬衫和裤衩，还赤着脚。我见了这个光景，鼻一酸，忍不住涌出了热泪，说："师傅，您，受……受苦了！"他坦然一笑，说："你听，电，电流又通了！"

"这次事故是我的责任，怪我麻痹大意，巡线时粗心。师傅，狠狠地处分我吧！"

"知错就对！"他温和地说："今后，还能说巡线不重要吗？电线是国家的血管，血管一断，那就危险哇，机器转不动，城市一团黑……咱们肩上的担子，你掂掂吧，分量不轻呐！"

说心里话，这次事故对我教训太深刻了，一辈子也忘不了。它不仅使我知道了巡线工作的重要；更重要的，使我进一步看到了谷师傅崇高的品格，懂得了该如何劳动，怎样生活。

二月间，事故处分下来了，谷师傅受了严重警告。我一看就急了，跳起来说："这是哪个官僚主义干的？不分青红皂白，我的过失，咋安在师傅头上？我非找他不可！"

"找谁？是我报的！"

"不行，一千个不行！"我急得眼泪都快滚出来了，"您能帮我豁出命抢险，还能替我挨处分？不行，咋也不行！"谷师傅见我着了急，用手摸着我的头，温和地说："小李，我是巡线站的头儿，又是师傅，出了事就得负责。你搞这工作缺少经验，我也没交代清楚，本来冬天复冰脱落，导线悬挂点容易失去平衡，释放线夹动作，导线发生舞动，造成碰撞接地……可我没提醒你……"

不管他咋安慰我，但心头总像欠了一笔债，一直感到不安和内疚，总觉着对不起他老人家。可我师傅哩，还是像没事一样，只是对我更关心，更亲切，抓得更紧了。他老人家，一肚子火热心肠，真比父亲还关怀我呵。这时候，我心头的秘密再也憋不住了，就一股脑儿把过去藏在思想深处的种种糊涂念头告诉他，并连夜写信告诉局里，请求取消我的调职申请书，决心留在谷师傅身边，当一辈子巡线工。

“小李，你不要为感激我才留下，要想到你是共青团员，工人阶级的后代。要服从阶级事业的需要，当个红色的接班人。过去，不少人问我为啥永远保持先进，我就是这样回答的——不图名，不贪利，心眼里爱社会主义事业，因为我是共产党员，是当家做主的工人阶级！”

从前，我听见大道理就不耐烦，可现在，我觉得句句都是开心的钥匙，愈听愈觉得亮堂。

三

冬去春来，转眼就是两年多了。谷师傅已经五十八岁，脸上皱纹迭迭，稀疏的头发已成银丝，显得更苍老了。打去年冬天起，他长期野外生活引起的关节炎和胃病，犯得愈勤愈重了，有时疼得颗米难咽，彻夜不眠。工会三番几次动员他退休，可谷师傅总是那句老话：“我这口老气不咽，谁也甭想叫我离开线路！”领导拿老人没法，只好关照我多注意他的身体，少让他值勤。可他那天生的犟倔脾气，咱哪管得了！不论刮风下雨，不管当不当班，他总短不了往线路上跑。有时我劝阻他，他就质问我说：“凭啥不让咱干？”

“您老年纪大，又有病，要照顾！”我说。

“咱不稀罕照顾！”他总是气冲冲地回答。

哎，我对他真没有一点办法！

今年五月，我和师傅到山外的保线站开会。王站长兴奋地说，局里最近要试验高空不停电检修。这真是个鼓舞人心的好消息呀，我和师傅都欢喜地蹦了起来。咱们为啥乐哩？凡在电业待过的人都知道：电业局为了保证供电设备的安全，必须定期停电检修。为了不影响正常生产，过去每逢年节假日，厂矿工人都休息了，我们就利用这个机会停电检修，过年过节都在山坡野地上过。要是这次试验成功，那该多么好呵！

“老王，啥时候试验呀？”师傅兴趣极浓。

王所长晃晃脑袋说：“听说还没找到合适的人上塔哩！”

“为啥？”师傅瞪大眼问。

“这玩意儿都没干过，心头没谱儿，有顾虑呀！”

经王站长这一提，满屋子人就七嘴八舌议论开了：

“二十二万伏电压那么高，够呛！鸟都不敢往上落，人挨着不烧成灰吗？”

“会不会杀伤红血球？”

“听说会影响健康！”

“……”

谷师傅听了，霍地一拍胸膛站起来说：“党绝不会拿咱工人生命去冒险，局里研究快两三年了，一定有充分把握。站长，告诉局里，咱去！”

“这……这。”王所长感到有点突然，“您老年纪这样大，身体又……”

“嗨！姜还是老的辣嘛，咱干得了！”

站长禁不住师傅死死纠缠，只好点了头。

回到站里，我就沉不住气了，对师傅说：“我琢磨了好久，您不能去！万一……还是我去吧！”

“小李子，甭担这份心，出不了事！”他温和地宽慰我，“这是一项重大的试验，成功了对社会主义贡献多大呀！我是共产党员，入党的时候，我在党旗前宣过誓：把一切献给党，献给共产主义，必要的时候可以献出自己的生命。难道这点小事都不敢干？”

师傅的申请书交上去后，约莫过了半个月，局里的通知就来了，调师傅去中心试验场。当晚，我心情矛盾极了，又紧张又兴奋，一宿没有合眼。师傅也翻来覆去睡不着。为了照顾师傅，经过再三央求，他终于同意我一块去局里。

在局长办公室里，领导同志们热情接待了我们。赵局长笑着问师傅说："老谷，说真个的，有没有顾虑？"

师傅斩钉截铁地回答："有顾虑我就不来了！"

赵局长给师傅斟了一杯龙井茶。

喝完茶，聊了会天，师傅待不住了，就催总工程师交代任务。总工程师见师傅心急，就带我们去电工试验室，他指着壁上的挂图和地上的模型，详细讲解了带电作业的科学原理，交代操纵技术和注意事项，我都一一记在本子上。趁师傅蹲着摆弄模型的机会，我拉着总工程师到房间角落摸了摸底。临分手的时候，总工程师半玩笑半认真地说："你们洗个澡去吧，身上脏容易冒火花！"

在山沟待了这么久，的确该"清涮"一下了，吃过晚饭，我就陪师傅去浴池洗澡。这时候，我的心情已经不太紧张了，因为从总工程师的介绍里，我知道这是利用"等电位"的科学原理，是没有什么危险的。不过，在师傅脱衣裳的刹那，我猛吃一惊：他身上有许多处光溜溜的疤痢，简直像剥了一层皮！

"这……这是咋啦！"我张大嘴吃惊地问。师傅望着斑斑疤痕，没有立刻回答，双眉挤在一堆，牙齿咬着铁青的嘴唇，眼里闪着冷峻的光，仿佛触痛了心中的创伤。好久，好久，他才沉痛地说："这也是带电作业给留下的。一九四三年，我在日伪开的东北电气公司做工，鬼子为了赚钱，硬逼我做带电检修试验。当时咱哪懂啥科学，为了一家人糊口活命，没办法，只好应承了。试验那天，老板只给了一套胶皮绝缘服，在十万电压的冲击下，绝缘击穿了，浑身起了电火，从三十米高的铁塔上摔下来，砸破了头，跌瘸了腿，弄成一身伤疤。整整卧床半年，老板不但没给一个子儿，还被公司勾掉了名字，一家人衣食无着……"

"妈的，简直是魔鬼，把咱工人不当人啦！"我气得浑身哆嗦，牙关咬得铮铮响。

"小李，想起过去当牛马的苦楚，看看今天的幸福日月，我真恨不得长出十只胳膊来为党工作……"

翌日清晨，天高云淡。我怀着紧张激动的心情，陪师傅到试验场去。广场四周插满红旗，指挥台上挂着毛主席的巨幅画像。场中竖着耸入云端的铁塔、变压器和悬臂式巨型起重机。前来观摩的人络绎不绝，党委书记、局长、工会主席等领导同志都早已到了，他们和师傅紧紧地握手，亲切地交谈着，嘱咐着……

我为师傅穿上特制的金属衣服，结着线圈，反反复复地检查着身上的装备，生怕出毛病。等收拾妥当了，总工程师登上指挥台，手挥红旗，吹响口哨，庄严地发布命令："所有人退出线外五米！"随着人群的后退，我的心仿佛要蹦出胸膛，憋得隐隐作痛，双手都沁出冷汗来了。我禁不住发颤地对师傅说："您老要多保重哇，有啥不对劲儿，就发讯号！"

"没啥，你走吧！"他泰然自若地一挥手。

我最后退出圈外，望着师傅穿着金色的甲胄勇敢地走进笼子，起重机摇动巨臂，将他缓缓地吊上青空，直升到和铁塔横担平行的时候，才停止了上升。这时候我的心也仿佛被山鹰抓上了蓝天，飘飘荡荡的。总工程师像一位威风的司令员，站在场中央的石台上，摇晃着各色小旗，用手势询问着各个操作机构是否准备就绪。当各个岗位都发出"可以启动！"的讯号后，总工程师把蓝白旗交叉一展，下令"合闸"。即刻，红灯一亮，电流发出嗡嗡的声响，人们都屏住了呼吸。负责指挥升电压的刘工程师，一边看着手表一边喊着："一万，两万，四万，八万……"当电压升到十万时，我才睁开眼抬起头来，发现师傅安然无恙地在笼子里站着，我一颗狂跳的心才稍稍平静下来了。我想：不要紧啦。

电压升到二十二万后，我看到师傅矫健地走出笼子来，敏捷地摘下手套，双腿"别"在导线上，掏出钳子麻利地操作起来。这场景，就像马戏团里的杂技表演一样，腾、挪、飞、翻，动人心魄。全场观众都被师傅娴熟灵巧的高空作业本领迷住了，不约而同地响起雷鸣般的掌声。这时候，我完全忘却了忧虑，宛如走进了一个童话般的境界，只是傻乎乎地盯着师傅，扑簌簌地直淌热泪……

晚上，我想起白天惊心动魄的场面，就悄悄问师傅："您当时害怕不？"他笑笑说："开头真有点紧张，特别是电流要通未通的时候。可我一看到地上的红旗，毛主席像，和那么多双关怀的眼睛，心里就踏实了。我想，有党和人民的关怀，咱有啥害怕的哩！"

我的师傅呵，他不会讲述自己，可是从他顺口说出的三言两语里，就能看到他那一颗纯净的心。

四

带电作业试验成功后，局里"强迫"师傅到阿尔山温泉疗养去了，我独自回到"火神庙"负责巡线工作。上个月接到师傅的一封来信，他说那儿的医疗条件很好，关节炎已完全好了，胃病正在治疗。信的末尾说："医生说还要三个疗程，照我看，最多半个月就能出院了。小李子，说实在话，这儿的风景美，有山有水，鸟语花香，生活挺舒适，简直比梦中的天堂还好。可我享不了清闲福，我牵挂我的小山沟。每当我喝着牛奶、吃着苹果、洗着温泉……我就想：要是在旧社会，到我这个岁数，身体又有病，早被资本家一脚踢开了，说不定早已饿死在街头巷尾……想到这些，我就浑身发热，恨不得马上出院。小李子，来信千万要告诉我站里的情况，我多恋我的铁塔，电杆、高压线和我的哥儿们呐……"

我捧着信，仿佛捧着一团烈火，好像有一股炙热的血液注入我的血管，我的心猛然沸腾起来！

1964年3月，包头

原载《草原》1964年第6期

月 夜

逯 斐

大队部的一排房子，静静悄悄，在大队长办公室里，八小队的副队长张振东正歪着脑袋、佝着背伏在桌上，翻阅一本笔记本。在这本上画了一个井架，一把扳钳正在飞，旁边写着“下面有人，豹子太粗心”，又画了一把剃刀……大概是刮陈豹子的胡子，批评他的意思。张振东看到这儿，把笔记本推开，噗哧一声笑了出来，接着又仰起脖子，用右手抓抓头皮，沉思了好一会，才严肃地紧闭着嘴，按着桌子就劲儿站起来，像根柱子似的站在房子中间，点点头，自语道：“着哇！原来大队长对豹子也有意见，那为什么不建议把他调出去呢？好！幸好我开会回来，先到大队部。听说支援出去的人集中了，还没有出发，许能调动一下，把雷国光再抽回来！”

张振东原是石油技校的毕业生，在四川当了两年钻探工，后来就当地质技术员，最近才调到八小队来当副队长。一到这儿，正碰上开展质量、安全、进度的红旗竞赛，八小队技术过硬，就是干活毛躁，上季度打井落后了，扫尾工作时，又发现陈豹子把扳钳扔在井台上，因此这个钢铁三大队第一次没有得到满堂红，季度的流动红旗被竞赛对手五小队抢走了。张振东从省里开会回来，听说这事很恼火，又听说雷国光支援出去了，更着急，径直跑到大队部来了。现在看到大队长的日记，非常高兴，就乐颠颠地哼唱起来，准备等大队长李铁柱回来好好谈判！

得铃铃……电话冷不丁地响了，张振东急忙抓起听筒，是教导员来的电话，他的声音好大呀！仿佛是在队前讲话，张振东不得不把听筒拿远些。

教导员告诉他，五小队打直井试验成功啦！斜差在三度以内只有零点七，教导员又告诉他，等李铁柱回来后，叫通讯员或旁的人给大队长挡住一切杂事，让大队长好好休息。是呀，早听说大队长这些天在五小队蹲点，帮着司钻在井台上出谋划策，好！现在打直井试验成功啦！钻杆钻到地下几千公尺，看不见，摸不着，嗨，斜差只零点七,一根木桩插在地面上，还许歪斜几分呢！这真不善呀！这就叫“水平”！唉，竞赛对手又打了一个胜仗！——这对张振东来说，又是一个刺激，张振东抱怨在家的正队长、指导员，为什么同意把雷国光调走，还有五级架工、四级钻工，调走的尽是拔尖儿的，像陈豹子这样当司钻，能创造什么新纪录，毛毛躁躁，不出事故就是好的。想到这里，张振东搔搔脑袋，搓搓手，像热锅上的蚂蚁，在房子中间来来回回走着。——怎么也得把陈豹子调走，把七级司钻雷国光换回来。八小队是大队长李铁柱带出来的队伍，走南闯北，创造过常胜纪录，现在李铁柱当了大队长，他能眼看着他的老班子垮台？

猛想起教导员要保证让大队长好好休息的话，想着大队长是个猴子屁股飞毛腿，每天一回到办公室，就像包公审案，什么人都要来找他办事……啊哟，这怎么能完成教导员交给的任务呢？张振东望着办公桌上的电话机——对！把电话线卡断。

张振东才把电话线卡断，忽然觉得这还不行，大队长李铁柱平日就骑个摩托，人们一听见摩托声，都来找他呢？到了这儿恐怕还是锁不了李铁柱。

今天下午，扬风飘雪了一阵，现在风停雪止，月光洒满了大地，远处钻架上串串灯光，像从儿童手里放出的鸢灯，充满了春意，四周被灯火包围，仿佛是个大城市。公路上各种各样的汽车、大车穿梭似的奔驰着。车轮的滚动声，夹着马蹄嘚嘚，偶尔响起的尖锐的喇叭声……这是石油工地的建设进行曲。

张振东谛听了一会，没有摩托车声近来。张振东虽来到三大队还不到半年，可也摸到大队长的脾气，他想五队的井场离队部虽近，兴许李铁柱半路上又拐到别的井队去了呢？他扭身又返回队部去了。还没等张振东坐稳，突然，噗噗噗，摩托车声近来，张振东拔腿出门，只见早有一大帮人簇拥在大队长李铁柱摩托车旁。李铁柱戴一副墨晶大眼镜，镜片遮住了半个脸，棉帽子的两只耳朵平翘着，像要飞的那样，瘦格格的中等身材，提着沉甸甸的摩托车，进门靠墙放好。

李铁柱见张振东愣站在大队部门口，就问："喔，会开完了，找我有事么？"

"是呀！"

"干么傻站着！"李铁柱没等张振东回答，就和那帮人一起走进办公室。张振东暗自着急——这么些人一来，大队长还能休息？想着自己还有正事和他商量，怕也没法插嘴了。张振东思思量量也只好跟进屋去。

李铁柱一进门，两手从棉衣口袋里掏出一本《反对自由主义》，一本《袖珍字典》，顺手脱下溅满了泥浆、带有油腥味的光板皮坎肩。一面谛听着人们的要求、意见。人们早就在那儿，你一言我一语地谈开了。

张振东扫视了一下人们——那是职工家属张大伯，为了儿子结婚要房子的事，那边那个小学老师，来请大队长去讲家史，坐在椅子上的老乡，是为了儿子与媳妇闹不对付……啊哟，这么谈下去，还有个完没有呀？张振东急忙说："大队长，洗个脸，快休息吧！"

通讯员正给大队长往脸盆倒水。可是人们并没有走的意思。

李铁柱像根本没听见张振东的话，把靴子脱了，赤脚靠着墙坐在地上，一边抽烟，一边回答一个个问题。

张振东又说："大队长洗洗脸休息吧！"他转过身又对人们说："这些天大队长一直蹲在五小队，在搞打直井试验，大队长累了，同志们……"可是李铁柱还是和他们说了好一阵话，他们才站起身走了。

张振东见人们走了，转身见李铁柱把棉帽子一甩，露出一头七高八低的头发，又在那里摇电话。

张振东说："大队长，我找你有事，说完了你就休息。"

"咋？你只会说休息两个字么？"

"教导员叫你……"

"叫我咋？快叫个电工来，快！电话怎么坏了？"

张振东没有动。

"你咋啰，电话是我的耳朵……"李铁柱说着，满脸通红，就要去穿靴子，像要立刻出门去找电工似的。却被张振东挡住了："教导员让你劳逸结合，立刻休息，所以电话……"

"啊！"李铁柱舒了一口气，两只胳臂一抱，直瞪瞪地看着张振东，仿佛要吞了对方，他摇摇头说："你呀！你呀！知识分子呀，尽干蠢事，教导员能叫你把电话机给卡断？我能一天没电话使么？你呀，你呀！小伙子。"

张振东脸红了。心想干么提知识分子？知识分子难道也有错？他生气地望着李铁柱。两个人你瞅我，我瞅你，像一对待斗的公鸡。好一阵，李铁柱猛转身，自语道："我去！"他赤着脚，秃个脑袋就要出门，张振东拉住了，说："好！我来修！"张振东立刻把电话线又接了起来。

李铁柱见张振东把电话线接好，立刻扑过去，一手抓起耳机，一手紧捏着拳头，端坐在办公桌前，问调度各小队的生产情况。最后，他笑着把电话听筒放下了，但仍愣神地坐了几分钟。

张振东早听说李铁柱的脾气不好，对卡断电话线会怎样呢？……他正想着，李铁柱猛地站起，见张振东仍傻站着，就走过去，乐颠颠地拍拍张振东的肩膀说："是你把电话线卡断的吧？你想，我只有两条腿，全大队好几个井队，顾了这头顾不了那头，全靠电话当助手，你怎么尽干傻事，敌人包围上来了，也能说休息休息再打？”

说罢，李铁柱把自己的头埋到脸盆里，两手捧水向头上泼，发出呼哧呼哧的水声，并瓮声瓮气地说：“噫，你不是找我有事么？”

“是呀！”张振东想起刚才的事，又怕大队长笑自己“知识分子无知识”。至于调人的事，本来也不是由大队长决定的呀，再说雷国光他们早已去指挥部报到，等着出发了，现在提恐怕也是白费。

“噫！咋啦，说话呀！”

李铁柱一吼声，张振东心慌了，不知该怎么好，忽然看见李铁柱那头头发，活像才割过的韭菜，连忙亲切地说：“大队长，你是全国的劳模，瞧你的头，是谁给你闹的？”

“咋劳模？没有党，连把刷子也当不上，啥劳模？”

“不管怎么说，你的头发太不雅观。”

“咋？你又不是才上井队，怎么尽说傻话？咱们在钻井队的人，上有水，下有泥，闹不好，长头发串成个冰糖山药，昨天，我拿起把剪刀，在值班房对着玻璃窗剪起来……”

怨不得剪成韭菜了——大队长也是四十挂零的人了，尽说别人干傻事，说傻话，可他呢？干的事儿也怪逗人呢！

“这样，我的头发热，就弄一瓢凉水往头上一浇，也就结不了冰糖山药了，哈……”

“这叫领导看到不好，要有个记者之类访问你，看到这头头发更不好，你没听徐指挥的话么？他说他梦见钻井工人穿了白衣服上井，活像个大夫，干净极了，那不是梦，那是他的设想，听说油库转运站的工人，已经在做白工作服了，要强调文明生产……”

“着！说得好！有水平，明天叫理发师给剃个光头。”李铁柱想这小伙子的两片嘴唇还挺利的呢！

“来！不用找理发师，我给你剃！”

“你，石油学校的毕业生，还能干这个？”

“您不是说过，人是猴儿变的，生来就会学！”

“着！着！”李铁柱一面把剃刀什么拿出来，一面用赞赏的眼光看着张振东。见张振东把床上的塑料布掀下，替他围在胸前，他孩子似的高兴地摇摇手，走向留声机：“咱们来个劳逸结合，”他打开留声机，边摇发条边说：“过去，喝墨水的背着手看，没文化的猫着腰干，现在毛主席说知识分子工农化，工农分子知识化，我早先还解不下，前几年到了这儿，我可真看到‘化了的’知识分子，咱们的王总工程师原是天津的大学生，他成天在井上，抬钻杆，搅泥浆，上井架，没一件不能干的，也真给工人解决问题。有一回，我刚到这，地层情况不摸底，发生了井喷，那吓死人呀，山崩地裂似的，可王总真沉着，他一面指挥，一面忙着钻到井架下，把防风器给关住了……这才没有造成损失，啧啧，真是好样儿的知识分子。你当了队长，得好好干！不要翘尾巴。”

“嗳！快坐下，我给你剃。”张振东想，我不好好干能学会这？

张振东早听说李铁柱是一字不识的工人，解放后，他创造了钻井新纪录，打一年井，没一口报废的，因此领导上派了个技术员到他领导的井上（就是现在的八小队），帮助他总结先进经验，帮助他学文化。可是他看到这技术员光在屋里指手画脚，也不到现场去，又看到他的被儿是缎子面儿，他借口年纪大学不着文化，就把这个技术员打发走了。张振东想大队长也真怪，怎么以后学文化学得那么好？看毛主席著作，还满口哲学名词，这大概也算工农知识化吧？

“秦腔好听么？”李铁柱闭着眼问，由着张振东摆弄他的头发。

留声机里唱的是秦腔的《三娘教子》。张振东虽也是西北人，可对秦腔、京戏之类听不出啥味道，看李铁柱闭着眼静听的样子，忽然想到去年，西安来了一个秦腔班子，到工地来慰问演出，临走时，李铁柱背了一口袋爆米花去送他们，到火车上，就像老婆婆给外甥散食，给每个演员抓一把……张振东又噗哧一声笑了。

“咋？笑啥？噫，你不是说有事么？”

“是啊，现在说不说也一样！”

“这是什么话？说！”

“噢！咱支援到新井队去的人，还能更动么？”

“咋？”

“我这次在外面开会，听说雷国光也支援出去了，能换下来么？”

“换谁？”

“换陈豹子。”张振东想到李铁柱的日记，变得理直气壮了：“陈豹子粗枝大叶，这回竞赛不就是因为他不小心，要不我们能输给五小队么？害得三大队没得满堂红。陈豹子呀，就是您说的，脑瓜子里只有半个井字，那半个井字在他家里……依我……”

“啊！依你？”

“依我，最好把雷国光留下，把五级架子工陈思三也留下，四级钻工赵安理也留下，这几个都是全工地数一数二的硬手呀！”

“留下，留下，统统留下，那还成不成立新井队呀？”李铁柱的语气变得特别温和。

“新井队当然要成立呀，那是要到新地区去找石油呀！除了这几个，不是还有二三把手么？陈豹子，李二楞，谢心高，挑哪个也行……像陈豹子那样，一块羊肉腥一锅汤……”

李铁柱猛地扯下胸前的塑料布，站起来，两眼瞪得像牛眼珠子，旋风似的转过身来：“啊！你就不怕腥了别人？这叫什么母鸡下蛋？尽下臭蛋！你这不是去支援别人，是给别单位扯后腿。”他说着，光脚丫子三步两步过去把留声机关了。

“我这也不为我个人！咱大队是老红旗队，石油战线上的老标杆，留下的人就应该像选种一样，像陈豹子这样的人，有机会就该调出去……”

“啊！留下的该是种子，撒出去就是稗子！”李铁柱一拍桌子，脸涨得绯红，重复地说着那两句话。

张振东想到在本小队，就有人抱怨过李铁柱，说他盖了新房子让给外单位，别单位扔的破烂，他就去收起来，现在全大队一下子支援出去三五十个人，要全像八小队那么挑拔尖儿的，全大队剩下二三把手，还要不要这份荣誉?

“李二虎也支援出去了！”

天哪！李二虎是会战以来不倒的红旗手，虽不在八小队，可也是三大队赫赫有名的人物。雷国光是和李铁柱一起从延长出来的钻井工人，钢铁三大队就靠这三五根柱子，老标杆的声誉是和这些人分不开的呀！

“这样下去，钢铁三大队要垮！”张振东颓然坐下，把手里的剃刀扔在桌上。

“不！只要思想不垮，作风不垮就行！”两人突然沉默下来了。

李铁柱想着小时候和雷国光一起，在延长山里放羊，戴着草花编的帽子演戏，打架。雷国光学小生，嗓子不好，他对着小河练嗓子，雷国光后来到了玉门，当了钻工，打钳子不准不稳，他起早贪黑地练呀练，梦头里还在练，有一次从床上翻到了地下，为了创造日进纪录，他回来就和自己谈。……这些年来，两个人不常碰头，可过年过节，总要到一块儿叙叙旧，一见面就抱着摔跤，再谈各种各样的钻头——他是一把好手，有能力，有文化，肯钻研，吃得了大苦，耐得了大劳……李铁柱眯缝着眼，仿佛看到雷国光到新单位去，抬钻杆，搭活动房子的迅速劲儿……

陈豹子年轻力壮，刚上井队的时候，连被子也不会缝洗，穿的衣服破烂了也不会缝补，还是一个小娃，可是他聪明，吸收力强，他到外队学经验，一下子把经验学来，用上，又发挥……可惜就是粗枝大叶，马马虎虎，思想上有点满不在乎……

李铁柱赤脚在屋里来回走了一阵，心情显得平静多了，说：“我了解雷国光，他走我当然也舍不得。可是他能一顶一地干。陈豹子有些毛病，老队伍里的人，都了解他，你对他抓紧些，几十个人把他一夹，也就顶上去了。新成立的单位，人员来自五湖四海，彼此不摸底，要再没人抓，就是一块红透了的铁，也会顺坡溜下去的。这些事我个人说了不算，这是大队部，党支部研究过的。”

张振东知道调人的事不是大队长说了算，可是大队长说得上话，可以力争，怎么他一点不为这个由他带出来，打出来的钢铁队着想呢！张振东愣神地望着墙上那几面鲜亮的红旗，红旗上许是蒙上了一层灰，仿佛暗淡了些——也许今后不会再挂上新红旗吧？

猛地电话铃响了，李铁柱去接电话：“啊！好，今天已经出发了？好！……那不能换……是，二大队一小队打的直井，井的斜差零点五，项项质量全优，六十三个点技术过硬，好，立刻组织去向二大队学习……好！好！……”

张振东听说忽然得意地摇摇头，翘着脚尖走回来，喃喃自语道：“又一个胜仗，二大队又跃上去了！零点五，高标准呀！——得考虑考虑这个高标准吧？”

大队长重复电话里的话。

张振东见李铁柱放下电话，决定再提醒李铁柱一下，就说：“你瞧二大队直线上升，六十三个点技术过硬，我怕咱们队紧赶快追也撵不上！咱们的这份荣誉会被雷国光带走的！陈豹子是决创造不出来……”

“我不信死了杀猪的就吃活毛猪？”李铁柱想到刚才还到八小队去了，见到陈豹子在顶二班的样子。说：“事业在发展，人也不是铁板一块，陈豹子恐怕也有优点。让雷国光去打天下，留下的人，也不是孬种。”

电话铃又响，李铁柱听完电话后，就坐到办公桌前，提起笔来就写，边写边道：“下月全面铺开打直井，各井队准备……啊！准备这两个字咋写的？”张振东用手指在桌上写给李铁柱看。并说：“你说我替你写吧！”李铁柱摇摇头继续写，说：“我扛笔杆儿要比扛钻杆沉得多，写一个字全身十八处痛，痛地主咬了我的腿，痛父亲双目失明，痛我当了七年钻工，还没捞到一双新鞋穿！解放后，军代表给我披上一件光板皮袄，还有，还有一个诗人，送我这支笔！啊！我身上再痛，我也得自己写，自己干……”

突然，锣鼓声近来。一辆汽车，载着人们敲锣打鼓扛着红旗来了——八小队二班工人回来了，向大队部来报捷。——八小队二班在陈豹子顶班时创造了先进日进纪录，提前完成了任务，经过固井验收、检查，也是项项质量全优，井的斜差零点三……

张振东被这个数字震动了——他到外地开会七天，雷国光调出去后三天，陈豹子顶雷国光的司钻担任了组长，跃上去了……他愣站着，不知所措地和七天没见面的同志们握手，人们都变了。他想在人群中找陈豹子，但陈豹子还留在井场上——他现在是这个井组负责人，留在井场检查……张振东听说，立刻向同志们挥挥手，迎着夜风向井场奔去，心里说不出是什么滋味。

李铁柱向指挥部打了电话，披上棉袄，骑上摩托也离开了大队部，半道上，见张振东，就把车停下，对张振东说：“骑上来吧！我们上八小队的井场去。”等张振东骑上后又说：“你回来再看看《毛泽东选集》三卷，上面有一篇《整顿党的作风》，你可以仔细看看。”

张振东的脸，唰一下红了，心想李铁柱是对的，他从没文化到有文化，看懂了毛主席著作，而且能把毛主席的思想运用……而自己呢！想到刚才的争论、担心，脸又红了一阵。

这时，月光如水，摩托奔驰在这波涛似的丘地上，仿佛汪洋一片，而那一幢幢采油值班房，像是一艘艘轮船，正航向远处。锣鼓声远了，消失了，而摩托声在轰鸣，仿佛整个地球在欢跃。

张振东坐在李铁柱后面，顶着夜风，带着激情，带着对未来的向往——新的井架将在雷国光他们手下耸立在陌生的、遥远的土地上，而这儿，陈豹子他们也在为寻找石油创造新纪录，新的竞赛还在开始呀。……

原载《收获》1964 年第 6 期

时　间

焦祖尧

一

“炮！当心炮！小季，马要过来了！”

“炮横过去！”

“干脆下去端他的老将！”

“……”

矿工俱乐部门口，里三层外三层地围满一堆人。“观棋不言”的“真君子”大概是没有的，看棋的人总是比下棋的人来得性急；他们嚷呀，喊呀，唯恐自己的意见不被采纳。意见一多，对弈的一方、大家都喊他小季的那个青年人却无所适从了；他伸开五指，插进那乱蓬蓬的头发里去，挠着，绞着，还是举棋不定。

这小伙子叫季阳春，二十三岁，身材匀称，脸色白净，方脸盘上的一对眼睛很灵活，黑白分明的眼珠子一转，圆弯弯的眉毛也紧跟着一起闪动。手腕上戴一块亮晶晶的手表，身上是一套半新的工作服，煤炭和油腻比别人要少一点，下棋是他的一种癖好，上班前他常来这儿待一阵。

“马口！马口！”“炮快下去呀！”“端他的将老头子！”

季阳春正举棋不定，有人挤到他身后，捅了他一下。

“干什么动手动脚的！”他倏地回过头去，发现站在他背后的不是别人，正是他的父亲季艾水。

“跟我上班去！”老工人不动声色地说。

儿子的嘴角动了动，大概想说些什么，看见父亲脸上的神色很严肃，就把手里的“炮”一扔，站了起来。

季艾水五十三岁，瘦长个儿，和所有在旧社会里背过炭的老矿工一样，背有点驼了。狭长消瘦的脸上，高耸的颧骨把满是沟纹的脸皮撑起。眼睛眯细着，眼角布满了鱼尾纹。不过，他走起路来，却全然没有什么老态，双手抄在背后，步子迈得大，迈得稳，踩着地皮，“噔噔”发响，儿子要使出劲才能跟上他。

爷儿俩往井口走去。走着走着，季艾水听不见后面的脚步声，转身一看，儿子坐在道旁的一块大石头上不走了。他反抄着手走回来，平常眯细的眼睛，一下子瞪得又圆又大：“为啥不走？”

“爹！”儿子满腹怨气地喊道，“你为啥不按时上班？”

“我……不按时上班？”

“你看，”儿子把手腕上的表伸到老子面前，“你看看，现在才几点？”

太阳照在雪亮的不锈钢表链上。反光把老工人的眼睛耀花了。他第一次觉察到这块表戴在儿子手上是那么刺眼！

季艾水反抄着的手放下来了，眼皮底下的肌肉跳动着，接连喘了几口粗气，这才直着嗓子喊道，“你怕给国家多使了力气是不是？国家给你一分钱，干一分钱时间的活，是不是？”老工人说到这儿，耳根旁边的青筋也暴出来了。

儿子理亏了，耷拉着脑袋，嘴上可以拴毛驴。

“走！”季艾水又吼了一声。

季阳春只好站起来。儿子在前，老子殿后，往井上走去。

“他有他的时间了！”季艾水一边走一边在心里嘀咕，“我怎么就糊里糊涂地给他买了块手表？”

“真怪，那么早就往井上跑，还要硬拉着人家！”儿子也一边走一边在心里嘀咕。

“爹！”儿子鼓足了勇气回过头来喊道，“下次你上班不用招呼我！”

“为啥？”老子猛地刹住脚步。

“我有表，能掌握时间，不会迟到！”

“你能掌握时间？”老工人一字一板地喊道，心里却难过地嘀咕：“我怎么糊里糊涂地给他买了只表呢！”忽然，他向儿子伸出手去，喊道：“把表给我！”

“什么？”儿子感到难以置信，声音有点发颤。

“把表给我！”声音是斩钉截铁的。

“为……为啥？”

“有了它你也不会掌握时间，”老工人吼道，“给我！”

没有一丝一毫回旋的余地，季阳春只好把心爱的手表从腕上褪下来，放在老子手里，惴惴地说：“那我以后怎么知道时间——”

“跟着我的时间走！”季艾水打断他的话，把手表放进工作服上衣口袋里，扣好纽扣，迈开大步，往井上走去。

二

父子俩都是井下的水泵工，他们管排水，还管检修。

在矿井里，水、火、瓦斯是安全生产的三大敌人。自打解放以后，矿上制订了许多严格的保安制度和规程，采取了许多保安措施，职工的思想里牢固地树立了安全生产的观念，于是水、火和瓦斯也就不敢再逞凶了。

水泵工管的就是水。矿井在地层深处，每天需要从井下排出千万吨水，工作面上才能正常进行生产。季艾水当了十多年水泵工，在工作上，他除了严格执行矿上制订的各种规程和制度外，还给自己定了一套“规程”。每天，他都要提前一小时下井做准备工作，还去巷道和工作面察看水情，检查水沟是否堵塞等。此外，井下的掘进、回采和运输等方面的工作，有什么问题他也管：他在矿山干了四十年，技术上是全面手。因此，他每天出井总比别人要迟上个把小时。儿子没有老子这样的习惯。这后生从技工学校出来，先在十号井当水泵工。文化水平高，脑瓜挺管用，新东西掌握快，在上班时间里，工作倒也不马虎，前一阵考工评级，评了个三级工。自从戴了块手表以后，季艾水就听到了一些言语。据十号井的人说，小伙子掌握时间挺准确：上班正点到达，差误在三分钟之内；下班以前就一个劲地看手表，正点出班，于是有人给他起了个绰号“标准钟”。季艾水思摸了好几个晚上，决定把儿子调到自己身边来工作。井口党总支同意了他的请求，于是季阳春就来到了九号井。

今天是他来九号井后的第三个班。前两个班，心里虽然不大愿意，却只好跟着他爹一起走；今天他早早就离开了家，没想到老头子赶到俱乐部门口来找他。

现在，父子俩正在西大巷的一条运煤巷道里安临时水泵。这条运煤巷坡度很大，低洼的一端没有打通，是条实巷，各个工作面上的水，都汇流到这里积起来，需要用水泵排出去。

一开始工作，季艾水就把什么不愉快的事情都扔在脑后了，甚至忘记了口袋里还装着手表。儿子却怎么也忘不了他那心爱的东西。他懊恼地想：“好端端块表不戴在手上，却揣在口袋里；自己不戴，又不让别人戴……”

他发现，近来父亲对他的态度有点异样。不久前，他在十号井考工评级。他的成绩很出色，特别是技术理论的成绩，达到了四级工的水平。领导上初步决定给他定四级工。季艾水知道了这件事情，就去找他的领导，说定三级工已经很高了，定四级工可万万不行。

“光凭他嘴上说纸上写可不能算数，”季艾水眯着眼睛说，“他文化高，回家开几个夜车，就把理论背出来了；讲实际他还不行，前几天不还烧了副盘根！脱下学生装还没多久，说他是个真正的工人，还早着哪！定高了对他没有好处！”

领导上研究了他的意见，觉得很有道理，就把他儿子定了个三级工。季阳春肚子里有意见，却不好往父亲面前端；心情不好，三天中少吃了六个馒头。

这时，老工人跪在地上，伸过一只手来：“给我小号扳手！”

季阳春没有听见，继续他原来的思绪：“说什么‘你当四级工还没到时间’！时间，时间，到底什么是他的时间？”

“你聋啦还是怎么的？”这一声吼叫把季阳春震了一跳，转过脸去，发现父亲向他伸着一只手。

他不知道对方要什么东西，慌慌张张递给他一把克丝钳。

“我要的是小号扳手！”

季阳春不敢正视他爹的脸，连忙把小号扳手递过去。心想：“这样跟着他干活，不要命吗？”

他无意中扭过脸去，发现他爹趴在水泵上，在紧联轴节的螺丝，不由吓了一跳。脱口喊道：“爹，口袋里有表，别压碎了！”

老工人没有站起来，只是侧过脸用火辣辣的眼睛瞪了他一下。

季阳春不敢言声，心里暗暗叫苦。

……

好长的一个班啊！自从参加工作以来，季阳春觉得今天这个班最长了，好像一小时已不是六十分钟，而是变成了八十分钟九十分钟。井底下是看不见太阳的，他不能看日影来估量时间。表就在他爹的上衣口袋里，但是老头子从不拿出来看一眼。

电动机带动水泵，通过长长的管道，水被提升到它该去的地方。季艾水还是在机器旁边忙个不停。他喜欢听机器运转时隆隆的声音，此时此刻，他的耳朵里也只有这一种声音。

终于，接班的工人来了，他们应该上井了。

季艾水详细地给接班工人交代完了工作，却并没有上井，他钻进顺槽巷，往工作面走去。这时候，季阳春肚子里响得更厉害了，他忍不住怨艾地喊道："爹，下班时间早到啦！"

季艾水转过脸来喊道："你的时间观念真强啊，难怪人家叫你'标准钟'！"

"下了班就该上井，要不，还用得着什么作息制度！"憋了一个班的怨气，终于吐出来了，季阳春觉得自己是有理的。不过，他知道父亲的脾气，看见老工人眯着的眼睛鼓圆了，连忙低低地补充了一句："我肚子饿了，爹！"

老工人看了看儿子，鼓圆的眼睛又眯细了："我怎么就不觉得饿？"

"我年纪轻。"季阳春说，他有的是理由。

"我也有年轻的时候，"季艾水的声音又提高了，"像你这样的年岁，我背一百八十斤炭，爬一百多米四十五度的坡，吃一点儿黑豆糊糊，每天只能上来睡四五个小时，那时候，你跟谁去讲作息时间，你跟谁去喊饿，嗯？"

儿子不再言声了，低着头嘀咕："总不能不上井呀！"

"我的下班时间还没有到，"老工人头也不回地说，"你跟着我的时间走！"

三

晚上，季阳春第一次失眠了。

往日，他总是把手表放在枕头下边，在悦耳的"戚察戚察"声中很快入梦；今天，那熟悉的声音听不到了。他翻来覆去，无论仰天睡、侧转睡都不舒服。白天发生的事情一一在他眼前呈现，他仿佛又听到爹在冲着他喊："跟着我的时间走！"

"跟着他的时间走，他的时间是什么？"儿子满腹牢骚地想。"成天只想往井下钻，偏偏还要拉住别人！人家做爹妈的，总是怕儿女累了，苦了；他呢？反了个个儿！"

翻了个身，他又想道："爹吃了半辈子苦，脾气有些怪。他认为这样做是为了我好，我也该体谅体谅他！"

就这样，他翻过来想，翻过去想，也不知道什么时候闭上眼睛的。刚要入梦，那熟悉的"戚察戚察"的声音忽然又响了起来。他伸手到枕头底下去掏表，却什么也没有。定了定神，才知道外边下雨了，是檐头的雨水在响。他叹了口气，又躺了下去。

迷迷糊糊地，他听见耳边有人在叫他，那声音很轻，很柔和。"我大概又在做梦了，"他蒙蒙胧胧地想，疲倦袭击着他，使他睁不开眼睛。

"阳春，阳春，醒一醒！"他恍惚感觉到谁在轻轻地摇他的头，抚摩他的头发。睁开眼来，发现炕沿上坐着他的爹，手里还拿着一个亮晶晶的东西，正是他心爱的那块表。

眼前的场面使得小季摸不着头脑了，他揉了揉眼问道："你还没有睡，爹？"

"睡不着哪，孩子！"老季说着，爱抚的眼光久久地停留在儿子身上。季阳春从来没有听见过爹用这种口气和自己说过话。灯光下，他看见父亲鬓畔的白发在闪光。

"孩子，你要戴手表，你为什么要戴表哪？"季艾水说着，把表放在儿子手里。

"掌握时间嘛，爹！"

老工人感慨地说道："时间？孩子，你知道啥叫时间？"

季阳春心想："这谁不知道！时间用钟点来计算，一天，二十四小时；上班时间是八小时，睡觉也要八小时，看一场电影的时间是一个半小时……"可是，时间究竟是个什么东西，他却说不上来了。生活里常常有这种情况：自以为最明白的事情往往说不清它的意思。

"你听我说，孩子，"季艾水把上衣披了披紧，"刚才，我想起了几桩事情……"

原来，当儿子辗转不能成寐的时候，老子也还没有合眼。手表在枕头旁边“铮铮铮”地响着，时间在一分一秒地过去，十点半了，十二点了，他还没有一丝睡意。

他仿佛觉得自己做错了一件什么事情。过去，儿子在技工学校念书，国家管他们的伙食，照例不需要多少其他花费，但儿子每次回家来向老伴伸手要钱的时候，他并未加以阻止。老伴一共生过五胎，活下来的就他一根独苗苗。儿子来矿不久，说要买个表掌握时间，他也就糊里糊涂地使儿子如了愿。现在，这孩子口口声声说，他有自己的时间，叫做爹的不要老管着他，老跟着他！

老伴睡得很香甜，季艾水还是没有睡意。表在枕头旁边“铮铮铮”地走着，他觉得这声音越来越响了，到后来，竟像铜锣一般地敲击着他的耳膜。

他刚闭上眼睛，就看见一个干瘪枯瘦、身上披了块麻袋片的老汉向他走来。那是他的父亲。他从小在煤窑里受苦。第一天下窑，窑主就告诉他一条规矩，说道是宅有宅神，窑有窑神，天不亮下窑干活，窑神爷看他勤俭，就把他当自己人，就会保佑他多出煤，少出事故；天亮了下窑，定是没出息的懒汉，窑神爷就会把他当作外人，当作偷煤贼，会降祸于他，窑里就要死人，出大事故，那时候，在窑里受苦的人，连个钟表都没有见过，他父亲住的大伙房，屋檐下刚好有人家垒了个鸡窝，喂了只公鸡，听到第一声鸡叫就得下窑。没想到有一次闹鸡瘟，公鸡没有叫，东方发了白，他爹还没有醒来。窑主来了，一言不说，从炉子里铲出一堆红炭，往爹脸上撒去。爹狂叫一声，醒来还没明白发生了什么事情，急雨般的棒打就落到了他的头上。窑主说他存心想毁他的窑，窑神爷已经动怒了，罚他买了猪头三牲祭窑神，还半个月不让下窑干活……

他睁开眼来，屋子里安静得很，只听见表在走动，“铮铮铮”，声音清脆，响亮，敲击他的耳膜，敲击他的心弦。

他闭上眼睛，眼前又出现了另一个人，驼着腰，披着洋灰袋，蓬头垢面，像一只虾一样蜷缩在井口。这就是他，过去的季艾水。他刚从井下上来，回家喝了点糠糊糊，就来这里过夜，为的是明天能下井；要不，来晚了，别想下井，还要挨工头的皮鞭。下一天井，上来才能到账房里支到一斤带糠的黍子面。那一年，老婆生孩子，难产，痛了一夜，天亮时才把孩子生下来。他安顿了产妇，赶到井口，求工头让他下井。工头正在漱口，喷了他一口浓痰，骂道："他妈的，你老婆生孩子关我什么事？谁叫你不早点来？滚滚！"没办法，他去灰堆上拣了一天煤核，到镇上去换回半斤麸皮给产妇充饥。那一次生的正是季阳春。二十二年过去了，现在，这孩子在隔壁房间里睡着，他要戴"坦克"链的夜光手表……

季艾水睡不着了，他坐起来抽支烟。外边在下雨，檐头水"滴答滴答"地响着，可是，在他的耳朵里，手表的声音比雨声还响。借着从窗外射进来的一束路灯光，他看到了对面墙上那张毛主席像。他长久地凝视着伟大领袖的画像，脑子里出现了刚解放时的情景。

啊，天下变了，矿山是矿工们自己的了。他带着一伙人，来到水淹了的矿井里，摸摸被敌人破坏得"遍体鳞伤"的绞车，摸摸破烂不堪的风机、水泵，含着眼泪喊道："这是咱自己的了，这是咱自己的了！"

矿山一时出不了煤，工人生活全靠国家救济。军代表带着人挨门逐户地送粮食，送油盐。那时候，工人买不起表，连一只双铃马蹄表也买不起。一个清晨又一个清晨，他的老伴坐在炕头，听着鸡叫，看着天色，叫醒他去上班。军代表告诉他，不单是矿井恢复起来，能正常生产出煤，就算数；工人阶级还要去建造比现时美好千百万倍的社会主义和共产主义社会。他，季艾水，已经不再是一个受人践踏的"窑黑子"，他是顶天立地的中国工人阶级的一分子。当时，他还没有完全明白军代表话里的全部意思，但是从此以后，只要他一想起自己是个什么人的时候，心里就不由得热烘烘，火辣辣；他觉得自己肩上的分量比担着一座煤山还重。在睡梦里他也在叫喊："自己的了，这是咱自己的了！"千万不能误了上工啊，他季艾水有着多少事情要做！真恨不得长出几只手来啊！时间对他来说是多么重要！建设成连他一时都无法想象的那么美好的将来，要一步一步往前走啊！

有一次老伴打了个盹，等到叫他，天已大亮了。他对她发了脾气，狠狠地发了脾气。他们一起过了将近二十年，她第一次看见他发那么大的脾气！

一个清晨又一个清晨，无论是酷热的伏天，还是严寒的“四九”，他的老伴，总是像一尊塑像似的，端坐炕头，看着天色，听着鸡叫。矿山修复了，第一车煤出来了，他们省吃俭用，终于买了一只双铃马蹄表……

“他说，他有了表，能自己掌握时间了！”季艾水想到这儿，不由得激动起来，“他懂得什么叫时间啊？”

这时候，他的眼光，又落到了毛主席像上，一种做错了事情的感觉更加强烈起来。忽然他揭开被子，轻轻下了炕，拿过表来一看：一点整。他披上衣服，推门出去。

……

也不知过了多少时候，老伴醒来了。发觉旁边的老头子不在，却看见儿子屋里还亮着灯，就披了衣服走过来。她从半开的门缝中看到了这样一个场面：儿子激动地用牙齿咬着嘴唇，把手中握着的什么东西放在他爹的掌心里，低着头轻声喊道：“爹，我……我以后跟着你的时间走就是！”

这时候，外面的雨已经停了。

四

从此，季阳春就按着他爹的时间上下班了。小伙子工作得很努力。

老季却开始在考虑，要不要把表还给儿子？

半个月来，他们一直在那条运煤巷里排水。因为靠近实巷那一端又开辟了新的工作面，水泵必须跟着往前移。今天就准备下去移泵。

吃过饭，父子俩又早早地下了井。走出罐笼，季阳春迈开大步，往工作地点走去。为了表示他已决心要跟爹的时间走，小伙子在心里给自己作了这样一个规定：每天要早一小时去做接班准备工作。

他们来到一条巷道的转角处，看见几个人正在抬一辆落了道的矿车。老季过去帮他们使了使劲，几声吆喝，总算把矿车扶上了道。但是，原来满满的一车石碴子还翻倒在道上和道旁。在矿井下干活的人都知道，巷道里的运输线是很重要的，前边堵塞了，后边的车没法放下来，生产就要受影响。老季把矿灯往矿工帽上插一插牢，动手就帮他们装起车来；但是小季却头也不回地走过去了。走了一段路，发现他爹没有跟上来，才又折回去。老季好像忘记了身边的儿子，他抱起一块六七十斤重的大石头往车上装。小季只好也跟着装起车来。装了约莫半车，看见他爹还不想走，小伙子沉不住气了，在老季耳边轻轻提醒道："爹，走吧，该接班啦！"老季头也不回，说道："慌啥？这里还没完！"小季着急起来，不由得把声音提高了一点："咱不是每天都提前做接班准备吗？今天已经迟了！"老季的眼睛又瞪圆了："你啰唆点啥？快帮着装车！"

季阳春心里好生奇怪！爹今天是怎么啦？常言道，管勺的管不了烧火，管水泵的和推车有什么关系？况且车已经扶在道上了，碴子也装得差不多了；平素最强调时间的人，如今时间观念到哪儿去啦？说不定上一班的人还以为咱爷儿俩今天破例睡懒觉了呢？想到这儿，心里好不是滋味！可是又没有办法，只好耐着性子装车。一回头，看见他爹的手被石头的尖棱子在车帮上挤了一下，手背上拉了一道口子，血渗出来，他心痛地喊了声："爹！"老季却理也没有理他，弯腰又抱起了一块磨盘大的石碴子……

车装好了，运输道畅通了，这时候，后边放下来了好几辆车，都顺顺当当地过去了。老季这才松了口气，用工作服袖子抹了抹脸上的汗，继续赶路。

"爹，快走吧。"儿子在前边催他。

这时候，老季的心思才从矿车上转移到了儿子身上。“这孩子的时间观念好像很强啊，”他想，“可是，矿车落了道，他却能头也不回地走过去！”想到这儿，心里不由得动了一下：“他赶的是什么时间啊……”

看着前面儿子那急急匆匆的脚步，老矿工轻轻地摇了摇头，心里喊道：“孩子，你还是没有完全明白我的意思啊！”他捏了捏工作服上衣口袋里的那块表，觉得现在交给儿子还太早……

他们来到工作地点，季阳春连忙向上一班的工人解释，说路上碰到了落道的车，帮了一阵忙，所以和平时比起来今天来晚了一点；老季却一句话也没有说。接完了班，父子俩就开始工作。他们把连着电动机的水泵，往实巷一端移过去二十来米远。季阳春觉得自己年轻力壮，浑身都是力气；他不让父亲肩上压得太重，吃重的活儿他揽下来了。

这时候，发生了一个意外的情况。新开的工作面上，突然出现了几个泉眼，大量的水沿着顺槽巷往实巷一端的低洼处汇积。水泵必须立即开动起来，否则积水会向上漫过来，淹掉电动机，淹掉水泵，水排不出去，就会沿着顺槽巷倒灌到工作面去，生产就要被迫停止。

这种意外的情况，小季见识得少，一时不由得慌了手脚。老季却很镇定，他考虑到这一端地势低，就去外边搬几根道木，准备回来垫在机座底下。小季发现水越漫越高，害怕迟开了，水来不及排出去，就忙不迭地合上了电闸。电动机带动水泵，隆隆运转起来。眼看水不往上涨了，正松了口气，突然身子斜了斜，一只脚猛地往下陷去，一看水泵和电动机，同时也在下陷。季阳春吓出一身冷汗，知道闯下大祸了。原来，这实巷一端比较低洼，长期以来，淤积了一米来深的稀泥，表层已经风干，和坚实的地面一样无法分辨。机器一开动，表层的硬土被震裂，下面的稀泥就冒出来了。就在这时候老季赶到，他扔下道木，连忙关了电闸。

“谁叫你开闸啦？”老季吼叫道，眼睛瞪得又圆又大。

“我……我……”季阳春惶恐地看着父亲的眼睛。

眼前的情况，使得季艾水也皱了皱眉头。到工作面去叫人是来不及了，只能马上抢救水泵和电动机。他迅速用撬杠撬起机座，吩咐儿子往下垫道木。

父子二人就深一脚浅一脚地在泥浆里展开了一场战斗，真是争分夺秒的战斗啊！下面的水，像对他们示威似的，一个劲地往上漫，往上漫……

就在这时候，季艾水听到儿子尖声地喊他：“爹！”紧跟着，工作服上衣的口袋被儿子抓住了。

“表丢了，爹！”随着这又一声喊，儿子的双手插进泥浆里，搅摸起来。

原来，抢救水泵时一会儿哈腰，一会儿直腰，刚才，小季好像看见有个什么发亮的东西从爹的身上掉到泥浆里去了。

季艾水也怔了一下，但他立即想到眼前的处境，怎么还顾得上找那玩意儿？他直着嗓子喊道：“别找了，快往下垫道木！时间来不及了，时间！”

季阳春全身颤动了一下，在父亲火一般的眼光中愣了两三秒钟；“时间！”这普普通通的两个字，这时候从他父亲嘴里发出来，一瞬间竟像一道电流从他的全身掣过，像闪电似的划破了他脑子里的沉沉夜雾。他的鼻翼抽动着，急速地喘着粗气。他猛地抽出两手，向泥浆里扑去，抱住了道木，使尽力气往机座底下塞去……

……

水已快漫到他们的身边，但就在这时候水泵开动了，水被提升到了它该去的地方。工作面上，割煤机在运行，煤铲在飞舞，煤溜子在转动，瀑布似的乌金墨玉奔泻到矿车里去……他们终于赢得了时间！

五

第二天，小季病了。

昨天班上，因为在泥浆里打了半天仗，又因为清理水龙头，在水里泡了好一阵，上井时吹了风，回到家里就不舒服。今天早晨醒来，更觉得浑身不对劲儿；但他还是挣扎着按时起床。他娘不让他下井，叫他挂个病号，上保健站看看。儿子却要强，说感冒不是大病，不看也可以。娘只有他一个儿子，自然不依，叫老头子说话。季艾水说得很爽气：可以让儿子下井；有了点小毛小病，不要如此金贵，井下跑一跑，干干重活，出一身汗，就会好，这是他的老经验。老伴不同意他的看法，说要是都这样就不用开医院和保健站了。老季说，这得看什么病，儿子的病，用他的办法准能治好。说罢，就带着小季往井口走去。

走过井口总支办公室，里边有人叫老季进去。小季在门口站了一会儿，觉得有点无聊，就走过去看黑板报。父子俩抢救水泵的事情已经登在上面了，还特别提到他那块失去的手表。报道赞扬了他们父子的风格，还说是“老子英雄儿好汉”。小季看着，脸上发烧，心里发烫，鼻子发酸。这时候，老季的脸上带着一丝难以捉摸的微笑从总支办公室出来，招呼儿子下井去。

往日，他们去工作地点，都是从大巷走的，今天却钻起小巷来了。老季弓着腰，反抄着手，轻松地在只有桌面高的小巷里穿行，自在得很；小季却没有钻惯这样的小巷，尽管他也弓着腰，反抄着手，但是矿工帽却经常碰到顶板上。他们钻了一条小巷，又钻一条小巷，一会儿往上攀，一会儿往下爬；为了不被他爹落下来，他把吃奶的劲都使了出来。当他们快到工作地点的时候，小季的绒衣都被汗水湿透了。

“现在怎么样？”老季笑着问道，“好一点吗？”

小季摸摸脑门，舒舒筋骨，有点难为情地说：“真的好了，没啥不舒服了！”

“不能把身体看得太金贵，”老季说，“你越是金贵它，它就越发娇嫩得不行……特别是你们年轻人。”

小季心情也很好，笑着说：“下次感冒就下来钻巷道。”

老季说：“是要磨炼。我们这些老工人，过去吃苦吃多了，倒是磨炼出一身好筋骨。可是，年岁不饶人哪！”说罢，右手握起拳头，伸到背后去捶起腰来。

“爹，我来！”季阳春蹲在老工人的背后，捏起空心拳头，不快不慢地在父亲的背腰里捶着。他记得，父亲的背上，排满了鸡蛋大的伤疤。母亲告诉他，这是旧社会里背煤背出来的。当时，他搞不清背煤怎么会背出这么多伤疤。“儿啊，你没见过那牲口背上的疮？身上驮东西驮得太重，擦破了皮肉，就沤成了疮；沤了疮还得驮，疮就越沤越大，越沤越多。那时节，你爹，还有许许多多的叔叔大爷，过的就是牛马样的生活啊！”他记得，母亲是含着眼泪给他说这些话的。想到这儿，只觉得鼻子发酸。

“还想你那块表吗？”父亲突然问他。

“不想了，爹！”儿子的声音有些哽咽。

停了一会，老季忽然用一种很亲切的声音喊他：“你过来，阳春！”

小季绕到父亲面前，看见老工人的掌心里捏着个什么东西。“给你！”老季不动声色地说道。

季阳春简直不敢相信，他爹掌心里捏着的竟是一块手表！

“拿去呀！”老子在催他。

“这是谁的？”儿子惴惴地问。

“你的！”

小季接过那块表，对着矿灯一看，千真万确，这是自己已经丢失的那块表！红色的秒针在走动，那熟悉的“戚察戚察”的声音又在耳边响起来了。

“爹，谁给我们找到的？”儿子又惊又喜地喊道。

“三班的工人！”季艾水不动声色地说，“他们可费了不少劲。”

季阳春用指甲剔着“坦克”表链缝里的泥斑，心里一阵发热。蹲下去，又给他爹捶起腰来。

“孩子！”老工人长叹一声说道，“你戴上一块手表就行了吗？咱工人阶级，要去建设社会主义共产主义哪！你不觉得肩膀上的分量重吗？你再想想，这五洋四海，还有多少人，为了挣一把玉米面，半块霉面包，睡觉不敢合眼，听着鸡叫去上工，被那些吸血鬼欺压，糟蹋！你一个人戴上手表，就行了？就不管别的了？不行啊，孩子！要让这些人都能像我们这样去劳动、生活，要叫需要戴表的人，都戴上手表……这一天总会来的！来得早？来得晚？要多少时间？能不能快一点？孩子，咱工人阶级，要多想想这个问题啊！”

现在，他终于明白了昨天为什么爹不让他去找那块心爱的手表，爹想的时间和自己想的时间完全不一样啊！爹做每一件事情，都是为了让“这一天”早一点来到，爹叫自己跟着他的时间上下班，并不是为了死抠那一小时两小时啊……看着父亲矿工帽下面没有完全盖住的半白头发，看着他那微微驼曲的背脊，想着他满背的伤疤，做儿子的感到一阵揪心的难过：二十三岁的小伙子，竟一点也不理解自己的亲爹！

表上，红色的秒针在一刻不停地走动着，就是掉在泥浆里的时候，它也没有中止自己的运动。儿子下决心要按照他爹所希望的那样去工作和生活。他忽然产生了一个想法，要把表上的时间往后拨一个小时。这样，上班根据家里窗台上马蹄表上的时间，下班就可以根据手表上的时间了。

“拨不拨都没有啥关系，”老季站起来说，“依我看，时间，它不在表上；时间，它在咱心坎坎里！”

“爹，我明白你的意思了！”儿子含着眼泪说，“我要永远按着你的时间走，你相信我吧！”

老季没有答话，只是从儿子手里取过那块表，用粗大的拇指把表面擦了擦，放进对方的上衣口袋里，给他把纽扣扣紧。然后，迈开大步，向前走去。

这时候，附近的工作面上响起了天崩地裂似的炮声，又一茬煤打下来了。季阳春的心里，升腾起一种无比庄严的感觉。他跟着父亲，穿过硝烟，向矿井深处走去。

一九六四年十二月十日三稿于大同

原载《收获》1965 年第 1 期

目 标

陈继光

今年的春节不同往年，繁忙的旅客运输任务还未结束，迎接生产新高潮就接着开始了。你只消到货运车站去兜一圈，就能感受到这番繁忙景象。车站上到处是写着“急运”和“小心轻放”的各种各样建设物资。仓库里摆不下了，站台上堆不下了，车厢里也装不下了；一台又一台火车头，开到车站来连挂，但震耳的汽笛声还没停息，运输卡车又将一车一车的建设物资运进了车站。正在这时候，机务段运转车间主任杨植林在运转主任室召开一次会议。

会议开了已经有一段时间，热气将玻璃窗蒙上了一层水汽，烟雾弥漫了整个房间；火车司机、副司机，还有司炉，坐满了一屋子。杨植林身材很高大，坐在那里几乎比任何人都高出一头。他年纪不过四十多，头上已经添了霜花，紫棠色的脸，额上、眼梢和嘴角，都有几道很深的纹路，右面脸颊上还有一道伤疤，那是在抗美援朝时留下的。这时他将帽子一脱，就走到挂满墙上的“运行图”前，一手插在腰间，一手拿着一支红蓝铅笔指点着“运行图”，一张张“运行图”上都画着比蛛网还密的一根根红线和蓝线（每一根红线或蓝线都代表一趟列车），那神情就像是部队指挥员正在下达作战计划。

“为了迎接生产新高潮，争当促进派，我们必须提高列车运转率：货物列车从时速六十公里，提高到每小时六十五公里；客运列车从每小时八十公里，提高到九十公里。大家看这个目标能不能实现？”

杨植林将这个计划一提出，屋子里就像往炉膛里加足了煤炭，顿时沸腾开了。有立即表示同意的，有决心奋斗的，也有考虑实现这个目标要克服哪些困难的，议论结果，大家都信心百倍，一致认为经过努力可以实现！

“好！那就再提一个奋斗目标。我们的列车不仅要开得快，还要开得稳，要做到起车旅客不知道，停车没冲动！”

这话刚说完，就有个老司机站起来说：

“在旧社会，旅客给我们那些开车法打了个比方，叫作‘起车三晃荡，停车一鞠躬’，又说‘起车朝后送，停车朝前冲，进弯路好像不倒翁’——现在确实不应该再有这样不负责任的操纵法啦！”

人群中又纷纷议论开了。有的检查自己的操纵法，有的在谈论旅客的意见，还有人甚至像说书一样，在绘声绘色地介绍操纵列车的技术……说话声，笑声，在屋子里嗡嗡地连成一片。

杨植林环视大家一下，又提高嗓门说：

“再提一个奋斗目标！我们不但要把列车开得又快又稳，而且要停车目标对得准，列车进站，一把闸就停准在‘机车停车目标’上！”

热闹的会场，一下变得寂静了。足足有好几分钟没有一个人讲话。这时，传来了隔壁机车调度室的电话铃声和调度人员的喊话声。轰隆轰隆，一台机车从运转主任室旁朝车站开去，玻璃窗被震动得咯咯直响。机车开过后，人们你看我，我看你，都想找出个能一把闸停准“机车停车目标”的司机来，但司炉看司机，新司机看老司机，老司机看新司机，看来看去，仍然没找出一个满意的人来。

司机技术过硬不过硬，就看刹车准不准。但要使刹车准，可不是一件容易的事啊！

先不说准，光是刹车就不简单。机器可以说开就开，说停就停；骑脚踏车可以说走就走，说停就停；至于火车，每小时要跑好几十公里，一闸刹下去，列车仍然风驰电掣般地朝前猛冲，有时要蹚过一华里才停得下来，速度高时甚至要近二华里才停得下。要停得准，那就更困难了。这不仅要与天做斗争，与地做斗争，与车做斗争，而且要与人做斗争。一年四季，春天淫雨，夏日炎热，秋天风沙，冬日冰雪，都会影响刹车。就是在一天中，天气变化也不同，早晨钢轨上铺了一层露水，这露水就像涂在钢轨上的一层油，司机一闸刹下去，眼看就要对准目标停下，但往往就在这时，轮子一打滑，又朝前转上二转，冲过目标十来公尺。中午太阳一照，钢轨发热，刹车要减弱；夜里凉风一吹，刹车就增强。每个车站，又有每个车站的不同情况，有的车站地形平直，有的车站一头高一头低，有的车站两头高中间低，有的车站中间高，两头低……真是五花八门，地形各有不同。再说每次列车，车厢多少不一定。以客车来说，同一趟列车，有时拉十五节，有时拉十三节，也没有个死板的规定。还有车厢不同、刹车强弱不一，运行速度各异等，总括一句话，要做到这一条，实在不是一件容易的事！

正在大家严肃地思考时，有人站起来说话了。

“这个目标，说困难也有困难，说不困难也不困难——已经有人这么干啦！”

说这话的是老司机王永昌。大家一下都把视线集中在他的身上。王永昌跑了一夜车刚下班，他的脸上手上沾着油迹煤灰，右胁下还夹着一把验车锤。

“老杨，想当年你当司机的时候是有名的‘老一闸’，不管列车速度开得有多快，进站停车，右手刹车闸把一撩，一阵刹车排风响过，列车停下，司机座位不前不后，正好对准机车停车目标牌，虽说没有刹一闸准一闸，可也八九不离十，就这样，你逢到停加水站，还不敢用一把闸一次刹车对准加水位。可现在有人，不仅站站一把闸刹车，站站停准目标，而且最近还用一次刹车停准加水位。你别盯着我，这我已经看到过好几次啦！只见他，进站不慌不忙，眼睛看着前方的水塔，刹车闸一撩，一阵嘶——嚓排风响，排风声刚停，列车也停下，水塔上红色小鹤管一转，哗哗的水柱就往机车的水柜里灌……”

“他是谁？”很多人急问。

王永昌像故意卖关子似的，掏出烟斗，滋滋地吸了一斗烟，才慢悠悠地回答说：

“他就是我们一台车上的司机，老杨的徒弟林岸英！”

“原来是他！”会场里立时发出一片惊叹声。

运转主任室近旁的车厢里响起了一阵乒乒乓乓的机车打风声，打风声越来越激烈，会场里，人们的心也随着打风机的节奏在激动地跳荡着。林岸英，才二十多岁的林岸英，就练出了这样过硬的本领，的确太使人惊讶啦！

“老杨，这可是青出于蓝胜于蓝呵！你是‘老一闸’，林岸英就是‘新一闸’啦！真是有什么样的师傅，就有什么样的徒弟！”

王永昌的话，引得大家哄堂大笑。在笑声中，司机们纷纷表示，这个目标，林岸英能办得到，经过努力，大家也一定能办到。会议就在笑声中结束了。

杨植林虽然早就听到人们说他的徒弟在操纵上进步很快，但还没想到会有这样惊人的成绩，他决定亲自跟林岸英跑一次车，以便总结经验，普遍推广。

到机调室一看班次，离林岸英跑的机车出库只有半小时了。杨植林在上衣口袋里插上一本《司机手册》，抄起一把验车锤，再从饭盒里抓了两个馒头，用纸一卷，往袋里一塞，就朝车库跑去。

车库里线路上停满了机车头。有的经过长途奔驰，车身带着沙泥，司机、司炉们正在进行里里外外的擦拭。有的火车头已擦得锃亮，机件闪闪发光，鸣着笛开往车站。也有的正在加煤、上水、装黄砂。司机、司炉们上上下下，来回奔忙，真是一片热火朝天的战斗景象。

杨植林跨过钢轨，绕过一台又一台机车，来到林岸英跑的机车旁。只听从车底传来嗒嗒的敲击声，杨植林知道林岸英正在检查机件，就一拉扶手杆登上司机室。司机室的地板上很清爽，一颗煤粒也没有，他习惯地一踩炉门踏脚，嚓的一响，炉门开处，炉床上火苗缕缕。司机室的左面侧板上，写着一行标语："当生产新高潮的促进派！"右面侧板上写着一次出乘的奋斗目标："×××次车，安全无事故，正点保运输，省煤三百五，迎接新高潮，趟趟打基础。"他看了以后，满意地点着头："多快好省全想到啦！"正在这时，忽听司机室地板上当啷一声响，一看，原来是下面扔上来一块弹丸大小的煤，就在这同时，从司机室两侧先后上来三个人。

为首一人，头戴长舌工作帽，穿一套紧身工作服，袖管裤脚都挽得紧紧的，显得朝气勃勃，矫健利索，脚上穿一双翻毛高帮厚底皮鞋，又给人一股浑厚踏实的感觉。一双眼睛，闪射出炯炯有神的光彩。年纪很轻，只有二十七八光景。他就是被大家称道赞扬的林岸英。在他身后是副司机张海达。在另一侧上来的是一个圆头粗脖，宽肩阔背，像熊一样壮实的小伙子，年约十八九岁。他一来，就叉开两手两腿，站在司机室，那架势就像举重运动员站在举重台上准备举重的一刹那。这是林岸英的徒弟，司炉董小林。林岸英一见杨植林，就亲热地喊了声"师傅"，接着弯腰拾起地板上的那块小煤核，小心地扔进煤箱里。杨植林看了，嘴角边浮起笑意。这时董小林在一旁却不知喊什么好，喊主任吧，不亲热；喊师祖吧，却又觉得拗口。憋了半天，才结结巴巴喊了声师傅。杨植林一看这神情，不由得笑出声来，伸手爱护地拍拍他的肩胛，接着回过头，对林岸英一扬手："准备出库！"

汽笛一声长鸣，机车缓缓地驶出车库，穿过一列列来往奔忙的货物列车，来到车站。

列车刚挂好，车长走来了。林岸英和司炉董小林连忙跳下司机室，去向车长了解列车编组情况。趁这时，杨植林从另一侧跳下车，去检查机车和列车联结的老虎钩。等他重又登上司机室，只听到列车吨位和开行时间，他一拎挂表，对好钟点，顺口问："今天拉几节车？"车长回答："拉十五节。"杨植林点点头，三个人也跟着攀上了司机室。

开车前的准备工作是紧张的。司炉董小林，左一锹，右一锹，前一锹，后一锹，将煤炭撒满整个炉床，汽汀渐渐升高了。林岸英眼睛一扫，先看了看各种仪表，就开始检查刹车闸把、汽门、进水机……这一切都做得那么娴熟利索，待车长挥动绿色的信号旗，他就左手拉响汽笛，右手握住汽门，小心翼翼地把汽门拉开，那神情就像汽门握柄不是铁的而是瓷器似的。随着汽门慢慢开启，列车缓缓地移动起来。一直注视着林岸英操作的杨植林见此情景，又点了点头：像这样的起动，后面旅客就不会有冲动的感觉。待列车移动后，林岸英一变小心翼翼的神情，回过头对董小林喊了声："汽门开大啦！"随即右手把汽门用力一拉，烟囱里顿时响起了激烈的排汽声。车轮也随着欢快地转动起来。列车越跑越快，林岸英高举右手紧握汽门，左手将控制蒸汽量的手把一牙一牙提高。那架势，那神情，真比武松打虎还威武，还要有精神。车轮转动得越来越快了，杨植林一看挂表，林岸英的起步加速，要比其他司机快一分钟。起步加速，这可是提高列车速度的关键啊！杨植林抽出《司机手册》，写上一行字："起车稳，加速狠，速度快，抢一分。"

"呜——"林岸英拉响了汽笛。他们追上了邻线一趟货物列车，那是刚从货运车站出发的。追上一节，又是一节，车上满载着排灌设备、运输卡车和各种机器。不一会，两台车头就并列了，只听那台车上嚓的一声，司炉往炉膛加一锹煤，红光一闪；又听这台车嚓的一声，董小林也加了煤。这儿嚓一声，那儿嚓一声，加上两台机车机件同时转动，耳边只听得一片轰隆轰隆声。到了分岔口，双方招了招手，汽笛同时一声长鸣，就各自顺着两股轨道一个继续朝北，一个顺轨转弯朝南奔驰而去。

列车转过一个弯道，就把市区抛在后面了。这时速度越来越快，两旁的护路树、电线杆都朝后急退。林岸英又把控制蒸汽用量的手把提上一牙，这是蒸汽用量最经济的时候了。机车也从急剧的奔驰变成了有节奏的颠跳。杨植林一看路基上的石子状况，就知道这时列车速度已经是每小时八十二公里。

杨植林想考一考他的徒弟，看看林岸英观察速度的本领是不是过硬，就凑到林岸英耳边，问道：

“现在速度多少？”

林岸英低头一看，立即回答：“八十二公里。”

杨植林满意地点了点头。他望了一眼林岸英，见他坐在司机座上，浑身上下一股英武气概，不由想到五年前他跟自己学开车的情景。当时林岸英刚考上司机，他为了测定列车速度，一有空就学操纵理论。他根据书上写的测速法，一会儿对电线杆，一会儿对公里牌，一会儿又数轮子转数，有一天还请教杨植林，有没有在几秒钟内就能测定速度的办法。杨植林虽然教过好多个徒弟，但像林岸英这样肯钻的还是第一个，他就把自己长久摸索出来的测速法教给林岸英：“从司机室上看下去，路基石子花了，列车就有三十公里；若看下去最里边的路基石子成了一条线，就有六十公里；要是连最外面的石子都成了一条线，那已经达到九十公里啦！……”共产党员杨植林，平时对自己徒弟的要求可严格呢！他常说：“严是爱，松是害，松松垮垮遭祸害！”对林岸英也是那样，教了之后，就紧紧盯住，三日两头考问，检查他的目测能力。这样，才为今天打下了基础。

眼边红光一闪一闪，打断了杨植林的回忆。司炉董小林正挥舞着铁锹在加煤。他倒了一杯水，递给董小林。董小林把煤锹往煤堆里一插，双手捧过茶杯，一仰脖子，就咕嘟咕嘟几口喝光了。看着小伙子这副憨厚相，杨植林咧开嘴笑啦。他随即从袋里拿出两个馒头，一分两半，各人一半。分完馒头，杨植林抓住钉耙就把煤扒到煤箱口来，让董小林铲起煤来方便些。董小林想拦住，刚一伸手，就被杨植林铁钳一样的手握住了。董小林只觉得一股暖流从掌心一直流向心房。杨植林这时也在注意着董小林的加煤焚火作业。只见他每铲起一锹煤都要掂抖掂抖，随着掂抖，锹头上的小煤核又簌簌地落进了煤箱，然后再朝炉膛里送去，有时中途偶尔散落一小块，也像林岸英那样，立即拾起扔进煤箱。这种异乎寻常的细心，跟董小林那粗犷的外表是多么矛盾啊！忽然，杨植林发现煤箱铁板上写着一行字："一块煤，一块金！"很明显，这是林岸英的笔迹。他想到在讨论奋斗目标时，有人对又要加快速度，又要省煤，觉得难以办到，林岸英他们不是有着很好的经验吗？他又打开《司机手册》写上一行字。

时近中午，太阳当头，虽是冬末春初的时节，却使人感到像春天一样温暖。

一个小站又通过了。从车站套上来的"路牌"袋里，夹着一张调度命令。林岸英打开后，就交给杨植林。杨植林大声朗读起来：

×××次司机：因1001次货物列车临时增装大批支农物资晚点，希望你们协助赶点，在××区段跑快5分钟，为1001次创造恢复正点条件，使支农物资及时运到，并保证整个列车"运行图"正常。请在前方站答复！

调度员17号

杨植林读完后，立即掏出挂表一看。这时，只见林岸英喊了声"前方注意"，就从口袋里摸出一本黑面小簿子，撕下一张。杨植林随即送上一支钢笔，林岸英摇了摇手，却把这张纸递了过来，原来上面已经写着字：

调度员请放心，我们一定完成任务！

______次司机

杨植林本想说几句话鼓鼓劲，却不料他们早有准备，甚至连回条都预先写好了。他举笔加上了车次，折叠起来，将回条绕在“路牌”袋上，准备在前方站投下去。在这同时，他听到林岸英喊道：

“汽门开大一格！”

“开大好啦！”董小林大声应答。

林岸英将汽门拉大了一格，左臂搁在侧窗档上，身子前探，两眼紧紧注视着前方，那神情好似高举战刀奋勇冲向敌阵的骑兵。董小林也卷起袖管，露出两只铁棍一样的臂膀，把煤锹挥舞得唰唰响。杨植林也跳进煤箱，帮着翻煤。一时，司机室里平添了一股严肃紧张的气氛，谁也不说话，只有煤锹声、炉门开启声响成一片……

列车过了一座大铁桥，速度更加快了，机车也从有节奏的跳动，变成了剧烈的摇晃。杨植林翻好了煤，就从煤箱里跳出来，到司机室侧面低头一看，列车的速度已经达到每小时九十公里了——这正是不久要实现的目标啊：杨植林算了算，照这样的速度赶到前方站，正好能抢出五分钟时间来。但看看煤箱里的存煤，他立即根据经验判断：经过这次赶点，省煤三百五十公斤的目标可难达到了。他趁董小林加煤的间隙，故意将这个问题提了出来。董小林却不假思索地回答：

“我们只有省得多，不会少！”

说完，他又朝炉膛里左右各撒上一锹。看到杨植林显出不解的神情，就又说了起来：“我们这一赶点，是要少省个百把公斤煤。可是1001次恢复正点了，整个‘运行图’保持了正常，几十趟列车就用不到多停啦……”

刚说到这儿，董小林又铲起一锹煤，轻踩炉门踏脚，随即右手腕子一翻，煤成一条直线撒进炉膛。炉门刚一合，董小林才又别转身来说话。他那圆兜兜的脸上突然露出了严肃的神情：

“每趟列车都减少停车时间，省的煤，你算算，一比几十？”

杨植林听了，心里涌起一股热流，这笔账算得多好呀！不用问，这肯定是林岸英教他的。他立即抽出上衣口袋里的《司机手册》，在列车的颠簸中急速写道："目标有大有小，任何时候都要想到大目标！"写完之后，杨植林满意地将《司机手册》插进口袋。不料就在这时，意想不到的事却跟着发生了。

前方，正是区段站。关汽后，列车速度丝毫不见降低，杨植林站在司机座后面，两眼紧紧盯着林岸英。他想：老司机王永昌把他徒弟夸得这样神，是真是假，就看这进站停车的一闸上啦！列车赶点进站，速度比平时高多了，一声汽笛的余音还没消散，列车就闯进车站；进站信号柱刚在眼边闪过，车头已冲近站台；列车过处，铁路两旁卷扬起滚滚尘埃，连站台上的旅客都纷纷朝后躲让。这使经验丰富的杨植林也不由得有些紧张，看林岸英脸上却挂着微笑，正身端坐，只见他右手轻推刹车闸把，耳边顿时响起一阵激烈的排风声，车头已接近"机车停车目标"，但列车仍像一匹野马朝前直冲。等列车停下，杨植林朝后一看，机车冲过"机车停车目标"竟有两节车厢之距！他的两道浓眉，立时紧蹙，看看林岸英，脸上却仍然带着笑容。但这站只停两分钟，他还来不及问话，列车就开动了。

随着车轮转动，杨植林眉头也渐渐舒开了：第一站不能作数——一向是这样规定的，看他第二站怎么停吧。不料第二站又冲过了两节车厢！杨植林心里烦躁，将第一排纽扣也解开了，脸上的纹路也一下子深了许多。

第三个停车站，列车刚进站，杨植林就忍不住高声呼唤：

"注意冲过！"

"注意冲过！"林岸英大声回答。但话音刚落，车头又冲过"机车停车目标"两节车厢。

一时，杨植林气得脸通红。他下了决心：要是前方站林岸英还是老样子，就亲自动手刹车：他将右手袖管一卷，身子紧靠林岸英，两眼闪射出严峻的光芒。

不一会，列车又闯进了第四个停车站。杨植林低头看了一眼路基石子，又透过了望窗，预先找好开始刹车的目标——站台头的一棵小树。距离小树只有一百公尺了，林岸英没有任何动静。五十公尺，三十公尺，十公尺——到！但正在这时，林岸英已握住闸把，杨植林只得将伸出的手立即缩回。可只见手动，却不见排风响，杨植林正要再次伸手，林岸英将刹车闸把一撩——又是冲过二节车厢！杨植林那个气呀，竟连络腮胡子都抖动起来。

“你，你，你这是什么刹车法？”憋了半天，他终于冲出这句话来。

原先，林岸英只集中注意于进站出站，没有注意师傅神色的变化，直到听见杨植林这一声严厉的责问，才吃惊地回过头来。望着师傅严肃的脸，他一下慌了，不知如何是好。

“你……你太辜负党的培养啦！”

杨植林不提具体事情，只是没头没脑地训斥，这使林岸英越加糊涂了。但一想到师傅从不无故批评自己，这回，定是让他发现了不够的地方，才生这么大的气的，对于师傅的严格要求，他打心里感激，于是回答：

“师傅，我离党对我们的期望是还很远……”

在一旁加煤的董小林起先也是莫名其妙，瞪大眼想了半天，才一下明白过来。他将铁锹在煤堆上一插，走近杨植林，大声说：

“师傅，你批评得不对，你倒是到后面去看看清楚嘛！”

杨植林听了一呆，连忙跳下司机室。走到后面一看，这才恍然大悟！原来前面两节是试验车，沿途是不放客的。照现在这样，冲过前面两节车厢，后面十三节正好全部停靠在站台上。这种情况在列车运转中是常有的，每次发车时，列车长都要报告；只因刚才杨植林正在检查机件，没有听到。现在，杨植林全都明白了：假如林岸英只追求在师傅面前露一手技术，在站照“机车停车目标”牌停下，那最后面两节车厢的旅客就要在路基上攀上爬下，建设物资也会因行李车停不上站台，来不及装运而积压下来！

汽笛一声长鸣，列车又开动了，它载着成千旅客，上百吨货物，还有机车上的师徒三代，以风驰电掣之势，向新的目标前进。杨植林站在司机座旁，望着奔驰而过的田野，激动地想：

“目标，什么才是真正的目标……”

原载《萌芽》1965年5月号

聚鲸洋

王家斌

遥望聚鲸洋，惊险神秘；
打开聚鲸洋，奇妙无比。

——一个渔轮船员的歌

一

正是鱼汛季节，渔港里船进船出，像穿梭一样；渔轮汽笛呜呜响，伴随着清脆悦耳的锚机钟声，锚链子卡隆隆卡隆隆的吼叫声，真是一幅渔港欣欣向荣的美景，一曲畅心抒怀的歌。

走进码头区，从船上卸下来的鱼箱子，由北到南堆起来，平地筑起一道肥鱼大虾的长城。一阵阵海水和鱼腥味，顶得人喘不上气来。

码头上，停着“远征 1 号”和“远征 2 号”两条渔轮。这一对联合拖网渔轮刚刚出海归来，卸完鱼，正在做新的海次准备。

“远征 1 号”（头船）船长司马飞龙，是位虎头大脸、大手大脚的青年人。他从不很高的船桥上，来个鹞子翻身，蹦下甲板来，又踏着颤悠悠的跳板，走上码头。副船长老根，是位短小精悍的老头子。他站在船桥上，不断地嘱咐司马飞龙，说：“小龙，请求闯聚鲸洋的事儿，跟你爹好好儿说！他急你别急，他火你别火！不信他就是洋灰脑袋死不开窍……”

老根背后，是“远征1号”的船员们。这是一群壮实得像小牛犊子的青年水手，一个个都巴望着船长能争取到开辟聚鲸洋渔场的光荣任务。

这时，码头上的大喇叭突然响了起来：“船员同志们！学大庆、学大寨专题广播开始。现在，播送‘远征1号’船长司马飞龙来稿……”司马飞龙站住了，他激动地听着从喇叭里传来的自己的心声：“我是党一手培养大的。在旧社会，像我这样的苦孩子，做梦也想不到能当上船长。现在，是我们工人自己当家做主人了，我们要听党和毛主席的话。同志们，石油工人搞出了个大庆油田。我们渔轮船员，为什么不能搞出个海上的大庆呢？我代表全体‘远征号’渔轮船员再次要求领导上批准我们去闯远洋，开辟聚鲸洋渔场……”

司马飞龙觉得自己浑身的热血都沸腾了！聚鲸洋，是个飞鲨走鲸，异常玄妙的地方，揭开这一片海洋的秘密，已经成为“远征号”渔轮船员们强烈的要求。小伙子们和司马飞龙一样，敢想敢干，敢于革命，近海渔场这块天地，已经拢不住船员们的心了。

去年，司马飞龙拟了一份计划，要求领导派他去开辟聚鲸洋。这个建议，上级非常重视，派了兼任公司党委书记的水产局海洋处季处长回到局里来筹划和做准备工作。可是，准备了这么长的时间，还不见动静，眼瞅着鱼汛已进入高潮，一晃眼鱼群北移，就会错过开辟聚鲸洋的大好时机。他低头疾走如飞，恨不得一步跨到大队办公室去，再和大队主任司马大海好好地谈谈。

司马大海是司马飞龙的爸爸，是个老海榔头。前几年，领导考虑他年岁大了，陆地上也需要个坐镇掌印的，便把他从船上调到大队当主任。老头子忠心耿耿，干工作真不含糊，生产任务，总是走在兄弟单位的前边。可就有一个缺点，像他的老伙伴老根说的那样：眼光看得还不够远。这次提出开辟聚鲸洋，老头子在看法上和他儿子司马飞龙就各有主张，互不相让。他不赞成开辟什么聚鲸洋。十九年前，他曾被资本家逼着到聚鲸洋去过一次，不但没捞着鱼，还丢了一盘网，险点儿把命搭上。因此他对聚鲸洋没有什么兴趣，心眼里只想着抓紧近海鱼汛，多多捕鱼。他们父子俩争来争去，到后来司马大海总是不耐烦地说："我没那精神跟你磨牙，有那工夫，我还琢磨个法儿，在近海渔场多捞两把哩！"……

司马飞龙一面想，一面走，不提防一家伙撞在为了"喜庆丰收"而用鱼箱子搭起来的丰产门上，把个丰产门撞得直摇晃。

"喂，你想把'龙门'撞倒呀？"

司马飞龙抬头一看，却是心里惦着的季处长，他高兴地迎上去，急切地问道：

"季处长！咱那闯远洋的计划……"

"批下来了！"季处长高兴地说。"局长还说，这是咱今后的发展方向呐！"

司马飞龙在几分钟前还悬着的心，这一下子落了地。他高兴得直想跳。然而，他一想到司马大海，就皱眉头说："可是，下边劲头不足！"他把"下边"两个字咬得特别重："下边领导不支持，我们还吵过几次嘴，挨批评的总是我！"

季处长暗暗好笑。他明白飞龙说的"下边"是谁。

"亏你说出嘴！"季处长说。"吵！吵能解决问题吗？有理应该展开辩论嘛，你吵，正合他式了。他是你爹，你是他儿子，他先占你三分便宜！"

季处长总是这样幽默风趣，一席话，把司马飞龙逗笑了。他急巴巴地问：“什么时候去？这个海次吗？”

“依你呢？”季处长眯着眼问。

“就是今天出港，也没问题！”

“你没问题，你爹也没问题吗？”季处长拍着司马飞龙的肩头，亲切地说。“跟你爹吵嘴，是不对的。飞龙，你爹这些日子，生产搞得很好，局里挺满意。你应该耐心地帮助他认清咱们更远大的利益。”

司马飞龙愉快地走着。季处长打量着这个在自己眼皮底下长大的青年船长：他无论举步甩肩，扬眉吐气，都可以看到司马大海的影子。但是，在这个青年人的身上，有一种崭新闪光的东西，却是他父亲司马大海所没有的！

季处长这次回到公司来，最主要的任务，是要把上级的“向远洋发展”的方针落实到生产中去。像司马飞龙这样朝气蓬勃的青年人，正是自己应该依靠的力量。来时，局里也考虑到，聚鲸洋闯开以后，船队向远洋进军，大队领导方法也就需要适应新的环境，进一步加强和改进。再依靠基地指挥近海作业的老方法，恐怕是行不通了。领导上看中了司马飞龙，也有意图要通过这个海次作个鉴定，看他是否能够担负起更大的责任。

二

大队部是一座小木屋，木屋前边是一排杨树。站在大队部门前，可以将整个港湾看得清清楚楚。

司马飞龙和季处长走到大队部门外，听见司马大海粗犷的嗓门喊：“……喂，老根！你先听我说！你个老家伙，嘴巴像机关枪似的！……你甭给我讲那些不着边际的大道理！咱们是打鱼的，不是探险队！近海渔场大好的黄金渔季，你就不动心似的……”

司马大海是个大胖老头子。他弓着腰，冲电话直嚷。不知电话里老根怎么触恼了他，他一跺脚：“什么？我保守？你胡扯些什么！你越老越发飘了，你！”

他赌气扔掉电话，旁边又一部电话“叮铃铃”响了起来。他气汹汹抓起来一听：“我姓司马！什么资料？你是研究所？我是大队部，不是资料室。见鬼……”

司马飞龙推开门，抢了进去，喊了声：“爹！”便抓过电话来，兴奋地喊：“同志，材料是我要的！”小伙子高兴得脸上红光四射：“……谢谢，谢谢……”他转过脸，说：“爹，您瞧，理论上——喂，我和另一个人说话呐！只要你们能从理论上给我们撑腰，打鱼摸虾，揭聚鲸洋的盖子，我们船包下了！”

“问他聚鲸洋的水文和地质资料，有没有新的情况？”季处长说。

听见季处长的声音，脸冲着墙上海图的司马大海吃惊地转回身来。

“……就是，就是！”司马飞龙转达了季处长的问话以后，越发嚷起来了：“咱是一个心劲儿！好同志，我拿脑袋向你担保，不会辜负你们的期望……”

司马飞龙放下电话，搓着手，吸呀哈呀地说：“季处长，万事俱备，只欠东风啦。”说着他瞟了司马大海一眼。

季处长很冷静，问：“研究所怎么讲？”

“就差十五世纪的资料没去查了。所有查到的文字记载，都是一句话：聚鲸洋，系海洋中的死水盆地，底质是烂泥——”司马飞龙说，“研究所提供材料讲：没有沉船或礁石的记载。海面上鲨鱼成群，每年六七月份，还有鲸鱼出现。这恰巧和近海鱼汛季节、鱼群分散期相吻合。看来，这里大有潜力可挖。……”

司马大海截住飞龙的话，大声嚷道：“够了，纸上谈兵！”他望着季处长，那眼神好像是在问：决定要去闯聚鲸洋？

“是要去闯闯呀！”季处长会意地向着司马大海笑道。“我这次回来，第一就是要跟你研究，调‘远征号’去勘探聚鲸洋。”

“就在这渔季？”

“对，就这鱼汛黄金季节。”

司马大海不安地走来走去——抽出这一队最硬的“远征号”渔轮去勘探聚鲸洋，显然要打乱他在近海渔场上的生产计划。这对他来说，真好比遭到台风的袭击。

司马飞龙眼睛一眨不眨地盯着司马大海梗直的脖子，巴不得他赶快点一下头。

“怎么样，老海？”季处长摸透了司马大海的心情，说。“近海渔场，也要抓。但我们还有更远大的理想！老海，你现在不是个一般的船长啦，你是大队的领导，应该站得更高，看得更远……”

季处长从解放前讲到现在，从现在又讲到将来。司马大海心中却乱糟糟的，他算计着，在这一年中少有的渔季里，抽出一队主力船去搞那种危险的勘探，会少生产多少鱼呵！这想法就像摘了他的心。总之，派“远征号”到聚鲸洋去，他下不了这个决心。

司马飞龙见父亲脸上黑一阵白一阵，不知老头子想些什么。俗话说：不怕事扎手，就怕不张口！司马飞龙眼珠一转，说：“爹，下边有些同志，近来对您可有些反映。”

“什么反映？”司马大海站住了。

“小伙子们都说：主任十九年前在聚鲸洋吃过亏，吓怕了！所以现在变得小手小脚的。”

司马大海听了，脸色唰的一下红了起来，布满红丝的眼睛里，闪烁着怒意。但他什么也没说，只是狠狠地盯了司马飞龙一眼，仿佛在说，“我知道！说我吓怕了的，就是你！”接着，他转眼望着季处长，仿佛受了什么委屈，要向领导倾诉似的！

司马飞龙没再说什么，离开了大队部。

由于上级已经批准去开辟聚鲸洋，季处长又详细地谈了各种准备工作，司马大海终于不好再过分坚持自己的意见。“远征号”开航的时间，就初步定在三天以后的晚上。

司马大海送季处长出来时，抱怨地说："您瞧，今年生产多忙，三位经理都出海去抓现场了。这么一台大戏，光我一个人唱，可有点——"

"准备再给你派两个副主任。"

"给俩！什么时候来？局里的下放干部吗？"

"已经来了，早在船上。"

"谁？"

"老根是一个。"

司马大海一听，有点泄气；他原指望，能来个得力的助手——其实老根也是一把硬手，但不知为什么，最近几年来，这一对老朋友，总是弄不到一起去。

"那一个呢？"司马大海还抱着一线希望。

季处长呵呵笑了："另一位，还得再看看。老海，往后，咱们生产不能总在家门口转了，要往远洋去！你这种作战方式，恐怕是要变变啦！"……

季处长走了以后，司马大海回到办公室，望着挂在墙上的近海渔场海图发愣。十九年前，被资本家逼着去聚鲸洋冒险的情形，又翻上他的眼前。

当时，司马大海是一艘破瓢似的小渔轮的大副。船长是个专会作威作福的外国草包，他一心要到遥远、神秘的聚鲸洋上去捞一把。

那也是这样一个多风的季节，船离开了雾气惨淡的渔港。出海后，机器嘭嘭单调地响着，像要咽气似的，走三程，退两程，摇摇摆摆，航行了足有三天两夜，才来到了聚鲸洋。

远远看去，海水一片污浊浊的，有点瘆人。不时还有漆黑的大鲨鱼嗖嗖乱窜。一条条巨大的鲸鱼喷出银白色的水柱子，足有十几米高。这个外国船长还从来没有到聚鲸洋这样飞鲨走鲸的"自由王国"里来捕过鱼，看到聚鲸洋竟是这么辽阔，这么惊人！他那只会在赌场上押注的胆子，开始有些发抖了。

“大副！上帝把我们引进了天国，放鞭炮！”这个船长吩咐。

按照旧习，在海上遇到了大动物，要敲锣、打鼓、放鞭炮——为的是辟邪镇惊，取个吉利。当时，司马飞龙十三岁，也在船上，他挑着哔剥乱响的鞭炮，还挺高兴哩！

船驶进聚鲸洋外的“飞鲨水道”。水道流急，船的马力小，几乎顶不过去。尤其水道中段，还有一道“咽喉”险关，这是海图上所没有记载的。

那个外国洋草包，吓得面无人色。

亏得那时老根在船上，他是有名的舵手，与司马大海配合着，把船安全引过水道乱礁。进入聚鲸洋，抛下网去，说也怪：尽管你加足马力，船就是原地踏步，不朝前走。就像下边真有什么海怪水鬼揪住渔网似的。这时天上卷起了大风，船后边，成群的大鲨鱼乱窜。小船被海浪抛来抛去，濒于危险。那个洋草包船长，像疯子似的满船乱跑乱跳，把船员们都吓慌了。

“渔网，来古(抛掉)！”外国船长抱着脑袋，吓得直喊；连着几个浪头扑上来，甲板上站不住人；挡鱼的大木板都被砸碎了。

当时眼瞅着全船就要葬身鱼腹。司马大海抄起一把太平斧，心一横：踩着龙尾巴是死，剥了龙皮兴许还能落条命。他嗖地蹿到后网台上，叭、叭、叭，闪电般几十大斧，砍断了拖网钢丝绳。破渔船这才逃脱了危险。十九年来，那盘沉到海底的渔网为什么就是拖不动？始终是一个谜。……

三

闯聚鲸洋的事情，就这么定下来了。

在短短的三天当中，司马飞龙忙着做准备工作。他把全体船员召集起来开了个会。对未来的战斗做出了种种的估计，在会上经过全体船员讨论，提出了一系列克服困难和应付意外情况的措施。比如：为了防止网眼太小，挂上泥后阻力过大，根据司马飞龙的建议，改换了大扣眼渔网。为了换网和争取按时出航，船员们分班打夜战，干了一宿，连炊事员也卷入了紧张的备战工作。

季处长原准备跟随“远征 1 号”出海，为了让这个青年人发挥他更大的积极主动作用，使他得到锻炼，季处长临时又改变了计划。开船这天上午，他把老根从“远征 1 号”调到“远征 2 号”(辅助生产船)上来当船长。这无形中等于把司马飞龙仰仗了多年的一根手杖撤掉了。季处长还把原来“远征 2 号”的青年船长小徐，调到“远征 1 号”上来给司马飞龙做助手。表面上看，小徐是飞龙的一个帮手，实际上，季处长也有让小徐在头船上跟飞龙学习学习的意思。

领导的意图，司马飞龙当然不知道。而司马大海呢，这两天却又忙得锅朝天、碗朝地。跑海关，上电台，打电话，下命令……他陷在近海渔场上拔不出腿来。“远征号”闯聚鲸洋的事，他都推给了新上任的副主任老根和季处长。当他知道老根调到“远征 2 号”以后，大为震惊。他在电话中对季处长说：“您别忘了，飞龙还是个孩子呀！”

“在你眼里，他是个孩子。在我眼里，他是一头小老虎！”

“季处长，您也太放心了！”

“还有我哩！老海，你到局里来一下吧，咱再碰碰头……”

“我分不开身呀，还有五队船等候出海……”

傍晚，司马大海终于抽出身，到码头上来。这时“远征 2 号”已上完冰，调到外边抛锚。

“远征 1 号”冰也快上完了。几十座高架探照灯，焦点对准在即将远航的渔轮上。

从冷藏库那米黄色的巨大建筑中伸出雪白的一条高架冰桥。冰桥上的皮带机，正在湛蓝的夜空中啦啦高唱。闪着银光的方冰，从冷藏库中跳出来，落在皮带输送机上，飞一般滑到绿色的桥头高堡的碎冰机里去。于是，半空一阵隆隆声，冰花沿着桥头漏斗，像银河似的泄到“远征1号”的鱼舱里去。

司马大海登上渔轮的后网台，一盘崭新的大扣眼尼龙丝网，闪着金光。抓一把，软颤颤的。多么好的渔网！如果放在近海渔场生产的船上，该换来多少鱼呵，把它送到聚鲸洋去，他真有点心疼。

大海在船上巡视了一番，回到码头上，看见司马飞龙穿着一条汗湿的小裤衩，一身的黑肉，汗水直闪光。他领着船员们，参加到码头工人装鱼箱子的行列里，用他的大嗓门嚷道：

“快！保证准时出航呵！”

司马飞龙装完箱子。看见司马大海，他跑过来亲热地喊：“爹！您来检查出海准备吗？”

“上多少箱子？”司马大海迎头一句。

“一千。”

“一千？”老头子显然嫌多了，狠狠地说。“你想把家也搬去呀？八字还没一撇哩，乱弹！我这冰和箱子，是给近海生产船准备的。”

儿子的嘴倔强地噘了起来。司马大海看着这个比自己高出半头的孩子，宽阔的眉宇上，已经有几条深深的皱纹，嘴唇周围，显出了一圈密密的胡楂子。

飞龙十三岁那年，他妈就死了。那以后，大海把儿子带在船上，十九年来，左右不离，这会儿，他仿佛第一次发现：儿子大了……

这一瞬间，司马大海心软了下来：

“把衣服穿上！”

司马飞龙驯顺地穿着衣服。衣服背后粘着一些鱼鳞，司马大海帮他扫下来。

“你老根叔走了，凡事要谨慎。”

“嗯。”

“有情况，及时给我来电报。”

“知道。”

“瞅着不行，及早勒马回山。近海鱼汛别耽误了——”

司马大海说着，话又要回到老路上去，司马飞龙不愿意听了，他笑了笑，打断了大海的话头说：“爹，时间到了。”然后扯起他那大嗓门向船员们吆喝：“准备开船！”

船员们拥着飞龙走上船去，飞龙登上驾驶台，喊：“爹，您放心吧！我们保证闯开聚鲸洋！”这时开船时间已到，他命令船员们抽掉了跳板。满潮撞着码头，“轰，轰”直响，像是为远航的渔轮鸣礼炮。司马飞龙手扶着栏杆，高大的身躯在红色的航行灯光下变成了紫铜色。他眯细着双眼，瞧着前后缆位的水手，一个个精神抖擞，挺着胸膛。司马飞龙伸手拉响了开航的汽笛：

“呜——”

“前缆，抛掉！”司马飞龙沉着地下着命令，随手摇响传令钟。机器突突吼着，渔轮像满弓的箭，离开了码关。又是一声长笛，“远征1号”灯火辉煌，像一团盛开怒放的火树银花，向大海驶去；“远征2号”在后边，紧紧跟着。

出港后，司马飞龙命令船员抓紧时机睡觉，准备迎接新的战斗。渔轮在夜间航行，轮机不知疲倦地隆隆高唱。

司马飞龙把聚鲸洋的海图翻出来，搬到船长室去。他脱掉鞋子，把一张张的海图衔接起来铺在地板上。小小的房间，仿佛变得高大了起来。他在这光滑的图纸上，爬来爬去，像司马大海当年在船上那样，把整个航程看个仔细。

图纸上，蛛网似的水下曲线，繁星似的水深点，在这个年轻的船长面前提出了深奥而又复杂的海洋课题。

司马飞龙推动放大镜，找到了飞鲨水道。这是前进道路上的第一关。如果闯得顺利，船就能乘胜而入，直插聚鲸洋。

顺着飞鲨水道往前看，飞龙在自己的左脚大拇指旁边，找到了三个大字：聚鲸洋。

司马飞龙的目光，紧紧盯住图纸上的这三个字，盯着这里的每一个水深点。从图上看，出了飞鲨水道，就进入一个高差不大的盆地。根据研究所提供的材料，这儿没有乱礁和沉船的标志，也没有其他障碍物。十九年前砍网的地方，正好是在盆地的中心地带。

司马飞龙正趴在海图上沉思，忽然觉得海图底下一动，忙问："谁？"海图下边有人答应了一声，说："开门！"

原来，这海图下边有一页四四方方的活板，司马飞龙收起海图，把活板掀起来，便出现一个通往下边船员住舱走廊的悬梯。从"远征2号"调过来的青年船长小徐，首先从悬梯爬上来。随后他一招手，接二连三爬上十几个船员来。小小的房间里，一下子连桌子上都坐满了人。

"司马船长，"小徐说，"同志们高兴得睡不着觉，都想听你再讲讲十九年前被逼着去聚鲸洋的事。"

"讲外国草包出洋相！"

"讲讲聚鲸洋的大鲨鱼……"

船员们七嘴八舌乱嚷。司马飞龙高兴地直抓头皮，说："咳呀！这事儿谁都知道，叫我讲啥呀？"

"咱们是百听不厌，你就实打实地讲么！"

"讲呵，船长！"

司马飞龙一看大家心劲儿这么高，心中也是说不出的高兴！于是，他先讲了一段"资本家心黑，威逼船员出海"。又讲了一段"外国大草包，聚鲸洋出洋相"。……

司马飞龙讲到最后，十分激动，他说："这是十九年前的事情，是早就烂掉了的老皇历！同志们，我们是毛主席亲手培养出来的新中国船员，只有我们，才有可能去征服这片海洋，揭穿它的秘密！"

小徐也兴奋地喊："咱这次去，掐着聚鲸洋的脖子，让它老老实实地交出鱼来！”

“对，让聚鲸洋变成个海上大庆！”

船员们火热的情绪，把这小小的房间闹得热气腾腾。

“远征号”渔轮在茫茫的大海里不停地航行。后半夜，海上突然吹起了一阵阵冷风。水面上出现了忽隐忽现的光焱。原来，每到风暴来临的天气，海里数不清的发光菌虫便聚结、漂浮在一起，发出绿莹莹的火光来。这就是人们常说的“海暴”。

一片黑云，也在正前方出现。

四

司马大海在“远征号”渔轮开航以后，回到大队部来。调度员交给他一封信，信是季处长写的：“老海：这几天太紧张。你忙我也忙，一直没能很好地谈谈，不知你对开辟聚鲸洋的工作还有什么意见。这次‘远征号’的行动，关系着今后的生产。为了更有把握，我决定随2号船出海，有老根做我的顾问，你可以放心。陆地和近海生产，还需要你多操一些心。我想，我们的生产面貌不久就会有巨大的变化！好，有事，你可以直接跟局长联系。”司马大海看着信，心里热乎乎的。他万万想不到，领导考虑得这样周全。

后半夜，司马大海躺在办公桌上迷糊了一会儿。眼皮一合上，就打起呼噜来了。他睡得那么香甜，直到起风了，外边杨树叶哗哗响，海上汹涌的浪涛轰鸣，才把他惊醒。司马大海跳起来，往外一看，天黑得赛过锅底。他连忙抓起电话，问电台：“‘远征号’船位在哪里？”“已逼近飞鲨水道。”“呵？”司马大海吃了一惊。“飞鲨气象呢？”报务员忙说：“风云骤起，估计会有大风。”跟着，是一阵心焦的电码声，从电话传到司马大海耳朵里。司马大海的心，随着电码的节奏，急促地跳起来。昨天，海洋气象台只报了个“三到四级”风。看起来，绝不是这么简单！

凭着多年的海上经验，他预感到聚鲸洋上的这场风暴决不会小。想到聚鲸洋，心情无比沉重。十九年前使人心悸的场面又翻上眼前。

他盼着天快亮，好给局里去电话，想请局长下令调“远征号”回航。正在这时，电话铃却“叮铃铃”叫起来。司马大海心说深更半夜谁还来电话，拿起来一听是局长挂来的，局长说：“……我到你办公室，你睡得正香哩！老海，我在电台办公室，你来吧！鬼天气要捣乱，帮我出出主意……”

“好，好……就去！”司马大海拿着电话，几分钟前想对局长说的话，一句也没说出来。

这时“远征号”渔轮经过一夜的航行，已驶到一片漆黑瘆人的海域。海面上，起风后滚来的乌云，紧紧压在“远征号”渔轮的桅尖上。

“远征 1 号”不顾一切地向前挺进。船头飞溅的浪花，越叫越欢的马达声，以及呼呼啦啦在高空欢唱的五星红旗，都给这黑森森的海面，带来了不协调的气氛。

司马飞龙英姿勃勃地站在驾驶台里，他一夜没睡，却仍然容光焕发。瞅着越来越黑的海水，他头也不回地问副船长：

“船位？”

“离飞鲨水道五里。”

报务员上来送电报。

司马飞龙一看，是局长发来的电报。电文说，“‘远征 1 号’船长：你们干得很好，要有革命的大无畏精神！海上将有大风，要提高警惕！希望你们能克服艰险，坚持胜利。预祝你们成功，为我国的远洋水产事业，开辟一条新的道路……”

司马飞龙更加坚定了胜利的信心。

天亮以后，风渐渐大了起来。船开进飞鲨水道。突然，窗外云层一裂，一道耀眼的银光，闪烁而过。跟在后边的，是一串长尾巴响雷。

“远征 1 号”渔轮左闪右躲，避开水道中的明礁。估计快要到达水道“咽喉”了，突然小徐一声惊呼：

“大漩涡！”

司马飞龙猛然警觉起来。他眯细着双眼，像个富有经验的猎鲨手，谨慎地观察前边。不错，前边有一片污浊发黄，漩凹下去很深的海面。这就是水道的所谓“咽喉”地段。这时船像打摆子似的颤动起来。潮水打在钢板上，发出闷雷般的吼声。就在这节骨眼上，只听呼呼一阵牛叫似的吼声，狂风铺天盖地地吹来了。

司马飞龙要了一个快车，“远征 1 号”猛往前一冲。开船以前，老根叔曾告诉他：“咽喉、咽喉，瞅准口门顶住流。”他牢记这句话，直奔大漩涡右手的一股明流顶上去。

可是，风越来越猛，俗话说：一尺风三尺浪。眨眼工夫，水道海浪滔天，哪里是礁，哪里是水道，分也分不清。这时换个胆小沉不住气的人，腿早就发软了。但就在这个关口，司马飞龙却忽然心里一亮，他想到的是：毛主席在看着我！我一定沉住气，我一定要闯开头关！他冷静沉着地摇了摇车钟，让船速慢一慢。

“左转舵，转，再转！”他发出舵令。像爆破手在寻找缺口，他紧盯着前方航道。这时，突然“远征 2 号”冲了上来，当两艘船肩并肩的时候，他看见老根叔直挺挺地站在悬桥上，顺风吹来他的喊声：“沉住气！……”

司马飞龙还没张嘴，“远征 2 号”已经打着快车，乘风破浪抢越过去。等司马飞龙醒悟过来，“远征 2 号”已准确地冲向了水道“咽喉”。司马飞龙心情激动，握住金光闪闪的车钟把手，推到快车“前进三”上。狂风、巨浪，架不住硬汉子一声闯！“远征 1 号”和“远征 2 号”肩并肩地闯出了水道“咽喉”。司马飞龙回头看见年轻的舵手满脸汗水，笑道：“别紧张，这只不过是聚鲸洋对咱虚晃过来的第一枪！”

五

在风浪中，司马飞龙信心坚定，毫不动摇。渔轮闯过飞鲨水道，他就对准十九年前砍网的地方疾驶。在疾风巨浪的海上，“远征1号”像匹撒了野的飞马。桅杆随着船体的大幅度摇摆，几乎要挨着水面。风卷着巨浪，猖狂地扑到驾驶台顶棚上来了。驾驶台里边，高脚凳满地打滚，风吹、浪击，像乱军炸营似的轰响。

司马飞龙双腿叉开，使出全身硬功夫，在大风浪中站稳。他十三岁就干船，大海哺育了他，惊涛骇浪把他敲打成人，面对着聚鲸洋的风浪，他面无惧色，指挥着渔轮按预定的航线前进。

突然哗啦一声，船头一扬，一排大浪像倒塌一堵城墙似的砸在迎面玻璃窗上。窗子经不住袭击，落到滑槽里去。舵手被夺窗而入的海水，砸倒在配电盘上；再有一秒钟，船会由于失去控制而横遭巨浪。司马飞龙手疾眼快，一个箭步蹿到舵轮跟前，唰！来个急转舵，使渔轮恢复了平衡，船又继续前进。他拉上窗子，擦掉罗镜上的海水。罗镜酒精溶液随着船体的摆动而颤抖，中间的气泡，被轰鸣的机器震得不停地跳动。光洁的罗镜玻璃外罩，倒映着外边滚滚吓人的怒云。在里间休息的小徐，一个高儿跳起来，看看满地是水，跑到驾驶室，一把抢过舵来说：“船长，舵给我，你瞭望！”

司马飞龙指着海洋，笑道：“想给咱来个下马威，它看错人啦！”他打开渔探器的荧光屏，在闪闪发亮的荧光屏上，可以看到几十米深水下是那么平静，还有一片浓重的黑影。是海草呢？还是鱼群？通常，鱼群是流动的虚线，这却是黑乎乎一片；通常，海草是跳动的，而荧光屏上的这片黑影却纹丝不动。怪呀，这是什么呢？

司马飞龙计算了一下，断定这儿就是十九年前砍网的地方，决定就在这里投下第一网。他尽力控制住自己的感情，豪迈地发出了命令：“准备投网！”

十几个船员，把巨大的尼龙丝网推下海去。“远征2号”的任务是帮助“远征1号”拖网，它靠了过来，接过另一根拖网的钢丝绳，拉开间距，齐头合力，向前挺进。

六

十九年前，那艘破旧的外国渔船在这里投下网之后，就是不往前走！

可现在，司马飞龙万万想不到，下网后，船在前进，一切正常！

甲板上，船员们一个个你瞅我，我瞪你，高兴之中带着怀疑和警惕。

海水被风吹成了银灰色。浪涛爬上甲板，又从水道眼飞腾而出。船员们冒着风浪，趴在栏杆上，不顾浪花的袭击，指着向后倒退的海浪狂喊：“前进，船在前进！”

事情出乎意料的顺利，使人很不放心。司马飞龙眉心拧成个大疙瘩，他说：“徐船长，你看舵。我到后甲板看看去。”说着，他从驾驶台上下来，跑到船后尾。只见拖网的钢丝绳紧绷绷的，这说明水下的渔网已经张开。

司马飞龙回到驾驶台，一面继续观察，一面命令报务员给基地发报。“我船已经投网，拖带正常”的电讯，“远征1号”飞向了祖国大陆。

时间在风浪声中悄悄地消逝。一个小时过去了。船速仍然正常。

这就越发使人不能理解了，十九年前又是什么东西拖住了渔网呢？

突然，船员们喊了起来：“看呵，海猫子！”司马飞龙回头一瞅，好家伙！迎风扑浪地飞来一群海鸥，在船后数百公尺远的海面上翻上扎下地盘旋飞翔。正瞅着，又见翻滚着的白浪中，窜出一条黑不溜秋的大鲨鱼。眨眼工夫，只见水面上麻鸦鸦一大片；这边探出个两三米长的剪形大尾巴，那边露露脊翅，嗖地钻出一颗大鲨鱼头来。海上风暴中的这个热闹场面，把满船人惊得目瞪口呆！

司马飞龙心说不好！怎么呢？十九年前，砍网之前，也闹了这么一茬。这个念头刚刚一闪，又倒吸一口冷气。他发现：船又像十九年前那样，定住不动了！

“唉呀——船不走啦！”有人嚷。

“喊什么！”司马飞龙一声吆喝，心里反而沉住了气。他心说：“好哇，我还以为你不照面了呢！十九年前，你吓住了洋草包，今天我可要戳穿你这个画皮！”

是什么东西招来这天上的海鸥、海上的大鲨鱼呢？这海底有什么东西，被渔网挂上来了？

司马飞龙不慌不忙，按着出港前和老根叔约定的办法，传出了加快车速的命令：

“信号员！”司马飞龙喊，“通知‘远征 2 号’加车五转！”

“是！”信号飞快地发出去了。“远征 2 号”升起一面小旗，表示知道。

司马飞龙吹响通往轮机舱的话筒。在话筒里用船员们的话对轮机员喊道：“马儿跑不动了，你给我狠抽它五鞭子！”

加“五鞭子”，就是增加轮机转速五转。

船还是不动。

“再加五转！”

船还是不动。

“再加——”司马飞龙还没喊出来。眼瞅着船尾水下推进器翻腾的浪花，直滚到网台上来。拖网钢丝绳绷得像根满弓的弦。风浪又猛，有两次，船左右倾斜到三四十度，非常危险。说不定哪一秒钟，钢丝绳拖断了，整盘网就要丢掉。

司马飞龙宽大的脸盘变成紫红色，牙齿咬着上唇。是的，不能莽撞！万一把网丢掉了，回去怎么向党交代？何况自己的一举一动，还会影响到今后向远洋进军的计划呢。他努力使自己头脑保持冷静。

“恢复原来车速！”他命令。

情况十分紧急。司马飞龙和徐船长研究了一下，作了分工：徐船长留在驾驶台看舵。司马飞龙到甲板上去指挥战斗。全体船员都涌到甲板上，黑色的胶皮工作衣被海浪冲得闪闪发光；十几双眼睛，紧紧盯着自己的船长。

司马飞龙站在大舱盖上，望着一个个小牛犊似的船员，他充满信心地说：“同志们！聚鲸洋向咱们挑战了！摆在我们眼前的形势很尖锐：它想吃咱们的网，咱们能让它吃吗？”

“不让！”船员们齐声喊道。

“对！咱们提前启网。风大浪大，情况又不明，启网的时候，要小心。咱们拼出命去，也要把网拿上来！”

司马飞龙通知“远征 2 号”靠近，把另一根拖网钢丝绳抛过来。启网机隆隆响起来了。

绞车不断地把拖网钢丝绳绞上船来。“远征 1 号”随着钢丝绳的回收，向后倒退，离渔网越来越近。

海面上鲨鱼也越来越多。这些凶恶的大家伙，给聚鲸洋上增添了一种恐怖的气氛。

一排巨浪碰在船尾水柜钢壳上，咆哮着爬上船来。渔轮成四十度倾斜，船员们都被奔腾的海水打倒，司马飞龙跳起来，瞅见后网台上的大方板腾空而起，飞到大舱盖上。他毫不含糊地喊：“跟我来！”纵身一跃，夹起一块方板，弓腰跑上后网台，十分麻利地把木板卡上。

船员们跟随而上。

又一排巨浪涌起。就在这一瞬间，司马飞龙突然发现浪峰上一片金光闪闪，浪头一落，便又消失了。原来是网里灌满了鱼，漂起来了。船员们一时由惊变喜，狂呼起来：

“渔网满灌喽——起包了！”

司马飞龙乐得嘴都合不上了。他抹抹脸上的海水，大声喊：“鬼东西：哈！差一点让你骗了去！小伙子们：抬机关枪来呀！”

启网机叫得更欢了。

原来，渔网碰上了很厚的鱼群，一家伙灌饱了。网里鱼满了，就要发漂起浮。好天气，“起包”远远就能看见，眼下风浪太大，只有近了才能发现。海鸥和鲨鱼都是馋嘴子，早早被引了来。司马飞龙怕鲨鱼咬破渔网，命令船员们架起机枪一阵扫射，同时命令加快上网速度。

可是，等到长龙似的大渔网被拖到船跟前的时候，启网机绞筒由于负荷过重，冒出了白烟。而且，随着浪潮一杵一涌，启网机“吭吭”直吼，转也转不灵了。

这时的渔网，就像一只装满了东西的手提网袋。上口，已经拖到船上来了。但是渔网太长，启网机的吊杆才有两吨的起重能力，要想一次就把满网的鱼弄到船上来是不行的。这就得依靠一种叫卡包绳的装置。这是一根钢丝套索，串在渔网尾部的铁环里，收紧一次，可以从网里“卡”上来大约两吨鱼。如此反复，网里的鱼，才能分批地出完。在这种天气上网，很容易发生事故。司马飞龙指挥着启网机，嘴里喊着：“绞、绞，往上绞……”眼睛就去找那根卡包绳头。

一排巨浪吐着白沫子涌过来，漂浮的渔网猛然飞上半空，就在这一刹那，司马飞龙叫声“不好！”原来系卡包绳头的麻绳被挂断了。卡包绳被一根弯弯扭扭的烂钢丝绳头，像条死蛇一样，缠在了离船舷很远的渔网上。这样一来，满网的鱼就没办法“卡”成一包一包地吊到船上来。司马飞龙一瞧情况不好，抓起船舷上的长铁链子，唰！唰！把渔网缠在船舷上，免得被浪卷走，这才喊：

“抬勾杆子来！”

一个船员，应声扛过一根带着弯钩的大竹竿子来。司马飞龙伸手接过来，瞅着“鱼岛”横着被浪头推近船舷时，嘴里悠上一口气，唰啦，把大勾杆子伸出去，一家伙勾住和那根烂钢丝绳缠在一起的“卡包绳”上。左一挑，右一拧，希望把那根“卡包绳”拉回来，不承想，那股烂钢丝绳死挂在渔网上不松，碰巧又来一浪，只听“吧啧”一声：大勾杆子挂在船舷上，断成两截了。

这可气坏了司马飞龙！眼瞅着浪头越来越猛，浪浪都砸在他心上。他眼前，又浮现出十九年前司马大海砍网的景象。到嘴的肥肉再扔掉？不行！为了给今后的远洋捕捞闯开一条道路，这一网鱼一定要拿上来。恰在这时，满船人一齐高喊：“季处长也来啦！”司马飞龙抬头一看，“远征 2 号”在下风头靠了过来，驾驶台旁边，和老根叔站在一起的，果然是季处长！

司马飞龙万没想到，季处长从始到终一直是在看着自己。这好比战士们在炸敌人碉堡的紧急关头，见到了领导同志。这时大伙儿的心劲儿，是一种无坚不克的力量呵！司马飞龙焦灼的目光，在船员们身上闪来闪去。十几个人的眼光，都集中在那根该死的钢丝绳上。

老炊事员也从厨房里跑了出来。他提了把菜刀，气汹汹地喊：“挂住了什么？闪开，我给他来一刀！”

这句话虽然来得没头没脑，却一下子提醒了人们。一个虎头虎脑的小伙子，愣儿呱叽地喊：“斩掉它！”

“对呀，去人砍！”

“船长，让我去！”

船员们争先恐后地抢着要去斩断那根烂钢丝绳。司马飞龙眼盯着在风浪中漂浮的“鱼岛”，脑子转了几个转：砍，这是个办法，可是这要冒多大的风险呵！话又说回来，不砍，卡包绳又捞不上来。

他猛一转身，对一个船员喊：“拿钳子和锉刀来！”

说着，他手脚麻利地把衣服扒了个光溜光，套上救生衣，用宽皮带把取来的钳子、锉刀系挂在腰上，蹬着船舷，揪住渔网——船员们一看船长要亲自出马，一个个都急了。这个嚷：“船长，让我去！”那个嚷："你是一船之长！"……

司马飞龙喊："正因为我是船长，闪开！"……

"远征2号"也响着汽笛过来了。司马飞龙抬头一看，2号船前甲板上，老根叔冒着风浪，喊什么也听不清。又见季处长举着一根绳索——不，是安全带，一个劲摇晃。这边船上明白过来，一个船员忙去拿来了一根安全带，给司马飞龙挂上，来了一个双保险。这个过程说起来啰唆，实际却是一晃眼的工夫，司马飞龙翻身爬上了"鱼岛"。

从船上看这漂浮的"鱼岛"，在上边大踏步走都没问题。可是，真上去人，它就软得像沙发一样，站不住脚。好在司马飞龙光着身子，动作又麻利，像壁虎似的紧紧贴在渔网上。汹涌的海浪一压过来，飞龙就憋住气不动。等浪一过去，他又往前爬。

船上的人，自动分成了好几拨：有人摩拳擦掌准备工具，随时好支援司马飞龙。有人往渔网周围抛电石，防止鲨鱼袭击。徐船长在驾驶台把舵轮打得飞转，尽力使渔轮保持平衡……"远征2号"也在渔网外围转来转去，把鲨鱼吓得四处逃窜。这一场战斗，紧张得让人喘不过气来……

司马飞龙却始终盯住那根烂钢丝绳，一寸一寸地往前爬。一会儿，他随着渔网被巨浪抛上半空，一会儿又跌进海浪的峡谷。不管风浪来势多凶，司马飞龙抓住渔网，给它来个死不撒手！

他爬着爬着，抬头一看那根弯弯扭扭的烂钢丝绳。心中不觉一怔：原来，那根钢丝绳上还挂着一个锈烂了的拖网用的钩机子。再看，钩子弯弯的，说明它正是十九年前那条船上拖掉的拖网钢丝绳！十九年了，网烂掉了，剩下的"骨头"还在兴妖作怪哩！

司马飞龙不停地往前爬，恨不能用牙咬断它……

七

司马大海在陆地上，恨不能一脚迈到聚鲸洋上来。

一开始他听到“远征 1 号”进入聚鲸洋，已经投网，拖带正常的报告时，思想上震动了一下。接着，“远征 1 号”又传来了“起包”的喜讯，这消息好比半天空里响起了一声炸雷，把老头儿震得都蒙了头，好半天都不敢相信。

后来，听说儿子去砍钢丝绳。司马大海心情又紧张起来，他不禁懊恼地想，要是自己在“远征 1 号”上，情况兴许会好一些。在他眼里，司马飞龙终究还是个孩子呀！

司马大海正在又喜又恼的时候，基地电台的机房门被拉开了，一个电报员走出来，嘴动了一动，好容易说出来一个数字：

“二十万！”

司马大海猛一跳：“什么，二十万？”

“故障排除，上网恢复正常；网产估计二十万斤。”

电报员把一张由“远征 2 号”上季处长和老根发来的电报，交给司马大海。

这是一份“远征 1 号”作业情况的报告电文。

看到这个报告，司马大海心里像打翻了五味瓶。十九年前聚鲸洋上死里逃生的痛苦回忆和十九年来拖网不动的哑谜，一下都明镜似的摆在他的眼前。那一次，投下网去，网里正是装满了鱼，超过负荷，船才拖不动了呵！……十九年前，那是被逼着去卖命哪！看看今天，人是什么样？船又是什么样？可自己却没领悟出这个理儿来。他不禁痛责自己：“飞龙走的这条道是对的！可我这老家伙是怎么搞的，唉……”

这时，在聚鲸洋上，“远征 1 号”正把网里的鱼分段卡包，吊到船上来。

网里的鱼太多了，有几处网被鱼鼓破。海面上漂散着侥幸漏网之鱼。渔轮周围，渔网上空，数不清的银灰色的海鸥高兴地哇哇叫着，把水皮上漂散的死鱼叼上天空。有一对海鸥伙叼着一条大鱼，飞到甲板上空，不想滑了嘴，只听哇一声叫，大鱼恰恰落在司马飞龙头上。逗得船员们哈哈大笑："瞧！海猫子也来帮忙啦！"

鱼舱张着大嘴，四个小伙子掐着四把大铁锨，不停气地往舱里装鱼。甲板上的鱼堆越长越高，这一网鱼，相当于近海渔场上一条船十天的产量。船员们高兴地在鱼堆上滚呵，爬呵。谁有眼福看看这场鱼蹦、虾跳，人喊、机器吼叫的奇景，就会知道：吃鱼不是享受，捕鱼才是幸福！

傍晚，风浪渐弱，海面逐渐平缓，风暴后的聚鲸洋，分外辽阔。海水在夕阳下发出耀眼的光芒；鲨鱼不时把剪形的大黑尾巴挑出水面，一条条巨鲸，在平静的海洋上遨游，银白色的水柱子，像喷泉一样直射上蓝天。看着这一切，令人胸襟更开阔，心情更舒畅！

趁着启网工作仍在进行，"远征 2 号"又对聚鲸洋做了进一步的勘察，所有到手的资料都说明了这里是一个非常理想的、资源丰富的渔场。

第二天傍晚，"远征 1 号"渔轮吃得肚满腰圆，开始返航了。司马飞龙在返航途中收到司马大海发来的一份电报。电报说："远征号全体船员，祝贺你们取得了辉煌的成绩！现在，大队已组织船队准备投入聚鲸洋渔场……"司马飞龙看着电报，禁不住咧开大嘴笑了。父亲的转变，对他来说，无疑又是一个大喜讯。

"远征 1 号"渔轮在一望无际的大海上飞驰。天色逐渐黑下来了。而正前方，天和海洋之间，火红的彩霞却火烧一般。海鸥还恋恋不舍地尾随在船的后边。司马飞龙站在驾驶台上，眺望着浩瀚辽阔的海洋，完全被这壮丽的景色陶醉了。他回头看见徐船长和船员们也都在向大海眺望，他高兴地说："有谁知道，从聚鲸洋到南极还有多远？""少说也有几千里！"有人回答。但也有人嚷："几千里？远儿去了！……"

司马飞龙神往地说："不久，我们还有可能到南极去捕鱼呢！像大庆石油工人那样，我们要把地球上所有神秘、荒凉的海洋，都开辟成大渔场！……”

“远征 1 号”渔轮继续航行了一夜，天刚放亮，驶进了基地港。小小的渔港溶在薄薄的晨雾中。港内的渔轮桅杆像树林一样，每条船的桅杆上都升起了远征出航的红旗。有的船正在起锚，锚机轰轰响。在悦耳的锚机钟声里，锚链子卡隆隆、卡隆隆地唱着从碧清的海水里钻出来。……

“远征 1 号”鸣着长笛，船头扬起翻飞的浪花，向码头驶去。司马飞龙这时发现，码头上也发生了巨大的变化。新运来的鱼箱子，堆得像高山一样，起起伏伏，直涌到大队部的小屋子那边去了；小屋子前边的杨树，在晨光中显得那么挺拔、青翠，树与树之间，扯起了一幅幅大标语。火红的标语牌上，写着：“向远洋进军！”“不断革命，永远革命！”……

广播站的大喇叭，用最大的音量，开始播送一首崭新的歌曲：“……让我们来开辟新天地……”

原载《人民文学》1965 年第 7 期

机电局长的一天

蒋子龙

这是一场和平年代的战争，
是一场新的长征。

——摘自一位机电局长的手记

一

人一生当中会有多少个关键的一天？一个单位一天当中又会碰到多少桩关键的事情？

今天，机电局接到国家计委的通知，要派负责生产的干部到北京参加计划会议。生产处长王凯准备出发。可是，对今年的生产怎么样估计？明年做什么打算？飞、跑、走、蹭四种计划，他带哪一类计划进京？

今天，气象台预报夜晚有场暴雨，而机电局必须在山洪到来之前交付矿山四千台二百五十毫米潜孔钻机。这个铁任务落在矿山机械厂。如果这场雨引起大水，铁任务十有八九要吹灯，怎么向国家汇报？在完成国家计划上，机电局年年都是满五分，这次怎么能交一张二分的卷子？

今天，又是机电局每月例行一次的生产调度会。全局三百多个企业，成千上万的喜讯，成千上万的产品，成千上万的困难，成千上万的矛盾，一大摊子事情都要在调度会上解决、调整。这会儿，参加调度会的重点企业负责人快到齐了，可还没有主持人！

这一切问题，只要有一个人在，就好办了，大主意由他拿，调度会由他主持。谁？机电局长——霍大道。可他前天在起重机厂劳动，心绞痛复发，住进医院了。党委书记云涛刚调来不久，对生产情况还没吃透。王凯没了主心骨，急得他从楼下蹿到楼上，从楼上又颠到楼下，到处找副局长徐进亭。徐进亭是分工专抓生产的，虽说这一阵在矿机厂蹲点，但今天这样的日子，王凯也只好找他了。

王凯跑到大门口，见一辆苹果绿色的北京牌小轿车正从车库里开出来。他以为这是要送自己进京的，就烦躁地一挥手："今天走不成啦！"

年轻的女司机小万从车里探出头："不是送你进京，是送徐副局长去住医院。"

"嗯！"王凯心里一躁，"又怎么了？"

"还不是血压！他的血压说高就高。"小万人称"二局长"，对机电局几个领导干部的脾气秉性摸得可透了。

"他住院可真会选当口！"王凯心里说，甩手要上楼。

小万着急地说："中央召集的会不去还行！"

"调度会还没有主持哪！"

看见生产处长急成这样，小万难受得不行，心里叨咕：霍局长呀霍局长，你要有个好身体多好啊！

"'二局长'，老霍在吗？"身后一个粗哑的大嗓门喊小万。王凯听出是矿山机械厂党委副书记于德禄，便又转回了身。于德禄长着一副粗墩墩的身架。他看到生产处长，蹿上一步，把一份电报摔给王凯。

这是矿山打来催要钻机的。王凯看完，若有所悟："是不是这封电报把徐副局长逼到医院去啦？"

"眼看要坐蜡，他扒拉扒拉屁股躲进医院图清静！"于德禄愤愤地说，"这回我不当替罪羊了，要跟霍局长彻底揭揭矛盾。"

"云涛同志强迫老霍住医院了。"

于德禄大眼珠子一瞪，冲着要开车的小万喊："把我捎到医院！"王凯一把拉住了他："老霍的脾气你不知道！云涛同志说过，文件、资料、图纸一概不许往医院送。就这样，昨天晚上我去看他，不知他从哪里搞到的纸和笔，正趴在桌上写什么东西哩。——咱们先开调度会吧，你有困难我发动别的厂帮你。"说着，拉于德禄上楼，又转身叮嘱小万，"到了医院，如果去看霍局长，嘴上可派个站岗的。"小万点点头，把徐副局长一向最喜欢坐的小轿车，开到他家门口。徐副局长已经站在门口等候了，他左手提一个绿色塑料袋，里面放着牙具、毛巾、肥皂之类的东西；右手拎一个大网兜，兜里装的全是药瓶子、花盒子；还有一个大搪瓷盆，盆里的东西最惹眼，满满一盆油炸"老虎豆"。

小万接过网兜，顺口问："您还爱吃老虎豆？"

徐副局长回答说："你看这是'老虎豆'吗？是'四一六'——抗癌药。"小万吓了一跳："啊！您得了癌症？"

徐副局长笑了，拉拉她的小辫子："傻姑娘，得上癌症再吃这个就晚了。我这是为了预防，找中心医院的李大夫专门配制的。"

"您活得可真在意呀！"小万使劲咬住舌头，才没有甩出这句带棱子的话。

徐副局长又高又胖，五十多岁的人了，大脸盘子红润润地闪着亮光，一点褶儿也没有。别看这么个威武大汉，倒有一副阿弥陀佛的善性子，是个平时该急不急，遇怒不怒，高兴时还喜欢和下级开个玩笑的老干部。

今年 5 月，矿山机械厂一把手调走了，局党委书记云涛提出要派个蹲点组下去。局长老霍提出要去，常委们不同意。徐进亭没有吭声，却派到了他的头上。他心里不舒服，憋了口气。一到矿机厂，就指示厂里二把手于德禄一定要在 6 月份放高产，争取参加 7 月份召开的全局工业经验交流会。于德禄听了他的话，大抓冲击钻机，这个老品种干起来轻车熟路，产值一突就上去了。但是被霍大道发现了问题：他们为了突击产值，把设备拼了个稀里哗啦，把老家底几乎吃光，而国家要求大批投产的新品种——二百五十毫米潜孔钻机却停下来了。结果，矿机厂不仅没有被评为先进单位，反而吃了批评。挨批的是厂党委，挑大头的是于德禄。徐副局长往旁一闪身子，不哼不哈。群众对厂党委有意见，厂党委内部意见不一致。7 月份生产不仅没有打上去，反而跌下来了。雨季要提前，任务要吹灯。于德禄近来头上出角，身上长刺，越来越不好拨拉。徐进亭感到，再不快快拔腿撤出来，就会陷进去不好收场。老霍又病倒了，实际是累趴架了。谁不知道，7、8、9 三个月高温低产，是让抓生产的人最头疼的日子。他把这些难办的事情在大脑的筛子里筛了又筛，过了又过，反复权衡得失，最后决定住医院。

徐副局长笨重的身体进了小轿车，车子很快就开上了去医院的马路。

小万是在 1969 年从司机训练队毕业分配到机电局的，第一次出车就是送一个昏迷不醒的老同志去医院。这位老同志是在会战工地，和一个铆工摽肩膀抱了六个小时的铆钉机以后，突然昏倒的。当那个铆工知道他就是患有严重心绞痛病的局革委会主任霍大道时，难过地捶着自己的大脑袋，哗哗流泪。小万还没到局里来，就听人讲过，自己局里有个“霍大刀”，听这名字就够厉害的了。他说话爽利得像大刀，思想敏锐得像大刀，作风又快又狠，也像大刀。

可是那一天，小万怎么也不能把这些传说和眼前的病人对上号，他哪像个“大刀”呀！挺亲切的一个老同志。小万冒冒失失地向护送的生产处长问了一句：“他就是有名的‘霍大刀’吗？”

生产处长瞪她一眼：“去，霍主任的名字叫‘霍大道’，胜利大道的‘道’。”小万吐吐舌头心里想：“这么大的干部，怎么叫这么个名字？一点也不深奥。”

后来，王凯把老霍名字的来历告诉了小万——

老霍十二岁那年秋天，听说红军从草地上过来了。他在野洼里把地主的三头牛拴在树上，用镰刀割断了牛脖底下的气管，跑到大道边上，拦住了红军队伍，把赶牛鞭子嘎嘣一撅两半，往地下一扔，对一位红军营长说：“我要跟你们走！地主的牛全叫我宰了，反正你们不收下我，我也活不成了。”“噢！”红军营长很惊奇这个小家伙的心路，就问：“你爸爸、妈妈呢？”他摇摇头。“你叫什么名字？”他又摇摇头。

“平时他们管你叫什么？”

“我姓霍，可是他们连姓也不叫，说这个姓晦气，怕给他们招灾惹祸。平时他们就叫我‘拽牛尾巴的’！”

“好，我们收下你！”红军营长把他搂进怀里，“咱们一起，把旧世界打它个落花流水！”营长摸着他的头，“从现在起，你就有家了，有亲人了，也要有个真正的名字！”营长看着红军队伍似铁流滚滚，顺着大道向北挺进，眼里射出光彩，“你就叫‘大道’吧。大道上参军，永远跟着共产党，在胜利的大道上前进！”……

听了这个故事，小万非常感动。没过三天，接霍大道出院，小万对他更是尊敬了——

老霍住院第三天，能下地走动了，就坚决要求出院。医生拗不过他，打电话请来了他的爱人、卫生局组织处处长庄林。庄大姐听了医生的陈述，摇摇头说："我知道他的病很重，但更知道他的脾气……让他回家吧。"

可是，老霍没有回家。出了医院，临上车前，他对小万笑着说："你叫万宝真吧？我第一次坐你的车，不应该是到医院，应该是去工地。今天咱们来个远路程，上会战工地！……"

现在，小万一面开车，一面感情深重地惦记着正在医院里的霍局长，由霍局长又想到要去住医院的徐副局长。她不禁脱口说道："徐副局长，霍局长告诉过我一个偏方：大干治大病。"

"这在医学上讲不通。"

"霍局长说，这在哲学上完全讲得通！"

"嘻！"徐进亭叹了一口气，"没有病，谁愿意往医院跑，你不知道，我这血压……"

"中心医院的空余病床不多，您想住院就准能住得进吗？"

"我早晨给李大夫打了个电话，他说今天有个病人要出院，正好空一张床。"

小万心里咯噔一下，犯了嘀咕，她再也不说话了。

车开到医院门口，小万没顾得替徐进亭打开车门，就提着他的大网兜，抢先向三楼住院部跑去。

二

霍大道办完手续，走出住院部，迎头看见跑上来的小万，他心里一喜："好小万，你来得可真是时候！"

小万却使劲咬了咬嘴唇，不让眼里的泪瓣掉出来："我一猜就是这么回事！"

"又怎么啦？"老霍看看她，笑了，"不应该拿眼泪给出院的病人道喜。”小万没等老霍把话说完，就忍不住说：“别人有点病就削尖脑袋往医院钻，您身有大病却一次次从医院往外跑！”正在这时，徐进亭走了进来，和老霍面对面怔住了：

“老霍，你要出院？”

“老徐，你要住院？”

一向冷静、超然，仿佛与世无争的徐进亭，窘得大脸盘子通红。

老霍说：“小万，你说对了，是得跑啊。今天是什么日子？王凯要进京汇报，钻机任务不落实，调度会要开，这是吹冲锋号的时候，不能躺在病床上！”

徐进亭讪讪地说：“你病得这么重，哪能出院？再养一养，等几天……”

“不能等，一分一秒不能等，要抢！”老霍打断了他，随后又打量着他，“你这是……血压又出了问题？”

“就是，就是。”徐进亭皱眉、摇头，全身都在表示他的确病得不轻，“血压很不正常，头晕得厉害。”

老霍明白了，他心里掠过一道阴影，难过地看着徐进亭：他确实有病，可躺到医院的病床上就能治好这种病吗？

“你来住院，云涛同志知道吗？”

“还没有告诉他，你知道了也一样。”

“不一样。你蹲点是常委会上决定的，要离开也得交接一下吧？”

徐进亭正不知如何回答是好，一眼瞥见李大夫从楼道口路过，忙借梯子下墙头，叫住了他：“李大夫，原来你说的空床，就是老霍住的那张。咳，这怎么算是空床！这两天先不要安排别人，我回去向云涛同志汇报，尽量劝老霍再回来住院。”

李大夫停住了步子，问：“您哪？”

“过两天再说吧。”徐进亭留下一句活话。

“咱们走吧！”老霍向小万说。

小万左手提着徐进亭的抗癌“老虎豆”，右手又接过了老霍拿着的一卷稿纸，她看了一眼，惊讶地说：“霍局长，您写了这么多稿子……‘机电局的问题在哪里？’哎呀，住了医院还不好好休息！”

“这就是休息嘛！”

老霍说着先下楼了。徐进亭也跟下来。

一坐进车子里，老霍就问：“潜孔钻机进度怎么样？”

“差不多。”

“差多少？”

“也就几十台吧。”

“嗯？前天才装起3075台，这两天能搞出那么多？”

徐进亭猛然想起老霍在统计数字方面有特殊的记忆力，对他可不是顺嘴诌个数能对付过去的，感到屁股底下仿佛坐上了蒺藜，就势摸摸口袋，说：“我的小本子没有带着，脑子又不如你的好使，记不准了。”

老霍知道，自己这样着急的事情，老徐却没有往心里去，再问下去是不会有什么结果的了。于是，他转换话题，兴奋地谈起一个新的想法。“上周我到部里开会，国家要试制六十吨矿用汽车，部领导看我们压力太大，想安排给别的省市，我得到信儿，就去抢来了。你看，以矿机厂为主，组织一场专业化生产协作怎么样？也好为将来咱们局走向正规化、现代化练练兵，打下基础。”

老徐简直无法理解这位“大刀”了。潜孔钻老账没还，又背新账，这不是找着挨板子吗？他本想劝劝老霍，要量力而行，适可而止。但转念一想，算了吧，不挑那份担子不操那份心，何苦做对立面。于是，绕了个弯子说：“和于德禄商量一下看吧。不过，他的情绪很大。本来嘛，6月份卖了力气，反而吃了批评，心里会怎么想？”

“不能用迁就错误的办法照顾情绪！——你是不是也有点情绪？”

“我？”徐进亭显出一副宽宏大量的样子，“叫高血压管得早就不会生气、发火、闹情绪了。不像你呀，身上总有一种刺激人的东西。”

“没办法，就是学不乖，谈意见模棱两可，批文件敷衍一气，说话像兔子一样绕圈子，待人处事一锥子扎不出血——我要命也来不了这一套！”

“你这个刀子嘴，真能挖苦人。你我都不是毛头小伙子了，又都挨过烧……”

“这是什么话！”霍大道两眼盯住徐进亭，半晌才平静下口气，“老徐，你我都是‘老工业’，党培养的第一批工业干部。几十年干下来，国家的工业还是这个状况，怎么交账？向党交不了账，也无法向人民、向历史交账！头发白了又怎么样？只能说明我们身上的担子更重了。”

“我可再也禁不住大火了，每走一步都要反复掂量掂量。与其走错步，不如不迈步。何苦呢！”

“所以就躲到医院的病床上去？那工作交给谁？”

老霍直盯住徐进亭，只见他那平时就缺少神采的眼睛，依然淡漠无光，看不出他的情绪是服气还是不满，他心里到底想的是什么。好像裹着橡皮毯子！霍大道心想，他真是刀枪不入了。什么事才能使他动起感情来呢？就是发发火也好呀！

这时，小万一按喇叭，车子在机电局门口停住了。

三

霍大道和徐进亭一前一后走进会议室，人们又惊又喜。特别是生产处长王凯，他刚才正被一大串矛盾缠绕，会议让于德禄给卡住了。

在全局的生产棋盘上，矿山机械厂像个落伍的卒子，不仅自己掉队，还扯住了别人的腿。可于德禄不管别人冲他怎么喊，他就是不吭声。现在一看到正副局长进来，他开口了：“你们几位指着鼻子骂我，我也认头。7月份，我们生产下降，拖了协作单位的后腿，挨批应该。但是，7月下降是由6月产值上升造成的！霍局长批评我单纯追求产值就是追求名利，我承认。可你们局领导拿名利刺激我们，引诱我们，领错了路，导错了向，就没有责任？”于德禄说到这里，扭头看了一眼徐进亭，接着说道，“局蹲点组一去，就跟我谈：‘你们是全局九大台柱厂之一，这样大厂的一把手在局里说话是占分量的，我看你要干出点成绩来！6月份拼命也得突上去！’说老实话，我的个人英雄主义膨胀了。可把新产品丢掉，心里也有点敲小鼓。没想到这位领导却给报社打电话，登了小半版，还给我鼓劲儿：‘好啊，你于德禄面前的大门全打开了，你创造了奇迹，反过来奇迹又会帮你的忙。’这下可真帮了忙，局长大会批，群众不满意，我受夹板气！”

大家都清楚于德禄指的是谁，但徐进亭悠然地抽着烟，看也不看大家，不拾这个茬儿。他这是外松内紧。

调度会是领导干部的“亮相台”，水平高低一上调度会就露馅。徐进亭向来把调度会看成是要命的会，涨血压的会。每开一次这样的会，神经和毅力都要经受一次考验和冲击。因此，在这样的会上，他很少发言，尽量不表态。现在，于德禄把矛头明晃晃地指向了他，他还是不吱声，既不承担责任，也不反驳。这可叫主持会的王凯作了难，等了一会只好说：“老于，你谈谈7月份的生产情况吧。”

“把6月份的责任分清，7月份的账就好算了。”

“责任分清”四个字刺痛了徐进亭，他终于说话了：“不要说得那么严重嘛，泄自己的气。”

于德禄炮弹反射一般顶了回来：“这是霍局长在四千人大会上讲的：‘国家要先进的高效率钻机，你非要干低效率落后的钻机。表面看完成了产量产值计划，实际是糊弄国家，拖社会主义建设的后腿，也坑害了自己的工厂。搞生产怎能虚虚假假，因小失大？！’霍局长，我一个字也没记错吧？”他是要借老霍这把“大刀”砍老徐。

“你的记忆力很好。”老霍一直很有兴味地盯着于德禄的脸。这是他的习惯：谁发言他就这么聚精会神地看着谁，不把别人的话掏尽，不到节骨眼上，他不张嘴。有些心里底数不清、情况不明的工厂负责人，格外怵他这一手。你越说不出来，他越追你，有些问题你越不想告诉他，他偏有一种特殊的敏感，你只要一露头就会被他抓住，你越吞半句吐半句，他把你吞回去的那半句意思也猜出来了。厂长们管他这种穷根究底的习惯叫"老霍爱吃桃"，问题一叫他碰上，就如同吃桃一样，不把那个问题的"核子"抓出来，不算完。现在，他摸准于德禄的"脉"了，他觉得火候已到，该说几句，把这个调度会"调度"一下了。他说："你们厂6月份的错误，厂党委有责任，蹲点组有责任，但是厂在局领导下，蹲点组是局里派的，所以我负全面责任。这个问题，明天晚上党委常委开会，请你也参加，再交换意见。今天是调度会，谈谈你们的任务完成情况吧，特别是潜孔钻机。"

于德禄心里还不服，但是老霍提出的问题，让人不能不立时回答。于是，他赌气似的说："7月份我们坚决保证完成局里下达的计划数字。"

大家全惊奇地瞪大眼睛看着于德禄。号称"交换台"的王凯，生产上的事了如指掌，他不信于德禄的话，赶忙追问："你说说具体数字。"

"潜孔钻机三千四百台，钢水……"

"什么？"王凯打断了他，"局里给你们下的指标是四千台！"

"四千有困难，我们做了削减，请示徐副局长，他批准了。"

"什么？"这回轮到徐进亭吃惊了，他尽力控制住自己的愤怒，语调平静，不失身份，"我什么时候说过同意了？"

"月初开完四千人大会回来，党委讨论计划，我们提出有困难……"

老霍打断了他："党委会没有扩大一下，请靳师傅也参加？"

"没有。"于德禄顺口回答。他没有理解老霍问话的意思，只顾继续说下去，“我们提出有困难，要削减，我请徐副局长表态。徐副局长，当时你怎么说的？你说可以研究研究。”

“对，研究可并不等于同意。”

“可事后你也没有通知我们研究结果不同意呀！我们守着局领导，又认真做了反映，你不反对我们就干呗！”

徐进亭还能说什么呢？他躲在自己喷出的烟雾里，不看于德禄，也不反驳，不能这样和一个基层单位的头头对口舌！

王凯十分不满地盯着徐进亭：谁叫你平时小事不动口，大事不动手，有事不操心，平时什么事情推到你那儿，就用“研究研究”四个字搪塞过去，这回碰上于德禄，够呛了吧！

老霍问：“于德禄，每月计划都是局党委讨论后定的，任何个人都无权改动，你不知道吗？”于德禄没有吭声。

老霍又问：“下计划的时候，局里考虑到你们的情况，压低了指标，在全局做了平衡。这个情况老徐没跟你讲吗？”

“没有！”于德禄得理不让人。

老霍火了：“老徐有他的错误，但你不是去帮助他补台，而是利用他的弱点投机取巧，推卸责任！你的组织原则，你的党性到哪儿去了？”好狠哪！老霍批评干部就是这么狠。而且还不怕你跳，你叫。一向敢跳敢叫的于德禄，这会儿只是挺着脖子，涨红着脸不吭声。

老霍口气缓和了：“过去我们打一次败仗，就像一块老茧长在心里，再也去不掉，直到下一个战役找敌人算了总账才舒心。你打了败仗不是考虑全国、全局的损失，而是拨拉自己的小算盘，你是什么样的指挥员？”

“我不同意！”于德禄强硬地说，“我有错误，但不能说我们厂打了败仗，谁也不能否定大好形势，否定群众！”

霍大道眼角的皱纹一伸一缩，他可不怕别人扣大帽子：“不错，今年春天中央召开了钢铁座谈会，一反软懒散，一抓整顿，形势突飞猛进，越来越好，广大群众发挥了前所未有的积极性，全局出现了从来没有过的崭新气象。但是，总的形势大好，不等于个别单位就没有问题；群众干劲足，不等于这个单位的领导就是走在前头了。于德禄同志，我说的就是你们这个矿机厂，你们完不成指标，攻不下尖端，拿不出国家急需的产品，这不跟在战争中打了败仗一样吗？过去指挥一个师，或者一个团、一个营，都要绞尽脑汁，琢磨敌人的兵力部署，研究制定自己的打法。一处算计不到，就会吃败仗，影响整个战局，使成千上万的战士牺牲。现在可好了，反正脑袋掉不了啦，不动脑子，吃省心饭。打了败仗不以为败，不痛不痒。要知道，你一个单位在工业建设上打了败仗，就有可能影响我们将来反侵略的那场大仗！”

徐进亭心里一震，虽然谁也没有注意他，谁也没有想到他，他心里还是被刺了一下，多了一层不痛快。

霍大道总爱提战争年代，激励人冲锋不止，总是把调度会开得跟战争年代下达战斗任务一样。大家都陷在严肃的思考里，谁也没有把他的话只当成对某一个人的批评。连于德禄也被老霍的思想感染了。跟老徐比，于德禄有气，他对徐进亭有意见，认为这个副局长是个不前不后、不左不右的老滑头，特别是6月底矿机厂一挨批，他是个听到矛盾发愁、遇到困难就躲的角色。跟着这样的领导干工作，真是活受罪。跟老霍比，于德禄觉得自己肤浅。散会后，王凯兴冲冲地对老霍说：“局长，连于德禄都拍了胸脯，没问题了，我下午可以进京了。”

“不行，不能满足于纸上谈兵。于德禄拍了胸脯，但没有拿出具体措施，是思想上真通了，还是迫于形势？再说，矿机厂群众情绪怎么样？今天晚上的大雨会带来什么新问题？你带着这些问号向中央汇报吗？你的任务，拿出个汇报提纲，一下午不行就开夜车，我在医院里写了个材料，你拿去做参考。根据咱局实际情况，有些单位一时还飞不起来，留有余地，就搞一个快跑的计划。只能快跑，不能再慢了。我下午拉老徐到厂里去转转，明天早晨咱们碰头之后你再走。”

老霍同王凯谈完话，再回头，徐进亭已经不在了，他追到大门口，老徐正往轿车里钻。老霍叫住他说：“在局里吃午饭吧。矿机厂的这一仗怎么打，咱们还得商量一下。”

“于德禄的事我管不了啰！上压下挤，叫我怎么干？”老徐说完坐进汽车，砰地关上车门。

四

小万没在食堂吃饭，拿了两个馒头，钻进吉普车里看一本从宣传处借来的内部书：《戴高乐》。她看得入了神，连老霍坐进车里都不知道。“看啥哪？”小万听到说话声赶紧把书放到座位底下，然后机灵地以攻为守：

“您又不睡午觉！”

“任务紧急嘛，只好连累你也看不成《戴高乐》了。”

小万不好意思地笑了，赶紧启动车子。她知道局长的“大刀”脾气，全局三百多个厂，哪一个单位都不敢打包票他不会突然打个电话来，或者突然在你的车间、班组里出现。他随时都有可能到基层的某个工厂去。但是他更知道他应该到哪里去，哪里最需要他。他不是那种“两眼一睁，忙到熄灯”的事务家，他是个熟悉人头、会使用干部的人。他总是摆脱琐细的日常事务，考虑全局工作中不知在哪一天会突然爆发出来的潜在问题。

车一开动，老霍笑了，兴致勃勃地说起来，像是自言自语，又像是说给小万听：“都说姜是老的辣，可我看咱们的小姜也蛮厉害。抓生产轰轰烈烈，又扎扎实实。他们水泵厂搞了两条自动生产线，五个月完成了全年任务。矿机厂要试制六十吨矿用汽车的底盘了。我想把于德禄拉到水泵厂去学习学习，搞一条底盘铸造自动线。”

“这才刚试制，您就想到搞自动线，想到将来大批投产了。要不您这么瘦，操心太多了，您看人家……”小万刚想说出徐副局长的名字被老霍打断了。

“这就跟打仗一样，要走一步看两步、三步。”

小万忽然想到什么，咬住下唇再也不吭声了。她把车开得很稳，想让老霍在车上睡一会儿。老霍却还是说个没完：“六十吨矿用汽车是采矿的急需设备呀！吨位太小的根本不行，一趟一趟把时间都花在装卸和往返路途上了，效率太低。今后还得搞一百吨、一百五十吨的，而且全是自动装卸！”不管局长兴致多高，小万就是不吭声。老霍看穿了她的鬼点子，“你可真有本事，把吉普车开成轧道机了。”

小万忍住没笑出声，正想稍稍加快点车速，老霍突然命令说：“快，掉头！”

小万不知出了什么事，兜个弯子把车头转过来。

老霍又命令说：“追上前面那辆新卡车。”

小万一踩油门追了上去。老霍眼睛贴在玻璃上，盯住前面奔驰的卡车。看了一阵，又叫小万超车，他扭回头看卡车的前部。后来干脆叫小万和卡车并行，他把头伸出窗外，对卡车司机喊：“司机同志。靠边停一停车，有事情和你商量。”

司机不知发生了什么事，把车开到道边停住了。老霍走过去说：“你忙不忙？我们正搞六十吨矿用汽车，想看看你这辆刚进口的‘包利’。”

“老师傅，您好眼力啊！这辆车我刚接来。”司机一看碰上了识货的同行，马上热情地向老霍介绍起来。小万在旁边抿嘴笑了。

老霍确实像个行家。他叫小万记录，自己打开车头箱盖，里里外外看了个遍，一会儿坐到驾驶楼子里试试，一会儿钻到车身底下瞧瞧，一边观察，一边议论：

“哈，你们看：它这儿不行，太笨！我们的车绝不这样搞。”“嘿，这个地方改得不错。这些贪心的资本家，为了赚钱真用尽了心机节省原料。我们也要降低成本，可以取它这一点。”

“哦呀，这个部件怎么这么个搞法，简直是糊弄！光为了骗钱！司机同志，你多注意这儿，将来这儿准出毛病。……”

老霍有时也提出几个不明白的问题，有些问题使两个司机也很作难；有的地方老霍讲得出来，他们反而讲不出来。卡车司机诚恳地说：“不瞒您说，我刚接来车，还没拆开看过哪。”

自以为熟悉霍局长的万宝真，也在他丰富的专业知识面前叹服了。她那明亮的一双大眼睛，由于惊奇，睁得更大了。她哪里知道，老霍从部里接来任务后，仔细研究了各种汽车的图纸，比较、分析了各类汽车的优缺点，又让机电局设计处长挂帅，从汽车厂和矿山机械厂抽出几名技术工人，组成了“六十吨矿用汽车设计小组”，他也参加了几次小组活动。这位老机电局长，对组织机电工业生产有着丰富的经验和广博的专业知识，有时使工程师们竟也感到自愧不如。当然，他的某些专业知识并不精深。

老霍用棉纱擦着满手油污，对司机笑着说：“帮忙帮到底吧。我想借你这辆车，叫我们的设计人员解剖一下。长处有一点就取它一点，主要是避免它的短处。明天早晨还你一辆完整的卡车，行不行？对，你不用作难，我给你们领导同志打电话。”

这时候，卡车司机才知道，这位老师傅原来是机电局长。

借用卡车的事很快就安排好了，老霍又来到矿机厂。他没有让小万去告诉于德禄，而是一头扎进了钻机车间。露天跨[①]里一堆铿亮的钻杆把他吸引住了。横七竖八像柴垛的钻杆堆上，几个工人正七手八脚地往火车上扔。老霍一眼就看见人群中的老靳师傅，一把拉住他说：“老靳师傅，这钻杆经过了炼、铸、锻、切四道工序，工人流的

① 露天跨：没有房盖的车间。专用名词。

汗水也和它的分量差不多了，就这么又送回平炉炼钢去了？”

老靳师傅叹了口气：“有什么办法？萝卜快了不洗泥。我顶住了，不合格的坚决不装配，宁可回炉，也不能糊弄在地下作业的矿工兄弟。”

老霍点点头：“你顶得对。”

“机工工段跟我仇可大了，说影响了潜孔钻机的任务由我这个装配组长负责，连外号都给我起下了——‘死铆子’！”

“对待产品质量，就得凿死铆子。”

“我就说这个理儿。”靳师傅口气一转，“老霍，我估摸着你该来抓一抓了。头头抓，抓头头。我们厂有败家子，这不活活是大道上捡芝麻，小道上洒香油嘛！”

老霍点点头：“不抓管理，生产上乱抓一锅粥的干部，就是社会主义的败家子。”

这时，装配工们围了过来。

老霍问：“任务这么紧，你们装配工段为什么这么清闲？”

“零件加工不出来，供不上手。”

“要是零件供上手，一天能装多少台？”

“铆铆劲一百八十九台。”

“到月底还有四天多，任务还差八百台，应该没问题啊！”

“有问题，机工工段一天只能生产一百多台单件。”靳师傅指指车间里边，“你看有多少台设备站在那儿烧香呢！”

老霍展眼看了看：“是上个月拼坏的吧？为什么不抢修？”

“修，哪有要新的省事，家大业大了。”靳师傅气呼呼地说，“上个月驴不死不下磨，这个月驴死了想吃驴肉。一提起这些事就冲我的肺管子！”

老霍深深为工人的这种高度责任心感动了。他平时那一对纯洁晶亮的眼睛，这时变得严峻而又深邃：“老靳，我们必须在月底交给矿山四千台潜孔钻机呀！”

“四千台？”靳师傅吃了一惊，沉默了好半天才说，“厂部说是三千四百台。我还以为手拿把攥哩。那好，我们抽出一部分钳工，连夜抢修设备，全都修好只怕来不及……”

“调给你一个突击队，三十名精兵强将，行不行？”

“那，任务我包了。”

“先把装配好的三千二百台打包装上火车。”

“行，钻机的事你就别操心了。”靳师傅沉思了一下，“有件大事，你得抓抓，走！”靳师傅领着老霍来到车间外东墙下，指着墙上一张布告，“我们写的。往常领导老在这儿贴布告，今天几个工人写了一张给领导看的布告你看看吧。”说着，扯下自己脖子上的毛巾，让老霍擦了擦脸上的汗水，匆匆走了。

布告分析了厂党委三个问题：

一、我是老大。6月28日的报上登了矿机厂的消息，厂部发给每人一份；厂里头头美得不知天高地厚了。

二、老虎屁股碰不得。对6月份的错误不认账，对局党委的批评不服气。

三、只抓生产不抓管理，骗来骗去，害了自己！

老霍在这张大字报前站了很久很久，他眼角的皱纹一伸一缩，他动心了。过了会儿，他对身边的小万说：“把徐副局长接来，我有事和他商量。”

五

老霍给局党委书记云涛挂了个电话，汇报了自己的想法，征求了书记的意见。抓空又转了几个车间，特别是到铸造车间对六十吨汽车底盘的任务摸摸底。又给水泵厂党委打了电话，叫他们把突击队调来。他估计老徐该到了，就来到传达室等候。但是等了足够汽车打两个来回的时间，才见老徐姗姗而来。老霍先领他看完了工人写的布告，然后说出了自己的看法："群众是最亮的镜子，领导只有到群众中去，才能认清自己。我看这个厂党委应该好好端正办厂方针。同时，也只有让群众能向领导说真心话，而领导又听得到、听得进，积极性才能调动起来。……"

老徐对布告的反应截然不同，没等老霍说完，他就反问道："这不就是大字报吗？原来这个厂挺平静，怎么你一来，大字报就出来了？"

老霍也反问他："同志，不怕议论纷纷，就怕鸦雀无声。如果听不到群众的声音，那问题才是真正严重了！"

"任务这么紧，群众情绪平静一点，总比这样大轰大嗡好！"

"我不这么看，平静是虚假的，不平静是正常的，不平静才能推动社会前进。再说，这也不是大轰大嗡，这是群众的干劲。我们搞工业生产，就是要依靠群众，就是要依靠群众的积极性。"

徐进亭沉了一会儿，冷漠地说："你是局长，又是党委副书记，你决定了就干呗！"

"这不是在和你商量嘛。"老霍真诚地说，"老徐，你怎么老是把自己困在心灰意懒的情绪里？这怎么行呢。"

徐进亭憋在肚里的种种不快，突然爆发出来了："我心灰意懒，无所用心，没有你那么多的热情。但是我知道不能在不应该使用权力的地方使用权力；共产党员就要用肩膀头子帮助同志，而不能给他脚下使绊子！"

老霍心里像捅了一刀子。但他还是冷静地看着徐进亭问："你是指我在你蹲的点上放了把火，还是指我在调度会上点了你的弱点？"

徐进亭鼻子里哼了一声，没有回答。

老霍紧盯着他道:“我们都是老同志,说话不用兜圈子。这个厂不是哪个私人的点,是局党委委派你来蹲点的,就不许别人来说个不字了吗?”

徐进亭点火抽烟,借以在脑子里掂量轻重。他感到,内心的一些想法摆到桌面上是站不住脚的,还是走为上策,于是大声说:“这个点我蹲不了啦,这些问题你看着办吧,我去向云涛同志请病假。”

“老徐同志,你带着这副精神状态,住进什么医院也无济于事。局党委的会必须开,你就是请病假也要帮你把思想问题搞清楚。”

对老霍这些热诚的话,徐进亭听不进去,连楼也不上,坐车走了。

望着徐进亭的背影,霍大道心里隐隐作痛。他怕心绞痛复发,掏出随身带的药,吞下两片,转身走上了矿机厂的办公大楼。

楼上正开着厂党委会,委员们争论得很激烈。憋了一个多月的分歧,借着讨论局调度会的精神,爆发出来了。大家给于德禄提了不少意见。于德禄很会说话,也很能“吃”话。不管委员们意见提得多尖锐,话说得多重,他全吃下来了,因为上午老霍已经把他的思想敲开了缝。这种人有个特点,遇到批评不如听到表扬对胃口,心里不服就又跳又叫;待到心里一认可,任你批多狠、克多重,也能禁得住,决不会躺倒。

意见摆得差不多了,思想交锋的火候也够足了,有人出去打水,发现了在门口边坐着的老霍,赶紧把他让进会议室,而且一定要他说几句,表个态。

于德禄更不放他:“局长,你批我,拿任务压我们,我都接受。可现在看我们走投无路了,也得指指道,教给点办法。”

老霍笑了:“于德禄同志,你干吗说得这么可怜!你们为什么不找工人商量?他们那里有一肚子锦囊妙计。眼下就有一条,你们想听不想听？”

“谁说不想听呢！”

“那好，带上你们的本子，拿上笔，跟我走，党委会暂时搬搬家。”

老霍领着矿机厂的干部们来到东墙下，指着那张只有八开纸大小的布告说：“咱们每个人都把工人布告的内容抄到自己的本子上，然后就在这儿研究一下怎么办，要快嘛！行不行？”

“行！”干部们一口答应。

盛夏的阳光真像蘸了辣椒水，坦荡荡的东墙下，没有一块阴凉地。天气又热又闷，干部们如同站在火里、钻在蒸笼里抄布告。他们一笔一画地抄着，认真而严肃。不一会儿，人人身上大汗淋漓。于德禄悄悄跑到传达室端来一个凳子，放到局长跟前：“您年纪比我们大，又有病，您坐下抄。”

“越是有病，晒晒太阳越有好处。”老霍把凳子推到一边，“连大脑时间长了不叫太阳晒都会长毛。哈，都出汗啦！好，连身子带思想一块出出汗，要出透。”

“霍局长领着党委成员在抄工人的布告！”这个消息在这盛夏午后，却像一股清凉凉的风，吹遍了矿机厂的每个角落。职工群众的心被吹动了，好似那楼顶的红旗，飘拂，舒展。

“呀！老霍在车间里转了两个多钟头，水没沾唇，脚没停闲哪！”靳师傅连跑带颠地赶来了，看见这个严肃的场面，他没有呼喊，悄悄又转身回去了。等了一会儿，他捧来一顶大草帽，轻轻扣在老霍的头上。

汗出来了，劲也上来了。抄完布告，党委就在现场做了三条决议：一、把局党委对矿机厂的批评立即打印，发给职工每人一份。二、今天下班后召开全厂职工大会，宣读这张布告，然后党委做检查。主要先检查 6 月份片面追求产值，不抓企业管理以及 7 月份私改局计划的错误。三、党委开门整风，发动群众提意见，揭矛盾，加强企业管理，建立健全规章制度。

这三条决议还没等往下发，已经在全厂飞快地传开了。

职工们围住老霍，有人鼓掌，有人喊着，要他讲话。老霍把于德禄往前一推："你是主角，你不唱谁唱！"

平时能言会道的于德禄，此时却脸红脖子粗，吭哧了半天才说："我这个人最大的毛病，就是爱翘尾巴，搞个人突出，再加上主观武断，深不下去，就不能经常见到群众的面，更甭提能见到群众的心了。这次党委整风欢迎大家多提意见。"

干部们回到楼上，还没进屋，于德禄拿眼一瞄，老霍没有跟上来，双手一摆，在楼道里就说上了："不用就座了，简单说两句，就散会分头行动。今天调度会上我满口答应，第一个抢到任务，可霍局长他不放心，又追了下来，亲自发动群众揭矛盾，想办法，促咱们。这一手厉害！抓工作没有这种狠劲不行。党委三条决议已经定了，同志们下去就按照局长的作风狠抓，当然也包括抓我头脑里的错误思想。"

党委会还没散，有两队人马敲锣打鼓涌过来。一队是水泵厂帮助大战潜孔钻机的突击队来报到，一队是铸造车间来请求党委批准制造矿用汽车底盘的自动生产线。

矿山机械厂掀起了热浪。

六

晚上，老霍在徐进亭家等了个把小时，他也没有回来。老霍离开徐进亭家，心里很不踏实，他为徐进亭的思想状态担心。

天空黑森森的，雷一道，闪一道，齐帮凑伙地为一场暴风雨开道。

老霍回到家，推开自己的房门，看见云涛和徐进亭正在他桌边翻阅那部他平时记下的杂感。有时心里烦闷，就信笔写上几行，时间一长，就成了一个消气解闷的好办法。说它是回忆录，其实又像是日记。不管它算什么吧，你只要捧起来看上几行，就不会再轻易放下了。字里行间喷出一股炽热的战斗激情，笔法语调完全如老霍平时说话的口气。

云涛见霍大道回来，站起身，说："你果真在发奋著书啊！"

"这算什么书啊。有时候晚上睡不着觉，就写它几页，目的就是教育自己，不要忘记过去，激励自己。"一向沉稳、感情不轻易外露的云涛，今天被老霍写的内容拨动了心弦，说："应该写，有些像你我这样从过去走过来的人，竟忘掉了过去，这实在够痛心的。""老云，就是这个意思！"老霍两眼熠熠闪光，又继续说，"刚进城那阵，我们反复强调过列宁的一句名言——忘记过去就意味着背叛。有多少人真正理解了这句话？夜深人静，我铺开纸，拿起笔，过去的一切又都回到了眼前：首长、战友、老乡、儿童团，好像又都站到了自己的面前。写着他们，自己的精神境界也在这种回忆里变得激昂奋发。当然，写的时候也思索也分析，从历史的反光镜中对现实的东西也看得更清楚了。反过来说，新的思想也会给过去的生活披上新的光亮；痛定思痛，对于痛的来龙去脉就更明确了。"

一直没说话的徐副局长插了一句："你是想当作家呀！"

云涛看了看老徐："进亭同志，有没有勇气也拿起笔来，有空就写它几页纸，先从教育自己开始。你的过去不也是一本书吗？"老徐没有回答。三个人沉默着。过了会儿，书记神情一转，对老霍说："下午老徐同我谈了很久，敞开了思想。他提出要撤蹲点组，我还是认为不能撤。当初我提议老徐去蹲点，是想让他到基层滚一滚，对身体和精神都有好处。他和你比可以算壮劳力了，不能在这正较劲的时候撤下来。你的意见呢？"

"我同意。"老霍转头对老徐说，"听说有一次你的二小子不留神踢翻了你的花盆，你骂他，他不服，反倒说你变修了。你给了他一巴掌，还说：‘老子修了？你见过日本鬼子吗？你见过国民党反动派吗？’有这事没有？”

老徐浑身长刺，很不自然，解嘲地说：“你对我家里情况也像对全局生产情况吃得一样透啊！”

老霍仍然顺着自己的意思往下说：“你是不是认为打过日本鬼子，打过国民党反动派的人，就永远变不了？其实是身在变中不知变啊！老徐同志。”

老霍接着说道：“我们不能前三十年立功，后三十年捞本，别人打不倒你，可不要自己倒下去。像我们这样一些经过战火考验的人，身体又多少有点病，更应该不断地同政治上的衰老做斗争。老徐，在政治斗争中你被烧过几次，不能老是耿耿于怀，对党有情绪，对群众有情绪；想自己、想家、想孩子多了，想革命、想党的事业、想将来少了。这个教训多么深刻啊！”

徐进亭心里一阵阵发毛，他知道自己的变化，偶尔也想过这些变化，但是哪想得这么严重，这么深刻地分析过变化的原因。这时候他真成了“病人”，病长在自己身上，却不如医生看得透。两个书记的话真如同一把思想上的解剖刀！

老霍说着又从小本子里抽出一张纸条。一见纸条，徐进亭全身的血腾地涌到脸上，双颊涨得发烫。这是有一次党委成员集中学习的时候，他走神儿了，在纸上乱涂乱写，其中有几句顺口溜：“吃饭莫饱，走路莫跑，多多睡觉，少少用脑，玩花玩草，养鱼养鸟。”打扫会议室的老张，从地上捡到了，看着挺有意思，就交给了老霍。老霍说：“过去打仗的时候你不怕死，不想保脑袋多活几年，现在是怎么啦？到头了，该养老了？同志，这很危险，我们脚下的长征路还没到头，我们正在行一场新的长征，是战士就要战斗在岗位上。过去战场上冲锋的战士倒下去的时候手里握着枪，向前扑下去。我们到什么时候也不能丢掉这种倒也要倒向前的精神！”

屋外，电闪雷鸣，风呼呼吼叫；屋内，铁火热风，正进行着激烈的思想交锋。徐进亭的思想如回炉的钢件，哧哧地冒着火星。

一场暴雨眼看就要来到了。老霍陡然站起身来，看了看黑沉沉的天色说：“我要到矿机厂去一下。”

云涛拦住他：“你哪儿也不能去，今天根本就不应该从医院里跑出来，晚上要好好休息。再说，你还有什么不放心的？对大雨做了准备，钻机任务有了把握，王凯的汇报提纲我也看了，明天就叫他进京去开会。你今天这十几个小时也够紧张了！”

徐进亭也说：“老霍，你就把心放到肚里吧，明天我回矿机厂。”

云涛还不放心，又探头向里屋的庄林说道：“老庄同志，今天晚上就把这个任务给你吧，好好看住老霍，不许他出门。”

庄林笑了：“这个任务，我可不一定完成得了啊。”

云涛和徐进亭刚坐进吉普车，黄豆似的大雨点子就砸下来了。

这不是雨，这是大自然搞的一场突然袭击！半夜时分，东去五十里的海上发生了海啸。虽然轻微，却也把一排排小山般的浪头推上海岸，漫了田野，汹涌奔泻过来，使这座城市的排水系统一时失灵。下了半夜的瓢泼大雨，排不出去，马路顷刻间成了小河。

霍大道听着这股哗哗的雨声，躺也躺不下，站也站不住。到了下半夜，他再也捺不住心里的急火了，披上雨衣冲到马路上，站在没膝深的水里。他浑身一阵激灵，心头隐隐发疼。抬头迎着碎石子般的雨点子，他扫了一眼天空，天好像漏了，大水猛劲地往下泼。老霍心里发狠，拉拉雨衣的帽子，蹚水向北湾工业区走去。

庄林急奔出来拉住了他的胳膊，拼力拖回屋里，问：“你干什么去？”

“到厂里去看看。”

老庄急了："这大雨泼天的，你不要命了。"

老霍没有发火，吞下两片止痛药，系好雨衣扣子。庄林一看他的脸色，吃惊地说："你病又犯了？"

老霍平静地说："没有。"

"你骗我！"庄林要给他脱雨衣，想把他扶到床上。

老霍挡开她的手，耐心地说："你就好大惊小怪，我吃药是预防着点。你想想，这雨水这么大，北湾有十几个工厂，地势又最低，特别是矿机厂，叫人不放心。"

"你不去，人家就不会干吗？"

"这叫什么话！干部干部，要干在前头，先行一步。领导干部更要在群众困难的时候，出现在群众面前。"

"你有病！"

"病在我身上，我自己有数。"

"你非要走，等我去叫汽车。"

老霍笑了："你不看马路上水那么深，汽车打得着火吗？除非你有本事能搞到一条快艇。"

庄林见他铁心要走，心里一酸，眼圈红了："你甭瞒我，你心绞痛又犯了，雨水这么大，半路上出了事怎么办？"

老霍看着老伴，语气庄重地说："同志，那年我们在苏北，你得了伤寒，刘司令员叫我留下照看你，你不肯，对刘司令员说，一个团长不去带兵打仗，守着老婆算什么！刘司令员当时怎么说的，你还记得吗？他说，怪不得卫生队的护士们都叫你庄大姐，你还真是个好大姐哩！霍大道的爱人就应该有这股刚性。今天，你是怎么啦？"

庄大姐半天没吭声，然后擦擦眼角站起身，取过墙角的拖把，把拖把头卸下来，把拖把杆递给老霍："拿着这个当拐棍。等我穿上雨衣，跟你一起走。"

"用不着你。有这个就挺好。"老霍满意地扫了老伴一眼，精神抖擞地冲进了大雨之中。

庄大姐来不及找雨衣，顶件旧衣服跟出屋，站在水里看着老霍吃力地蹚水向前走去。她真想扑上去再把老霍劝回来，但她终于没有劝，直到雨帘完全把老霍的身影遮住。她自己也被浇湿了，仍然站在雨水里想着主意。

雨水没过了膝头，老霍走起来十分费劲，走到一半路程，就筋疲力尽了。加上心绞痛发作，他感到每一次抬脚动步，都像牵住了心叶。头上哗哗浇着雨水，身上却一阵阵冒虚汗，他每走一步都要下很大的决心，需要很大的毅力。四周都是水，想要找个地方坐下歇一歇都不行。他给自己下了一道命令：走下去，一定要走下去，这口气不断就得走到底，决不能倒下！

老霍知道，只要一倒下去，就会站不起来了。

他终于看见北湾桥了，翻过桥再有二里路，就是矿山机械厂了。

水还没有漫上桥面，老霍走上桥来，坐在湿桥板上，从兜里摸出湿漉漉的药片吞下去。稍歇了一会儿，觉得心痛得越来越紧，左手在脸上抹了一把，分不清是冷汗还是雨水。他意识到这样坐久了就会站不起来了。他心一横，抖擞精神，拄着拖把杆站了起来。

老霍大步向桥下走去，一下桥，地势更低了，水流也更急了，洪水已经淹到了他的腰部，他几次险些被洪水冲倒。衣服全湿透了，头晕目眩，他感到情况不好，伸手到衣袋里去摸药，药片全被水溶化了。

怎么办？往前看，白浪滔滔，越走越危险；向后转，有座桥，退回桥上就安全了。可是，老霍脚步没停，连头也没有扭回去瞧一眼。虽然一步挪动不了多远，却仍是不停地在挪动，向前挪动。他几乎像处于一种半昏迷状态，头昏沉沉的，全身麻木，甚至连心绞痛也不那么钻心了。但他却清醒地意识到自己还在走，他还在命令自己走下去，他甚至还算出离矿机厂的大门已经不远了。

无情的雨鞭，发颤了，变软了！

肆虐的洪水，惊呆了，逃跑了！

铁铮铮的老霍，在水里挺着，在雨里走着！

也许有些医学专家们，不相信一个患有心绞痛的病人，能在大雨泡天的洪水里战斗一个多小时，他们不理解这种“病人”。但是机电局三十八万职工理解他们的老霍，就像理解焦裕禄和王进喜一样。

老霍走着走着，突然感到身上一阵轻松，耳边传来了亲人的呼唤：

“老霍！”

“霍局长！”

他睁大眼，左边站着老伴庄林，右边是司机小万。庄林没有去擦那满脸的泪水，使劲架住丈夫的胳膊，她觉得自己胸腔里鼓荡着一股从来没有过的豪情。小万用力扶住局长，她眼里也含着热泪。此刻她和老霍、庄大姐迈在一个节拍上的双脚，难道不是在抢渡“大渡河”，不是在过“雪山草地”，不是在走一条新的长征路！

老霍欣慰地笑了：“小万，你怎么来了？”

“大雨把我闹醒了，我一琢磨，这种节骨眼您准是在家待不住。车开不了，就跑到您家去，见庄林同志正要来追您，我们就跟着您的脚步赶来了。”

老霍说：“来，咱们唱个《战斗进行曲》不好吗？”

于是，低沉而有力的歌声，穿过风雨，压住涛声，似海燕在水面上飞翔，像雄鹰在风雨里搏击。

这时，靳师傅站在露出水面的半截水泥桩上，向北湾桥方向瞭望，他的心是和老霍相通的。他坚信在这样的时刻老霍会到厂里来。当他一看到老霍他们隐约的身影，就急步奔过去，顾不得水花把上衣打湿。一靠近老霍，这位老工人发红的眼睛里满是泪水，嘴唇抖动着。他叫小万扶住庄大姐，自己稳稳把住了老霍：“我在等你，我知道你会来的。”

“车间停产了？”老霍仿佛不在意地问。

靳师傅难过地点点头：“我是向你打了包票的，可这大雨给搅了！”

老霍嘴角蔑视地一撇：“这算不了什么，无非就是水多了一些，即便再加上大火，加上原子弹，咱们也能对付。”说完，他推开靳师傅，自己大步向前走去。

矿山机械厂排水护厂的工人，看见靳师傅果然把霍局长迎来了，他们发疯似的蹚飞洪水，飞跑过去，扶住庄大姐，拉住小万。这群和风雨搏斗了一夜不曾皱眉、不曾叹一口气的汉子，这工夫眼眶子全湿了。

护厂队的首领是于德禄。他抢过老霍，背在背上，向保健站跑去。老霍在于德禄背上哭笑不得，只得擂着他的背喊：“于德禄，你发疯了，我冒雨赶来可不是为了住你的医院。”

“谁叫您来的？您根本就不用来。”

“这还用人叫？我自己要来的！我知道，有你们，我不来也行。可是，你知道，你们不叫我来，那可不行！”

于德禄不管局长怎么抗议，还是一直把他背到保健站，看着医生给老霍打了针，服了药，换上干衣服。

于德禄这才安静下来，走到老霍跟前说：“老天这一突然袭击，我的罪就更大了！夜里我一边领着工人防雨排水，一边暗骂自己，觉着你对我的批评不是过重，而是还轻。”

老霍看看他，这个粗壮的汉子一夜间仿佛消瘦了许多，络腮胡子也挓挲起来了。对他在这样的夜晚没有离开工厂，领着工人们大战洪水，老霍心里是满意的，嘴上却说：“老于，我们的对手都是搞突然袭击的专家，就像这暴风雨，毫不讲信用，说来就来，我们不防备就要吃亏。”

于德禄愧疚地点着头："干部职工情绪正热，这一大瓢冷水泼得太苦了！"

"这不是泼冷水，是火上泼油！"老霍详细询问了水淹的情况，然后斩钉截铁地说，"8点钟让那四个车间恢复生产。你派两支硬队伍保住变电所和铁路，叫交换台通知北湾区各厂来一个负责干部，带一辆卡车，越快越好。"

老霍亲自给水泵厂打电话，要求派二十辆卡车，绕郊区的战备公路，送五十台直径三米的大水泵来，以供各厂使用。"让咱们的'铁龙王'和霸道的水龙王较量！"他又给可能会出问题的单位一一打了电话，了解了水情，做了指示。

不一会儿，于德禄领着北湾区各厂的负责人来了。老霍详细做了防洪排水的部署，最后对小万说："你打个电话向云涛同志汇报：全局有十八个工厂的部分车间停产，到今天上午8点钟能恢复正常。矿机厂干部、工人干劲很高，铁路线没有被淹，有三千二百台潜孔钻机已经发车。电机厂也来抢去一部分任务，后八百台31日上午可以发车。"

水泵厂把"铁龙王"送到了，各厂负责人高高兴兴地拉着"铁龙王"去了。小万打完电话乐颠颠儿地跑回来。

"报告局长，云涛同志和其他几个领导都下厂了，我把情况告诉了值班员。另外，徐副局长也来了，一到就去钻机车间了。"老霍用手指点点她，也笑了。

两个小时后，雨停了，水排净了。城市格外干净，空气格外清新。生产处长王凯进京开计划会议，来到北湾区。这里已经看不出丝毫雨淋水泡的痕迹，而像洪水一样波浪齐天猛劲上涨的是工人更大的热情和干劲。矿山机械厂更像开了锅。装配工靳师傅正往车间东墙上贴标语。鲜红的大标语似雨后彩虹：

"把以前丢掉的时间抢回来！"

“把上个月落下的任务补回来！”

王凯好不容易才在炉台上找到了满头大汗的老霍。他扫一眼身穿炼钢服的于德禄，凑过去揶揄地说：“你这头狮子又欢起来了。”

于德禄朝旁边的老霍努努嘴：“局长把我的尾巴给按下去了。”王凯那宽阔的面孔，就像阳光杲杲的晴空，洋溢着信心和力量，爽快地对老霍说：“局长，我要走了，你还有什么叮嘱的？”说完还拍了拍自己的黑色皮包，那神情仿佛提包里装的不是一份计划、报表，而是一颗颗革命的火石、跃进的种子。他确是带着机电局叫人吃一惊的跃进计划上大会的，他还要在大会上拍胸脯的。

老霍想了想，说：“没问题，你去拍胸脯吧。在会上，你掌握这么个原则：除去理所当然地全面完成国家生产计划，凡是攻尖端、补空白、制造高大精尖产品的任务，给咱，咱要；不给咱，要抢。三十八万机械工人的志气和双手做你的后盾，你在会上的所做所言，对下，要能代表这三十八万人，对上，要让国家满意放心！”

王凯深沉地点点头。他激动得眼眶里噙满了泪水。他想：“老霍身上有一种强烈的进取心，胸中有烧不完的烈火，脚下有攀不完的高峰。这样的‘大刀’干部，是革命的宝啊！”

进京的车子，在坦荡的大道上轻快地向前飞去。

新的一天开始了。机电局胜利地度过了不平常的一天。但这一天对机电局长霍大道说来，却很平常。在他一生的战斗里程上，经历过多少个这样的一天，还要迎来多少个这样严峻而壮丽的一天！

原载《人民文学》1976 年第 1 期

年 饭

叶文玲

今晚是除夕，照例是头头们带班值夜。开了一下午的支委会。临散时，书记老姜笑呵呵地向两个副书记建议：“今晚值班，不要争也不要吵，不用请也不用邀，咱三人都带菜到厂里凑顿‘年饭’。”

被工人们叫作钟大姐的钟鸣一听，往耳后抿一抿头发，又扯了扯苗新工作服腰上的扣鼻，两人交换了一下眼色，心领神会地一齐答了声：“好！”

三十出头的苗新是领导班子中的“小弟弟”，走上领导岗位快十年了，还没改老脾气：干起工作来有一股脚踏实地愣干的猛劲；提起意见来总带着爆豆嗓门不拐弯的冲劲；执行党的决议却又有股不打折扣的韧劲！这三股劲连到一起，使他得了个美号：“老牛三筋”，简称“牛三”，倒把他的真名忘在一边了。

这样一说，你以为咱的“牛三”是个粗粗憨憨的愣汉子？不，“牛三”可是事事处处肯动脑筋细心的人啰！

瞧他这会这个寻思劲吧。他边骑车子边琢磨：这老姜真会出鲜点子。凑菜吃“年饭”？嗨，老头子是高兴了，前天扛回了“工业学大庆先进单位”的锦旗，在全市工业战线誓师大会上又发了言。可老姜头心里的鬼道道多，大伙儿的乐劲还没过去，他就出了难题，弄得支委会吵嚷了一下午没个结局，不说别人，我就不通！钟大姐虽然直暗示我“别鼓那个‘二道劲’”，可我也瞅得出来，她虽没咋呼，心里也没通，要不，她咋不像往常一样：爽爽快快地朝老姜点点头，眼睛一闪，嘎巴溜脆地说声：中，没问题！

说心里话，老姜这个人谁都佩服：六十出头的人了，对革命工作还是当八路那股劲：要是把上上下下夸奖他的话收起来，几大箩装不下！近几年来，我们跃进工具厂要没有他这个火车头，能这么快改变面貌？能一直保持先进称号？拿小勇念儿歌的话来说：火车不是推的，牛皮不是吹的……

可是，这回姜老头真是枕着扁担睡觉，想得也太宽了。咱是“工具厂”，好端端地要揽那个农机配件干啥？“配件”，“配件”，明明白白当配角不说，咱的工具新产品还上不上马？人都是一个身子两只手，总不能又敲锣鼓又演戏，不然的话，锣鼓乱了，戏也唱走了调，闹个鸡飞蛋打，到时候为这个额外负担影响了咱的产值计划，划得来吗？嘿，任你老姜怎么说，反正我是擀面杖吹火——不通！不中，咱们明天再辩论！……“咣当”！

嗨，差点把端一盆泥水出来的竹云撞倒。

“哎呀！到家了也不下车，你真是……”竹云瞪了他一眼，佯装要把盆中的泥水往他身上泼。

“好好，‘司令’同志，我马上将功赎罪。”苗新赶紧笑着向妻子赔礼。一看屋子中堆了许多洗的、炒的东西，知道好不容易歇了班的妻子已忙了半天了，便一边动手帮忙，一边问：“小勇呢？”

“嘿，到街上帮烈军属做好事去了，家里的活那么多……唔，都是学你的，风格真高！”

“风格真高！”……刚才他不也气冲冲地朝老姜吼过吗……嗯，不想这了。他一边捞着盆中的藕，一边笑：“我说同志，可不能鼠目寸光，自私自利，个人第一……”

“行了，行了，江青的帽子工厂让给你当老板了？”竹云早就猜到了他的“下文”：“你别给我耍叉，今晚上又要上厂里去，是不？”

“那还用说，值班嘛！嘿，你不愧是司令官，最了解部下！”苗新仍笑嘻嘻地说：“关心关心‘下级’吧，司令同志，让我带点什么好吃的去呢？”

“这不都盛好的了？你挑呗！”竹云笑嘻嘻地指着桌子上五花八门的菜：呵，粉碎“四人帮”后的第一个春节，谁家不是丰丰盛盛、欢欢乐乐的呢！

苗新真的认真挑选起来了。是的，我们这个粗中有细的“牛三”，慢慢学着老姜那一套：办起事来真是一丝不苟呢！

对，今晚带的菜，不光好吃，而且要有意义！

他首先挑中了藕。把一截又嫩又白的藕洗净后，他想了想，精心着意地切成了斜条条。

“咦，怎么切成这个模样？”竹云嚷了起来，“应该一片片切嘛……”

“你不懂！唔，你忘了吧？……十年前的除夕，我吃过这种形状的藕！”苗新十分认真地说，粗眉下的眼睛，闪着激动的光。

竹云呆了。她当然想起来了，呵，这种往事，到老也不会忘。

十年前，第一个起来批判修正主义路线的苗新，在厂里两条路线激烈搏斗的日子里，曾经被“勒令”在楼上一间小屋里“反省”。除夕，也不放他回家。

那时还是共青团员的竹云真幼稚呵，竟受了蒙蔽，在门外“看守”苗新呢！当然，不可否认的是，她心里对这个“反党分子”是十分同情的，要不，当支委老姜端着一茶缸藕要送给屋中的苗新时，自己为什么竟敢违例点头默许呢？

苗新起先也不接，也不理。平时在厂里总是不言不语的老姜是十分赞赏和支持苗新的，可是苗新并不知道。当下，老姜笑模悠悠地叫着苗新说："风大，山不会摇，火猛，金不怕烧。你说是不是呵，小苗？"苗新愣了，老姜又笑眯眯地把缸子放到了他手上："别气别恼，把觉睡好，半夜吃藕，竖起来瞧！"

苗新越发奇怪了。接过这缸藕，边瞧着走远的老姜，边琢磨他话里的意思……半夜了，他把这切成奇形怪状的藕，竖在茶缸中一瞧：嗨，这一根根斜条条，原来是一道道"梯子"！这么说……他心里怦怦跳，往黑黝黝的小窗下一看，果然有一架竹梯子放在下边！跳出了牢笼的苗新，没跑多远，便碰上了等在半路的老姜……

不用说，当时老姜受到了一些人的围攻；"失职"的竹云还受了"处分"呢！……想想这些，真有趣！

是呵，该带这份菜！不过，就冲老姜书记这十年来对苗新传帮带的一片心意，光记着这还不够！

竹云两眼一忽闪，又有了主意："苗新，还用那只搪瓷茶缸盛着！"

苗新一百个赞成。搪瓷茶缸的故事和来历，还是他们结婚后才有的呢！

一九六九年，厂里整建党后，苗新和竹云都纳了新，而后，两人才办的喜事。本来都是厂里的生产能手，"文化大革命"中"打"过才"相识"，又建立了革命感情，这样的双喜，着着实实叫厂里那帮年青人闹哄了大半天！

结婚那天，老姜正好外出开会，尽管大家热闹得很开心，苗新暗地里总觉少了点什么。第二天，一见开会回来的老姜背着挎包进了门，苗新忙不迭地沏上了茶又拣了盒好烟，送到老书记跟前。

"报告老姜同志，昨天，我们举行了个简单的仪式，没铺张、没吃喝……”

“好好好，这就对！”老姜笑着点点头，仔细看一看苗新拿过来的烟卷，却摇了摇头：“这喜烟我是要吸的，不过，我不抽这！还是吸我那‘多快好省’吧！”老姜说着，掏出了怀里的小烟袋……这小烟袋，苗新太熟悉了，老姜这小烟袋和自制烟叶，厂里的工人们是经常分享的：吸得人多，传得又快，人人称好，花钱又省——“多快好省”的名目，还是大伙儿立的呢！自打认识老姜，就见他吸这烟，从来没改过样……

老姜好像怕扫小两口的兴，故意高高地举起小烟袋，美美地抽了两锅：“喏，这一锅，是庆贺你们俩双纳新，革命路上大步走，这一锅，哎，是庆贺你们冤家变两口，相亲相爱到白头……”

小两口哈哈大笑。机灵的竹云看出了老书记刚才的意思，红着脸辩解似的说道：“老姜书记，苗新他不会吸烟，这好烟，是我爸爸送来让招待客人的呢！”

老姜看看竹云笑呵呵地点点头，又顺手拿下穿在挎包带上的搪瓷茶缸，倒了茶喝起来。

小两口一看这熟悉的茶缸，心里忽地一闪：三年前的除夕，盛藕用的不就是这茶缸！呵，老姜这只茶缸，大家都知道，还是在战争时期领的呢。在厂里，要想在吃饭的工人中找老姜，只要看到这只补了又补的茶缸便行。

“老姜同志，把这只茶缸送给我吧！”苗新激动地用双手捧着。老姜深情地看了看他，又看了看竹云，点了点头……

这只茶缸从此在苗新的小家庭中成了“珍品”！现在，大伙儿常赞扬苗新艰苦朴素，保持了普通劳动者本色，当然，自觉是主要的，可苗新心里最清楚：这只茶缸，也是无言的座右铭！

苗新兴兴头头赶到厂里时，嗨，钟大姐照例跑在他头里了。

“我瞧瞧你都带了些啥好吃的！”苗新一看钟大姐的竹篮子，就要去掀盖布，钟大姐却拼命捂住：“你这只小馋猫，唔，等老姜来了再开张！”

“你保准让老袁忙累了半天吧？‘如今妇女管男人’，哼，我代表全厂男同志抗议你这个‘大女子主义’！”

钟鸣轻轻给了他一拳：“江青的破调子跟咱不沾边！江青是有野心，想当女皇，我呀，在家里实行的是共产主义：各尽所能，按需分配！”

“那你就需要这么多？也太不出以公心了！”苗新一掂沉甸甸的篮子，哈哈大笑：“钟副书记，光唱高调不见得是马列主义，唔，那是‘四人帮’那一套！”

“喏，塞住你的嘴，省得你胡嚼舌头！”钟鸣从篮子里捡出一块炸鱼。“香不香？嗨，这大草鱼还是我芳芳托人捎回的呢！她们知识青年的鱼塘，今年大丰收。想不到高寒山区竟能养鱼！要不是修了水渠，筑了大水库……”

“‘对，要想山区变得更美，就得大搞农田基本建设，要是开梯田，就急需这种‘二〇’轻便拖拉机了，要搞‘二〇’，同志们，不生产配件怎么行？’”苗新紧接着学起老姜下午的发言来。“‘同志们，别小看配件，没有螺丝钉，再大的机器也装不成，要不是‘四害’作怪，我们市农机生产早就配套了……’”

“嗯，老姜的话不是没道理，打倒‘四人帮’，农机生产要大上！”钟鸣沉思着说。“刚才我一回家看到芳芳的来信……”

“怎么，你也想当‘投降派’了？”苗新着急地插嘴，火又上来了。

“我投降真理。”钟鸣严肃地点了点头。“本来我和你的想法大体相同，为本厂的利益考虑，总觉得老姜的打算难以使人接受，可是，我回家一看芳芳的信……当然，女儿的信只代表局部，可局部却能反映全体……她说：妈妈，我们山区贫下中农，盼这种适应山区使用的轻便大铁牛，都盼长了脖子！上个月，我们专意跑了不少厂子，问清了配件生产跟不上的原因，就是‘四人帮’反革命修正主义路线的捣乱、破坏！你们替我们向工业局呼吁呼吁吧，赶快多出配件！……你听听！唔，我想了又想，老姜说得对，党中央、华主席是向全国发了号召的，形势逼人，地球转一圈，我们要转两圈！厂小，革命志气不能小，人少，对革命的贡献不能少。我们要以实际行动，夺回‘四人帮’造成的损失，为普及大寨县，为农业机械化做出贡献！八亿人民、三千多万党员，都有一份责任，我们跃进工具厂也不能例外！为了这个大目标，我们多挑几副担子，是光荣的，应该的！”

苗新不作声了，尽管他心里还没全通，不过，这个趋势是百分之百的：只要钟鸣也赞同了老姜的主张，那么，工具厂三个主要头头的意见便是二比一，而老姜这个鬼老头，他要说不服你才怪哩！常言说，强按牛头不喝水，今天，你老姜要不说出个小鸡啄米来，咱还是不拉倒！

苗新挠挠头：“这老头子怎么还不来？……”他急了，哪怕马上再跟老姜接着辩个脸红脖子粗，心里还是痛快的。

钟鸣看看表，马上肯定地说：“老姜他不是还没来，他保险还没走！你听听锻压车间的气锤……唔，他准在！”

苗新一听，果然，“咚咚咚咚……”的气锤声像急骤的鼓点清晰可闻。

“老吴师傅咋搞的，几天几夜不歇班，强迫命令也不行！”苗新急得一步闯了出去，“咱那闲不住的书记再加上这倔老头，今晚又休想……”

“生什么气呀！”钟鸣一把拖住他，“锻压车间是你的‘娘家’，不都是你影响的？……过一会儿咱再去！”

“呵呵，等急了吧？我算迟到了！”老姜笑呵呵地提着一只饭盒进了门。瞧他那满头汗和两手油，不用说，刚才钟鸣猜得一点没错！

苗新嚷着说："刚才骑车子喝了一路西北风，我肚子早咕咕叫了……"

喝西北风？苗新无意的一句话，却勾起了大家的共同回忆，三人不由得都笑了。

抓革命促生产成绩优异的工具厂，几年来一直是深山里敲钟——鸣（名）声在外，市委介绍来的参观者络绎不绝。半年前，当一位"上边"来的"记者"突然来访时，老姜他们也一如既往地表示了热情欢迎。可是，这位"客人"却与众不同，钟鸣递过去的茶他接也不接，苗新要向他介绍情况他挥挥手，张口就说："我要了解了解群众！"

老姜一听：好哇，随即建议他去车间转转看看。

"客人"马上摇起了头："生产么，我不要看！唔，你给找几个人座谈座谈！"

老姜略一思索，便叫钟鸣："你让老吴师傅……"

"客人"立即皱起了眉："怎么动不动就是'老'？唔，找年青的，找理论学得好的……"

老姜顿了一下，又对苗新说："那么，去叫学习小组的同志……"

"客人"赶紧摆摆手："别忙！"又阴阳怪气地问："这些人水平怎么样？唔，梁效、罗思鼎的文章都读了几篇？唔，联系本单位实际都批了哪些右倾思潮呀？唔，对于变相的管卡压、标准的唯生产力论都有什么反潮流的行动呀？……"紧接着，不大不小的帽子一顶又一顶从那两片薄嘴唇中飞出来，气得苗新脖子上暴起了青筋，钟鸣紧紧咬住了嘴唇，唯有老姜声色不动，到开饭了，还客客气气地挽留这位"客人"。

苗新和钟鸣一听，一个瞪眼睛，一个背转了身。老姜笑笑，向他俩招招手，二人走出来，一听老姜的主意，嘴一咧，大步小步直往食堂奔。

“饭”摆到了“客人”面前。“客人”一看，盘子上三个馍，还有两个扣着的碗，虽然不高兴，又不能不表示自己愿意“三同”，左手拿馍，右手举筷，单等把碗掀开。

钟鸣掀开了，咳，清凉凉的一碗白水！钟鸣脸色严峻：“要照你们主张的做，大家只能喝这个！”

这当儿，早就急了的苗新，替“客人”又掀开了第二个碗，啊？空空的……“是的，什么也没有，依了你们，八亿人民就要喝西北风！”嘿，“牛三”那双直勾勾的眼睛，更是不饶人！

脸上一阵白一阵红的“客人”，站起身子就走。老姜高声说：“请吧，我们不送！”

当然，这位有来头的人物哪肯甘休，后来在一份“简报”上以工具厂作例子把市委大批了一通。老姜笑呵呵地对大家说：“理它呢，权当夜猫子叫唤狗弹琴！”

三个人回忆了这段往事，开怀大笑了一阵。老姜说：“好好，马上开饭！唔，钟鸣，不看老，不看小，按‘优选法’应该先看你这半中腰，把你的好饭先亮出来吧，啊？”

钟鸣点点头。钟大姐在这种时刻，总是格外的郑重其事。她抹抹桌子，把满篮子的吃食一样样摆出来，最后却端出了两个盖着的碗。她先推出第一个：“唔，这碗是我们家传统的‘除夕菜’，我请你们也尝一尝！”钟鸣打开盖子，马上泪花晶莹：碗里是黑乎乎的三个糠团团！

老姜和苗新都知道：钟鸣从小是孤儿，十三岁的姐姐为了救她这个五岁的妹妹，在大年三十自卖自身，给妹妹留下了三个糠团团！

糠团在嘴里嚼，苦水往肚里咽。双眉紧蹙的老姜语重心长：“钟鸣你想得对，要是‘四人帮’篡了权，咱还得卖儿卖女吃糠团呵！”三个人心潮翻滚地吃完了“年饭”的第一道菜。

“来，来尝尝俺老袁的拿手好菜！”钟鸣马上打开第二碗。第二碗是“拌三素”：嫩韭黄、金针菜，外加碧绿碧绿的菠菜梗。这“三素”颜色真鲜亮呵，特别不同一般的是：这三样东西，每根打上结，三根结成团，根根团团紧相连。

老姜和苗新的心又腾地热了，一齐心照不宣地注视着钟大姐。三个人激情满怀地尝过了钟鸣精心设计的二道菜。

老姜看看桌子上的碗碗碟碟，说：“钟鸣，你是想一人包办吧——你带这么多东西，六个人也吃不完呵！”

“不，先吃我的，要不，肚子就塞不下了！”苗新端来搪瓷缸。补了又补的瓷缸中，雪白的藕斜切成梯形长条，恰如当年一般无二。

藕和缸子的故事，钟鸣也知道，当看到这份切得不寻常的菜时，她和老姜，自然明白了苗新的心田！……苗新庄重地说：“钟大姐，今晚你又启发了我，今后，我要把这茶缸盛藕，当作我们家传统的‘除夕菜’！”

钟鸣饶有兴味地夹着藕，乐盈盈地说：“打倒‘四人帮’，人民喜洋洋，我看哪，从今后，全国的工农业生产都像上梯子，一步更比一步高！”

老姜更加激动：人都说我们厂党支部是坚强的战斗堡垒，呵，要没有这两个得力的左右手，这两位步调一致的伙伴，我老姜一人浑身是铁也打不了多少钉呵！……这钟鸣和苗新，真是知人又知心，今晚，我是安排着意，他俩是参加有心，对，我就趁热打铁，让这顿“年饭”吃出水平、吃出干劲！

老姜摸摸下巴，慢悠悠摸着饭盒说：“看来，今晚我的东西最少了——请你们原谅，我没来得及回家做，刚才，是老吴师傅有现成的辣椒，他支援了我，让我炒了点家乡菜！”

饭盒子一掀：嘿，是又光又亮的“虎皮辣椒”！光看这模样，吃完也不解馋……苗新用筷子一夹，咦，里头没瓤是空心的。

"噢，是没瓤的空心货。'四人帮'就像这虎皮辣椒，光靠表面唬人哩！"老姜呵呵一阵笑，"上当了吧？嗯，吃东西别看表面光亮，干工作别图名声好听，山不在高，有宝藏便有用，水不在深……"

呵呵，这个老姜头，他哪里是"凑年饭"？他这不是明明在用"启发式"，来继续下午的会议，加深我们对"四人帮"的仇恨，让我们对生产农机配件，打心眼里拥护、举双手赞成么？

钟鸣也笑了，不用说，她早已"投降"了，不过，她故意等一等；人都说"姜是老的辣"，真不假呵，老姜就是有办法，他做思想工作，如此别致又细致，不怕自己不通，不怕苗新固执，早晚要被他说动了心！这个老姜真是的，《论十大关系》咱支部学了这么多遍，你老姜就是比我们学得好、领会得深呵！……和这样的老大哥在一块工作，扁担能结瓜，黄土能变金！……不过，她故意不表态，还要等一等，她要看老姜把今晚的"花样"搞完；老"班长"帮人帮心，这套本领，要学，就要学到家！

苗新干张着嘴笑：面对这样有心计的老姜头，咳，叫你脖梗子再也硬不起来，脸也没法红。要找词儿再辩呢，没理由，要说完全服气吧，又不甘心，小伙子眨巴眨巴几下眼睛，故意转话题："呵呵，吃了这些东西，真渴呵，要是有碗甜稀饭就好了，唉唉，怎么咱三人谁都没想到呢？……"

钟鸣立即表示赞同："我也渴，真的，要有甜汤多好呵！"

"真的都渴了？你们真都渴了？"老姜一本正经地追问，他拿起屋里的暖瓶晃了晃，唉了一声："下午开会把水喝光了，唉，看来我们要当无水吃的三个和尚了！"

"守着井还能渴死人？"苗新一把接过暖瓶："我上茶炉打去！"突然他又想到了：下午放了假，茶炉熄了火，这会不一定有水。

"别急，别急，小'牛三'，你呀，总是心急喝热粥，一锹想掘个井！"老姜笑呵呵地拦住了他。"老吴师傅一会儿就来……"

话音未落，老吴师傅端着一锅热腾腾的红枣江米汤走了进来：“咋样，我来得是时候吧？”

苗新乐得向老吴师傅敬了个礼：“我和钟大姐喉咙口都冒烟了，谢谢你这个及时雨……”

老吴师傅笑着捶了苗新一拳，“我可不是诸葛亮算到了你们想喝水，这是老……”老姜朝他一挤眼，老吴住了话头。

钟鸣喝一口甜汤，若有所思：“渴时送水，雪中送炭，这道理是一样的呵……”

老吴师傅借题发挥：“可不，刚才老姜在车间里给我们大伙说，过去由于‘四人帮’的干扰，影响了农机厂的配件生产……现在，贫下中农盼望‘二〇’拖拉机，也好比雪中盼炭，渴时盼水……”

钟鸣和苗新又一愣。呵呵，老姜这颗炽热的心，谁能不被它点燃呵！……

苗新一下站起来，握住了老吴师傅的手：“老吴师傅，我是怕大家担子太重；生产农机配件，首当其冲的是你们锻压车间啊！”

老吴师傅神采飞扬，豪爽地一挥手：“担子重了怕啥？‘四害’横行时，咱有力没处使，想干还不让干呢！‘牛三’，你可不能拔气门芯啊！你要当了群众的尾巴，你师傅我这把大锤可不饶你！”

钟鸣心头热浪直涌：“老吴师傅，苗新他是考虑到了具体困难，支部还没最后决定……”

老吴师傅两眼一瞪，抢过了话头：“这还有什么犹豫的？华主席一声令下，咱猛劲往前奔就是！我说钟鸣啊，咱们支部要永当群众的火车头，缩手缩脚可不符合形势的要求，就要脱离群众哪！”

在一旁静听的老姜，趁热火又添上了一瓢油：“老吴师傅，干脆，把你们的打算和决心也彻底亮出来！”

老吴师傅笑了笑，一向苦干实干的老工人，就是不善于向领导表功，他吭吭哧哧摸起了耳根：“没啥，没啥，要说，我们这也是‘无政府主义’，领导上还没号召，我们就行动了……我们想把本月的任务，趁过节这几天赶一赶，腾出时间来接下试制农机配件的任务……”

还有什么可说的呢？这样的领导！这样的工人！苗新脸上的红云直烧到耳朵根，他紧紧攥着老吴师傅的手，又望望笑呵呵的老姜：“没说的，明天的支委会，我先检讨自己的右倾！……”

“呯叭！”“呯叭！”……天空中划过一串串灿烂的彩花，响起了喜庆的爆竹，啊，粉碎“四人帮”后的第一个春节，是多么得欢欢乐乐！

看，还有比花炮还要美丽的光焰，那是锻压车间燃烧的红彤彤金灿灿的炉火！听，还有远远比爆竹威武洪亮的声响，那是三个书记在锻压车间和大伙儿一起抡大锤——这咣当、咣当的锤声呵，响彻大地，简直要震落天上的星星……

原载《人民文学》1977年第11期

女瓦斯员

从维熙

初春，我去榴花岭超级瓦斯煤矿去采访。

这里是我的“娘家”，几年前，我在这里蹲点，跟着矿工们在井下生活了四年。因此，矿山的每条小路，每块乌金，都和自己的感情紧密相连，甚至连矿山早春的风吹到脸上，都感到异乎寻常的温暖亲切，醉人心肺，我真想对着青山高喊几声：“你好呵！榴花岭！”

拐进后山，春草萌发，流水潺潺，顽皮的小溪敲着悦耳的小铃铛，像一头撒欢的小马驹一样，跳跳蹦蹦在山间奔跑……山坡上，淡紫色的牛耳朵花已伸胳膊抖腿地半张开花蕾；而溪水旁的迎春花却挺直了身腰，支撑开金黄色的小喇叭，像是在广播着春天的讯息……

恬静笼罩着三月的春山，我完全沉醉在早春的默想里。就在这时，我的背后忽然响起一声粗犷的呼唤：“哎——是记者回娘家来了吧！”

这是谁呢？这里离喧闹的矿山还有几里地远，既听不见矿山的汽笛，也看不见焊火的弧光；连高耸在井架上的“天轮”也被高山遮断，有谁会到这天然的公园里来呢？我想扭过头去看看，但我背后却伸出一双铁钳一样有力的手掌，紧紧推着我的脖颈，使我回不过头来，同时，这个人还用半开玩笑半命令的口气对我说："你猜吧！要是猜不出我是谁，哼！那你就是把榴花岭忘光了！"

听着这浑厚的话音，又摸了摸我肩头上那双粗大宽厚的手掌，一个魁伟挺拔小伙的身影，立刻涌上我的心头，我一掰肩头上的手，说："还用猜？你是大虎，没错……"

可不是么，站在我身后的，正是绰号"矿山一头虎"的掘进队长高大虎。九年前离开高中校门的学生，练就一身井下本领，身板壮得像钢铸铁浇的一样。眼前，他穿着一身蓝帆布的新工作服，隆起的肌肉，从衣服里突了出来，他笑眯眯地望着我，浓密眉毛下的一双大眼睛里，跳跃着兴奋而喜悦的火花。三月的春阳，把一缕朝霞抹在他紫红的脸膛上，他的脸晕红得就像一穗晚秋时节熟透了的红高粱。

我惊喜地打量着我的老伙伴，不禁有点奇怪地问："你这个离了煤不能活的家伙，这么早跑后山来干什么？还打扮得这么漂亮？"

"这……"高大虎嘿嘿地笑了起来。然后支支吾吾地问我："你干什么来？"

"采访一个女瓦斯员。"

"哪儿的人？"高大虎认真地瞪大了一双眼睛。

"上海。"

"啊？"高大虎双手突然攥着我的两只手，"是不是叫杜梅？"说完之后，他胸脯剧烈地起伏，眼巴巴地等着我的回答。

"你怎么知道的？嗯？"

高大虎松开我的两只手，侧过头去，望了望通向前山的小路，诡秘地朝我笑了笑，有些难为情地说："老伙计，不瞒你说，最近一年，我摔了'斤斗'，摔出来一场恋爱……不，不该用这个字眼，还不知道人家热不热哟！今天休假，是我们第一次约会……"

“和杜梅？”

高大虎咬着下嘴唇，腼腆地点了点头，脸上一阵红一阵白地拉我一起坐在路边石头上，说：“你给我参谋参谋吧！老伙计，第一句话……该怎么说？”这个干活像猛虎似的掘进队长，此时像是个心慌意乱的大孩子，又像是大海里失了船舵的风帆。他突然抓起我的一只手，贴在他的心窝上，说：“你摸！”

“到底是怎么回事，你说说！”我把自己的手绢递给他。

他一边擦着汗，在开满迎春花的小溪旁，开始讲他和女瓦斯员的故事了……

一

去年五月，华主席在大庆召开“工业学大庆”的群英大会，矿山十条建井巷道，展开火热的掘进竞赛。我们猛虎掘进队一路领先，牛玉龙的蛟龙掘进队，紧紧咬住我们寸尺不让，我们队这群“小老虎”简直是急红了眼，在六百多米的深井下，甩开膀子大干，工作面只能听见电钻打眼的声音。就在这节骨眼儿上，我们身后突然响起一个女孩子的声音：“哪位是高大虎同志？”

话音虽然很轻，却像一声响雷滚过工作面。因为井下从来没有来过妇女，这口音分明是个女孩子的声音。于是工作面像断了电源一样，几台电钻都不响了，十几盏矿灯的灯光，都朝喊话的地方照来。

一个身穿矿工服的姑娘，在我们身后五六米的地方站着。她身量不高，一身新工作服略嫌肥大，以致使她袖口不得不挽上一圈。大大的塑料工作帽，压在她过耳的短发上，脸庞显得又小巧又秀气，还没干什么活，鼻尖上已经污黑了一块。虽然，在我们眼里她很像个玩具店橱窗里的女娃娃，但她十分严肃，穿着一双区别于男矿工的红筒水靴，用手挡住射向她的灯光说：“同志们！我是来向师傅们学习的，我叫杜梅，是218煤巷新上任的跟班瓦斯员！”说着，她像士兵一样，把手臂举到塑料帽檐上，向我们敬了个见面礼。

本来她的出现，已经使矿工们够惊讶了，她举手一敬礼，更把大家弄得局促不安。她看到这个样子，笑嘻嘻地往前迈了两步，说：“这是怎么了？这么多‘探照灯’对着我，我又不是飞机，再说一遍，我是218煤巷的跟班瓦斯员！”说着，她抱起放在地上的一台电钻，仰起头来说：“师傅们已经赤膊大战了，我换换哪位师傅？”

又是一阵沉默，矿工们的头灯灯光，一下子转向了我，我知道每一道灯光都是一个无声的问题：

“怎么派一个女娃娃当跟班瓦斯员？”

“叫凤凰在218搭了窝可就坏了！”

“咱们可没空给她当男阿姨！”

我心里不禁升起一股无名怒火。要知道，超级瓦斯矿的瓦斯员，等于一个二号矿长，虽然职务不大，可是权力不小，直接关系到巷道的全面工作。矿上已经好几年没有跟班瓦斯员的制度，为什么在这竞赛的节骨眼上，派来一个跟班瓦斯员，还是个“小婆婆”。

她看见我这个神态，好像有所觉察，脸上的笑纹没有了，又把工作帽往上推了推：“那么说，你就是高大虎同志啦？你为什么用这样的眼光看着我？”

我没心思回答她的问题，反问她说：“谁派你来的？”

“谁？”她一本正经地回答：“华主席！”

嗬！好大的口气，有几个矿工忍不住笑出声来。

“哎！笑什么？华主席正在大庆召开群英会，要彻底肃清‘四人帮’践踏合理规章制度的流毒，矿党委决定在全矿恢复跟班瓦斯员的制度，218煤巷派来的就是我！”她说话又急又快，像连发的机关枪，夹杂着南腔北调的鼻音。我强忍着，才没笑出声来，她看我这个样子，一定不高兴了，圆杏核似的眼睛盯住我，又解下肩上背着的瓦斯检查器，在手里颠了颠说：“大虎同志，这个瓦斯检查器，是你爹爹，矿山总工段长高老师傅亲手交给我的，要我严格执行一个瓦斯员的职责！”

她把“爹爹”和“亲手交给我的”几个字咬得特别真，然后嘴角露出一丝胜利的微笑，看样子她已经知道我很怕我爸爸，对我进行暗示。我告诉她，猛虎掘进队和“四人帮”打过硬仗，“唯生产力论”的钢铁帽子，也没能使猛虎掘进队停产过一分钟，意思是告诉她，我们不需要一个跟班瓦斯员当管家婆。她听完我的话，微微地笑了：“大虎同志！看看‘四人帮’留在218的伤痕吧！来，跟我来。”

当时我又是气又好笑，矿山八千多矿工谁不知道高大虎是抵制“四人帮”的硬实汉子，一个初上任的女瓦斯员，竟向我提出这么一个问题，简直是笑话。她带着我离开工作面，我看着她鼻尖上那块煤痕，有点轻蔑地问她：“杜梅同志，你还不到二十吧？”

她瞪了我一眼，没有回答。

我追问着：“说么！你……”

她一下打断了我的话，噗哧一声笑了：“你怎么总看不起人，我今年二十五了，矿业学院的毕业生！”

我心里“咯噔”一跳，幸亏这时她没有抬头看我，她的年龄学历使我非常尴尬。我心想：“甭问，一准是个净长心眼不长个儿的姑娘。”她好像猜透了我的满腹心机，拐弯抹角地朝我说：“在北方有一句俗话，萝卜小，可是长在畦背上了，你懂这句话的意思吗？”

这回轮到我回答不上了。

“你回答呀！”她眼里藏着微笑，像我刚才催促她那样催促着我。

多厉害的挑战，明明是在向我表示瓦斯员的权威，我一时找不出回答的词儿，幸好，这时我们来到放炮员小刘身边，她才不再催问了。

小刘正在往炸药里缠雷管，听见杜梅叽叽喳喳的声音回过头来，翻着眼皮不满地看了女瓦斯员一眼。我看出来了，他们已经较量过一番了。杜梅不理睬小刘的目光，却向我说：“队长同志，超级瓦斯矿的煤巷掘进，应当用什么雷管？”

我顺手拿起两个雷管一看，立刻明白了，这是放炮员小刘为了把“蛟龙”掘进队甩在后边，把“连发雷管”缠进炸药里去了。这种雷管，只需按一次电动放炮机的电钮，便会连续爆炸，可以节约时间。虽然它有节约时间的优点，但在超级瓦斯煤矿使用，容易引起明火，是违反超级瓦斯矿的安全条例的。

这一“军”，把我“将”住了。我扭头问小刘：“你这是怎么搞的？”

小刘忽悠忽悠转着两只大眼睛，不服气地说：“偶尔用一次提高工效么！队长！‘龙’紧紧咬着咱们‘虎’尾巴，急死人啦！”

“送回去，换别的雷管来！”女瓦斯员第一次在218煤巷发布命令，口气斩钉截铁。

小刘嗖地一下子站起来，斜眼瞟着女瓦斯员，拉长调门说：“送回去？我好几年没听过这个声音了。”

“今天就叫你听听。”杜梅抖了抖肩膀上的瓦斯器，正颜厉色地说：“党派我下来当瓦斯员，我就要执法如山，硬碰硬！”她被小刘的态度激怒了，连家乡话“硬碰硬”也蹦了出来。“我再说一遍，换雷管来，没有含糊。”

小刘蛮想用那副脸色，把女瓦斯员顶回去，万没想到，初次上任的杜梅寸土不让。他转悠着两只大眼睛没词了，便把求救的目光转向我，似乎在请求我从侧面给他一点“火力支援”。怎么办呢？炸药库离这儿有几里地远，要横穿几条巷道，即便是脚上安上翅膀，没有一个钟头是取不回来的；偏偏这时，工作面打过来一明一灭的灯光讯号，这个讯号告诉我，工作面已打完炮眼，正催促着雷管炸药。

我心急火燎，开始和女瓦斯员谈判。我说：“杜梅同志，工作面急等用炸药雷管，我们明天保证……”

“明天，明天，保证，保证，这可不是学大庆的语言。”她话音放轻了，似乎还在眯眯笑着，可是那双眼睛喷出来的是一团火，她说：“大虎同志，几年前你是‘三老四严’的标兵，这两年你是不是一边和‘四人帮’拼刺刀，一边吸进了‘四人帮’的政治瓦斯，嗯？”

嘿！这些年我恨“四人帮”这群豺狼恨得牙根发麻，她偏把我和“四人帮”的流毒串联在一起，简直是个侮辱。要是换一个男瓦斯员，我一定会和他争吵起来，可是面前站着的是一个鼻尖挂黑的女娃娃，虽然她也戴着像钢盔一样的工作帽，穿着一身矿工服，但怎么看，也只是个不够尺寸的新兵，我怎么好发作呢？

这时，忽然传来一阵尖厉的哨子声，这是就要放炮的讯号。我回身一看，放炮员小刘早已不在身边，原来在我和女瓦斯员谈判的时候，这个小机灵鬼，像黄花鱼一样，顺着我们身边溜走了。这一下，我浑身似乎松弛了一点，因为炸药已经装进炮眼，一两分钟之内就会响起连珠炮，炮响之后，“虎”就会把“龙”甩得远远的……但谁能想到，女瓦斯员杜梅听见哨子声后，猛然向工作面奔跑而去，她一边跑一边高声喊着：“停止放炮——停止放炮——”

我的心猛地跳到了嗓子眼。我知道被荣誉烧得心疼的小刘，绝不会轻易放弃一个班的进尺，万一他在防身洞里按了放炮机的电扭，女瓦斯员——这只飞向工作面的燕子，就连一根羽毛也找不到了。千钧一发之际，不容半点犹豫，我马上追向女瓦斯员，向她呼喊着：“杜梅同志！快进防身洞——”她完全不理会我的呼喊，像百米的短跑运动员，全力向工作面冲去……

你说这不是急死人么！放炮员躲在放炮洞内，根本看不见巷道内发生的一切，眼看重大的人身事故就要发生了，我拼命地冲向放炮洞，小刘手刚刚伸向放炮机开关，我扑向了他，搬开了他的手。

这都是几秒钟之内发生的事情。当矿工们从放炮洞出来，十几盏头灯又像探照灯一样投向她的时候，她在工作面，像一只鹞鹰张开着翅膀，两只手向上高扬着。

她迎着矿工们的灯光从工作面走出来，一边走一边用脖子上的白毛巾擦着汗珠，我们惊魂未定地屏住呼吸，听着她胶靴蹚着积水的声音……她离我们越来越近了，当她离我们只有几米远的时候，我才发现她用毛巾擦的不是汗滴而是泪水……

巷道里静极了。

只有顶板的滴水声。

她用毛巾擦去腮边最后一串泪水，沉痛地说："……你们真是几年前学大庆的标兵队？大虎同志！"

她镇静了一下自己，像是自语又像是说给我们听。她说："看看'四人帮'在工业战线的流毒吧！在这样的掘进队也播下了细菌……"

我们都在掂着她这几句话的分量，都在重新估价这个鼻尖上挂着煤尘的女瓦斯员。在一阵令人窒息的安静之后，我们和她的关系，好像起了一种奇妙的变化，她的形象似乎不太矮了，虽然她并没有长高一公分。

就这样，她和我打了第一个回合，我败阵了。本来计划这个班放个大"卫星"的，结果因为处理"瞎炮"，折腾到下班，我们创造了几年来没有过的新纪录——零。零，已经像铁钳子一样，挟得我心痛，谁想到临下班时，她从口袋里掏出一把钢卷尺，严肃地递给我说："218 煤巷不符合规章制度的地方很多，你去量量巷道支柱，三百米的距离，每十米少支一根柱子，不能留下这个隐患，明天返工！"

她背着瓦斯器上工作面和矿工们清理浮煤去了，我身后的小刘竟忍不住"哇"地哭出声来，他像个孩子一样抽泣着说："……零就落后了，再一返工支柱，猛虎掘进队，该坐老牛车了，队长……"我心里像烧着了一团火，呆呆地看着她留给我的这把卷尺，是什么样的破旧玩意儿呵！圆圆的外壳许多地方磨损了，至少已经用了几十年，我越看它越像个"零"，一下子把火气集中在小小的卷尺上，正好有两个矿工推出清扫浮煤的矿车，“‘零’叫它见鬼去吧”，我把这个破旧的卷尺狠狠地扔进矿车里。扔的时候，我心情挺痛快，谁想到，因为这把卷尺，惹下了一场更大的风波……这是后话。

二

井口上学大庆的战报上，写着猛虎掘进队的新纪录——零。矿山宣传大喇叭，广播着我们零的进尺。“零”像重磅炸药在我脑子里轰鸣，“零”像个绳套勒得我喘不过气来。爸爸是个矿山总工段长，平日说话像雷鸣闪电，一字一响，他是不会饶恕我的。我在家里坐卧不宁，准备迎接一场连雹子带雨。

院子里传来一阵“嚓嚓”的脚步声，我心里顿时紧张起来，竹帘子挑开了，进来的不是爸爸，却是杜梅。她头上短发滴水，显然是刚刚洗澡出来，在她脱去肥大的矿工服，穿上天蓝色的“的确良”衬衫之后，显得和井下完全是两个人了，以至她刚走近屋子时，一时没有认出来。她个子显得高了，脸色红得像咱们榴花岭漫山遍野开着的石榴花，也许是南方人的缘故吧，她鼻子，眉毛，嘴角……都配搭得很是地方，有一种我说不出来的那么一股劲。说实在的，我当时都不相信，这就是井下的女瓦斯员。

她坐在我对面椅子上说：

“大虎同志！你量过218的支柱距离了吗？”

我心烦意乱地回答：“没有！”

“为什么？”她吃惊地扬起细长的眉毛。

“没时间！”

“收工时路过那儿，顺手就量了，怎么会没时间？”

我想，用假话应付人不是咱矿工的性格，便直截了当告诉她：“你那把卷尺太旧了，我把它丢了。”

万万没有料想到这句老实的回答，在她身上起了那么强烈的反响。她“呵”地叫了一声，红润的面孔立刻变得煞白，她猛地从椅子上站起来，厉声地质问我说：“你丢在哪儿了？”

在巷道中把那把破旧的钢卷尺扔进矿车时，我就想到这一步棋，这时我拉开抽屉，把一个新卷尺往桌子上一扔：“给你这个新的！”她把新卷尺一推，两眼都潮湿了，语不成声地问：“你到底把那把尺丢在哪儿啦？”

看她急成这个样子，我有点吃惊了，忐忑不安地回答说：“丢在矿斗里，拉到井上，这会儿埋在煤山里了，杜梅同志。”

她一股风似的向外跑去，差点和进门的爸爸撞个满怀。爸爸听清事情原委之后，气得浑身哆嗦，颤抖的手，指向我的脑门，暴怒地向我喊道：“好个虎崽子，违章作业的是你，没有一寸进尺的是你，把大庆尺子丢了的还是你。告诉你，把这卷尺给我找回来，把煤山翻个儿也得找回来！滚——”

爸爸是个火暴性子，可是从来没有暴怒到今天这样的程度，我心里暗暗纳闷：一把破旧的卷尺，怎么就成了大庆的尺？但面对爸爸刀子一样锋利的目光，我不敢再问了，扭身朝煤山跑去。

我追上奔跑的杜梅，问她：“这究竟是怎么回事？”

她紧咬着下嘴唇不回答我，但我看见她眼角盈满了泪花。这一下，我也着急起来，面前是高高的乌金大山，电机车拉着长龙似的矿车来来往往，十条掘进巷道的煤都向这里倾泻，要在这样高的煤山上寻找一把尺，简直等于在大海里捞针……

从煤痕上我们找到了上午卸煤的地段。杜梅立刻爬上煤堆，用两只手翻煤，片刻时间，她穿的一身干净衣裤，变成一团乌黑。爸爸也赶来了，脸阴沉得像锅底，他一边瞪着我，一边用耙子扒煤，他还把路过煤山的矿工都喊过来，帮助寻找这把破旧的卷尺。

运气还算不错，太阳压山的时候，这个白白闪亮的小东西，在黑煤中露出脸来。女瓦斯员一下扑了上去，抓在手里捧在胸前，好像怕它再溜掉一样，然后用手掌擦了擦，递给了爸爸。

爸爸阴沉的脸开朗了。奇怪的是，爸爸这个没有掉过泪疙瘩的人，竟会眼眶潮湿，他用袖口把卷尺擦了又擦，向帮助找尺的矿工们道谢之后，亲切地招呼女瓦斯员说：“小梅！走！上我家吃饭去！”

杜梅说：“高老师傅，我得先去洗洗换换哪！”

爸爸说：“我家有浴盆，也不缺你换的衣裳，来吧！”

杜梅跟着爸爸走了。临走时，她埋怨地看了我一眼，我像木桩子一样愣住了。望着他们渐渐远去的背影，爸爸一路和她亲切地谈着什么，直到走进了被晚霞笼罩的院子。

当我回到家里时，杜梅已经换上了一身妹妹穿的衣裳，坐在饭桌跟前了。我还记得这天我们一家吃的馒头，妈妈单给她蒸了一小锅大米饭，爸爸当着全家人的面宣布说：“小梅是南方人，爱吃大米，以后就在咱家下灶，家里大米别人一粒也别动，都归小梅！”

爸爸当着她的面，没有斥责我一句，他好像不知道我的存在一样，只是和她谈这谈那。平日严肃过人的爸爸，此刻变得像一个慈爱的老妈妈，并且把杜梅说得不断笑起来，这种反常现象，我简直是不能解释。

这天晚上，我躺在床上翻来覆去睡不着，白天干了一个早班，下午又掏了半天黑煤，身子已经很累，但怎么也合不上眼，女瓦斯员头一天上任的一个个镜头，像电影一样在我眼前转来转去，我最不理解的是：一把破旧的卷尺怎么会牵动爸爸和杜梅的中枢神经？！为什么爸爸对待这个上海姑娘，比对待女儿还亲，甚至在饭桌上出现了反常的性格？！

月亮从石榴树梢上升起来，我床头的小马蹄表已经嘀嘀嗒嗒走过了午夜十二点。爸爸开完党委会回来了。他沉重的脚步声，一直朝我住的屋子里来了。我赶忙合上眼，装成睡熟了的样子，从睫毛的空隙间，我看见爸爸拉开灯之后，径直朝迎面墙走去。那面墙上挂着几年前矿山颁发的奖状，他把镜框一个个摘了下来．往桌子上一放，吆喝我说："醒醒吧！别躺在奖状上打呼噜了！"

我翻身坐起来。

爸爸紧锁着一双灰白掺杂的眉毛，满脸怒气地对我说："我今天是以党委委员的身份跟你谈话，要是依着我自个的脾气，先打你两个耳光。我问问你这个虎崽子，218 煤巷是怎么执行'三老四严'制度的？"

我自知理亏，喃喃地说："……就这么一回，偏巧叫杜梅……"

"你还往脸上擦什么粉？"爸爸拦腰打断了我的话说，声音像闷雷滚过屋顶："三百米远的支柱，为啥不是支密了，偏偏支稀了？"

我踌躇半天，说："爸爸，我只顾在前边光膀子大干，没顾得上检查！"

爸爸走近了我，用他那双满是老茧的大手，端起我的下巴颏，深情地凝视着我的脸，深沉地说："几年前在工作面，称得起是一条虎，干啥活都一丝不苟，针鼻大的漏洞都不放过，眼下，长相倒还像个老矿工的儿子，可是斗大的窟窿也看不见了，明明是吃了'四人帮'那群牲口拉的驴粪蛋子，自个还不觉臭！"

"不！爸爸！"我不服气地反驳说："您看见过，'四人帮'搅得矿山乌烟瘴气的时候，您儿子没给您丢过脸，一直冲在最前边……"

"你看看这个吧！"爸爸从口袋里掏出一张报纸递给我，上面有两行醒目的大字标题："工业战线遭'四人帮'破坏触目惊心，广大职工要深揭猛批，肃清流毒"。

我读着报纸。爸爸炯炯目光一直没离开我的脸。他感慨地对我说："女瓦斯员的工作做得很好，不但监督了巷道瓦斯，还检查出'四人帮'留给 218 煤巷的政治瓦斯，党委会特别表扬了杜梅同志。我建议党委，要你深挖流毒，到全矿大会上去说一说：几年前学大庆的标兵为什么会掉队！"

我头脑“哄”地一下子胀大了，激动地问爸爸说：“掉队？有那么严重吗？我们在十条掘进巷道中，掘进进尺是第一名！”

这句话把爸爸平息下去的怒火又勾起来了，他用拳头狠狠地捶着桌子角，向我喊道：“离开大庆精神取得的进尺，货不真，价不实，是在沙滩上盖大楼，人民不承认！”爸爸高声地告诫我说：“明天，先返工支柱，听见没有？”他气呼呼地走出屋子，到院子站定之后，又补充说：“还有，你要再叫女瓦斯员受一点委屈，回来我找你算账！”

我对着墙壁发起愁来。三百米长的支柱返工，根根支柱都要挪动位置，加上运木料，至少要五六天的时间，这么一折腾，猛虎掘进队从“卫星”变成老牛车，从排头到排尾，是板上钉钉的事了。

唉！一个鼻尖挂黑的女瓦斯员，一个才出校门不久的技术员，到底有多大能耐，能有多大劲头，把猛虎掘进队从“先进”变为“后进”？！但眼前的事实，正是那个“不够尺寸的士兵”，改变着218煤巷的进程。还有那个像“零”一样的破旧卷尺，爸爸管它叫作大庆的尺，也许在她生活的道路上，真走过不平凡的里程。我掰着手指头算了算，二十五岁的年轻姑娘，落生在一九五三年，一个开国大典之后落生的小青年，能经受过多大的锻炼？

这对我简直是一个谜。

屋内，爸爸和妈妈好像正在谈论着杜梅的问题，我不自觉地凑到窗子底下。

妈妈说：“大虎他爸，我看你对那个南方闺女，有点反常……”

爸爸说：“也许有点。”

妈妈低声笑着说：“是不是看那闺女秀眉俊目的，想给虎子……”

我心里不知为什么“噗通噗通”地跳了起来，只听爸爸回答说：“你们女人家，总是瞎胡想，你知道小梅的身世吗？她是咱们工人阶级藤上的瓜，很小就没了娘，她爸爸被‘四人帮’用杀人不见血的刀子给坑害了。这棵苗子，咱们要格外爱护……”

妈妈的笑声立刻止住了。我心里暗暗叫了一声，原来她是个工人阶级的遗孤，爸爸敞开一个老矿工的胸怀，哺育着这棵成长中的嫩苗。

接着，爸爸声音低沉地，好像在向妈妈述说什么。片刻之后，忽然传来妈妈轻轻的抽泣声。她低声呜咽着说：“大虎他爸！你别讲了，我难受……”没问题，爸爸向妈妈讲的一定是女瓦斯员的身世。这一瞬间，热血撞击着我的胸膛。我躺在床上，心里真是如十五只吊桶打水——七上八下，怎么也闭不上眼睛。淡淡的月光从石榴树杈中间洒进来，照在那几张被爸爸摘掉的奖状上，我看见“三老四严”标兵的字样，心里开始不安静了，镜框反射过来的光亮，像根根银针扎着我的眼睛。我开始想：正是我这个掘进队长，把218煤巷的掘进拉下了学大庆的轨道，没有我的默许，小刘怎么敢滥用雷管？怎么会支稀了巷道的支柱?！

鸡叫三遍，我穿起矿工服，迈着大步奔向了木料场。我想，提前把返工的木料叫电机车运到井下，避免临时窝工。夏夜的晨风，一下吹走了我的困倦，精神振奋起来。当我赶到木料场，远远就看见一群矿工，在向停车场扛运圆木了，看着他们走路的姿势和步点，我认出来，这都是218的伙伴，他们这么早就起来，显然是用决心恢复着猛虎掘进队真正的荣誉。

我眼前一个矿工，正吃力地扛着一根粗大的梁木，一路小跑，奔向机车挂车的地方。我跑上去，从后边轻轻一掂就放在自己的肩膀上。戴着大大塑料工作帽的矿工，一回头惊喜地叫起来：

“啊！是大虎同志！”

说话的不是别人，正是杜梅。她眼神中闪现着喜悦和兴奋，摘下工作帽当扇子，扇着一张汗水涔涔的脸。

我一时说不出话来，说了声：

“来得真早！”

“你和我来的是第一第二！”她微微笑着说：“不过，是从后边数！师傅们早就来了。”

放炮员小刘跑过来，娃娃脸上满是汗水，一绺头发都贴在前额上了，他兴奋地说：“队长！大伙知道你昨天下午掏了半天煤，太累了，没有去叫你。晚上218煤巷的矿工们开了个会，都表示要彻底返工，迈开大步赶‘蛟龙’，你看，连咱们女瓦斯员也上阵了！”

杜梅嘻嘻地笑着：“小刘呵！你这个机灵鬼嘴头倒挺甜，以后少翻两下眼皮就行了！你想，我也是218煤巷的一员，进尺落后，跟班瓦斯员也不光彩！对不对？”

她说话的口气柔和极了，像大姐姐在和小弟弟闲聊。小刘朝我扮了个鬼脸，一个金蝉脱壳，溜了。

我脸红心跳，想不到一个在井下那么厉害的南方姑娘，性格这么柔和，也会有这样开心的大笑。从这时起，女瓦斯员的影子，不知怎么走到我心里来了。也真奇怪，越是心里想，嘴上反而话更少了。我们每天在工作面见面，我常常用眼光回答工作问题，或用“是”“不是”，点头和摇头回答她的询问。有一次机灵鬼小刘向218的矿工喊道：“瞧！咱们虎子队长，对咱们‘哇啦哇啦’地像个电喇叭，唯独对一个人，简直成了个哑巴，依我看，这里边是不是有点文章！”

当时，女瓦斯员正去巷道检查“风流瓦斯”，矿工们放声大笑起来。

我瞪起眼睛威严地批评小刘，心里却不能不承认，这小家伙的脑瓜弯弯道道真不少。矿工们也常常“喊喊”地咬耳朵，看我一来就装成没那么一回事一样。弄得我，怒不起来也笑不出声，这个劲可真难受。特别是回到家里，每天在一个桌子上吃饭，她用南腔北调的口音，说这说那，听惯了就像听音乐那么有滋有味，常把爸爸妈妈说得笑纹满腮，可是我脸上像个绝缘体，心里怎么爱听，也不表示出来。

俗话说：“眼睛是秤”，虽然我说话很少，眼睛时刻在量着杜梅的一举一动。许多北方人有一个概念，上海姑娘娇气，可是这个杜梅很快学会了井下的全部劳动技能，打眼，放炮，架棚，管顶……身体敏捷得像只狸猫。我这杆秤，量来量去，总感到她比我矮，但也比我高，她又是个温柔的女孩，可又像个敦实坚强的男子汉。

有好几次，爸爸对我说："大虎！你有空和小梅聊聊家常，对你会有帮助，别天天绷着你这张关公脸。"我妈却完全是另一种想法，数落我说："饭桌上一句话也没有，还是个男子汉哪！告诉你，过了这个村，可就没那个店啦！"爸爸在政治上的提醒，和妈妈在生活上的暗示，我这个干活像虎似的塔高汉子，始终也没能完成这个任务。

直到支柱返工的最后一天，在一次重大的考验面前，我才无法掩饰我内心的感情了。那天，巷道支柱返工到了最后一天，只剩下有二十多米远没有返工了。突然，大顶来了压力，顶板发出怕人的断裂声，接着，支柱像小老鼠一样吱吱地叫唤起来。返过工之后的地段，一排排红松像巨人伸出大手，托起高山泄下来的压力，剩下的这段尾巴，开始哗啦哗啦地掉下煤沫。矿工们拼命抢支立柱，大大小小像雹子一样的煤石敲打着我们的工作帽，发出"嗵嗵"的声响。这时，我真后悔，为什么当初不认真执行"三老四严"的制度，杜绝这场塌方，但眼前已经来不及了，顶板"轰隆轰隆"的声音告诉我，维护已经来不及了，我赶紧一挥手：

"撤！快撤——"

这时放炮员忽然一拉我的胳膊，用手向工作面一指说："看！工作面里还有灯光。"那是杜梅正在大顶来压的时刻，在检查瓦斯变化的数据。我着急地向她喊着："快——出来——"显然，她舍不得丢掉这个科学实验的难得机会，那盏矿灯动也不动，我不顾一切地向她跑去，时间不容我向她再解释什么，把她往胳膊弯里一夹，便向外奔跑出来。

她呼喊着："松开我！"

我不理睬她，跑得更快了。

刚刚要跑出危险区，顶板下沉了，根据经验，我知道凶多吉少，便用力把她向外一推，她踉跄了几步，靠在了煤壁上，塌方的气浪一下子推倒了我，一块锅盖大的炭皮，砸在我的后腿上，我立刻失去了知觉。

就这样“山神爷”对我们这个掘进巷道进行了一次考试，返工未完的尾段塌方了。我腿上还留了一块大伤疤。

三

由于流血过多，我躺在医院病床上，神志模糊，只依稀听到杜梅南腔北调的尖嗓门：“抽我的吧，我是O型……”最初，我认为一定是个梦。后来，在献血名单上，我看见杜梅的名字写在第一名。

当我苏醒过来后，她就到医院来看我了。她不是走进来的，是喘着气跑进来的，她两只手握起我的一只手紧摇着，眼神流露出喜悦和难过。她说：“大虎同志，谢谢你给了我第二次生命！你可醒过来了。”她背过脸去，眼角因兴奋而潮湿了。

我锁着眉毛，没有一丝笑意，心想：谢我什么呢？这场塌方是我造成的。十条掘进巷道都在一条水平线上，承受的压力相同，地质条件一样，为什么偏偏在218出了事故？在218为什么偏偏发生在返工未完的地段哪！望着杜梅正在擦着眼角的背影，我忽然记起了她刚到218煤巷时的一句话：“……你是不是一边和‘四人帮’拼刺刀，一边吸来‘四人帮’的政治瓦斯？”“看看‘四人帮’在工业战线上的流毒吧！在这样的掘进队也播下了细菌……”

想到这里，我激动地叫了一声：

“杜梅同志！”

“嗯？”她匆忙地把手绢塞进口袋，回过头来。

“你开炮吧！火力越猛越好，我受得了，经得住！”我请求地向她说，“在养伤的日子，我要好好想想自己……”

她久久地凝视我，似乎想起了什么事情。这时，我爸爸，放炮员小刘和218许多矿工推门进来看我，小刘手里还捧着一枝火红的石榴花。我看见杜梅两眼像触了电一样，望着那鲜血般殷红的花瓣。爸爸似有所悟地向杜梅说：“小梅，是不是想起了……你爸，在这里，你向大伙讲讲这段经历吧！这副药，能治虎子的‘内伤’！”

杜梅想了想，把小刘手里那枝石榴花，抱在自己胸前，讲她的一段最痛苦的经历了。

她落生在上海黄浦江畔一个工人家庭里，爸爸在旧社会的十里洋场，是个机械厂的学徒。他从小迷恋机器，从童工到两鬓斑白的漫长岁月，都是在机器的齿轮旋转声中度过的。解放后，党把他提拔为第一代工人工程师，他把整个心血都献给了矿山机械的研究和改革。

五三年，杜梅落生不久，妈妈得了一场急病死去了。她爸爸当时年纪刚刚四十，党组织多次给他安排家庭。他说：“厂子就是我的家，机器就是我的老伴！”这个工人工程师把个人一切幸福都抛开了。这可就苦了小小的杜梅，从她记事起，没在家里吃过一顿饭，像她爸爸的小尾巴一样，出入厂矿食堂。每逢过年过节，上海哪个小姑娘不是穿得花花绿绿的，可是小时候的杜梅，常穿着不合身的矿工服，陪着他爸爸在图纸和机械旁边度过了童年。她不怨恨爸爸，她了解爸爸工作的全部意义。

她年纪大了，走着她爸爸的路，进了矿业学院。七六年初，爸爸和工人们试制成一台新型割煤机，运到东北一个矿山去试验，杜梅心里甭提多高兴了，可是时间过了不久，就在石榴花盛开的五月，一张电报飞到了她的手里，通知她随同矿山机械厂的同志一起去东北收领爸爸的骨灰。

原来这个矿的“四人帮”爪牙们，正在进行一种另外的试验，试建那个文痞姚文元倡导的“没有规章制度的矿山”，几个头上长角身上长刺的家伙，在工作面点火抽烟，一下子把瓦斯点着了，老工程师多年的心血，矿工们的希望，一起化为乌有……

杜梅含着眼泪，揣着满腔仇恨去清理爸爸的遗物，一无所有。只有缴党费的收据，无数张图纸，还有一把红绸子包着的卷尺。这把破旧的卷尺，是她爸爸在六四年参观大庆时，一个“三老四严”的劳模送给他的，十几年来，她爸爸用它量过工件的尺寸，量过自己和大庆人的距离，量过祖国工业化的道路，量过祖国现代化的前程……

杜梅坐在病床旁边，一边讲，一边哭，讲到后来已经泣不成声了，大滴大滴的泪水，断线珠子般滚下腮边，小刘忍不住低声哭了起来，老矿工们眼圈红了，爸爸默默地走向窗口。

我却忘了一切，抓住杜梅的手说：“杜梅同志！把卷尺给我看看！”她掏出卷尺递给了我，摸着这把尺，我内心翻江倒海，说不出一句话了。

爸爸扭身望着我说：“虎子！腿受伤了，两只手还能活动，抽空把检查写好！”

我激动地说：“爸爸，不用写了。”

爸爸不解地问我：“为什么？”

我回答说：“我刻在心上了，刀子蘸着老工程师的鲜血刻上的……”

我爸爸摇摇头说：“还是写出来吧，我上台代替你发言，一个老矿工的儿子跌了跤，我做爸爸的有责任！”

小刘抢着说：“不！高老师傅，218许多隐患都因为我常耍小聪明留下的，我没有大庆人老老实实的态度，这个检查该我去做。”

我听着爸爸和小刘的话，内心真不是滋味。我说：“要挖掉218的病根子，你们谁也代替不了我，我要自己去开刀挤脓！”

爸爸第一次对我露出了微笑，杜梅兴奋得两眼闪光。不久，我身体渐渐复原，架着单拐可以走动了，矿山批判“四人帮”在工业战线的流毒的大会也即将召开。这天早上，杜梅突然跑到病房来。

我问她："这么早你来干什么？"

她说："一块和你参加大会！"

我架着单拐走了几步给她看，意思是我能走路了。她含蓄地笑了笑说："我知道你现在最需要的是支持，是友谊！"说完，她用手搀起我的胳膊，向矿山大会堂走去。

老伙计，还有什么比这种支持更可贵的呢？我在生活里看到过有这样一种人，当你得了病最需要帮助的时候，他远远离开你……但杜梅——这个上海姑娘却一直陪我参加了大会，当我握着那把大庆人的尺，向全矿几千名矿工，检查"四人帮"遗留给我的"内伤"和外伤时，杜梅一直站在我的身旁。

大礼堂里爆发出暴风雨般的掌声，我脸红了，我知道这是给杜梅最高的赞赏和荣誉。

后来，我腿完全好了，用那把大庆人的尺，严格地整顿了218煤巷，年底，终于追上了一直跑在前边的牛玉龙的"蛟龙"掘进队……

这样，我慢慢地喜欢上……

高大虎讲到这里突然停住话头，兴奋地用手向山间小路一指："你看，她来了……怎么办？"

不远处的春山上，闪现着一个黄头巾的影子。

"你给我参谋参谋呀！老伙计！"他摇着我的胳膊，"要不，你采访她吧，就说我约她来后山，是为了记者采访！"

望着这棵纯朴的"红高粱"，我笑了。

我鼓励着高大虎："虎子！勇敢点，拿出你干活的虎性来，可别叫这样一只凤凰从你身边飞了，听见了没有？"

高大虎咬了咬嘴唇，猛然站起身来，朝着那块金黄色头巾闪烁的地方，走了过去。

杜梅手捧着一束淡黄色的迎春花，在远处停下脚步。之后，这两个青年人，沿着唱着春歌的小溪走远了，身影儿隐没在初春的一片新绿之中……

一九七八年二月十八日修改于北京

原载《上海文学》1978 年第 5 期

图书在版编目（CIP）数据

中国百年工业文学大系：短篇小说卷Ⅱ / 刘宏志主编.
-- 北京：中国工人出版社，2025. 3.
ISBN 978-7-5008-8571-9

Ⅰ. I211

中国国家版本馆CIP数据核字第20251ZD690号

中国百年工业文学大系：短篇小说卷Ⅱ

出 版 人	董　宽
责任编辑	宋　杨
责任校对	张　彦
责任印制	黄　丽
出版发行	中国工人出版社
地　　址	北京市东城区鼓楼外大街45号　邮编：100120
网　　址	http：//www.wp-china.com
电　　话	（010）62005043（总编室）　62005039（印制管理中心） （010）62379038（社科文艺分社）
发行热线	（010）82029051　62383056
经　　销	各地书店
印　　刷	北京印刷集团有限责任公司
开　　本	880毫米 × 1230毫米　1/32
印　　张	26.25
字　　数	530千字
版　　次	2025年6月第1版　2025年6月第1次印刷
定　　价	138.00元

本书如有破损、缺页、装订错误，请与本社印制管理中心联系更换